黄永玉

作品

无愁河的浪荡汉子

八 年 ｜ 上

黄永玉——

著

作家出版社

八年・主要人物表

张序子	小名狗狗。湖南朱雀人。本书开始时他十二岁,离开故乡投奔在长沙的父亲幼麟,并随父亲来到安徽宁国一二八师驻地。十二岁由远房二叔紫熙带到厦门集美学校求学,随即抗战爆发。后转德化师范,不久辍学。跟随福建省保安司令部战地服务团在仙游、泉州、莆田、涵江、福州等地做抗日演剧活动。后服务团解散,他从福清到长乐、赣州、信丰,画抗战招贴画,当美术教员,见过人世间最残暴的活剧;遇到终身的爱人梅溪,一起逃难,直至抗战胜利。
顾家齐	字修之。一二八师师长。"七七抗战"以后,一二八师坚守在沪杭国防前线奋勇作战,最后八千多湘西弟兄,其中三千朱雀子弟即世上称赞的"筸军",全部牺牲在保卫嘉善一役之中。整个朱雀城伤心得连哭声都没有。
戴季韬	一二八师副师长。
孙得豫	一二八师工兵团团长。序子大姑婆的三儿子。他过日子跟别个当官的不一样。不打牌,不抽香烟,也不喝酒,有点洋。下班回家就脱军装换便装,那衣服是软黄牛皮做的。本来的长筒皮靴换成短黑皮鞋,亮得像玻璃。从没认真痛痛快快笑过。那么潇洒美俊的人笑一笑多好?序子自小佩服的两个人——么舅和三表叔都不爱笑,真是"怪拉厉"了。
张紫和	序子的四叔。工兵团的军需主任,老实认真,一板一眼很得三表叔得豫信任放心。美中不足的一种毛病就是喝酒,喝醉了不认人。
紫 会	无线电队副队长。序子的远房三叔,原来跟随序子爷爷先在北京、后在芷江做事。
刘文蛟	一二八师炮兵团团长。黄埔军校毕业。
方 吉	方大坨、方麻子。一二八师军法官。
黄竞青	一二八师军官。黄埔军校毕业。
滕凤喜	一二八师特务营营长。就是以后的"特种兵",爬山跳岩,急行军,抓耳目,刀刺得快,枪打得准,来得没有影子,走得不留手脚。心头狠,手段辣,杀人不见血。"大街"奇峰寺山底下的人,幼麟的老学生。长得眉目清秀,谈吐温和。看起来瘦,其实一身筋肉。尖嘴巴,直鼻子和两道浓眉,深深的眼珠子盯着你。

滕士富	得豫的勤务兵。平时不晓得躲在哪里，喊一声就在眼前。他管买菜、做饭、扫地、洗衣、开门、关门，跟三表姊娘上街买东西。嘉善保卫战，日本兵扔过来一颗手榴弹，滕士富趴在三表叔身上，炸掉了下半截身子。三表叔腰部也受了伤。他妈一点也不晓得出了这些事，年年托便人带青菜酸辣子，多谢三表叔照顾她儿子。
上官云	一二八师谍报处的中校副科长。自以为是中央派来的要员"虎落平阳"，脾气十分机架。每天房门口一片水汪汪，不知是坏习惯还是故意撒泼，刷锅水，洗脸洗脚水，痰盂水，弄得过路上下班的人脚难点地，都绕路走。
香猴子	在朱雀城穿着双外国皮鞋在街上一颠一颠摆步、满身喷洒"双妹牌花露水"的阙家大少爷。阙家清朝做过官，洪公井老地方留下一笔很有规模的房产。
掌舵老人	红岩头颜色的糙脸，薄嘴唇，犀牛皮兮兮的粗手……这类老人家，脾气最是古怪，又硬又犟，一下子捋顺了毛，肚子里冇晓得有好多学问吐出来——船走到哪里了？水底下哪里有礁石，喊帆工往哪边扯帆，一天，每一分，每一秒，眼睛一眨都不眨地望着前头一片大江。
刘 宇	四川人。他写新诗。
许钦文	和鲁迅有交情。讲一种抑扬顿挫的话，嗓子很肉，不管人家懂不懂。看起来客人都懂，大家很快乐，他跟着一起笑。
钟敬文	是个作家。住在笕桥殡仪馆里头。写文章哪里不去，偏偏要挨在死人旁边到殡仪馆来？白天还好，晚上岂不太、太、太那个……也可能是另一种"苛政猛于虎"的设想，受不了人间活人的骚扰……
陈嘉庚	集美学校创办人。不太像个有钱人。一百多个镜框里的照片，记录他几十年的工作生活，只有三套衣服，一套白帆布西装，一件冬天穿的灰灰麻麻的毛质西装上衣，（夏威夷上衣可能多两三件）其余一件是夏威夷上衣。来回地在几十年不同场面上出现。"总是沉默地做于人有益的大事。"
陈村牧	集美学校校长。是个了不起的人。不到二十岁厦门大学毕业，神气纯洁得像个教堂神父。

汪养仁	植物课老师。瘦高条，左肩膀有点歪，听说是日本回来的。汪先生课堂上讲，下课让学生在菜园里得到实习。汪先生像是个放鸭子的，撑着小船，竹篙拍着水面，把几百只鸭子往湖面赶。大家都开心。
许玛琳	英文课老师。爹妈很有可能跟英国人有点什么牵扯，他的头发黑里带板栗色，有点鬈，皮肤白得跟中国人之白不一样，透出点粉红。最可爱的是他低沉"牛津腔"的喉音。
林泗水	胖，白，戴眼镜，樱桃小口。很温和纤细的人，却让他教"动物"课。他最喜欢问学生"门、纲、目、科、属、种"的问题，让大家有一个活生生的联系。
宋庆嵩	历史课老师。春秋战国一路往下讲，顺连掌故情节，把学生弄得神魂颠倒。瞎了一只左眼，满脸浅麻子，戴着一副不怎么值钱的眼镜。一个人住学校，家在好远的莆田乡里。师母种地，四个孩子，每个月按时把钱寄回去养他们。他来集美教书，是为了集美图书馆的书。他身体魁梧，不吃零食，所以对付一天三顿饭很认真。
郭应麟	集美学校美术馆馆长。留着长头发，打着黑绸大领结，全身白西装。个子高，很潇洒威武，讲话喉音重，行腔像个外国人讲国语。他是在法国国家美术学院毕业的，得过法国好多奖。
温伯夏	教高中国文。才二十几岁，是个天才诗人，古诗作得好，又有昂扬的新意。厦门大学文学系毕业。每天清早背着猎枪，带一只猎狗在海边狩猎。消费合作社吴先生房里挂了一张温先生带着猎狗狩猎的大照片，比电影明星还俊美。
李扬镳	是个妙人，安溪本地人，有点胖，平头，稍大点的个子。他上国文课不带书而只捏了个小烟灰缸。上到讲台好像回家一样懒洋洋，讲话鼻音很重。坐下，火柴点烟，抽一口，把烟吐出来在空中画出条龙。
吴廷标	序子在集美学校的美术老师。在教务处工作很忙，学校也从未把他当作美术人才用。下班之后他才进行美术个人活动。画漫画，做雕塑，剪影。有一副好眉毛，好眼睛，好鼻子，好嘴。是个普通办公的人，不像个艺术家的派头。他画海，小小一张画纸，把海画动了。将来一定是个大画家。比那个郭应麟好得多！

朱成淦	莆田县人。集美毕业的，现在来集美教美术。不管冬夏，洗脸、洗澡用的都是冷水。还是个快乐的篮球选手。闪电般传球，单手投篮准确，奔跑时恰当地喊着笑料，有时观众是冲着他来的，场边围满了人。
黄　羲	来头不小，抗战前在杭州美专教过书。作风端简，轻言好听，不笑，是个山水、花卉、人物都来得的国画家。他一点一点教给你国画的要点。渲和染，画和描，顿和挫，干和湿，提和拉……讲了就做到你看懂为止。他在教你，他是先生，不可误会他是朋友。就好像不可把亲爹当大哥一样。
王瑞璧	集美学校训育主任。后升任中学校长。指墨书法很出名，《血花日报》的报头就是他的指墨。听说王师母是厦门美专毕业的画家。学生没见过她的画，只见过她的脸长得很漂亮。她很少到学校来，怕是王先生订的严格规矩，不让家属在学校闲逛。
陈延庭	集美科学馆馆长。在集美的威望很高，先生们遇见他都向他问好，让路。他什么都教，英文、国文、动物、植物、数学、物理、化学，"水产航海"的德文他也教。科学馆是座大厦，陈列许多动、植、矿物标本、科学实验仪器。科学馆搬不来安溪，只运来物理化学简单东西，由老工人"箕家"负责管着。现在的陈延庭先生就像个下野皇帝，带着唯一忠心的太监"箕家"流落外国。
曾雨音	音乐先生。长得单薄却健康清爽。嗓音好，讲话像唱歌。见没见他总觉得在他身边，一种善灵魂的依附。
徐决衡	集美先生。秀发长衫。嘲笑黄羲走路步伐不潇洒，喝水如醉酒刘伶。咳一声嗽是"其音也哀"，看书是"其窘也迟"……被打得满脸青肿，黄羲出手居然南少林一派，劈、兜、抡、顶兼顾，开张全面，落点讲究。
包树棠	校长办公室的秘书主任兼诗人。好心好意，通宵不睡觉，用粗细砂纸、碱水，把那唐墓里捡来的珍宝打磨得如景德镇刚出炉的瓷器一样光亮。世界上愚蠢的好意是无药可医的。
张光道	集美学校童子军教练。出生在马六甲那边，长大之后回国念岭南大学，学的是生物。喜欢举重，所以体形被压成横向发育。因为性格快乐，后来参加了童子军教练培训。

彭尚武	七十二岁的童子军教练。带学生上山野外踏勘，辨别有毒、无毒蘑菇，分清害鸟和益鸟，辨认方向，如何认识归路，如何找到水源，辨别风向，受伤急救，三角绷带使用法，十种结绳法之实际运用，如何逃避猛兽追击……
紫熙	家里排行老二，序子叫二叔。北京京师大学堂农科毕业，在北京适逢"五四运动"，跳过"赵家楼"的墙，留下一张头扎绷带的大照片。在一二八师师部待过一阵，后回集美做了农林学校的校长。"七七"搬安溪，帮陈村牧先生管大事情。每天坐在办公室，不苟言笑。人背后称赞他英俊漂亮。两撇八字胡和油黑的头发，声音洪亮，很显得威严。
二婶	紫熙的妻子。姓黄，漳州龙岩那边人，也是集美毕业的老校友。在集美图书馆工作。每天准时上下班。大家背后都说她长得好看，序子也觉得是。
紫照	紫熙的弟弟，排行第四，紫会是老三。原来在集美读书，初中毕业到北平去找孙家"卖文的"二表哥，后来到延安共产党那边去了。
紫焘	爸爸和紫熙三兄弟的爸爸是亲兄弟。序子叫他"小叔叔"。长得漂亮，眉目端正。这个人是一杯森林石头井里舀上来的泉水，没俗人哈过一口气，透明到了极点。他是一种集美牌。
蔡继焜	穿白西装，身材高大，紫焘的舅舅。是个留学日本的音乐家，听说他写的一部交响乐《鹭江渔火》在日本得了大奖。
蔡继标	穿白西装的胖黑大汉，紫焘的另一个舅舅。是个开飞机的！"有一天他开着飞机在我舅妈的房顶上围，一回又一回来回地旋，或是装着要投弹轰炸的俯冲的怕人架势，正在陶醉的时候，没料到操纵杆失灵，连人带机掉到海里去了。"
夏榴	从小在紫焘家长大，现在料理外太祖母和紫焘的生活。她真是下凡的仙女。
黄炯森	在集美学校负责"血花剧团"。长得好看，像电影里头的。人也十分和气。后来晓得他真演过电影，让序子大开眼界。
徐莉	黄炯森的太太。长得像电影明星"嘉宝"。多年看电影的说明书，一场电影一页，一页一个故事，订成一个厚本。居然逃难也带在身边。她是个"电影大全"。想听哪个故事，只要厚本子上有的，手指一点，她就能连汤带汁地全部倒给你听。包括男演员、女演员、配角、导演的一系列名字和亲戚关系。

続表

长 白	集美高中生。也是一种集美牌。跟朱雀人没有一点相同的地方。把长白押到朱雀，他一天也活不下去。他根本不晓得世界上有一块用另外一种情感、另外一种生活方式、另外一种思想，成天在狠毒的剽风中从容过日子的地方。他的纯良深深感动序子，他没有一点防护的能力，他的城墙是纸糊的，无处不可攻克。
尤 贤	初中四十九组生。序子同班。那么乖鄙的人书读得那么好。考试的时候脚跷在课桌上抠脚豆豉，以为他落榜却考了第一。天天请人上"小巴黎""新世纪"，吃他东西的人没有一个感谢他。你只能讨厌他满脸的粉刺，讨厌他放浪形骸，讨厌他六朝的青白眼。——因此序子头一次感受到集美学校的宰相肚里好撑船，存得下这条怪物……
蔡金火	初中四十九组生。南洋苏门答腊来的。爸爸开乐器店。苏门答腊、东爪哇、苏拉威西、加里曼丹都有店。他坏其实也坏不到哪里去，只不过他身上任何一种律动都让人讨嫌。从集美毕业后回南洋，他参加了地下抗日斗争，一九四三年牺牲于马来西亚的亚罗士打。
林振成	初中四十九组生。他物理功课很好。好归好，序子断定他"永动机"一辈子做不出来。
陈其准	初中四十七组生。马来西亚那边来的。一米五左右，婴儿似的"娃娃胖"。黑得真好看。像没有月亮，光是星星的夜空那种黑。凸脑门，大得出奇的眼睛，红而厚的嘴唇，不太会讲国语。陈其准一跳起舞，分不清是男是女了。
杨振来	"水产航海"生。身高二米三四。一口洋泾浜中国话，虽然他的长相——头发、皮肤、嘴唇、高矮、牙齿、腔调和中国人毫无共同之处。他为人那么好，再有人说他不是中国人就委屈他了。会所有的铜管乐器。他掷标枪和任何人都不一样。
陈光明	"水产航海"生。马拉松万米第一。乒乓球也打得很神。发球有很多意想不到的怪招，球发到你那头就会像只蜜蜂在你鼻子跟前乱晃，让你一边认输一边好笑。当然，他还是学校乐队队长。（听说他毕业后在轮船上当二副、大副、船长，越做越大，欧亚海上来来去去。）
林绿竹	普普通通，不蠢也不显得聪明，只让序子觉得可亲而已。有时整个学期不见面。有时来，有时不来。一直到几十年后的一九六二年，他已经是福建省的一个什么大官了。还是老样子的朴素。

006

陈庆祥	初中四十八组生。除了玩小提琴之外，所有的弦乐器也都十分在行。
郑海寿	集美"高师"生。懂乐器，学校的黑管、双簧管、巴松，一个人包修。
周经松	初中四十九组生。一看就知道他是海南岛人。海南岛有个风俗习惯，孩子一生下来要用块木板把后脑勺绑夹起来，长大以后后脑勺就是扁的。
李尚大	"老学客"。大力士，拉六条"先道"。也是湖头人，跟林绿竹不同，家里有钱。他妈屋里头挂了几百个特大葫芦，黄梅天一过，让长工搬到几亩地大的石头平坝，解开拦腰红麻线，打开两半，原来都是钞票。李尚大带着高中一帮人把公安局砸了个稀巴烂。
钟尚志	身材比所有同班高出一个头。人笑话他是躲壮丁才来集美读书的，他能忍住不生气。他嘴巴很大，笑出来的嗓子的确是个成年人。论打，认真起来，未必有人打得过他。他刚从乡下进城，见人怕。他什么得罪人的地方都没有，只是爱吃饭。
杜思久	全校出名文雅美人，没想到这么安静的人还会唱歌！嗓子那么甜，两道长长的眉毛跟着摇动，好极了，又好看又好听。
洪金匐	序子同学。莆田人，温和秀气。她是结婚以后才来上学的，丈夫在县政府里做事。她是序子胸中第一棵带着阳光的、高高的白杨树。每个少年一生都有无数这样温暖的白杨树伴他们长大。
黄兰香	序子同学。安溪湖头人，脾气不好，长得漂亮。好多同学用各种方式打扰她，很烦。两道黑眉毛总是皱在一排，警告天下可爱的男同学不要走近来。
赵敏蓉	集美高中生。是个热闹场合中时时见得到的人。血花剧团演《回春之曲》，吴玉液演爸爸，赵敏蓉演女儿梅娘，林有条演她的男朋友高维汉。
秦顺福	集美安溪分校警察。他们都是一九三三年陈铭枢、蔡廷锴、蒋光鼐十九路军的老袍泽。历史把他们称作"被辜负的义军"，留下许多星散在福建各地的故事和这些活生生难以回乡的外省人。
赵友生	集美安溪分校警察。
刘敬洲	集美安溪分校警察。
盛　喜	集美安溪分校警察。

郑长禄	集美安溪分校警察。号长。每天按时肃立在大成殿左侧司号，制服铜扣擦得闪亮，挺胸亮脖，号音高昂——让人想起宋朝陈亮、岳飞的词；想起他的十九路军。
筱　家	集美校工。科学馆的老元戎。星期六晚会上，年轻教员变魔术，绿水变红水，黄水变蓝水，没有经验变不回白水时，站在后面照拂的他就会上前帮一把，使局面转危为安。他在集美历史久，工龄长，薪水比有的先生还高。新生上学不懂事，误会他是先生，向他行礼，他公然点头，并且"唔"一声。
丘老板	集美照相馆老板。一位白脸轻言细语文雅人。他总是一个人空朗朗坐在椅子上，见到熟人进来，心里高兴，恨不得把一年心事向人家一分钟讲完。
刘鸣天	集美"农林"的庶务员。二十岁刚出头。惠安人，身体黑壮。有空就来找小叔叔和序子，带他俩到校本部去玩。来到医院门口也不出声，直到有人（夏榴）看见他才知道他来了。叫他进门也不进，微微笑。
赖　呀	集美校工。他后面永远跟着一个跑了娘的四五岁大没见笑容的儿子李西鼎。赖呀老实，大家因之也逗逗李西鼎，顺手给点东西吃吃。
陈肇英	闽浙监察使。体重三百斤左右。在国民革命当中某方面有过建树，所以国民革命成功之后在福州可以随便洗温泉。他睡觉之前有读书的习惯，要年轻女招待照拂茶水，打扇子，换眼镜拿拖鞋。有一段时期，他命令全市称呼女招待作"侍读"，以示对她们的尊重。
邹校长	德化师范校长。这个学校没有图书馆。没有图书馆，没有图书馆……看看邹校长的脸相早就晓得没有图书馆。
苏国重	序子在德化师范的同学。"园内"人。序子尊为大哥的人。稳重，朋友复杂，做事认真。一家几十口人就他一个上学。从小就有读书人的派头。这是全家都认可的。这楼上书房，写字台，笔墨纸砚俱全，书柜好多书。人外出上学或访友，姐姐妹妹每天为他拂尘打扫，保持窗明几净，和人在的时候一样。
苏漾景	"园内"地方不愁吃喝的员外，研究李卓吾的专家。他收藏好多古代名家和李卓吾的初刻原版书。泉州那边的学问家都是他的好朋友，要看他的收藏，他就说没有。好多古版本书都是他壮年时期在福州、建瓯、泉州一带出名书铺收集来的。人问怎么有办法弄来这么多好版本，他就说，一要有钱，二要有眼光，三要腿快……

张幼麟	序子父亲。清浪滩绞摊站站长。二十多里的疾浪险滩、悬崖陡壁，大江东去，早早晚晚看着它，听着它，画不是画，音乐不是音乐，没想到一辈子沦落在轰天价响的寂寞里。
柳惠	序子妈妈。不得已在沅陵救济院做事，几个儿子跟着可以吃口饭。有时候带序子弟弟们到清浪滩看爸爸，住几天又回沅陵。饿着肚子的站长夫人和少爷们来来回回弄什么进肚子？真是很费想象力。
张子光	序子四弟。妈有时候留他在清浪滩陪爸爸。懂水性，赶山、打雀儿、抓鱼、做饭都来得几下，后来居然能泅进漩涡里头捞捡翻船沉下去的东西，吃的、用的都勉强见出点颜色。妈身边的孩子他最强。子厚弱，子谦病，子福小，只有他一个人撑得住场面，让人心宽。
王伯	朱雀"木里"人，保姆。序子童年的守护神、人生的导师。现在孤身一人在远离故乡的地方，序子就会问自己："遇上这种毫无反抗挣扎余地的场合，王伯会怎么对付？幺舅会怎么对付？田三爷会怎么对付？隆庆会怎么对付？"
傅升 傅斗	泉州人。爹原来是做海运生意的，照管几条楼房高的大海帆，跳板、舱底上下来去，不太像内陆老板的慢派头。傅升大傅斗一岁，读完初中就到处游逛，要不是打仗，早游到上海外国去了。国重笑他两人像古代的"虎符"，合在一起才起作用；平时不说话，一说话就一起说。家在浮桥一所大房子里。涌金里十二号。这房子一头靠街，远远的那一头贴海河。敞开的楼门就是码头。海船一到，众人便往大屋里装东西，大米、豆子、盐、椰子、棕毛、油料、鱼干、鱿鱼干……不进鲜货。人来得像潮水，潮水一退，人影子都不剩。贸易风来了，你会看到满帆大船海上回来，哪！那光，那颜色，那声音，那气派！
蔡良	家在洛阳桥。他家的铺子泰昌顺，卖咸鱼和鱼干的。在最热闹的街上，三间大门面。序子想到朱雀铺子挂着的那条大鱼干，说不定就是蔡良家卖出来的。他是个独子，妈死了，招呼店面的那位女胖子是他姑妈。爸是个黑胡子，正坐在柜台上，两个人见儿子带进几个杂人，就像久旱逢甘雨那么开怀，店都不要了，把这群流寇吆进了后院。店面上几个伙计也跟着转身咧开嘴巴笑。蔡良眼前什么事也插不上手，不过爸爸、阿姑老了之后所有运转的东西都是他来接手。他要耐烦像腌咸鱼一样留在这里让盐水慢慢浸润，不能再有别的打算。"有钱子弟真堪怜"。

蔡元明	安海人。元明的姐姐雪雪原是序子集美同班，序子留级才跟他同班成为好朋友。安海沿海的树带丛是两里长的街，结实的商店，清洁齐整，生意安详平和，令人心旷神怡。蔡元明家的西饼铺靠海岸这边。铺子中间是座烤炉，伙计们忙着一下子推火盘进出，一下子推饼食进出。序子看得入神，懂得烤面包西饼的道理。
洪仲献	序子集美同学。个个学期考第一，品行好，先生都看重他。是妈妈把他养大的，"从小没有爸爸，不考第一怎么办？"一长排当海的红砖平房，仲献的房子是第一家，屋后还有第二排。一共是两排。屋前都栽着比房子稍微高点的绿树，树身粗壮，长着厚厚的蜡片叶子。序子懂得，金合欢、银合欢、凤凰花经不起迎面的海风，要这种树才行。到晚上，海鸟回到这些树上睡觉，所以每棵树底下都有一圈白。透过树林前边就是海滩。平坦坦子，亮亮子，远远地没边没际。潮涨不到这里来。这里一只蚊子都没有，还没有跳蚤、臭虫……
刘鲜林	德化人，国重的死党。厨师世家。
周见文	官桥人。德化师范读了一年半。爷爷在乡里办了间"碧秀小学"，三十多年了，现交他爹办。只他一个孙，以后是要负责的。一百多孩子没有书念可不是个小事。爷爷、爸爸、妈妈忙不过来，他们也一年比一年老，正等他毕业以后帮忙。所以准备上永安考省立永安师范，将来好接班。
李西鼎	孤儿。集美校工赖呀的儿子。在泉州开元寺难童教养院读书。
张人希	泉州报馆编辑，金石家。家里矮墙矮门进去，青石板和小鹅卵石铺成的院子，几丛南竹和两棵银合欢做出片片阴凉影子。他弄图章的"匠屋"，墙上挂满锯、锉、锤、凿；一张厚木桌子配了张厚木凳子。桌面有工具匣。一扇大窗。左首边一架老书柜，堆满金石参考图记。进门右首边几块粗细磨石，一口木水桶领着一口大浅口木盆堆混着干泥浆狠狠咬着地。沿墙根上下印石图章原料。这架势的来历看来有些年月了。屋不上锁，"来过小偷，绕了一圈又出去了；有回还放了一口袋番薯在院子。看我们两母子穷，反过来周济我们……"他是个老土。一位母亲和一屋书跟一只胖猫"西门庆"之外，没听见别的产业和产业关系。众望所归的美男子，音嗓醇厚，行动优雅。他几时娶进门的大嫂？几时生的儿女？很久很久才让朋友知道。

庄　启	泉州文化界人士，诗人。
黄怡君	泉州文化界人士，写小品文章的。
贺　努	泉州文化界人士，写文章的。
吴长庚	泉州中学三年级学生，吴廷标的侄儿。"可意楼"的少东家。"天底下竟有这么一种人，书不念，放下功课白帮人家忙。做了好事面不改色。他像只走单帮的蜜蜂，是，走单帮。飞来飞去采花蜜，采回去放进随便哪只大蜂窝里。人再把它倒进大缸，它根本不关心那些蜂蜜的去处、放在哪个缸里……这人长得毫无圣杰之貌，甚至孱弱，一行动就满身大汗……"
周景颐	曾任集美后垵分部教官。现为泉州国民兵团团长。几十年后序子在香港时常见到紫熙二叔，偶然提到周叔曾经收留的事，二叔说："你简直让周景颐叔变成笑话。他写信向我诉苦，我回信给他：'这回轮到你了。'"
周　先	周景颐侄儿。原在衡阳念衡州师范，来泉州叔叔这里才穿的军服。保送到沙县训练团半年，建瓯军训队半年，永安教导团半年，得了个中尉衔。今年才升的上尉。"这回怎么搞的了？周先带序子到烟馆抽鸦屁烟了？到窑子嫖堂板婆了？到赌场去推牌九、耍博凯了？到酒馆去呼朋唤友搞醉八仙了？没有呀！先也是爱读书的老实人呀！讲得明明白白在万昌隆画画嘛！听得好好的，景颐叔一下子翻了脸。"
蔡　伯	蔡良的爸。大总统，管三样事，账本、算盘、酒桌子。酒桌是他的外交部。他天生不喝酒，客人一到，虾姑就站在后首，来多少喝多少，镇哑了三山五岳好汉。两兄妹嗓门大，哈哈一笑酒杯都震。所以进门客人，无有不印象深刻，泡透快乐回家的。
虾　姑	蔡良的姑妈。人称虾姑。她是哥哥的大总理。厨房一男一女两个大师傅，晒鱼场跟三条捕鱼船所有人吃喝用度都在她手下经营调动。花的心思，费的力气，要不她是个身体强壮的快乐人，老早垮了。丈夫结婚不满三个月就跟人过番到柔佛去了，十六年一点音信没有直到今天。别看只念过小学，头脑精明得像个算盘。满脑粗发，两道黑眉毛后头双黑眼睛，翘鼻子、翘嘴巴，宽肩膀，粗脖子。对了，她可以去演电影。去演《渔光曲》，她演了《渔光曲》王人美就没饭吃了。她不用化妆，船上一站就是她。

颜 伯	庄启舅舅。逢到涂山街办"蚵阿煎",张灯结彩,颜伯也搭了个大棚子。没想到有这么大场面。背后七八个木桶都是新鲜蚝,摊子前陈列着各种绯红的大螃蟹、大龙虾、雪白的鸡鸭蛋、麻油、花生油、酒坛子。晾杆上挂着大块新鲜猪肉和刚发好的鱿鱼、墨鱼。前后左右拥着一捆捆青蒜、芫荽、葱绿,大玻璃缸里雪白的番薯粉,灶前罗列五味调料跟蚝油虾酱瓦罐。颜伯是个胖子,高踞在平底锅边,手握大锅铲比画,"什么都妥当了,欢迎各位光临,请坐呷茶饮酒,尝尝我'蚵阿煎'的手艺"。
裴卡索	洛阳镇上"艺术车轮"的主人。派头比较足,长得秀气,后梳的长头发,黑框眼镜,薄白帆布西装,黄尖头的白皮鞋。跷起二郎腿仰头抽香烟。他那套行头旧了,很可能是抗战前厦门买的。他爹前清是个秀才,有田有地,抽鸦片把家败了一大半,死了。给自己取了个怪名字叫裴卡索。在厦门学的美术,回洛阳一身一脸美术架子。开了家画像馆,讲是讲给人家画祖宗像,其实画得一点也不像,人要退订钱又不退,还骂人家不懂艺术。
徐曼亚	"嘘艺堂"主人。天分特别高。一肚子理想,好像半空中掉下一个寡妇,落在德化这块地方。好孤单寂寞!书法一流。他的兰花,墨分五色之讲究都在里头,就那么淡淡七八笔。那兰花淡到不能再淡,全在于笔头上的功夫。甚至感觉到兰花透出的幽香。前些年出过一本书,在班房关了半年。觉得孙中山先生的"三民主义"还不够透彻,他来了本《四民主义》加以补充。加了个"民由主义",民众要有自由。不自由谈三民主义都是空话,老百姓没有保障。
秦秀臣	德化民众教育馆馆长。这民教馆不小,楼上是朝南的畅楼,看书读报都在上头,摆得下八大张读报看书的桌子;靠北一溜藏书室,很有规模。坐在任何一张椅子上,都能居高临下开怀欣赏德化城垣及山水景物。序子四处观赏完了之后下楼来到秦先生住处,见秦先生正坐在小板凳给九十七岁的老娘喂食。她坐的这把大藤椅垫着许多软东西,像个大鸟巢。当年,儿子该是在这个窝里让她喂大的吧!这藤椅好老了,像青铜铸的。
廖季德	德化人。相貌十分,橄榄色皮肤,头发卷曲,眼睛是眼睛,鼻子是鼻子,沉静文雅,很有个样子。厦门美专毕业,学的是雕塑。接了一单大生意,三千多套食具包括茶具。设计方面他是内行,"成型"驾轻就熟,问题是他带一个生产班子完全外行。他没有想到这帮人来了还要吃饭。亏得他临时托人去挑米买菜……序子默默观察廖季德,觉得他十足是一块幽默感的沃土。

刘可久	德化街上雕樟木箱铺子"友木斋"的小雕匠。初中毕业生，十四岁学艺三年刚满师，描得一手好稿子，雕工到家。跟序子有很多共同的东西好谈：打底稿、雕刻技法……给序子讲解雕樟木箱的三十八种人物和二十四种花鸟套路；九九归一计算法和六八二分规矩。又讲男女老少开脸法和行七坐五盘三半之类人物口号，服饰"代代归明"的讲究……人长得俊，两道飞起的长眉毛，粗黑头发，亮眼睛，直鼻梁，薄嘴唇。最可惜的是那一对手臂太长，好像觉得放在哪里都不够地方。
朱文仁	在上民教馆半路上那座半死不活的私立小学教国语；实际上喜欢美术。也喜欢书，新旧都来得。一生的苦事，哥哥文义被抓壮丁从此没有消息。爸爸和妈伤心得死了，小小年纪自己千辛万苦进了城，读了书……
刘慧梅	难得见的好样子。文仁的妻子，都是葛坑人，以前不认识。说葛坑属德化不如说属尤溪县更近。好多人家都喜欢她。这个不嫁，那个不嫁，进了德化城读书就嫁给这个矮子同学朱文仁。不幸，两夫妇被地痞流氓纠缠上了……
蔡映雄	联保主任。德化羊巷地痞流氓。"还没有走到操场，老远见到那个联保主任蔡映雄和保长祁福顺正指着鼻子骂文仁，慧梅抱孩子在旁边哭。文仁想讲话不让讲，还挨了一个耳巴……"
祁福顺	保长。蔡映雄表弟。德化羊巷地痞流氓。
剃头匠	广西桂林人。抗战跑到德化开理发店。脾气不好，喜欢生气骂人。做起活来，手推子推完再用细梳子梳、小剪刀来回弄。功夫实在做得很到家。按道理讲往常一般的理发铺子总会有帮聊天的闲人坐在那里；就这家没有。店里设备了一架可以倾斜下来修脸、取耳、自由升降高低的新式机器椅子。第一次坐进这弹簧椅子理发的客人都会感觉新鲜有余而胆量不足，仿佛一下子让一个美国胖婆娘搂进怀里。
朱惟卓	蒙正小学校长。那么矮小，像个老校工，戴的眼镜上一层雾，不晓得他看不看得见东西。这个校长，这个穿灰布制服的泉州人，唉！学生再老，怎么能忘记你呢！朱校长当年教过的学生东南西北一闯，五年，十年，又都贴回蒙正小学这条街上来了。世界上的大学、中学、小学，大学、中学同学都是狗屁蛋，只有小学生最记得同学，最记得先生，像娘亲一样。

林鹿远	"路边"饭铺老板，朱校长的学生。不要以为他也是个开饭铺的，他是个菲律宾回来的华侨留学生，很有学问，会讲笑话，还会拳击。人家背后说他是"半唐番"，不对的。他父母都是泉州人。他至今还是个单身光棍。和气，都是开饭铺，从来不争抢客人。
阿 婆	泉州乡下非常讲究的华侨房子，房主人在南洋没有回来，十几二十年，留下老母亲和儿媳妇管这座房屋。周围的谷子、花生、黍米都是婆媳俩种的，所以一年四季两个人忙得很是家常。"你晓得的，我只有一个儿子，过番二十多年没有回来。你这个阿婶马上就五十岁了，没生一个儿女。眼看我们一天天都老了。"她手臂轻轻往四周一挥，"我这个家大不大，小不小，好愁啊！以后的香火哪个来帮我们接？怎么办？是不是？你把你卖给我们好不好？你讲！"
刘谭客	泉州有名的书法家。前清是个举人。肚子里书多，脚板走过好多路，游江浙，闯南洋，熟孔孟老庄，也谈孟德斯鸠。朱熹称赞泉州是"海滨邹鲁"，他大叫与他无关！他住处就叫作"鸦噪楼"。他很欣赏在老鸦声中间过日子，不怕骚扰。"蝉噪林愈静"……
老和尚	泉州郊区不太像庙的百原寺，一间小小的禅房，一张书桌，两张简单的条凳架着木板的床，帐子都没有。一对僧鞋和一对布麻鞋放在床底。书架放着几本经卷。桌上竹笔筒里插着几支大小毛笔。一个带盖的圆砚台。旁边挨着块不错的墨。一块很旧的薄毡子铺在桌面。一位和尚不像和尚、道士不像道士的老人，他是弘一法师。
妙 月	弘一法师说过他终究会成正果。他比鲁智深尺寸稍微矮短一点，扛着几十斤重生铁禅杖，序子忘了鲁智深随身带不带禅杖。妙月一路哈哈笑着走来，序子不记得《水浒传》里的鲁智深有没有跟人笑过。妙月法师会医病，后头跟着个挑药箱的开心可爱小沙弥。鲁智深懂不懂得医术？有没有收留过小沙弥徒弟？鲁智深傲岸鲁莽，妙月宽厚妩媚。鲁智深唠唠叨叨尘世只跟酒坛子接近，妙月普度众生，活在百姓之中。
柯远芬	福建省保安司令部副司令。个子短小，身体结实，皮肤发青色亮光，腮帮有蓝色须根底子，额上两道浓眉，鹰隼的眼光，从来不见笑容。出门一直是服装整齐。处处看出严格训练的威严规致。估计德国真纳粹，大概就是这个样子。"柯副司令奉调回重庆军委会委员长身边，战地服务团是柯副司令办起来的，他一走，咱众兄弟姊妹就各奔前程了……"

黄先义	政训处主任上校。喜欢蔡宾菲，把蔡的男朋友陈逊——很有学问，拉小提琴的专家——关起来。"我黄先义一生报、报、报效党国，我有什么办法？我、我都快四十了，你以为我是好色之徒？你以为我堂堂上校黄先义会强占民女？我是这种人吗？呀？你哪里晓得我黄先义的苦？我也是人嘛！嗬！嗬！嗬！"万万没想到黄主任当众号啕起来。晴天霹雳，全场人被吓傻了。
王淮	福建省保安司令部战地服务团团长。平常不讲"大众化"，实际在做"大众化"。把费脑子的事做得轻轻松松。比如每回演出之前，他都会一首一首耐烦向观众讲解歌词的内容。很少有空跟大家一起。管演出，管上下接应，管大家的生活，协调大小矛盾。不留声音，不留痕迹。"古时候行万里路，读万卷书这类人多的是，为什么有的聪明有的蠢？归根结底缺乏一个'爱'字。心里没有一个'爱'字，行万里只算个脚夫，读万卷书只算只书鱼。王淮没有白活二三十年。他是在带着'爱'过日子的。读书、待人、做事，分量总是比人家重。"
王清河	战地服务团指导员。三十来岁。常常担任导演、主演。团员爱称他"河伯"。看河伯上戏本身就是一种趣味行动。别听他"对台词"的时候温文尔雅地承上启下，在抚摸语言棱角。一上台那股肃杀，就像换了个人，让你提着口气吐不出来。什么事有河伯参加好像添了个什么重要节目，其实没有。其实没有又好像有。一个好的带头人就是这么给人朦胧的欢欣。
庄敬贤	战地服务团音乐指导员。三十多岁的人，厦门岛长大，出南洋，上杭州、苏州、北京。在厦门，那一脸皱纹和沙嗓子无人不晓。他不仅仅是个沙喉咙歌手，还是数一数二的小提琴手、萨克斯管手、手风琴手、六弦琴手、出色乐队指挥。
颜渊深	外号"小矮鬼干"。温和好事的怪人，天生灵通"报耳神"，消息稳、准、狠。没有了战地服务团，你叫他上哪里去？他会无所适从，会呼吸不顺甚至半路断气。别看他在团里蹦蹦跳跳，一秒钟一个快乐主意，若果环境一变，什么都不是了，最多像只孤苦伶仃被人抛弃在垃圾箱、湿漉漉的小瘦狗。序子和渊深分手之后，真像把一只手分掉了，处处不自在。开始认真想他了……

宋成月	从政训处文印科收发室调到战地服务团后，完全意料不到，他钻石般的特长出现了。原来他是本活鲜鲜子的"莆、仙博物大辞典"，莆田、仙游古今历史文化、社会现状、古今人物、软硬饮食、风俗仪式、交通知识、商业关系、油糖粮食布匹针线金银铜铁油电采购线索，无一不晓。且和当地文化新闻界人士多有结交。战地服务团多一个宋成月太不一样了，跟仙游地方的陌生、距离、猜忌、幻觉，逐渐有了化解的基础。
蔡宾菲	她像宓西尔的《飘》开头第一句话写的："那郝思嘉小姐长得并不美，可是极富于魅力：男人见了她往往要着迷。"这意思并不等于蔡宾菲长得和郝思嘉一个样子。蔡宾菲的皮肤不白，属于阴凉柔和那一类；没有酒窝，十六岁的郝思嘉因为酒窝招来的麻烦，蔡宾菲优雅地摆脱了。她冷隽微笑着，像是来自另一座森林。
刘崇淦	沙县省艺训班戏剧组毕业。好演员。和团长王淮秘密恋爱后结婚。她扮《原野》里的金子，其实都不用演，原本一身长的就是金子的肉。那嗓门，那眼睛眉毛，那扭劲……她的"口齿和身段是一种天分。《原野》里头，毫不相干地被裹挟在一场死亡仇杀漩涡中。从头到尾都演得灿烂、亮丽，天生的潇洒，没有做作，没有嘶叫，带着饱满的生命力，自自然然，像一颗流星天边去了。让人存了个希望……"。
吴娟	到战地服务团来干什么？根本不是这一路人。又不演戏；读那么多书又不文学，不唱歌，可能根本就不喜欢音乐。进得团来不见高兴，不见难过；不讨好，不嚣张，不委屈，也不害怕……一个谜。
陈馨	秀气，小巧玲珑，演鸣凤最合适。就是嘴角稍差一点距离。曹先生剧本里讲鸣凤命苦，嘴角微微朝下的。陈馨这娃没一点不快乐，鼻子尖尖顶着个小翘嘴，一对亮眼睛动不动就笑，一脑壳黑头发，雀儿嗓子，她怎么苦得起来？好玩吧？让她演，更增加苦孩子的深度。生活里，你可千万不能小看陈馨十步之内取人首级的小嘴巴片子。走在街上谁见了都会回头多看几眼。她不怕人看，全身上足条条，自然洒脱。因为爱上了张序子，不到二十岁的姑娘尝到了情感的苦涩。
汤观澜	省保安司令部总干事。待人还算不坏，离开战地服务团没人背后骂他、恨他，也没人想他。他淡，没留过"爱"在团里。他走了，好像到另外一个世界过日子去了。其实他就在我们附近办公。一个人在爱和恨之间不留痕迹，也算难得。

罗乐生	沙县省艺训班音乐组毕业，战地服务团音乐干事。罗乐生、白聪两口子平时很少出门，像一对埋伏在暗角里的蜘蛛，猎物粘网才猛冲过来。三个多月后，序子和几个人下乡回来，早上练歌时迎头罗干事给了他两句话："你滚到哪里去了？害得白聪三天没有水喝！"
陈啸高	从上海回来的戏剧家，上海大学毕业。穿着一身旧瓷蓝布中山装，个子中等偏矮，眉毛清秀有余，脑门发达，头发虽然茂密，可惜皮肤并不鲜艳。体质只能维持健康，没有给人强壮印象。眼皮耷拉，不明白它是伏盖朴实还是伏盖聪明。将祖传六亩多地的老龙眼树园子，改成一个剧场，为抗战贡献一份微薄的力量。
吴淑琼	厦门美专毕业，陈啸高的夫人。大家都等候着吴先生饰演的这个毒老太太看她如何出招。对不对付得了王清河的仇虎？手法、技巧、修养跟不跟得上？她好看的容貌会不会成为扮演反派角色的拖累和障碍？万万没想到跟王清河戏路紧扣得那么好！她禁忌泼辣喧嚣的解数而走着从容温婉的步伐，两人紧咬着台词专注得像两条眼镜蛇在无声地、绷着毒牙互相咬嚼。远看还以为是两位英国淑女在喝下午茶。所以，当瞎子婆受到仇虎揎掇双手捧出被自己一铁棍砸死的孙子的尸体走出房门时那静寂的战栗片刻，把排练场所有的人都吓哑了。不一定大喊大叫，戏原来可以这样演。
关瑞亭	聊城人，大个子，夫妇两人和一个二十来岁的儿子。以前在北方组过班子，京剧界的老把式，是陈啸高先生从上海带来的朋友，远道而来帮忙，要建立一个专演"莆仙戏"的剧团。关先生的《古城会》极见功力，端到北京、上海哪里都说得过去。咬字、行腔、板眼、顿挫，真讲究，可惜一身本事浪掷天涯。
黄金潭	战地服务团勤务兵。永春人。做过盗墓贼。序子喜欢自己一个人做事，不喜欢旁边站人。他一点不介意，"我帮你忙，不出声就是，你当我没有不行了！你当我是一头'乖叽'就行了"。
宣七	本名宣奎。仙游高街铁匠铺老板。高个子，尖鼻子，尖嘴，尖眼睛。像朱雀一。怪！脾气磊落，不拖泥带水，动不动还来点江湖玩笑，不过分。想事敏锐，钢火足，不带渣滓。跟这种人做朋友靠得住，当徒弟就惨了，保证一辈子不得翻身。想到他一身曾经风、雷、水、火，看他表皮又仿佛在怯生生、蹑手蹑脚过日子。跟他来往可想象是一幅画。有色彩，有光影，让人看不透的风景。

甘培芳	名字像女的其实是男的。福州人。"家父有本《闽江佳肴集慧》，说到我们福州茶楼各类点心有七百多种。"培芳从他爸爸的藏书谈回到那条旷世少有的书店街，搅得人的魂灵晃荡起来。对那触摸不到的文化神圣，倒是生发了朝拜的愿望。
钱大猷	"序子，个个人都亲近你，冷落我。我晓得大家不理我的原因，我孤僻、骄傲、冷，这毛病改不了，没有办法。个个都送东西给你留念，我没东西送，送你个劝告吧！你刻木刻、画画、剪影、弄音乐，听说还写诗；不是不好，是杂，分散时间和精力。听我的话，少弄点别的，专攻木刻，集中力气搞三年，包你弄得出名堂。我看得透你这个人，你能行！"
阿 哇	战地服务团勤务兵。阿哇蠢。蠢点好，不伤人。苦来了能忍，不像有些人想不开。
罗 祥	六十多岁一脸短络腮胡的马夫。人更喜欢叫他骡子，客气点称骡爷。山东人。马是柯副司令的，他每天马槽加足草料，两升玉米，遛半点钟，河边洗十五分钟，以后就游手好闲到处逛。
赵 夕	五十多岁。在法国待过四五年，弄文艺评论的，安居故乡涵江从容度日。聊天的本事很大，见闻广，思路宽，成为年轻人的中心，家中变作孔夫子的杏坛，等于免费大学。
蔡涌之	原在《厦门日报》当编辑，抗战逃回涵江，开了间书报店。
崔 卓	白话诗人，家里有点侨汇底子，写出的诗没人看也不怕。
薛 树	通俗小说家，写些掌故小说寄给报馆，很有人看。房屋前后栽了几亩凤梨、香蕉、番薯，日子优哉乐哉。
戈 振	散文家，眼光锐利，行文滑稽，很受同行喜欢尊敬。
李 训	中学国文教员，兼教音乐。厦大文学系毕业。对文学，是就手的东西，上课从来不带课本，信口就讲，好像高明棋手下"暗棋"，学生听得津津有味，全班的课也就特别之好。对音乐倒是点滴不饶，一个音符哪怕是八分之一的不准确，他都听得出来，在学校指挥的无伴奏合唱队几几乎是世界第一。

李好音	李训的宝贝女儿。她嘴角像蜂鸟翅膀，翘得高高的。《芬兰颂》不是钢琴曲，是好音故意弄出的辉煌颜色，天上泼下来的撒娇的闪光，比心跳快一百倍，每次重重的那七下可怕的亲吻……不是诗，不是哲学，连故事都没有……她跟"我"和"我们"长大的方式不一样，鬼知道她怎么照拂自己？
吴涯止	"我的办公地方是在一个人迹罕至的偏僻所在，正名为'解剖室'。里头有两个池子，几十条男女老少人的尸体用福尔马林药水泡在那里。浮浮沉沉，和平常见到的游泳池的景象一个样子。爱开玩笑的人说晚上还听到他们窃窃私语，见他们用自由式、蛙式游泳。"
龚　捷	最"讴镭"（有钱）；最有劲，大学拳击冠军；学历最漂亮，美国斯坦福大学文学硕士。诗人，他是南安溪尾人，三代前才搬到石狮来。他一点不小气地给几个青年人讲解，手臂上这一对鹅蛋大的鼓包是怎么练出来的？两块大胸肌、六块大腹肌又是怎么练出来的？年轻人很受感动，听了他的话。日子久了，果然都练出了很好的身段。
林东诚	石狮的警察局长。他随身有两个警丁，拨开了，一个去照料鳏寡孤独，一个去调理夫妻打架。远处地方出事，警丁想随身跟着护卫一下。他说，我车快如风，你两个怎么跟得上？好笑的是，总有机会看他扛着破残脚踏车回来。
许瑞亭	中医、画家。门口的招牌上写"生仁堂"三字。泉州到石狮，好多穷人都叫得出许瑞亭这个名字。家里有百十亩田产，子弟在南洋开酱园作坊，容得下他在家乡行医做好事。余下时间就作画写字。也唱南曲，当然，这是他不太自知的败笔。
孙树模	书法家，渔行的少老板。在泉中跟劳作先生顺手捡到一份手艺：拓鱼。把一张耐扯的高丽纸蒙在鱼身上贴紧，再轻轻用墨色拓下来。他是卖鱼的，大鱼、怪鱼见过许多，又懂名称习性；每拓得一幅便用工整的小楷把鱼的特性写在上头，盖了章，落了款，压在一张大桌子板底下。
蔡嘉禾	老头长得潇洒，没有一点难看的地方，穿着一件旧到不知道原来什么颜色的西装上衣。这屋很旧，跟蔡先生自由自在的神气和修为融为一体。"我做过政工人员。在武汉三厅郭沫若那里打过一段短工；到过长沙，在九战区薛岳那里打过一段短工；到过江西上饶，在三战区顾祝同那里打过一段短工，认识好多画家和木刻家……"

陈硕翁	涂山街诗竹巷泉州妇女会唯一的男性职员、七十六岁的秘书主任。皴到不能再皴的小老头，笑眯眯，那嗓音像一扇干燥小窗子让风刮得嘎嘎响。这位老人家把历来国画家画山石的皴法，跟自己历年跋山涉水一块块搜集到的岩石标本，居然堆垛出一座座叫得出名字的国画盆景。元代王蒙的《春山读书图》、五代荆浩的《匡庐图》，画上山石的皴法就是盆景中石头地质学的结构。
魏万流	泉州浮桥那边搭房子在榕树上的七十岁老头。他只研究魏晋南北朝几个人，写的东西又不让人看，等于什么也没研究。为人和气就是不见人；和气不和气岂不一样？
许礼钧	福清闽海指挥官。是个矮胖子。坐在高椅子上和站在楼板上一样高。衣领上金板板一颗星，少将，只比王淮大一级。他采取摆架子、不苟言笑的办法与人相处，以便增强自信心。可惜日子一长又显得孤寂空茫……
陈 重	福清闽海指挥部原一团团长，现为指挥官。很漂亮的一位帅哥，上校！
易 衡	闽海指挥部一团政训处副主任，负责东张剧团。他有面子得很，成天带着不会演戏的胖脸周玉蟾到商会、银号各处应酬，吃吃喝喝。他没有对人讲有没有讨过老婆，或是早已讨过杵在家里也说不定。或是正静悄悄找当地熟人帮办离婚手续、打发黄脸婆卷铺盖自己滚蛋也说不定，总之让人看不出痕迹。
张白玲	闽海指挥部一团演剧队队员。她是老大姐，是漂亮王，是所有演过或没演过的剧本当然的女主角。大家称她"快活观音"。眼前她正跟陈津汉谈恋爱。龙南逃难途中序言遇见她，丈夫是一位戴金丝边眼镜的漂亮小开。白玲抱着刚生的女儿，说一句亲一口，忘记了旁边的客人。
陈津汉	一团演剧队（东张剧团）导演。"我几年来写过一些关于话剧的短文章，报上剪下来也有几十篇，出版社的朋友答应为我出本书，书名想好了，叫作《爝火集》，'日月出矣，而爝火不息'的意思，你给我画个封面怎么样？"
罗 林	东张剧团指导员。

陈咏白	管道具的，字写得好，宗米芾的，看不出他比序子小还是大。序子教他从打小格子起的一套放大本事直到彩色定稿技巧，陈咏白聪慧绝顶，教一懂二，一下子都学会了。连同寿高、寿福和魏喜，简直结成一股没有张序子的张序子的美术势力。
萧剑青	自来卷的头发特别地飞扬带劲，鹰钩鼻。"你喜欢我的皮夹克，把你的小左轮换给我。行不行？不过有个条件，我请了一礼拜假回福州，你先把左轮给我，让我带福州玩一个礼拜回来，再把皮夹克给你。"
魏文熙	长乐教育局长。老魏是棵栽在故乡为百姓庇荫的大树。他和以前好多届的教育局长都不一样，是对教育有情义的人。
钱信彰	长乐培青中学校长。美国老留学生，态度十分温润可亲，出语清新流畅。见过马克·吐温，见过威尔斯和德莱塞……学校规模不小，一律红砖砌成的洋房。一个初级中学、小学，居然还包括幼儿园以及属于慈善事业的育婴堂，一群美国修女、嬷嬷负责，各有自己的管理范围。
钱安波	钱信彰女儿。三十几了，一个没有恋爱史的人。"在钱家可是位重要人物，培青的副董事长，也即是校长的副手，当然的继承人……哈佛博士，维纳斯般的相貌，谁端得起她？就那么一年一年耽误了。"
谢何求	长乐民众教育馆馆长。
顾了然	民教馆文史主任。家里小，没有落脚地方，倒是天天来，是个有学问的老实人。
高　逢	长乐民教馆宣教主任。每半个月出一期黑板新闻，大家笑他办隔夜伙食，他不当一回事，报章杂志由他订，天天来。
李绍华	民教馆美术主任。福州人。"以前没来过长乐，这边也没有熟人，一个人也懒得上街，每天拿本书看到下班，公私都很对不住，有负罪感。"
刘平均	教员。跟李绍华是序子长乐培青第一期木刻训练班的全部两个学员。听说绍华跟平均后来在民众教育馆开办过几期木刻训练班，弄得很有个样子。

何倬	民教馆总务主任。这种贪小便宜心眼,把被剥削的同事调教得眉开眼笑,你几时领教过这种本事?这事只产生在人类阴阳交界之处。醒目的是,他还是我们天天办公室见面的、眉开眼笑的公务员。他有无穷的想象力和伸张力。他无孔不入。仗着本地纯种遗子的身份,托他办事有意想不到的方便。
刘佳之	仙游陈啸高剧团导演。带着一个小小的娃娃妻,名叫林尔林。
林淑温	剧团团员,福州人,父亲在州里开个小小旧书铺。她有一个翘翘的小鼻子,突脑门,很浓的睫毛,长长的卷头发,穿一件黑羊卷毛皮领子的紫色毛织短大衣。她走得又快又随便。
张醒众	仙游民众教育馆馆长。
舒镝	杂文家。是个妙人。舒镝自己或请朋友专家主持的文艺讲座,人总是坐得满满的。
林景煌	仙游《闽中日报》副刊编辑。陈白尘的话剧《结婚进行曲》,吴淑琼演妈妈,县教育局的一位女科员周艳琴演女主角黄瑛,刘佳之导演……序子演男主角刘天野。戏演到一半,序子卡壳了,傻了,关幕。林景煌在《闽中日报》写了一篇整版的剧评,叫作《一个仓促的果实》。其中居然能举出几点好处来。稀罕!
曾也鲁	东溪寺赣州教育部演剧第二队队长。
徐洗繁	东溪寺赣州教育部演剧第二队的老大哥。
殷振家	祖上很有钱,汉口几条街都是他们家的。听他本人讲,小时候还享受过几年尾巴福。抗战开始,马上激情地参加了演剧队,由于性子好,精于研究,很受同行们的尊重宝贵,每逢担当一个角色,无不引起台下观众、台上和幕后的同行赞美叫好。可惜!可惜他的长相限制了戏路的发挥。别说金山、赵丹、孙道临、刘琼,哪怕跟石挥稍微接近一点的长相都达不到。
尤曼倩	演剧二队特别女队员,没嫁人,住自己家里。三天两天高兴来队上一趟。不来,队长也不见外。声音清亮,形体丰满,举止轩昂,为人豪爽,月底钱用枯的人都向她借,不还的话她有办法认真追讨。
李桦	鲁迅说过,他是中国眼前最好的木刻家!在长沙九战区薛岳那里,是个中校。

张乐平	在公园社会服务处花枝茂密处安坐在一张椅子上为人画像义卖。人头汹涌，画谁像谁，三两笔就勾出一阵笑声。他的画没有废笔，躬立旁边的序子默默记着招数。他要画《三毛》，还要为中茶公司设计广告招贴。
冯雏音	张乐平太太。
陆志庠	他是在混乱中让国民党军队捡拾的，他失群了，幸好！还有人认得他是出名漫画家。一个聋哑人离开熟人的确是一筹莫展。要是没碰见序子，很可能驮在乐平身上到梅县去了。他受不了跟在军队里。
陈庭诗	（耳氏）木刻家。福州人。一个又聋又哑，长得颇为猥琐，瘦咔咔的人；世上有几个人晓得他是木刻家？晓得又怎么样？木不木刻又不挂在脸上，又不白杨、赵丹、王丹凤……
荒 烟	木刻家。"你这个板子不好，太泡，西门上有家专做印刷机上木头活字粒的木匠坊，老人名叫'管德和'，几时有空我带你去找他。他做的木刻板原料是枣木，木纹又细又硬。他刨出的木刻板，比镜子还平，根本就不用细砂纸再磨，少见之至，但脾气怪，爱理不理，时常把人气走。看你的运气吧！"
蒋专员（经国）	十天半月总会来演剧二队坐坐。随身跟着个年轻人，和大家都熟，两个人都穿着旧蓝布制服，坐下来，喝口茶，讲讲白话。排戏的时候静静地欣赏。全队的人都叫得出名字。在二队，大概他找到了青少年时期在苏联失去的天真烂漫，那么忘我的开心，浑身的松弛。他另外有一些信得过、谈得来的办事人，曹聚仁、杨明、周伯阶、漆高儒、高礼文这些人。来往人的层次他分得很清楚。新赣南是靠他撑着的。换半个人都不行！
司徒羊	修养个子都行，可惜皮粗，毛孔大，鼻子也大，长一头卷毛，演外国剧本一流，中国剧本轮不上号了。演剧二队解散后，离开赣州去信丰当民众教育馆馆长。
冼志钊	信丰民众教育馆音乐主任。面目姣好，性情温柔，广额，可惜过早地秃顶，只剩后脑及耳东南两侧的头发，令人着急。总是一心想到歌咏队，一个音符，一段节拍，那么严格较真。

何畏	信丰民众教育馆音乐副主任。有一张大嘴。人说大嘴婆娘肚肠宽，的确，常在民教馆见她扶老携幼，有时还给人开中药方子。唱歌先生开什么方子？开错死了人怎么办？不怕，她爹是个名医，她开的只是小方子，管些小病痛。
宣纪达	跟陆河、程进之编写《十日新闻》。晚上收听外国广播电台新闻，马上翻译成中文稿，做些编排，直直横横书写在白报纸上，安放在街上玻璃新闻窗内，有时好多看报、字写得好的老先生都前来帮忙，序子跟着趁热闹画了题图和有趣的漫画凑兴。
梅溪	一个广东姑娘，皮肤黑黑的，讲国语带浓重广东腔，人和和气气，穿着打扮按平常标准来说，稍微洋了一点。她有一副美妙的歌喉。
凸子	民教馆杂工，十五六岁。本地很山的山里人。进城之后见一切事情都新鲜，都有幸福亲切感。轻重劳务，他身体强壮矫健，好些事都担承得起。他爱跟序子一道，看他刻木刻、读书，说读书那"用神"好看。
野曼	信丰《干报》编辑，诗人。湖南攸县人。派给序子好多给诗人做插图的快乐工作。
蔡资奋	《干报》编辑，散文家，湖南攸县人。
余白墅	木刻家。
雷石榆	老诗人，日本留过学，也画点画，会谈好多文坛掌故，奇怪的是跟野曼谈不到一块；一起喝茶，却不是一路。
杨奎章	在《干报》是写社论的人物，话少，和蔼委婉。热闹场合，他坐在其中仿佛自己在默念一本书，很少插嘴。
谷斯范	正在《干报》发表一部长长的历史小说《桃花扇底送南朝》。文雅幽默派头，讲话带点江浙口音，谈吐像一本微笑的字典。
叶奇思	华侨子弟。用华侨头脑思想，用华侨情感待人。他的工作是颠倒日夜的国际新闻稿收听和翻译，所以又加上一个华侨为国熬夜的朦胧神气。他永远是跟野曼在一起。
李笠农	信丰中国农民银行合作金库职员。爱好文艺的萍乡人。精熟唐宋诗词。成为序子摇头摆尾的诗词朋友。

颜　式	曾经跟随张乐平。像太阳一样无处不在。序子寻邬巧遇他，颜式出了三块钱买广告纸、糨糊、图画钉，为张序子、谢天韵办画展。"一直看不透你到底是干什么的？有时候穷到肚皮贴背脊，有时候带帮朋友四处逛。"
徐　力	寻邬《天声报》主笔。报馆停办了，人散光了，一座大屋空朗朗，就剩他们一家人。
潘作琴	平时在一个不公开的美军飞机场工作，礼拜六才自己开吉普车回自己医务室。在英国留的学，抗战胜利后在香港九龙青山道那头开了间诊所。
蔡坤让	莆田"怡心斋"书画店主人。莆仙一带老头们文化上都有点来头。老头书法宗米元章。是个有名的狷士，狂得很。"他那个'怡心斋'其实像个茶座。来往的尽是一个意思的老头。生人很少光顾，要没有百十亩田产垫底，怕老早就'墓木拱矣'了。"
赵福祥	颜渊深"养正"四年级同学。安海"醒斋"刻字铺主人。"祖传的，幸好有这刻字铺，加上我右腿有一点点瘸，没拉去当壮丁。不做刻字匠做什么？我常在画报上看到木刻，很喜欢，你提起木刻，我怎么能够开不开心？"
郭守礼	永春五里街摆修理钟表摊子的高中毕业生。"老实告诉你，别看我这个摊子小，全永春就数我这个小摊子拿得下贵表。""全永春有几块好表，我心里都一清二楚。"修表这行手艺跟看病医生把脉差不多，一切都由他说了算。
程懋筠	男高音。唱《里戈莱托》，嗓门年轻得吓人。更吓人的他居然是国民党党歌《三民主义歌》的作曲者。千山万水，在这里碰上他。看样子是江西本地人，西服穿得家常，没有流落他乡知识分子装模作样的那股寒酸劲。
刘兆龙	一米九。四部大运货卡车的主人。手下雇了三个司机和一些人跟着，气派得了不得。"我最大要害是赌，要不赌，十部车也有了。我不敢有家，怕坑害老婆孩子。我晓得我，不是个好丈夫、好爸爸。"

爸爸说："好啦！好啦！来了就来了，不哭了……"

序子还哭。一边哭一边说："冇是我要来的；是妈叫我来的……"

"是啦！是啦！你是好伢崽，来就来吧！陪爸爸也好。来，来，来，这是钱满满、刘伯伯、吴伯伯、李满满、瞿伯伯、秦满满、小秦满满、胡大、何大、周大、印大……"

有穿短打的，长袍的，全套军装挂刀带的，随随便便穿军装哪样东西都不挂的……

"这么多人我都记冇到！"序子说。

"还有好多伯伯、满满上街冇转来，呷晚饭就见到了。"爸说完，便帮序子提行李箱子进房。

房间不小，有一面是窗子，外头一口天井栽了些认不出的、正长芽的树。窗边一张两屉写字台，摆着简单的文房四宝，笔筒里插着几支毛笔，一个圆砚台。吊着一盏电灯，用一根绳子斜钩着，到时候还可以钩到帐子那头去。

"唔，电灯！"序子心想。

"晓得就好，不要随便摸，会触电。"爸说。

"我懂，书上早就讲过，是爱迪生发明的。"

吃晚饭的时候人果然是来齐了。一共四张方桌子，八个人一桌。人见到序子，便让到另外张桌子坐去了。爸爸便要序子多谢小秦满满。

序子还哭。一边哭一边说：『冇是我要来的，是妈叫我来的……』

冇是我要来的，是妈叫我来的。

六个菜，一个汤。有两个厨房大师傅，一个宋师傅，另一个也是宋师傅；是两父子，所以叫作老宋、小宋。你叫，他们就应。都是朱雀人。不晓得哪来那么多朱雀人。

大家见来了个爸爸的儿子张序子，介没介绍的人都不怎么好奇，算是自自然然。

第二天清早起来，序子在房屋前后走了一走，又到大门外头前后左右看了几看，觉得所谓之沙河街只是条普普通通的街，两边房子也无夺目的光景值得文字形容。左右两列平凡之极的平房。若是早晓得是如此之平凡之街，一路汽车上对于沙河街之幻想就未免显得太花费了。

回转身来看自己身处的这间"一二八师留守处"，实在也想不出好听的句子来称赞它。一进大门，一进大堂接一进大堂，中间隔一段过厅。就这么蠢蠢子延到里头去，像一个不会讲话的伢崽家讲一句话扯一口气、讲一句话扯一口气那样，让人听了提不起神来。到末顶是一间留了个单门进出的厨房……

房子两边，有的地方有砖墙隔着，有的地方只是一层木板板，底下还留得有五六寸凹凹。是一种随便过日子大家不在乎"彼之融融，余且容容"的太平意思。

这个"留守处"是为驻守安徽、浙江一带一二八师那头的家乡人来往"打尖"的地方。当然也是两头办公事之交接重要所在。再往下想，序子就不懂了。

有天爸爸轻轻地告诉序子："你吃饭的时候两只手像螃蟹撑得太开，影响坐在旁边的伯伯和满满，你想过吗？"

"冇想到过。是不是有点对不住人？"序子说。以后就改了。

吃饭两手像螃蟹，撑得太开！

有天爸爸轻轻地告诉序子：「你吃饭的时候两只手像螃蟹撑得太开，影响坐在旁边的伯伯和满满，你想过吗？」

爸爸又说："早晨起来，还可以拿把扫帚扫扫前后堂屋的地。你看厨房的那两爷崽，大清早出门买菜，转来在厨房忙得要死，还要打扫这堂屋，我都有点过意不去。你练过拳，扫地和练拳也差不多，又减轻他两爷崽的辛苦……"

"我在学堂当值日生，我是很会做的。"序子说。

"那就好！"爸爸说。

序子开始探索沙河街两头越走越远的地方了。爸爸出门办公事的时候，他一个人就走到外边慢慢观看欣赏。

绕得大门左首边是往闹热的廊场去的，暂时还不能走，要等爸爸哪天兴致来时带他去。右首边走，叫作小西门。再往前走，街右首有座老岩头堆起的拱门，有岩头坎子，都是些做小生意的人家。有河，挑水的从拱门外头挑进来，弄得岩板路上水番水天。左首边就拐弯到另一条叫作六十码头的街。序子想，这拱门其实就是六十码头，街一定是跟着拱门开始叫顺口的。

这地方很有古意，是很早很早就"古"起来的。卖的东西比朱雀街上卖的还"古"，人看起来也"古"，这种"古"跟长沙关系远了一点，是那一头闹热的长沙城的爷爷或爹。

长沙人讲话"喔是！喔是！喔是！"好像唱京戏的在城墙根吊嗓子。笑眯眯地看着你，准备给你变一套把戏的那种用神[1]。序子一直等机会跟长沙人讲话，那味道好玩之至，仿佛他句句都是真话，一辈子都没有扯谎。

---

[1] 表情。

留守处不少伯伯满满都有点书。《秋水轩尺牍》《曾文正公家书》之类，连《东方杂志》都没有，这很让序子失望。于是序子就对爸爸提出买一点书看的意思。爸爸说："我们是随时要走的人，路上带书不方便。"

喔！要走？走到哪里去？序子就好笑，想到严蕊那两句词："去也终须去，住也如何住？"

不过，日子逐渐开朗起来。

爸爸有时候吃过晚饭带序子到"百合戏院"去看戏。要走好远的路。路那么宽，每家店铺门口都"折"了一页齐楼高的大粉墙，写出黑字大招牌，一个字一个大人那么高，间间店铺字体不同，真是了不得的气派，像书法大展览。是什么聪明人什么时候想出这么好的主意？显示我们湖南省会的大文化架势！那，那，那比金碧辉煌不晓得高到哪里去了！

戏是湘剧，剧情和汉剧、京剧都差不多，有折子戏，也有整场的故事剧。序子最迷的是那位叫作"汤艳君"的女戏子，电灯一照，那简直漂亮得无法比。一个晚上扮女将军，一个晚上扮贤妻良母，一个晚上扮调皮的丫头……嗓子要高有高，要低有低，要细有细，细到好像没有声音的时候还让你听得见，这时候，看戏的人好像都死了，一点气也不敢扯……为了《杜十娘怒沉百宝箱》，序子流了两个钟头眼泪。

有一回散场的时候，你猜碰到哪个？

朱一葵，象生干大[1]。他留了个"分头"[2]，像半个小洋人。原来他在长沙读中学。他也想不到序子会到长沙来，所以两方面都十分高兴，记下了通讯处。他还讲有空要约序子走玩，又讲他时常去沙河街留守处办事，所以很熟。又讲这个、那个也在长沙。讲完了转身之前，学洋人向序子招手再见，又对爸爸招手说："干爹再见！"

序子一路好笑，朱象生干大脑壳上留个"分头"，光落落子，想必是请剃头店特别弄了点手脚……

序子问爸爸："在长沙读中学要好多光洋吧？"

"嗯！"爸爸说，"那是。"

"要是读冇好，光洋不就白花了？"序子问。

爸爸笑了，"钱是屋里出的，书是自家读的。"

又过了几天，象生大写了封信来，讲学堂功课忙，等星期天有空就来留守处找"你"。最后写："祝你天天少到百合戏院看戏！"

序子好笑，"你要不去，怎晓得我天天去？"

有天下午，来了个人到留守处办事，回头看见序子，"你怎么在这里？"

原来他是"香大"，外号"香猴子"。如果看书的人没有忘记的话，他就是那个在朱雀城穿着双外国皮鞋在街上一颠一颠摆步、满身喷洒"双妹牌花露水"的阙家大少爷。他天生长得瘦，所以闲人给他起了个不太讨厌的野生动物外号。开始他听了发气，尤其是以后只称他"香大"的时候更是满头火焰，他觉得含义刻薄。时间

1　干哥哥。
2　西装头，在头顶分开的发型。

朱象生干大脑壳上留个『分头』，光落落子，想必是请剃头店特别弄了点手脚……

一长，慢慢又觉得这个简略的称呼没有丝毫"贬义"，也就宽心地容纳了。叫他"香大"，"香大"就公然地答应起来。

他和序子并没有很深的交情。这没有关系，一切的友谊都是时间和诚恳堆砌而成，何况"他乡遇故知"。

原本香大就是个自得其乐不惹事的幽人，也许早就看出序子不惹事的可取之处，加上他曾是爸爸的学生，以后的日子就常带序子到城中心去广阔见识，上天心阁，走橘子洲头，岳麓山看杜鹃花，岳麓书院、爱晚亭去感染文化流痕……

关于岳麓书院，他对序子所发挥的议论和爸爸带序子上岳麓书院所发挥的议论完全是两个极端。朱夫子朱熹这位古贤在他口里说出来完全是一个非常有味道的谑人，爱玩，达尔文式的科学家、考古家、地质学家、人物画家、诗人书法家，而且喜欢"女朋友"；还折磨过别人的"女朋友"……爸爸原是个开通文明人，讲到朱夫子朱熹，倒是把他弄成孔夫子多少多少年以后最讲究的、最透彻的孔学传人，那简直就是"板板六十四"不苟言笑的另一种面目了。序子喜欢香大的朱熹，又不能不尊敬爸爸的那个朱熹。世界上有两个朱熹就好了，两方面都不得罪了。

香大和序子竟然成了忘年之交。说忘年之交一点不过分：序子十二，香大二十三，大十一岁，几几乎两个序子的年龄。

香大在长沙很可能是因为寂寞无聊才跟序子成为莫逆之交的。一个人无聊寂寞于世上最是值得同情。你常常在街上或乡下见一个人跟马说话，跟狗说话，跟走烂的破鞋说话，甚至跟水缸、跟茅厕说话……孤独的时候顾不上谈话对象是哪一个，选择机会等于零。

这个"零"在某些人身上是很可怕的。

我们先放下善良的香大的寂寞而来说说历史上怕"零"的独夫民贼。我可不想指名道姓地讲具体的哪一个。比方秦始皇、尼罗王、伊凡帝、希特勒、斯大林之类。我只想讲他们心里头的那个"零"。

一个人自我神圣之后就孤独。

一孤独就害怕，一害怕就多疑，一多疑就动杀机；先杀不顺眼的人群，后杀亲信，再杀贴身老朋友。他最恨世上两种人——一是了解他的臭底，二是比他聪明。（其实比他聪明不难，所以弄死好多读书人。）直到最后自己孤零零怀着一肚子怨毒落荒而死。

莎士比亚的《李尔王》第四场，李尔王说："这儿有谁认识我吗？这不是李尔。是李尔在走路吗？在说话吗？他的眼睛呢？他的知觉迷乱了吗？他的神志麻木了吗？嘿！他醒着吗？没有的事。谁能够告诉我我是什么人？"

一个老家伙到了这种状态，四大皆空，自己是什么东西都不晓得了。

香大跟世界上好多快乐人一样，快乐人有个不怎么有出息的前提，不太在乎别人的看法，也不打算立志要对世界有什么贡献。谈不上理想，他只注意每天调整自己生活的运转。速度不快不慢，不怎么酸、甜、苦、辣。他的寂寞孤独像地面上的一个小洞洞，像背脊后哪块部分发生的一点小痒痒；抓把土塞塞，手爪指挠挠就解决了。不产生撕心裂肺的遗憾，因为他没有损失孤注一掷的老本。你以为香大这人是世上稀有动物吗？我告诉你，连你都是！这是一种境界。你缺乏自觉的羡慕动机。他也没本钱建立让人学习的理论基础。太平年月他活得自在；晃荡日子他也能在隙隙缝缝里吞吐自如……哈！这简直让人想起柏拉图！

香大每天都阳光满面，兴味盎然。他熟悉长沙犹如闭眼数落自己手指头。

"序子过来！"他拉紧序子的手腕，"今天我要带你去拜见我的女朋友！"

于是过桥穿巷，往一块非常之热闹的地方走去。

一个人熟悉一块地方并不难，难的是一辈子碰到的都是巧事而不是拐[1]事。

"你刚来冇好久，怎么马上就找到一个'女朋友'？"序子问。

香大笑了笑，"之所以吵，这叫运气！"

香大那副神气好像从胳肢窝拔出几根毫毛，吹一口仙气变出个"女朋友"那么简单。朱雀人背后称他作"香猴子"，看起来还真是明码实价。

序子一路上从朱雀来到长沙，加上往日同窗好友的交谈濡染，耳闻目睹，自认为还是长了些学问的，便问："香大！你讲的'女朋友'是不是'堂板婆'[2]？"

香大一听这话，把序子的手一甩，"吁吁呸！你再说一次！你再说一次！看我不把你扔到桥底下去！你脑壳哪里来的这撮肮脏事？你、你还是张幼麟的崽，你讲得出这种话？呀？呀？"

序子晓得事情拐了。

"小小年纪，太不纯洁了！——你走不走？呀？我报送你，到了地方，你再哼一声这类话，我就和你一起共存亡！"

---

1 不好，糟糕。
2 妓女。

香大往前走，序子在后头跟着。

到了一座石头大门口，香大又牵回序子的手，脸上露出微笑走进大门。

原来是一座四方圈大木楼，住好多人家。两个人上了左边楼梯，走进一间大房间里。

"梁伯好！伯母好！"香大向五十多岁的长脸男人和女人鞠了个轻躬。转身指着一个学堂女生模样的对序子说："这是梁秀芬大姐。"又指着一个男青年说："梁凯哥。"然后敲敲序子脑顶向大家介绍："我学堂张校长的公子张序子，刚从朱雀来。"

老头子眼皮也不抬地对香大说："坐吧！"

序子坐了。香大站着跟那个姐姐说悄悄话。其他各人做各人的事。老头子抽水烟袋，老娘子进后屋做夜饭，那个叫作梁哪样的青年坐在老远窗子口看书。

看样子香大是来多了，大家都显得自然平常。

老头子也不问一声："小朋友，你多大呀？你来长沙做哪样呀？一路上辛苦吗？……"

不问，也不看，根本不把序子当回事。

序子也不是个凡人，朱雀这类老头子见多了，也不把他当一回事。就那么东看看，西看看。

序子椅子背后有张带帐子的架子床。就这么一张，所以看样子隔壁还有起码一间到两间房，要不然老两口子、"女朋友"往哪里困？这屋摆几张乱七八糟的靠背椅，也不像个有身份的人家。就那个懒腰风膝的老头子样子，应该像个读过点书的人。墙那头有两口老书柜，一层层书，要是让序子过去翻一翻，哪类书属哪类人看，这一家的底子就完全摸清楚了。要是以后来多点，熟了，会有机会翻翻那些书的。

看样子老娘子已经把夜饭弄好。"女朋友"跟那个孪孪开始在房子当中方桌子上摆碗摆筷。一、二、三、四，四套。没想过香大和序子的座席。那么当然而然，也不客气地问一声："你们用过饭了没有呀？"奇怪，奇怪！

四个人各据东、南、西、北坐定吃饭。他们的长沙话序子不懂香大懂，交谈冷落，算不得有意思。

菜肴普普通通。夹菜的夹菜，喝汤的喝汤，不太津津有味。除了喝嚼声之外，气氛肃杀，有点像做纪念周。

序子坐在旁边正觉得无聊之至，忽然发现床上放着一把口琴，而且是一把真正的大口琴。

"口琴！"序子过去就拿在手上，"口琴！"

不见有人回答。

序子对于口琴是非常熟悉的，同班程少矶就借给他两个多月，所有的歌信口都吹得出。

序子口琴在手，把周围世界一切的一切都甩在脑门后头，越吹越起劲。心想："他们吃饭，我吹口琴，吃得一定欢畅。"吹着、吹着干脆就坐到床上去，甚至脱了鞋子躺在垫子上跷起二郎腿奔腾澎湃地正式演奏起来。

他风起云涌地想起好多歌，心里头默记感人的歌词："在战场上准备进攻，母亲啊！我思念你。同队弟兄在我四周，满腔热血心志坚，一息尚存必尽忠奋斗，至死方能卸我肩。母亲啊或者一别后，不能再回你怀里，但愿无论能再相见否，你都不把我忘记……"感动！

躺在床上吹口琴

吹着、吹着干脆就坐到床上去，甚至脱了鞋子躺在垫子上跷起二郎腿奔腾澎湃地正式演奏起来。

感动！再吹："从军伍，少小离家乡；念双亲，重返空凄凉。家成灰，亲墓生春草；我的妹，流落他乡！……"感动，感动。

再吹——

后来发生了什么事情，序子都想不起来了。如何告辞？如何下楼？如何出门？也想不起来了。一路上香大不说一句话，只是顿手顿脚，把序子送回沙河街一二八师留守处，妥交给序子爸爸。

从此香大再不到留守处来。这是一九三七年二月发生的事。

爸爸为这件事情笑痛了肚子，指着序子，说不出话。

（爸爸发笑，大概因为序子没有说服周瑜前来归降吧？）

一九八七年，序子回到朱雀，有一天在街边发现老迈的香大蹲在一个墙角卖烟叶。试叫了他一声："香大！你认得我吗？"他摆架子懒洋洋抬起脑壳，"老二呀？"序子说："我是老大。"

"哦！你多年有转来啦！"香大说。

序子说："冇！我时常转来，就是冇碰到你——你有空到我屋里坐坐。"没有讲"我对不住你五十年前那件事"。

他笑眯眯地往后墙一靠，手臂一伸指着序子，"慢点！照规矩'行客拜坐客'。你要先到我屋里看我。"还是那副洒脱的派头。

序子猛然醒悟，"对，对，对！香大，我应该先到府上看你。你告诉我，你现在住哪浪？"

"洪公井老地方，洪公井老地方！明天早上我等你。"

一别五十年的嘀嘀哈哈的阙大少爷，蹲在墙角街边卖烟叶，什么话都不用问了。

唐朝司空曙有诗云："故人江海别，几度隔山川。乍见翻疑梦，相悲各问年。孤灯寒照雨，湿竹暗浮烟。更有明朝恨，离杯惜共传。"

既然五十年前老所在，序子记得的，阙家公馆是个讲究地方，他跟爸爸去做过客。那时香大他爹还在。

阙家清朝做过官，留下一笔很有规模的房产。进门院坝是个大天井，两边架了石头花座子，一盆盆讲究的奇花异草。上小坎子进序厅，左右有房，再过花厅，进堂屋，两边墙上各挂四幅古人书法，分列八张太师靠椅，四张茶几，左右侧门又是两间房。堂屋尽头有神柜、供桌、祖先牌位。再进左右侧门往里走，有椿木树、桑树、罗汉竹林围着一口小池塘，上水石、菖蒲、浮萍、鲤鱼，样样齐全。塘边有四条石头凳。堂屋顶上四盏楠木宫灯，那是留在序子脑壳里最有印象的东西。

第二天吃过早饭按老印象，在洪公井找到香大的屋门口。大叫一声："香大！"

门"勾呷"一声开了。

"请进，请进！"香大说。

序子跨进门，傻了。一望到底的空坪；上达蓝天白云，下贴荒草颓垣，中间临时搭成的瓦棚横着一口土灶。绑着一只腿的方桌。靠墙地面两扇门板垫着块席子，大概是床。

香大灶门口拉一段老短树头对序子说："你先坐下！"

"哪！看到吗？阙家公馆。冇要错愕！冇错愕！'王谢堂前双燕子，乌衣巷口曾相识。'你今天就勉强当只燕子吧！"

序子问："你屋里——"指了指上下左右前后，"那么多名堂呢？"

"哪！哪！哪！我冇是'三青'，又冇是'国民'；大家晓得本帅名分上是个吊儿郎当花花公子，一辈子和人冇结仇挂恨。哪个'阶级'都轮不到我。大场合斗争会我敬陪末座。我一举动，一开口人家就笑。后来'上会'都被取消资格，讲我有扰乱会场的天分（北方叫作搅局）。怎么办？劳改了几天就放回来了。

"屋里那些名堂，搬得动的，哪个喜欢哪个搬；留下房梁柱子，门板砖瓦；幸好剩这些名堂，像是银行提款，拆一点卖一点，亏了它活到今天。

"以前的人作文写书，其目的都是盼望别人冇要忘记渠，挂牵渠，叫作流芳百世的功业；老子跟前就怕别人挂牵我，想我。一想一挂牵又要龙纳[1]我好几天。

"我这个老家伙剥光了衣服，屁股拉胯，除了一身骨头和皱皮绝对没有一坨像样好肉，一点看头都没有。全城人都晓得我一辈子过的日子也一点曲折戏文都冇。不可看也不可听，无聊。眼前世界上，怕只有我自家喜欢自己了。我简直是个'寡人'，我这个'寡人'不怕老，不怕死，不怕人害，不怕人抢位置。我奉劝世人不要学我——其实你学也不会。不信你试试——唔！我这里没有茶水请你喝的。改天到你府上再喝……"

序子掏口袋，想送点钱给他，他发现了，"……你，你想做哪样？你想送钱给我是不是？来不得。送多了你拿不出；送少了不解用。三两天混光了还是没有。我惯了，我们非血亲关系，你犯不上帮我，你让我自己来。这不是面子不面子，脾气不脾气；是实在话。

"你想我，哪年转来就来看看我，吹一番。忘记了也就算了，哪个有欠哪个……'人生朝露'，这是看得透的话，不捧人也不怨人，冷冷落落，好！"

1　麻烦。

跟香猴子香大的关系一辈子到此结束。

回头仍然讲沙河街一二八师留守处过的日子。

一二八师留守处三十多人中只有序子一个人是伢崽家，慢慢地慢慢地像几大房只有一个独生子那么宝贝起来。序子也自重；每天清早起来前前后后扫地。讲话也都检点。原来少和他讲话的伯叔们都和他亲近起来。厨房老宋、小宋更是体恤他，时不时弄点名堂送他呷。一块热热的卤了白糖的猪油渣，一块厚厚的"社饭"锅巴……

一天何大从街上带回六颗玻璃球送给序子，"长沙伢崽都拿这个走玩，叫作'弹子'。捏在手里拿手指娘拨出去，这颗弹那颗，那颗弹这颗，弹准的定输赢……"

"我懂，我懂，顾远达、顾凤生就有，我们一起走玩过。这大颗的紫球叫作'王'，先弹出去定位的，最后还由它来'吃子'。"序子说。

"那我送你就送对了。"何大说。

序子有了这一副弹子除了自己走玩之外还想，要是托人带回朱雀让孥孥们玩玩多好！想到朱雀的孥孥们，"丈夫有泪不轻弹"，还是弹了几滴。

吃完早饭，大人们各做各的事，出的出去，没出去的闷在房里，序子找不到什么书看，便在长厅里打弹子。

长厅论起打弹子是再好也没有了。长，平，光落落子，要是多两个伢崽一起，那就可以一直玩到长大了。

有时候，序子会发现隔壁有一对眼睛从板墙爿爿底下往这边看，有时候还露出一对肥肥的小手。要是熟，便可以喊过来一起打弹子了。

这伢崽想必是没有弹子的人。要有，就犯不上趴在地上看隔壁的人打弹子了。他一定也是个单独伢崽，几时在门口若碰见他便可以联络联络，慢慢子做个朋友。

没想到不过几天事情变了卦。

序子的那颗大紫玻璃头球弹子刚滚到近隔壁的板墙边上，说时迟，那时快，一只小手伸过来拿走了。这还了得？

序子赶紧跑到门外，在隔壁门口去等那个伢崽。这哪里等得到？再回到原来板壁底下往那边窥扫了两分钟，一点动静都没有了。"这他麻个皮狗日鬼崽崽！"

"序子序子！你在做哪样？"吴伯伯过路时问。

"麻个皮，隔壁鬼崽崽伸手过来，顺了我的玻璃弹子！"序子趴在地上还没起来。

"那还了得？你找他去！"

"狗日的躲了，见冇到人。"序子说。

"手再伸过来，你狠狠踩他一脚！"吴伯伯讲。

"嗯！是个小伢崽，可以拿绳子下个活扣套他的手！"序子说完笑了，站起来拍拍灰尘。

两三天后的一个中午，序子正要出门上街观景，看见隔壁伢崽正在门口玩他的紫玻璃弹子王。序子把伸出的脚杆收回来，侧着身子躲在门边看那个玩兴正浓的伢崽。九岁还是十岁，胖胖子，嘴巴自己和自己讲话。

他很可能屋里没有玩具，论穷也不算穷，穿着带点子花的淡蓝宽宽的长袍，脚底下套一双木板板鞋，还真有点异样。他背着身子专心在玩上，一点也不晓得序子"黄雀在后"。

序子一把抓了要夺那颗宝贝弹子，那伢崽一下子把弹子放进嘴巴，序子轻易地捏住两边腮帮子把那颗弹子从嘴巴里抠出来。那伢崽坐在地上大哭大叫。

屋里头跑出一个男人，问那个伢崽："瓜里瓜拉，阿里巴约葛马司？"

哭的伢崽坐在地上手指序子。

那大男人转身对序子变了脸，"伊玛多多，里多葛拉班士！玛士里约？"手指序子脑门，"巴嘎，巴嘎亚罗！"

序子听那口气，不像长沙话，也不像洋人话。只明白一点，像是要动手打人。

序子就开始运气，一边还和他讲道理，拿着弹子告诉那个男人："这弹子是我的，前几天让他顺了，现在我要了回来，就是这么简单。你想怎么样？要打人是不是？"

这时弄得两边门口很闹热，围了好多人。

一二八师留守处的人全出来了，见到是那个大男人骂序子，又听到序子讲出明明白白的道理，穿全副军装、挂刀带的李满满发言了："嗬？嗬？嗬？哪里滚出来个小日本到我们一二八师办事处门口来耍威风？你那个鬼崽崽抢了我们小学生的东西，还要来作恶耍赖！……"

看热闹的老百姓也发嗬嗬之声助威。

李满满又讲：

"你这个麻个皮小日本装起来是个卖'仁丹'和'味之素'的贩子，讲有定还是个挨着我们一二八师留守处的探子，想搞点军事

『嗬？嗬？嗬？哪里滚出来个小日本到我们一二八师办事处门口来耍威风？你那个鬼崽崽抢了我们小学生的东西，还要来作恶耍赖！……』

抗战开始于长沙沙河街

情报是不是？麻个皮！你听清楚了！张学良怕你，老子湘西朱雀人不怕你！你再耍！再耍！看老子一枪崩了你！"手往左腰便去摸枪。

那日本人扯起坐在地上的伢崽往屋里就跑。

老百姓拍掌叫好！

老百姓和李满满跟一二八师留守处全体同仁都不晓得这件事情背后意义有多大！后果有多严重！差一点点，就差那么一点点，世界历史就换成另一种写法了。张序子是另一种味道的张序子。你信不信？不信也要信！到那一天，连蒋介石嘴巴上都不能不经常挂着张序子长、张序子短的大名。张序子大名远扬全世界。

沙河街出这件事，可惜日本人漏过了好机会。要不然"七七卢沟桥抗战"就会提前五个月变成"二八沙河街抗战"，伟大抗日战争就会在长沙揭开序幕。借口失踪的日本兵就是隔壁偷玻璃弹子的日本鬼崽崽；奋勇抗日的吉星文团长就由张序子取代。那个宋哲元将军变成李满满。

那颗紫色玻璃弹子当然成为珍贵文物。八年抗战胜利之后安放在哪里真要好好想一想。

（一二八师留守处以李满满为首的伯伯、满满、大大们，"七七抗战"以后一直跟师部官兵坚守在沪杭国防前线，在师长顾家齐、副师长戴季韬领导下奋勇作战，最后八千多湘西弟兄，其中三千朱雀子弟即世上称赞的"筸军"，全部牺牲在保卫嘉善一役之中。一二八师留守处的那些伯伯、满满、大大们，一个也没有活着回家。每年嘉善政府都开会悼念他们，湘西年年都派代表参加。

五○年我回朱雀的时候，全城伤心得连哭声都没有……）

梅兰芳到长沙来了。

留守处的人吃饭时候把梅兰芳当菜，扒一口饭，讲一声梅兰芳。在哪个大旅社住？哪晚唱哪出戏？好像亲眼看过一样。

所有留守处的高低人士都谈不上看梅兰芳。梅兰芳不是想看就看得到的。有光洋也不行。你可以拿光洋买这个、买那个，买梅兰芳不行；何况你荷包光洋有限。

谈是可以的。当天报纸整页整页都是梅兰芳。起居，饮食，交往……旅社门口从早到夜站满了人。梅兰芳的梦里都站满了人。

又传说何键的妹追梅兰芳，梅兰芳的汽车逃在前，何键的妹的汽车追在后。梅兰芳被追到没有办法的时候，只好逃到省政府找何键。何键的妹这才放了手。这是口头相传的新闻，不是报纸印出的新闻，算不得数。

序子爸就不信。他说："何键的妹没有必要追，请吃顿饭就来了嘞！这是在长沙，不是在上海；他会来的。多大的面子！梅兰芳即使来了，何键的妹也不敢把他怎么样。能怎么样呢？所以梅兰芳更没有必要逃跑。这新闻编得新鲜，水平不怎么之高，低俗！"

爸爸想不想看梅兰芳？难得这么近的机会看到梅兰芳，这一回只要舍得光洋就唾手可得。"使君能得几回来？便使尊前醉倒且徘徊！"[1]

他是弄音乐的，他最有资格最有理由看梅兰芳。忍了。当然是因为几百里外嗷嗷待哺的老小家人……哼！我这个爸爸！序子心里最了解这个爸爸。

1　苏东坡词。

序子跟爸爸坐在房里，序子问："爸！梅兰芳是不是真的那么好？"

"是好！"爸爸说。

"那我觉得你应该去看一盘。一辈子的事。"序子说。

"你晓不晓得？一张普通票，是我们一屋人半个月的饭钱……"爸说，"我年轻时在北平看过不止一回，他那时年轻，票价便宜，的确是天分高，扮相漂亮，大家都喜欢他，好多有钱有势的人都捧他，出名文人帮他撑腰。现在算起也不过四十出头。他十岁登台。越唱越好，现在当然更好。十九岁就有人请到上海……把上海都响炸了。"

序子说："我听留声机喜欢须生，谭鑫培、余叔岩、言菊朋、高庆奎……这些人，不太喜欢旦角。要讲旦角，当然还是梅兰芳好。我不听别的旦角。有的旦角起调头一个字和最后一个字都用得太狠，好像书法起笔落笔都重重地顿一下，把字形都弄乱了。"

爸爸讲："唱戏各有各的派，这一派、那一派，你讲的都是'派风'。梅兰芳就叫作'梅派'，'梅派'是比较完美的，大家都那么认为。"

"刚才吴满满讲何键的妹追梅兰芳的事我看不太靠得住。"序子说。

爸爸说："是这么一回事。一听就明白是编出来的。不过对梅兰芳，在北平、在上海是有著名文人迷到叫'妈'叫'亲娘'的。这还真是肉麻不堪！是不是？"

"是！"序子答，"朱雀城里也有人跟戏班子跑码头，迷在里头的。还有有钱人婆娘嫁送戏子的。"

"你怎么晓得？"爸爸笑了。

序子也笑，"嗯！我晓得好多好多事，我们同学大家讲来讲去……"

"你们伢崽家有应该晓得好多有应该晓得的事！"爸爸说。

"晓得了就变作应该的了。"序子说，"我们伢崽家也有好多你们大人有晓得的事……"

"比方……"爸说。

"我和同学都这么看，世界上做妈比你们做爸的苦，最造孽。有管是好妈还是恶妈，丑妈还是漂亮妈，竖牌坊的妈还是'婊子堂板婆娘'妈，世界上所有妈都是好妈，都是苦妈。"序子讲。

爸猛然站起来，"你哪里听来这些鬼话？呀？你几时听到'婊子堂板婆娘'？你……"

"我早就晓得'婊子堂板婆娘'了，她们家里苦，没有饭吃，没有衣穿，有屋坐，崭崭有书读。她爹妈就把她卖送'堂板'里头，要她们和有认得的生男人喝酒，吃菜，唱难听的歌，有时候还要她们坐在生男人身上……生男人喝醉了，她们还要挨打……"序子很认真地开导爸爸，"这回我跟胡伯伯、廖满满和刘伯伯来长沙，经过沅陵和常德的时候在旅馆，都有'婊子堂板婆娘'坐在他们身上喝酒、唱歌。刘伯伯不好意思，脸都红完了。他是读书人，有见过这仗火，跟我躲在房里摆龙门阵，不敢出房门。"

爸爸看着序子，一句话不说。

序子接着说："所以我和你讲，你们大人家好多事有见过。这回你信了吧？"

"这样，呀！爸听你讲完这些事，爸都信了。你不是扯谎。你见的这些事都是胡伯伯他们的丑事、不正经的事。眼睛看到，心里明白就行了。千万莫讲给人听！懂吗？你讲了，就像是你也跟他们一样在做丑事，人家就看不起你了。你懂吗？"爸说。

"你不打招呼，我也晓得这是丑事。万一人家问起我，'你怎么晓得的？'我怎么办？所以我不会讲的。世界真怪，好多好多事都要埋在心里头，一辈子不能讲送人听。我不用长大之后，我现在就懂。爸，我一直搞冇懂，你讲讲看，吃鸦片烟和找堂板婆，哪个有害一点？"序子问得很认真。

"鸦片烟会弄到全国老百姓都变成鸦片烟客，个个又穷又瘦冇劲，打仗保国卫民的事就谈不上了，这笔账要算到英国人头上；找堂板婆娘社会就会腐烂，人心就会残忍，麻木不仁，这笔账要算到我们自己政府身上。"

"那我们政府做哪样冇管一管？"

"你那个胡伯伯、廖满满他们自己就是政府的人。"

"这老狗日的，老子还跟他一路来长沙……"序子生气了。

"嗬！嗬！你骂胡伯伯一个人做哪样？这是很糟糕的坏风俗，好像鸦片烟一样，习惯了，大家不晓得羞耻。不是一个人的事。"

"'人无廉耻，百事可为'。"序子慷慨了一下，"好像、好像、好像要先想办法改改政府！换一些正经人当官才行。等我长大了要和人好好弄一弄！"序子说。

"到时候，你长大了，你准备怎么弄？"爸爸笑了。

"爸！怎么我想到鸦片烟、堂板婆娘、胡伯伯、廖满满、政府……像一个在打圈圈的队伍，找冇到哪个是头，哪个是尾巴！又好像是在玩那个'剪刀、石头、布'，一辈子没完没了……"

这一天，门口收发室拱满了人，出出进进，像猪娘刚下了一窝猪崽，热闹得了不得。又像梅兰芳送来了免费票那么高兴。

爸也有点动摇，顾有得跟序子讲话。

原来安徽一二八师师部来了指令，留守处解散，全体人马到安徽宁国师部归队报到。

这就算是件大事情了。

大事情来了，和所有的人员都有切身关系，就不能不站在一起、坐在一起论一论。这么一论就论了两天三夜，第四天全体出发。公家的私人的箱子、包袱、笼屉整成两大堆，编了号码，写了名字，往码头运。

这么一动，序子就懵里懵懂起来。没有伢崽家的事，跟着走就是。来了一队车子，五部还是八部，都冒着气，响得像牛叫。东西和人都上了车就往湘江那边开。

这时候，序子就认得长沙了。那么大那么热闹的长沙。有古房子，有四层楼的洋房子，汽车开了一个多时辰还没有到；后来就到了，是个叫作"码头"的地方。

湘江那么大，满河都是船，大大小小，大木船和铁壳洋船，像曹操八十万人马下江南。

办事处和人员的公私行李都装进两只大帆船里头，帆船有一根大桅杆。了不得，威武到有讲场[1]！

装进东西之后就一点动静都有了。有的坐，有的站，有的在码头，有的在船上，抽烟，喝茶，摆龙门阵，甚至还有人在行李上打

1　没说的。

办事处和人员的公私行李都装进两只大帆船里头，帆船有一根大桅杆。了不得，威武到冇讲场！

大桅杆船.

瞌睡，看不见有走的意思。

那些人都无聊，打博凯 [1]，下棋，推牌九，就没有一个人看书的。连爸爸也不看书，他坐在船边边厚木头沿子上，旁边放了一杯高筒子盖碗茶，抽香烟，看水又看云。想必他心事好重；想必他心里头在作曲、画画；想必他在想朱雀的妈、老婆和伢崽；想必他不晓得要去的安徽宁国师部是个哪样名堂，他在怕。

序子坐在岸上绑缆绳的墩子上，脸盆大的一个墩子，头头都磨圆了，居然是铁的。一排过去没有一百也八十。周围声音那么噪，这种噪法是一种让人听不懂的长沙的吵，嘀里嘀啦，跟朱雀赶场几千人的吵不一样，吵也有方言。跟爸爸以前风琴弄出来的和弦，各有各的味道那点意思相同。

有推车卖吃货的，提食盒卖吃货的，挽篮子卖吃货的，都盖着白纱布以防苍蝇。其实盖布上头都是苍蝇他也不管。

还看见几个有钱穿好衣服的大奶奶婆娘，牵着几个卵崽崽的手去搭轮船。那船有个冒黑烟的烟筒，昂昂叫两声，又昂昂叫两声，勾引大家注意。人就从跳板上过去。"绊几个狗日的下河就好！"序子好笑。

湘江，湘江，有名是有名，可惜水是浑的，不怎么名誉。

后来船上大叫开饭，爸带序子上船吃饭，豆豉辣子牛肉豆腐干，吃得满身是汗。吃完，大人拿一根绳子吊个水桶到江里打水上来洗碗筷，也不管干不干净，洗完了，搭成一摞放在舱顶上，等大师傅来收。

----

1 桥牌。

划船师傅嗓子跟山里人一样，都用嚷，怕人听不见。

吃过夜饭，天晏了，湘江一片雾，几百条大大小小船只剩桅杆和船影子。有的船开走了，又有船开进来。只听见"呵！呵！"喇叭声和铃铛声。远的近的灯开始亮起来了。一点风也没有。灰灰的像梦里的彩色，江上的景致给冻住了。

船根本没有开的意思。只留下几个老实年轻水手守船，其余的人都笑呵呵上岸去了，居然还问爸爸："先生！先生，你怎么不动身上岸玩玩？"

"你们去！你们去！我帮着看船。"爸爸说。

"爸，船上打铃铛、响喇叭做哪样？"序子指着老远来来去去的船影。

"喇叭叫铃铛响，是在打招呼放信号：'我们往左首这边来了！我们往右首这边来了！不要碰到我们！'船要是让碰一下，尤其是大船碰小船，那是非翻不可的。若是大船碰大船，更是了不得的事，要死好多人。就好像汽车街上喇叭响，警告走路的人一样。"

"坐船、坐汽车是危险的，对不对？"序子问。

"全世界每天坐汽车出危险的人，算起来一天死好几百，甚至好几千。"

"这么危险，那还坐它做哪样？"序子说。

"全世界那么大，死百儿千把人，算不得多了！"爸说。

序子"唉"一声。朱雀只有几千人，经不起两三天。

爸也"唉"一声。

留守处两只船桅杆上，船头船尾、舱前舱后都挂着大洋油灯，有红的，也有不红的。

收拾一下茶杯，两父子站在船边屙尿。爸说："屙透了，半夜起来麻烦。"提着鞋子下到舱底。舱底除了行李和公文箱子还算宽敞，点着几盏马灯。爸问序子有冇觉得冇好过，序子说："哪里会有好过？好走玩就是好过。"

爸爸就笑起来，打开被窝毯子席子，靠船边铺出张床来：

"你听冇听到，隔层船板外头就是水，我们在水底下，听冇听到水响？"

序子从来冇想到这回事，一听，果然有水声，真是新鲜。

半夜开船，序子和爸都醒了一下下，仍然睡觉。

天亮时听到上头说是到了湘阴。序子穿鞋爬上舱面，嗬！好大的太阳，这张大帆胀鼓鼓子装满顺风，像腾云驾雾那么快。金光闪闪子。

序子从船头跑到船尾，坐在掌舵爷爷脚底下看老远老远的"水平线"。书上讲过，"水涯接天之处即水平线"。

看到这光景，序子自己对自己讲："有什么好哭的？"便擦干了眼泪。

掌舵爷爷眯着眼睛盯住远处，两只大手抓住横在他胸脯前的舵把，晓得脚底下有个伢崽。

"伢崽！你到么子地方去哟？"

序子听冇懂他的话，摇摇脑壳。

"俄是搞的来！咯子¹的话你都听莫懂，还往外头跑啥子的来？"

序子还是听冇懂，就回头对这位老爷爷笑笑。

笑这东西全世界都懂，两个人就开始和气了。

序子看着自家的船往前滑行，又看别家的船往回头走。两岸有时候是人家，有时候是芦苇。这水大是大，应该还是河。湖这个东

___

1　这样。

西像肚子，河是肠子。眼前船在肠子里走，几时才走到肚子？

　　"爷爷！这是洞庭湖吗？"

　　老头子摇脑壳，"这是湘江。"

　　"几时才到洞庭湖？"

　　"明天大清早天蒙蒙亮的时候。"

　　"我醒了吗那时候？"

　　"我哪晓得哟。"

　　"那你到时候喊我一声！"

　　"我早就换班睡觉，喊不得你了……"

　　岸两边沙洲上息了好多雀儿，有大有小。天上灰麻麻一片又一片，像扬起的灰尘。雁鹅、水鸭子，一群群飞来飞去。

　　"见过吗？"老爷爷问。

　　"有的见过，有的冇见过；也冇见过这么多……"序子说。

　　"它们回家来了。春天回这个家，秋天回那个家，千千万万里那么来回飞。"老爷爷说。

　　"所以它们就让人取名字作'候鸟'。"序子说。

　　船近的时候它们也不飞，晓得船上的人跟它们各顾各的日子。听得到天鹅和大雁的招呼声："咯！咯！喔！喔！喔！"

　　"它们也有上当的时候。有人装着过路船的样子，一排枪、一排枪地打它们几千几百只到城里卖钱……"老爷爷讲，"好伤天理！"

　　"那政府不抓这帮狗杂种？"序子说。

　　"哈！政府自己就是狗杂种。杂种不抓杂种的！"老爷爷有点得意。

　　"我们朱雀城的人是不打雁鹅的，讲它们带着镇守边关当兵人的信……"序子说，"爷爷，都说湘水洞庭，到处都是荷花，怎么一点也看不到？"

"现在才杨柳发芽，到时候，也不见得到处都是荷花。读书画画的文人喜欢吹，吹成洞庭湖到处都是荷花，是个'荷花国'……那么深的水，荷叶怎么长得上来？种荷花要围塘堰的人家照顾，挖藕、摘莲子是正经农事。一枝荷叶，一朵荷花，上头一摘，底下的莲藕就烂完了。城里的人根本不懂，喜洋洋摘一把荷花荷叶回来……"老爷爷说。

（我画荷花题跋常把洞庭烟水连在一起。其实一辈子就只那么一次过洞庭，二月间，哪来的荷花？后来在滨湖一带所见荷花，无一野生，文人嘴巴，自己也觉得好笑。）

回到舱里，爸爸问到哪里去了，序子讲跟掌舵老爷爷说话的事，爸爸就说："这类老人家，脾气最是古怪，又硬又犟，一下子捋顺了毛，肚子里有晓得有好多学问吐出来——"

"是、是、是，刚才就是那个样子。"序子说，"原先，他讲的每一个字我都听有懂，样子又恶辣厉了，坐久了，他口气也变了，话也听懂了。"

"要是湘乡话，你一辈子也听有懂！"爸笑起来。

"我问他，几时到洞庭湖？他讲明天清早晨。我怕我困着醒有来想要他叫我，他讲他换班困了，没有空。"序子说。

"洞庭湖好大，要走好久好久，用不着怕有看到。其实眼前我们已经进到湖区了，右首边有远就是屈原夫子跳下去的汨罗江，一路上都是古地方，好多好多'古'好讲，青潭啦！磊石啦！君山啦！岳阳楼啦……"

『这类老人家，脾气最是古怪，又硬又犟，一下子捋顺了毛，肚子里冇晓得有好多学问吐出来——』

"袁子才有首诗《汉江遇风》，里头有句诗，我坐在船尾想起来了，'……少年何事便离乡？'"序子闭着眼背。

"你几时读的？"爸问。

"我好久以前的小时候读的，爷爷特别要我背熟，说我长大一定会路过君山。我就特别记住'少年何事便离乡'，没想到今天真碰到了。"序子说。

"天晓得，你现在也不大！"爸说。

"大了！大了！不大我怎么出得来？"序子说，"我大凡见到好景致、好事情都有诗意，都想作诗。可惜我的才情不够，作来作去都作不像。我不耐烦平仄，不平仄又不像诗，顾到平仄意思变味道了。大概是书读得太少的缘故，读得少就不够用，都在诗意的外边拿不进来。我长大怕做不成诗人——其实我原本就不想做诗人。只不过我喜欢诗就是。"

有人在船边上钓鱼。用根短竹竿竿，绑一根麻线，麻线上绑一小坨猪肉，冇钓钩。冇钓钩鱼怎么上得来？简直是变把戏，上来了。一尺多长的白条鱼，紧紧咬着那坨肉不放就上来了。另一个满满拿着张兜网站在旁边，来一条，兜一条，放进竹篓里。真好看，引来好多看热闹的。中饭就吃这鱼，炸鱼、煮鱼、红烧鱼……世界好多事就那么怪，有的事，容容易易，像船上兜鱼一样，一下一条，一下一条。换个地方就难。不信你拿口碗在大街上讨钱试试，多半天人才给你颗"通眼钱"，饿死你这个狗杂种不信！各有各的世界，各有各的衣禄。

序子对船尾巴左首边那间茅室[1]特别之有兴趣。可算是世界上最简便、最安全、最干净不过的天下第一茅室了。可以悬空登临安坐在座位上浏览风景，左、前、后各一个小窗口，天光水色无一漏眼，满心胸都是屈骚楚辞，横过眼眶眶都是湘君、湘夫人、山鬼、云中君的影子。

序子眼前有的是时间，好多思索的余地，不能不想起久久难忘的"哲学"。他越是不懂越是想弄的就是"哲学"；周围的风景越好，就越想弄"哲学"。

"哲学"到底是个什么东西？有人当面明明白白讲得清楚，爽爽朗朗，不绕弯，不打磕地讲出来就好了。

"狗狗，找你半天，你蹲在茅室做哪样？"

"我在想事情。"

"这才怪咧！茅室有哪样好想？"

"你不晓得，好多难做的算术题我都是进茅室做对的。记不到的东西，一进茅室就想起来了。"序子说。

"那你刚才想哪样？"

"想楚辞、《离骚》、湘君、湘夫人，还想'哲学'。"

"好，好！算了！算了！你懂个哪样哲学？现在不想了，我们去找歇班的掌舵爷爷摆龙门阵！"

进到后舱，见掌舵爷爷一个"大"字困在铺上，一屋酒气。

爸爸就笑了，他叫序子莫走，"看这个掌舵爷爷，累得一天眼睛一眨都不眨地望着前头一片大江，船走到哪里了，水底下哪里有

1　方言，音 máo si。

礁石，喊帆工往哪边扯帆，每一分，每一秒，都有放松——

"你看这对小眼睛、高额头、长眉毛，红岩头颜色的糙脸，这张薄嘴唇，这对犀牛皮兮兮的粗手——莫惊动他，他睡得厉害，要喝醉到极点才有这种睡法——你看，他笑了。这个酒梦一定做得非常之好……"

两父子来到舱面，夜风吹得序子闪了几下身子，"爸，做哪样夜间还开船？要是对面来船看不见就撞了！"

"不会的，有灯，各走各的路，要不然，人长眼睛做哪样？水上的规矩比地面上的规矩严得多。"

序子说："是不是像蒋介石定的'新生活运动'，大家都靠左走？"

"意思是这个意思，规矩是蒋介石的爷爷的爷爷，好久好久以前就定下来的，和蒋介石无关！"爸爸说。

序子又问："做哪样掌舵爷爷都那么恶？"

"不是恶，是威严！要不然水手都不听话，船怎么走？"爸说。

"打不打？"

"有时候忍冇住了怕要来几下。"

"我想也是。'江湖'嘛！啊！爸！有一种'青红帮'你晓不晓得？"序子说。

"你怎么听到的？"爸问。

"哎呀！我们同班田应生那帮人，哪样都晓得。他们讲，人要是参加了'青红帮'，全国到处自由通行，到哪里呷到哪里，冇人敢欺侮。屋里人再也不会挨冻受饿——爸，你其实可以去参加'青红帮'的。"序子摊出了学问。

爸说："'青帮'是'青帮'，'红帮'是'红帮'，各是各的派，各派有各派的主张，不一样的。'青帮'是在江河上活动的。那时候没有火车、汽车、大轮船，岸上运东西只靠牛车、马车、独轮车、挑担脚夫。所以那时候货物运输都靠水上的船只来掌握。全国那么多河流运输。清朝有个姓陈的安徽人——我们过几天就要到的地方——在安庆成立了一个帮会，慢慢全国大小江河都有他们的势力了，社会上好多高低人物参加了这个帮会，都能得到好处。

"'红帮'原来称作'洪帮'，讲是洪钧老祖庙里头成立的。大家都愿以赤心相待，就改为'红帮'，帮规比'青帮'严，行动也都比较秘密。世界上越秘密就越引人注意，摆出的龙门阵就多。

"后来人把这两种帮会总称作'青红帮'。

"你讲的'青红帮'的好处，那是真的；他们有辈分的讲究，辈分越高，待遇也就特别之好。辈分高就是老资格嘛！他们有一层层的级坎子，有严格的规则讲究，违背帮规，小的剁手指头、脚指头，砍手杆，砍脚杆，重的掉脑壳灭门，一点开不得玩笑。

"你光想好处忘记他们的帮规，世界上哪有这么便宜事让你捡？"

序子问："哪样叫作违背帮规？"

"你原来不想做，为了'帮规'你非做不可的事。比如要你去杀一个你尊重、你喜欢的人……"爸说。

"哎呀！这么一讲，参加了'青红帮'，让不让退出来有参加了？"序子问。

"原先你不参加，哪样事都没有；参加了又想退出来，这就难饶了。狗狗，你听我讲，人生在世，情愿自己哪样都不参加；平常日子受点这个苦那个苦，这个麻烦那个麻烦，让人轻薄冷眼，都不是要命的事。自家躲在屋里振作发奋，总有出头的日子。一参加'帮'你自己就不是你自己了。"爸有些感慨。

"掌舵爷爷，你猜，他有没有参加'青红帮'？"序子有点好奇。

爸爸想了一想，"不用猜，参不参加都冇关系，他老人家只在船上掌舵而冇在'帮'里掌舵，吃'功夫饭'，有灾有难轮不到他老人家顶。讲冇定他的辈分还很不低。就像部队里头的老火头军，连长营长都要让他几分——睡了吧！明早起好看洞庭湖。"于是两父子下前舱睡觉。

天刚亮，爸叫醒序子，"快起来！快起来！看洞庭湖的君山！君山到了，君山到了！"听口气，爸爸很感动。

序子连忙穿好衣服爬到船面，赶到左首船边。

那么大的天，四围没有边的水，帆在桅杆上呼呼笑，远处一座孤独的山浮在水上，绿悠悠子，映着倒影。这就是有名的洞庭君山。

论艺术家，没有人比自然界这狗日的更自由更大胆了。你想吧！它以前做过的恐龙眼前看冇到，冇讲了；非洲还有脑壳上长两只角脑的犀牛，鼻子丈多长的象，颈根丈多的长颈鹿；高起兴来，把鸭子嘴巴安到一只水獭身上叫作鸭嘴兽。嘴巴打开有一扇门高的河马。简直是想怎么做就怎么做。它没爹没妈，不怕人管。

做一种上头大到完全不讲道理的无法无天的大，下头一根光杆子撑在地面。春天是绿的，秋天是黄的，冬天叶子掉得精光的东西，满世界这么插着，到处都是，取个名字叫作"树"。哪个给它取的这个名字？

人嘤！弄成各种颜色，白的，黄的，黑的，听说还有棕色的。

黑的又分暖黑和青黑，黄的又分酱黄和褐黄。黑头发，黄头发，金头发，红头发，白头发，灰头发……

好！山。

喜马拉雅山高到两万六七千尺，贵州一个山洞这头到那头，一个星期也钻冇完。看，眼前是这座君山，平白无故孤零零放这么一座小山在八百里洞庭湖面上。一点理由都没有。

话是这么讲，没有理由的东西往往十分好看。

所以好看的东西也讲不出理由。

序子一直就那么看，船在走，舍不得君山，也晓得君山舍不得他。改了辛弃疾两句词："我见君山多妩媚，料君山见我应如是。"

觉得改得实在好，比辛弃疾的原词还要好，辛弃疾假若活转来读到序子这两句，情愿承认整首《贺新郎》都是序子作的，放弃所有权。

告诉爸爸自己的得意。

爸爸说："改两个字，算不得哪样的……"

到了岳阳，船停下来，靠了码头。有人进城，序子跟爸爸和几个伯伯满满上岳阳楼。坐的是马车。四个人一辆，两匹马，赶马的坐前头，其实没什么了不起，光骂马，摇鞭子，打算让人以为他是将军。

上了楼，到楼前的一块岩头坪台上。

脚底下一望无边的洞庭湖，老远君山依依的影子。爸说，君山绕一圈七里，远看只像个螺蛳壳。序子想，要是哪一年长大了，一个人划一只船到君山山顶庙里住几天，想些事，既然一个小岛周围七里，那边的树起码也有三四丈高，该想的事情学问一定不少。何况湘君、舜帝都到过。

爸说，书上讲，秦始皇也到过君山，碰到大风，发气了，砍了君山所有的树，"赭其山"。序子想，什么叫作"赭其山"？树没有了，只剩下泥巴和岩头，那还不"赭"？

爸又说："古书上讲，这个君山其实是浮在水面上的空壳壳，底下有金房子几百间，那一头通到江苏省包山那边，是神仙来往的通道。"怪就怪在神仙赶路的时候，做哪样不在天上飞而要走地下通道？

要真是这样，大自然这狗日的可不又创造了个新动静？这就十分十分之了不得了！

（湖南到江苏水陆底下这个大通道，相连湖北、安徽，到江苏直达吴地之包山，连湖南一起算，岂不是要经过四个省？哪里有这么长的海陆隧道？现代化成这个样子？今天都没听说过！真正像古人说过的又一句话，"信口开河"到极点了。）

转身过来看岳阳楼。就楼本身来说，一般。放在洞庭湖上，让人眼睛就会睁得大大的，鼻子给风吹得痒痒的，满脸、满身都是湖气，衣服飘得像古画上的人物。现在人穿的是中山装、长袍子，像古人那么吴带当风地飘起来是不可能的，小飘一下自己就俨然起来那是可能的。所以序子站在栏杆边往回看好多男女都在那边模仿古人挺胸亮颈，也因为是受了湖山感动的缘故。

爸爸眼底下和心里头的景物是：更有人胸脯挺得特别厉害，脑壳下巴昂得特别过火，身体保养得特别红鲜，衣着也一崭齐地新挺，尤其是旁边奉陪着几个卑谦的跟随，那就一定是哪里来的外地首长尊贵客人。这客人之来一不为岳阳楼，二不为洞庭湖，他是诚心诚意为范仲淹《岳阳楼记》而来。甚至不是为《岳阳楼记》全篇，而是为其中的两句话"先天下之忧而忧，后天下之乐而乐"而来。

站端正，面带忧愤之情感，照一张相，放大之后，工楷题上上头两句话，配上镜框，挂在会客厅坐北朝南墙上。让人晓得他就是范仲淹这般心胸的人。至于他晓不晓得老范在"庆历新政"变法运动失败倒霉的前因后果——那肯定是不晓得的。

晓得了他敢挂才怪！甚至岳阳楼都不敢来。

其实那两句名言只是范仲淹的一时口号。真正厉害的实际在前边的几句话："……不以物喜，不以己悲。居庙堂之高，则忧其民；处江湖之远，则忧其君。……"

口号好听，其实当不得饭的。

经历了那么多天的洞庭湖之游，再到岳阳楼上来看湖，明显的不是本意。大家带了序子下楼找地方吃饭去了。

吃完饭，回船还是住客栈？大家有个小争论，最后分两拨；回船的讲客栈的臭虫多，住客栈的说船上无聊。于是各做各的。

爸带序子回船。没有参加争论。

那帮嚷船上无聊的人，下半夜都回船了。有的人埋怨客栈臭虫果然；有的人说遵守明天开船时间……

第二天大清早船一动，爸爸带序子坐在船头木桩子上，"船等一下就进长江了。古时候这一带都是水上战场，没枪没炮也搅得惊天动地。"

"我晓得，三国魏、蜀、吴……"序子说。

"秦汉也都热闹得不得了……"爸说。

"打一个仗，几千、几万人地死，还有战马莫名其妙地陪着死。

'死伤遍野'，我觉得古人用字，想一想就是一幅画……"序子说。

"'可怜无定河边骨，犹是春闺梦里人。'把打仗的因果写透了，是不是？"爸说。

"所以有时候我一个人坐在船头，坐在山顶上，赤塘坪看砍脑壳，北门外看杀牛，我想到人这一辈子活着真有意思。"序子说。

"心肠要硬一点，过日子要淡一点，读书要狠一点。"爸说，"我讲是这么讲，其实当爸的自己也做有到……人之谓人，哪样都要看开点……你是个怪人，小小年纪，总是大人的感慨。这叫作'早熟'，唉！'早熟'就是提前痛苦。没有办法，没有药医，算不得病……"

"昨天我在岳阳楼，有哪样感动，只远远那颗君山让我有些想法。我觉得范仲淹这个人的文章两句名言之外，好像都有点散。风景气势写得零零碎碎，写得着急。到了岳阳楼，明白两句话和岳阳楼一点关系都有……"序子讲。

"要你写你怎么写？"爸问。

"我根本冇会写。"序子解释。

"如果硬要你写呢？"爸说。

"那我拿《滕王阁序》王勃的写法写。字字有用，句句有根据，又是对子，都是典故，有景有情，好像自家就站在滕王阁里头想事，看东西。头八句就把闹台打响，一盘一碟、一碗一盆好菜往你身上扣，让你顾东顾不来西，泼得你满身胶湿，汤水淋淋。

"这种文章我一句都作不出，想都冇敢想过。

"王勃写滕王阁有滕王阁；范仲淹写岳阳楼，写洞庭湖，写天……都板着脸颊，意思不一样。我读滕王阁像唱歌，读岳阳楼唱不出来——息！息！阿嚏！——阿阿嚏！"

爸爸笑起来："你做哪样了？冷了吗？"

"冇是冷，我讲到范仲淹，鼻子痒起来。"序子自己也笑，"好像他有阕《苏幕遮》：'黯乡魂，追旅思。夜夜除非，好梦留人睡。明月楼高休独倚。酒入愁肠，化作相思泪。'这比较像个人样……像过日子的范仲淹活人。"

"你脑壳好杂，像贺老广的荒货摊子。我看你要想办法读点正经书，比方，中国历史，外国历史，中国文学史，外国文学史，读书不可乱读，要有根主心骨头撑着，懂得头头尾尾……"爸说。

"眼前冇'正经书'，先读点杂书也行吧？我长大一定找正经书读，爸，我记得到你讲的话。"

进到前舱，有人正讲到"赤壁之战"，东一句，西一句，十分好听。也有乱煽的，把"三国"扯到"东周列国"去了。

爸轻轻告诉序子："船快到'赤壁'了！"

序子连忙起身要到舱面看赤壁。

"天晏了，哪样都看冇到了。"爸说。

"'赤壁'那块'壁'是不是真的红的？"序子问。

有人就回答："晒了快两千年，红个屁！"

序子就想到湘西辰溪的"丹山寺"，那直垂到江的岩壁照在太阳底下，绯红绯红。

"要是红岩头，晒是晒不褪色的……"序子说。

"那你自己看好了，赤壁，赤壁，一点点卵都看冇到。"那人又说。

"'赤壁之战'，摆那一个阵，从哪里到哪里的？"

"那边八十万人马，这边三十万人马，一百多万人马，岸上船上，粮草军火，还真是要点地方的。"

"古时候打仗，冇大炮手榴弹、步枪机关枪，完全手工，一刀一个，一箭一个，一矛一个，居然一死就是几千几万……"人说。

"'长平之战'，秦朝白起将军三个晚上坑杀赵国降卒四十万，也是手工。"序子说。

"不是讲'缴枪不杀'吗？投降了还杀？"有人说。

"战场上，脑门顶着火，见到仇人，还有不杀的？骗人鬼话你还信？"有人说。

"打仗这狗日的真不是个东西！"有人说。

"打仗要都像唱戏那样子由皇帝、元帅、将军亲自上阵，那就简单多了。"有人说。

"要不然，那还叫唱戏吗？听人讲，哪年广东兵打广西兵，炮火连天，尸横遍野，双方领导人一齐在火车上正打麻将咧！"有人说。

"成吉思汗第一次打日本的时候，军队上岸，日本就像唱戏那样，将军一个人提刀上阵，让元兵一拥上前乱刀砍成肉泥。以后学到个乖，懂得用兵摆阵，叫士兵先打起来。"爸说，"将军在后头指挥，不用亲自上阵了。"

有人问爸口干不口干，递过来一漱口杯茶。爸喝了一口觉得好喝又喝了一口，"我想大家不要在打仗的话上绕圈圈吧，给你们讲个笑话吧！"

大家说好。

"有人在茶馆说书，讲到曹操八十万人马下江南。有个听书的老实人以为是真的，赶忙回屋报送老婆：'曹操八十万人马下江南，走水路，这两天就到。'立等买了二十袋灰面[1]，几百斤猪肉剁了馅，请人一齐帮忙做成肉包子，蒸熟，雇了几条船赶到几百里外的下江码头，摆开摊子等曹操的兵马上岸吃他的包子。等了几天包子馊了也不见曹操八十万人马到来，便倒进长江里喂了鱼。破了产，只好在城里街上游荡，肚子饿没有钱吃饭，见一家屠夫卖烧卤肉，案桌上有熟猪脚拐[2]，伸手想偷一只吃吃，卖肉屠夫一刀下来把右手砍了；左手去抓右手，左手又让屠夫砍了。于是就没有手了。到大街上见到拔牙的招牌上六个大字'拔牙，每颗一元'，他想，一嘴好牙可以卖三十几块钱。叫都拔了。牙医问：'都拔了你怎么吃饭？'他说：'只管拔！别管我吃不吃饭！'拔掉一嘴的牙，医生问他要钱，他说：'我以为是你给我钱！'牙也没有了。饿得很不像话了，见城门口贴告示，皇帝招收太监。他便去应征，先把睾丸割了。到皇宫门口报到，办事的人见他没有双手，没有牙齿，进宫有什么用？不要！后来困在码头上让人救起来，给了饭吃，好不容易介绍他帮人拉上水船做了纤夫，千辛万苦回到家里。老婆见他回来，问卖包子的钱哪里去了？他摇头。老婆问他，是不是赌钱输掉了，他伸出两根光手拐[3]让老婆看，'哪！'

"问他是不是大吃大喝糟蹋掉了，他张开没有牙齿的嘴巴让老婆看，'哪！'

"问他是不是嫖堂板婆娘嫖掉了，他脱下裤子让老婆看，'哪！'

___

1　面粉。
2　脚。
3　手。

"好老实，好冤枉的人！"

晚了，大家睡觉。这一夜，做梦打哈哈的人不少。

（很久很久以后，我长大了才晓得船上除了机器房和驾驶室及大厨房人员之外，大多闲得无聊。如果是条大船和军舰，几百或上千人就会待着东想西想，甚至打算做些坏事；所以自古海军管事的就想出些主意，定出些严厉法规，像紧箍咒一般地套住这批"闲人"，弄一些小事要他们当作大事办。比如讲究穿干净整齐的衣服，包括擦亮每颗衣扣和脚上皮鞋；擦甲板，擦亮铜扶手栏杆，擦枪炮内外。没事找事，要他们忙得死去活来，没空思想调皮作乱。早、中、晚举行庄严的检阅仪式，冀以鼓励士气，提高他们的庄严感。）

序子搭的这条船也有不少年轻水手，都由船老板和舵手管着。这帮年轻人身子都特别好，饭吃得多，肌肉胀鼓鼓的。扯帆要几个人守着，"风正一帆悬"的时候就没有事，没有事也要当有事守在桅杆底下等舵手发话。眼前不累，一旦桅杆顶上哪个滑轮打脱了可就会要你的命！猴子爬树那么快也来不及。多出来的那帮家伙还轮不上更点，风好，也没有划桨撑篙工作，油皮涎脸，嘻嘻哈哈不满二十岁的人，躲在舱底赌钱推牌九。

他们也上岸，没到过大地方，都胆小，三个五个扯着衣角在街上看旋糖、卖槟榔、水果洋糖摊子。

也打架，先是不敢还手，怕城里人；打起来晓得没什么了不起，胆子越打越大，就赢了。赢了回船也鼻青脸肿，觉得十分好玩，下趟要如何如何……

也有个家伙跟大人去嫖过一次堂板婆。回到船上鸡公肿了，要流脓的意思。吓得要死，躲在茅室轻轻哭。舵手爷爷给他两巴掌，上岸挖来几条曲鳝子¹，和灯芯草、马思汗、天冬在岩头上擂成浆泥，找块白纱布抹了。五花大绑捆住鸡公，只留个屙尿眼眼，过半个月好了。从此连街都不敢上，只躲在舱底下看《封神榜》。

船和船相遇碰到熟人也打招呼，年轻人和年轻人就拉开裤子一边骂野话一边屙尿，表示敬礼。也有扯着嗓子互相搭信的，拜托一些家事，告诉爹妈几时能够打转身²。

序子听到、看到这些事情，都觉得分外新鲜，这世界真他麻个皮！

守帆篷的年轻人早晨太阳底下也唱歌："歪子、歪子哟嗬呵！呢古来，喔古来，乌产么喽哥嗬来！哟嗬呵！"调子又高又长，抓住帆索，伸长颈脖子，像只大公鸡打鸣。公鸡打鸣是冇歌词的。

序子骄傲地自己问自己："你讲，闷在屋里好还是出来好？"

爸跟舵公爷爷坐在船尾摆龙门阵。爸以前告诉过序子，"跟人讲话，两只眼睛要看人。"舵公爷爷讲话，眼睛仍然只看前头。他对爸说："到金口，船就多了，该下帆了！"于是大声喊起来："下帆！"就那么一声，舱底下所有的年轻人像一群老鼠蹿出舱来，"起桨！"

八个年轻人分列左右，一边四个从船边扛出长桨安在桨把上。又是四个人船头船尾站好，各捏着一根前头有铁尖钩的长竹篙。

只是准备，各就各位，样子不怎么紧张。大家还回头讲闲话。

下大帆。四个人解开索扣，慢慢看着船帆顺叠在前舱上头。左右八个人开始划桨。舵手老爷爷紧紧用起神来。

1　蚯蚓。
2　回来。

船越来越多，不再管蒋委员长的行路靠左的新生活运动了。大家都守着自己的规矩，看准势头，老远就预备拐弯的方向，慢慢地划着，四个人换了圆铁脑壳的撑篙，那么大两只船一只跟一只，居然行动自如，下午两点多钟，靠了汉口码头。

各人都忙着搬东西，岸上十几个人接应，原来一二八师还有个武汉留守处，眼看几部大马车把大家的行李东西一下子拉走了。爸爸和序子打个转身想找掌舵爷爷，不见影子，向哪个告别呢？船工无论老幼不把告别当作一回事，冷咻咻坐在船边上看热闹。爸提着小箱子和序子走过跳板上了码头，几十个伯伯满满站在一堆，后来又排成一行，四人一辆各人上了两匹马拉的马车。马车动了，房屋一排排往后退。退，退，退到几条街上，和长沙差不多大的街，一座三层楼叫作"三镇大旅社"招牌底下停下来。一个连长身份的人把沙河街留守处所有的人都当作鸭子，一只只、一只只分别带到一间间楼上楼下房里。爸和序子的在三楼，门房牌子上写着"038"，"38"就"38"，加个"0"做哪样？"0"就是"没有"；"没有"还要写。汉口人真是怪得可以。

这"三镇大旅社"三层楼都是木头房子，不是洋房子。有人提热水进屋让人洗脸。木头脸盆架子，搪瓷脸盆。走廊有个漏斗管，洗完脸的水可以往里倒，让人十分方便，也不弄鸦渣 [1] 地方。

"038"号房有一张铁架子花床，房中间挂一盏花叶边玻璃吊灯。靠右手板壁一张写字台，一张靠背椅；左板壁两张木靠椅，中间小茶几，茶几脚摆一口高身搪瓷痰盂。墙上玻璃框里放了一张阮玲玉

---

1 肮脏。

的笑容像。

上茅房，出"038"往右拐走到头便是。

进屋电灯亮堂堂，右首一矮排坎子，底下是斜沟，供众人站在坎子上小便之用。墙，地面，坎子和沟底都是用做白饭碗的小方瓷颗颗镶嵌而成。

左首边一列五间小房是大便之处。门内有横锁，进门回头一扣，就是自己天下。蹲坑，坑槽居然是一口气做出来的雪白讲究瓷器，前后上下都安排水流出入机关。蹲坑之际千万不能拉动右首边那根绳子，草纸拭完屁股站起扎好裤子之后绳子一拉，哗的一声从后槽涌出一股激流吓你一跳，等你醒转过来，坑槽焕然一新，像被哪位先生拿舌头重新舔过那么干净。

武汉留守处派人来发四天汉口生活费。

听人讲，这四天汉阳兵工厂有军火发给宁国的一二八师。长沙留守处的人拐到汉口来就为的这个。

汉口城里大街好宽，中间是开汽车的；两边铺起瓷器花砖台子，栽了四时鲜花。两边左右走马车，再两边是行人道，贴着行人道才是各类大商店。（我头一回见到，也是最后一次见到；以后几十年再没有见过同样的大街。）

有人建议，没事办的人可以一登黄鹤楼，没人回腔。爸爸也不出声，这事就当没人提过。黄鹤楼这么有名？序子想。

爸爸悄悄告诉序子："路远，车费贵，到地还要打发一餐午饭，转来累死人，眼前冇登临游览的心情……"序子一听就明白了。"过两天，在船上舒舒服服看长江和黄鹤楼……"爸又补充两句，序子还是认为爸讲得对。

武汉三镇实在太大。汉口一条街看一天也看不完，还有汉阳兵工厂，还有"十月十日武昌城"。看了又怎么样？

街上有小汽车，黑的、红的、蓝的、白的、灰的、黄的……"刮刮"叫，喊人走开，告诉人："我来了！"是有钱人的东西，里头坐的穿好衣服的婆娘家和卵崽崽。听人讲，躲慢点让车子碾死了，有得赔，这是"交通规则"规定好的。

武汉是个能出大动静的地方，报纸上时常刊登伟人在这里来来去去的照片。朱雀人到过武汉的回去就吹，如何呷，如何穿，如何走路搭车。序子到汉口才晓得，哪样都在花钱；没做过的事，吹不像。没见过世界的人只好听他吹，信他，张着大口，觉得稀奇。

做事的伯伯满满，一下子见到，一下子见有到，满头汗水，忙的就是接应军火的事。上了船，大家都见到了。这是正经事，正经事正经办，一点不敢马虎。

看不出他们办了这么大的事。所有重要军火两天两夜都装进船肚子里，不让外国探子晓得。一排警卫兵换便装轮流守卫。听说这种行动差不多个个月都有，很是普通。舱面上搞了些筐筐箩箩的白菜、大蒜、萝卜做名堂，让那些蠢卵相信船里头"无银三百两"。

火轮船名叫"赤胆X12"，船头蓝底白字写得清清楚楚。真是探子，早就看得出其中有诈。运白菜、萝卜、大蒜，要这么多人守卫照拂？

汉口江面好几艘英国、美国、日本军舰，他们不怕人认出来，公然游来游去。中国自己船在自己长江有哪样好装、好怕？

爸和序子跟伯伯满满都在船上。序子一个人坐在舱房窗子外头椅子上想事情。

火轮船底下是机器房，不准参观。船顶上是驾驶舱和船长室，也不准参观。都守了便衣。这些人屁股后头都翘翘地挂着头号"驳壳"，脚背后用雨衣盖着根"花机关"。他们一动不动像木脑壳伢伢，心里想赶紧换班好赶紧到茅室屙尿。

一班十二人，一排三班三十六人，班长排长、副班长副排长，粗算大约四十人上下。要是带挺"水机关"[1]，人还要多。带的随身家伙都不准让人看。大家住底舱，不换班不上来。

这条火轮有个大烟筒，满身钉了泡泡钉。船周围有铁栏杆，让人走来走去。

七八位水手根本没有正经水手样子，他们虽然名义上讲穿的是白色水手服（即序子小时候穿的那种挨左唯一骂的海军服），实际上已经是十年前的旧迹，都是铁锈和油腻，洗无从洗，换无从换，自己并没有因此产生见不得人的神情沮丧，只是稍稍显得倦慵萧疏而已，好像上辈子投错了胎，怪不得谁、谁、谁！

不过，千万请你别小看他们。照管这么个庞然大物，启锚，下锚，收缆放缆，靠岸下垫圈……举止间总是收放得宜，恰到好处，从未差错半点。像一个梦游人散步于危栏上的潇洒，像印度人玩眼镜蛇那么从容，像四川茶博士倒茶仪态的险峻，如"运斤成风"的木匠那么自在。没有他们，船长有什么用？

人们的眼光几时在他们身上停留过、微笑过？哪怕是半秒钟……

━

1　重机枪。

大清早，火轮船隆隆开动起来，在好多大大小小闲杂船只缝里穿过，昂然开到宽阔江面。

"哪！看！黄鹤楼！"爸叫序子。

"是的，黄鹤楼。"

"往江面，往那些树、那些屋顶、那些旗帘看过去，黄鹤楼真高。"爸说。

"是，是！"序子一直盯住远去的黄鹤楼，"爸！李白送孟浩然那首诗……"

"怎么？"爸问。

"冇怎么——我以为头两句读起来好听——故人西辞黄鹤楼，烟花三月下扬州。后两句扯远了，跟冇上——孤帆远影碧空尽，唯见长江天际流——太忽然了，人心里头还来不及那种景致……孟浩然也不晓得李白送他哪样？"

爸爸笑起来，"你乱扯哪样？你简直乱扯……"

序子不明白爸做哪样这么好笑。

几天的火轮船，日子并不好过，总算到了江西的九江，高头[1]传话下来，不坐火轮船了，改坐火车。

上上下下，行李箱笼跟军火一起，有个照顾，大家十分放心，都一起进九江城走玩。

九江城有好大？序子一点也不晓得，只觉到很热闹，就跟人走进柳林子一样，四围都是树，哪晓得大小。序子又不会喝酒，也弄得昏昏沉沉，随爸爸和大家一起在饭馆酒楼上下出入。小街上的饭

---

1 上头，上面。

馆对面也是饭馆，有时大人吃完饭，托着茶杯，剔着牙，跟对面酒馆楼上吃完饭的人对看。大家不认识，也不打招呼问好，就那么硬看。骨子里头在斗气，有恃无恐，保持着根本无从说起的沉默的傲岸。人这种动物真是奇怪！

序子第一次见到火车，一节又一节半里长怕不止。火车头是种非常可怕的机器，若果生起气来单独跑了，哪个抓得住？

一二八师的军火仍由那一排兵守卫，这时都穿回全套军装，很是威武。这次他们要把守五节车皮的军火跟行李，人马都分在五节车厢里。

什么叫作坐火车？序子生来的第一印象并不准确。这一次他要跟军火结伴上路。这种车名字俗称"闷罐儿"，也就是上下四方除了铁皮之外什么设备都没有的车厢。

序子不惊讶奇怪。他没见过有椅子、有床困觉的车厢。没有比较，他认为火车天生就是这样。伯伯满满都分别睡在这五节"闷罐儿"里头，铺盖铺上睡觉。

带的有水喝。屙尿屙屎打开一点点门隙，鸡公或屁股翘到外头去。屙尿的直接屙尿，屙屎的先屙尿转过来再屙屎，免得尿撒在车厢里。这点，想想就会明白。

一路上哪里停车，哪里下来买饭。抽烟的赶紧下来抽烟。站停得多，警卫兵很难休息，最累的是他们。大约是两天两夜到了芜湖。

军火就放在芜湖了。人和行李铺盖搬进了"通商大旅社"。这旅社小而挤。大人这么说，序子不在乎。序子跟爸的房靠街。这旅社在大街的边上，要不然芜湖这大地方只有二层楼的木平房，就算不得芜湖了。

晚上，留守处的人上大街去了，爸和序子留在房里。听隔壁在喝酒划拳（习惯了还是很有意思的）。拉二胡，弹月琴，唱歌。隔一层板子，听得清清楚楚。爸取出个本子记那边唱出的调子。唱完一出又一出，爸爸面带微笑，记得很勤快。打翻了茶杯，收拾一下还记。不光记曲，还记字。序子想看，爸说："伢崽家看了冇好！"后来又说："其实你哪样诗词冇看过？要看你就看……"

曲谱，序子看冇懂。歌词看得懂的也觉得意思不大，便放回椅子原来的地方。爸靠在床上轻轻给隔壁唱歌打拍子，看样子很欣赏。序子又取回那词看了一下：

叫声小亲亲呀！

眼瞧着到五更，

五更打过，哥哥要起身呀！

情人啦！小妹妹

舍不得呀！

一夜呀！夫妻呀！

百日呀恩……

天牌呀，地牌呀！

奴不要呀嗬！

单要那人牌躺在奴的怀，

侬呀呀朵哎！

小妹妹打牙牌呀，哎！

……

这次上的火车，火车头一样，车厢里头不一样了。面对面两张长靠椅，中间是张桌子，两边墙上都是大玻璃窗，脑壳顶上一长条放行李的架子。那一头听说还有茅室，还有卖茶卖水卖香烟糖果的。爸对他说："等下还有卖饭的来！"

序子和爸坐顺车的这边，何大跟周大坐对面，桌子上摆四个盖碗茶杯，里头放了茶叶，等下有人来倒开水。

车子开了，序子一直笑，觉得怎么这么好。

清早到了宣城，下了车，车站外有两部大汽车，有人举着块大牌子，上头写着："长沙一二八师留守处在此报到"。

于是大家都扛着行李箱子上了汽车，中午到了宁国。

"宁国，安徽宁国，中国安徽宁国！我来了！"序子说。

"我来了！""我来了"又怎么样？

一点也没有怎么样。

他跟爸爸和好多好多人住在一幢大院坝里。一进又一进，大得比沙河街办事处不晓得好多倍。（以后多少年才明白，安徽这地方盖房子的体面是全国之冠，又大又讲究。）这不是师部，只是师部要紧办事人员的"家居"。（现在叫作"干部宿舍"，一师人的干部宿舍。）

爸爸的职务是一点权力都没有的上尉参议。上尉是一种师部里随便哈口气都碰得到的品类。为什么大家对爸爸看得那么非同凡响呢？

一、师部里大小人员，上下几代人不少都是他的学生。

二、他跟师长顾家齐是小学同班同学，跟副师长有点表亲关系，从来都随便自由来往。

三、爸爸平素做人温和规矩，明白人也佩服他的一些艺术道行。

师部"家居"大门口有一对大石狮子，石头门槛一尺半那么高。对面院坝竖着两根大旗杆。左右大白墙上各有菱形的看好久都耐烦的砖雕，狮子、凤呀什么的。再过去一列城墙横着。

序子出得大门左右一望，右首百米是个大城门，空廊廊子。左首老远老远，也应该有个大城门。

序子想，这两个城门要不是东、西，便一定是南、北。有人告诉他，左首那头过去一点就是师部。顾伯和戴伯在那边办公。

这么说，繁华热闹都在家居和师部别处了。有多热闹呢？

序子来到门口，门对面有个小广场。时常遇到几只站在杨柳树枝上的"钓鱼郎"[1]，明白城墙外头一定好多好多池塘。有时还看见几只岩鹰扬起翅膀在天上定着。再远点是房顶。

当然，这算不上哪样风景，只是一种味道。在朱雀，有这样、有那样是一种味道；在这里只有这样和只有那样又是另一种味道。序子想，出门远行人看的就是不同的味道。

不过不能不这么想，宁国县怎么这么小？是一座一摆脑壳就看穿的城，那么，装得下多少人家呢？

一般地讲，小孩子以为的小和大都靠不住。他身处一个角落，怎么看得到大呢？

（以后几十年听过不少小城的笑话，越编越小。说衙门上县太爷打犯人屁股，全城人都听得见响。又说，有间中学没有操场，搞

1　翠鸟。

运动会五十米赛跑，县政府门口作起跑点，剩二十五米在城外。还说县太爷在东门城楼上抽烟，西门城楼子上的衙役给他点火。）

现在是一天吃三餐，大家都到大厨房打饭。爸爸原先带序子去，后来自己懂得去了。大师傅、小伙计、烧柴挑水的都是朱雀人。那么那么远地方那么多朱雀人在一起，想起来有时候高兴，有时候伤心，很动感情。

特务营的营长名叫滕凤喜，"大街"奇峰寺山底下的人，是爸爸的老学生。他婆娘杜氏，人家开玩笑叫她作"豆豉"，她自己也笑。奶着个几个月的崽，也跟着来了。你来做哪样呢？打仗了，你往哪里躲？那时候哪个顾得了你？唉！唉！唉！

凤喜满满早出晚归，有时叫序子到他屋里走玩。墙上满满一排枪和刀，有一把带皮壳子的"蛮刀"¹序子很是喜欢。

"听到讲你学过？"

序子"嗯"了一声。

"你喜欢我借送你，队伍几时开拔你几时还送我。"凤喜说。序子就借了。

所谓的特务营就是以后大家晓得的"特种兵"，爬山跳岩，急行军，抓耳目，刀刺得快，枪打得准，来得没有影子，走得不留手脚。心头狠，手段辣，杀人不见血。凤喜就是营里的"头"。长得眉目清秀，谈吐温和。他样子像团部里头的文书，看起来瘦，其实一身筋肉。尖嘴巴，直鼻子和两道浓眉，深深的眼珠子盯着你。

"你跟哪个学的？"

---

1 大刀。

"田师父，瞎子田师父。"

"喔！田瑞堂，那个土匪头。我以前会过他，是个孝子，六十多岁的人还背个九十岁的老妈爬坡跳岩……他日子过得好吗？"凤喜问。

"穷。"序子说，"有个儿。"

"无田无地怎么不穷？"凤喜说，"再好的本事，没饭吃是不行的——哪，提这把刀到院坝练来看看。"

练了一盘，凤喜问："刀重不重？"

"有点重。关系不大。"

序子话说到这里，凤喜猛然一个扫堂腿过来，序子跳起回身就是一刀。凤喜闪过——倒是冇想到："你还真来呀？"

序子笑了，"你脚扫过来我也冇想到，一下子出了个'猫儿爪'。"（人踩了狗，狗汪的一声跑了；踩了猫，猫顺手一爪。）

凤喜笑了，"我看你这两下，可以，可以……"转身又说："刀子快，耍的时候小心！"

就这样子弄了三四天，有天过路看的人多了，闪了神，左手回荡起势的时候，刀背把下巴磕了，虽是刀背，棱角也锋快得很，一个大口子，流了血，到军医处养伤，敷上纱巾胶带，爸爸见了说："好呀好！火线上下来的！挂彩啦！"

原来一二八师有那么多自己屋里的满满。

三表叔孙得豫当工兵团的团长。"酒客"四满紫和当工兵团的军需主任。原先跟爷爷在北京，后来在芷江的三满紫会在无线电队当副队长，都在左边那边师部里头办公。"兵呢？"原先序子那么

有天过路看的人多了，闪了神，左手回荡起势的时候，刀背把下巴磕了，虽是刀背，棱角也锋快得很……

想，一师人小小宁国城怎么装得下？原来都驻扎在城外和别的地方。又听到讲，文蛟满满是炮兵团长，方吉方麻子伯伯是军法官，好多伯伯满满这个官那个长……

最特别的是福建厦门来的紫熙满满（三满紫会的二哥），他也在师部里头办公。

一二八师像块吸铁石，那么多家乡各路精华丁零当啷都巴到身上来。有识之士称他们为"筸军"，本地人认为自古以来"无湘不成军"，接着补充"无筸不成湘"。外头人不晓得，这种威风是多少血和眼泪换来的！

唉！打仗把湘西都掏空了。

爸爸带序子到得豫表叔家里去。

得豫三表叔有套很好的房子，有块栽青草的西式院坝，三表婶娘也在。

一圈围墙，屋里一座大厅，一间卧室。墙上挂着一幅国画，两边是对联。

三表叔过日子跟别个当官的不一样。不打牌，不抽香烟，也不喝酒，有点洋。

下班回家就脱军装换便装，那衣服是软黄牛皮做的，中间有种特别的扣子，底下往上一拉一下子直到颈根，非常之不麻烦。本来的长筒皮靴换成短黑皮鞋，亮得像玻璃。

勤务兵不晓得躲在哪里，喊一声就在眼前。他管买菜、做饭、扫地、洗衣、开门、关门，跟三表婶娘上街买东西。屁股后头也挂了把枪，小小的，不太像是真的，其实是真的。

他名叫滕士富，样子长得有点好笑。胖脸，胖肚子，其他部分都瘦。小眼睛一笑全身颤（朱雀叫作"全身仰"）。三表叔讲他这毛病总改不过来。不蠢，甚至还有点狡猾。上菜市场买肉最方便看到他的天分。

（他一直跟着三表叔，牺牲在嘉善保卫战那一役。三表叔带着钥匙领他从战壕里跑去开那条"东方马其诺防线"的大门。"东方马其诺防线"是当时工兵团团长三表叔盖的。日本兵扔过来一颗手榴弹，响火的时候滕士富趴在三表叔身上，炸掉他下半截身子。三表叔腰部也受了伤。日本兵早就包抄过所谓的"东方马其诺防线"到前头去了。"东方马其诺防线"算是白搞了。三表叔历尽千辛万苦找到部队。滕士富他妈一点也不晓得出了这些事，年年托便人带青菜酸辣子到三表叔这边来，多谢三表叔照顾她儿子。怕是她一直到老、到死都不晓得她儿子早就死在前方了。）

眼前滕士富还不曾死。三表叔有一只英国棕色长毛"赛特"猎狗，滕士富在河边屁股拉胯地抱着"莱采"照过一张相，哪个看了哪个笑死！

爸爸带序子去看过顾家齐伯伯和戴伯伯。看到紫和四满，紫会三满，他们忙来忙去匆匆一过。紫和四满的官好像比爸爸大，是两杠一星；爸爸一杠三星，紫会三叔也是一杠三星。他们的星和杠都是实的，爸爸的杠和星是虚的。这是没有办法的事。

师部里流传一个笑话，怕是真的。

四满在三表叔团里当军需。四满老实认真，一板一眼很得三表叔信任放心。美中不足的一种毛病就是喝酒，喝醉了不认人。这是大家都晓得的，也是三表叔不好管的地方。三表叔是四满的表弟。喝醉了就不是——

胖脸，胖肚子，其他部分都瘦。小眼睛一笑全身颤……不蠢，甚至还有点狡猾。上菜市场买肉最方便看到他的天分。

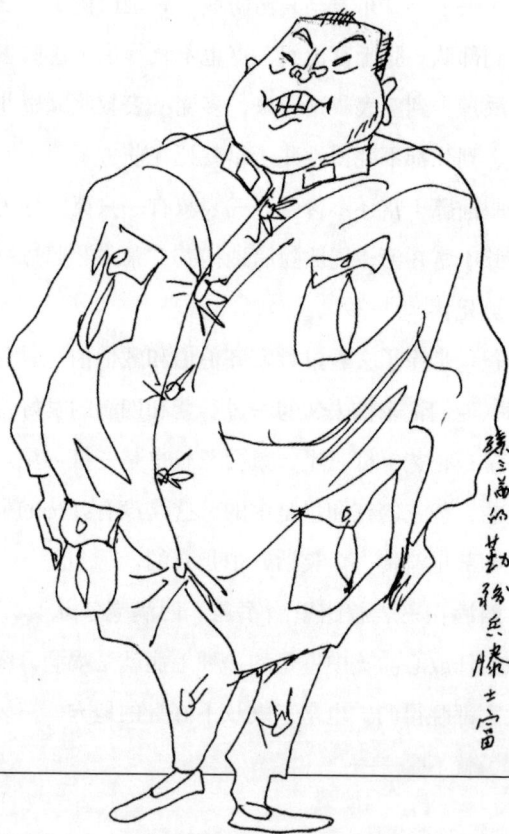

孙二满饰勤务兵滕士富

有一个晚上同事们喝酒，四满喝醉骂起人来。平时四满话少，只是埋头办事，不像个语汇丰富的人。喝醉那晚却变成个口才横飞的齐晏子："麻个皮什么齐桓、晋文、秦皇、汉武？蒋介石、汪精卫？老子见到一排枪都毙了！你们去叫他来，叫！叫！孙得豫狗日的，把他叫来，看老子铲他两耳巴子、三巴子，我、我，日孙得豫、孙团长的妈！叫他来……"（孙得豫的妈是四满的姑姑。）

三表叔此刻正站在门口，在场喝酒的一辈都触了电，三表叔抽出手枪对准四满太阳穴，想想又放回枪套。转身叫门外的护兵进来，"擒住他，打二十板屁股！"

转身走了。

第二天四满醒过来，只觉得屁股疼痛，却是不明白缘由，一拐一拐仍然上班办公。

晓事人故意问他，他说："是呀！是呀！昨夜间喝了酒，怕是做错了哪样……"

后来全师部，上到师长，下到连排都晓得了，见到他都不免暗暗发笑，了解这个老实人吃了暗亏。两个表兄弟恰到好处地处理了纠葛，称这事件为"太白醉打"。

喝酒这玩意儿不是道德问题，无从规劝，无从制约，时空参商，醪膏错些。

晚上，序子有时候一个人坐在大门口石门槛上想东西。斜着眼睛看右边那口迷惘的城门洞，再看看左边那口更不清楚明白的想象中的城门洞，黑不溜秋，这城啊！高高城楼子上的铜铃铁马一声不响。我到这里来做哪样呢？里头那些吃饭打哈哈的朱雀人，那么远跑来这里做哪样呢？是哪方、哪个菩萨调你们到这里来的呢？你晓得明天吗？晓得以后吗？姜白石那阕《扬州慢》："……自胡马窥江去后，废池乔木，犹厌言兵。渐黄昏，清角吹寒，都在空城。"好像、好像序子眼前的感想。

大清早也在这里坐坐。

三几个女学生从门口经过，背着书包，剪的是短头发"搭搭毛"，看了一眼两眼坐着的序子。她们穿一样的淡蓝色短衣黑裙，或者是一种"校服"。"是不是觉得我怪？"序子想，"看出点哪样名堂了？"安徽妹崽家的脸颊跟朱雀妹崽脸颊是有点不一样，道理讲不出，白白架，鼓鼓架，或者是吃得好，日子过得稳当，无忧无愁；人家讲安徽出大文士，道理怕是由这里开始。

她们悠然而逝，根本冇把序子放在眼里，一点也不好奇。唔！或者这地方过路的牛头马面看多了？序子笑起来。这时候来了两个差不多大的男伢崽，牵着两只小风筝，一边笑，一边跑，风筝打跟斗，根本飞不起来。

序子自认为是个风筝老手，站起来向他们抬手，"伢崽家，你们过来，老子教你！"

听到是在叫他们，睁大两只眼，不敢过来。

"冇要怕，老子帮你们忙，老子是风筝里手。"序子向他们笑，向他们招手。可能他们不明白朱雀腔。

他们过来了。序子打着手势，告诉他们底托太轻，加两张小纸条就"起"了。又打手势叫他们等，他到屋里取一点纸和面浆来。他们懂了。

序子取来一小坨白米饭和一张办公纸熟练地用手裁出几张纸

来了两个差不多大的男仔崽，牵着两只小风筝，一边笑，一边跑，风筝打跟斗，根本飞不起来。

汪志刚　动宁生放风筝

条条，每个风筝底托左右各贴上一张。序子举起风筝让一个小孩跑，果然飞起来了。又帮忙第二个，也飞起来了。序子就跟他们在一起跑来跑去，慢慢子三个人稳住了风筝停在空中，开始谈起话来。

"你会说国语？"一个孩子问序子，安徽腔不大听得懂。

"不会，我只会朱雀话。"序子勉强拿书上的官话回答。他们懂了。

懂一点也好，开始交谈起来。

收了风筝线，三个人用棍子在地上写字。

一个写"我叫刘宁生"。

一个写"我叫汪志刚"。

一个写"我叫张序子"。

（唉！祝福两位少年朋友健在，能看到我还记得二位的名字。）

序子打官话说："我是湖南省朱雀人，我们是湖南湘西军队，我刚刚小学毕业。"

汪志刚说："我也刚刚小学毕业。"

刘宁生说："我也是。"

"你是小学生，怎么在军队里？"汪志刚问。

"我跟我爹来的，我爹是音乐先生，还会画画……师部好多人都是他学生……"

这么一讲，两个宁国伢崽又不懂了。师部？音乐先生？画画？师部好多人都是他学生？——到底是师部还是学堂？说来说去，慢慢都懂了。几天以后安徽国语和朱雀国语融洽得像一杯蜜糖水了。

序子讲如何从朱雀动身，坐什么；如何从长沙动身，坐什么；到九江、安庆、芜湖、宣城坐什么；来到宁国。

刘宁生和汪志刚对坐什么没有佩服的意思，佩服的只是个"远"字："那么远到宁国来，不简单，三个省了！"

　　"不止三个省！湖南、湖北、江西、安徽，四个省。"序子补充。

　　"从湖南到安徽，用不着绕那么远路！"汪志刚说。

　　"有事。"序子说。

　　"什么事？"刘宁生问。

　　"到汉口兵工厂运枪炮子弹。"序子说。

　　"啊！你见过枪炮子弹？"两个人问。

　　"嗯！当然！"

　　"榴弹炮、机关枪？"

　　"当然！"

　　"有坦克吗？""有坦克吗？"两个人追着问。

　　"……"

　　"有坦克吗？问你怎么不回答？"

　　"不回答就是没有。"序子说，"那要好多钱，我们兵工厂现在造不起——汪志刚，你摸荷包做什么？"

　　"他荷包有镜子。"刘宁生说。

　　"什么镜子？"序子问。

　　汪志刚从上衣荷包取出一面小圆镜子给序子看。

　　"这有什么用？"序子问。

　　"自己照照，看脸上肮不肮脏。"汪志刚说。

　　"不是，不是！"刘宁生说，"他觉得自己长得好看，动不动就照，怕忘记了。"刘宁生讲完就笑。

　　"我有个先生娘，每天清早起来第一桩事就是画脸照镜子，选我们同学帮她端镜子，把一张好好的脸画得一塌糊涂。"序子讲，"我妈早上梳头也照镜子，梳完就算了。我好多年前也照过镜子，先生给我画了张像，戴着荷叶边帽子，画得很好。我对着镜子自己也画了一张，没有先生画得好。自己画自己反而不如别人画自己的好，你说怪不怪？"

"你先生当然画得比你好，这不是别人和自己的问题。是画画的本事问题。"刘宁生说，"一点不算怪！"

汪志刚说："你讲你几年前照过一回镜子，那你每个月上理发店不照镜子？"

"我们那里只有剃头匠，大人的剃头铺我没进去过。"序子说，"我想我如果有机会照镜子，一定不是以为漂亮才照。脸上哪里长个疮、长个疤，眼睛长了个'挑针'，嘴巴起了疱，这类事情要是发生了，我也冇想过镜子。我心里冇镜子，所以我哪年哪月照过镜子也讲冇定。也记冇住。"序子说："我们朱雀城，屋里有镜子的，大镜小镜，到晚上都要拿块布罩起来。晚上是不照镜子的。"

汪志刚问："为什么晚上不照镜子？"

序子说："一定有它的道理，比如说，你晚上照镜子，照呀照，照出个别人的脸，怎么办？"

汪志刚呼呼喝喝蹦起来，指着序子，"操！操！"全身打颤。

"我讲的是真话，不是故意吓你！"序子说。

"操！操！"汪志刚还没有"怕完"。

序子说："你犯得着发气吗？你夜间不照镜子就是。"

汪志刚说："我夜间也照镜子。"

序子说："那你照好了！"

"你又讲镜子里有鬼？"汪志刚还是怕。

"又不是我叫来的鬼！"序子说，"要来还是他们自己来……"

"咦！嗳！"汪志刚又怕。

宁国的这段日子，寂寂寞寞地认识了两位小朋友。跟伯伯满满去过一座庙，庙里除释迦牟尼和观音菩萨之外还有一座鎏金的、笑眯眯的合掌盘坐的不晓得名字的佛。人告诉他是真身的老和尚的肉干。

"怪不得这么活泼生动！"序子对这尊菩萨看得最久。他一直思索人在死的时候怎么笑得出来？有没有死了之后把他嘴巴掰成这种笑容局面的？

还去了几里之遥的"河沥溪"的地方。一家卖时新糖果点心的铺子，卖东西的伙计穿着白色制服。门口一条刚开挖出来的两米宽的小河沟，居然还搭着一座小拱桥。人的来往就要经过这座交通要道买糖果点心。

都是红沙土。草和树还没有长出来。看得出政府宏观市政建设的苦心。

糖果点心铺玻璃橱里还有一两个夹在别的东西里的叫作"面包"的东西，包着七彩蜡纸在序子眼前闪耀。

"面包！"序子嚷了起来，"画报上见过！"

爸爸讲："过期了的，已经干了。面包最好是当天做当天吃。不兴这样子长年累月压在玻璃橱里。"

"干不干都是面包！"序子说，"我想买一个试试！"

"你乱扯什么？"爸有点气。

寺图内菩萨

庙里除释迦牟尼和观音菩萨之外

还有一座鎏金的、笑眯眯的合掌盘坐的

不晓得名字的佛。

072

那个福建来的紫熙二满指着面包叫伙计拿一个出来。

伙计说："没有用了的。"

紫熙满满摇摇手，给了钱，把面包交给序子。

序子大梦初醒，捧着这坨多少个月前的面包化石，打开纸包，咬了一口，满嘴巴的粉粉往下掉。晓得这要求不该之不该，包好面包纸，一声不响揣在怀里。

没有人看他，也没有人笑他。

在小饭馆吃完饭，大家回到宁国县城。

爸爸在房里责备序子："你太过分了！"

紫熙二满说："知识和教训是从各方各面来的。"

这句话讲给爸爸听。序子也听到了。

这么一进又一进的师部"家居"群里，住着一家中央派来、安插在一二八师师部"谍报处"的中校副科长上官云。一个妈，一个老婆两个伢崽，一个待嫁的二十七八的妹，一个十八九的老婆的妹。住房三大间，就师部部员待遇看来，很可以了；还埋怨，还骂朝天娘。自以为是中央派来的要员"虎落平阳"，脾气十分机架。每天房门口一片水汪汪，不知是坏习惯还是故意撒泼，涮锅水，洗脸洗脚水，痰盂水，弄得过路上下班的人脚难点地，都绕路走。

　　可能一两回师部找人的闯错了门进了他屋，被破口大骂地撵了出来，桑桑槐槐地又发挥了一通，便用正儿八经的颜体写了张告示巴在门口右首木板壁上："内有家眷，非请莫入！"

　　他忘记这个部队是湘西的"筸军"，"筸军"有"筸军"的脾气，有"筸军"的文化修养，蕴藏多时正找不到发挥的机会。于是门上的告示第八个字"入"字底下，哪个多情的仁兄加添了一个"肉"字，变成："内有家眷，非请莫肏！"

　　如果别人吃了这种暗亏，静悄悄扯掉告示也就算了。

　　他不！他要仰天长啸、壮怀激烈，他拔出枪，上了膛，站立房门口，向左右高声宣示："是哪个这么寡廉鲜耻的王八蛋添这个丧失人格的字？有胆子站出来！"

　　真的一下子招来好多看闹热的。每人又都面无表情懒洋洋地各

一进又一进的师部『家居』群里，住着一家中央派来、安插在一二八师师部『谍报处』的中校副科长上官云。……自以为是中央派来的要员『虎落平阳』，脾气十分机架。

上官云，拔出枪，上了膛

自散开——

于是，半点钟不到，来了百把看闹热的人，平时严肃到家的军法官方大坨、方麻子方吉也被吸引到现场来，咳了声嗽不声不响转回办公室，关上门，差一点中风笑死，忍住开心对手下人说："这怎么查？不查，只有一师人晓得；一查，怕连蒋委员长都要笑死……这上官云自己就是个搞谍报侦探的，他最里手，狗日的自己查吧！——我们朱雀人就是文采风流，动半个字笑倒一师人！"

下午，爸爸带着序子和方麻子方吉伯伯、紫熙二叔、得豫三表叔、文蛟满满、竞清满满、方若满满，还有其他一帮人在戴季韬伯伯会客厅摆龙门阵。既然是摆龙门阵，就顾不上官大官小了，都是朱雀人，有时机在一起讲点谑话散心，接下来喝点酒吃顿饭，明天再板脸孔摆架子办公事也不迟。

方麻子方吉伯伯忍不住讲到上官云贴告示的事，话刚开头，自己就弯腰大笑讲不下去……

得豫表叔接着麻子伯的话头："那个上官云本人的修身作风是个问题。这类人戴雨农手底下很多，到处安排，不太有深浅，也起不了作用……"

竞清满满说："这类角色多来几个也不是什么坏事情。不过笑话闹到这种地步，自家怕也不太好意思……碰到朱雀人，得点教训也好。"

紫熙二叔说："其实上官云本人写的那两句话也是忠厚之言，没有中伤哪个的意思。他屋里的女眷多也是实情，添那个'肉'字未免刻薄了点。朱雀人的才情放在这些小趣味上也是太不值得……"

"紫熙，紫熙，你这个人太方正。你以为大家对上官云仅仅是'内有家眷'的问题吗？他是我们一二八师的贵客，特别得很，是戴雨农安插在我们一二八师的钉子。他自己也晓得在这里过得不自在，晓得我们'空'着他。肚子里牢骚释放不出，晓得我们一二八师不好惹，忍不住借个题目发挥一下，闹出这个笑话。"方若满满说。

季韬伯微微笑了几下，"是的，是的，上官的家眷太多，我们不够细心体恤，要改变一下才好，已经交代副官处研究找一间方便点的房子，也找上官本人谈过话——紫熙讲的是对的，朱雀人的聪明才智放在小地方就可惜了。

"当然，好笑还是好笑的，我报送修之[1]也是好笑，好！到此为止，以后莫笑了……

"啊！紫熙，听到讲福建厦门催你回去，有这个事吗？"

"是的，是的！我的一位好朋友重新主持校务，要我赶紧回去帮忙。"紫熙说。

"哪！师部年轻人的英文课才上了一小半，还真有点可惜……"季韬伯说。

"哈！真对不住，我在北大是学农的，原是教不了英文，天天水深火热自习，幸好这下解脱了。"紫熙二叔说。

季韬伯说："也是，也是，你走了好，免得跟我们受累。眼看天气要变，鼻子已经闻到火药味了。修之听到消息你要走，十分之舍不得，可惜，可惜，原想让年轻人学英文懂得一点外国消息，来不及了……也是个缘分……"

1　顾家齐的号。

眼看饭桌子摆好，两桌人坐下来。

历史上，部队的伙食口味都跟地方口味同生共死。

成吉思汗横扫半个世界那些年月，牛羊都是随军之恩物，绝不允许肥猪夹在里头。韩复榘行军，士兵除背枪推炮之外，肩上一律背捆大葱。（啊！对了，口袋里还放有大蒜。）阎老西的部队最大的辎重不是枪炮弹药而是老醋坛子。广东部队行军声音特别嘈杂，那是因为士兵腰间皮带上左边都挂了口"煲靓汤"的"钵头"，右边挂了口"冲凉"的铁桶。湘西部队后勤运输除炮弹枪子这类"炸货"之外，三分之一是干红辣椒。

湘西人无不火眼金睛，吃饭过日子时刻离不开一个"辣"字，弄得全身冒汗，气冲牛斗，浓油，浓辣，浓臊，浓麻，浓酸，一路火滚热烫。七八月大热天拿火锅解暑，用"苞谷烧""高粱烧"解渴。这样的部队，打起仗来冲锋陷阵怎不拼命？

戴副师长这两桌席当然按祖训炮制，吃成炮火连天局面也是可以想象。夹菜，喝酒，划拳，直到各人在椅子上瘫成有趣的姿势为止。

序子是个百分之百的欣赏者。爸爸和紫熙二叔虽不喝酒，应酬上难免沾了几口，加上四围的烘托浸润，也都有点面近"蚩尤"了。

爸爸问紫熙："你怎么要走？我先前一点都冇晓得！"

"也是刚收到电报讲的。紫会清早晨从译电室拿来电报。详细情形还要等那边来信……"紫熙说。

"你看，你看，十几年兄弟难见一面，又要走。"爸爸说。

紫熙说："我在这里终究不是个办法……你想嘛……"

"那是，那是……"爸说。

醉人中有醒过来的，嚷着要唱京戏。

另一人就说："算了，算了，哪个还唱得动？听留声机算了！"

旁边照拂侍候的马弁心里也反对再来个高潮，便赶忙到楼底下搬留声机。搬上来了，又提唱片盒，安唱片，上发条，换唱针——

"不听留声机，要自己唱！大、大家唱！"季韬伯说，"得、得、得豫拉琴……"

好，自己唱就自己唱。哪个唱？琴呢？好！琴来了。得豫不醉，膝头上垫了块布，正式地校了弦——

"哪个来？"得豫问。

"我，我，我来！"季韬伯双手撑腮帮，靠在桌子边，"来，来。《乌龙院》。"

琴一起，季韬伯嗓子低微，像是跟桌子说话，字眼还是有的……

"宋公明……坐至在……乌龙院，猜一猜大姐腹内之情，莫不是茶饭不遂你的口……莫不是衣衫不合你的身……"声音越唱越小，最后变成打呼噜，真的睡着了……

说老实话，当大官的这类人物唱戏和演讲其实都是没有哪样听头的。地位关系，他爱怎么唱怎么讲都行，听的人都莫可奈何，毫无选择余地。他有权强迫你听，你就是没有权不准他讲。幸好戴伯伯是温和开明人，不讲究这类事。

醒着的人没有几个，都笑着散了。醉人很少哈哈大笑，醉人几时笑过自己？

得豫三表叔醒的时候也没有哈哈大笑过。序子一直追到自己想，长大到现在，真没有见三表叔认真痛痛快快笑过。他放下二胡，摇摇头，下楼去了。

有好多军人是不笑的。三表叔不笑，幺舅也不笑。他们见过太多的死人。活生生的人变死了。原可以不死的，一件小小的缘故就死了。自己讲不定哪一天也这么死，不好笑！所以以后就不笑了。

三表叔有好多以前和以后的事情要想，那么潇洒美俊的人笑一笑多好？序子自小佩服的两个人——幺舅和三表叔都不爱笑，真是"怪拉厉[1]"了。

大清早，汪志刚和刘宁生在门口等序子。汪志刚左眼角肿了，说是"丘角街"的一个大伢崽打的。

"你惹他了？"序子问。

"我们过路。"刘宁生说。

"他要钱，我们没有钱——你看——"汪志刚把撕烂的衣服口袋让序子看。

序子说："带路，找他去！"

"去不得，他比你大，好几个人。"刘宁生说。

序子不管，两个人只好跟在后头。

"哪里？"

汪志刚指了指右首边。

"哪里？"

汪志刚又指了指左首边。

拐来拐去还没有走完。原来师部后头有好多弄子。又走，远远几个小孩。

"哪！"刘宁生指着那个大的，"就是他！"

1　怪极！

序子叫他们两个走在前头，"不要怕！"

汪志刚回半个头告诉序子："他比你大。"

"嗯！"序子说。

来到跟前，那孩子不认得序子，讲了一句宁国话，举手来抓序子。序子朝他下巴就是一拳。那孩子从地上爬起来往序子扑，序子闪开，后头跟上一脚，又倒了。序子踩住颈根叫汪志刚、刘宁生："过来！不踢脑壳，别处随便踢！"

踢了几脚，让他站起来。其他伢崽跑光。

序子上前一步，左手抬起他的右手，脑壳穿过胳肢窝，右手抓住右裆，弯腰顶起，转半个圈，一摔。

那家伙要爬起来有点困难了。序子又叫起刘宁生和汪志刚："再搞他几下！"

搞完了，那家伙站起来一动不动，打傻了。

"还要不要？"序子问。

那家伙摇摇头。序子于是发个口令："滚你麻个皮蛋！"

傻家伙居然听得懂口令，跑得不见影子。

没想到过路的特务营营长滕凤喜全盘都看到了，叫住序子："伙计！伙计！你这两手冇简单，出手快，准，狠，看到我一口气都冇敢喘，为哪样事搞这一盘？"

"狗日的欺侮他两个，要买路钱。"序子说。

"这不行，这不行！治安问题是我们特务营管的，你抢了我滕营长头功！"

滕营长吃饭时候碰到爸爸讲了全部原委，还说："校长，校长，你这位少爷是个奇种，我特务营留下了。那手脚利落干净，你看了都不信是你亲生少爷！"讲完，哈哈走了。

序子回房，见到爸爸正跟紫熙二叔说话，便坐在旁边。紫熙二叔问序子："你打了安徽伢崽？"

"那鬼崽崽一伙人欺侮我朋友。我稍微弄了一下，他们不经弄——唔，在朱雀，我是很少和人打架的。我也不敢乱惹人……"

紫熙二叔哈哈笑起来，"头一盘，湘军镇淮军，大获全胜，你还真值价[1]！"

"冇是我厉辣，是他们不行！"序子说。

晚上到修之伯伯师部去摆龙门阵。伯伯满满都在，好闹热。讲到序子打架的事，修之伯伯仰天大笑，"伢崽，伢崽！你问你爹，你问你爹，这动作像不像我小时候？老子那时候就计划打遍天下！"

序子问："顾伯伯，你小时候打过几盘架？"

"呀？几盘？我，我哪里记得几盘？一年到底，三百六十五盘怕不止……你问你爹，他记得清楚——你屋里的饭我冇少呷！我妈打草鞋养我，我屋穷……原先打一两盘架，我妈还撵到我打，教训我要做好人；架打多了，她也就管冇才[2]了。哎！我妈姓黄，我在杭州灵隐寺大殿正当中给她老人家许愿挂了块大金匾。"

"我屋冇钱挂匾。"序子说。

"一个人长大明白了，心里有匾是一样的。"顾伯伯说，"狗狗！听到讲，你紫熙二满要带你到厦门读书去了，那你就要乖乖子去读书了，为你屋争口气。"

---

1 有种。
2 管不及。

序子说："我冇晓得我要到厦门去读书，几时的事？你怎么晓得？"

"天底下我还有不晓得的事？——你听说过厦门那地方吗？是一个岛，周围都是绿绿的海水，对门还有个岛，叫作鼓浪屿，是房子大的岩头堆出来的，岩头爿爿里都是花，都是树，树底下盖了一座座洋房子，洋房子里头有人弹钢琴、弹六弦琴、拉手风琴……厦门沿海岸边上竖着好多彩色大洋伞，洋伞底下是茶桌子，卖咖啡、牛奶、冰淇淋……海风吹得一身凉咻咻之……"顾修之伯伯说。

"顾伯伯，你好像在念诗。你在吹牛皮！我不信！你讲，你去过吗？你怎么晓得的？"序子问。

"我年轻时在那里驻扎过，在那里当排长。"修之伯伯说。

"唉！——伯伯，眼前带你的兵开到厦门去就好了……"序子说。

"唉！崽呀崽，要打仗了，你晓不晓得？顾伯伯头发快白了。再打三两仗，怕差不多了！"修之伯伯说。

"打哪个？打日本鬼崽崽就好了。"序子看了看修之伯伯，"'人不寐，将军白发征夫泪'，我很喜欢宋朝人这两句词。讲你们带兵打仗人心里头的事……"

"讲得好，读书就要这样子读法。见景生情才有用，才养人。你家一屋读书人，冇要辜负了这份香火……"顾伯伯有些感叹。

"这伢崽从小读书就不正经，总是杂里古董乱翻一通，很迂腐……"爸爸好不容易插上一句嘴。

"怎么迂腐？才不迂腐咧！活鲜鲜子的人，要这么正经做哪样？杂得好，杂得好！"顾伯伯问，"狗狗，你讲是不是？我们朱雀人作诗也是从来不落俗套，不迂腐的。记得秉三先生两句：'意气消磨群动里，百年形骸变化中。'……就很独创。"

方麻子、方大坨、方吉伯伯说："个石有两句东西也是气派非凡：'神州未觉陆沉梦，不见英雄第一流！'"

得豫说："星庐师祖有不少好句：'……屠龙技拙闲孤剑，倚马心雄感暮笳。''湘蜀计程四千里，坐牵诗梦绕梅花。''五代干戈一行传，百年啼笑几篇诗。''孤灯酒星三更后，大局棋争一劫非。''花径不知山月上，一痕凉影挂檐钩。'真是背不完，戎马倥偬，可惜总安不下心来读诗。"

"小小子一个边地，出这么好的诗脑壳，也是怪啊！"修之伯伯说。

一只鸡在院坝打鸣，嗓子像一个老人家咳嗽。

都夜间九点钟了，有这时候打鸣的鸡吗？

有的。就是它老人家"李排长"。

这只鸡还是六七年前师部驻辰溪的时候大师傅文久富喂的。越喂越大，两只鹅那么重。一辈子跟我们走了八九个省。它安得下心，只在大厨房旁边转，会吃麻雀，啄老鼠子，有时候还追狗，师长封它做"李排长"，叫了七八年，一叫起来，还认得人，见到师长就拍翅膀。舍不得杀。部队开哪里带哪里，像个革命元老。脚杆老卡老卡酒杯那么粗，小伢崽那么高，让人见了都肃然起敬。队伍开拔，首先就想到照拂渠。

"这也算是我们一二八师一景！"顾伯伯笑着说，"快七年了。将来要想到给它做个纪念碑，不枉跟我们一场。"

告辞的时候，顾伯伯摸着序子脑壳说："狗狗呀！好好子读书，将来长大了一定要来看看顾伯伯，不管在哪里。听到吗？祝你长大

它安得下心，只在大厨房旁边转，会吃麻雀，啄老鼠子，有时候还追狗，师长封它做『李排长』……脚杆老卡老卡酒杯那么粗，小伢崽那么高，让人见了都肃然起敬。

大公雞『李排长』。

有出息，为我们镇筸城争气……"

回到"家居"，没想军需处派骑兵早到一步，送来顾伯伯、戴伯伯各人十块光洋给序子读书的。爸爸签了收。

爸爸把钱放进箱子，一个人坐在椅子上不出声。

"爸，怎么我一点都有晓得我要走？"序子问。

爸爸把左手拐靠着桌子想事情。想完事情放下左手低着脑壳又想。

"爸，你咯子有好过，把光洋退送顾伯、戴伯，我不去了就是……"

爸爸轻轻跷起二郎腿一晃一晃看着天花板。

"爸，我想到个好办法，让紫熙二满把你也带去不就行了，我们一齐走。"

爸爸摸着序子脑壳。

"爸，其实你用不着难过，我去一些日子就回来看你一次，过一些日子又回来看你一次……"

爸爸默默打手势要序子睡觉——序子边脱衣服边讲："爸，其实也是好事情，得豫三满以前对你讲过，你在宁国暂时住段日子就去上海找田真一姑父和大孃，住到他们那里。再慢慢一个一个找你上海画画的老朋友，在上海画画卖钱，日子好了，把妈和挛挛都接过去，寄钱养婆。我读书得空就来上海看你们。到那时候，你自己想，那会多好。听说，宁国离上海也不远，坐车坐船，一两天就到。比朱雀到长沙近多了！"序子钻进被窝里还讲："爸，东坡《水调歌头》词讲：'人有悲欢离合，月有阴晴圆缺，此事古难全。但愿人长久，千里共婵娟……'"睡着了。

第二天大清早，紫熙二叔过来一起吃早饭。带来油条和豆浆。安徽宁国人蠢，不懂得在豆浆里头掺水，浓得了不得，让人喝下去不习惯；油条炸得像门杠那么粗，吃下半根就打饱嗝。

紫熙二叔和爸爸谈话那点神气，好像在墟场准备买只猪崽的意思，猪不猪并不重要，如何之弄法把这只活物赶回城里值得研究……序子心里好笑，这么大的事，他们两个一点也没有想过跟猪崽商量商量……

"……坐汽车到宣城，到芜湖，转火车到杭州，住几天探望几个朋友，然后坐火车到上海，看看真一和大表姐，顺便谈谈你到上海的事。底下就容易了，坐轮船回厦门，两天多的时间……"这是紫熙二叔对爸爸有关带序子到厦门的全文。

讲完来来回回、毫无商量余地的话之后，约了三四个满满伯伯一起到河沥溪去帮序子买生活用品。牙膏牙刷，底裤底衣洗脸布，吃了一餐随吃随忘的"徽菜"回到宁国。晚饭之后爸爸才对"猪崽"说："后天你跟紫熙二满到厦门去了……"

"父母之命"幸好底下没搞"媒妁之言"！！！一个人一辈子的命运就那样随随便便决定了。

第二天序子找到汪志刚和刘宁生，告诉他们"要走了"。他们冇想到这么快，"喔"了一声。

"我们以后不会再见面了！"序子说。

"大概是！"汪志刚说。

"我想也是。"刘宁生说。

"长大了，有一天在哪个城、哪个街上碰见，也不认得了！"序子说。

"……"汪志刚。

"……"刘宁生。

序子指着刘宁生，"看你那样子，你老了可能会留胡子。"

汪志刚就跳起来笑，"会！会！他爹就是个大胡子！"

刘宁生说："可惜，可惜，我们在一起才两个礼拜多一点，人生别易会难……"

汪志刚安静下来，"像天上三颗流星，擦身而过互相闪了一下……"

"唉！天空太大了……"

序子问："古时候，有没有哪首诗讲过离别如天上流星刹那相遇？"

两个人摇摇头。

……

就这么分手了。

晚上下了大雨。大到像院坝涨水的程度，波浪阵阵打着玻璃窗，想到明早上动身一定狼狈不堪，送行的人淋着雨，打着伞，踩着水……

半夜雨停了，没想到大清早看到的是太阳！蓝天上狗日的连一片云也没有。送行的人满脸笑容。

师部里弄了部汽车送到宣城。

在宣城办事的紫和四满跟爸爸、紫熙二叔和序子到街上照相馆照相留影。（以后序子每看到这张相，都觉得自己这副卵相实在难忍！）

爸爸和紫和满满送我们到宣城汽车总站。忙完了行李之后，紫熙二叔带序子上车按号码坐在椅子上。

爸跟四满站在地上，向序子和紫熙二叔招手。他们两个人年纪怕也才是四十刚刚出头。四满穿军装，爸穿长袍子，动作轻松潇洒，面带微笑，一点也没料到这一盘行动是生死之别。

生死之别的神情心绪论起来是应该肃穆庄重一些，他们两兄弟还年轻，太善良，没本事估计到几个月之后将要来临的、翻天覆地的民族杀机。

小小的欢会离别他们早已适应，并视为当然，以为日子将永远这个样子暮鼓晨钟地过下去……

车子发动，走了。他俩的影子越来越小，在尘埃中，在飘拂柳丝的绿雾中隐没了。

有时伤痛的必然，像个轻松的偶然。一个大历史，一篇小历史，常常给小民众弄几笔率意的玩笑。

唉！算了，算了！

"佛告须菩提，凡所有相，皆是虚妄，若见诸相非相，即见如来。"[1]

小民众做得到吗？痛不觉痛，伤不觉伤，离别不觉离别，欢聚不觉欢聚……

我们是小民众，小心地啊！佛啊！到了这步田地，"即见如来"又怎么样呢？

到芜湖上火车到了杭州。

1　见《金刚般若波罗蜜经》。

二叔找到诗人刘宇家。

刘宇先生是个戴眼镜的矮子，他夫人是个快乐漂亮穿好看衣服的高子。一个儿子一个女儿是规矩的城里孩子。

屋不算大，普普通通。楼上楼下，有间客厅。二叔和序子被安顿在楼上放好多书的书房。书房外有个栏杆，展眼望得到拐弯抹角的树影和水影。一鼻子水汽。

刘宇先生是四川人，和序子讲话、问话都很体贴。原来他写的是新诗。序子对旧诗懂一点，新诗一点不懂。新诗要作得像诗，很不容易。刘宇先生书房有几本他的诗集，印得非常好看，还有插图。诗和插图各讲各的，更不懂了。这类事情序子是不好意思跟刘宇先生讲的。人家的诗一定有道理。没有道理就不会有人看，有人买；刘宇先生这个诗人就没饭吃。反过来想，是序子自家不懂了，不懂就不要乱想乱讲，免人笑话，甚至引人生气。

刘家院坝栽一棵完全很不应栽在这里的大树，（槐树吧！）一栽，院坝就不像院坝了，只能放一把扫帚和一个撮箕，挤得很了。

墙很高，门里门外刷了灰颜色的石灰水，跟阴凉混在一起，很有点意思。

刘先生的儿女和序子一样大小，跟序子讲不了话，只看。浑身上下地看。两个人一边看一边讲。这当然不是恶意而只是研究。研究久了也不好，让人觉得浑身不好过，又奈何他不得。

"你们杭州有豺狗吗？"序子问。

"没得！我们西湖有鱼，有海鸥，杭州湾那边飞过来的。"

序子喜欢得跳起来，"你们讲四川话！"

"对啰！我爹是四川人！"

序子扯起书本朱雀话。那伢崽听了奇怪，"你也是四川人？"

"我是湖南朱雀人！"

"湖南人讲话有点四川腔？"那男伢崽问。

"朱雀挨着贵州，贵州挨四川，我们湘西也有挨四川的地方。地理上叫作西南地区，反而跟省会长沙那边讲的话腔远了。"序子讲。

"要得！那我们讲四川话你就懂啰！"

"我们朱雀有好多四川人。做生意的，当兵打仗的，卖条丝烟的……"

一通百通，那序子的日子就好过了。

几天来游了西湖周围山上山下。也看到灵隐寺大殿当中那块大匾，果然是金的，写了顾家齐伯伯妈妈黄哪样哪样的名字。又到虎跑喝水，又去了岳王坟，最有兴趣的是跪在栏杆里的秦桧夫妇铁像，更妙的是旁边那句告示："请勿小便！"有意思的是上到城隍山上，序子想起一件事就好笑。

"序子，你笑哪样？"二叔问。

"我想到马二先生。"序子说，"《儒林外史》的马二先生。他在这里买过'处片'吃。现在没卖的了。'处片'是哪样东西我都没见过。"序子说。

二叔问刘宇先生："'处片'是什么？"

"大概是一种吃的东西！"刘先生说。

二叔笑起来，"喔！当然，当然是吃的东西。"

刘先生也不大好意思，"类乎'云片糕'之类的吧！"

"'云片糕'马二先生怕买不起，可能还要比'云片糕'差些点的、便宜的食货。"二叔说。

"哎！过几天问问钦文和敬文看看……"刘先生说。

"我觉得《儒林外史》的马二先生最是游西湖的人。有钱人游西湖其实看不到真的西湖。"

刘先生觉得序子讲得怪，"你讲讲看！"

"哪！"序子看着山底下的西湖说，"有钱人游西湖是来装样子的，他们的心思不在西湖。马二先生游西湖就是真游西湖，肚子饿了买点便宜'处片'将就打发肚子，他认为西湖是他的，只是他懂！他不懂，他穷，他就不会来了。他来不起，他是很认真对待西湖的。"

听了这话，刘宇先生愕愕地看了看二叔又问序子："你看过什么书？"

序子说："很难讲。东看西看。论那些书，《水浒传》《镜花缘》《西游记》《三国演义》《东周列国志》《隋唐演义》，我最喜欢《水浒传》和《儒林外史》，有看头，有想头……"

"你看过《红楼梦》吗？"刘先生问。

"看是看过，看不下去。都说好！都讲好而我看不下去，那就是我自家不行了。等我长大以后再说。"序子回答得很认真，又添了一句，"学问家都讲好，像呷了'迷药'！"讲完笑起来。

刘先生开始对序子有点兴趣起来，"序子，你喜欢新诗吗？"

"我试到作过，不像。有的新诗比旧诗还难懂。懂都不懂，怎么作？"序子说。

"你想学吗？"刘先生问。

"不想！"序子说。

开始下山。

"序子，杭州西湖这一大片风景，很美，是不是？"刘宇先生问。

"一般！"序子回答。

"怎么'一般'，西湖是全中国最美的地方……"刘宇先生说。

"那是没看过更多好地方的人说的。比方我家朱雀城他们就没看过——我眼前也看得少，长大了再讲！"序子说。

"序子呀序子，我觉得你这个人有点怪！"刘宇先生说。

序子笑起来，"哈！刘叔叔，刘叔叔，我是乱铲的！"

回到城里刘先生家，进了书房。

二叔对序子说："序子呀序子，刘宇先生喜欢才跟你讲许多话。我觉得你不是太有礼貌，不晓得轻重，我听到之后都有点难为情……"

序子一想，"是了，是了，二满！从来没有人像刘先生跟我这么和气地讲过话，我高兴得忘了礼貌。我有点忘乎所以，我忘记他是个有学问的人……"

"那以后记住了！"二叔说。

"嗯！"序子回答。

睡在床上，序子还想这个问题："到大地方了，怎么办？"

刘宇先生和二叔和两位不记名字也不要紧的朋友带着序子去拜会老朋友，作家许钦文先生。

许先生的住家不在热闹地方。门外有几条小河沟、木板桥、柳树和鸭子。单独的一圈灰墙，草地中间是书房，北边是住屋。客人来了，家里人从后屋端茶到书房来。

许先生讲一种抑扬顿挫的话，嗓子很肉，不管人家懂不懂。看起来客人都懂，大家很快乐，他跟着一起笑。

序子听说他和鲁迅有交情。鲁迅去年刚死，就是嘴巴上有撮胡子的那位著名先生。跟鲁迅先生有交情也算一种分量；好像别个没坐过轿子，你坐过；别人没吃过牛脑壳肉炒大蒜，你吃过；别人爸爸没抽过"三炮台"香烟，你爸爸抽过；别人没看过梅兰芳，你爸爸看过；你喧出来，别人就会敬仰。

见过鲁迅，自己不用喧，别个喧也行。都很提神。

大人在屋里摆龙门阵，序子一个人在草地上和两只白兔子玩。白兔子是红眼睛，不怕人。也不是特别好玩，没有表情，没有动作，没有声音，意思不大。

许钦文先生和大家摆完龙门阵就送大家出了大门。各人鞠躬告别。十分甜蜜的离别情绪。走远了回头还看见许钦文先生站在门口招手。再回头，大门嘭的一声。

序子以为那么远来看许先生他会有点什么动静。比如，游游大街小巷，吃一顿风味小餐……

过一天大伙又一齐去看老朋友钟敬文先生。

钟敬文先生住在笕桥。也是个作家。听说住在笕桥殡仪馆里头。

笕桥是个水番水天的乡村，序子在书上早就晓得，它有个全国鼎鼎大名的飞机场。序子只晓得飞机场而完全不晓得还有个殡仪馆。

何谓"殡仪馆"？停丧之处是也。

大地方每天死人，东南西北不是一个两个。怎么办？送到殡仪馆去，地方大，办丧事可以弄得要多热闹有多热闹，就是《论语·乡党》里所说的，"朋友死，无所归，曰，于我殡。"一切活动，出钱由殡仪馆包了。

跟鲁迅先生有交情，也算一种分量；好像别个没坐过轿子，你坐过；别人没吃过牛脑壳肉炒大蒜，你吃过；别人爸爸没抽过『三炮台』香烟，你爸爸抽过；别人没看过梅兰芳，你爸爸看过；你喧出来，别人就会敬仰。

讲归讲，序子倒是从来没有见过。

放那么多死人在一起？冬天还好，七八月间怎么得了？举行典礼，家家拖带大群亲戚六眷，赵、钱、孙、李，怎能投奔得清楚明白？牌位混乱，万一刘家子孙哭在黄家灵前磕错了头，岂不笑话千年！

钟敬文先生哪里不住住在死人堆里头去，到底是何居心？

到了殡仪馆，才明白原来那么大场所，望不到边的二层楼房，雕梁画栋，宫殿一样。没想到殡仪馆那么阔气，四万万活同胞都住得下！

周围是新鲜树木四时花草，中间铺的水门汀马路，绕了半个时辰，进了一座大堂，上楼走廊尽头找到钟敬文先生。

钟先生的房间天花板和地面、窗格子和房门序子都是头一盘见到，比老师长公馆还讲究；可惜只摆了张普通的大写字桌、一把椅子、一张木板床。桌子上钩着一盏电灯，茶杯茶壶，热水瓶，几大堆书，几大沓报章杂志都挤书桌上。

看到钟敬文先生那副神气，序子就想到朱雀城往昔可以连唱两个月的高腔"目连戏"中"傅罗甫"对他妈"刘氏四娘"唱的两句戏文：

"人间、哇哈大、呵呵道、哪你、你呀、你不、噢号走、嘞嘿……偏、偏往、蛮……黄、呀哈呵……泉、哪……路、喉喉哇上、呀蛮上、行、啰喝！……"

写文章哪里不去，偏偏要挨在死人旁边到殡仪馆来？白天还好，晚上岂不太、太、太那个……

也可能是另一种"苛政猛于虎"的设想，受不了人间活人的骚扰……

（写到这里，想到前几年我的一个画家朋友干的一件好事。他好不容易攒了点钱想盖间理想画室，东找西找，在北京北郊找了块树木郁葱的小山坡，披襟四望，美色尽收眼底。二层楼之理想画室盖好之后时值秋天，草木寥落，原来脚底四方八面净是荒坟，纸钱白幡缭绕……日子一长，双方成为各不相扰的"钉子户"。朋友画艺日渐升腾，应是阴阳调协得宜的缘故。那时候记起一对未必是龚定庵的好联，书贺于他。联曰：

"满壁皆绿水青山，妻太聪明夫太怪，

四周尽青磷白骨，人何寥落鬼何多。"）

钟敬文先生见了老朋友来访十分高兴，请大家到镇上酒楼吃了顿饭。序子最难忘的是一辈子第一次吃到活蹦乱跳的"醉虾"，好残忍！一边吃一边觉得残忍……

余不赘言。回到杭州城。

明天就到上海去了。

上海这类东西不是一般人随便可以要去就去的。你懂得上海好大？有好多中国人和洋人？你认得路吗？上海有好多种车子？有好多种侠客，好多种流氓？好多个有钱人？有钱人吃什么饭？洋人吃什么饭？上海人天天跳舞，你会跳舞吗？你荷包里有好多钱？让我看看！唉！这点钱坐一回车就完台了……你回不了家了。你走路也不行，你不认得路怎么走路？间间房子一样你怎么认得房子？你慌，你坐在路边，洋兵用洋枪把你胸脯一顶，抓走了。问你话，你不懂；你讲话，他也不懂。你讲你是你爹的儿子，现成的儿子都认不得还会认识你爹？铲你两耳巴子，踢你三三得九脚。热天又热，冷天又冷，关你在班房里头，过了二三得六天，放不放你出去？不放！丢你进锅子熬油算了。熬五斤油倒进油桶里。世界上根本不晓得少了个你，上海不晓得多了个你。你在油桶里，你乡下屋里人还以为你在上海当官……

序子在床上想了一夜直到天亮。

吃了早饭，打点好行李，夫人带孩子送到门口，刘宇先生叫了三部黄包车一起送到车站。

车站矮矮的，不晓得里头好大。买完票，叫来"红帽子"搬行李进站上车。刘宇先生不哭不笑握手告别。

车子开了。一路春风又绿江南岸，人坐在云里，太阳温温和和，这日子真好，哪个不欠哪个！大玻璃窗，软垫子，序子小心小心不打喷嚏，弄肮脏东西不文明。

二叔看报。序子没看报，窗外景致引他开心，开心就晃腿。二叔放下一点点报纸看他一眼，序子晓得晃自己的腿而不是晃别人的腿也不行，就马上刹车。二叔又放下一点点报纸对他点点头，序子明白这是刹车的奖赏。

还想轻轻晃一晃腿看二叔晓不晓得，唉，算了，弄得大家不和气，不做人家不喜欢的事吧！

那就想西湖十景吧！"三潭印月"……"花港观鱼""南屏晚钟""四蹄踏雪"，不对，怎么会四蹄呢？四蹄是哪四蹄？"四蹄踏雪"平常是讲四只白脚的黑猫儿的，怎么变成西湖十景了呢？会不会讲人骑在四只蹄的马上踏雪？也不怎么诗意……啊！错了错了！不是"四蹄踏雪"，是"断桥残雪"。是"断桥残雪"！麻个皮狗日的！怎么会是"四蹄踏雪"？

还有，"苏堤春晓""曲苑风荷""平湖秋月""柳浪闻莺""雷峰夕照""双峰插云"，你看你看多好！

居然把"四蹄踏雪"搞进去！真好笑！

古人给风景起名字的确有两下子！

朱雀城自古相传也有十景，"梵阁回涛""山寺晨钟""南华叠翠""溪桥夜月"……都很夺翠引人。

现在的读书人、当官人给风景起名字，太信口开河了。可恶之极。"夫妻拜堂""小儿上学""瞎子背米""花子讨饭""和尚化缘"……唉，唉，唉，书到哪里去了？

"作首诗看看。"序子想。

"人生"，对！"人生"起头。"人生"哪样呢？人生……"人生自古……""人生总发"？"人生迈步"……

序子这时候忽然想到《李逵下山》春景为所感，也想作诗的那出戏。

"桃，桃，桃，桃，俺李逵怎么忘怀了？"

此情此景跟李诗人一样，不作了。

幸好火车到站，二叔和序子提着大小箱子下车，让红帽子运到站外，找了部小汽车一直开到东亚饭店门口。二叔给了车钱。过来两个穿外国衣服的体面人恭恭敬敬把三口箱子和一个帆布口袋提起来运到大旅社柜台边。二叔从皮手提袋里取这个拿那个给柜台的人看，看完了，柜台里头给二叔一把带牌牌的钥匙和一张卡片，提行李两个人跟二叔和序子走进一个大铁笼子。笼子里躲着个女人，按一下机器，铁笼子带着这帮人往天上直升，咣一声，那女人说了一句哇啦啦的上海话，拉开铁门放这一帮人出来。原来不用自己爬楼梯，连人带行李都到了五层楼。这机器叫作电梯。一条两边都是

「作首诗看看。」序子想。

「人生」，对！「人生」起头。「人生」哪样呢？人生……「人生自古……」「人生总发」？「人生迈步」……

李逵苦吟图

门又长又亮的弄子，搬行李的叫二叔序子跟着走，往左，"五三五"的门牌前停住。二叔取钥匙开门，是间摆两张床的房间。一盏带花玻璃灯泡的大电灯挂在房当中，二叔一按墙上扣子，满房的桌椅板凳和大玻璃柜像过年放礼花一下子闪亮出来。

那两个搬行李的体面人放下行李笑眯眯看着二叔，二叔一人给了张小钞票，谢谢走了。

序子打了个冷战，"要是我单身一人，怎么得了？"

从火车站到东亚饭店，一路上汽车喇叭、洋鼓洋号、喊喊唱唱，序子一对耳朵像泡在满堂闹台锣鼓里，追着序子。关了门，还在门外、洋台外头等着、嚷着……

这就是到上海的第一课。

桌子上有电话，二叔翻开小本子打电话。讲话，笑，又点头，又笑，又讲"好，好，好"，挂了电话，转身告诉序子："你大孃、田姑父等下带表弟大园子、二园子来。"

没有好久，果然大孃和姑父就带着两个表弟来了。两个表弟讲是讲也算朱雀人，其实朱雀从来没见过这项种类。白，胖，和嫩嬷嬷子的嗓音。他们抢着跟序子讲话，带点异音；他们努力用上海话做馅、国语做皮希望序子能听得懂。其实再怪一点序子也听得懂的。所以大家算是能够玩在一起。

能够玩在一起并不等于眼前很好玩。有什么好玩？一条左右都是房门的弄子，和一个搭电梯的门。

大园子和二园子是上海"里手"，序子是朱雀"外行"。于是"里手"带着"外行"偷偷地去按人家房门上的"扣子"而三个人躲在夹道。里头的住客打开房门不见人之后嘭地关上门，里手又去按，又躲起来。门开了又不见人。那人很生气，"操那娘！"又关了门。

后来又去按电梯的"扣子"，电梯来了又不见人。

觉得很好笑。好笑也不等于好玩；还有点危险！万一让人抓住了怎么办？序子觉得这两个伢崽不晓得利害。回到房里，大孃问他们上哪里了，大园子就说在走廊，大孃说："在走廊玩好！不要下楼，'白相人'多，把你们拐了！"

三个大人还在不停地讲话！

买票搭轮船。这几天往上海哪里玩？序子爸过几个月来上海住到他们家，如何，如何……然后大家下楼吃饭。

姑父说："我请，我请！"

二叔说："哪里，哪里！"

姑父说："当然我请！当然我请！"

大孃说："哎呀！哎呀！还那么客气？"

二叔锁了房门，大家还是走进那架电梯，开电梯那个女人是个蠢婆娘，根本认不出刚才这三个伢崽按了她的电梯扣子。二园子和大园子给序子一个眼神，序子笑了一笑。

电梯这回只开到二层楼，原来是个饭馆。

好像吃饭不要钱，挤那么多人。声音那么噪，怎顾得上吃饭！

门口站着几个新娘打扮的女伙计，好像老朋友早就认得一样，带他们三大三小来到一张摆六张椅子的大桌子旁边，招呼坐下来之后她就走了。另外一个来倒茶水，又另外一个来问吃哪样东西。

其实这些婆娘根本用不着穿那么好看的衣服，吃饭的饭客，哪个管你穿得好不好看？哪个来吃饭的傻瓜光顾看你忘记吃饭的？

姑父在那个婆娘的本子上看来看去，又转身问二叔、大孃好不好，就算定案。放那个婆娘走了。

等一下。一个个穿白衣、戴白帽孝子打扮的男人轮流端着菜盘子送到桌子上来。又有个丫头打扮的妹崽端来了饭。

六个人让满堂的声响噪昏了，像在梦里头好不容易把一桌饭菜吃完，汗流浃背哪个讲话哪个也听不到，越听不到嗓子越大，大家都大，所以弄成这种难以挽救的局面。

最后还是姑父请客，还不停地自认是"地主""地主"。（哈哈，十二年后你等着看这两个字的家伙吧！！！）

姑父说好明天清早就来，陪他两叔侄游上海。

果然姑父大清早就来到东亚饭店，还带来三瓶热豆浆和包芝麻糖跟油条的"糍饭"，好吃得不得了，不晓得是哪个狗日的发明的。三个人吃完了，一齐出门搭公共汽车到南京路口外滩下车。

序子矮矮的身子一眼扫过去，来来回回，都是穿着好看裤子和裙衫的屁股。

老远横着一条黄浦江。停着好多轮船，有的叫军舰，有的叫邮轮。一座座城那么大。也就是说，如果高兴，可以把朱雀城装几个进肚子里去。其他几百几千谈不上辈分的船，像苍蝇蚊子四周乱窜。

黄浦江让这些船挤得不能动弹，一点也不"洪波涌起"，一点也不"奔腾澎湃"。

抗战中期在重庆，有位诗人（忘了名字，以前还记得，怎么一下想不起来）怀念黄浦江，诗里头说黄浦江波涛汹涌，哗哗作响。朋友以后才想起，原来诗人从小是个聋子，他自己一直在"以为"。

外滩码头上见不到人，只见到蚂蚁，密密丛丛在吊车和起落架底下搬东西。序子好笑！

大概有五十里长的一排洋房混在烟雾里、声音里、气味里、震动里。一点也没有房子的样子，那么高，那么直，那么横，那么多，墙上搞得都是洞洞眼眼，满是烟筒，冒着烟。

不过序子心想：讲老实话，我并不怎么讨厌它。大凡一种新东西来到眼前，都有点心虚，有点恨，有点对立，有点自危，混熟了，其实是好东西，用不着那么紧张的。新朋友也是这样，以为随时会扑上来，其实不会。

上海那么大，新东西多得来不及怕，来不及看，来不及喜欢。

比方过马路，不懂红灯绿灯，一刹那不小心就把你碾成肉泥！！！汽车、电车、三轮车、黄包车，管你张三李四、管你张序子、蒋介石……哪个都晓得我张序子并非胆小之人——还是怕，还是心跳——这是天然之动物本性，不能由本人负责。

恨也好，怕也好，爱也好，都要随时随地小心谨慎。

码头右首边远远地方有座高台子，竖着一个长翅膀外国婆娘铜像，叫作"胜利女神"。一个外国婆娘怎么"胜利"到中国来了呢？

婆娘家能打仗吗？打仗能"胜利"吗？

花木兰上战场打仗本来就很难让人相信，你想嘛：性命交关的事你个婆娘家夹在男人队伍里麻不麻烦？添不添乱？何况还要跟那个元度眉来眼去搅乱军心？

外国军队里骚汉子更多，仗是男人打的，"胜利"怎么会落在你女神手上呢？公然而然地摆在上海之外滩？孙中山先生字逸仙不管，你蒋中正委员长字介石也该管管。怎么可以让那么不三不四的铜婆娘逍遥法外？……

姑父没等序子感想结束便叫来两部三轮车，三个人坐上拉到跑马厅对面国际饭店门口。

"高不高？序子你看，高不高？"姑父指着国际饭店的屋尖尖问序子，又说，"二十四层，两百多尺，高不高？抬脑壳看帽子要掉下来，高不高？"

序子抬起脑壳看了一下说："不算高！"

"哦？你在哪里看过比这还高的？"姑父问。

"我们朱雀城的房子比这个还高！"序子答。

"朱雀城有这么高的房子？"

"有。山上！"序子答。

再往前走一两百步进一家餐馆吃中饭。这馆子名叫"乔家栅"。姑父问序子笑什么。

"这铺子的名字怪！"

姑父说："算不得怪，有的是怪的，'王家沙''老大房''六三''小绍兴''功德林''老半斋'……历史悠久，讲明了一大串意思，分量也都不怎么重。"

"乔家栅"其实是汤圆店。有碗汤的，有糖粉粉里头打过滚的。这和朱雀汤圆担子卖的一个样子。好吃！

算是中午的点心。

不管走到哪里都是吵，人吵，大喇叭吵，车子吵，吵，吵，吵到哪一天忽然停下来，一点声响都没有，到那时候，不晓得人会不会死？

姑父算是一天到夜陪到二叔和序子了。吃过"乔家栅"，又搭公共汽车回外滩绕到"外滩花园"，其实花园就是公园，买票进场。

好多大树，好多小树，好多花，好多人，单身人走得快，两个人走得慢。路边有树，树底下有长靠背椅，用钉子焊在水门汀地上，哪个想偷都偷不走。二叔跟姑父讲大人话，坐的就是这椅子。觉得天底下这么坐、这么讲话、这么晒太阳是一种享福。

二叔讲到明天上船的事，又讲到厦门那边学校的事；姑父和他讲北京的事，讲熊希龄香山慈幼院的事，讲他眼前住"大陆新村"的事和儿子上学的事。

姑父和大孃住在大陆新村，好多年在朱雀传得很神，说房子是用金子买的。那应该是一种有匡[1]过好日子的貌态，二叔夸他会过日子，他又苦皱脸颊说："哪里喔！哪里喔！"

就像另外一些有匡的人苦着脸喝补药人参汤一样，没有傻瓜会劝他，"这么辛苦，你就别喝了！"

周围电灯亮起来的时候，姑父说走就走了。明天还要送船。

二叔和序子仍然坐在公园的椅子上。

"看这景致！蓝天，星子，这树，这灯，那些人影子，还有明天要离开上海的心情，连在一起，真可以作一首诗。"

"我常常想作诗，就是作不出。人有好多种，不懂诗、什么都不懂，算一种；读过一点诗，自己想作作不出，像我，算一种；读过一点诗，以为自己就会作诗，乱写乱作，算一种；又懂诗，又作得好诗，算一种——唉！唉！"序子说。

"序子，序子，我觉得你这个人脑壳里头很杂……"二叔说。

"是，是，杂极了，不过有时候又很荒凉！"序子说，"想妈，

1 钱。

106

想婆，想孥孥，一个人的时候就想。不得开交……"

"到厦门，你就要上中学了。脑壳不能那么杂，要专心读书，书读好，长大才能理清楚脑壳里头的杂事。"二叔讲。

"就是你讲的这样……"序子答。

花园门口叫了部三轮车回东亚饭店。

序子一睁开眼，见二叔把行李都整理好了，连忙起身穿衣洗脸刷牙。

门口有响动，还是前天那两个笑眯眯的人。

二叔让他们两个把三件行李运到楼下去。

"就走了？"序子问。

二叔笑起来，"不吃早饭了？"

就一齐到二楼吃早饭。咖啡、牛奶、黄油、面包、果酱、煎蛋、腌肉。二叔一一地告诉序子，先吃什么，后吃什么，怎么用刀叉，用调羹，咖啡放几颗方糖，加多少牛奶。

"哪！看到吗？这才是新鲜面包。抹黄油，抹果酱，记得河沥溪那坨面包吗？"二叔微微地对序子笑。

"这是很糟糕，很糟糕，一辈子忘不了。"序子也笑，学二叔把餐巾放在膝盖上。

"外行变内行其实很简单，每一动手都慢一步，看人家怎么样，你照着样子做就是。这样子，态度也显得优雅从容，像个有教养的伢崽。"

这时候，序子听得进二叔每一句话，像个口干的人认真喝水。

吃完早餐，叠好餐巾，跟二叔进电梯下到大堂到柜台算账。这时候姑父来了。

"大姐行动不便，不来送行了，要我向你们致意，祝你们一路顺风。"

"大姐太客气，你要帮我向她多谢款待，麻烦她挂心。"

出租汽车来了，两个笑眯眯的现在序子才晓得他们统称为BOY的人，行李放进行李箱之后，又笑眯眯对着二叔。二叔又给了他们一些小票子。

汽车开到码头，原来还要搭小火轮才上得了远远的那艘大轮船。这时候就和姑父再见告别了。

小火轮也不小，一个来回装得下一两百个穿得体面的男女老少。啵、啵、啵冒着黑烟往前赶。它就是昨天序子在南京路口远远望到的几千几百只苍蝇、蚊子之一。

好家伙！这么大的轮船！慢慢靠近它的时候，面对面就是一堵大铁墙。人从火轮顶上的扶梯走进大轮船的下半身又下半身的肚子里。二叔从皮包里拿出两张比钞票还大的纸交送坐在桌子边上长翘胡子的黄毛洋人，又讲了几句英文，洋人笑笑欠了欠身。另外两个年轻红毛洋人就帮忙提起三件行李，二叔和序子跟在后头。上左边楼梯，又上右边楼梯，再上前面楼梯，然后进一个电梯，出来往外走，嗬！嗬！嗬！原来是马路宽的栏杆。右边是海，人蚕豆大。年轻红毛洋人帮着找房号，"一七九"，是这里了，一间两层床的房间，还有自来水洗脸盆，两张小椅子，一张小桌子，还有瓶石竹花。

年轻红毛洋人笑眯眯看着二叔。二叔给了他们些小票子，鞠躬走了。序子眼睛睁得好大！——想不到红毛洋人也受"打发"，也爱钱；这让序子很失望。以前都以为洋人拿钱来的，没料到洋人还

好家伙！这么大的轮船！慢慢靠近它的时候，面对面就是一堵大铁墙。人从火轮顶上的扶梯走进大轮船的下半身又下半身的肚子里。

兰巴谷大轮船

德巴笑

会讨钱回去。怪不得以前听到夸奖洋人的话是："洋人个个有钱，连讨饭的都穿西装！""洋人学问大，个个都讲英文！"

忙完了，二叔坐下来，"嘿"了一声："序子呀！序子，这就定下心来了。两天之后我们就到目的地厦门了。现在你听我从头讲起——

"这条大轮船名叫'芝巴德'，是荷兰国的。重八千多吨。买票分四等：头等、二等、三等、四等。我们是二等，算是高级的了。高头还有头等，房间和旅馆一样讲究，各有各的餐厅。三等呢，六个人一间房，四等呢，大统舱。四等、三等不可以上二等舱面上来，二等可以到船顶头等舱面上去。船顶上有游泳池，有跳舞厅、喝咖啡喝酒的酒吧！走廊摆的有沙发躺椅可以看海、读书、晒太阳、散步。这条轮船不算大，还有更大的……

"既然是荷兰国的船，所以都由外国人管理，弄得有条有理，规规矩矩。不会出什么大乱子和麻烦事。我们二等舱房间没有茅室，要到公厕去。头等房里有自己的茅室，你想这条轮船有多大？从舱底机器房到头等舱面到船长室，十层怕也不止。这条船大约要装一千个旅客，少了怎么够本？从上海到厦门，厦门还要转到南洋群岛，去不去澳洲、欧洲我不知道。它是客轮，不是客货轮，更不是货轮，所以船上周围都弄得那么好看讲究。

"你最好现在换套刚买的时兴衣服，打扮得干净些，上到舱面才不让人见怪……"讲到这里，船"昂，昂"叫了几声，大铃铛响起来，脚底板在轰动。

二叔讲："要开船了，水手都在忙，这时候不要出去了，免得挡路。"

序子从窗口看到天上的云彩在转，远远的上海在转，一只只大船小船在转，慢慢地，不太转了，船也少了，声音响得简单了。二叔说："怕是快到吴淞口了吧？——序子，你晓不晓得吴淞口？"

"吴淞口，长江之出海口是也！"序子说，"书上讲过的。"

"我先出去看看，他们应该是忙完了。"二叔站在走廊向序子招手，"是吴淞口。"

序子走出门，差点让一口冷风呛了，"看前头老远，那边水是绿的。"

好多人都站在船舷边，一声不响。序子想："大概是在感动！"

眼睛看的没有心里想的透。眼睛看得到的只是一层，心里想的是好多层。

序子想：这一条外国大轮船，托着千把男女老少性命海面上走。没出事，上了岸各奔前程，哪个认不得哪个；要是翻了船，一起埋进海底，也是哪个不认得哪个，却是同舟共济。

又想：远远那条水平线好单调，天上好多东西？水平线底下好多东西？认真想想，就吓得人头发竖起来。

又想：一下怒涛翻滚，一下微波倩倩，一下像怒竖红发、眼冒血丝、满嘴獠牙的老妖婆，一下像穿着浅色长裙害羞、低头微笑的女娃娃。我问你，哪一个才是真"海"？

……

"序子，你怎么不晕船？"二叔问。

"什么叫作'晕船'？"序子也问。

其实二叔也不晕船。

那么好的旅行，要是晕船就可惜了。

第二天早上，二叔和序子上楼顶甲板上看海。

果然是一批有钱男女坐的坐、卧的卧在靠椅上、沙发上，戴着黑眼镜晒太阳，大多是男洋人、洋婆子。

序子已经把最好的衣服穿在身上了，那些人仍然斜觑着眼睛。

序子走得很庄重，双手摊着一本《时代漫画》，用神专注，仪态雍容，有如一位微服私访的贵族公子。

二叔看了暗暗好笑，轻轻对序子说："看他们把伸出的脚杆缩回去了！"

老规矩说："里头的东西比外头的东西要紧！"是对的。

晚上，没有月亮，二叔带序子在跳舞厅门口站了一下，"序子，你信不信，老远柜子里那些酒，一瓶价钱够朱雀家里吃两个月。"

序子点点头，拉二叔往楼底下走。

两天两夜，厦门到了。

这一回是大轮船直接靠在码头边。

靠岸之前，"昂！昂！"那几声把天都震了。

这种和平、温暖的气派，像一万只母牛的合唱队唱出的歌，告诉厦门所有的人说："看啊！我给你们装什么人来了！"

头等舱的人都下到二等舱来，还要下到三等舱舱梯口去。好像都急着上茅室的样子，头等舱的身份一点都不顾了。笑死人！笑死人！

二、三、四等舱的人才不管他咧！根本不把他们当一回事。要挤，人这么多，怎么挤得过？哈！要真是急着上茅室，他们可就完台了……

二叔一点没有急的意思，他扒在栏杆边找人，他看到熟人了，他举起双手和他们打招呼，又回身指指身边急着上茅室的人，又笑。他笑，他不说话，他晓得再大的嗓子也没有用，他只是打着变化多端的手势。其实不打手势人家也懂了，打手势只是一种表达快乐的好玩方式。像马，像猫儿狗儿在地上打滚一样。

二叔其实非常之文明冷静，眼看人流疏朗了，对序子说："你看，这些人这个挤法，明明已经到了，不差这十分钟、八分钟的……"

序子讲："这个样子挤下去，半点钟怕也不够！"

"你讲讲看，我们站在这里等，他们站在那里挤，哪个好一些？"二叔反正没有事，找个话头问序子。序子说："当然我们站在这里等好得多。哪！他们走几步停一停，还要顾到提箱子行李，又走，又停，又挤，又累，又烦，挤来挤去还有危险。尤其是带伢崽的特别造孽，绊下去五痨七伤！等人都走完了，我们慢悠悠地一口气走到码头。"

"做哪样他们不遵守秩序规矩呢？"二叔考序子。

"心里一急就顾不上了。自己管不了自己了，好像打败仗各顾各了。这跟读书多少恐怕有点关系……不文明！"序子说。

二叔手指着底下挤着的那群人，"哪！哪！那里头没有读书人？"

序子笑了，笑得个不知所以然——读书和守不守秩序好像真还有点不一样。读书人有时候自私自利，比如奸臣宰相，好多都是读书人。世界上怕是只剩侠客最懂得讲道理了。或者是，或者是，每一个人都有点侠客心理——好个屁！侠客心理要算在学问哪块廊场呢？

人走得差不多了，那两个笑眯眯的洋人水手又过来拉生意，顺顺当当地帮忙把行李提到码头上，领了点小钱鞠躬走了。

原来接二叔的那么多人，都是学堂的同事。一个一个握手，讲的是厦门外国话。指指序子告诉大家："渠细问香嘅大颈，哇带渠赖吉米塔册。"[1]

"里格津纳规嘿？"[2]一个人笑眯眯用手指头点点序子脑壳。

---

1 他是我哥的大崽，我带他来集美读书。
2 这小孩几岁？

"炸立嘿！"¹ 二叔说。

"渠挨笑颇通喂？"² 又捏捏序子颈根。

"但薄。"³ 二叔回答。

……

这帮人非常之和蔼可亲。非常之和蔼可亲也不见得就没有异动。天下所有的妖怪对人都是和蔼可亲的。刚才他们聚在一起，未必不是打算把序子送进一间黑屋子里一张长方桌子上双手双脚捆绑起来，用刀子开剥了，研究清炖还是红烧。那么远，叫天天不应的地方，什么事都干得出来的！序子心里头也有个打算，万一动起手来，赶紧先选个靠墙的稳当地方。人多，拳头来不及打发，改用腿脚专攻他们的下三路，正面点其"幽堂"，背后踢其"谷道"，再加三两脚扫堂腿，怕也就差不多了。一个个搞倒之后赶紧往海里跳，听说海水是咸的千万不能进口，想办法找一只小木头船，找到之后怎么办？又没有地图，有地图也不晓得怎么走。这狗日的地方！朱雀这么远！爸爸在宁国城——

"序子，序子，这都是你的先生，以后就是跟这么多位先生上课读书了。哪，汪养仁先生，许玛琳先生，宋庆嵩先生，谢锦波先生，许其骏先生，郭应麟先生，黄泰兰先生，温伯夏先生……"

序子听得明明白白，鞠了个大躬。瞟了那帮人一眼，果然是一群温和种子，一点杀气都没有。呕巧！⁴呕巧！偷偷拍拍胸脯，把

---

1 十二岁。
2 他会不会普通话？
3 一点点。
4 险哉！镇定自己的口头语。

原来提起的"气"松下来,"嘘——"

来了一部不太像汽车的汽车,没有墙板,两边可以上人,中间一张长椅子,人背靠背坐着。上下车的确方便,摔下来一定也很方便。

这帮人上车之后像一群蛤蟆,哇哇呱呱直响,一点冇想到性命之忧。半个钟头来到目的地,一个大门口。其实是一条大街一排大房子的其中之一。钥匙开门,嘻嘻哈哈,原来里头有个人正要开门出来,里外都吓了一跳。大家原来熟得不得了。那人名叫"可家"。

(序子后来日子住久了才晓得,好多做工的人名字只有一个字,"簸家","赖呀"。)

"可家"就是看管房子的人。

这房子大,是水门汀铸造,人讲话四围就发出"杠!杠"之声。有三层,旅馆不像个旅馆,宿舍不像个宿舍,倒是有好多让人居住的房间,布置得算是高雅简朴。

二叔和序子跟大家一齐坐在大堂藤沙发上讲闲话。

"可家"端来一个茶盘、一把茶壶、十几个茶杯和一个茶钵子。

茶壶比大人拳头小一点点,茶杯比上供灶王爷的酒杯小一点点。"可家"把茶杯放进茶钵子里,厨房里提出一壶滚热的开水,先把茶钵里的杯子泡个热水澡,再以手指尖一个个取出杯子在茶盘上摆成一个圆圈,然后揭开茶壶盖,冲进满满一壶开水。放下开水壶,认真地把茶壶里的茶倒进一圈杯子里,最后故意抖了一抖,表示壶里的茶点滴不剩,然后再倒进开水盖紧茶壶盖子。转身过来把那满圈杯子里的"头茶"——倒弃在茶盘子里,才再提起茶壶绕着圈将十几个茶杯倒满,轻轻打个招呼,请大家用茶。

各人不声不响地取了一杯，鼻子闻闻，喝完放回茶盘里。"可家"又加满水在杯子圈里倒第二次，倒第三次，第四次。大家也就这么来回地跟着"可家"搞那种重复的动作。

解渴，还不如到厨房喝一瓢水！

那茶，序子试过一口，除了晓得喝下去死不了之外，味道完全和毒药一样，苦得人进了阴曹地府翻了两个筋斗又还阳……

"可家"拿了一串钥匙分给大家，各人对号入房。二叔和序子的房在三楼，居然一人一房。序子觉得好新鲜，手里捏着十七号的钥匙。

房里有茅室，有洗澡洗脸之处，连牙膏牙刷洗脸巾都摆得现成。序子想，既然自己带的有，就不要用公家的了。

序子已经很满意，玻璃窗外看得见海，海堤上果然像顾伯伯讲的，有一排人在大布伞底下弹琴唱歌。这，这是什么日子？他们都不要做事了？光是唱歌就行了？

码头那么整齐，一根草都不长。海面上大船小船，海那么亮，那么蓝……

海那边果然有岛，好多大石头，好多绿树，就是鼓浪屿。

序子打开箱子取出信纸信封，掏出钢笔，赶紧写一封信给婆、妈和琹琹。湖南、朱雀、文星街文庙巷二号——又还要写封信给宁国的爸爸。

"序子，我们去外头吃饭去！你在做哪样？"

序子出来看见二叔。

"我准备写信。"序子说。

"呀？你还没有洗脸换衣服？"二叔说，"算了！算了，回来

那茶，序子试过一口，除了晓得喝下去死不了之外，味道完全和毒药一样，苦得人进了阴曹地府翻了两个筋斗又还阳……

味道完全和毒药的一样

再讲……"

到了街上，好新鲜，都是洋房子，最特别是树，树上都开满了花，白的、红的，大树上怎么开这么好看的花，细细的叶子，透出清香，一层又一层。这里的人好福气，在香气里长大。一路上两边都是书上见过的长刺的"仙人掌"，三个人、四个人高；还有大舌头的"龙舌兰"……风吹得那么不热不冷，舔舔手，咸的！

天上飞着海鸥，树上跳来跳去、一下又飞走的短嘴巴五彩小雀儿，序子认得，是"腊嘴儿"，是"王八丽落"。

幸好幸好！没有马上写信，要不然现在这些东西就写不进去了。

进到一家饭店楼上，看样子老板是老朋友，口味都熟悉，菜不用点了。

又是端了个茶盘上来！

"夹带！[1] 夹带！"

茶壶茶杯都大，味道不像毒药，序子放心了，好口干！好口干！连喝了两大杯。

上菜了！真是吓人。

汤盆子像脸盆，放三条泡在汤里的大鱼。另一口汤盆子满满装着手指头大的长蚌壳，汤面上晃着彩虹颜色。

又端上来两大长木盘的螃蟹，怕有十五六只，绯红，像刚上过红漆那么鲜亮。每只都两个巴掌大，好威风。壳子长满尖角是一种；圆圆厚厚有点小角的是一种；两边尖得特别厉害的是一种。都各有各的好看，讲究的手工艺品。个个威武得像穿盔甲的楚霸王。你吃

---

[1] 喝茶。

它们做什么呢？留到好看不行吗？可惜了！太可惜了！

有人出谜语，"肉长在骨头里"，讲的就是螃蟹。围着桌子吃螃蟹，撕腿剥壳，从从容容，像对付青菜萝卜一样，一点都不晓得自己是刽子手。

序子越想越远，就回转头脑来管管自己："你自己呢？你自己呢？在笕桥钟敬文先生请吃饭的时候有活蹦乱跳剪了胡子和尾巴的'醉虾'，一口咬下去还跳，你还以为它们在开心跳舞咧……"序子想。

"我那个时候还觉得它们可怜！"又想。

"可怜，可怜，你还吃个不停……"又想。

"所以吵！所以吵，我张序子觉得自己不怎么样……"又想。

"人这个东西最可耻！易牙杀儿子给齐桓公吃，再毒再卑鄙不过了。是当今世界拍马屁老祖宗！"

"序子、序子，你喝喝那盆'蛏子'汤和鱼汤，试试它鲜不鲜？"

"还真鲜！三条大鱼炖出的汤，不鲜还叫鱼？"序子喝完心里想。接着又开始吃螃蟹。肉这么多，咬一口满满一嘴巴，海这个东西有这么多捞不完的好东西。

一个留长头发、颈脖上围一圈黑绸巾的先生用不太纯正的普通话问序子："这里有三种大蟹，厚的叫作'害'；长尖角的叫作'禁'；薄一点长尖角的叫作'契'，你清不清楚？"

序子摇头望着他。

"海里生物比陆地的多很多，我们闽南的打鱼人靠这个海谋生。我小时候是在船上长大的。"

序子当然相信。要不然他犯不上细心讲这么多话。

要是序子说："你可以这样认为。"那意思就变成"你讲你的，我听我的"。人家是好心好意讲给你听的，你犯不上回答十分没有礼貌。

"你可以这样认为，多用国货，就多一层人生意义。"码头那块木牌上这么写，序子十分喜欢这两句话。序子到处试验这两句话。

有人对二叔讲："你出去这几个月，好像比以前更精神，更漂亮了。"

序子心里就暗暗回答："你可以这样认为！"

有人对二叔说："学堂好多好多人盼你回来！"

序子心里就暗暗回答："你可以这样认为！"

吃完这顿饭，有人提议看电影，商量看美国片《小明珠》，还是看国产片《密电码》。

序子心里就暗暗回答："多用国货，就多一层人生意义。"

结果是看《密电码》，高占非主演的国产片。

看完《密电码》出来，二叔要到一个地方开董事会，由一个名叫"长白"的高中生照拂序子。

长白这个人态度温和，轻言细语，他手上有张小纸条备忘录，他念："我们现在到海边看风景，坐到棚子底下喝汽水，你看好不好？——我们要走六七分钟路，你愿不愿意？——你要喝咖啡还是喝汽水？还是吃冰激凌？"

序子就回答："先喝汽水，然后吃冰激凌。"

长白自己叫一杯咖啡，告诉BOY，先拿汽水给序子，汽水喝完了，再拿冰激凌来。转身问序子："你觉得这样好不好？"

序子点头。

"那边有岛，名叫鼓浪屿；厦门也是岛，明天我们回集美，集美是个半岛，连着大陆的同安县，集美是属同安县的。但是，集美半岛范围很大，都是集美学校……"长白说。

"你可以这样认为。"序子说。

长白一怔，"事实是这样的。我没有乱说。"

序子说："那就多了一层人生意义。"

"哦！"长白不知什么意思，"你慢慢看风景啊！"说完从口袋里摸出一本英文小书，认真看起书来。

序子心里想长白这个人跟朱雀人没有一点相同的地方。把长白押到朱雀，他一天也活不下去。他根本不晓得世界上有一块用另外一种情感、另外一种生活方式、另外一种思想，成天在狠毒的飓风中从容过日子的地方。他不单没有如此之经历，恐怕也不会相信确有其事。

他的纯良深深感动序子，他没有一点防护的能力，他的城墙是纸糊的，无处不可攻克。他是个好人，好人万一碰见坏人怎么办？善良人抵抗力弱，容易受欺。

世界上应该保护好人，训练他们辨别好坏的能力，训练他们打拳保护自己……世界上好人都有点傻。

不光是长白。看到前前后后的厦门人穿着花衣服，弹六弦琴，拉手风琴唱歌，走路的男女也小心微笑地跟着拍子，都融在音乐里。你看，你看，这么善良快乐的厦门人，谁个还忍心欺侮他们？

好多人坐着小汽艇到鼓浪屿去，好多人坐着汽艇从鼓浪屿那边来，在开心的波浪里浮游。云啦，天啦，太阳啦，海鸥啦，那些歌是大家合唱出来的。

序子眼前一大片热闹，心里飞回朱雀那头去了。

好多天的汽车、火车、轮船塞满肚子，不留一点点想屋里的隙隙片片。一下子闲了，婆、妈妈、爸爸、挛挛们都挤到心里头来。

长白问序子："你哭了？"

"不会的！"序子说。

"那你眼睛里有液体。"长白说。

"喔！"序子指着老远，"刚才一帮人这里走过，里头一个小孩子像我的弟弟老五……不是很像，只是像一些部分，我心里就痛……"

"那你为什么离开他？"长白问。

"地方变了卦，我们家穷了。二叔带我出来，减轻屋里担子……"序子说。

"你看，来这里让你难过了……你看，剩下这么长时间我们做什么好？"长白问。

"看风景。"序子说。

"看风景让你难过——"

"看风景不难过——我走过很多地方，长沙、武汉三镇、安徽、杭州西湖、上海，然后坐荷兰轮船'芝巴德'到了厦门。"

"真没想到你小小年纪走了那么多名城。你感想哪个地方最好？"长白问。

"好不好，都是个人的喜爱。穷人就不觉得上海好；山里头的人，见山水花果树木多了，就觉得杭州西湖普通。"序子说。

"那，厦门这地方你看怎么样？"长白问。

"我喜欢！它有海。以前我没见过。我读过不少海的书，它比陆地大。那边，那边，还有那边，那边，远远的地方有很多国家。

只要一上船，都可以去得到。"序子有说不完的话。

"那你这回上集美，好好读书，长大了可以到海那边，到外国去……"长白说。

"外国嘤！我还没有打算。长大了，我想我还是回朱雀城好。我婆、爸爸、妈、弟弟，还有我的朋友都等着我！……等得很。这种事情开不得玩笑……"

"古诗里面说：'未老莫还乡，还乡须断肠。'年纪轻轻忙着回乡不好！"长白说。

"卵话！"序子不高兴了。

"你讲什么？"长白没听清楚。

"对不起，我讲了粗话。"序子道歉。

"我，我没没有骂、骂你吧？"长白根本听不懂序子咕噜什么。

"不，不，是我不好！"序子说。

……

海堤上一排连吃带喝、镶着音乐的乐土起码两里路长，都张着漂亮帆布大伞。各玩各的，各响各的，好像生意好不好都不在乎，只顾自家开心。

远远听来好像在炒一锅音乐豆子。

"我想，我们应该回去了。"序子说。

"不忙，不忙，你叔叔交代我们用不着快回去。他们还要'聚餐'。"长白说。

"什么叫'聚餐'？"序子问。

"'聚餐'的意思就是开会之后大家一齐吃饭，不用自己出钱，吃公家的。"长白说。

"懂了。我们朱雀叫作'打平伙',叫作'打波斯'。不过,有时候大家'凑份子';有时候'各出各';有时候,'一人挑'。"序子说。

看样子,序子的话长白未必完全听得懂。因为客气,就包涵了,装成懂的样子。

"这里不卖饭。"长白指了指那头,"有餐馆的,我们到那头去。"长白付了饮料钱,带序子沿海堤走。

太阳落海。

一半碎在海里,一片片亮颜色晃得满海都是;一半泡在天边不肯下去。不下也得下,终究还是下去了……

夜了,海鸥不飞了,几只几只散在岩上、石柱子上。

厦门的电灯和别的地方的电灯不一样,亮起来都是双份的,岸上和海里像照镜子。镜子及不得它,它会晃荡,好多光好多颜色,让自己想起来这时候像条鱼就好了……

咖啡店的人送过咖啡静静坐着;饭店的人来回嚷,窜吡吆喝,表示生意好到再没这么好的了。果然人就慢慢地来,有的还站着等位子。这"有的"当然包括长白和序子。

远近音乐也在帮饭店的忙。等位子的人跟着音乐拍子跳舞,迷着神,低着头,弯着腰,序子再怎么往好处想,总摆不开其中有些人像流氓地痞的感觉……一个男人家,怎么好意思穿着五颜六色的花衣服?还这么闭着眼睛在大庭广众面前扭着腰杆。

序子把这点意思告诉长白,长白不以为然。

"不,不!不!怎么会是流氓呢?他们是南洋群岛来的华侨子弟,回国进学的读书人,那边习惯跳舞,男女老少都跳,只要有音

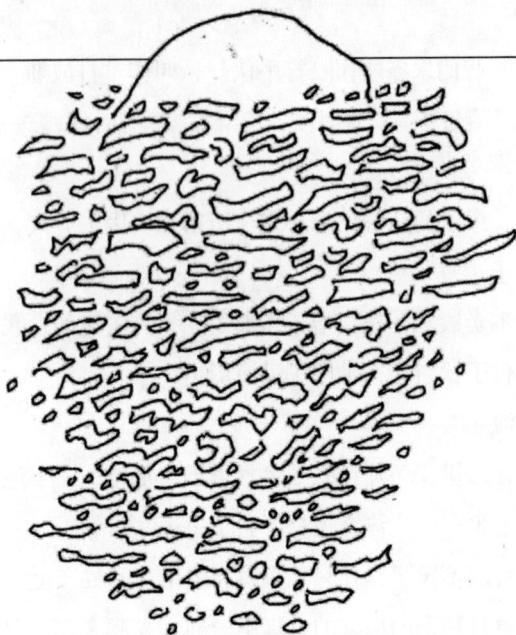

太阳落海

太阳落海。

一半碎在海里，一片片亮颜色晃得满海都是，

一半泡在天边不肯下去。不下也得下，终究还

是下去了……

乐。你要是'过番'¹，一个人站着不跳舞，不穿花衣服，人家才觉得你怪咧！"

"喔！这意思我明白了。你这么一讲，看起那些人真不像坏人。"序子说。

长白序子两个人轮到位子坐定，叫了两客"咖喱鸡饭"。

"鸡就鸡，为什么叫作咖喱鸡？"序子问。

"咖喱鸡饭"来到面前，像一大盘黄颜料，烟雾腾天，那么黄！黄得可以染布。一口下去，从来没闻过这种香味，味道这么好，南洋净出这些好东西！

"要是我在朱雀吃这盘饭，一口气可以走五十里！"序子说，"这咖喱是一种长劲的药吧？"

"一种可食之香料。"长白说。

又来了一小碗淡淡的奶油蘑菇汤，也是很好吃，序子懂得这是咖喱鸡饭浓烈口味的中和剂，吃了有好处的。

最后是咖啡。方糖二颗，牛奶一小杯，序子学着大人一口一口抿了。

长白付完账说："我们沿海堤走走，看看夜景，慢慢转去。"

两人刚起身，有人就把位子坐了。你看生意多好？

前头小方场有个小乐队，手风琴、小提琴、大鼓小鼓、"溜格里里"²、小号、沙士风在大吹大弹。

一位不像中国人的人，大鼻子，翘胡子，抱着吉他伸着颈根唱

---

1 下南洋。
2 一种像吉他的乐器，小，唱歌弹伴奏好听。

歌。沙嗓子，好听。

一对一对男女合着拍子跳舞。

这场面是惹人喜欢的。

四周也摆着桌子，男男女女坐着喝汽水，喝酒。空着的那几张桌子大概是正在跳舞的人的。

蹿进来几个十几二十岁的人，想必是别处喝醉了酒，扑向那几张空桌子赖在椅子上。

周围看热闹的人，包括长白和序子都不高兴了。

柜台那边出来一个穿红衬衣、留着八字胡、抽大雪茄的大黑胖子，笑眯眯地走到那几个年轻人面前说："这里客人订了座，请你们滚开！"

那几个年轻人不晓得厉害。

"呀？呀？加紧给我们摆杯子，听到吗？快！"

黑胖子捏住这个人的手杆，剥开手掌，取下嘴巴上的雪茄烟，在他手掌心一炷；又捏住第二个人的手杆，剥开手掌又一炷。几个人都叫着跑了。

音乐会没受到什么大影响。

黑胖子慢吞吞、笑眯眯回到柜台边坐回自己椅子上。

长白和序子都很紧张，没想到结果那么简单。

路上，序子问长白，哪一方面是流氓？长白摊开双手摇摇头。序子说："做这类生意，不长成这种样子怕是不行！"

"他不一定是老板。"长白说。

去集美的船是一种顶多装三十个人的小火轮。

一位不像中国人的人，大鼻子，翘胡子，抱着吉他伸着颈根唱歌。沙嗓子，好听。

一对一对男女合着拍子跳舞。

这场面是惹人喜欢的。

大鼻子，翘胡子，抱着吉它唱歌

129

二叔、长白上船的时候很多人和他们打招呼。

大家分两边坐了。还有少数人故意站在船尾好玩。大家叽里呱啦讲话。船"啵！啵"开了。

几只海鸥跟着船尾巴的白波浪飞。

船头驾驶舱出来个人，穿着一套白制服，戴一顶海军军官帽子，行了个军礼，向大家问好，准备检票，看见二叔，又行了个军礼："先生，你回来啦！"

二叔也和他笑着招呼，又指着序子向他介绍。

见到长白，互相拍了拍肩膀。用一把小钳子在各人的船票上打一个洞又交还本人。

熟归熟，洞归洞，公私分清。

打完洞，回到驾驶舱去了。

"你认得他？"序子问长白。

"我们大家是同学嘛！"长白说。

"怎么'同学'？"序子问。

"'水产、航海'的嘛！他们在这条船上实习。"长白说，"过几年毕业他们还要漂洋过海开大轮船咧！"

序子心里想："狗日的，来真的了！！！这么神气！漂洋过海！实习！这跟开飞机有什么两样嘛！就那么放心把这么大一艘船交给几个学生？……"

远远一道影子横在海那边，慢慢近了。

船靠码头，各人上岸。

长白回学校，说好有空就来找序子，还说到带他报考、考试的问题……

二叔和序子坐着一辆突突冒气的小汽车（这汽车样子很难形容），到教员住宅区去。

一路上两旁都是金合欢、银合欢、凤凰树、相思树和大仙人掌、龙舌兰。序子正好找到一个"君知否南国"这句话，心里就感动起来，又出现"异国"两个字，就更加感动。

到处都是林荫，都是外国式的建筑，简直不像一座学校。学校哪里有这么大？连、连、连五个公园都没有这么大！

这一段路是走了好久的。总算到了。

一排排好看整齐的三层楼洋房子，单座的，红的瓦，白的围墙，里外都栽着好看的花，有的花从里头漫出来，外头的花伸到里头去，都好像在开玩笑。

进了屋，地面上铺的暗花陶砖。有厨房，好多间卧室，有讲究的楼梯通到二楼去。一间大客厅，有门通到外头花园。房间很高，显得凉快疏朗。

房子的主人八爷爷、八祖母都去世了。八爷爷在北京商业学院读书，是个高才生，毕业后被聘到集美当商业学校校长。（有缘的是，当年的商学院就在北京米市大街，解放后成为米市大街小学，鄙人的儿女都在那里读书毕业）留下一个独子，名叫紫燕，和序子一样大，由外婆抚养。不幸的外婆害着重病，一位多年在这个家里长大的女孩子名叫"夏榴"（闽南话）的照顾着全家生活，很是不容易。

集美学校就是这么好。请来的先生都是终身制，有固定的房子；子女读书免费，病了有医院，死了有坟场，制度十分健全，一篙子管到底。

一路上两旁都是金合欢、银合欢、凤凰树、相思树和大仙人掌、龙舌兰。序子正好找到一个『君知否南国』这句话，心里就感动起来，又出现『异国』两个字，就更加感动。

路两傍都是金合欢，银合欢，
凤凰树，相思树……

132

二叔领序子拜见太外祖母，介绍认识了夏榴和紫焘小叔叔。序子要跟他们过一段日子了。

夏榴把序子安排在大书房和小叔叔一起住，两张有蚊帐的床面对面摆着，仍然显得宽敞，还有一张大桌子可以读书。

二叔交代完事情便走了。他是非常之忙的。

小叔叔长得漂亮，眉目端正。在安静的环境中长大，举止都很斯文。他跟他外婆和夏榴说闽南话序子完全听不懂；跟序子用的是"国语"。序子拿学堂读书时的"西南官话"对应，两个人慢慢都听懂了。听懂就好办，序子就和他讲朱雀（讲到底，小叔叔也是朱雀人，不过他从来没有去过）；朱雀有千万种风物姿态，想到哪样讲哪样，一点也不用加油加酱，人啦，山啦，水啦，事啦，雀儿啦！野物啦，走的路啦！吃的东西啦！打的架啦！砍脑壳啦！

他就表示，长大一定要回"故乡""老家"走一趟。序子咬定到时候做"保驾"。

夏榴买菜，有时也带他两个去。卖菜的地方名叫"岑头"。是百分之百的中国民间小菜场。小长街，瓦棚子，鱼呀，菜呀，肉呀，油盐杂货都设在摊子上。也卖糕点，有一种油分十足的"椰塔"（是序子以后几十年吃到的"椰塔"的"绝响"，是蜜蜂的"初蜜"，连如今的回忆都黏口）。

要紧的是那些海味。鱼、蟹、蚌、螺蛳（螺蛳爬满盆边，主人无所谓，你见过吗？）……只新鲜，不腥。

左首边二三十几米处就是海堤，涨潮的时候海涛拍岸。

大家叫我们住的这一区作"教员住宅"。

小长街，瓦棚子，鱼呀，菜呀，肉呀，油盐杂货都设在摊子上。也卖糕点，有一种油分十足的「椰塔」（是序子以后几十年吃到的「椰塔」的绝响），是蜜蜂的「初蜜」，连如今的回忆都黏口）。

134

中午有小女孩子挽着篮子，尖声叫卖"铁钉螺"。

另外大人挽着篮子卖一种豆制品的叫法，就写不出了。

还有一种卖咸牛奶制品，也写不出来。他们叫卖的时候，好像唱歌。

听到叫卖声，显得这一带更加安静。"鸟鸣山更幽"。

大门对面几棵高合欢树过去就是玉蜀黍田，茫茫一片，看不到别的了。

小叔叔带序子到门外路上走，也有几家的孩子过来问他带的小孩是谁。小叔叔跟他们讲了几句，他们就好奇地明白了。

序子问小叔叔："你跟他们打过架吗？"

"打架？为什么要打架？"小叔叔很奇怪。

"如果要打，有我！"序子说。

小叔叔说："好好的，为什么要打？"

"嗯！我是讲'如果'。"序子挽起手臂，要小叔叔摸摸他鼓起来的"鸡蛋"，"哪！这是我练功夫的成绩。"又提起左右脚掌踢合欢树，嘭！嘭！"看看这脚劲，哪个碰到就倒！"

"你常常打人？"小叔叔问。

"我不先打人，我喜欢抵抗人。也不常常！"序子说。

"那就好！"小叔叔说。

过一些日子，序子懂得他们一些闽南话。

"练武"叫作"扒琼淘"，翻译过来就是"打拳头"。也可能就是"打拳"，那个"头"字是可以省下来的。

花园挨房子左首边有一堵漂亮矮墙，两边各有个"靠山"，恰好可以让小叔叔跟序子各坐一边，像沙发椅子一样。浏览里外，纵论世界或看画报杂志。有事时候一听呼唤马上顺着椅子下来。

"你讲讲，你做的梦是单色的还是彩色的？"序子问。

"我没有想过这类问题——是的是的，我怎么没有想到梦有没有颜色？是呀！是没有颜色。跟看的电影一样，单色的。你呢？"小叔叔说。

"我的梦只有一回是彩色的。在朱雀。像泗水那样直往上划，天是蓝的，上头有一只五颜六色大风筝，划呀划，总够不着它，就醒了，天亮了。我一辈子只做过这么一回彩色梦。其余全是黑白单色梦。"序子说，"过日子，大白天，见的都是五颜六色，怎么梦里一点颜色都见不到？"

"是的，我真的一回彩色梦都没做过。梦是自己的，等我上床之前好好做过决定，今晚上一定做个彩色梦——你看，行不行？"小叔叔问。

"大概不行，要行，个个人都决定做彩色梦了。"序子说。

"奇怪！"小叔叔叹了一口气。

"奇怪！"序子也叹口气。

"你可以想想，你做彩色梦之前那个晚上，吃过什么东西？"小叔叔问。

"在朱雀，天天吃差不多一样的东西。"序子说，"你以为像有钱人吃补药，吃什么补什么。好笑！还有补梦的？"

小叔叔笑。

序子说："告诉你，小叔叔，我来集美你们这个地方，就是做一个彩色的梦。那个梦短，这个梦长；那个梦假，这个梦真。底下，我不知道怎么做了。"

有一天大清早，长白来带他们两个去报名。他们要念中学了。

换了整齐的衣服。夏榴帮他们两个再重新洗了一个脸，送出大门。

路是机器压得很紧的红土沙路。三个人一直在树荫底下走，沙沙响，没有别人。左拐弯经过警察局门口再右拐弯，多少步以后是植物园。一排高高的仙人掌做栏杆，后头一排是开小白花高高的相思树。再往左拐，长白告诉序子："右边有很多小商店。"

再走，音乐亭，好大的科学馆，再走，大操场、钟楼和大餐厅。大操场据说下过飞机，大餐厅容得下全校师生。（序子可惜没有机会吃过一次饭。）

再走，右拐弯到雨操场。往左边看去远远一大长排三层红楼是学生宿舍。从雨操场穿过是装着救火汽车和帆布水管、水龙头的救火队，隔壁是书店和卖汽水、罐头、糖果的消费合作社。

消费合作社对面一条小河，河上有几座小桥，过桥一长排白色洋楼就是中学部。

长白带两个到中学办公室办理入学考试手续。大家都轻言细语，两个人填好多表，说好过几天来补交脱帽半身相。

出来又回到消费合作社，见到主任吴先生，长白认真做了介绍。三个人便选了张靠门的圆桌坐下准备吃东西。长白要了咖啡，小叔叔要刨冰。刨冰是什么东西？所以序子也要了刨冰。

小叔叔站起来过去看做刨冰。序子跟在后头。

一部手摇机，把一坨坨干净冰块夹在铁座子高头，底盘埋伏了一座削铁如泥的刨子，手一转动，刨下来的冰屑就落在原来预备好的漂亮玻璃碗里，满满一大碗广寒宫落下的妙物。刨冰师傅浇了几匙糖汁和红红绿绿香料，交给小叔叔。小叔叔是个文雅懂理的人，便转交给序子说："你先吃，我等第二碗。"

序子拿着这碗东西，慢慢坐下来，想等小叔叔一起吃。小叔叔转身叫序子："你快吃，它会融，再慢就变水了。"

序子慌忙舀起一大勺送进嘴里，我的天！万万没想到嘴巴里吃进一个北极北冰洋，留不住，吐不出，咽不下。舌尖、嘴巴不知往哪里躲才好。

他吃过冰激凌，绝对没有眼前这东西零下九十度！

长白看报喝咖啡，小叔叔等刨冰，根本没注意他。到舀第二勺时就完全正常了。才尝到这狗日刨冰原来这么有意思！

其好处有四：一、量多；二、清香；三、通体凉；四、解渴。

冰激凌好固好，其缺点有四：一、量少；二、浓腻；三、凉不到哪里去；四、不解渴。

吃完，到隔壁书店买了一本上海周天籁著的厚书《甜甜》，有字有画，十分可爱。

回家。

长白一路东指西指。远远的地方，"那是图书馆，那是海滨游泳场，那是水产航海，那是商科，那是高师，那是普师，那罗马建筑是幼师和幼稚园，那是医院，还有，还有农林学校，太远，几十里，这里看不见，在天马山下……"

他摸摸头发，自转一圈，"喔！还有美术馆，还有集美银行。还有，嗯！以后想到再说。整个半岛都是我们集美的……"

"看他多喜欢自己的学校！"序子想。

回到教员宿舍，收到爸爸来信。

序儿如面：你从集美寄来前后三信均收到。勿念。我前半月奉派去武汉协助你段伯伯汉阳兵工厂接洽领运事宜，昨日刚回。见你信，知已办妥入学报考手续，甚感欣慰。

我赴沪计划将在七或八月间实现，沪上诸友好除庚鹤叔沉疴不治之外，余均有函表示赞赏欢迎。你大表姑及表姑父住上海大陆新村，云已腾出书房供我憩息及画作之用。一切如此顺利，我在上海半载艺事活动，定能开辟出一抻抖[1]小局面。稍过时日，或能将你母和弟弟们接去上海共同生活。祖母在故乡，亦将得到充分照拂接济，冀以享受幸福晚年。

有空要多写信回家，问候祖母、妈妈，鼓励弟弟们好好用功读书。你自己要注意身体，待人接物要懂事讲理。人生在外，远离故乡亲人，忧乐都只能靠自己小心掌握了。

祝好！

父字

这几天，来了两回人看太外祖母。

一个是穿白西装身材高大的人，是小叔叔的舅舅，是个留学日本的音乐家蔡继焜，听说他写的一部交响乐《鹭江渔火》在日本得了大奖。（鹭江人说就是厦门。）他和太外祖母讲了一些话，然后用国语和序子讲了两句，口袋摸出几个日本钱送给小叔叔和序子"做纪念"。"做纪念"的意思是日本钱在中国用不得，用不得就只好"做纪念"了。"做纪念"也就是说把这些日本钱收起来，放进抽

---

1 舒展，漂亮，精神之意。

屉或箱子里，有时候取别的东西时候偶然瞥它一眼，想到这是蔡继焜舅公送的日本钱，于是就"纪念"一次。以后看几眼，就算是"纪念"几次。要一直到这些铜板遇到意外——序子老了，死了，别的生人见到这几枚铜板，"咦？看！哪里来的怪钱？——喔！日本钱！日本钱这里不能用，留到也好！送给铜碗师傅做补丁……"

一个是也穿白西装的胖黑大汉，也是小叔叔的舅舅，名叫蔡继标，也是来看太外祖母的。

他没有送纪念品给小叔叔和序子，也没有跟序子说国语。和太外祖母喔里喔啰说完闽南话就走了。

走了之后小叔叔才做了背后介绍。原来他是个非常有意思的人，要是早知道他这么有意思，序子就会多看他几眼，或者大胆找两句话向他请教。可惜！可惜！（一辈子再也没有看见他……）

原来他是个开飞机的！

是个开飞机的！

怎么有这么好的运气看到一个站在面前的开飞机的呢？

小叔叔还补充说："他年轻追求我舅妈的时候，时常拿了玫瑰花到家里讨好。舅妈不是不喜欢他，只是有点不好意思，有点难为情，怕周围的人笑她。其实早就喜欢他了。他哪里知道？

"有一天他开着飞机在我舅妈的房顶打圈，一回又一回来回地旋，或是装着要投弹轰炸的俯冲的怕人架势，正在陶醉的时候，没料到操纵杆失灵，连人带机掉到海里去了。厦门、鼓浪屿两边站满看热闹的人。

"人先游上了岸，飞机也让大船的起重机打捞上来，居然只坏了一点零件。"

「有一天他开着飞机在我舅妈的房顶打圈，一回又一回来回地旋，或是装着要投弹轰炸的俯冲的怕人架势，正在陶醉的时候，没料到操纵杆失灵，连人带机掉到海里去了。」

舅公开飞机

后来舅婆嫁给了舅公。

一大早长白就来邀小叔叔和序子去参观校景。

小叔叔不去，他说他是集美生的，不用客气；如果是到上海、北京参观，他会去的。

长白对序子说："既然是两个人，我们就慢慢参观。"

先到集美码头。到了集美码头几乎不认得了，怀疑走错路……

眼前的码头只剩下五六米，其余全让浓雾罩住了。一颗咸蛋黄大的太阳悬在天上，旁边的小渔船留下层层影子。

多远人的讲话，都像贴在序子耳边。

"好！看完了，我们走吧！"长白说。

"我再坐一坐。"序子坐在一块岩石上看眼前的空蒙。不像朱雀北门的早晨，不像岳阳楼的早晨，不像上海的早晨……天和海都混在一起，序子的魂灵也被搅在里头了。

要是这时候有人老远看序子，也是一个灰蒙蒙的影子。

右边过去一道坡，有块菜市场。卖肉、卖鱼、卖杂物日用品……

"那叫'岑头'。"长白说。

"我来过，夏榴常带我买菜。"序子说。

长白说："那就不看了。我们顺这条路下去。"

对面远远上来四个孩子。

长白对序子说："带头那个大点的我认得，名叫尤贤，我在印尼就认得他。其余三个怕都是今年和你一样来报考的初中生。"

尤贤见到长白就叫长白，指着序子用国语问："这个小孩子是谁？"

眼前的码头只剩下五六米，其余全让浓雾罩住了。一颗咸蛋黄大的太阳悬在天上，旁边的小渔船留下层层影子。

多远人的讲话，都像贴在序子耳边。

眼前下五六米，其馀全让浓雾罩住了

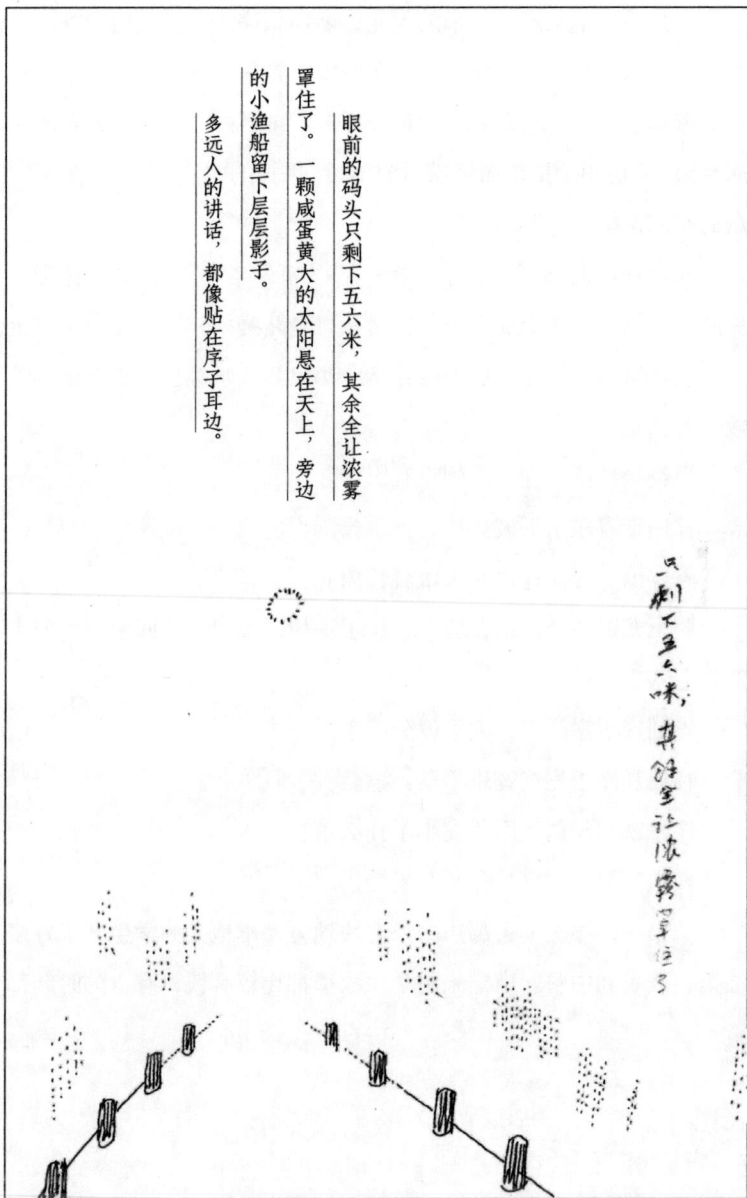

"是我先生从湖南带来的侄儿，名叫张序子。"长白回答。

"这么远来读什么鬼书？"尤贤上下打量一下序子，"唔！长得'派款'[1]！"又反身介绍带来的三个同伴："哪！扁脑壳的叫周经松。"他用手拍拍周经松后脑勺，"平头的叫容汉祥，'倒关'[2]点的叫陈宝国……"

周经松不高兴了，反手一挥："'嚡令亮'[3]！你呢！你呢！你满脸粉刺！说这个那个……你是条'老路鳗'！"说完回头就走。

尤贤对着周经松背后大叫："'小巴黎'吃饭！'小巴黎'吃饭！怎么走了？"

周经松理都不理，走到没有影子。

长白带着序子下坡。

陈宝国和容汉祥也回头跟着长白。

剩下尤贤一个人站在坡上，想了一想，也跟着往回走，离前头的人七八步。

走到音乐室门口，大家就分手了。

长白和序子先在音乐亭歇一歇。

序子就问长白，刚才发生了什么事？

长白笑笑，"好！你听我慢慢讲。

"第一，岑头上去那边另外有块地方，本地人为学生开了好多饭馆，西餐和中餐。南洋来的学生家里都比较有钱，有空的时候都

1　难看。

2　翻译过来就是豆腐干，是漂亮的意思。

3　粗话，不翻译了。

到那里去坐坐，喝咖啡、喝啤酒和吃餐。中午和晚上好多人在那里聚会，很是繁华热闹。'小巴黎'是一家菜馆的名字，另外还有'新世纪''乔治行宫''蒙地卡罗''双喜''小上海'……那里的饭菜很好吃。我家在南洋做小生意，没有钱。有钱同学请我去过一两次，我自己不敢去，我没有钱回请，以后就没有再去。

"第二，周经松。周经松一看就知道他是海南岛人。海南岛有个风俗习惯，孩子一生下来要用块木板把后脑勺绑夹起来，他们有他们的理由，这是古老祖宗传下来的规矩。长大以后后脑勺就是扁的。外方人应该尊重这种风俗，不可以轻视侮弄，尤贤嘲笑周经松同学是不对的。

"第三，'老路鳗'。'路鳗'是一种非常奇怪的动物。它生长在闽南深山大泽之中。小的一两尺，大的两三公尺。白天住在深潭里，黄昏时候爬到更高的山上去猎食其他动物。爬过的路上留下一道涎液，干涸之后变成一道滑溜跑道。天亮之前它吃饱了猎物便顺着这条跑道从高山上飞速地滑回深潭里。性格非常凶猛，牙齿锋利，也能吃人，所以闽南人把它当作害兽。不过它是一种两栖鱼类，肉味鲜美，勇敢的年轻人便想出办法捕猎它。用碎瓷碗片埋在它的跑道上，它回家的速度非常快，一下子肚子就划破了。

"泉州、南安、永春、德化一带都流传这种故事。不断地讲，倒是没有一个人亲眼见过。

"一个人又恶又赖皮，没人愿意惹他，离他远点，就叫他作'路鳗'。推而广之，也有不修边幅，不讲卫生，油皮涎脸，好吃懒做，被人称作'路鳗'的。尤贤这个人我在南洋就认得他。他从小喜欢读书，读过好多奇奇怪怪的书。脾气比较古怪。父亲、叔叔都是有钱人，所以养成喜欢请客的习惯。自己样子长得不好看，满脸颗颗，总说别人长得不好。嘴巴说东说西，让人听了讨嫌。不过心是好的。做人大方，还有点见义勇为。人怎么讲他他都不在乎。说他是'路鳗'也可以，说他是什么都可以，他不记在心上。怪！不过，'路鳗'这个名字还是不太像他，该想个别的名字，什么名字才合适呢？……"

下了音乐亭走十来步便到音乐室，门关了，长白要序子扒在窗口看罗列在架子上的乐器，弦乐、管乐、铜管乐、打击乐，有的灰蒙蒙，有的亮晶晶。序子看着那几把比脸盆还大的铜号，"吹得响它，要多大的嘴巴？"

想再看出点道理是没有希望了。便往前走，到了装订室，又是关门。真没有意思。长白说："这个装订室我非常喜欢，有个衢先生，教我们订书，先教中装，后教西装。西装就是我们经常翻《辞海》词典一翻到底的那种。里头有好多部手工机器，没想到人的手工能做出词典那么厚的本子来。我自己就做过一寸厚的白纸本，非常美丽好看。你很快就可以学到的。学校规定每一个初中生都要学。这是一个很好的规定。毕业以后，到老到死，不管你做哪行事业，想到自己曾经亲手做过词典那么厚的本子，心里都非常温暖甜蜜。

"这里机器有的是木头的，让人感觉很是安静和平。一页一页、一组一组地折合，打眼，穿线，粘实，转大螺丝压力器压紧，干了，铡刀铡齐……做好看的封皮，贴整齐的衬底，拣字，烫金。书脊上面居然有自己的名字，像一场梦。我真想回到你们初中年代，跟你们同班，再做几学期装订手工……

"走啦，到你住的宿舍看看去。"

在雨操场左首的那一长排带拱形三层红房子，有人正拉着好听的小提琴。

那么长的一排房子，要装多少人啊？

长白带序子来到二楼二五八号房，长白指着五号床告诉序子，"这是你的。什么时候愿来就来。"

"我没想到有这张床！"序子说。

"一间房住六个人。一人一张桌子，一张椅子，一盏电灯，一个水龙头和洗脸盆。看这桌子、大抽屉、小抽屉、柜桶。看这铁架床，架子底下能够上锁的大铁抽屉，放鞋和杂物的铁架。床架子上有挂帐子的钩棍，夏天可以挂蚊帐……都在等你！"

"我也不晓得几时能来。"序子说。

"你叔叔没提过？"长白说。

"眼前我还要住在'教员住宅'小叔叔家。"序子说，"其实我自己很想来。"

同宿舍的几个同学觉得序子讲话和样子有点特别，都拥上来看风景；还向长白问东问西。长白烦，就带序子来到走廊上。

没想到尤贤也住在二楼，见到是他二人，好像久别重逢亲骨肉一样，就差没抱头痛哭，十分兴奋，"我请你们'小巴黎'！我请你们'小巴黎'！真的！真的！马上走，马上走！"

"我没有说你是假的！我们有事，我们忙！"长白说。

"那，几时不忙来告诉我！"尤贤好失望看着他们下楼。

两个人绕弯到了操场，长白回身指着高高的钟楼叫序子看，每天早上全校师生都在这里举行升旗礼。序子看见钟楼顶旗杆上国旗飘扬，心里头颤颤的。

长白指着远远右首边那一长排红房子说："那是中学部的餐厅。早（升旗后）、午、晚学生在操场排队进餐厅用餐。先生不用排队，从走廊那头自由进出。"

面对餐厅，穿过左首走廊不到半里路是六层楼的科学馆。两个人快走到的时候遇见一位先生，那先生叫一声"长白"，长白鞠了个躬叫一声："郭先生好！"

这位郭先生留着长头发，打着黑绸大领结，全身白西装。个子高，很潇洒威武，讲话喉音重，行腔像个外国人讲国语："这个小孩子，我哪里见过？一定见过！"

"在厦门！"序子大声说，"是你告诉我三种螃蟹的名字，一种叫'害'，一种叫'禁'，一种叫'契'的。"

"呵！呵！我想起了。'努，努西屙蓝浪'！[1]屙蓝浪！"郭先生转身对长白说，"一齐到我馆里玩玩？"

长白说时间来不及了，过几天一定带他来看郭先生，指着序子说："听他叔叔说，他喜欢画画。"

"啊！是吗？是吗？那一定来。我不常出去，我在馆里时间多。你看，星期三怎么样？"郭先生问。

"星期三好！就星期三上午十点钟。"长白说。

郭先生跨着大步走路，无论怎么讲都像个洋人。

郭先生走远了，长白告诉序子：

"郭先生名叫郭应麟，是集美的美术馆馆长。他是在法国国家美术学院毕业的，得过法国好多奖。他的油画听人讲，画得非常好，

---

1 你是湖南人。

很有名。他脾气怪，就跟你叔叔几个人好，有来往。别的人，几年不说一句话。见面连头都不点——美术馆是一幢漂亮的建筑，里头挂了好多名画，中国的、欧洲的、日本的、东南亚的和郭先生法国临摹回来的名家作品。郭先生是高中、高师的美术先生，课上得好，不过学生都怕他。他只喜欢画得好的学生。明明白白对人说，画得不好的人，硬要他学画做什么？

"他单身一个人。自己出钱请了个厨师，给他一个人做中餐西餐。从来不上学校餐厅吃饭。

"他学过西洋拳，听说还打过人。

"等星期三大早我带你去见他。不晓得他为什么忽然喜欢你？

"今天看样子科学馆也不开门。我们还是到社会服务处喝咖啡、吃面包去吧！中午了！吃完还有一个重要历史课要上，再去办一件要紧大事，照相！考试证、学生证，这个证、那个证都要它。"

到了消费合作社，吴主任还在那里。吴主任天天、时时、刻刻都在那里，要不然就不算主任了。吴主任虽然穿西装，打领带，很有点神气，还是让序子觉得可怜。长白说他原是品学兼优的好学生，毕业留校做这工作心里很觉光荣。

两人坐在圆桌边，长白要咖啡，序子贪新鲜要了一大杯苏打水加一坨冰激凌，特别奇怪好喝，用一根蜡纸管慢慢吸，一边吸，一边想到春天朱雀河边同伴们一起用草管子吸野玫瑰花蕊的蜜……闭了眼睛，闭了眼睛归梦识路。

长白从柜台那边买来两个面包，他一个，序子一个。里面还夹了熟肉、牛油，又两片生菜。说是外国人都拿这个做午饭。那么大块头的外国人，中午只吃这么一个面包就够了？也让人难想。

"你吃得惯吗？"长白问。

"我家乡日子苦，什么都吃得惯。"序子说。

"里头有黄油，很多人吃不惯的。"长白说。

"我们家乡也有牛，也有牛油夹在牛肉里头，我们叫作牛板油，炒牛肉的时候一起炒。"

"黄油是从牛奶里提炼出来的，不是牛肉里夹的那种油。"长白说。

"怪不得这么好吃！"序子说，"外国人吃这么一点当午饭，身体长得这么野蛮！也怪！"

"不！不！他们吃得精。牛奶、黄油、青菜、肉汤、面包，有时也吃肉，营养够了就行；我们中国人吃饭讲究'饱'，甚至于'胀'，加上不懂体育锻炼，所以身体没有他们强壮。"长白说，"我们吃饭，一坐下来起码一个钟头；他们工作要紧，中午十分钟就解决了，吃完就走。下了班，该玩的时候才认真玩。工作是工作，玩是玩，这是我们不一样的地方。我们中国人，胖就胖得不得了，瘦就瘦得不得了，都比较虚。"

序子说："我在画报上看到外国也有好多胖子，胖得比我们中国胖子不晓得胖了好多倍……"

"你讲得对，你讲的那些胖子，肚子大得像大母猪样，那是喝啤酒喝出来的。人叫这种人作'啤酒肚子'。好！我们可以走了。"长白付了钱，序子心里有些不安，"总是你出钱，我又没有钱，不晓得以后怎么办？"

长白说："你叔叔交代了钱在我这里。"

出了社会服务处，往左走不远，来到一座大礼堂门口，上写三个大字："敬贤堂"。

长白说："这是纪念校长陈嘉庚先生的弟弟陈敬贤先生盖的礼堂。我们开会都在这里。"

走进大礼堂，右首侧门有间大房子，挂满校长陈嘉庚一辈子在南洋为办学校辛苦创业的照片。

陈嘉庚先生不太像个有钱人。这一百多个镜框里的照片，记录他几十年的工作生活，只有三套衣服，一套白帆布西装，一件冬天穿的灰灰麻麻的毛质西装上衣，其余一件是夏威夷上衣（夏威夷上衣可能多两三件）。来回地在几十年不同场面上出现。

"他快乐吗？"序子问长白。

"当然快乐，老人家一生施惠在教育上，当然快乐。他的快乐和世界上庸俗的快乐不一样。他老人家从不沽名钓誉，是一种稀有崇高的快乐！"长白说，"有一年他老人家回国，住在后头楼上一间小屋里。总务处的庶务员给他从仓库里取出一盏铜质华丽的蜡烛台，供他在偶然停电的时候急用。他告诉那位庶务员，这蜡烛台是招待贵客用的。平常生活里不要用贵重的东西。我不是怕花钱，该花的花多少都可以，不该花的一分钱也不要乱花。你拿回仓库存起来。我这里有现成的蜡烛台，用起来很方便——原来是一盏断了耳朵的大瓷茶杯，早已底朝天的当了蜡烛台。"长白说："总是沉默地做于人有益的大事。"

看完图片走回大礼堂，序子见礼堂当中挂了块匾，刻了两个大字："诚毅"。

长白告诉序子，两个字就是老人家一辈子的作风和精神，是集美的校训。

序子说："这不是简简单单两个字，回去我要好好想想。有的学校的校训'忠孝仁爱，信义和平'，不晓得讲的是什么？也不晓得怎么下手照着做？诚毅两个字，里里外外都照顾到了。做人，做事……够我晚上想，明天我还要写信给弟弟，讲这两个字的意思。"

照相去吧！于是两个人就往回走，一路都是相思树的林荫。过植物园不拐弯直走，就到一条街上。

这条街是杂货街。卖鞋，卖衣服，裁缝铺，焊洋铁用具，瓷器碗盏，理发，日用百货……原来街尾那头就是岑头，转得序子头昏脑涨。

照相馆门口几个大橱窗，镶嵌本地名人照片。老板姓丘（把孔夫子名字当姓），是一位白脸轻言细语文雅人。他总是一个人空朗朗坐在椅子上，见到熟人进来，心里高兴，恨不得把一年心事向长白一分钟讲完，长白就只好对他说："你莫急，我不走，慢慢讲，我今天是带初中同学张序子来照脱帽二寸半身相……"

丘先生："……"

"你莫急，我不走，你慢慢讲，我听着……"长白说。

"……"丘先生说。

"我今天是带初中同学张序子来照脱帽二寸半身相……"长白说。

丘先生说："……"

长白又说："你慢慢说，我不走，你慢慢说，我不走……"

丘先生进了黑房装底片，还在黑房里说。怕两个客人走了，从黑房探身出来看看，又缩回去，又说话。

装好底片出来，要序子坐在对面板凳上，转身拉开天窗布，自己躲进照相机黑布里面,又继续说。对好焦距,抽开底片挡板,手捏橡皮球。

"看镜头!"

咔哒一声。"今天下午、明天早上取照片都行,我马上就做。"这是丘先生讲出的唯一纯业务性的话。

长白带序子赶快逃出门来。长白说:"他寂寞得要发疯了!"

走在路上,看到水沟里有几只红脸鸭子。序子十分奇怪。朱雀不管花鸭子、黑鸭子、白鸭子没有红脸的。可能是王勃说的那种"落霞与孤鹜齐飞"的鹜。

鹜怎么飞到街上来了呢?在泥沟里滚?那么大,那么脏,那么自由自在?想到就好笑。长白问他笑什么。序子讲鸭子。长白"喔"了一声:"它们名叫'番鸭',是南洋那边传来的。跟鸭子一起喂养,很粗生。肉很补,火气大,不能随便吃。"

过了几年,我懂得闽南话之后,听说有句谚语叫作:"睥戈甲吖,存鸢!"[1]"鸭"就是这种"番鸭"。寓意破罐破摔。

回到教员宿舍,见到太外祖母、夏榴和小叔叔,由小叔叔翻译,把半天经过的事情讲给大家听。

长白分手时关照,后天是星期三,上午接序子去看郭先生。序子问小叔叔去不去。小叔叔说没有意思,不去。

墙上挂了许多照片。小叔叔指着一张照片说:

"那是我爸爸,那是我妈妈,那是我。他两人都不在了。"

---

1 麻风病吃鸭子,存心烂上加烂。

序子说："这张照片我们朱雀家里也有。他们都讲你长得好，眉毛好，眼睛好，鼻子好，嘴巴好，耳朵好。"

"那叫作五官端正。"小叔叔说。

"我婆讲你穿得整整齐齐，干干净净。是个有福气的人。不像我们屋里，一群小猪崽，牙里牙渣！"序子说。

"我没有福气。父母都不在了还有福气？他们住得远，不晓得我的苦。"小叔叔说。

序子说："你要放心，你长大就好了。"两个人都有点难过。

序子指着二叔一张照片："你是不是也觉得二叔长得漂亮？你们一家都是漂亮人。你看他多潇洒文雅！像个古诗人。嘴巴上的胡子好英武，是不是？我没有见过古时候的李太白；李太白就应该像他那个样子长法——咦？这个人是谁？"

"我四哥。"小叔叔说。

"哪里又来个四哥？"序子问。

"四哥是我二哥的弟弟。他叫紫照，在朱雀的那个'紫会'是三哥。他们的爸爸和我的爸爸是亲兄弟。我爸爸排行第八。"小叔叔说。

"那么讲，他应该算是我的四叔。现在他在哪里？"序子问。

"原来在集美读书，初中毕业到北平去找孙家二表哥，后来，后来嘿！到延安共产党那边去了。"小叔叔说。

"怪不得这张照片他在长城骑毛驴。是不是到共产党那边都要骑毛驴经过万里长城？"序子问。

"我想是吧！要不是经过长城，怎么会有这张相？"小叔叔说。

序子见这张相片之后醉心之极，"这味道十足地好，我长大上延安也要骑毛驴去。"

"你上延安做什么？"小叔叔问。

"我哪里知道上延安做什么？我是讲，从万里长城骑毛驴上延安。骑毛驴不上延安上哪里？"序子自己也莫名其妙。

小叔叔问序子："你骑过什么吗？"

"骑过马。"序子说。

小叔叔笑起来，"你'风姑'！你'风姑'！"

序子不明白小叔叔笑从何来，"'风姑'是什么？"

"'风姑'就是你不会的事情说你会；没见过的事情说你见过；钓一条小鱼你说你钓了一条十斤重的鱼……"

"喔！"序子说，"'风姑'就是吹牛皮。"

"对，对，是吹牛皮！"小叔叔说。

"我对你不会吹牛皮的。你是小叔叔。"序子心里想，这哪里算吹牛？好多真话讲给这个嫩人听，怕不把他吓死！

大清早有人敲门，夏榴开门一看，不认识，说是来找序子的。序子出来一看，是尤贤。他说："长白的父亲在印尼病了，他今早赶到厦门去找熟人办事，要我带你去见郭应麟先生。走吧！"

讲完这话，他也不跟小叔叔和夏榴打个招呼，板起一脸粉刺的脸孔，懒洋洋，不笑也不怒。这让序子很不好意思。

夏榴问序子："你认识他？"

序子点点头说："长白要他来的。原先跟美术馆的郭先生约好今天早上十点钟美术馆见面……"

夏榴说："约好的，那就去吧！"

序子见这张相片之后醉心之极，『这味道十足的好，我长大上延安也要骑毛驴去。』

序子跟小叔叔做个鬼脸，被尤贤带走了。

一路上，两个人不太想讲话，到警察局门口右拐弯的地方，尤贤讲话了，他板起脸孔，像是在对天或是对地赌咒："我根本就不想来，是长白委托我——郭应麟为什么单找你？——你懂什么嘛？——你又不认识他。我告诉你，这种事情，找人啦！见人啦！最无聊！——唔！你走快点！——走不快？慢慢走也行。让郭应麟等，等到下午。我晓得你是'屙蓝浪'，我见过许多'屙蓝浪'，小小个子，嗓声特别吵，像山里的'嚼杠'[1]，你这个小'屙蓝浪'还可以，不吵——你也不要以为不吵就好！不吵也没有什么了不起！嗯？你报名了吗？报了？好，过些时候就考试了，你怕考试吗？我不怕，我有怕过什么吗？没有。考完了我们就是同班了。你考不上我没有办法救你。你自己考不上也怪不了我。你怪谁？我在集美一年多，唔？两年，唔，一年，我没有报名考试。我喜欢集美，我专门在集美'剃桃'[2]。我最近报名，不报名我就老了——你等等，我去'绑流'[3]。"

尤贤走进路边小厕所，一会结着裤扣出来。接着说："广东我遇见许多'屙蓝浪'，所以我不喜欢'屙蓝'；不过我喜欢看描写'屙蓝''屙鳌'[4]的文章。'缘溪行，忘路之远近。忽逢桃花林，夹岸数百步，中无杂树，芳草鲜美，落英缤纷……''盖亭之所见，

1　闽南深山石洞的青蛙。

2　玩耍。

3　"绑"字读去声，是"放"的意思，"流"是尿的意思，翻成国语就是"放尿"。大便叫作"绑晒"，放屁叫作"绑裘"，只有这个"放"用得对。

4　湖北。

南北百里，东西一舍。涛澜汹涌，风云开阖。昼则舟楫出没于其前，夜则鱼龙悲啸于其下。变化倏忽，动心骇目，不可久视。'"

序子想这个莽人心里头奇形怪状，是个摸不透的好玩人物。两段陶渊明和苏辙，对南洋来的华侨子弟，算不容易了。

尤贤又接着说："……长白早上要我来，其实我原可以不来的；做什么拉我来陪你这种'筋那浪'[1]。我姐姐今天生日，她是个南洋美人，集美任何见过和没见过的美女都没有她美。我爸不让她读大学，要她嫁人，又找不到合适男人。南洋侨生，很多花天酒地，我爸都看不上，让她一天天老下去。你看，你看，你这么小，要是大一点我就把她嫁给你这个'屙蓝筋'[2]都比在南洋'过番仔'好。"

说到这里，看了看序子，他笑了。不注意就看不出他笑。他只笑了万分之一。笑完又接着讲："耶和华上帝说：'那人独居不好，我们为他造一个配偶帮助他。'[3]我爸不信耶稣，他按自己的想法做。我要想办法把我姐弄回来。今天是她生日，今天是她生日，她是早上寅时生的……"

尤贤笑不像笑，也没见他发怒，就那么满脸粉刺兀突地活着。

"你病过吗？"序子问他。

他摇摇头："只'兴'过'乖'。"[4]

就听尤贤一个人说话来到美术馆门口。尤贤手上有表，看了看说："还差半点钟！约会不可迟，早也不好。应该在门口等。"

———

1 小孩子。
2 湖南小孩。
3 《创世记》二章十八小节。
4 生疥疮，"乖"读去声。

他看也不看，一屁股坐在花坛边上，手指一指旁边，让序子也坐。

他皱着眉头问序子："你带了'手信'没有？"

序子不知道什么叫"手信"。

"礼物！见面礼物！"他说。

"我没有钱，怎么会送人东西？"序子说。

"学生送先生。第一次见面。"尤贤跷起的二郎腿不停地晃，"这是规矩。"

"那怎么办？"序子说。

尤贤还在晃腿。

晃，晃，晃，他忽然站起来回头看那些栽在花坛上的玫瑰花，转了转身，绕到美术馆后头去了。不一会捡回来一张白纸，在腿上掸了又掸，取出荷包里一把"六件刀"[1]，拔出小刀，迅雷不及掩耳的方式割下花坛上最好看的十几朵玫瑰，用白纸包了枝叶，只露出好看的花朵，交送序子，"哪！捏好。见到郭先生，送上！"

又看表，十点。

敲门。开门，是郭先生。

"我带他来的，长白有事到厦门去了！"顺手拉过来张序子，送到郭先生面前。

张序子送上玫瑰花。

"哈，你真懂礼，送那么新鲜好看的玫瑰花，好，好，这边请，这边请。"把两个人带到办公室，让他们坐在椅子上，又去别的地方弄了两瓶东西来，"沙士汽水，一个人一瓶。"用开瓶器开

1　一种多功能刀。

了，递给坐着的小客人，"过几天你们新生就要参加考试了，有没有把握？"

"很难讲。"尤贤说。

"你们平时喜欢什么课目？"郭先生问。

尤贤又说："很难讲。"

"你呢？"郭先生问序子。

"我喜欢看书，喜欢常识，喜欢地理，喜欢打拳……"序子说。

"喜不喜欢画画？"郭先生问。

"最喜欢，可惜画得不好。我爸爸是教音乐美术的先生！"序子说，"他是师范学校毕业的。"

"啊！是吗是吗？"郭先生说，"那你爸爸一定教你画过画。"

"谈不上教的。他有很多画画的朋友。有的是学堂的先生，有的是专门画画的人。也有不画画的文人，他们时常在一起喝酒吃菜，我爸爸不会喝酒，喝一口半口，抿一点就醉。他会做菜，炒牛肚子，炖狗肉，炒鹌鹑最是拿手有名。有的伯伯会作诗，他很喜欢和他们一起。有时按风琴，朱雀、湘西听说很有名。他画通草画，画完刻下来贴在磅纸上，用水彩颜料加点这个那个。他不做校长之后就在屋里按风琴。那些伯伯叔叔画山水花鸟，天天画这类东西，自己以为好，摇头摆尾，我看了不觉得好。我爸爸画他自己的画，我也不觉得怎么好。我喜欢《上海漫画》《时代漫画》上的画，我没有纸的时候不画，一有纸就画。我爸爸喜欢我画的画。我的画不是他那种画。也不是伯伯叔叔画的那种画。我晓得眼前画得不怎么好，我没学过怎么能画得好呢是不是？我在屋里没有看过很多画报，要是看多一点画报，或者画得好点也说不定。我老实讲是个不会画画的人，我不想吹牛皮，吹牛皮一点用处也没有，长大是个没有出息的人……你听不听得明白我讲的话？……"

"唔！唔！"郭先生听序子讲话，一边听一边"唔"，序子心里就断定他只是半个中国人，他从法国回来之后，半个已经变成洋人。洋人听人讲话是很费力的。

"你们二位喝完汽水，我带你们参观一下美术馆。"郭先生说。

既然郭先生这么说了，两个人赶紧把沙士汽水喝完，打了好几个嗝之后站起身来。

楼底下是油画。油画就是用一种特别的油料画出的画。桌子上摆一盘水果，房里头只有一点光，那盘水果就像真的一样，要用手摸才明白那是假的。还有太阳底下的树木和草坡和房子和老远的人和跑来跑去的马娘和马崽，走近一看，才看出是用笔尖飘几笔颜色随便带出来的。这种随便真不是三两天的功夫。一个小女孩弹钢琴，老头子在旁边循循善诱，白裙子，手指头在琴键上，老头子的红鼻子怎么搞的？怎么搞的？又不是照相，光是那点意思怕就要想三年。另外几幅一点衣服也不穿的年轻洋婆子，为什么专画屁股拉胯的洋婆子？没有意思的东西序子是不大看的。尤贤看得认真，告诉序子那是"曲线美"，尤贤是南洋来的，看多了这类东西。

"一定要打屁股拉胯的婆娘才曲线美吗？世界上好多事情都可入画，曲个卵线！"序子想，"其实找这种机会画婆娘家屁股拉胯就是，邪！"

上二楼看国画、书法，好多是集美毕业学生或做过事成为有名大画家的人，黄羲、张书旂……人啦，雀儿啦，花鸟啦，跟外头画报杂志上差不多的意思。书法，序子看不懂，只觉得学问一定很大，要不然不会挂在美术馆里的。

郭先生说，楼底下的油画好多是他在法国临摹下来的。序子心里佩服得不得了。

走廊里隔几步放一座雕刻，郭先生说也是他从法国带回来的（也有石膏翻造的）。有的是屁股拉胯，序子不喜欢。出大门，郭先生带他们两个人参观院坝，又有郭先生带回来的东西，水池中央放一个拿罐子的洋妹崽，很好看，是穿衣服，不过让水打湿了，隐隐约约看得见肉。序子想，大概慢慢看惯了就好了。

郭先生转身正要介绍他亲手栽培的玫瑰花，"这两边花坛上的玫瑰花，是我亲手——"

说到"亲手"，他醒过来，发现玫瑰花少了十几枝，"哎！哎！你送我的玫瑰花是不是这里摘的？是不是？说！是不是？"生气了，"你好大胆，拿我栽的玫瑰花送我！好荒唐！好荒唐！"接着又骂几句法国话。这时候，郭先生完全像一个法国洋人了。

"你两个还站在这里做什么？还不走？快走！"

"他没有说'快滚！'只是说'快走'，对我们算客气了。他还会拳击，给我们两拳就麻烦了。……我也不明白，一个大艺术家去栽花干什么？"尤贤逃到路上之后说。

序子心里也很过不去，"你看，他会不会报告学校和我叔叔？"

"什么事情去报告学校和你叔叔？"尤贤问。

"我们摘他的花。"序子说。

"是呀！摘了！摘了！你把花送给谁了？"尤贤问。

"……"序子想了一想，"要是我叔叔晓得了呢？"

"他会笑死！"尤贤说。

郭先生转身正要介绍他亲手栽培的玫瑰花，

「这两边花坛上的玫瑰花，是我亲手——」

说到「亲手」，他醒过来，发现玫瑰花少

了十几枝……

序子给郭先生献花

"……你现在带我到哪里去？"序子问。

尤贤看了看表，"小巴黎！"

自古以来，学校周围的饭馆跟学生的关系是一种文化微妙奇景。既有历史价值，也蕴藏取之不尽的趣味展延。可惜做过学生的人长大之后把它忘了。

后来的大名人，以前的学生，在这类长相厮混的饭馆中，跟伙计、老板都曾留下不少精彩事务、账目和情感遗痕，可惜高瞻远瞩的社会历史学者们，辜负了这堆满藏珠玑的角落。

饭店的老板亲眼看着这帮学生长大，多少年后又在报纸上看到他们成为人物。一代一代又一代，高兴起来指着报纸上的相片——"这小子，欠了我好几餐饭钱没还！"

这类饭馆开张那几天有过打扮，亮堂，年深月久就慢慢自我古雅起来。跟顾客的关系有如老夫老妻的私生活彼此顾不上韵律和仪容，却是都能容忍谅解的状态。

集美的顾客大多是侨生。春天一哄而来，夏天一哄而去，秋天又一哄而来。坐着大轮船，嘴巴哔里啪啦讲着马来语、英语和西班牙语，满身丰富的南洋文化生活底蕴，复杂而单纯。入学之后老老实实，初中归初中，高中归高中，任人摆布，进入课堂，听话之极。

这类学生来饭馆，好像澳大利亚企鹅黄昏各自回窝，自有固定路数，很少改换地方的。

既是熟人就不用欢迎和招呼，连菜牌都不送不点，随兴随口一叫，伙计、厨房听到就算定稿。这种方式主客都很欢迎，感觉体己亲热。

这区域中午算不得热闹。来的人吃了就走，喝东西只路过，停不久的。

到晚上，才称得上是真正的乐园街。

夜浓了，四围远近丛丛路灯暗影。

学生朝着这乱七八糟的光亮、气息和声音奔来，人来多了，分不清哪家是"小巴黎"，哪家是"新世纪"，见空就插，见椅子就坐。家家都有喜乐喇叭，混于一潭，变成火山口熔岩的蒸腾澎湃。这一帮从热带南洋来的侨生，课余之暇，在这里做情感热补。

尤贤中午带序子走进"小巴黎"，在门外布棚子底下茶桌边坐定。

"门枪 hí 查霉算¹。"

"牯玛查米²。"

"勤（平声）阿通³。"

他好像在自说自话，脸不看人，伙计老远听到了，便进了厨房。

"你跟谁说话？"序子问。

"那伙计。"

"你说什么？"

"点菜。"

"他懂吗？"

"不懂还进厨房？"

1　文昌鱼炒米线。
2　牛肉炒面。
3　蛏汤。

很快就端来两盘一碗，面和炒粉好吃，汤好喝。汤在厦门喝过，粉面没有吃过。

吃完，尤贤付了钱，序子说谢谢，尤贤白他一眼说："照相馆取相片。"

丘先生看见人来又想讲话，尤贤不理他，付钱取了相片，"到教务处……那照相馆老板就是话多，听人说他上厕所，自己跟自己说话。坏习惯！"

"你这人冷！"序子说他。

"要这么热做什么，把自己熔了？"尤贤说。

教务处有个职员吴先生，尤贤认识他。帮序子办完登记手续还说了几句话。

出来，尤贤又带序子到消费合作社喝咖啡。序子不喝咖啡，尤贤说了一声："要什么你自己点。"

"我不晓得这里还有什么。"序子说。

"那么，来一碗刨冰。"尤贤说。

"你怎么知道我喜欢刨冰？"序子问。

"你这种人，不吃刨冰吃什么？"尤贤接着说，"刚才教务处那个吴先生了不起。有一天我在海边看到他在画画，画海，小小一张画纸，把海画动了。将来一定是个大画家。比骂我们的那个郭应麟好得多！你等着看好了。咦？你长大以后做什么？"

"我没想过。"序子说。

"不想不行。一个人不想未来，长大一定是块'含志'[1]。"

---

1 白薯。

尤贤说。

"那你呢？"序子问。

"我？我用不着想。我是个例外。我一点也用不着考虑未来的事。我现在和你考初中，考初中算什么？英文、国语、历史、地理、自然，随你问。数学，我正在自修，微分、积分，学了就会。没什么了不起。钱，我要钱做什么？家里的钱用不完！运动会，标枪、百米、篮球、足球，喔——足球不行。游泳、跳水……你还要我做什么？没有意思，世界上最好的事就是看书，课外书；课内书半天就翻完了。蒋介石、林森、孙科、冯玉祥有意思吗？没有意思。所以世界一点意思都没有！你想，今天，我带你去看郭应麟，有意思没有？没有吧！是不是？想把它弄得稍微有意思一点都不行，结果还是没意思。世界上的人一天到晚就是千方百计找没意思的事去做……"

"那你又要我去考虑长大做什么？"序子说。

"你们这些人不考虑哪个考虑？你们长大以后个个都是'含志'。"尤贤说。

序子火了，站起来忍不住骂出朱雀话："你是个卵人，是个'朝神'，你那个卵样子一定是祖坟通了气……"

尤贤听不懂朱雀话，只看出序子在生气，"你讲的是哪种方言？"

"你老祖宗的'言'！"序子收不住气。

好多买卖东西的人都回过头来看他两人。

尤贤觉得情势不对，付完钱拉着序子就走。

"你怎么这么容易生气？"尤贤问。

"你满嘴乱煽！"序子说。

"哎！哎！完全是开玩笑嘛！一天到晚板脸孔做什么？找个机会随便说说话，像闭起眼睛在大操场放开脚步大跑一样。正经办事就正经办事，空下来让嘴巴和头脑'盖涎'[1]一番。就像大家喝酒讲醉话。讲和听犯不着认真……"尤贤说。

"你还喝酒？"序子问。

"不！从来不喝！"尤贤斩钉截铁回答，"还想到哪儿去吗？——好！不想，那就回去吧！"

尤贤送序子到教员住宅，自己懒洋洋走了。

小叔叔听了序子讲了这大半天的事，笑得在床上打滚，"幸好我今天没有去，幸好、幸好！要不然我就吓死了！"

序子把"准考证"收进箱子里，喝了一大杯茶水，狠狠叹了一口大气。

小叔叔问序子："你看，尤贤是不是个'派浪'[2]？"

"不，不，绝对不是坏人；不过，绝对是个怪人。"序子说。

考试了。长白还没有回来，听人说回南洋去了，大概家里出了大事。希望长白平安回来啊！

小叔叔和序子吃完早餐换好整齐干净衣服，准备了铅笔、橡皮擦，钢笔灌满墨水。（其实墨水瓶仍然放进书包。）见了太外祖母，老人家讲了几句闽南话祝福，夏榴送到门口。

两人就出发了。

---

1 过瘾。
2 坏人。

168

"大将出门胆气豪，手执青龙偃月刀。"

小叔叔认得路。住宅区路边小孩见到他们的气势，晓得有大事发生，露出尊敬的眼神。

脚步沙沙响，两个人都不说话。

太阳刚出，树还没有在地上照出影子。

警察局右转弯快到植物园的时候，遇到两个警察，认得小叔叔，就说："紫焘，紫焘！今天考中学了，祝你们中头榜啊！"

小叔叔听了这话好像才醒过来，吸了一口气，"谢谢刘叔叔！谢谢张叔叔！"又轻轻转告序子："把我吓一跳！"

两人太紧张了。一路各想各的，忘了说话。

沿着植物园走的时候，人多起来。鸟叫起来，相思树在香，凤凰树的花那么红……

小叔叔带序子过桥来到中学部，好多人，都是考高中初中的。序子见到周经松、陈宝国和容汉祥。小叔叔问怎么认识的。

"我！"小叔叔背后一个声音，"——介绍的。"

原来是尤贤。

他也挂了跟体魄不相称的小书包。他年纪大小叔叔、序子他们起码三四岁，也来考初中。所以鹤立鸡群，高出一个头。尤其是长满粉刺的那个特别的头。

他像这几个孩子共同的灵魂，紧紧跟着，摆脱不掉。实际上除了这三四个孩子，他真的没有朋友吗？

他花钱得罪人。做过他"小巴黎"食客的人很多，好似吃了他的"诱捕剂"上了当，都疏离了他，只剩下身边这几个小朋友。

听说他还被食客扔进植物园两人高的仙人掌圆圈里，第二天早晨才让救火队吊出来。

可恶的是他面不改色，从不吸取教训。

钟响了，大家鱼贯进入考场按号码坐定。

先生发下算术考卷。序子最怕的就是算术，为难到了极点，课桌像口热锅，正煎熬着序子这一粒锅贴饺子。左前边尤贤懒洋洋坐在那里，笔不停地动，先生忽然发话："那边年龄大点的同学，脚不要跷在椅子上，这是考场，注意严肃风度！"指的是尤贤。不到十分钟尤贤忽然站起来走到讲台前，交卷了，扬长而去。序子第一题还没做完，满头大汗，着急了，心里骂尤贤："狗日的，你不等我？"

三天考试完毕，序子仿佛从荆棘里爬出来，满身扎刺，辛苦万分。只有尤贤一个人冷冷淡淡，不晓得他是白卷还是满分。

放榜那天，小叔叔、序子、周经松、容汉祥、陈宝国都在榜内，很高兴。只不见尤贤，替他着急，为他惋惜，没想到竟是第一。谁想得到他竟会排在第一？祝贺他，他说："什么了不起？考高中，我也是第一！"

一辈子活在不痛快里！无可救药！

尤贤问序子："你住不住到学校宿舍来？"

"我还是住在家里。"序子说。

"几时领童子军制服？我们一起领。"尤贤问。

"当然好！我和小叔叔一起来！"序子说。

"和他一起来做什么？"尤贤说。

"他是我小叔叔，我们是一家人。"序子说。

"不要他！我看了讨厌！"尤贤说。

"契！你讨厌？你麻个皮！你算什么东西？你个癞蛤蟆！"序

子拉小叔叔往回走，"我们自己会领！用不着你！"

"好！回来！回来！一起去就一起去！"尤贤在背后叫，"我跟你们开玩笑！"

序子和小叔叔走得很快，像躲避一阵臭气。

"回来！张序子，'小巴黎'！'小巴黎'！"

序子转身，右手伸出一个中指。

序子从未使用过这种国际符号，在朱雀看见小流氓对待小流氓用过，侮辱性强，是一种火力很猛的无声武器。

这么一来，尤贤果然哑了。

"好好的，原来嘤！是不是？"小叔叔说。

"这人就是这样，有点神经！摸不透。我以为今天要和他来一盘的！"序子说。

"他像个大人了。"小叔叔说。

"动手不管大小！"序子说。

正式地入学了。领到了学生证，班号四十九组。

总务处领服装那天序子紧张。报名，填表，量了体重、身高、肩宽、颈粗细。领到全套童子军服装。淡绿色带两条白杠的领巾。童军帽，六件刀，铜扣智、仁、勇腰皮带，救生绳，带绳子的警笛。就怕遇见尤贤乱讲话撞了吉利。

两道红杠的黑长袜子，绿色帆布橡皮鞋自己到消费合作社买。买齐了，一起躲进了公共厕所把所有旧衣换下来，放进提包。再一起到丘先生那里，各人照了一张相，印成明信片大小。共半打，半打就是六张。

回到教员住宅，太外祖母看过说好。夏榴也说好。马上把全套

领到全套童子军服装。淡绿色带两条白杠的领巾。童军帽，六件刀，铜扣智、仁、勇腰皮带，救生绳，带绳子的警笛。

手有水不要摸，不坐坏了。

新装备脱下来放进箱子，换回老衣服。

过几天取回照片，序子寄了一张回朱雀，给婆、妈和弟弟们看，相片背后写上："婆，妈，弟弟们惠存。儿序子摄于集美"。

后来觉得"儿"字不好，对婆，应称"孙儿"；对妈，"儿"字合适；对弟弟们，"儿"字就没有道理了。后来把"儿"字涂掉，剩下"序子"二字，看看是合适的，又加上"手有水不要摸，不然坏了"几个字。

收到妈妈来信说："……看到这张相片，全家老小都很高兴，婆说你有福气。捏到相片，大家又哭了一场。

"带弟弟们到准提庵烧了香，报个信，让观音菩萨保佑你在外清吉平安。你好多年前是拜送观音菩萨做干崽的，赐名'观保'……"

序子看到信，都不太相信是妈妈的亲笔。她怎么会去烧香拜菩萨许愿的呢？她是共产党呀！朱雀那些菩萨不少是她带人去打掉的嘛！她怎么也信起菩萨来了？

序子在消费合作社，尤贤走进来："你怎么在这里？"

"我不在这里在哪里？"序子问。

"你来做什么？"尤贤又问。

"买邮票寄信回家。"序子说。

"哎呀！都'七七'了，寄什么信？日本人打卢沟桥了，抗日战争开始了，看样子书读不成了。我准备带几个人到北平去打日本！你去不去？"尤贤说。

"你？"序子问。

"好，好！我请你喝咖啡，慢慢谈。"

到了茶屋，尤贤叫招待员："一杯咖啡，一碗刨冰！"

"换个别的行不行？我要汽水加冰激凌。"序子说。

"哎呀！都什么时候了？你还汽水加冰激凌？"尤贤很着急。

"那我不喝了！"序子起身要走。

"好，好，好，汽水加冰激凌就汽水加冰激凌！"尤贤叫序子坐下，"你晓不晓得？日本兵打卢沟桥宛平城了。蒋介石下命令全国抗战，看样子学校要停办。我南洋回不去了，决定带你们到北平去参加抗战——那，周经松、陈宝国、容汉祥和你……"尤贤说。

"怎么去？"序子问。

"怎么去？去，还不容易，粤汉铁路、京汉铁路；再不然厦门搭轮船到天津……"尤贤说。

"乱讲！你还要准备先坐船到广东？"序子问。

"那就直接搭船去天津算了。"尤贤说。

"海上碰到日本兵舰怎么办？"序子问。

"哪能这么巧？"尤贤说。

"万一巧呢？"序子问。

"怎么去再商量，我问你到底去不去？"尤贤说。

"学校刚要开学，会让你走？"序子问。

"哎！哎！你还管学校？"尤贤说。

"我二叔晓得怎么办？"序子问。

"国家大事，你二叔算什么东西？"尤贤看不起二叔。

"你问过周经松他们吗？"序子问。

"不用问，叫他们走就走！"尤贤说。

"契！他们会听你的话？"序子说。

"全中国的人都要抗战！"尤贤说，"怎么不听我的话？"

序子笑了，"抗战和听你的话是两回事！"

"一回事！"尤贤说。

"两回事！"序子说。

尤贤站起来指着序子鼻子说："你等着做亡国奴好了！"

"你真以为自己是蒋介石？"序子往回家的方向走，没走到体育馆，碰见容汉祥和陈宝国。序子问他们看到周经松没有，他们问什么事。序子便把刚才和尤贤的一番话告诉他们，他们笑了，"这个'风姑小'[1]！是不是有点神经病？"

"家里有钱，养成一种喜欢管人的习惯。"容汉祥说。

"……所以哕！有人哄他东西吃，假装服他的管。"陈宝国说，"让他请'小巴黎'。"

容汉祥说："听说厦门在招兵，要去，他可以报名直接去，何必走那么远到北平？"

序子问："他知不知道这件事？"

"我都知道，他还不知道？"容汉祥说。

陈宝国说："要是他不知道，我见到他就告诉他。"

"他不会去厦门报名的。要到北平才'盖涎'。把我们一齐带走，表示他是头头。"容汉祥说。

序子说："那就难了。"

回到教员住宅，紫熙二叔回来了。也讲到时局紧张的问题，又告诉序子，一二八师部队已经调动备战，所有零散人员和家眷都遣散回湘，序子的爸爸也回湖南去了。

"那爸爸不到上海了？"序子很是焦急。

"是的，看样子，上海那边也要打起来了……"二叔说，"你大表孃和真一表姑父还不来信，让我担心。"

序子又听说二叔做了集美农林学校的校长，农林学校在比较远的天马山脚下，都是机器耕田。二叔原是北京京师大学堂农科毕业的，正好学有专长用得上。

1　吹牛家。"小"字原是个极粗鄙的含义，在这里却只是一掠而过的"东西"或"家伙"的意思。

晚上，序子躺在床上睡不着。

"爸爸去不成上海了，原先讲好去上海当画家的。婆、妈、弟弟都盼到，这怎么办？……"

急得一脚汗水，像是赶了二十里路。

愁到下半夜才睡着，又做梦——

锣鼓喧天，方麻子伯伯舞狮子脑壳，耍宝的笑罗汉是北门上的罗师爷。走老西门，下正街，进城隍庙——王伯背"我"赶场，几个箭步从瓦梁上飞到米豆腐摊大锅子边。四婶娘、玉姑婆、柳孃带着巧巧妹，围着热锅子呷米豆腐，多加辣子多加葱——狗赶猪，把卖碗摊子的碗打翻了天——谢蛮婆一屁股绊到茅坑里去了，大家笑得要死……

天亮，序子醒了还笑。

"笑？笑个屁！打日本了还笑！"序子坐在床上骂自己。

得到消息，学校开学。

第二天一早，小叔叔和序子穿好全套童子军衣服到学校去。开学典礼在敬贤堂举行，时间还差一个多钟头，门口碰到尤贤。

"咦？你没有走呀？"序子问。

"走到哪里去？"尤贤问。

"到北平抗日！"序子说。

"哪个讲的？"尤贤什么事情都不晓得。

"前些日子你刚讲过！"序子说。

"你没有注意战局的变化吗？这时候还想上北平？都什么时候了？"尤贤板起脸孔责备序子，好像序子哪些地方做错了。

晚上，序子躺在床上睡不着。

「爸爸去不成上海了，原先讲好去上海当画家的。

婆、妈、弟弟都盼到，这怎么办？……」

急得一脚汗水，像是赶了二十里路。

躺在床上睡不着，爸爸去不成上海了。

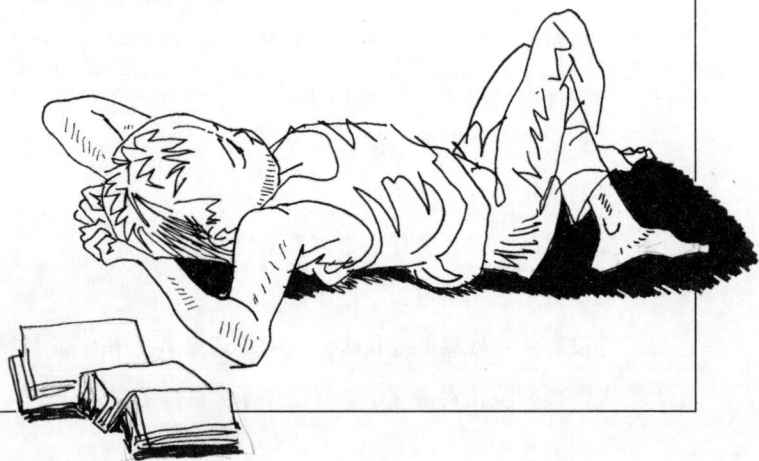

序子手指尤贤，对着小叔叔，一时说不出话。

容汉祥和周经松走过来，序子的手还没放下。

他两个问序子什么事。

"你们想跟他上北平都不行了。"序子说。

"只要你们有抗战的决心，哪个地方不可以抗战？"尤贤讲。

周经松叫起来："光你这两句话，我们愿意选你当蒋委员长！"

这时候，敬贤堂前前后后都是人。除童子军以外，好多人穿的都是中山装。颜色有灰有黑，穿黑的戴着翘得高高的帽子，有个漂亮的帽徽，领章闪闪亮；也有戴着不太翘的黑硬帽子的。人说，漂亮衣服的是"水产航海"，不太翘的黑硬帽子是"高师"。高师的长得像成年人。照朱雀标准看，这类人在家里早就儿女绕膝了。

里头居然夹得有各种外国人，白的，黑的。

尤贤冷着脸说："大部分是'半堂番'；要不是爹是外国人，就是妈是外国人。南洋群岛，满地都是……都认为自己是中国人……"

"这还不好呀？没有忘祖，这么远回到祖国读书受教育。"周经松说。

打钟了，叫大家到操场排队。

初中的排在最前头。高中、幼师、普师、高师、商科、农林、水产航海，一排排列成队形整整齐齐，由先生的队伍带头，走进敬贤堂坐好。

司仪照老办法喊叫，全体肃立，唱党歌，唱校歌，校长念总理遗嘱，静默三分钟，静默毕，校董陈村牧先生致开学辞。

（先生们和学生坐在一起。不像现在重要人物都要坐在讲

除童子军以外，好多人穿的都是中山装。颜色有灰有黑，穿黑的戴着翘得高高的帽子，有个漂亮的帽徽，领章闪闪亮；也有戴着不太翘的黑硬帽子的。人说，漂亮衣服的是『水产航海』，不太翘的黑硬帽子是『高师』。

水产航海·高师和童子军

台上。）

陈村牧先生是个了不起的人。不到二十岁厦门大学毕业，神气纯洁得像个教堂神父。先讲"七七"事变抗战开始大道理，形势严峻，人人有责，又讲国难当头、民族存亡之际，读书不忘救国，救国不忘读书，读书如何如何之重要之后，其他几位以后才熟的学校重要人物也演了讲。

说好散会其实并不散会。

一个也穿着全套童子军衣服的矮大人笑眯眯地上台摊开双手说："中学初一的童子军请留下来，其余的同学散会！"

走光了所有的高年级学生和高班初中生，留下的童子军其实也不少，就由这个和气的大童子军一个人称王称霸了。

"各位同学，各位小朋友！（'小朋友'？）我是集美中学的童子军教练张光道（他的闽南普通话读成'顶公道'），今天第一次和刚进集美初一同学见面，我非常高兴。（高兴可以了，为什么还要'非常'？）

"现在我们要到门口集合去雨操场，讲解童子军的两个基本要点——到了门口——

"大家注意，按身体高低分两行站好。立正！向右看齐，向前看，向左转，目的地雨操场，齐步走！"

张光道先生领头走，为了壮声势，他忘记了一件事："好！一，一二一，唱《中国童子军军歌》，一，唱！"

没有人会唱，大家脚步就乱了。

"好！我们暂时不唱！一！一二一！一，一二一！"来到雨操场，"原地踏——步！立定！向左转，向右看齐！向前看，立正！

永遠的張先生

一个也穿着全套童子军衣服的矮大人笑眯眯地上台摊开双手说：『中学初一的童子军请留下来，其余的同学散会！』

稍息。

"两个问题。第一是童子军服装标准；第二是童子军行动规范。"

帽顶上有三洼坑，两个洼坑交会之直线对准鼻梁。领巾结好之后，二尖角要求绝对对称，不可长短不齐。警笛带圈挂在左肩带上扣好，通过左上衣口袋，结绳悬于胸脯正中，警笛置入右上衣口袋。

六件刀扣入右腰带上。救生绳扣入左腰带上。

袜子规定标准为黑色带两条红线之长筒线袜。鞋为绿色帆布胶底"嘉庚鞋"。

敬礼时食指、中指、无名指三个指头并排伸直（取智、仁、勇之义），拇指和小指弯曲于掌心，举手于右侧眉毛梢实行之。

途遇师长则侧让于路旁实行之。

以上这点简单的意思，张光道先生讲了两个多钟头。他舍不得马上把这点意思讲完，听他讲的"大家"也觉得他讲的那点简单意思弄得这么长、这么有意思实在也不是没有意思的事。张光道先生可能想到万一一下子讲完这些话之后就要孤孤单单一个人回去洗脸、喝茶，对着夕阳发生寂寞之感，所以他把这些硬邦邦的意思弄得十分柔软，十分光亮，十分芳香，引来往日许多生活精彩的生动回忆做作料。原来他小时候出生在马六甲那边，有两个姐姐和一个弟弟，母亲是安南人，父亲是安海人，从小跟一个叔叔过番学做生意，卖日常生活用具和厨房炊具。叔叔过世之后他改做椰子生意。张光道念的是华侨学校，长大之后回国念岭南大学，学的是生物，又喜欢体育项目，得到许多奖牌。喜欢举重，所以体形被压成横向发育。因为性格快乐，后来参加了童子军教练培训，认识了集美学校的童子军教练老前辈顾拯来先生，他是中国集美海童子军的创始人。张光道先生从此便和童子军事业结下不解之缘。（集美海童子军是中国童子军的绝响。）

　　同学们既听进了童子军服装标准和行动规范的讲话，更认清了张光道先生这个那么有意思的人，时间一点都不显得长，情绪一点都不觉得闷。继之散队之后，序子回忆张光道先生刚才讲练过拳击、做过"陪练"的话，便认为张光道先生简直满身辉煌的了。

　　序子追张光道先生："张先生！"

　　张光道回转身来，"唔？什么事？你是哪一班的？"

　　序子连忙回话："刚才听你讲'童子军行动规范'的。我是四十九组学生张序子。"

　　张光道退一退胸脯看看序子，"你不像闽南人。"

　　"我是湖南省朱雀县人，最近才跟我二叔到集美来。"序子回答。

　　"你二叔是谁？"张先生问。

　　"张紫熙！"序子回答。

　　"喔，喔，"张先生问，"你现在到哪里去？"

　　"回教员住宅。"序子说，"我最喜欢你刚才讲到拳击。"

　　"你懂拳击？"张先生问。

　　"一点都不懂，也没有见过。我只是小时候学过武术，跟好几个师父学过，所以很有兴趣。"序子说。

　　"那是什么武术？"张先生问。

　　"少林，杂拳，还有苗拳。"

　　"怎么还有苗拳？"

　　"我们那里就是苗区。"

"喔，喔，你现在有没有时间？我就住在体育馆。我带你到体育馆看看。"

序子没想到运气这么好，就跟张先生往体育馆走。

体育馆那么大，还有许多锻炼身体的机器。光是铁哑铃排在那里十五米长。

"不叫机器，叫体育器械！"张先生说。

序子心里想："机器和器械其实一样。"

墙上挂满运动界的英雄照片，中国外国都有。还有女的。又到了一间大房间，地上铺了厚毡子，墙上也挂了好多戴大手套、瞪着狠眼的壮汉。

"哪！这就是世界著名的拳王。"张先生说。

"什么叫作拳王？"序子问。

"全世界选手比赛，他第一！"张先生说。

"死人吗？"序子问，"戴了那些笨手套怎么打？"

"戴手套才不会打死人。"张先生说。

"没意思！"序子说，"打不死人怎么称得上拳王？"

"哈哈！打死人就变凶手了！"张先生说，"这是一种体育运动，不可以打死人的。你们家乡有没有拳术比赛？"

"没有拳术比赛，只有打架。打架有时候打死人。我听说以前有的打擂台，也打死人的。"序子说，"不过现在有事情都用枪解决，都不用打拳的办法解决了。"

"你们那地方的人很不文明！"张先生说。

"哈！死、活事情怎么文明？"序子说得十分轻松，"我们那地方离大地方远，讲道理的办法都比较简单。"

张光道先生也不太懂得那么远、那么小的地方的事情，不过张先生看起来对序子很有兴趣，"我教你拳击好不好？"

"太好了！"序子当然喜欢。

"不过你不能用来打人。"张先生说。

"不会的。你这种拳击打不了什么人的。"序子说，"拿来锻炼身体，强壮筋骨是有用的。"序子说。

张先生笑起来，"哪里话？我现在让你试试！"

他取来两副拳套，一大一小，自己戴一副："这一副小的你戴。你看，你的双脚要分开，右前左后稍微弯曲一点点便会产生弹力。重心放在前脚掌，根据对方移动你要随时调整位置。左拳护着左边脸颊，右拳稍后护着右边脸颊。左右拳随时都要准备进攻和防护。头额要低，只以双眼注视对方。出拳收拳要有闪电速度。好！开始，我现在出拳了。"嘭的一拳打在序子脑门上，序子来不及躲闪；又一拳打在左颊骨上，"要注意左右偏头躲闪！"

话刚出口，序子跨出右腿别在张先生右腿后，脸上给了一拳。张先生完全没有想到，跌了个朝天跂。

张先生叫起来："拳击不可以用腿，这是严重犯规动作。"

"喔！我记住了！"序子晓得自己犯了错误。

张先生摸摸屁股说："你还真懂得一点拳法。"

"不是！不是！我这是简单动作，算不得数的。"序子赶快解释，越解释越不清楚。……

以后的日子，只要有空，序子就去张光道先生体育馆，跟张先生学拳击；张先生也有趣味听序子讲中国拳掌腿膀之功；两个人论起来，好像张先生收获多些。

张先生是个很纯真的人。他是第一个一边上课一边快乐的先生。有时候他竟然把自己的情绪、主张混淆到课程里头去。比如《中国童子军军歌》："中国童子军，童子军，童子军。我们，我们，我们是三民主义的少年兵，年纪虽小志气真，献此身、献此心、献此力，为人群。忠、孝、仁、爱、信、义、和、平……"他就说："这、这、这是什么意、意思啊？要中国童子军少年学生做什么啊？空空洞洞！——嗯，既然是《中国童子军军歌》，没有办法，那就唱吧！大家好好唱，音调要准，要唱出个少年英雄气概来……"

还有个《野火歌》，那又是另外一种情形。

"烧野火、烧野火，野火放光明，野火放光明，满天星斗向我笑，问我，此火照何人？此火来自戈壁大沙漠，来自拉萨百丈城，来自青海头，来自黄河根。照我好兄弟，照我好姐妹，照我兄弟姐妹一条心，照我兄弟姐妹一条心……"

张先生教这首歌的时候，咬字是一个大问题：

"消夜 fǒ，消夜 fǒ，夜 fǒ 愰肛门，夜 fǒ 愰肛门……"同学边唱边笑，故意夸张"肛门"两个字，他明白之后也跟着大笑，笑弯了腰。并且停下唱歌，请普通话讲得准确点的同学一个字、一个音地教他，他认真地一个字、一个字地学。直到学会"肛门"变成"光明"。学生都很感动，觉得他很真诚，更加敬爱他。

上正式课之后，小叔叔和序子仍然住在教员住宅。每经过学生楼的时候，序子都非常想念楼上他那个床位和写字台，他真希望有机会到那里去住下来，可也找不到哪里能得到通知和认可。

课室很高很大，有很多窗户。黑板非常科学化，旁边有两三根绳子，一抽，另一块黑板可以轻轻落下来。这样的好处是讲不完的，先生原先在黑板上写满了的字就不会糟蹋。学生来不及抄写的字事后还有机会继续抄写。

坐在后排原来还有这么多大个子的同班，黄川海、曾凤相、陈文允，不止横行霸道的尤贤一个。下了课，又认识了不少隔壁四十八组的同学，陈庆祥（小提琴拉得非常好）、刘欢祥、陈耕国、林有声……再过去是四十六组的王寄生、四十七组的陈其准……

国语课是黄泰兰先生上，数学是庄为矶先生，英文课是许玛琳先生上，历史课是宋庆嵩先生，动物课是林泗水先生上，手工课是许其骏先生上，植物课是汪养仁先生上，原以为美术课是郭应麟先生，他不来，他上的是高中课，架子了不起地大。最好，最好！他来了序子的日子不好过，怕他有反感在身。所以这时候没有美术先生。

给学生印象深刻的是教高中国文的诗人温伯夏先生。他才二十几岁，是个文学大才人。也是很年轻就在厦大文学系毕业。每天清早背着猎枪，带一只猎狗在海边狩猎。好事的学生们偷偷跟在后面，当作是一件可爱神秘行动。

消费合作社吴先生房里挂了一张温先生带着猎狗狩猎的大照片，比电影明星还俊美，召引好多人欣赏。

全国抗战是七月七日开始，日本打厦门八月底才动手。我们白石、胡里山和屿仔尾的炮台和三艘日本军舰对打，打中了"关竹"号日本军舰。其他的败逃了。

这天中午小叔叔和序子到消费合作社买了个大西瓜，一路轮流抱回来。小叔叔抱的时候，走到警察局门口，几声大炮巨响，西瓜

日本打厦门八月底才动手。我们白石、胡里山和屿仔尾的炮台和三艘日本军舰对打，打中了「关竹」号日本军舰。其他的败逃了。

打中了"圆竹"号

轰然落地。眼看地上汤汪一片，树枝叶纷纷往下掉。

大炮震得两人乱了神志，不晓得捡西瓜好还是哭好，最后两人空手回家。

晚上二叔匆匆忙忙回到教员住宅和夏榴、太外祖母讲了很重要的闽南话。序子完全分得清闽南话重不重要。讲的人、听的人都很紧张，还"喔！喔"地叫。

小叔叔告诉序子："日本人要打厦门了。第一次不成功还有第二次、第三次……明天我们要搬家到农林学校去住，集美不保险了……"第二天夏榴忙着收拾东西。移动一位年纪大的老婆婆很是不容易，还害着病；还去一个"认生"的地方住；还要离开远远近近的亲人；还不晓得以后的日子怎么过……

"咦？不读书了？"序子抬起脑壳问房子。

第三天连行李带人到了"农林"。

"农林"在天马山脚底下。一大片地。大到什么程度呢？用以后学来的知识才晓得，大到可以盖三四个飞机场。都是农作物，稻子、麦子、玉蜀黍，荷塘、鱼塘、菜园，椰子、槟榔、广榔、油棕，还有凤梨[1]、香蕉……天马山在远远的那边，一片蓝影子。

夏榴这么能干，像一个连长下命令把车子停在一座小山坡上的一座小洋房子门口，横牌子上写着"集美农林学校医院"八个大字。车子开走了，剩下太外祖母、小叔叔、夏榴和序子。

医院是空的，事先有人来打扫过，厨房炉灶锅子碗筷——切切俱备。柜子里放了干面条，新鲜猪肉，米缸有米。自来水龙头那边

_____

1 菠萝。

天马山和农林

「农林」在天马山脚底下。一大片地。大到什么程度呢？用以后学来的知识才晓得，大可以盖三四个飞机场。都是农作物，稻子、麦子、玉蜀黍、荷塘、鱼塘、菜园、椰子、槟榔、广椰、油棕，还有凤梨、香蕉……天马山在远远的那边，一片蓝影子。

几篮青菜。煤油炉子旁边还有一大包火柴。

楼上楼下一样，中间是大厅，两边两排房子。陶花砖地板。

太外祖母住左边一间大房，夏榴住后房；小叔叔和序子住右边一间大房。床上的帐子、被子、枕头预备得像住旅馆。

医院周围都是树和草。夏榴带小叔叔和序子坡前坡后打了一转说："都可以走，带根小棍子更好，免得遇到蛇。坡底下能不去就不去，要去也没有什么不可以；听到过路汽车声站到路边就是。这里到学校至少还有几里路。"

"农林学校怎么一个学生先生都没有？"序子问。

"打仗，种田就'干苦'[1]了。田和人分有开的，少一方都完了。"夏榴说。

"我讲的是怎么不见学生、先生？"序子再问夏榴。

"哇，唔、赞、央！[2]"夏榴笑了。

没有先生学生，"人"还是有的。

有人管田地，有警察巡逻。

有两个人，一个名蔡六桥，一个叫刘鸣天，都是"农林"的庶务员。隔两三天来一回，问夏榴吃的、用的够不够，还要买什么。今天给钱，明天就骑脚踏车送到。六桥和夏榴是岭头人，以前认识的。刘鸣天是惠安人，身体黑壮，不太会讲话，有空就来找小叔叔和序子，带他俩到校本部去玩。他们上头还有个洪主任，是负责农

1　艰辛。
2　我不晓得。

林农场管理的主任，还没有见过面。这些人和事看样子是学堂和二叔打过招呼的。

打仗了，农林学校耕不耕地是个问题，二叔变成个空头校长。

序子来到农林，对周经松、容汉祥、陈宝国那帮同学，甚至于尤贤那个狗蛋，心里都是十分挂念。还有张光道先生，他们最近的日子怎样了？是不是挨了日本炮弹？他们往哪里躲？

也写过四封信给妈妈；爸爸回湖南以后还没有信来。是不是邮路不通了？总之这段时间的日子，让狗日的日本鬼子搞得乱七八糟。

刘鸣天这个人不过二十岁刚出头。来到医院门口也不出声，直到有人（夏榴）看见他才知道他来了。叫他进门也不进，微微笑。这里好端端一座房子，没有什么值得笑的。小叔叔和序子走出来，才晓得他今天要带他们两个人去看校本部。

这一路，三里、四里、五里都不觉得。都是椰子树和槟榔树，金合欢、银合欢、龙舌兰、仙人掌……周围叫着"知了"。这里，福建厦门的知了和朱雀的知了脾气不一样。朱雀的知了只要人一走近，马上停止嗓门，再走近，噗的一声飞走吓你一跳。这里知了人走近不飞，甚至抓得住它。有时候人走近也飞，并且拉一泡尿送你。它们绿绿的，个子小，朱雀一个顶它们六个。叫声也不同。这里知了的叫声文雅像弹六弦琴；朱雀知了的叫声像骂娘，像唱山歌。序子一路走一路抓，抓到满手之后，都放了。

有荷花塘。

"里头有鱼吧？"序子问。

"有，有，有，更有的是前头养鱼池。"刘鸣天说。

养鱼池好大，周围有篮球场大吧？好久没有人抓鱼了，怕是有好多鱼……

刘鸣天说："鱼要喂，不喂，鱼就像纸那么薄，好可怜！"

"我不信！"序子说。

"你要信。"刘鸣天说。

三个人在林荫下走，在太阳下走，又在林荫下走。天底下好像只剩下这三个人，脚步响得好寂寞，"沙，沙，沙——"

小叔叔问刘鸣天："你怎么晓得鱼扁得像纸？"

"我喂过鱼。"刘鸣天说。

"你怎么晓得那鱼塘里的鱼扁得像纸？"

"我讲如果不喂，鱼就会扁得像纸，不是讲刚才的鱼塘的鱼。"刘鸣天说，"刚才那鱼塘有人管的，'水产'毕业的先生。"

"现在还管不管？"序子问。

"不晓得。管应该还是管，怕是没有以前管得勤了。"刘鸣天说。

"鱼变纸要好久时间？"小叔叔问。

"鱼怎么会变纸？"刘鸣天说。

眼看到了农林院本部，好多大机器，有的停在天底下，有的关在大屋子里。几个人静悄悄在机器周围转，敲敲弄弄。

"是管机器的工人。"刘鸣天说，"那些大机器有的管耕地，有的管播种，有的管收割。机器累了要休息，病了要医病，都由那些人管。这时候是秋收季节了，他们先要给机器检查身体，好开始工作。"刘鸣天指着更东边几座大圆房子，"那是仓库，装收下来的稻谷、玉蜀黍、麦子……再往东去，还有很多仓库！都是机械化科学管理……"

三个人再往北走，看见一座二层楼红色长房子，两边各有一座望楼。

"那是校本部、教室、办公室。学生宿舍还要往北走,不看了。"刘鸣天带小叔叔和序子往回走。

序子问:"种这么多东西,做什么用?"

刘鸣天说:"吃呀!"

"哪个吃?"序子问。

"全校吃呀!"刘鸣天说。

"那么多,吃得完吗?"序子问。

"哈!你还嫌多?那么大的学校,一两千人,吃几口就完了。你晓不晓得校主[1]一年要买多少粮食养这些学生先生吗?"刘鸣天说了一大套话。

这,序子就完全不懂了。

一个人凭什么本事能养这么一大帮人?

想起在朱雀,有天,屋里正愁钱买米下锅的时候,廖家桥来了两个扯不到边的穷亲戚进门坐下来吃饭。妈叫序子拿了件丝绵袄到当铺当了,买点米和菜回来才打发清楚。婆为这事情埋怨了半个月。才两个人,就搞得我们挠脚喧天……

三个人回来,序子一路上想起刘鸣天讲的那种薄得像纸的鱼,打算过几天用大头针做几个钓钩,到鱼塘钓钓试试……

回到医院,楼上搬来两口子,男的叫黄炯森,女的叫徐莉。这两口子都长得好看,像电影里头的。人也十分和气。后来晓得,黄先生真演过电影,让序子大开眼界。从此,他们两位跟小叔叔和序

<hr />

1 陈嘉庚先生。

子成了好朋友。

好成什么样子呢？他们带来许多北平上海出的书和电影画报，耐烦地让序子和小叔叔看，还帮助讲解。"大概他们没有儿女，想把你和我当儿女。"序子说。

小叔叔认为这样想不可能。他们是纯粹的和气，没有这类野心。序子认为，即使有这类野心也不要紧，这是善良的野心，于人类无害。世界上野心有许多种，有灰色野心、蓝色野心、白色野心、绿色野心、彩色野心，他们是彩色野心……序子对小叔叔说这是一种"哲学"。小叔叔说："贼学？"

"哲学！"序子说。

"讲什么的？"小叔叔问。

"我也不知道。大概是讲道理的。"序子说。

"告诉我，你是不是乱扯？"小叔叔问。

序子笑起来，"是！是！——你怎么听得出来？"

"我一听就听出来。"小叔叔说，"你在信口开河！"

在黄先生屋里看画报，翻到、翻到，翻到一页里头有个外国电影女明星。小叔叔指着她的脸偷偷问序子："像不像一个人？"

序子想都不用想，"徐莉阿姨！"

"什么？你们说什么？"黄先生问。

小叔叔指着画报对黄先生说："徐莉阿姨！"

黄先生放声大笑，"徐莉！徐莉！快来！快来！两个小孩也讲你像'嘉宝'！哈哈哈！你看，大家没有说错吧？"

徐阿姨走过来，"真的像吗？真的像吗？我请你们吃西饼！"

马上打开大铁箱子，取出一口大彩色铁盒子，再打开盒子，真的一人给一块大西饼。又拿了两瓶汽水给他们。

"哪！哪！"黄先生说，"徐阿姨今天比过生日还高兴。以前有人说过她像的，她不在乎，今天你们说了，这可是了不起的事。你们知不知道'嘉宝'是谁？"

小叔叔和序子摇头。

"她是世界第一的电影女明星，瑞典人。你们没有亲眼见过'嘉宝'，阿姨就是！"黄先生搂着阿姨跳舞，阿姨也装着"嘉宝"的神气跟演电影的动作一样。

小叔叔跟序子坐在小椅子上当观众，有点不好意思。比自己跳还难为情，低下了头，想往外走又不敢。最后还是决定走了，刚要站起来，黄先生大叫一声："不准走！还有我咧？你们没讲我像谁？"

"我们不知道你像谁。"

"翻啦！那么多电影画报！"

徐莉阿姨拿来一本东西，说是多年看电影的说明书，一场电影一页，一页一个故事，订成一个厚本。居然逃难也带在身边。

"这鬼婆娘看电影快成精了！"序子想。

她是个"电影大全"。想听哪个故事，只要厚本子上有的，手指一点，她就能连汤带汁地全部倒给你听。包括男演员、女演员、配角、导演的一系列名字和亲戚关系。

她不单细心，还很能讲，让你听得舍不得走。有人听，她也开心。难得的机会让她重温旧梦。

为了故事里头的男的对不住女的，或是女的对不住男的，令她扯不过气，流眼泪水，差点子号啕失声……

故事发展得不顺气，讲到一半，她会横着眼睛仇视黄先生，插半句话："天下的男人都这么毒！"

自从小叔叔和序子把徐莉阿姨说成像"嘉宝"以来，徐莉阿姨就把他们两人当自己人了。

"我呢？我呢？"黄先生对两个小孩嚷。

小叔叔和序子的确感觉到有点对不起人。说一个人像某一个人其实也并不需要多大本领，眼前就硬是定不下来。于是就只好胡乱应付差事。

"劳来。"

"哈代。"

"查理士·罗顿。"

"卓别林。"

黄先生叫起来："咦？你两个怎么专找这批人跟我混啦？像我吗？像我吗？看看，这里，这里，有的是人嘛！稍微想一想嘛！这里，跟嘉宝演《茶花女》的罗勃·泰勒；跟劳玛·希拉演《铸情》[1]的李思犁·侯活，就在隔壁嘛！你们提他们两个不就行了嘛！自己说吧！"黄先生摆了个姿势，"像不像他们其中任何一个？说！像不像？"

序子说："你说像就像！——我们要下楼睡觉去了！"

黄先生笑着嚷起来："不准睡觉！不讲清楚不准下楼！——说，像哪一个？嗯？嗯？慢点，慢点下楼，序子，序子你过来让我看看！"黄先生发现一件什么事。

序子奇怪地站住了。

1　罗密欧与朱丽叶。

"序子，你到台灯这边来！"黄先生口气很要紧。

"什么事啊？"序子走过去。

"过来！过来！"黄先生双手抓住序子额头，"你张开嘴巴我看看！"

序子张开嘴，黄先生轻轻拨开他上嘴唇叫徐莉阿姨过去，指着序子的牙齿，"你看！序子是不是有长虎牙的意思？"

徐莉阿姨叫起来："真的，真的，序子你怎么长一对虎牙？你自己看，看上牙床两边，左右各有一颗牙苗。这牙苗慢慢会长大的……让他自己看，你自己看。"顺手取了一面镜子，让序子照着台灯光看。

真是上牙床两边牙缝上，各露出颗小牙苗。

"刚才见他笑了一下，上牙床左右闪光，我才注意的。一看，真是。你要赶快告诉你二叔，想办法带你去看牙医。问牙医怎么办。一千万人中难得一个长虎牙的——古时候，人说长虎牙一定当将军——你才多大？你怎么晓得长大当不当将军？——我看你们下楼睡觉去吧！——牙齿问题明天再说。"黄先生也不安起来。

序子和小叔叔回到房里，小叔叔拉序子到台灯前又照了一下说："真长虎牙了，痛吗？"

序子摇了摇头。

两个人隔着蚊帐，小叔叔问："序子，你想什么？"

序子说没想什么。

清早起来，吃完早饭，序子就忙着做钓钩。

序子从来就不喜欢钓鱼。虽然如此之讲法，他看别人钓鱼钓多

『一千万人中难得一个长虎牙的——古时候，人说长虎牙一定当将军——你才多大？你怎么晓得长大当不当将军？』

老虎牙

了，比方染匠铺周姑父就是个钓鱼专家，也听他讲过不少钓鱼的秘诀和章法。总之是他嫌钓鱼这事情太过单调，光一个"等"字就要耗费许多光阴，值不得，这类时间拿来看书，上算得不知好多！大概没事做，屋里有点钱的人打发时间，究竟比赌钱好多了。

序子这盘打发时间，只不过因为身边带的书少，又没有什么事情好做，小叔叔人太老实，交谈的内容过于简单，农林是一片大自然，加上心头挂念那种纸一样薄的扁鱼，无论如何总想钓条把上来试试看。

总算找到几根大头针，弯成钓钩的样子不算一件难事，遗憾的是做不成"倒钩"。若是手边有把钢锉子，针头上锉一个倒钩并不是困难事情。虽然做不成倒钩，鱼上了钩，拉快一点讲不定会拉上几条的。

向夏榴要了根细丝线，打了个双套结在大头针上绑紧，离钓钩一尺五的部位绑了半截软木塞做浮标，挖了几只曲蟮装在小盒子里，放点泥巴养着。

小叔叔没见过钓鱼的事情，不太相信序子真会把一条鱼从水里钓上来，兴趣比序子本人还要浓。各人戴上一顶草帽，便动身了。

两个人在鱼池边小柳树底下坐定。序子从盒子里取出曲蟮掐下一段，小叔叔龇着牙旁观。序子说："切成一百段，它就变成一百条曲蟮。"

不知道小叔叔听没听见，序子这么讲，他也不在乎小叔叔信不信。把钓丝扔到远地方去了，一手紧紧抓住这一头的小木棍子。

等啦等，等啦等。只看到软木塞浮在映着天和云的水面。软木塞动了几动，鱼吃钩了，序子猛然提起钓丝，鱼把曲蟮吃了。

"这都是因为没有倒钩的缘故。"序子说,"也或者,食物不对胃口。比如说,在朱雀钓鱼人就懂,哪样鱼吃哪样。岩底的水爬虫、小虾米、蚯蚓、钩住尾巴能活动的小鱼、茅室里的蛆和大便捏在一起的饭团……"

小叔叔听到这里转身想呕。序子问为什么,小叔叔说:"你讲大便和饭捏在一起……"没讲完又呕。

"哎呀呀,你!"序子没话可说,鱼上钩了。活蹦乱跳,大约一两多点。序子用根长草茎穿了鱼鳃放回水里,一头交小叔叔拿着。小叔叔不呕了。

钓了三条。大大小小三两多点,算不错了。回家交给夏榴。要不是亲眼所见,她真不信面前这两个人钓得鱼来。

夏榴进屋里举着这三条鱼给太外祖母看。又让小叔叔问序子:"一条做汤,两条干烧好不好?"

夏榴生活单调,新鲜事插进来,三条小鱼弄出个大动静。

"刘鸣天讲有种纸一样薄的鱼。"小叔叔说。

"他只是讲,鱼要是没有人喂,有可能瘦成纸一样薄。"序子说。

"刘鸣天讲的话,你原是不信的。"小叔叔说。

"讲得有道理,我就信了;他比我们大,见得比我们多,看样子又不像扯谎……"序子说。

"嗯,是这样——那我们以后还可以再去钓。"

"为什么'以后'?明天就去!我帮你也做根钓丝,我们一齐钓。"

晚饭桌上多了一碗一盘。碗是一条小鱼做的鱼汤,盘是两条小鱼做的干烧鱼。

沙滩钓鱼

等啦等，等啦等。只看到软木塞浮在映着天和云的水面。软木塞动了几动，鱼吃钩了，序子猛然提起钓丝，鱼把曲蟮吃了。

序子又不是从来没见过鱼。一条不到一两重的鱼居然做出这么鲜味的汤？碗小，各人不到三调羹就见了底。太外祖母称赞两句，笑了一笑。可见这汤做得真好。

干烧鱼放在白盘子上，像绣出来的假鱼，假得很！翘起尾巴在盘子上旋游。夏榴筷子就要夹条整鱼给她，太外祖母摇手，夏榴一笑，便轻轻夹了点尾巴尖送到她嘴里，她嚼着笑着点头不止。

小叔叔告诉序子，太外祖母说："鱼是孩子们钓的，他们该多吃点，我尝点味道就行了，没想到这么好吃！"

第二天刚吃完早饭擦过嘴，小叔叔和序子就出发了。带足了水瓶、装鱼的竹篓子、蚊子油。

小叔叔没有昨天那么紧张，自己动手把一段蚯蚓穿在钓钩上，像个钓鱼老手。不开心的是那个自制无倒钩的钓钩，钓上了好几次，甚至三四两重的鱼都给跑了。怪就怪在这个生手，大半天竟然钓上五条。两个人一共钓了八条。有的一两，有的三两多，算起来一斤半怕也不止。刘鸣天看到说："等我有空到岭头给你们带几只真钓钩回来，你们就吃鱼当饭了……"

回到医院，夏榴见这么多鱼吓了一跳。小叔叔更是得意，赶到房中对太外祖母吹了半天闽南话。

序子进厨房见夏榴剖鱼。鱼洗干净之后放在一边。肠肠肚肚取出苦胆放在一边。她最是用神弄那些肠肠肚肚，洗得干干净净，切碎了，放了好多胡椒粉、细姜粒，滴了两三滴白酒之后，一块小白纱布把肠肚包了，用一个小碗扣着。

烧开水，三条鱼放进锅里，再把小白纱布包也放进锅里，盖上盖，让三条鱼和纱布包在开水里自己滚，不管了。

"你几时放盐？"序子问。

"起锅的时候才放，进汤不进鱼。"

"……？"序子不懂。

其余五条做了香醋鱼。

夏榴剖鱼洗净，用好纸里外擦遍，放入瓦钵，调一饭碗糖醋，姜泥、蒜泥、胡椒、陈皮、绍酒和匀，倒进钵子让鱼泡着，盖上钵盖，明朝启封。

二天一早，锅子烧热，一勺子香油见烟，筷子把鱼一条条夹进锅里，慢煎成焦黄，钵内剩余糖醋加水一碗倒进锅内，盖锅，文火熬干。起锅后盛入菜碗，扣小碗置窗口当风处候凉。

夏榴说这鱼经放，经吃，味道"紧水"[1]！

这话靠得住。看她一口气做完整套，想想都好吃。

夏榴说："以后你们多钓点回来，我天天做得不一样！"她真是下凡的仙女。

所以小叔叔和序子决定，明早起再钓他一上午。

两个人又静静坐在池塘边。

其实这两天没倒钩也钓了不少；怪不得姜子牙直钩也钓得着。序子想。

也是怪，小叔叔原是个生手，没想到今天一条条全是他钓上来的。他高兴得不知如何是好。

序子看一眼小叔叔，小叔叔马上低头笑笑，有点惭愧的样子，只是找不到地方藏起自己的高兴。

———

1 很美。

他从小一个人长大，没过过这么"野"的日子。

序子突然插进了他的生活，不敢告诉他彼此共同的家乡那边发生过的大小故事，怕吓坏他。那么违反常理，不近人情。死亡当作诞生；人头代替筹码；一句话顶替百年承诺，几梭子了结一世英名。在小叔叔的世界里是不堪想象的。序子满肚子这类存货，除了无邪的小叔叔，朱雀城的外部世界到底有多少地方能容纳这类知识？

这两个人居然在一起钓鱼。

路上沙沙响，过来两个人，一是刘鸣天，一是二叔。

序子正想问刘鸣天钓钩弄来没有。

他们已走到面前。二叔问："哪个让你们在这里钓鱼？"

"没有哪个，看这池塘一定有鱼，我们就来钓了。"序子说。

"这是公家养鱼池，鱼是公家的。不可以随便钓的。"二叔说，"你们先回去，我到校部办完事就来。鱼放了……"说完带着刘鸣天走了。

两人回到医院，告诉夏榴，鱼塘的鱼是公家的，不准钓，二叔生气了……

夏榴哇里哇啦反应了几句。把香醋鱼收进橱柜，只炒了几个普通小菜摆在饭桌上，等二叔来。

二叔来了，后边跟着洪主任和刘鸣天。

二叔问序子，在鱼塘钓了几回鱼。

"今天不算，两回。"序子答。

"钓了几条鱼？好重？"二叔问。

"第一回三条，一共三两多点；第二回八条，大大小小一斤半怕也不止，不到两斤……"序子说，"今天不算，你叫我们放了，我们就放了。"

二叔转身对洪主任说："小孩子不懂事，分不清公私，是我的责任。鱼，第一次三两多，算半斤；第二次八条，不到两斤算是两斤，连第一回三两多算半斤，一共两斤半。第三回钓了又放了，不算。你折算一下眼前两斤半鱼的市价——"

"顶多五角，了不起了！"洪主任说。

二叔从皮夹子取出五角钱交给洪主任，"对不住，请把它入在账上，写明原因，不要隐晦——这事到此为止，以后不让发生……"洪主任和刘鸣天走了。这事头头尾尾大家看得明白，二叔没有再批评哪个人。大家倒是都看到了。二叔静静地吃饭，一句话不说。

吃完饭，二叔让车子接走了。

二叔走了，三个人就笑。晚饭吃香醋鱼。

小叔叔仰天躺在床上看天花板。序子侧身躺在床上看小叔叔，都不说话，好像一潭秋水，蓝鲜鲜子映着天；哪个都舍不得先扔颗石头子下去，搅乱了这一点"静"。

"我不喜欢这里！"还是小叔叔先开口。

"我无所谓，哪里和哪里都一样！"序子说。

"你想，放回去的那些鱼，会不会死？"小叔叔说。

"有的怕都早死了！"序子说。

"你看！你看！"小叔叔叹气，"我二哥……"

"那不怪他。他是校长，自己管不好就不好管别个。恰好碰上了我们——我想他这个人很有点办法，一个人不骂，不羞，让各人自己去想自己的问题，公家事情也解决了——要是在朱雀，做这门子一件事，骂遍半座城，游街巴告示都讲不定……"

夏榴叩房门，指指大门外。

是刘鸣天。

三个人到花坛边坐着。

刘鸣天从衣袋取出一个小纸包，交送序子，"这时候给你们，没有用了！"

序子打开看，六颗钓钩。

"刚才把我吓死了，你叔叔问你哪个带你在那里钓鱼的，那当然是我。你顺口滑过去了。你还真有聪明气，你一点都不慌……"刘鸣天说。

"不，不，不是这样。我是讲我们自己的事。谁带谁是他随口问的。要紧地方是哪个人也不可以随便到那里钓公家的鱼。我们钓了。我们以为那口塘是野外，没有人管的；不晓得是公塘；晓得了我们也不懂公塘不可以钓鱼。以后我们就不会去了！这是公塘。"序子翻来覆去练习这个道理，"如果把你连到一起，就麻烦了。你又没有靠山，不要讲我做这点点错事，就算做了大错事，也不会拉你垫底的。你一番好心好意带我们看鱼塘，冤枉了你？"

刘鸣天看着序子，定在那里。

小叔叔对刘鸣天说："他是湖南朱雀县人。朱雀县在很远很远的山里头，是一座石头城，也是我的故乡。那里住的是苗族人、土家族人和汉人，那里的人很、很、很那个的……"

刘鸣天问他："你去过那地方吗？"

"还没有。"小叔叔说。

"没去过，你讲那么多？"刘鸣天问。

"我将来会去的，一定会去的。我是那个地方的人，那里是我的故乡……"小叔叔像小羊那么诚实地看着刘鸣天。

序子告诉刘鸣天："他的话你要信！"

序子这几天一直在想这个问题。小叔叔这个人是一杯森林石头井里舀上来的泉水，没俗人哈过一口气，透明到了极点。他是一种集美牌。

序子在朱雀城长大，清泉也好，洗脚水、刷马桶水也好，似乎都不重要，习惯了，大家凑合过日子也并不怎么不习惯。所以跟小叔叔这方面有好大的距离。

序子不喜欢别人破坏小叔叔的诚实纯洁。

他在这个陈嘉庚老头建造的诚实环境中过日子，将来还要在这里长大——序子顺着这个问题想下去——你看那个回南洋看父亲的长白也那么好，他就是个完完全全"集美牌"的人物……尤贤如何？

至于尤贤嘛——

这是个比较难研究的学问。那么乖僻的人书读得那么好。考试的时候脚跷在课桌上抠脚豆豉，以为他落榜却考了第一。今天不喜欢这个，明天不喜欢那个，天天请人上"小巴黎""新世纪"。吃他东西的人没有一个人感谢他，说他好！照书上讲他应该是个"犬儒派"，他几时"犬儒"过？他不是准备带人北上抗日吗？不去的原因只是路程太过麻烦？又不是。厦门打起来了，就近参军抗日不是很方便吗？他又讲要决心读书了。

他脑筋里到底想些什么？他连序子的纯洁都比不上，还敢和小叔叔比？

这样一说他算不得"集美牌"的人物了。但是反过来问，他的行止何时违背过"诚毅"校训？你只能讨厌他满脸的粉刺，讨厌他放浪形骸，讨厌他六朝的青白眼——有朝一日，大家发现他并无大害时又簇拥到他身边；或是再一次把他丢进植物园的仙人掌圈圈里。

因此序子头一次感受到集美学校的宰相肚里好撑船，存得下这条怪物……

刘鸣天说："我忘了来的目的，后天序子要上安溪了。有车子来接你。"

"那小叔叔、太外祖母和夏榴呢？"序子着急起来。

"他们另外安排。"刘鸣天说。

"你看！"序子不知如何是好。

小叔叔转身说："我告诉夏榴去！"

黄先生下楼来，序子马上告诉他，他说："我们是一起走的，你要有些准备。"

明天是昨天的后天。

序子的行李简单，除了散在房里各处的书。也就是几分钟的事。弄完了，便去坐在太外祖母的房里。

太外祖母讲话，小叔叔翻译。

"好好读书，长大成人。安溪是山里，不要洗凉水澡。那里柿子多，蚊子叮过，吃了犯'寒热'[1]……"（"寒热"，闽南话叫"罐烈"，真想象不到的发音。）

太外祖母讲一句，小叔叔翻一句，序子"嗯"一声，答应听进耳朵了。序子想，闽南话这么复杂，这一辈子完了！

1　打摆子。

明天我们就分别了，太外祖母那个病是不会好的。时间越来越近。其实大家都不死多好！可以天天跟亲人在一起说说笑笑。

序子哭了。用不着说出原因。哭不是闽南话，普通话，大家都懂。太外祖母晓得意思，她也哭了。夏榴、小叔叔也哭。（自此一别，没想到这辈子连夏榴都没再见一面。）

序子一个人走到屋子外面来，又走到左边小山坡上。虫子各叫各的，人一走近，便都停了。好多比人高的龙舌兰和五颜六色的五色梅。（以后听到好多人说这花是日本人从飞机上投下来害中国的。其实，这花早就有了，也不见什么害。几十年后街上花店还有卖售这种小盆子花的，不是很讨厌的植物。）序子蹲下身来东翻西翻。石头底下有蚂蚁、小蟋蟀，甚至还有卖给药铺很值钱的斑蝥。斑蝥很友好，只逃跑不放屁。临行前夕如果让它来一下，事情就大了。序子只是和它们告别，还有什么可以说声再见的没有？站起来东西南北看一看。唉，二十里外一堵高到天上的天马山的影子……

坡底下正有个夹篮子卖香烟的往上走，见到序子打个手势，序子摇了摇头，那人便转身走了。

天没亮，序子和小叔叔一齐醒来。

小叔叔对序子说："我要陪外婆回同安舅舅那里，下学期才能去安溪。你一个人先去了。"

夏榴在厨房弄餐，见序子站在厨房门口，转身拥着序子咽咽哭起来。夏榴管自讲闽南话。序子一动不动让她哭完。牛奶快要潽出来了，还抽泣。

序子心里为她拜菩萨，早点找个好男人，自己有个家，多生几个儿女长大孝顺她。

大家静静吃完早饭。

一会儿坡底下响了汽车，慢慢就上来了，是部大卡车。黄炯森先生两口子忙搬东西，很是认真。洪主任支使蔡六桥和刘鸣天抬了张木头长靠椅用绳子牢牢绑在前头，还告诉夫人徐莉："要是嫌硬，一路颠簸，可垫些被褥枕头。"

徐师母果然照着做了，自己还试了试。

序子的箱子和一捆书也上去了。

序子进屋去跟太外祖母告别，太外祖母拉着他，哇哇哇啦。序子没有磕头，只深深地鞠了个躬。

夏榴和小叔叔跟学校三个人站在地上。司机和徒弟坐进驾驶间，黄先生和徐阿姨把序子夹在当中坐上靠椅。

车子一动，大家挥手……

……

（底下有三件事是个空白。

一、 从集美农林到安溪一天多少汽车路程？如何走法？经历了什么？完全没有印象。

二、 到了安溪之后，消停哪里？如何吃饭？见了什么人？如何跟同学住进集体宿舍？完全没有印象。

三、 安溪那时候没有电灯，晚上上自习课，用什么照明？几十人一间课堂，一人一盏美孚灯，不可能；一人一晚一根蜡烛，用不起；向任先生打听，他又向当时的校友打听，说是用"白火"即煤油打汽灯。只好这样了……当时每间教室一盏"白火"的印象我却是模糊的。虽然得到提点，还是勾不出更确切的印象来。

活了九十岁，一辈子对自己的记忆力从来颇为自信，唯独迷蒙了这三件事，以致留下了"真空"，实在对不起自己和读者。）

一个小小安溪城，居然有一座容得下集美学校的大文庙，可算是不想便罢，想起来由不得你不惊讶生奇。小小安溪城，盖这么巍巍乎哉的堂皇大文庙做什么？并且有人说这文庙盖在安溪湖头乡人、康熙宰相李光地出生之前，而非李光地当了宰相之后动的手脚……跟朱雀城早就有了辉煌的文庙而非出了北洋总理熊希龄之后才动的手脚一样。

（年代先后，思想新旧，动的手脚不免有了不同的创造发挥。南京中山陵就是一例。

孙中山先生领导革命，推翻清朝，建立民国。中山先生一死，于是请来个高明风水先生在南京看了块好地形，盖成功一座各界都没有话说的中山陵。

任何人在陵前一站，披襟岸帻，江山如碧，六朝形胜尽入眼底。思前想后，心胸无论宽窄，阶层莫管高低，都会涌起一阵家国微妙波澜。这是先"人"后"事"设计的成功范例。明明白白，物我两讫，层次清楚，不会让人产生先有鸡抑或先有蛋的困惑。

除了"文革"，让各代口服心服的，黄帝陵一例，孔夫子文庙一例，怕就是中山陵了。

中山陵想砸未砸；安溪孔夫子文庙经老百姓强力保护片石无损。这道理非懂似懂，却是确切事实。人和人，时和空，交错巧遇，莫名其妙。要真砸了，时至今日，你找鬼去！）

序子糊里糊涂一场梦似的到了安溪文庙，住进宿舍之后才逐渐清醒过来。他被分配在双人床的上床，尤贤这狗蛋碰巧分在下

安溪集美学校文庙寄接大略

（只寸比例有问题）

毕业拔孔二九十回忆

（手绘地图，标注：二叔住楼上、剧团排练、宿舍、大树、吾兄宿舍从未进去不可知？、校长办公厅、石台草坪、拍好的照、浴池、孔教儿童音乐、大成殿、饭厅、灶房、图书馆、石台石坪、小便处、宿舍教室杂陈、军歌此处朝会、大水井、走廊、教室、操场、石坪、排坊、血花日报、半月池、草地、大厕所、大门入口、空地、沙滩、龙眼树林、环城马路、蓝溪河）

小小安溪城，
盖这么巍巍乎哉
的堂皇大文庙做
什么？并且有人
说这文庙盖在安
溪湖头乡人、康
熙宰相李光地出
生之前，而非李
光地当了宰相之
后动的手脚……

铺。容汉祥、周经松、陈宝国、陈文允、曾凤相、黄川海……凡是四十九组的都集中在这个宿舍里。还有些生面孔一下来不及认识。

来来往往好多人。水产航海的，普师高师的，初中一、二、三年级，高中一、二、三年级。听说农林和商科在别的县城。尽管这样，人已经很挤了。

天气慢慢凉起来。

大成殿眼前是个文化活动场所。安溪本地人王瑞璧先生尽地主之谊每晚在这里教大家唱歌。

"手把着锄头除野草呀！除尽了野草好长苗呀！呀喝嗬、依喝嗬，除尽了野草，好长苗哟呀喝嗬、依呀嗬！"

三两天换一个歌。王先生兴致比学生高昂。他根本不是弄音乐的，五音不全而不自知。学生晚晚为他的诚恳所感动，温柔着嗓子跟他一句句地唱吟，让他开心。

集美学校刚刚搬来，身心都没有安顿好。先生们正从远处往这边赶。虽说没能到齐，课还是上了，先生们交替代课。因为"抗战"，教、学双方多能包涵将就条件的简陋。

先生里最为兴奋的莫过于童子军教练张光道。他几几乎没有受到任何影响，上课等于跟学生一齐玩耍。遗憾的是对于四十九组同学的年龄估计太低，让大家手牵手结成一个圆圈，玩"捉迷藏""老鹰捉小鸡"游戏。这安排让南洋群岛回来的曾凤相、黄川海、陈文允、尤贤这些比序子大三四岁接近"成年人"的同学特别难堪。序子在朱雀小学三年级以前就玩过了，现在提起还是让人难为情的往事……

幸好张光道先生觉察得早，他从善如流，很快纠正不合时宜的安排，带大家到野外去讲习"如何辨别毒菇和可食蘑菇""树木攀缘""野外炊事""绳结十种""军棍使用"……这些活的学问，很引起拥护和亲爱。

开始上课。序子和容汉祥、陈宝国、周经松及几个女同学徐秀桂、蔡雪雪、卓秀花……坐在第一排。

先生们不少在大学教过书，有的是外国回来的，有的是国学专家。

序子领到教科书之后觉得国文课本实在太浅。找到高一班的四十八组的刘观祥、四十七组的陈其准、四十六组的王寄生，借他们的国文看了一下，也浅。地理、历史，国内的问题不大，外国历史、地理是新鲜东西，没见过，不讨厌。动植物课好。物理、化学一般，代数讨厌，几何可爱。英文是个深渊。公民像公厕，讨厌它缠人又天天离不开。（尤贤说的。）

这指的是课本本身。

先生们则无一不可爱，无一不值得尊敬，无一不百世怀念。（只可惜学生站稳脚跟之后，先生们已经不在人世，陪他们喝杯茶的机会都没有了。）

考试得到百分，如投入先生抚爱之怀；得到零分，"挨刀不怪刽子手"，是自己不好，难为了先生。

而序子读书从来不是个自暴自弃的人。他大部分时间都在图书馆。他只是觉得课本有两个不足之处：一、涉猎不广。二、这类东西以后用不着。

图书馆的书以后就一定用得着吗？为什么就这样紧紧咬住图书馆不放？

不知道。

不仅仅是学校办学宗旨宽怀，还有那么多先生对这个异类也容忍！

序子铤而走险居然从容自若的根据何在？

他抓准眼前这个图书馆是他将要走进大世界的第一根据。

迈出的肯定脚步，是朱雀城所有孩子给他的"神力"。

除此之外，都归虚妄。

李扬镳先生是个妙人，他上国文课不带书而只捏了个小烟灰缸。他也是安溪本地人，有点胖，平头，稍大点的个子。上到讲台好像回家一样懒洋洋，讲话鼻音很重。坐下，火柴点烟，抽一口，把烟吐出来在空中画出条龙。学生都盯住他——"好，翻开第四课：'鲁有兀者王骀，从之游者与仲尼相若。常季问于仲尼曰：王骀，兀者也……'"

"李先生，李先生！第四课不是《庄子·德充符》，是柳宗元《酬曹侍御过象县见寄》。"序子说。

李先生说："对对。《德充符》是高二的咯！呵！呵！你们初一第四课是《酬曹侍御》——这首诗是柳宗元在柳州当官时候写的，在柳州当的那个官是个贬官，很不得意，不得意还要作诗，那是因为姓曹的侍御对他有感情，写了首诗送他，咦？——你怎么晓得《德充符》？"

序子说："你说'鲁有兀者王骀，从之游者与仲尼相若'，就是《德充符》头句。"

"哪个人教你的？"李先生问。

"小学的胃先生。"序子答。

"胃先生多大年纪？"李先生问。

"比你大多了，是个老极了的老头。后来到墟场卖烟叶去了，不教了！"序子说。

"好好的先生不做，卖烟叶做什么？'墟场'是个古名词，你讲给大家听听……"

所有班上同学都等着他们两人把话讲完好上课。李先生开心，还约序子吃过晚饭到他家里聊天。

尤贤站起来说："我也去！"

叶书衷先生是四十九组的班主任，经常安排学生课外活动。他是安溪城沿河往上游走、翻过一座山腰的"参内"乡人。参内是个大族乡，都姓叶。参内乡的人很快乐，很会玩，叶氏宗族一年四季的文化活动很多。

学校鼓励学生办壁报。四十九组就由陈文允、曾凤相几个大学生主办。尤贤也算大学生，叶先生没有要他，他有点怀才不遇的悲伤，就邀序子到街上去吃"屙阿买"[1]。

序子这时候也非常懊恼，叶先生要他写一篇作文《抗战与建国的关系》参加壁报。他摸不着头脑。抗战和建国都是蒋委员长的事，和序子有什么关系？所以序子写不出。尤贤说："不要怕，有我！——多少字？五百字，好！"换过左手拿调羹舀吃"屙阿买"，在序子的练习簿上，一下子就写完了，"自己誊一誊！"交送序子。

1　小生蠔熬的粥。

"我最会写这类屁话！"他说。

有人从集美来，说了些事。

高崎那边已经被日本兵占领了。有个飞机场，集美这边看得见他们在飞机翅膀底下左右各挂一颗炸弹，飞到集美这边，想炸掉高悬国旗的钟楼。

投弹的时候，大家都躲进深深战壕里，看他们盘旋；两颗炸弹丢完，便跳出战壕指着飞机骂日本鬼的老母。飞机丢完炸弹只好俯冲吓人。根本没人害怕。眼看他们回到那边又挂炸弹，地方近，清清楚楚，飞机起飞大家便又躲回战壕。日本鬼恐怕也觉得丢真炸弹浪费，有时甚至于挂了两块大石头往下扔。集美钟楼上的国旗始终飘扬。

（那地方在战略上眼前还不重要，双方指挥官都没有计划打一个大仗。）

听到这些零星消息，好像自己还在集美过日子，有点壮怀激烈。

二叔结婚，请了两桌酒。二婶姓黄，漳州龙岩那边的人，也是集美毕业的老校友。背后大家都说她长得好看。序子也觉得是。

她在图书馆工作。每天准时上下班。

图书馆搬来安溪的图书，大概十分之一不到。倒是把供奉三千弟子七十二贤人一半的西廊石台占满了。不晓得是哪个集美聪明人设计在石台上架了两排五十米长、六层格子的书架，森林样地一直耸立到尽头。从矮梯子爬上台阶可以进入森林。

另一排漫长的书架面对着地面移动的人，是现代的书和新出版

日本鬼会炸弹

高崎那边已经被日本兵占领了。有个飞机场，集美这边看得见他们在飞机翅膀底下左右各挂一颗炸弹，飞到集美这边，想炸掉高悬国旗的钟楼。

不晓得是哪个集美聪明人设计在石台上架了两排五十米长、六层格子的书架，森林样地一直耸立到尽头。从矮梯子爬上台阶可以进入森林。

文翱图书馆

221

的书。

更大的地面安排了五张长桌和长椅。旁边是报纸架和杂志架，方便阅读的人安静坐在这里。

上海的、香港的、广州的、汉口的报纸、杂志不断往这里送。

教室的世界和图书馆的新世界怎么能比呢？

序子上课的心自然不在课堂。每位先生都那么耐烦慈祥，轻言细语。序子时时刻刻晓得他们好，他们学问高，他们是"天、地、君、亲、师"的"师"，问题是，先生不仅仅是拿来供奉和尊敬的。

呜呼先生！先生！我拿我有什么办法呢？我尽力保持我们之间的和谐。认真听你讲课。（其实有时是假装的，为了讨你宽心。）做好你交下来的习题。我把"勉强""忍耐"藏在心底。我这个人根本自己管不了自己，我天生不是块学堂的料。我虽非朽木然而确实不可雕。学校这么好，二叔这么好，我其实也不坏。

你打你学校的分；我打我自己的分。中间只有这一点点区别。

学生的考试成绩跟操行分数不可以混为一谈。低分成绩学生就一定调皮捣蛋，如此判断葬送了好多忠良之士。

这是某天序子的一些看法。

除了上课就上图书馆。有时借了一捆书回来。

借来的书，有的因为名字特别，如《金石索》；有的封面装订好看，如《饮冰室合集》；搁在床底下两三天，都退了。严复的《天演论》《原富》，也退了。《榕村语录》《榕村续语录》，康熙宰相李光地著，他是安溪湖头人，没想到一个清朝人，写的东西居然有时也用很多白话文，北京那些提倡白话文的学者可惜不见提起他。他也是个很有头脑的人，用古文说事也有条有理。

"蓝理战将也，施琅名将也。予荐施平海时，上问：'汝能保其无他乎？'予奏：'若论才略，实无其比，至成功之后，在皇上善于处置耳。'上曰：'若何？'予曰：'其为人骄傲。若果成功之后，能自敛约，兵民相安，端在皇上自有善处之法。'"讲得多聪明！

这部线装书越看越有味，留在床底下二十多天不还。

图书馆书架子上还有《子夜》《彷徨》《呐喊》《死水微澜》，翻了一翻，和自己的关系离得很远，各说各的事，那些事在序子看来又算不得一回事。没借。

《肌肉发达法》，好！封面是个肌肉胀鼓鼓、翘胡子的外国人，名叫"先道"，书是翻译过来的，带弹簧的扩胸器就是他发明的，取名就叫"先道"。不晓得是别人为了纪念他取的这个名字，还是他怕别人忘记他而自己取的这个名字，总之于人无害，取就取吧！这本书很有用，借回来临了又临，抄了又抄，想象自己的肌肉有朝一日能见这种规模。同学不少人有先道，可以借来练习。弹簧有六根，根据自己力气进展随意挂上取下。序子眼前只拉两根。

《普通地质学》，好！是达尔文的徒弟莱伊尔写的，读熟了它，走到哪里都清楚脚底下是什么岩头，眼前头是甚性质的山。文章也好，和他的师父达尔文一样好。

《人类和动物的表情》《贝尔格舰上的报告书》都是达尔文写的，达先生帮人类打探出好多以前没听说过的知识，比他的《进化论》有意思。《进化论》像饭，光管吃饱；前头的两本书像菜，配着饭吃有滋有味。

《警犬培养和训练》，主要讲的是狼狗。可惜么舅没能看到，又可惜没有时间，要不然连书带图抄下来寄给他多好！

《云图》，好！七十八页照临照抄。只要抬头看云，简直无一不晓，苍狗，猪八戒，根本算不得一回事。

卢梭的《爱弥儿》，把大人和小孩子的关系一层层往里剥，很有味道和见识，只可惜虽然是白话文却弄得很是拗口生涩，跟那本达尔文的《进化论》一样，仿佛三斤新鲜猪肉让人炖煳了。

日本版的《世界名花大全》，彩色印刷，二十大本，可惜中文和日文的叫法不同，"牵牛花"叫"朝颜"，叫"夕见"，美固美，研究起来容易混淆。

随着抗战的进展，欧洲大陆的沦变，学者金仲华的妹妹金端苓画的一厚本《欧战进展地图》，每块地面加了立体感的彩色影子，让序子佩服得不得了。也学着这个办法画了张"保卫大武汉地形图"登在校办的《血花日报》上。（解放后有幸见到刘火子夫人金端苓，当面表示了认真的尊敬。）

……

太外祖母在农林医院讲的话开始应验了。

首先是"打摆子"，闽南叫作"花罐烈"[1]。

挑了谁，谁倒霉。一下子全身冷到连盖三床被窝也如身在冰窖；一下子热起来剥掉自己五层皮也火冒七窍。

全校在大成殿石坪开纪念周。（星期一全校的例会）进行到"静默三分钟"的时候，只听见大成殿里头"打摆子"的学生惶惶哀号。"鸟鸣山更幽"，大家想笑不敢笑。（那时学生增员，大成殿辟为

1　发寒热。

大寝室。）

犯这种间歇性毛病的，三天打鱼两天晒网，不知哪个时候说来就来。治"摆子"的药一天比一天先进，"奎宁""虐的平""朴乐姆星"，发病的人照样发病。

……

然后是生疥疮。一个传一个，奇怪的是它不上脸，只在手背、手缝、脚背、脚缝里蔓延。长脓疱，一排排，一串串，大大小小。半透明的，流脓的，长痂的，一天二十四小时，课堂上，餐桌上，操场上，床上，可见人人都在做着抓、搔、抠、剥功夫。在那个历史时期里是无药可医的。说可医，完全不要相信。

……

接着是臭虫。

我不知道有关研究臭虫的历史是怎么写的。

在日常生活中对付臭虫，几乎是一场人民战争。

它无日无时不在困扰全民的生活。床缝、椅子缝、板凳缝、桌缝、衣裤缝，甚至皮腰带缝里。

有时它单个突击，有时列队进攻，有时沿帐脚爬到帐顶，瞄准空投，咬得皮肤又痒又酸，最遭殃的是没有抵抗能力说不出话的婴儿。

集美假日或星期天，就可见到不少同学用开水淋床板，踀床架，用纸管吹烛火人床板缝的各种"抗战"行动。

多少多少年来，臭虫被日本人称为"南京虫"。南京是当年中国的首都，无异于说是我们的"国虫"。

幸好二次世界大战发明了"DDT"，这家伙神话般地消失了，成为稀有动物了。多少年后，唯愿不懂事而好奇的年轻人别把臭虫当作毒蜘蛛、蝎子式的宠物重新豢养起来就好。

……

接下来说序子的老虎牙问题。

老虎牙已经是越长越厉害了。

它严重地影响序子待人接物的关系。笑一笑，上嘴唇就搁在两边虎牙上下不来，必须很快用手帮忙恢复原状。这种新添的日常动作，很增加序子的负担。

由于美术爱好，序子扩大了一些交往。跟着高十二组的陈云鹏、杨嘉懋和其他几位大同学煞有介事地画起画来。既画且论，间或还有些小型聚会，有聚会不免摄影留念。序子在其中留下不少虎牙笑容的照片。（"文革"为匪徒掠去。）

二叔婶当然不希望有一个露出大虎牙的侄儿成天在人前晃里晃荡。恰好外地一个走方牙科郎中在王瑞璧先生家里为先生娘看牙。序子被二婶娘叫去候诊。

郎中叫张嘴看看，猛然退了一步说："这……牙呀！我没见过。"

"你说！该怎么办吧？"二婶娘问郎中。

"这孩子几岁了？"郎中说，"我怕他上颚经不起。"

序子问："打不打麻药？"

"怎么能不打麻药！当然打！"郎中说。

"那就来吧，斩脑壳我都见多了！"序子说。

二婶娘着急起来，"你怎么这样说？"她原来心里就害怕。

郎中叫人搬来一张结实的靠背椅，还找来个强健工人按头。

其他人不敢看，都躲到院子外头去。

不到一刻钟，取下了两颗近一寸长的獠牙。

序子从下巴一直肿到耳根。三天来茶饭不思，像个沉默的文天祥。心想："这狗日的江湖郎中，前生一定做过贪官污吏，要不然下手哪能这么狠毒！"

一个礼拜住在二叔家。

回到宿舍，尤贤见到序子，第一句话就是："你牙呢？"

接着说："哎呀！你牙到哪里去了？"

接着又说："你没有两颗牙，你还像你吗？"

接着捶胸顿足地说："你怎么不先和我打个招呼？你懂不懂？想再长就难了！"

说完之后仰天叹一口气掉头就走，好像从此一刀两断。

走廊遇到徐秀桂、蔡雪雪她们，也"咦"的一声转身就走，像见到鬼。

你说，这世界怪不怪？好像霍桑的《红字》故事。

序子一点也不喜欢操场靠饭厅那口大井。

在井边打水的是四个人。两个人换着班搞，一个转辘轳摇把将盛满水的大吊桶从几丈深井底摇上来提到井沿，另一个把水倒进水门汀大池子。全校过日子都靠它。

四个打水人手臂练得脚杆粗。

下吊桶快如飞机螺旋桨，几丈深井口朝天隆隆响。天没亮，搅得人在被窝里翻肠倒肺。

井边站不得闲人。被摇把刮一下，不死也丢半条命。不骗你，真有人挨过刮。送医院，死没死没听说。

这四个人功劳只有天晓得。

池水满了，两个人坐在席棚底下，靠着柱子，不说也不笑。手啦，脚啦都瘫在那里。

序子远远看他们，时生同情之心，甚至于想叫他们搞点"反抗"。比如举着标语牌在学堂游行（要画点什么序子可以帮忙）。问题是只这么四个人，不太有威势；也提不出明明白白"反抗"理由。如果"罢工"，大家没有水用，反倒恨起他们来。

安溪通外县所有汽车公路，都挖了一条条米多深大横沟。这的的确确是个"抗战"时期大发明。别说让日本鬼机械化部队不方便，连自己人走路办事也十分之辛苦和不方便。尤其下雨满地泥泞，挑

在井边打水的是四个人。两个人换着班搞，一个转辘轳摇把将盛满水的大吊桶从几丈深井底摇上来提到井沿，另一个把水倒进水门汀大池子。

井水

担子，十里变成二十里绕着沟子走。不管他们读没读过书，都懂得这是对付日本强盗的好办法，熬久了就习惯了。以后历史书就会说这些老百姓"深明大义"。

在集美校本部，维持治安的格局很健全，有一个制度严密、效率很高的警察局。地方太大，没有警察局不行。现在那里还留着许多人。

安溪文庙这边用不着这么多人，只来了五个。一个秦顺福，一个赵友生，一个刘敬洲，一个盛喜，加上一个司号长四十多的郑长禄。都是单身。住在大门两边传达室里。五个人来自河南山东山西那边。

这么远道来集美做什么？又不是教员专家。

原来他们都是一九三三年陈铭枢、蔡廷锴、蒋光鼐十九路军的老袍泽。历史把他们称作"被辜负的义军"，留下许多星散在福建各地的故事和这些活生生难以回乡的外省人。

他们的生活举止一直保持当年部队的严肃风格。四个人早晚轮流值班巡逻。号长按时肃立在大成殿左侧司号，制服铜扣擦得闪亮，挺胸亮脖，号音高昂——

号音让人想起宋朝陈亮、岳飞的词；想起他的十九路军，想起他年轻时在战场上吹冲锋号的雄姿。这都是曾经有过的真事。

现在，他就立正在那里吹他的集合号。

忽然一个四十八组的学生蔡金火在郑长禄的屁股上重重拍了一记。郑长禄不为所动，继续把号吹完，卸下号嘴甩掉口水装回号上，然后一阵风去追蔡金火。追到操场上，人丛中找到他，迎面就是两耳巴，骂了几句粗话，转身回传达室去了。

四个人早晚轮流值班巡逻。号长按时肃立在大成殿左侧司号，制服铜扣擦得闪亮，挺胸亮脖，号音高昂——

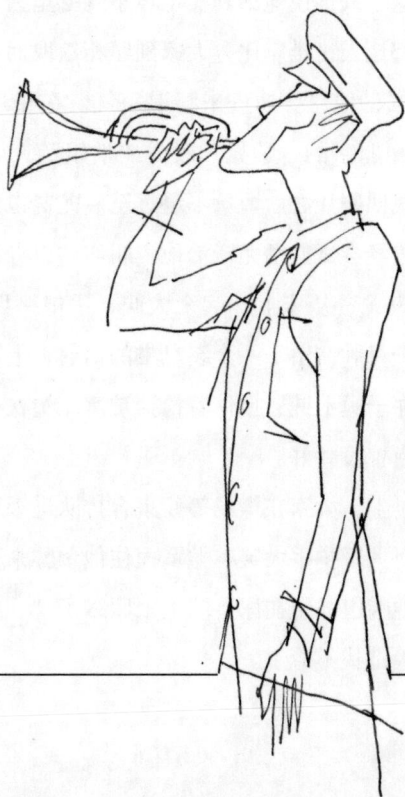

郑长禄司号

231

蔡金火好久才从地上爬起来。大家不晓得怎么一回事。

后来，听说郑长禄到陈村牧校长办公室报告："我打了四十八组蔡金火两耳巴，你说怎么办？要在当年部队上，我一枪早毙了他！"

郑长禄把这事情看得很严重。

校长在校务会上一说，大家也觉得这事情不小。纪念周上校长对全体学生讲明了司号尊严的道理之后，宣布记蔡金火同学小过一次。不提郑长禄打耳巴对不对的事。郑长禄按时吹他的号。立正，不苟言笑。

兵和兵不一样，新兵和老兵不一样，当过兵的人一眼也看得出来。这五个兵跟学生保持着一种好奇的距离，一直受到尊重。

蔡金火这个人你说他坏其实也坏不到哪里去，只不过他身上任何一种律动都让人讨嫌。比方大家到照相馆取回各人的相片静静互相观摩的时候，他总要插进来瞎混一气。在相片背后乱七八糟地胡写。将互赠题字的"学兄"改成"学姐"，"学弟"改成"学妹"，让人找回照片之后尴尬不堪之至。尤贤也讨厌他；他不敢惹尤贤。同学曾经尝试鼓励尤贤治他，叫作"以毒攻毒"。

有天半夜尤贤从床上蹦起来大叫，手电一照床垫被窝里爬满臭虫，咬得全身肿。留下一个装臭虫的信封，上写"尤贤学兄笑纳"六个大字。序子睡上铺，也忙着捡拾被窝床垫枕头，也抓到不少臭虫，弄得一夜也没睡好。

第二天早上，大家在操场等候集合排队进饭厅吃早餐，见到蔡金火得意地对尤贤拍手大笑。尤贤捏住他颈脖来了个反手扣，擒到小便池，让他嘴巴鼻子在尿迹墙上来回蹭了"一、二、三！"三下，松手一看，脸都找不着了。

蔡金火这人有个长处，过后没记性，像是什么事也没发生。他个子不高，瘦，体质倒很结实，经得起折磨；而且不停地有新发明、新主意。

　　他躲在厕所抽香烟让训育主任抓到了。星期一开完纪念周王先生叫大家不要散会，对大家讲了一些校规里规定学生不准抽香烟的问题。抽烟对于人体尤其是青年人特别有害，容易死人，死了以后解剖肺部一看，像腊猪肉一样黑，蜂窝一样的洞。（石台上有不少成天抽烟的先生们旁听，烂肺的后果好像与他们无关。）讲完道理便叫蔡金火上台来，叫"赖呀"的校工拿来一根事先准备好的大香烟。这香烟用半张报纸加上二三两本地黄丝烟卷制而成。"赖呀"帮忙点燃香烟，交给王先生，王先生交给蔡金火，要他把这根大香烟当众抽完。

　　台下的学生看见这状况开始想笑，后来忽然静穆起来。

　　蔡金火接到这根大香烟熟练地捏在右手送进嘴角，深深吸了第一口，徐徐从嘴中喷出一缕游龙缭绕的轻烟；接着第二口，又让这道有生命的轻烟从鼻孔徐徐而出。甚至做出"稍息"的动作，昂起头，像是在表演一场引人入胜的魔术。以后一口接一口喷出十几个活泼的小圆圈，动作潇洒，几乎达到忘我的境界。

　　香烟刚抽到中段，蔡金火的表演还未达到高潮，王先生已经觉得形势不太对劲了，甚至产生一种上当的感觉。他是位精明之极的先生，于是果断地对蔡金火大喝一声："停！"转身对台下同学训话："大家看到了吧？今后一定要以蔡金火同学为戒。散会！"

　　蔡金火同学是南洋苏门答腊来的，功课不错，篮球打得特别好。又记了一个"小过"。他怎么一点也不当回事？要知道，按学校规

讲完道理便叫蔡金火上台来，叫『赖呀』的校工拿来一根事先准备好的大香烟。这香烟用半张报纸加上二三两本地黄丝烟卷制而成。

蔡金火抽烟

矩，三个小过算一个大过；三个大过就会开除。

过了半个多月，郑长禄吹午饭号，号嘴让人用小树枝堵塞了，吹出一种怪声。郑长禄气得脑袋撞墙，想死不想活的愤恨，喊声震天，满脸是土。先生和同学围成一圈安慰他。大家不了解，他是军人，受不得这种侮辱。王瑞璧先生也赶来解说，一定要查清严办，绝不宽恕。

吃完午饭，大家免不了纷纷议论，都想起为打司号长屁股被记小过以报一箭之仇的蔡金火，眼色都盯住他。蔡金火仿佛也感觉了一点什么，一个人坐在石阶沿上，头埋在膝盖里像个戴罪之身。

只有曾凤相、黄川海和四十八组的陈庆祥有另外看法，"蔡金火这人我们从小认识，绝不会做这类事，调皮归调皮，心地是好的，我们可以担保。"

三个人去找王瑞璧先生，王先生听了他们的话，顶多只相信一半多一点。

这事的确掀起了众怒，越看越觉得蔡金火不是个东西！

大概是一个星期多一点，郑长禄进办公室找王瑞璧先生，"王主任，清楚了！清楚了！对不起，真对不起，误会了同学。号的问题弄清楚了，是学校对门弄子口老百姓的小孩子不懂事弄的。我们值班传达室常向他们买青菜，小孩子进进出出混熟了搞的淘气。我们不够警惕，粗心大意，很是不好，尤其冤枉了同学，十分十分对不起，错在我们……"

你说怪不怪？事情既然弄清楚罪犯不是蔡金火了，他应该高兴才是。原来活蹦蹦的一个人这几天忽然变成一根被人扔在菜市场沟边的老苦瓜。

要是觉得被人误会了，错怪了，他可以解释嘛，申诉嘛！还他一个原形嘛！他是不是下了别的决心？比如说换学校？回南洋？也没见他有这个打算。他只是下课之后一个人走来走去。有时候在环城马路边龙眼树下看书。

人慢慢想起蔡金火前些日子做的那些讨人厌的事情，一天到晚弄些怪主意。原先不是很那个、那个玩世不恭的吗？罚他上台抽烟都搞得潇洒自如的吗？怎么一下子萎了？

张光道先生带序子在河边龙眼树一带散步，看见蔡金火蹲在那里，"你怎么一个人？"

"嗯，一个人。"蔡金火说。

"你在做什么？"张光道先生问。

"我什么也没有做。"蔡金火回答。

"喔！我明白，你最近碰到很多不快乐的事。"张先生说。

"我要是早不打郑长禄屁股那一下，底下不会引那么多事。"蔡金火说，"历史上看问题的惯性太让人负担。"

"你抽烟是自己找的。"张先生说。

"烟不烟不要紧；我毕业以后再抽。"蔡金火说完站起来，"唉！跟你们走一走吧！"

张光道先生问他："你最近不弹'溜格里里'了？"

"放在床底下，好久没动它。"蔡金火说。

"你弹唱都好，几时学的？"张先生问。

"我从小弄好多乐器。我爸爸是开乐器店的。"蔡金火懒洋洋跟在张先生后头说。

"啊！我的上帝！"张先生猛然转过身来，"你家卖乐器？"

"嗯，苏门答腊，东爪哇，苏拉威西，加里曼丹，我家都有店。"蔡金火说。

"太好了！太好了！我们不散步了，你马上跟我走！"张先生走前，两个人走后，上了坡，横过环城马路，穿牌坊……过照壁来到库房门口，钥匙开了，"你看！"

一屋子乐器堆在那里。

"怎么这样？"蔡金火吃了一惊。

"集美搬到这里，冇人管，村牧校长要我收拾整理；讲这么讲，我从来冇碰过这些东西，名字都叫不出。他以为我见过世面。见过世面也不一定摸过乐器。乐器我只会吹单音小口琴……"张光道先生说。

蔡金火走近一看，提起把小号，"太可惜，太可惜，都是德国'和来'厂的。"

张先生晓得这下子天上下凡了大救星，"你看，你看！大大小小这么多，是不是买几瓶擦铜油擦亮它？"

"亮不亮不要紧，长久不动，活塞氧化，粘在一起，螺丝和弹簧满是锈，键底的橡皮垫子也干硬了……"蔡金火这份架子完全像个老师傅。

"那你看，还有救没有？"张先生问。

"根本没有坏！救什么？只是要花时间修整。光这把小号我起码要对付它一星期——如果配件材料齐全的话。"蔡金火说，"这一大堆铜管乐器，我一个人弄，最少两年时间——你不要忘记，我是南洋回来读书的，你真当我是技术工？"

"那怎么会？那怎么会？"张光道赶紧讨他的好。

"唔！我倒是想出一个办法，你去跟校长说说，能不能把'初中''高中''普师''高师''农林''商科''水产航海'弄过乐器的同学都找了来，各人选各人弄过的乐器带回宿舍自己修整？缺零件和材料到这里领。我就帮你招呼零零碎碎的杂事，你看好不好？"蔡金火说，"至于成立乐队，那是以后的事。"

"这还不好？太好了！"张光道转身就去办事。一切咸鱼翻身，青天白日，重见光明。

除大田县那边"农林"的同学没法通知之外，其余的都来了。讲实在话，"农林"那边同学都是本地人，也没有几个弄乐器的。到会的大多来自南洋。"水产航海"的陈光明、杨振来特别高兴，自我介绍自己以前在正式乐队里混过。陈庆祥除了自己玩小提琴之外，所有的弦乐器也都十分在行。"高师"的郑海寿，黑管、双簧管、巴松，一个人包修，带回宿舍去了。

铜管乐器中有的体积太大，不好带回去，杨振来说上完课只要有空就会到这个屋子里来。

陈庆祥检查了一下架子上摆着的几个大小琴盒，弦乐器幸好都只散了弦，弦纽也憔悴了。琴身完好无恙，若是出了裂缝，那就不是配不配零件的问题……

张光道先生告诉陈光明："以后的乐队要由你领导。"

"我是学生，你是先生……"陈光明说。

张光道先生说："我一辈子害两种单相思。一是女朋友，二是五线谱。'我爱她，她不爱我。'所以至今打光棍；只会吹单音小口琴。你不管，还有谁管？"

于是陈光明就认了。

"当然你管不了乐队，你怎么谈得上指挥乐队呢？你想想，五线谱都不懂，一句话，你根本就不懂音乐，更谈不上乐器性能理解，好大的学问……"蔡金火说。

　　"我几时讲我要当乐队指挥？我，我讲过我是乐队领导吗？校长要我收拾这些东西我就收拾这些东西，我开心，我解瘾！这么复杂的知识我哪里懂？我怎么可能懂？顶多，乐队成立以后，我打鼓算了……"张光道先生说。

　　"打鼓？你以为是玩猴戏打鼓？你不会五线谱怎么打鼓？"蔡金火说。

　　"喔！喔！你是不是告诉我，弄完这些乐器，我的下场是跳崖？"张光道先生笑得差些断了气，"我，我怎么没想到打鼓也要看五线谱……"

　　……

　　"还有我呢？"序子问蔡金火。

　　蔡金火斜着眼看着他，"你也是个不懂五线谱的人！"

　　"我爸懂！"序子说，"我爸是音乐先生。"

　　"爸是爸，你是你。太阳照太阳的事；月亮照月亮的事。唔，让我想想——你会不会吹小号？"

　　"没摸过——过年的时候我吹过海螺。"序子说。

　　"我可以教你吹小号。三个指头按出七个音来——哎！只要气足。不懂五线谱，你就吹抗战歌曲算了！唱什么歌吹什么调。会唱就会吹，你看怎么样？——等我把小号修好就教你。"蔡金火说，"你到处跑来跑去做什么？书不好好读？"

　　"书太浅，我都读过了。"序子说，"没有意思！"

依序吹小号

『我可以教你吹小号。三个指头按出七个音来——哎！只要气足。不懂五线谱，你就吹抗战歌曲算了！唱什么歌吹什么调。会唱就会吹，你看怎么样？』——等我把小号修好就教你。』

240

"浅？那你来集美做什么？"蔡金火问。

"我叔叔带我来的。集美那地方比读书好多了！我想死了它。可惜搬到安溪来，一天到晚困在文庙里……"序子说。

蔡金火绕着序子看了一圈。

"你讲书浅，你读过什么书？"蔡金火问。

"不少！"序子答。

"外文的还是中文的？"蔡金火问。

"我最厌烦的就是英文、数学和物理。中文的！我讲的就是中文浅。我看过高十三陈云鹏、杨嘉懋他们高中国文，我小学五年级都念过。没意思到极点……"序子说，"先生又那么好，李扬镳、许玛琳，还有庄为矶、谢锦波好多先生，我心里好难过。要讲是对不起他们也不见得。我又没做过什么对不起先生的事。我就常常到图书馆……"

"你英文不好，长大怎么混？"蔡金火说。

"你才好笑咧！长大靠英文混？"序子不太看得起这句话。

"你这种样子，要是我弟弟，早给他两巴掌了！"蔡金火说。

序子听了这句话，早瞄准他的膝盖，只要一动，就横起脚掌给他一下，让他脱臼。

"不会的。你不会随便打人耳光的。"序子故意轻言细语地说。

蔡金火没有动手，只是说说。

每天早上，学校精选了一批高年级同学在环城马路上列队游行唱歌，叫作"晨呼队"。也就是唤起民众一齐抗日的意思。

是不是安溪真正有一圈环城马路？谁也没有真正走过。集美之所谓的环城马路只是附近的一两千米地段而已。

过了几天，听到歌声里夹着号音，好听之极。序子明白是蔡金火吹的。小号修好了。

"向前走，别退后，生死已到最后关头。同胞被屠杀，土地被强占，我们再也不能忍受，我们再也不能忍受！亡国的条件我们决不能接受。中国的领土，一寸也不能失守！同胞们！向前走，别退后；拿我们的血和肉，去拼掉敌人的头。牺牲已到最后关头，牺牲已到最后关头！"

这首歌唱起来让人热血沸腾，加上小号一吹，简直想马上迎着子弹向前冲锋。

果然不错，第二天蔡金火就找序子，要他练小号。"吹的时候不要鼓腮！"（可惜他没讲，不用腮用什么？直到几十年后序子才明白，既不鼓腮，也非胸肺，而是用肚子运气。明白了也不明白；肚子怎么运气？所以几十年吹小号一直不得法，不自在。这是后话。）

"要好好练！用心想，注意拍子快慢。胸脯要挺起来，颈项要直，两眼向前看！——你他妈样子像个老前辈，驼背做什么？直！直！听见吗？胸脯直起来！"蔡金火用根小棍子拨序子下巴。

序子火了，抓起小号要摔，蔡金火赶快接住，大声地嚷："耶？耶？耶？严师出高徒嘛！你怎么一下都忍不住。"

序子果然进了"晨呼队"吹号。"牺牲已到最后关头""大刀向……""起来……""你看战斗机飞在太阳光下……""工农兵学商……""脚尖着地，轻轻呼吸……"这些曲子滚瓜烂熟。

可惜没天亮，大家还在睡觉，不太明白"晨呼队"的神圣，更不清楚吹小号的是张序子。

蔡金火倒是一点也没浪费这种关系。

"哪，哪，听见没有，这是我呕心沥血培养出来的徒弟！"

纪念周添了新花样。唱党歌时有铜管乐伴奏。陈光明一身灿烂的制服站在当中指挥。

张序子没吹几天就被刷下来了，"张序子，你算了吧，你的号跟上海四马路旧衣铺子吹的一样，噼噼啪啪……"

张序子失落之极。像个当不成皇太子的袁世凯大儿子袁克定。

唉！回到上课读书这方面来吧！

好多人都说教英文的许玛琳先生恶。其实序子看来许先生一点不恶。

用的是商务印书馆出版的"直接法"课本。许先生一进门就讲英语，拿简单的英语跟大家沟通，然后上课。序子觉得这办法很好，让人觉得是在面对面地跟外国人过日子。尤其特别的是序子暗暗侦查，发现许先生的爹妈很可能跟英国人有点什么牵扯，他的头发黑里带板栗色，有点鬈，皮肤白得跟中国之白不一样，透出点粉红。最可爱的是他低沉的"牛津腔"喉音。（见鬼！南洋同学这么说许先生是牛津腔而不是美国腔，像喝铁观音和香片茶，慢慢品出个区别来。）

窗外瓦顶上一只公鸽子，鼓起大胸脯，绕着爱理不理的母鸽子打转。脑袋一点一点，发出许先生求爱的声音。……

"张序子！你在想什么？"许先生问（用英文）。

"喔！我看那太阳……"序子说（用英文）。

"看完了吗？看完了要认真听讲……"许先生说（用英文）。

"对不起，我记住了！"序子说完坐下（用英文）。

序子欣赏许先生的声音和风度，一点也不喜欢英文。

第一是难；第二是分神。图书馆有许多正经书要看。外头有好多事情要关心——广田、近卫、米内、土肥原、希特勒、赫斯、戈培尔、戈林、张伯伦、罗斯福、赫尔、斯退汀纽斯、赖伐尔、贝当、保卫大上海八百壮士、保卫大武汉、刘粹刚……长沙大火、台儿庄大捷……张自忠、孙元良、张乐平、叶浅予、黄新波、黄嘉音……

"张序子，你背第四课——黄浦江，海关大厦——不会？怎么能不会？——上英文课画画？你看，把课本画得那么脏——画什么？我看看……"许先生说（英文）。

序子把课本交给许先生。

"这是什么？"许先生问（英文）。

"我想画你，画不像……"序子说。

"你看你，英文学不好，将来到外国画画，不懂英文怎么行？"许先生说（英文）。

"不要紧的。"序子说得很认真，"那时候，有翻译的。"

"啊嗬嗬！啊嗬嗬！……那你就画吧！不过，画完了下课之后要交给我看看……"许先生说（英文）。

（任何人都不相信师生之间会有这一段谈话。凭什么会弄到如此这般无可救药的地步？麻木不仁，狼子野心，岂有此理到了极点。）

"那么！你明天要背熟第四课了啊！行吧？"许先生说（英文）。

序子点头。第二天，第三天……永远背不出第四课、第五课、

第六课……永远地"明天""明天""明天"。（序子不是这个世界的。一枪崩了算了！）

汪养仁先生是个瘦高条，左肩膀有点歪，文雅，轻言细语，教植物课。听说是日本回来的。

文庙环城马路浅坡底下一列龙眼树和菜园。汪先生课堂上讲，下课在菜园里得到实习。对生，互生，一年生，多年生，乔木，灌木，左旋，右旋……

"记住啊！记住啊！自己去看，自己去看，看到了回来报告我；最好画一张图。"汪先生像是个放鸭子的，撑着小船，竹篙拍着水面，把几百只鸭子往湖面赶。大家都开心。

林泗水先生胖，白，戴眼镜，樱桃小口，整齐清洁，嗓门清雅，闽南口音重，说起普通话，稍不留意，就以为他在讲同安话。很温和纤细的人，却让他教动物课："老虎很凶猛。"口气像在讲小白兔跟荷兰猪。

他最喜欢问学生"门、纲、目、科、属、种"的问题，让大家有一个活生生的联系。

也不晓得什么道理，对于动植物的条条框框，序子倒是心甘情愿地强记耐烦，一点也不显得讨厌。

宋庆嵩先生教历史，上课的时候一页纸也不带。春秋战国一路往下讲，顺连掌故情节，把学生弄得神魂颠倒。

序子佩服他不得了，认为他简直够得上到朱雀文昌阁小学去教课。

他衣着朴素，瞎了一只左眼，满脸浅麻子，戴着一副不怎么值钱的眼镜。讲完了一段他就会问："同学还有什么不清楚的吗？"

林泗水先生胖，白，戴眼镜，樱桃小口……很温和纤细的人，却让他教动物课："老虎很凶猛。"口气像在讲小白兔跟荷兰猪。

林泗水先生说"老虎很凶猛。"

就这么一天又一天。

讲到"巨鹿""长平"之战，序子问："古时候一仗又一仗，几十万几百万人死，厚厚一部大历史，为什么从来不见提起跟他们一起打仗的马？好无辜，好可怜……"

"马是提起过的。赤兔马、昭陵六骏……不过没有名的就不提了。像那些战死沙场的兵士一样。人都不提，还提马？历史从来就是这样残忍。"宋先生说，"很不完美……"

有一次序子又问："朱元璋的下巴真有这么长吗？"

"书上就那么说。"宋先生说。

"我看未必。这是很难看的一幅画像。朱元璋本人不会开心的。听说他脾气不好，不喜欢别人提起当年落魄的日子，杀过很多讲话随便的人。把他下巴画得这么大，哪怕是真的，心里也一定不高兴，到底怎么一回事？"

宋先生说："传说朱元璋样子并不难看，故意画了个大下巴，好让刺客找不到靶子。这种说法是信得过的。对这事情我也觉得是个问题……古人头脑简单。"

"那今天的书上又印出来？"序子说。

"所以说嘛！若是我，就不会把这张画像印出来。也可能是为了提高学生的兴趣吧？……没想到出了你这种学生……"大家听宋先生一讲，都想笑。

"历史这东西，像糖果糕饼一样，隔不得夜，很容易发馊变味。弄得以后的历史学家忙得不亦乐乎……"

宋先生上课，不太注意学生有没有小动作，也不威严。学生提出怪问题，他也耐烦听，甚至觉得有趣；愿意和学生讨论。比如：

「传说朱元璋样子并不难看，故意画了个大下巴，好让刺客找不到靶子。这种说法是信得过的……」

朱元璋像

248

"司马迁写《史记》，司马光编《资治通鉴》，都在弄历史，都姓司马，是不是祖传？"学生问。

"欸！我从来没这么想过。慢点、慢点，一个在西汉，一个在北宋——喔！大家也一齐想想……怎么一回事？西东汉、魏六朝、隋、唐、五代、宋……年代隔那么久，一个是陕西韩城人，一个是山西夏县人，地点说远也不算远。对这个问题我也有兴趣，不过这些日子我比较忙，你们，哪个有空帮我到图书馆去查一查，看他们两个姓司马的，都研究历史，是不是真有点遗传关系？查出来，有了结果，那真是个大发现，我这个做先生的也觉得光荣……"

几个学生成立了研究小组，在图书馆翻了几天书，结果很失望地报告宋先生："司马迁受过'宫刑'，动过手术，没有'蓝搅'[1]，没有子孙，遗传不了……"

宋先生安慰他们："有没有兄弟？比如说，他的侄子、他的侄孙……"

研究虽然有头无尾，不过这学期大考，同学们历史的分数都特别高。（几十年后，传说同班出过几位文史博士！！）

同学对宋庆嵩先生不只尊重，而是衷心地爱。

几个同学做了一件最、最、最对不起宋先生的事。（长大之后也一直揪心于怀。）

每天早午晚，同学大操场列队进入餐厅，按班次各找好自己站处。先生们有自己座位。总值日领队高声口号："立定，坐下，开动！"

1　闽南话，生殖器。

于是喝嚼之声大作于堂。

一桌八个人，四碟菜，一大碗汤，中间一小碟酱油调味。师生一样。

饭桶摆在行行饭桌之间，自己吃完自己添。

早餐吃粥，午、晚吃饭，菜各各不同。

用闽南话讲起来，请耐心细读：

呷没，呷含志没，呷蹦。捡窘乖，摇喳妥捣，屙捡，捣捡，摇喳迈凯捣，摇喳翁捣，刮踩关，捣关西，捡乖龙，捡伢龙，都玛子屙逃，牯玛子罗八，查霉算，乖弄通……

翻译如下：

吃粥，吃白薯粥，吃饭。咸酱瓜，油炸花生，芋头豆乳，豆腐乳，油炸马齿豆[1]，油炸黄豆，芥菜干，豆腐干丝，咸鸡蛋，咸鸭蛋，猪肉煮芋头，牛肉煮萝卜，炒米线，鸡蛋汤……

（外省人读不懂，闽南人看了也会生气。闽南话除名称读法不同之外，一个字常有丰富的双音，比如一个"咸"字，读为"捡唔"，写起汉字十分辛苦。用汉字注闽南话更不容易准确，所以我故意写出来开闽南人玩笑，引他们生气。）

刚才说到在餐厅师生一起吃饭，谁吃完谁走，剩下的人继续吃，吃到饭厅不剩一个人为止。

序子那一桌原是紧挨着先生饭桌的。同桌的有容汉祥、周经松、尤贤、陈宝国……

那一回，先生桌子仅余下宋先生一个人，而且那桌子上剩下的

1　蚕豆。

菜肴特别多，最后，宋先生也走了……

这帮狗强盗学生便一齐扑到先生桌子这边狼吞虎咽起来。万万没想到的是，宋先生根本没有走，他只是去添饭。

大家发现添饭回来的宋先生，傻了！

宋先生说："继续！继续！把我这碗饭大家分了吧！不要浪费掉了啊！其实，其实我早就吃饱，这碗饭是多余的，你们继续，继续……"笑眯眯地走了。

这段苦涩筵席收场的斤两好重。几个人差点承担不起，蹲在操场东边那棵黄皮果树底下一声不响。

周经松说向宋先生道歉去吧！连尤贤这狗蛋都赞成。

陈宝国说："宋先生一个人住学校，家在好远的莆田乡里。师母种地，四个孩子，宋先生每个月按时把钱寄回去养他们。我爸早就对我讲过宋先生是个很有道德、很有学问的人。

别的先生在城里都租房子，有家，他没有。除了看书，孤单单很少找人。他说他来集美教书，是为了集美图书馆的书。他身体魁梧，不吃零食，所以对付一天三顿饭很认真。"

学生们敲门，他开门露出半个头又缩回去说："我打着赤膊，等我穿上衣服再进来。"

然后请学生进门入座："你看，你看，只有一张椅子，坐床坐床！"

坐了床，容汉祥忽然站起来开口道歉："宋先生，我们没有礼貌，真对不起……"话没讲完，忽然大哭起来。

正像乔伊斯的《尤利西斯》第十三章开始不久格蒂一个人在房里穿着打扮的那一段的那一句——"要哭得恰到好处。"

这一哭，把所有的意思都表达出来了。用别的语言把这点意思完全讲透很不容易。

只有这些具有很好心地的孩子相对很好心地的宋先生，这一哭才"恰到好处"。

宋先生多么需要每天吃饱自己的肚子，和有家室的先生对于温饱观念的区别居然让学生体会到了，觉得伤害了先生。（其实伤害了有良心的自己。）

在哲学上说是个时空关系，在"几何"原本意义上说，是个从欧几里得的"平面"公式到阿基米德"球体体积"公式的飞跃过程。

一种普通平面情感变成立体情感，复杂了，细腻了，温暖了，更公道了。

"相米达吉？相米达吉？"[1] 宋先生瞪大眼睛——

"喔！哇沾痒咯，哇沾痒咯！哎拜揣阿里，哇揪扒领莱卡冲！"[2]

"让我少吃一碗饭！你们长大赚了钱一定要赔我！非赔不可！"（变国语）

宋先生很快地赶走了这帮"强盗"。

星期六的晚会最是动人心弦。

"水产航海"的口琴队。口琴不一般地大，横的，竖的，高音的，低音的。《勃兰登堡协奏曲》《土耳其进行曲》《小步舞》《苏格兰骑兵》……

1　什么事情？什么事情？
2　喔！我晓得了，我晓得了！下回再这样，我就打你们屁股！

音乐会这东西最容易让人懂得庄重。嬉皮笑脸在这种场合是混不下去的。

高中的女生萧玉梅最喜欢出来唱歌。两手捏在胸前，回回唱同样的几首——"旗正飘飘，马正萧萧"，"举杯高歌救国军"，"哥哥，你别忘了我呀！我是你亲爱的梅娘"……一边唱，一边自己感动得不得了。很多人都低下脑袋，觉得十分难为情，不知如何是好？只要她一上台，好多高年级同学都去小便所，等在那里，不唱完不回来。

大家很同情为她伴奏的吉他手。他就是鼎鼎大名的蔡金火。蔡金火没有办法，"她和我都是加里曼丹那边来的。"

每次晚会，最缺少不得的是两个人。一个"水产航海"的杨振来，一个初中四十七组的陈其准。

杨振来如果不姓杨，他就是非洲来的。身高二米三四。一口洋泾浜中国话；讲话时伸出的双手没处放，左右彷徨摇摆，不晓得他的妈和爸哪边是黑人，也没人打听过。他弹得一手好"夏威夷"吉他。应该就是那边的"华侨"。

陈其准是马来西亚那边来的。有人加一句："是马来西亚森林那边来的。"一米五左右，他胖，不是虚胖，是讨人喜欢的那种，婴儿似的"娃娃胖"。论黑，比起杨振来，那就黑多了。黑得真好看。像没有月亮，光是星星的夜空那种黑。凸脑门，大得出奇的眼睛，红而厚的嘴唇，不太会讲国语（又听说他的功课特别好）。细嗓子，平常敛着眉毛跟人交谈。

杨振来、陈其准出场了。

杨振来扮外国人（其实他就是外国人），头戴高礼帽，手上是大白萝卜横切一片做的手表，夹着一把吉他，摇摇摆摆陪着陈其准走出来。

陈其准上下身全裸，肚脐眼以下罩着条麻绳做的草裙。（其实他偷偷地穿着黑色三角裤，黑与黑混在一起大家看不见而已。让女同学感觉很恐怖。）

蔡金火提了个肥皂箱跟上来，代替"柱鼓"打拍子。

杨振来宣告："火奴鲁鲁来的'皮佩觉'女士咪！很好的，跳的舞的咪！唔！今晚'南岛之夜'，他跳的舞的咪！又一个'霍齐！霍齐！'他舞也是跳的咪！"讲完，吹一声尖锐口哨表示开始的兴奋，就坐在旁边矮凳子上弹起夏威夷吉他。

蔡金火跟节奏拍着肥皂箱。

陈其准一跳起舞，分不清是男是女了。

像鱼慢慢游到水中央，上半身扭完扭下半身。越扭越快，变成颤抖，像一只长毛狗在猛抖身上的水，满场抖，打着圈抖，最后开始扭左边屁股，再扭右边屁股。屁股怎么能单边扭呢？他能。草裙带子像满身蝴蝶飞，又像在躲避这些蝴蝶，满场翻滚，烟雾腾天。卷在时间和空间里，几万个千分之一秒在纠缠他。

完了。

满场寂静。

忽然一下开了闸，掌声瀑布般倾泻。

三个人累得汗水长流。脸孔一点表情都没有，向四周鞠躬多谢。

第二个节目开始——

"霍齐！霍齐！"（鬼晓得这是什么意思！）

陈其准换了一种斯文之极的状态出来，横着身子，完全不相称

陈其准一跳起舞，分不清是男是女了。

像鱼慢慢游到水中央，上半身扭完扭下半身。越扭越快，变成颤抖，像一只长毛狗在猛抖身上的水，满场抖，打着圈抖，最后开始扭左边屁股，再扭右边屁股。屁股怎么能单边扭呢？他能。草裙带子像满身蝴蝶飞，又像在躲避这些蝴蝶，满场翻滚，烟雾腾天。

卷在时间和空间里，几万个千分之一秒在纠缠他。

陈其准草裙舞

255

的淑女格局。音乐拍子徐缓优雅——

那是水，那是满天的夜，那是微波，那是月光——霍齐！霍齐！——谁把月光剪成一条条带子撒在水面上了？——霍齐！霍齐！——风轻轻来了，椰子、榴莲香了，相思花香了，鸡蛋花香了——霍齐！霍齐！……

……

人们跟着天上、水面的波光，跟着花果香味走了，远远地走了。

剩下陈其准一个人站在那里没人理。

大家连鼓掌也忘了。

众人顾着欣赏漂亮姐姐，把弟弟甩在一边是常有的事。

《血花日报》和"血花剧团"是两个很好的去处，序子常常在那里。

黄炯森先生在那里排戏，高师的林有条和吴玉液最是受用。黄嘉才这人十分老实，看样子他不太明白话剧这档子事，他也迷醉剧本里的生活，要他干什么都干，认为是对话剧运动的贡献。

也有些女同学，大的和序子岩脑坡高金秀表姐年龄差不多，小的好像也没有初中的。初中女生大多不太懂事，也没有那种脸皮和胆子敢到血花剧团来。

这些男男女女吃过晚饭大都挤到这里围成一圈，各人按剧本秩序对台词，读不顺的黄炯森先生就认真纠正，或自己根据角色性质读给他们听。

房间不太大，可坐的凳子很不齐整，高高低低，长短不一。防跳蚤的缘故，墙脚四围都撒满石灰。踩来踩去留下许多鞋印子。

男人和女人挤在一起，窗子小，产生一种野兽群穴居的气味。

校工赖呀负责燃点打汽灯照明工作。他后面永远跟着一个跑了娘的四五岁大没见笑容的儿子李西鼎。赖呀老实，大家因之也逗逗李西鼎，顺手给点东西吃吃。

序子对这个剧团发生兴趣是因为有个老熟人黄炯森先生，加上对剧团的好奇。后来明白小孩子根本插不上手，且不容易一下见得出好，去去也就不去了。

《血花日报》不一样。编辑部像个蜂房，整个晚上都在哄哄然地忙。收电报的，翻译英文稿的，收广播的，写文章的都很像那么一回事，让序子佩服。

他们不讨厌序子光临。另眼相看的原因可能因为序子是远道而来的湖南人而不是闽南人。加上序子还能临时帮忙画些小头花的工作。

大家休息的时候，序子玩手影戏取乐，没料到静静走来的训育主任王瑞璧先生站在背后。"为什么不在教室自习？"

他是序子表演完整出手影戏之后这么说的。不看完不说。"狡猾狡猾的！"

王先生的指墨书法很出名，一小团棉花蘸了墨汁夹在中指或食指上，以指甲代笔写在蜡笺上，龙飞凤舞，神采飞扬。《血花日报》的报头就是王先生的指墨。听说王师母是厦门美专毕业的画家。学生没见过她的画，只见过她的脸长得很漂亮。她很少到学校来，怕是王先生订的严格规矩，不让家属在学校闲逛。

这一期的《血花日报》贴在墙上序子事先不知道。好几天没到

大家休息的时候，序子玩手影戏取乐，没料到静静走来的训育主任王瑞璧先生站在背后。『为什么不在教室自习？』

他是序子表演完整出手影戏之后这么说的。

张序子影子戏

258

《血花日报》编辑室去了。没想到这么精彩，引来好多人看新鲜。

国际新闻、国内新闻、社论、本校新闻且不管它，不知哪个明白人剪贴了两张黄新波的木刻画，一张梁白波的"西北人物"写生。特别让序子振聋发聩的是，教务处的吴廷标先生画的四幅人物漫画像。一幅谢锦波先生，一幅二叔，一幅王瑞璧先生，一幅林泗水先生。

小小一张白纸，四个人物头像，每像不超过简简十笔，勾出了他们的魂魄，连索、索的呼吸都听得见，尤其林泗水先生那副胖脸，眼镜里头那一对小眼珠，还有那张樱桃小口，那一对淡淡、悲悲的小眉毛。序子看得心里打战。

Why your drawing are not on the posta (wallpost)？

I, I don't know how to draw.

I don't want to hear that you are saying you don't know how.

译文：

上面为什么没有你的画？

我，我不会画。

我不要听你说你不会画画！

这是《血花日报》面前许玛琳先生跟张序子一番"直接法"英语对话。说完序子拔腿就跑，跑到操场东边，爬上黄皮果树枝丫上坐着，差点心跳到口里。

序子被自己吓坏了，"我几时会讲这狗日的英文的？"

原来吴廷标先生是后来同班吴镜尘的哥哥。吴镜尘是个女孩子似的谦虚人，有这么了不起的哥哥也不"风姑"。

吴先生个子不算高，白，面貌端正。有一副好眉毛，好眼睛，好鼻子，好嘴。嗓子沉着，头发后梳，是个普通办公的人，不像个艺术家的派头。

真的派头是郭应麟先生，哪！长头发，大领花，黑丝围巾，气宇轩昂，还有那个特别的脾气，加上法国留学的牌子。（他没来安溪，他怎么不来安溪？回南洋了。南洋这时候有什么好回的？可惜，可惜！）

文庙宿舍少，不够用，有的先生借安溪中学宿舍住。吴廷标先生就住在安溪中学那边。安溪中学是新式房子，离文庙远，虽然都在城内，要走不少路才到得了。

序子在那里找到吴先生。序子没有任何证据证明自己是个喜欢画画的人，只好东一句、西一句扯淡。幸好吴先生听一句信一句。后来就变成常来常往的熟人了。

吴先生在教务处工作很忙，学校也从未把他当作美术人才用。下班之后他才进行美术个人活动。画漫画，做雕塑，剪影。安溪县买颜料不容易，他有一盒满装颜料的外国铁皮颜料盒。星期天带序子到兰溪边上风景写生，序子就为他背颜料盒，轻轻地走，不让颜料抖出来。

吴先生作势地把透视关系弄得很夸张，让序子懂得做透视主人的好处。

又说，别跟风景跑，让风景跟你跑。

他教序子剪影。在纸上先剪一个三角缺口做下巴。下巴、鼻子、眼窝、睫毛、额头、脑门，前前后后比往上剪就是。序子学得最快。剪影的世态炎凉跟刻图章一样，开始赔钱买石头刻图章送人人还不要；刻得有道理出了名，人家买石头反过来求你，每字若干、若干元也心甘情愿，你又变成爱理不理摆架子的人。

（跟吴先生学会三两分钟剪一个影，没料靠这点小玩意，在以后的流浪岁月得以结识无数朋友，渡过不尽难关，很是解决问题。）

序子常常对吴先生说："我这一辈子最喜欢画画。"

吴先生说："喜欢画画不等于会画画。学画画很艰难。走一步，学一点，像唐三藏西天取经。唐三藏有西天取经的目的，一路上辛苦也值得。画一辈子画取不到什么经，只图个一笔一画的快意！到死方休。

"有的画画的把自己弄得很伟大，装模作样，摆架子，耍脾气；一个画画的嘛，有什么必要？"

"其实，看画家发脾气、摆架子非常好玩！"序子说。

"你见过？"吴先生问。

序子把在集美拜会郭应麟先生的事讲了出来。

吴先生拍膝大笑，"这算不得摆架子发脾气，算不得！你偷我的花送我，你试试看！我也会大发脾气，饶不了你！"

"外国回来的人，是不是脾气都有点怪？"序子问。

"可能！那是因为寂寞。舍不得外国，看不惯自己周围。连朋友都生分了。"吴先生说。

"那，算不算是坏人？"序子问。

吴先生睁大眼睛，"这怎么算坏人呢？比如你自己，小小年纪见过很多世面，忽然把你扔回家乡，你就拿外头过的日子和家乡比，这也看不惯，那也落后不文明，你苦得说不出口，这样一来，你说你是个坏人吗？"

"那怎么办？"序子问。

"你说怎么办？"吴先生问。

说这个学校怪也真是有点怪！

张光道先生不声不响，一声招呼不打就走了。

陈其准、林有声、陈耕国、王寄生这帮四十六七组原本就没有几个人的班子，都走了。王寄生把童子军帽、六件刀、半盒"陈嘉庚饼干"送给序子，上面贴了张纸条："好好读书，快快长大，重逢有期。"

他们走了，《血花日报》好像受了点影响，停了三星期，又好像没有受到什么影响重新办了起来。

来了个穿西装留长发教音乐的施游艺先生，晚上全校集合点名的时候校长介绍了一下。施先生当众唱了个歌。什么歌名忘记了，声音抖得那么奇妙的好实在难以听到。更奇怪的是还没有听说给哪班上过课就不见了。

还有一位姓高的先生，长相十分威严气派，穿着特别讲究，还带着夫人在文庙慢慢游逛一圈之后，引起高年级同学的议论：来势不凡，可能是位重头角色。结果也是晃眼京兆，没有了痕迹。

这时候说这些零碎是很有点必要性的。人物的飘忽显示时局之微妙动荡变化。

张光道先生之萧然离校，引起多数人的怀念伤感；新童子军教练彭尚武先生之莅临则产生青年人特大惊奇！

这位耄耋穿上中国童子军装是世界奇观毫无疑义。孩子们背后估计老人家的年龄，由开始的九十岁落实至八十、七十，直到六十五——不能再少！

经过详细的推敲和档案调窥，又回升至七十二岁敲定。较之前任教练张光道三十岁年龄也不过仅仅距离四十三岁，人生百年，不算过分。

令人佩服的是，中央政府教育部、福建省教育厅怎么在滚滚红尘之中，找到这位中国童子军人瑞的？

彭尚武先生，河南信阳人，现年七十二岁，终生从事中国童子军教育事业，为中国童子军开创至今硕果仅存之元老。

纪念周上校长陈村牧先生按照以上的内容对台下众生宣布之后，看到这位全身童子军装打扮举三个指头于帽檐立正向全体师生敬礼的彭教练，都发生了复杂的感动。

彭教练一点不辜负大家的敬仰和信赖，一早起床带头领"晨呼队"学生跑步，操练，叫着口号。

彭教练住在大成殿左侧后首的一间房子里。同住的有三十多岁的儿子和一个年龄跟儿子差不多的助手同乡，是个打拳的。

序子因为也是外省人，沾点广泛的同乡情谊，有幸挤进"场合"，学会发面，做馒头、花卷，揉面，包饺子，煎锅贴，擀面，做葱油饼的本事。

这三位跟校警室五个人很快通了气，彭教练单独去看过他们，互敬了军礼。

"同乡见同乡，两眼泪汪汪。"四位校警和郑长禄多少多少年没会过这么有分量的同乡了，千言万语，唉，唉，唉。

"我家住东门内顺和街申福酱料铺隔壁——啊！你去过？嗬！打面酱！嗬！我小时一定见过你。那时早认得就好！你看，你看！"赵友生满心欢喜。

彭高武 童子军 教练

这位耄耋穿上中国童子军装是世界奇观毫无疑义。孩子们背后估计老人家的年龄，由开始的九十岁落实至八十、七十，直到六十五——不能再少！

"秦时明月汉时关……"盛喜亮出句感慨之后，忘记了等级，紧紧抓住彭教练的胳膊不放。

……

好干渴的乡情，总算让这次见面润湿了。

从此，彭教练住处几几乎变成一个快乐的华北同乡会。每逢假日，或周末、星期天，凡是从这房门口经过的人，听到里头热烈的谈话，阵阵大葱大蒜牛羊肉馅气味往外直冒时，都赶紧加快脚步，免得想起水泊梁山那堆故事……

说是说彭教练是上头派下来的童子军老把式，可惜那么单纯童子式的心情跟学校先生都沾不上边。他对人诚实坦荡，由于语言和文化、兴趣的差异，终于免不了产生疏离。这个北方佬不明白，光是诚实坦荡怎当得了饭？

幸好中间插进了一件事情。

安溪城对河地方叫作"后垾"，"后垾"拐来转去的一块绿野叫作"后寡"（闽南音）。

十月十日国庆前后，彭教练带序子这组学生到"后寡"扎帐篷露营，找到一股清流旁边草地定了点。

四个帐篷分散高低排列开始了野营生活。课本上熟稔的东西在这里得到验证。看地势，搭帐篷，挖排水沟是第一课；就地起灶，捡柴，钻木取火是第二课；煮饭，炒菜，熬汤是第三课；营地后面挖茅坑是第四课；夜晚轮流站岗守夜是第五课。

第二天吹号起床，盥洗，升旗，早餐，跟彭教练上山野外踏勘，辨别有毒、无毒蘑菇，分清害鸟和益鸟，辨认方向，如何认识归路，如何找到水源，辨别风向。受伤急救，三角绷带使用法，十种结绳法之实际运用，如何逃避猛兽追击……

在彭教练率领下，终于爬到不算高的山巅。见到这老头弯腰喘气，没有一个同学心存幸灾乐祸，都争着上前照顾，给他递军用水壶，给他拍拍背脊，扶他坐下，问他："你没有事吧？"

"没、没事，啥、啥事都没有。等、等会儿俺米就上野、野外课程……"

"教练教练，你看今天天气这么好，大家就这么坐坐、走走就挺好。这时候这节气根本不长蘑菇，所以用不着管它毒不毒；水就在旁边，帐篷就在山脚底下，不怕口干和找不到回去的路；没人受伤，用不到三角绷带；没有野兽，哪来的野兽？用不着逃跑，真来了，我们这么多人，都有童军棍，好对付！"这是大家说话的意思。

按常理说，这老头不太懂得幽默感是大家都看得出来的。他有诚实、单纯、信任、慈祥的品性，又不能不令人深受教益和感动。为生计还是为什么神圣的理想，担负这明显不相称、大负荷的工作……

人生好复杂，好凄楚……

大家听彭教练的指示，一路捡回来好多干树枝，准备晚上营火会之用。

帐篷右首边有块空地，吃过晚饭大家忙着打扫场子，先把小干树枝堆成个小尖塔，压上四五根树枝候用。有人事先采了一兜薄荷叶，各人摘了几片放在自己的漱口缸子里倒上开水当茶喝。曾凤相随身带着根"佩可乐"[1]，跟黄川海的小单音手风琴和陈文允的"溜

1　高音笛。

格里里”在校音。

"可惜！可惜！陈其准走了，要不然邀他客串。"

"他走到哪里去？"

"回南洋！"

"跟王寄生他们一齐？"

"鬼晓得！鬼晓得！"

"张序子！你的小号呢？"

"含志啦！"（原来含志的意思是指白薯。这里说的是闽南粗话"鸡巴"的意思。大凡学习方言无不从骂粗话开始。序子已熟悉不少粗话。）

好多小鸟原本要回到这边林子里来的，没料想来这么多人，都只好停在远远的树上鼓噪。

天色暗下来，教练叫大家围成一个圆圈，唱《中国童子军军歌》，再唱《烧野火》歌。刚唱第一句，序子就想起张光道先生，不知道他现在在哪里了？听说回南洋去了，我们现在正在露营，准备烧野火了，张先生张先生，你记得不记得？"夜 fǒ 幌肛门？"记不记得在体育室我给你那一拳？你和现在的彭教练完全不一样，他年纪太老，完全应该在家里抱孙，他好辛苦。你和他各有各的好！天下童子军教练哪能个个一样呢？是不是？

你看，月亮出来了。今晚的月亮只出来一个钩。淡淡的……

营火点燃的时候，周围的鸟群吓得轰起来在天上打盲圈，因为到晚上只有猫头鹰看得见东西，可怜！可怜！人也分不清哪只是益鸟，哪只是害鸟了。

添加了大干树枝，火焰两三个人高。大家跟着乐器绕圈跳舞唱歌。

南洋回来的这部分人英文都好，序子不懂英文也觉得英文唱歌并不难听，甚至还有点好听。

其中有人对这门行当非常“里手”，圈绕到某段音乐时，跟着拍子忽然带着大家倒转往回跳，一点不显得狼狈，齐整之至，脸上的表情，年纪轻轻，有点流氓的斜眉斜眼的讨厌的表情。

尤贤和钟尚志几个大块头在火堆上架了个三脚铁架，扛了口三个耳朵的铁鼎锅挂在链钩上，原来里头满满一锅甜绿豆汤。这真是很得人心的大妙事。

看到开心的火苗绕着锅子转，那帮会唱歌的弹着、吹着、拉着乐器又唱起歌来，微微笑，一步一步往前摆，怎么看仍然像个流氓……

慢慢地，序子有点原谅他们的意思，觉得他们不管怎么弄到底还是同班好同学，也可能是身不由己……

彭教练坐在地上叫好，转身告诉序子：“瞧他们那股劲！真他……真不赖……”

看样子，这场合彭教练怕也见得不多。

最后的精彩节目是喝绿豆汤。一人一漱口缸。

娥眉月来到中天，音乐停了，围着不息熘火，人们看一眼月亮，喝一口绿豆汤，各想心事……

教练他老人家宣告营火会结束，分配工作。

哪个、哪个、哪个、哪个打扫场地，掩灭剩火；哪个、哪个、哪个、哪个洗刷锅盆炊具；排队报数到十二的同学三人一组轮班站岗守夜。值班各人军棍和手电筒及银笛要检查好，以免临时发生故障。值班站岗要随时警惕，不可随意交谈，注意耳听八面，眼观四方，鼻嗅周围。出现动静，马上鸣笛报警。帐篷内休息的同学也应随时警觉，听到笛声千万不可自我慌乱，要从容判断并照拂幼年同学。绝对不准私自使用火柴，以免引起山火……

三人一组轮班守夜的大同学，都十分看重这份神圣工作。

老教练提了盏马灯四处走，看样子今晚他不打算睡了。转了几圈到底还是进了帐篷，靠在铺上看书。

夜静了，秋虫在叫，偶尔几声轻微的咳嗽……

到下半夜，右首厕所那边忽然发出一声又一声的闷叫，声音来得特别。

所有的人都惊醒了。大家忙着穿上衣服。老教练第一个冲出去，左手高提马灯，右手横举手电往厕所那边跑，人们跟在后面。有手电的慌张地四处乱照。

"不对！声音不在厕所这边……"

那声音"唔唔"的，没说出个所以然。

"你是谁？你在哪里？你在干什么？"

那声音有回应："唔，唔，唔！"

教练叫提马灯和打手电的分头找。一散开就找到了。

原来声音是从一个地洞里发出来的。

"哦！哦！哦！"

"弩戏信米浪？"[1] 所有的人围着地洞往下望。

"哇！哦！哇！哦……"

---

1 你是什么人？

地洞很深，要是爬出一个鬼怎么办？

大同学回帐篷取来铁锹，一锹一锹弄掉周围浮土往下望，好深一个洞。

"弩戏信米浪？"大家又问。

"哇戏钟向己！"[1]

大家嚷起来："钟尚志掉到洞里去了！"

"你能动吗？"上头问。

"我做什么不能动？"底下说。

"是问你，你受伤了吗？"

"我冇受伤。"

"那好！让我们来救你。"

把洞再挖大了一些，取来一根绳，正好实用童子军第八"救生结"，把绳子放了下去，"你自己套上，叫一声可以，我们就拉你上来。"

彭教练在穴口边横垫了根粗树枝。

绳子顺着树枝放下不多一会，五个人就把钟尚志拉上来了。

钟尚志一身土，见不出人样。

"底下是什么？"

"我哪晓得底下是什么？走着走着就掉下去了。"

"那你不看看底下有什么？"

"我怎么看得到？"

"你带的手电筒呢？"

---

1 我是钟尚志！

"一掉下去，手电不晓得甩到哪里去了——我双手摸了一摸，像是条砖地道……"

……

"怕是个战壕！"

"在这里，跟谁打仗？"

"好，好，大家回营地。钟尚志好好洗一洗，天快亮了，天亮了再说！"老教练说。

天亮了，各人洗漱完毕，扫地的扫地，做饭的做饭。

大家拿钟尚志开玩笑："幸好你肉多，没伤着骨头。要不然摔你个半死！"

钟尚志说："底下好多土，像撑杆跳的沙坑，根本伤不了人。"

吃完早饭，彭教练召集大家作"精神讲话"："……同学们！昨晚上的营火会非常成功，节目丰富，情绪热烈。后来又碰上新课程，运用'救生结'从洞底抢救出钟尚志同学。钟尚志同学也显示出'智、仁、勇'的童子军精神，身处危难之中毫不慌张，态度十分从容镇定，等待救援。这次露营，我能跟同学生活一起，也是一辈子值得纪念的大事。

"同学考虑考虑，大家想想，今天活动安排有什么新的建议？比如说，上山采集标本，或者是到邻近村庄去向老乡问好参观？"

尤贤懒洋洋站起来说："我对昨晚上那个洞，那个什么、什么掉进去的那个洞产生浓厚兴趣，它是个人工洞，不是自然洞；既然不是自然洞，就一定有不是自然洞的道理，弄清这个道理比那个什么满山满地走有意思得多。我的意思就是大家今天都去挖那个洞，看看到底是怎么一回事。"

有人马上反对。掉进洞里的那个钟尚志尤其反对，说：

"挖洞有什么意思？弄得一身土，很不卫生。万一钻出条大毒蛇，把人吃了，哪个负责？"

尤贤说："要喂蛇，你最合适，肉这么多，又白又嫩，一定好吃。我想问一声，昨晚上你亲自送上门去它为什么不把你吃了？"

钟尚志生气起来，"我不去！"

还有几个人也说不去。

"不去就不去。都不去，留下我一个人挖。"尤贤说。

没想到，大家都有兴趣参加和尤贤一起挖洞。

彭教练就说分两组活动吧！好吗？

钟尚志几个人又说他们几个人也愿意参加挖洞了。

那就好！

只有六把铁锹，后来脸盆、漱口缸、切菜刀、锅铲都出动了。

这洞果然是人工的，像一把钥匙，长长的甬道尽头是一小圆场，地面上有几个粗陶罐、陶碗。还有十几二十根人骨头散在那里，不见棺材。

"是一个人的坟墓。"彭教练说。

序子说："这坟让人偷过，好东西被拿走了。"

甬道的砖有字。尤贤捡起地上一块砖念起来："唐上柱国刺史武吕之墓。"

序子认得篆字"吕"字上头的"武"字。

大家嚷起来："好家伙！唐朝！"

序子想："唐朝姓武的不是个简单的姓。上柱国刺史也不是个简单的官。武则天改'周'的国号还不到时候。这么偏僻小地方，坟墓的规模这么寒伧，殉葬品纵有，纵被盗，也就很有限了。武吕这人顶多是武则天远之又远的、沾了点边的亲戚人家而已，而已吧！"

露营的小队伍当然没料到会碰到这个奇运，赶快找了个箩筐装好墓里头所有肉眼看得到的陶盘陶罐，外加顺手捡起带字的两块真正"唐"砖，凯旋进城回校。

学校可不当这是件普通事，马上在校长办公室左厢房腾出块地方搬来架玻璃柜，把那箩筐零散宝贝供奉在那里。

王瑞璧先生是位雅性轩然的书生，按捺不住自己是安溪人的光荣的心中喜悦，第二天纪念周会上，向大家报告了一个遗憾：校长办公室的秘书主任兼诗人包树棠先生好心好意、通宵不睡觉，用粗细砂纸、碱水，把那唐墓里捡来的珍宝打磨得如景德镇刚出炉的瓷器一样光亮。

世界上愚蠢的好意是无药可医的。

学校叫钟尚志去问话。宋庆嵩先生坐在那里。钟尚志说："我值班巡逻，掉下去了。"

"后来呢？"宋先生问。

"后来？没有后来——后来我掉下去了……"钟尚志说。

又叫尤贤去问话："你怎么会想到要去挖那个洞？"

"我不喜欢露了营还要往别处跑——没有意思——有什么意思？——我根本就不想往别处跑！那个洞嘛当然是一座坟洞——要是自然洞，钟尚志掉下去就没有命了。那必须是喀斯特地貌——这点你们不太懂，我在印尼翻过这类书，集美图书馆也有这类书，我听张序子说过，有不少——"

又叫张序子问话："你谈谈看见古墓的经过。"

"挖开了，大家都看到，又不是我一个人看到，和我有什么关系？要问，去问彭老头教练，他最清楚。"

"你讲了些武则天的事情？"宋先生对序子有兴趣。

"不是我讲，是书上讲。我又不是唐朝人。那砖上清清楚楚，上柱国刺史，官这么大，埋在安溪这个小地方，墓地盖得寒酸，有点怪！八世纪初，武则天就死了。武吕这个人，不晓得志书上有没有……要想法子查一查……你当时若在场就好。"

过了几天，听人说宋先生带高十三组的几个人真的到"后寡"去了。

做梦也想不到的事，彭老教练也悄悄走了，事先也不打声招呼，序子一个人很是伤感。接手的教练是陈伶先生，他是科学馆陈延庭先生的儿子。陈延庭先生高个子，陈伶先生个子也不矮。陈延庭先生当馆长的集美科学馆是座大厦，陈列许多动、植、矿物标本，科学实验仪器，上理工化学课，学生都到科学馆去。学生一层一层往上坐，先生的讲台和黑板在下面，人人看得清，听得明。陈延庭管这么大一座楼，好像自己就是这座楼的国王，鼻子翘到天上去了。科学馆搬不来，只运来物理化学简单东西放在大成殿外后墙临时盖的廊子里，由老工人篓家负责管着。哪个先生上物理、化学哪堂课预先跟他打声招呼，就会用托盘端到课堂上来。他是科学馆的老元戎。有时星期六晚会，年轻教员表演变魔术，绿水变红水，黄水变蓝水，没有经验变不回白水时，站在后面照拂的他就会上前帮他一把，使局面转危为安。

篓家在集美的历史久，工龄长，薪水比有的先生还高。新生上学不懂事，误会他是先生，向他行礼，他公然点头，并且"唔"一声。

现在的陈延庭先生就像个下野皇帝，带着唯一忠心的太监篓家流落外国。

陈延庭先生在集美的威望很高，先生们遇见他都向他问好，让路。他什么都教，英文、国文、动物、植物、数学、物理、化学，"水产航海"的德文他也教。现在教的是序子这一班的代数和几何。

序子懂得这个长脸孔老头。在学生面前他故意装"恶"，上课的时候捏了根不晓得哪里弄来的小教鞭，左边扬扬，右边扬扬，好像随时要打下来的样子。其实只是自己好玩，或者为他讲的话打拍子。他从不打人的，也从不骂人。耷拉着眼皮，上嘴唇的胡子一跳一跳。

"喔！喔！分子、分母各是单项式才能相约，若是多项式，应该把它分解为因式然后约分——"（转身往黑板就写。）

"什么？什么呀？陈先生陈先生！你把已经很讨人厌的'算术'变成更讨人厌的'代数'教我们做什么呀？我从来没打算过要做数学家，谁喜欢做谁做好啰！你不能强迫大家都做嘛！让我们半辈子坐在这里浪费光阴！"

序子心里这么想却是一点声音也不敢出，于是利用大脑皮层底下的"抵消规律"中的抑制作用保护自己——听，等于没听。

（"抵消规律"是一种微妙的生理现象，天生具备人道主义精神。挨枪毙的人等候枪响，心如止水。群众大会上挨斗，紧张变为镇定。听漫长、幼稚、无聊、不断重复的权威报告，入定于座位而

在学生面前他故意装『恶』，上课的时候捏了根不晓得哪里弄来的小教鞭，左边扬扬，右边扬扬，好像随时要打下来的样子。

陈延庭之之

276

神游太空。这都是大脑皮层下的抵消规律的抑制作用给的好处。它净化庸俗、重复、繁琐，缓解紧张。相对于伟大的社会阴影，它的作用固然渺小，然上帝无处不在的眷顾，众生应该领情。）

序子在课堂对于代数课的反应，在正常状态评价上，在陈先生眼中，应该叫作："不用功！"

怪就怪在这里，序子喜欢"几何"。对于几何，他几乎里里外外无一不喜欢。它的语言像古诗：

"在同一个圆中，同弧所对的圆周角相等。"

"给定一个正方形，可以建一个内切圆。"

"给定一个正方形，可以作一个外接圆。"

它可爱之处像摩西律法那么铁，又像《失乐园》里那个异乎寻常的撒旦那么水银，不可移动而又那么活泼。

（来几个图你看看。）

几何是钉死的而又满脸笑容的东西。

序子玩几何如看画。

陈先生小教鞭指着序子说："你是个怪物！代数和几何怎么分得开？代数二十分，几何九十分……"

陈延庭先生把这个看法转告许玛琳、宋庆嵩、李扬镰先生，他们都点头同意。汪养仁、林泗水先生很奇怪，认为序子很正常嘛，又转告紫熙二叔。二叔见到序子："你已经是个怪物了！"

《血花日报》上发表了一张序子的画。临摹木刻家新波的作品《寒光照铁衣》。下雪天气，几个抗日战士在雪地上打仗。

序子不清楚"木刻"到底是怎么一回事，新波的这幅画是在黑

它可爱之处像摩西律
法那么铁，又像《失乐园》
里那个异乎寻常的撒旦那
么水银，不可移动而又那
么活泼。

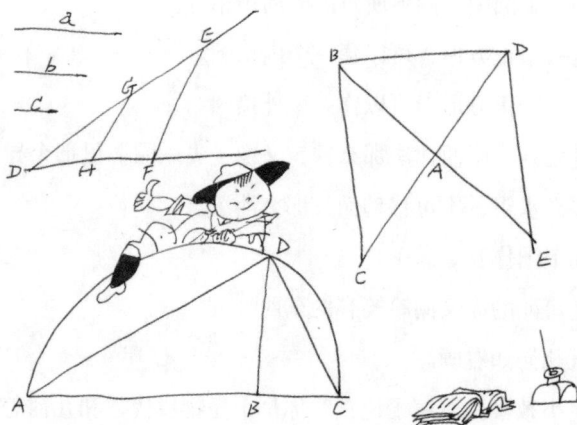

几何九十分

代数！
二十分！

$$\frac{35a^4 b^5 c^6}{27x^4 y^5 z^6} \times \frac{28a^3 b^2 C}{81x^2 y^3 z^4}$$

$$\frac{a^3 + b^3}{a - b} \doteq \frac{a + b}{a^3 - b^3}$$

纸上用白广告颜料描出来的，也不明白创作和临摹有多大区别。

一个不认识的人来找序子，"我叫朱成淦，以前也是集美毕业的，现在来集美教美术。看到《血花日报》上你的那幅《寒光照铁衣》，觉得画得不错，你怎么来集美的？你是哪里人？"

序子告诉朱先生那幅画是临摹黄新波的，眼前还不明白木刻是怎么回事。

一对师生就这样认识了。朱成淦先生住在离《血花日报》社不远那一排房子里头一间小房子里。

朱先生带来许多本珂罗版印刷的画册，大部分是两个人画的，他说是他的老师，一个叫高剑父，一个叫高奇峰。序子看这些画，觉得不怎么"好"，浓墨徒徒。朱先生说"好"，"你觉得不好是因为你不懂！"

序子想，"画"这种东西，还有懂不懂的问题？不懂的画还叫画？奇怪！奇怪！

既然是教人画画的先生，懂不懂的问题一定是他讲得对。又想，先生的话不听，万一生气了怎么办？

朱先生说，两个高先生创立了"岭南画派"，非常出名。岭南，地理上说就是"岭之南"，岭之谓，大庾岭是也。大庾岭是粤赣二省以之为界的一条横岭。冬天岭上开遍红白野梅花，闲书上提到的"岭上梅"指的就是诗意的这里。岭南是广东，岭北是江西。因此"岭南画派"就是"广东画派"。

这样一揣摩，事情就明白多了。打个譬喻，朱雀城的"老王"陈渠珍如果是个画家，他就可称为"湘西画派"。张学良的爹张作霖如果是个画家，他就可称为"东三省画派"……因为陈渠珍和张作霖究竟不是画家，所以成不了派。

朱成淦先生是南京中央大学艺术系毕业的。听说高剑父高奇峰教过他，他就一路学两位先生的风格。他算不算"岭南画派"的人呢？序子不敢说。一、朱成淦先生不是广东人；二、广东人要不要他还是个问题，一个人办事不可一厢情愿，人家不要你，硬要挤进去，这是很不好意思的事。

朱先生是莆田县人。莆田、仙游是紧贴着的两个县份。这两个县像是从天上掉下来的，跟闽南其他地方很不一样，轻言细语，用舌头舔着上颚说话。历代都出大画家、大文人、大诗人。城里大街牌坊上赫然有"文献名邦"四个大字。有自己的音乐，自己的戏剧……男女都长得文雅漂亮，过日子十分古风……这些材料都是同学零零碎碎灌进序子耳朵里头来的。还特别关照，长大之后要"撮摩"[1]，千万莫忘记到莆田、仙游去，那里美人满地都是……

同学们都喜欢这个善良的朱先生还因为他是个快乐的篮球选手。闪电般传球，单手投篮的准确，奔跑时恰当地喊着笑料，有时观众是冲着他来的，场边围满了人。

序子尊敬朱先生的一个重要部分是朱先生从来不问他功课。序子不喜欢别人问他功课。世界上不止序子一个人认为，社交场合，提起功课是最伤自尊心的挑衅行为！

朱先生不管冬夏，洗脸、洗澡用的都是冷水。快十一月了，他在他的小天井里打着赤膊，弯起腰，要序子把满满两铁桶水从头上淋下去。然后披着浴巾跳进自己小房间，在地板上冷得打战，

1　讨老婆。

他是个快乐的篮球选手。闪电般传球，单手投篮的准确，奔跑时恰当地喊着笑料，有时观众是冲着他来的，场边围满了人。

跳跃……

朱先生有天画油画，贝多芬的头像。

"你知道贝多芬吗？"

"知道。"

"怎么知道的？"

"我爸告诉我的。"

"你爸怎么晓得贝多芬？"

"他是教音乐的。"

"喔，喔！教音乐的。你懂音乐吗？"

"不懂。我只会勉强唱几首歌。"

"那不算懂！"

"是的……我觉得你画的这张贝多芬非常像！"

"不算好！"

"好！"

"为什么好？"

"红颜色画头发，画脸，那对眼神，都好！还有头发那股劲。"

多少天来，朱先生一直把那幅贝多芬挂在墙上，根本没有画完。

"朱先生，为什么不画完他？"

"不想画了。"

"多好的一幅画！"

"困难！不够劲！"

那幅画一直挂在那个黑黑的角落里，谁？谁？连朱先生也不再想它……

（序子长大了，老了，至今还忘不了那个角落那幅贝多芬……）

朱先生问序子："你晓不晓得，你临的那幅新波木刻《寒光照铁衣》是怎么弄出来的吗？"

"不晓得。"序子说。

"像刻木头图章一样，先刻一块板子，然后从板子上滚上油墨，放上纸把画印出来。当然，这是很费手脚的事。刀具、板子都是特别的东西。"朱先生说。

"唉！这就难了！哪里找去？"序子感叹忧愁，"我们家乡也有刻字匠顺便也刻点画图的，不过刻的是古人的东西或者是商店的招牌广告，不作得准。"

朱先生说："我有一点这方面的消息。可惜这些木刻家一个也不认识。只晓得他们的名字，李桦，野夫，陈烟桥，新波，金逢孙……他们组织了一个会，叫作'木刻协会'，所有的木刻家都参加了那个'木刻协会'当会员。每年春秋两季开木刻作品展览会，出木刻画册。永安办了个《大众木刻》，主编宋秉恒是个木刻家，还有不少木刻家都在那里，耳氏、荒烟等等。我可以建议图书馆去订一份《大众木刻》，再去打听到哪里买木刻刀之类的工具……"

序子听了很兴奋，"买到木刻刀，你可以教我木刻。"

朱先生马上说："不可能！不可能！我哪里有空再弄木刻？我帮你打听消息。你喜欢弄就自己慢慢弄，过一时候自然就会了。"

开心是开心，这真是有点曹操带兵看到梅子就流口水的意思。不好过的现实迎头撞来，万一打听到了买木刻刀的地方，买刀的钱哪里来？紫熙二叔每个月给的一块五毛钱零用费已经挤着日子用。

这种愁，要一直愁下去，愁到买刀消息降临之后还要往下愁，没有绝处逢生的机会，没有牛顿掉苹果的可能。

你到哪里找钱？你钱寄给他，他不给你寄东西怎么办？东西来了你会用吗？还有木刻板，木刻板是什么东西？到哪里去找这块木刻板？

回到宿舍，见林振成趴在床边做"永动机"。他早就讲过终生事业是从事"永动机"的发明。他物理功课很好。好归好，序子断定他"永动机"一辈子做不出来。他功课好个屁！"作用力等于反作用力"都不懂。

序子问他："你喜不喜欢木刻？"

他嫌序子妨碍他："走！走！走！"

李扬镳先生上课进门，就要扫序子一眼。那就是说，序子之在与不在，李扬镳先生是很当一回事的。

坐在前前后后的同学就喜欢听李先生忘乎所以地跟序子聊天。不过这种特别的场合次数不多。序子自己并不发觉。众生当中，尤贤看出来了。

在厕所小便的时候，尤贤对序子说："李扬镳喜欢你，可能要收你做干儿子！"

序子急了，"你总是这么歪七八扭想事情，你想做干儿子你去好了！"序子最讨厌尤贤嘴巴这种老毛病，"看样子你想得很！"

"我倒是想李扬镳做我的干儿子，你就可以做我的干孙子。"说到这里，尤贤很是开心得意，满脸粉刺都绿了。

"李扬镳叫你吃过晚饭到家里去聊天，到底去不去？"尤贤问。

序子不理他。

吃完晚饭，序子刚走到校门口撞见尤贤，"走吧！"尤贤说。

"你到哪里去？"序子问尤贤。

"李先生、李扬镳家呀！"尤贤说。

"他根本没有叫你去！"序子说。

"叫不叫不都是一样吗？他又没有说不叫！"尤贤说。

序子发现尤贤手上提着一件粗纸包着的大东西，"你提的什么？""'手信'呀！见面礼呀！上先生家，不送'手信'行吗？"尤贤说。

序子想到在美术馆送的那把玫瑰花的痛史，预算到后果，便说："你一个人去吧！我不去了！"

尤贤生气了，"张序子！你讲不讲道理？我送'手信'给先生，跟你有什么关系？你可以不懂礼貌，我不能不懂礼貌。你偷郭应麟栽的玫瑰花送给郭应麟，他当然生气；他能不生气吗？我送的是李扬镳一定喜欢、一定用得着的东西，是我自己花钱买的，他能不高兴吗？"

张序子问："那，那，那你提的是什么东西？"

尤贤昂头坚定地说："不告诉你！！！和你一点关系都没有！"

在街上转了好几个弯，来到李扬镳先生门口。尤贤用脚踢门——砰！砰！

"信米浪？信米浪？[1] 来啰！来啰！"

"哇！哇！"[2]

"'哇'系信米浪？"[3]

"问系喔桶盖祸星！"[4]

门开了，是个惊讶的妇人。

尤贤乖乖鞠了躬，序子跟着也来了一下，晓得这是李师母。

穿过小天井进屋，见到李先生，两人又鞠了躬。

---

1 什么人？什么人？
2 我！我！
3 "我"是什么人？
4 我们是学校的学生！

你拐的怎底东西？

序子想到在美术馆送的那把玫瑰花的痛史，预算到后果，便说："你一个人去吧！我不去了！"

尤贤连忙打开手提的大家伙，奉上"手信"，原来是个带把的木头洗脚盆。

李扬镳先生"啊"声未完，李师母接着欢呼起来："……令安转占秧令李先信慌吓甩 kar？令占系冲命！问占系派色，占系派色！朵夏，朵夏……"

（你们怎么晓得你们李先生喜欢洗脚？你们真是聪明，我们真不好意思，真不好意思，多谢！多谢！）

话说完，李师母提盆进后屋，又端了茶点出来，"呷袋！呷革！面凯 ki！面凯 ki！"[1]

李先生笑不可抑，指着尤贤，"你怎么想的？……"

"我街上看见这盆好，又想到你上课坐在椅子上弯腰不停抠脚——这完全是永春手工，猪鬃大红漆，腰、底两圈黄铜箍——这东西我南洋屋里都用。"尤贤东一句、西一句说个没完。

李先生躺在靠椅上，手指着尤贤说："你这是神来之笔——我两口子好久盼这脚盆，想都不敢想有这么好——你不买，我两口子哪年哪月出门上街碰得到？——你是'有事弟子服其劳'，我向你多谢——这口盆好多钱买的？"李先生问。

"算不得一回事。"尤贤说，"但簸镭。"[2]

"点点钱是多少？"李先生问。

"点点钱就是点点钱。"尤贤说。

李先生装成恐怖的样子，"你那钱不是偷来的吧？"

---

1 吃茶！吃糕！别客气！
2 很少钱。

尤贤和序子都笑起来。李先生追问："要不是偷来的钱，怎么不敢说？说！"

"一块七角钱。"

李先生从裤袋掏出皮夹子，数出钱交给尤贤。

"收好，一块七！"

尤贤不肯收，"我是喜欢李先生，佩服李先生才送洗脚盆的。"

李先生把钱塞进尤贤裤子口袋里，"行！行！佩服、喜欢，都好、好、好！不过，有个问题，要是个个都学你，这个送洗脚盆，那个送洗脸盆，再一个送洗澡盆；还有一大批穷学生买不起东西送，慌成一团。到那时候，先生不像个先生，学校不像个学校，新闻、谣言各种说法都出来了，卖考卷，卖文凭，卖分数……我们两个变成始作俑者，罪魁祸首……"

"我不怕，我功课从来不是第一就是第二！"尤贤说，"谣言害不了我！我送先生洗脚盆不是为分数！"

序子慌起来，怕李先生生气，便转身骂尤贤："你怎么专想自己？李先生又没有叫你来——你是'妥德阿，八马卖，右浪将，甲几赖'[1]。我刚学的闽南歌谣，讲的就是你这种人。"

"嗳！嗳！张序子，尤贤洗脚盆的账已经两清；我多谢还来不及。你们两个来，我十分欢迎，不要错怪尤贤，只要有这口盆在，我长长久久都记到他的好意。先生嘤！就是要讲讲先生的话。讲一点道理给你们听。以后注意小心就是……好啦！好啦！我们讲点别的吧！……在班上，你两个对国文都是比较认真的。也算一对

1　土地公，白毛眉，没人请，自己来。

怪人。"

序子指着尤贤说："他才怪，我算不得怪。"

"你还不怪？全校最怪的就是你。你看你，代数不到二十分，几何居然九十多。美术一万分，劳作只有十分。历史只记故事不记年代，分数像潮水，忽高忽低，一下十五，一下八十。英文课画画。正课不上上图书馆。国文课，国文课，李先生你不要以为他用功，他一点也不用功。他只是靠小时候背书那点本钱。他只是等机会和你聊天，你喜欢他……"尤贤吹了一大套，完全是骂人过瘾，一肚子气拿序子出，"一天到晚不务正业，帮救火队洗帆布水管，到铜管乐队擦号，进传达室跟警察聊天，和童子军教练包饺子做馒头，下菜园子抓虫做标本。学骂闽南粗话。他是个湖南乡下人，很不懂事的。"

李先生拍着椅子扶手好笑，"你两个简直是一对冤家，怎么又一天到晚混在一起分不开？"

"哪里？哪里？他紧紧缠住我，跟住我，像影子一样，我有什么办法？"尤贤一脸冷冰冰的浑话。

序子想叫众人听听这狗日的口气，要不是在李先生家，非踢脱他的脚踝骨不可。

世界上真有尤贤这么号人。你弄不清他到底属于哪种动物，属于哪类门、纲、目、科、属、种。他的鼻子、嘴巴、耳朵好像长错了地方。像海里墨鱼这类东西，给他咬了一口，还真不明白是不是它嘴巴咬的。你要抓它，一溜烟跑了，喷得你一身黑。

对尤贤这种人，你完全不可能忍心对他产生持久的愤恨。你满身疼，满肚子气；他才不在乎咧！他忘记得比你还快。他早已原谅自己了。你还记住它干吗？你再计较下去，他可要生气了。

话又说回来，尤贤所有的发言都有事实根据，没有一项瞎编。让你难过只是他会调度材料，安排分寸，引人入胜，加上他的从容冷漠，气魄逼人，弄得你没法还手。

有尤贤这位同班，序子甚至还觉得是一种快乐根源。

这时候，师母端来了甜芋泥。

安溪人做的甜芋泥可是非同凡响。不粘调羹不粘碗，调和了蜜糖、猪油、杏仁，再加上"槟榔芋"选得好，让眼前这三个人在吃相上都失去了庄重。

李先生问两个人："这芋泥做得怎么样？"

序子说："好吃，从来没吃过。"

尤贤说："天下芋泥哪里有两样？"

……

师母收碗。序子还舔个不停，师母说："好吃下次再来。"

李先生问："我们安溪湖头出了个康熙宰相你知不知道？"

"李光地。"序子说。

"你怎么知道？"先生问。

"我读过他的书。"序子说。

"你知不知道他也是非常喜欢吃芋泥的？年轻时候他栽过几亩芋头。你们家乡有没有芋头？"

"有是有，小，没这么好；也没用这个法子吃。"序子回答。

"你几时读的李光地的书？"李先生问。

"我家有好多这类书。我赞成他有篇文章所讲的话。他说，小孩子要多背古书，懂不懂不要紧，给长大以后留点家底。我们胃先生也这么看。不过我们胃先生教学很得法。一篇古文，他先讲古文前前后后的故事，再一句一句解释句子的意思。讲得天花乱坠，十足的味道，学生忍不住摇头摆尾自己就背熟了。"

"唉！跟你那位胃先生可惜相隔万里，要不然我们会成为好朋友。"李先生说。

"他脾气怪，又穷，怕难得跟你做朋友。"序子说。

"我就是喜欢脾气怪的人。"李先生说。"你看，时代好糟蹋人——他有没有留下点诗文稿子？"李先生问。

"有，当然有。我们那里的老头子们都喜欢著述点这个那个。偏生他们家老婆子烧水煮饭都喜欢拿稿子引火。一个写，一个烧，大家不当一回事。"序子说，"也有人把他平时谈学问的话记下来刻成小本子印出来过，叫作《辰阳琐言》。"

"你读过吗？"李先生问。

"读是读过一点，有的看不懂，有的有味道。大多是评论古人诗词学问的零碎……"序子说。

"试讲讲！"李先生说。

"他不相信范仲淹，说《岳阳楼记》虚而不实。我也受过他的影响，为这事翻过好多书。又说陆务观的《沈园》词是伪作，情与理都靠不住。又说白居易《与元九书》中证明唐朝老百姓文化水平比今天高不知多少倍。又说孔夫子的'五十以学易可以无大过矣'断句有问题——平时他也告诉我们，不要全信古人全信书，不信的里头有许多趣味……"序子说，"又要读好多、好多书之后才能有资格'不信'。"

尤贤有话了："你那个胃先生不太像个东西……"

话犹未了，有人敲门。

进来了满脸愁容的包树棠先生。他告诉李先生，温伯夏先生上午去世了。

李先生站起来，"嗬！不可能！前天看见他，雄邦邦的一个人，盲肠炎？盲肠炎怎么能死人？那么简单的病……"

包先生告诉李先生，学校开了紧急校务会，成立治丧委员会，"你是委员。"又拿出一份追悼会歌词，是他下午赶写的，请李先生过过目。

> 呜呼先生，
> 生为人中英。
> 中原多难，
> 失我诗城。
> 智化怒涛归大海，
> 千秋雄鬼不平鸣。

李先生念了又念，说好。

包先生告诉李先生，刚来的一位音乐教员名叫曾雨音，正在为这词谱曲。教大家唱熟了，那天追悼会上好用。

李师母端上茶来，包先生已经走了。

李先生坐在椅上叹息，说温先生是个天才诗人，古诗作得那么好，又有昂扬的新意……

两个人向李先生、李师母告辞。

一路上序子讲不出话，尤贤要序子多谢他，"你想嘛！要不是那口脚盆，李扬镳老婆舍得端茶端点心出来？会端芋泥出来？"

序子想到一件事大笑起来——

前些日子，尤贤肚子痛，陪他到医院看病。医生按按他肚子，量量血压，看看舌头，要他第二天门诊时带点大便来化验。第二天去了，只带了一张擦过屁股的大便纸。医生发怒了，骂他开玩笑，要他第三天再来。

第三天，他用布包提着满满一砂锅东西交给化验室。女医生吓得从屋里往外跑……

尤贤问他笑什么？

"我自己走路觉得好笑！"序子说。

尤贤骂他："幼稚的人常常无端生笑！"

温伯夏先生的追悼会开得隆重，全体唱包树棠先生作词、曾雨音先生作曲的哀歌，有铜管乐队伴奏，显出特别的分量，也很切合周围先生们对温先生的浓稠感情。一个个先生上台致辞，讲的都是彼此之间交往的私事，特别的感想。甚至提到他打猎养狗的趣闻，待人接物的人格力量。都很实在，是一个活生生的人。

听到全场的抽泣声。

会开得不长，情感真挚，没有被世俗稀释成无聊的应酬空话。这的确是一场难得的珍贵的会，让人一辈子都刻在心中忘不了。

天下的会都是这种开法就好了。

开会这种行动不晓得是哪位老狗蛋发明的，简直是千古罪人。你发明什么不好发明开会干什么？开会一百次只有三两次有用，其余都只是把有识之士聚在一起来浪费光阴；让好多聪明人听一个傻蛋或恶人海阔天空抒情。有的老实人兢兢业业就为开一辈子会活在世上；有的"老会精"因为没有会开憔悴枯萎而亡。眼看好多正经事情荒在那里长锈没人管。

序子认为开会和上课都是一种勉强的、毫无选择权的压迫行为。你那个"三民主义、吾党所宗"和我张序子有哪样关系？你那个英文、代数和我张序子有哪样关系？我早就决定长大不当官，不打仗，不当科学家，不到外国；要我学公民、学党义、学代数、学英文干什么？要我夹在里头上浪费光阴不喜欢的课程干什么？我若是教育部长，我就会通告全国，谁喜欢什么学什么，不准强迫开会和灌输不情愿接受的东西。

朱先生告诉序子："信来了。"

"浙江金华东南木刻协会"入会费，三角；木刻刀六把一盒，二元二角（邮费在内）。《怎样学习木刻》，野夫著，六角。一共三元一角。这三样东西紧紧相连，缺一不可。

林振成在那里做他的永动机，比居里夫人还专一。

"你的东西离成功还有几里？"序子问他。

"你是不是可以站远点，你帮得了什么忙？"林振成头也没抬。

"我劳作分数本来就很低，完全不能帮忙。你看你钉的这个架子一点也不牢靠，起码你先要把这副架子加些榫头，大小齿轮扣上才能转得灵活。"

林振成承认了这个忠告。

"我屋里那架有半张课桌大，是加榫头的。"

"那你还不搬来？"序子问。

"一个人搬不来！"林振成说。

"有我呀！"序子说。

"真的呀？"

"怎么不真！"

"那走！"

城外西北角五里多地，周围是鱼塘和番薯地，见到他爸在田埂上走。他爸个子不高，林振成叫他一声，他爸应了一声，没有一点新鲜感，各走各路。

两层砖墙屋，二层有炮眼，进门石头天井，是当过团长的架势。

那架永动机就架在堂屋方桌子上，果然不小。

林振成就着一把大陶茶壶嘴喝茶，喝完了问序子："你喝吗？"

序子看着那把茶壶，想了一想，还是喝了。

他妈出来，问："相米搭吉瓦朵来？"[1]

林振成说："搬几来米将！"[2]

他妈说："爪靳揣相米？呷园新犟！"[3]

"冇泳！冇泳！"[4]林振成说。

两个人，一个用左手，一个用右手抬着永动机开始往回走了。

"你们家就三个人？"序子问。

"嗯！有长工田里。"

"你爹还带兵？"序子问。

---

1 什么事转回来？
2 搬这件东西！
3 这么紧张做什么？吃完再走！
4 没空！没空！

"'蓝搅'兵！[1]"林振成说。

走着走着，林振成觉得不是办法，"放下放下，等我回家拿块麻口袋。这样提着走不是办法！两个人不停换手耽误工夫……田埂上不好走。"

一会儿拿来麻口袋，垫在肩上，叫序子帮忙扛上去。

"我先来，等会换你，走路方便。"林振成说。

这东西起码有三十五斤上下。

没走半里路换了序子，再走半里又换回自己。

一路上，两个人哼着气说话。

趁着永动机在林振成肩膀上的时候，序子问他："你喜不喜欢刻木刻？"

"什么叫木刻？"林振成问。

序子开始对林振成阐述自己也糊里糊涂的东西："那是一种在木板上刻画，自己用油墨印出来的艺术。现在全国好多人都在刻，是一种进步艺术，还能发表在报纸上，自己的名字在旁边一齐印出来。"

林振成喘着气问："你给我讲这些事情做什么？和我有什么关系？"

序子这时候心里有点虚，"我自己对刻木刻知道得也不多，底下还有好多事情没有办法，很麻烦，等以后搞清楚了再告诉你，反正是件让你神魂颠倒的事……"话没说完，又轮到他来背。

"我老实告诉你，我要是爱迪生就好了！"林振成松了松筋

----

1 鸡巴兵！

骨说。

序子背着永动机，上山一样地艰难，"唉！你听我说，讲不定爱迪生老早以前就搞过永动机，碰了钉子才放弃的。你想吧，你这种头脑想得到的事他那种头脑会想不到？会轮到让你来想？物理学定律对你的永动机都是限制，你毫无出头之日！"

"像你这么说，蒸汽机、飞机、汽车都由他爱迪生一个人发明算了……我是拆了我爸两架挂钟的齿轮才勉强凑成这个规模的，你要体谅做发明家的难处……"

"你有个好爸，拆他两架挂钟都不打你。"序子说。

总算进城了。回到文庙。大成殿宿舍、教室、救火队、铜管乐器室、《血花日报》、血花剧团无一处可以安放永动机，最后好不容易把它用绳子悬在膳厅西南角瓦檐底下。以免好奇的俗人像豺狼虎豹，随意拨几拨，林振成的心血就会毁于一旦。

可能是上帝说过："不管做什么，你都不要践踏有心人的血汗。"（其实是序子信口编的。）

序子原先设想，趁下乡帮忙搬永动机之际，把林振成那点痴情点拨到木刻上来。

这经验是跟牛屎虫滚粪球学来的。（北方叫"屎壳郎"。）

甲牛屎虫千辛万苦滚圆一个粪球正往自己窝里推。牛屎虫推粪球有自己的操作规程，瞄准方向之后倒转身来，后脚顶粪球，前脚贴地使劲往前推。如果半途不出意外，照例粪球是会顺利滚进自己窝里的。储存起来，冬天好用。

没料到斜刺闪出一只乙牛屎虫热心地过来帮忙。粪球滚动进程中，帮忙的虫乙有意稍许拨斜一点方向偏往自己洞里。虫甲只顾使

永动机器

「像你这么说，蒸汽机、飞机、汽车都由他爱迪生一个人发明算了……我是拆了我爸两架挂钟的齿轮才勉强凑成这个规模的，你要体谅做发明家的难处……」

小心翅忙者

牛屎虫推粪球有自己的操作规程，瞄准方向之后倒转身来，后脚顶粪球，前脚贴地使劲往前推。如果半途不出意外，照例粪球是会顺利滚进自己窝里的。

劲且完全信任好心的帮忙者，哪想到粪球在漫长的道路上滚入虫乙窝里。

林振成既不做虫甲，也不做虫乙。张序子想做虫乙的计划没有得逞，却发现自己完成了一次中国童子军"日行一善"的正经事。

林振成如果真的动了心，放弃做永动机而跟张序子开始从事伟大的木刻艺术事业，首先就应该拿出三元四角钱（包括张序子入会费三角）以供入会，买木刻刀和"《怎样学习木刻》，野夫著"那本书之用。东西来到，张序子可以借那本书看，借那盒刀用。林振成爹是老团长，有二百多亩地，又有十几口鱼塘，拿出三元四角钱如拔人身上一根毫毛！惜哉惜哉！不期林君麻木如是乃耳！

星期六下午在图书馆遇到二叔婶说："晚上有炖牛肉，来家吃饭。"

前头说到文庙时曾经稍微提起过，二叔婶的住处在文庙范围之末端，所谓末端者，即末端之后不再是文庙范围了。

曲里拐弯房挤房中间留下的这条小弄子豁然开朗，腾出一块场子，算是血花剧团范围。顺左首走即是一堵很表示与众不同的花矮墙，里头小小一幢二层楼。楼底下是厨房。二叔婶住楼上，一厅两房。厅中墙上挂着一轴中规中矩的书法，上写：

"湖光山色共争秋，一点尘埃无觅处。沉沉水底见青天，画舸直疑天上去——赵企秋日泛西湖诗——刘龙掩书于江陵，戊戌秋"。

二叔说赵企是宋朝人，刘龙掩是近人，戊戌是大日子。刘龙掩这近人二叔不认识，诗、字都好，他读北大时小字画摊上买的，随身带到如今。

序子一直记住这首诗。造句奇怪，镶嵌得不着边际，读来跟义山诗一样好听，显得读诗的自己也妩媚起来。

这层楼木料好，结实可靠。奇怪的是从第一级楼梯起直到楼面到处都出响声。心情不好和心情好的人，能踩出各自的意思——闽南人听闽南话，外方人听国语。

"派色！派色！"（不好意思！不好意思！）

"哇可！哇可！"（我苦呀！我苦呀！——其实不是真苦，只是一种感叹词，有如外国人叫"我的上帝"！）

"叶笑。"（顽皮。）

"唔汤阿里！"（别这样！）

"太调皮！太调皮！"

"吃过吗？吃过吗？"

"舅妈，舅娘！"

"胳肢窝！胳肢窝！"

有人说地板响，人听出什么意思是心理作用。

另外的人说，地板响是请木匠高手故意设计的。往年安溪强人多，半夜三更谨防刺客非常必要。"只要楼梯响，当然人上来。"赶快轻轻跳下床，子弹上膛，准备开仗。

序子取信后者；但也不排除另外经验的心理作用之前者这一说。序子多次坐过火车，要什么意思，车轮子就给他什么意思：

"呷饭呷菜！呷饭呷菜！"

"汽车火车，火车汽车！"

"王八羔子，十分混蛋！"

（以后几十年，序子在火车上，车轮子就对他讲：

"下定决心，不怕牺牲！"

"牛鬼蛇神！"

"砸烂狗头！"）

……

惯了就好，听熟就不当一回事。

二叔还没回来，二叔婶在楼底下厨房，序子在楼上走廊靠着栏杆看远山。阴沉沉的天，老远的云从山前经过，慢吞吞地，舍不得走。后来也不是走，飘到序子头上时才散了……

"序子你来了？"二叔婶问。

"嗯！"序子答。

"桌子上有'杠糖'，你自己吃！"二叔婶说。

"嗯！"序子没动。山那边又另外来了几朵云。

托尔斯泰说过："音乐常令人产生一种从未有过的回忆。"

来到特殊环境，也容易让人产生从未有过的诗意……

二叔回来了。二叔婶听到楼梯响，"我在厨房！"故意敲了敲锅铲。

"知道了！知道了！"顺身对序子说，"你怎么的？成天在图书馆。你在读大学啊！正经课都不上！"进屋换了衣服出来，"你看你，还时常去骚扰先生……"

"是李扬镳先生邀我去论文的。"序子解释。

"论文？"二叔笑起来。

"讲是讲论文，其实是摆龙门阵兼及论文……"

二叔又说："李先生说你小时候背过不少古文，你怎么能自满？世上古文多的是，你怎么背得完？背完也没有什么了不起，大不了是个冬烘傻学。另外一些学问一点都没有……"

"所以咛，我才上图书馆呀！"

"你的许玛琳先生、陈延庭先生都说你'怪'，你要小心。看两位怎么对付你！全校学生都晓得他们的厉害！"

"不会的，我最喜欢他们两位！"序子认真地告诉二叔，"他两位对我都好！"

吃饭了。序子上下帮二叔婶端钵子菜盘上楼，摆碗摆筷子，三个人吃起饭来。

菜不少，蚵阿煎，胡萝卜排骨汤，韭菜炒鸡蛋，一小碟咸菜和小碟辣酱，重要的是那一钵子红烧牛肉。

二叔见序子猛吃饭，便说："要多吃菜，吃肉，饭只是填肚子，没有肉菜营养大。"（这句话十分科学，但绝对反传统，打破十几年序子家庭教育观念。序子从小受的教育是多吃饭少呷菜的孩子乖；多呷菜的孩子不乖。）

吃完饭，序子对二叔二叔婶说，楼梯口装个滑轮，吊根绳子，绑个篮子，饭菜和空碗盘上下楼省得端，也安全。"我一个礼拜就做得出来。"

二叔说，工人今天星期六家里有事请半天假，平常她做得很好的，等下就会上来收拾。

二叔婶开始喝茶，叫作"铁观音"，恰好是安溪特产，二叔婶也叫序子来一杯。苦是苦，味道确实香。

二叔看着序子说："你过来，我问你。"二叔伸出两只手，"英文这叫什么？"

"One foot, two feet."幸好许玛琳先生刚刚教过，所以回答得快。

二叔大叫起来："你的手才叫 foot 咧！

你的手才是脚。

二叔看着序子说：「你过来，我问你。」二叔伸出两只手，「英文这叫什么？」

"你看你这样学英文怎么办？你的问题根本不是蠢，要是蠢，我也想得通；你也不是懒，要是懒，我也想得通；你也不是很调皮，要是很调皮，我也想得通。你究竟是怎么一回事，心思到底在哪里？

"哪！最近又听到你的美术先生朱成淦说你要学木刻。"

序子吓一跳，"他几时说的？"

"他还说，你眼前有点为难事？"二叔盯住序子。

序子不太清楚二叔指出的为难事除了木刻之外还指什么别的，心里头仔细捋了一遍，挺起胸脯对二叔说："没有吧！"

"你还'吧'咧！"二叔说。

序子一共有三双袜子。洗好的袜子穿两天换一双，不停地洗，不停地换。不像有的同学几天才换一双，让人隔两张床还闻得到臭。

鞋子两双，也要轮到洗换。

集美童子军袜子是黑的，袜口两道红杠。

衣服破了可以补，扣子掉了可以缝上；唯独袜子破了没法办。它是棉纱织的，陈伶教练老远就能查出黑袜子上露出的几块小白肉。幸好序子发明了一个办法，露出肉的地方用黑墨汁填上，好多人都跟他学。

有时候也混不过去。袜子时常移位，肉又露出来了，所以在脚上填墨的功夫是很有讲究的学问。

脚板实在是不好意思开口、令人惭愧的部位。哪怕新袜子，上脚两天脚指头就会公然显露出来。幸好它藏在鞋子里，破得像草鞋也不关事。有钱同学就懂得在校门左首边找那位专补破衣烂衫的老太婆，花三角钱请她纳双袜底，起码能维持两三个月的清吉平安。

不过这种奢侈豪华行为不是普通学生办得到的。说说好玩而已。

（尼龙袜的发明人为什么不早半个世纪出生？你晓不晓得三十年代的童子军穿着一种叫作棉纱袜子的过的是什么日子？）

我现在和你讲这些鞋子袜子的事都是由于我心里的不安而故意装成若无其事的鬼话。我眼前一片绝望情绪，所有起立坐卧之思，全由于木刻刀泡影于眼前而引起。像那个倒霉透顶的林冲，站在大马路上，拍着胸膛来的那一句苍凉无比的话："愧——煞——英——雄——也！"

林冲在紧要关头时可以上梁山。序子这时候上梁山干什么？哪来的路费？有了路费，不正好买木刻刀还上梁山做什么？这都是百无聊赖的废话，毫无出路的思想。狗咬尾巴团团转，是思想里头的粪便需要找个好地方排泄。

到山顶上去唱歌。

到大礼堂去演讲。（很多演讲都是排泄。）

序子一个人靠在龙眼树底下写信。

东南木刻协会野夫、金逢孙先生，我名叫张序子，今年十二岁，湖南朱雀城文星街甲二号人氏。太婆名张邓氏，婆也名张邓氏，因为婆是太婆的侄女。爷爷张镜民，是个老人家，一直在北京熊希龄那边工作，很少回家。父亲张幼麟，母亲柳惠，以前是本县男女小学的校长，男当男的校长，女当女的校长。后来朱雀县起了变化，全城都穷了。我兄弟五个，我，老大，张序子；老二，张子厚；老三缺席，一生下来就死了，不算；老四张子光；老五张子谦；老六张子福，跟着父母日子不好过。

父亲出外谋事做，带我到安徽宁国一二八师找他的老同学顾家齐师长，打算在那里混一段时间再转上海找他的一批画画的朋友同学，在上海站稳脚步之后好当画家。在宁国遇到我的远房二叔，把我带到福建厦门集美读书。不料过不了三个月事情起了变化，七七抗战开始，父亲到上海做画家的打算一辈子再也不能实现了，一二八师所有的文职人员都遣散回乡。我的学校也从厦门搬到山里头的安溪县。我读的是初中一年级，除国文、历史、自然、地理之外，其他课文比如英文、物理、代数，分数都很差（几何分数高得很，我自己也不明白什么道理），先生们并不怎么讨厌我。

这里的同学大部分是南洋群岛来的，生活习惯一大半像外国人，都是做生意的有钱人家子弟，读书用功，想事情的方式简单。喜欢起音乐来就迷在里头去了，动作让人觉得好像个流氓，其实不是流氓，斜眉斜眼陶醉成那副样子在我们家乡是会让人误会的，会死于非命。

我有位美术先生名叫朱成淦，是中央大学毕业的。他教我们美术，给我们讲世界美术知识和中国美术知识，讲徐悲鸿、刘海粟、高剑父、高奇峰，讲叶浅予、张乐平，讲李桦、陈烟桥、黄新波和你。（你，就是野夫。）

我对于木刻是个外行。看起来朱成淦先生对于木刻除了佩服欣赏之外他也不太清楚底细。他是个好人，他大概觉得我也是个好人，便一直帮助我认识木刻。你们的地址和寄来的章程便是他辛苦搜罗来的。

我要老实告诉你们两位，我只用白广告色在黑纸板上临过两幅黄新波的木刻，此外，对于木刻一无所知。

人一辈子做事情总是从不知道到知道的。我不会刻木刻只是我眼前还不知道；知道了，以后就会了。所以我不在乎惭不惭愧。

眼前的困难是我没有木刻刀和你写的那本书。

我不能说我眼前一贫如洗。（不至于那个样子。）

我二叔每个月给我一块零用钱，都派上用处了，分毫不能动。像剪指甲一样，剪错一点都会痛。那也不过只是一块钱。要大到三块一角钱那么多，那就不好想了。

现在要考虑的是，你们的工厂到底有多大？本钱足不足？如果我向你们赊一次入会费，一盒木刻刀，一本《怎样学习木刻》，你们经不经得起这种压迫？我也讲不上要多少多少年、说不定的日期之后可以把三块一角钱还给你们。你们忍不忍得住？你们有没有一种准备上当的决心？万一我是个骗子？也许你们真会这么想。我要是你们，也很可能会这么想。人不能没有给自己留一手的防身之术。"防人之心不可无！"

为什么朱先生一提起木刻我就醉了心眼呢？我根本连真的木刻都没见过。我凭什么就打算一辈子认准了它？你们就不要麻烦操心去瞎猜其中道理何在，我自己也不清楚其中之道理何在。我眼前只算得是个无头苍蝇的木刻爱好者，向你们赊欠一盒木刻刀、一本书和一个入会费。

话要讲清楚，"赊"和"借"不一样。

赊了，就一定要还，还，是迟早的事。

借，不同。我们家乡人向人借钱，来来回回大部分是不还的。如果能还，就不会借了。实在话，借钱给人的人，心里明白，这笔钱一出手就不用想它还会回来。其实是一种好心的周济和施舍。讲"借"，好听一点。这说的是穷人借小钱的事。穷人借小钱也是混日子，家中老小几口人吃饭，能卖的都卖完了，全城借钱的熟人借高了[1]，再也不好意思开口了，等死吧！

有钱人也向有钱人借钱。先借二十元，第二天就还了；第三天借三十元，第四天又还了，显得很有信用。第五天借二百元，从此永不见面。

借钱去赌、去嫖是另一门事，这里很不方便说下去。

我曾经想过自己做木刻刀。在家乡我对付过这门手艺的。见铁匠铺打过单刃、双刃刀。我父亲刻通草画也是自己打的小刀。懂得"火口"，懂得淬火之道。可惜没见过木刻刀，我打个屁？

你们要是住得近，我能走近看看就好。这都是日本人害的。现在过日子，什么都跟打倒日本帝国主义有关系，你们说是不是？

如果你们有说不出口的困难也请千万不要不好意思。我认为这是很自然的事。我们原本就不认识，用不着向我抱歉。在这种情形之下，你们是否能够画个木刻刀的样子给我？写明尺寸、用法，说不定我自己真能够在大厨房炉子旁边做几把出来。

最后，向你们鞠躬。

（附上回信的邮票五分整）

集美中学四十九组学生张序子敬上

民国二十六年十二月二十七日

---

1 借遍了。

妈妈和爸爸最近来信说的都是苦话。

一家都不能团圆住在一起。爸一下走长沙，一下走浦市，一下走沅陵，难得安身，找不到工作。

一二八师在上海和杭州中间的一个名叫嘉善的前线进行保卫战，和日本鬼大兵团同归于尽。

九孃孃"朝了"[1]。

二弟子厚小小年纪到一个莫名其妙的"江防队"做事。

妈妈带着三个小弟弟进沅陵"难童收容所"，妈算"先生"，弟弟们算"难童"，在里头混稀饭吃。

婆怎么过的日子？没有死，死了就会说了。

序子这天收到信,吃中饭滴了好多眼泪在碗里,静静地吃了……

序子一个人在环城马路走，见几个人在篮球场打散球。

尤贤叫他下来，序子摇摇头，慢慢往下走，在球场边上坐下。

尤贤边打球边开口："看样子你心里有事。说说，我帮你把把脉！"

序子没理他。

这些人根本不像在打球，懒懒散散，球无可奈何地在他们手上传来传去，有时连投篮都忘了。

体育场常见到这种无聊场面，幸好今天只有序子一个观众。

不打了，大伙捡起衣服上坡。尤贤夹住那个脏球。仍然是这帮旧人，容汉祥、陈宝国、周经松、林振成。序子跟在他们后面往浴

1　疯了。

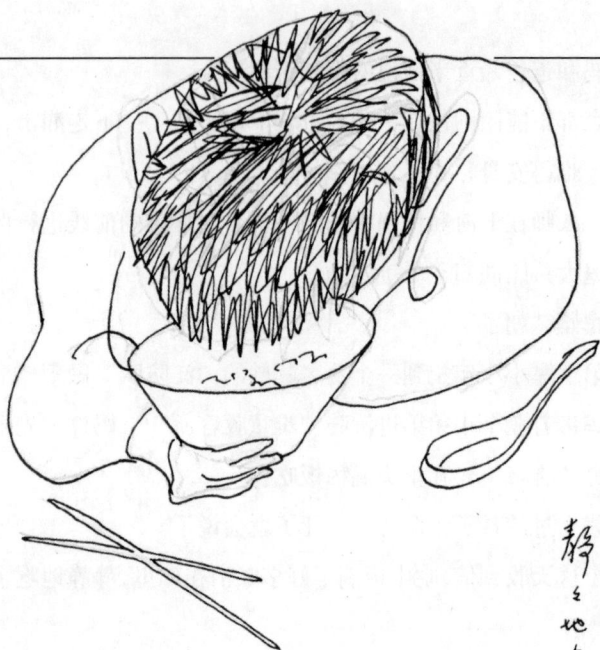

眼泪滴了好多
在碗里，
静静地
吃了

序子这天收到信，吃中饭滴了好
多眼泪在碗里，静静地吃了……

室走。进了浴室，序子靠墙蹲着看他们冲澡。

"你心里一定有事！"

序子还是不理他。尤贤放起嗓子高歌起来："问君能有几多愁？恰似一汪洗澡脏水向沟流！"

序子笑了一笑。

"你是不是觉得我的嗓音有点像郎毓秀？"（当年唱《举杯高歌救国军》的女高音歌唱家，著名摄影家郎静山的女儿）尤贤问。

容汉祥说："你光着屁股一点也不像！"

尤贤激动起来，"问你们一个问题，为什么我在浴室里特别有音乐天才？"

"因为隔壁有女生浴室！"周经松回答。

陈宝国问序子："你知不知道明天星期天我们要上金山寨？"

"我不知道。"序子说。

"尤贤，你怎么没通知张序子？"陈宝国问。

"哎呀！本帅只记得世界大事，把这件狗屁小事忘记了。张序子，我现在郑重命令你，明天清早随本帅向金山寨进伐！"

尤贤这狗东西对世上一切都看不惯，都要发出特别之厌恶议论，只有花钱请客一声不响；固然，有时候难免透露出一点想当小领袖的野心。不过这种失算每次他都有现实的估计，根本没有人把他真当回事。

吃过早饭后几个人就集合在那棵"按胖（平声）"[1] 树底下，

1　黄皮果。

序子还是不理他。尤贤
放起嗓子高歌起来：『问君
能有几多愁？恰似一汪洗澡
脏水向沟流！』

为女孩找去浴室唱歌特别有天才~

314

尤贤见序子扛着一根细长竹扫把，"你带这东西做什么？"

序子说："我爱带什么就带什么。"

其余有带童子军棍的，手杖的，短竹棒的。尤贤放下背上大口袋说："大家站好！军用水壶带了没有？唔！带了。六件刀带了没有？唔！带了。救生绳带了没有？唔！带了。现在我发中午的点心，哪！饼干，一人两包；'扛疼'[1]，一人两包；面包，一人一个……所发食物，不准半路开食……好！向左转，齐步走！"

没有人理他。各人从环城马路下坡，穿过老龙眼树群到了沙滩。大家都不说话，只听见脚底下沙子索索响。

这条河名叫"兰溪"，河对岸叫"后垵"。那边有十几坨大白石头参差地横在水里。水绿得很，缓缓的，像不在流地流着。（跟彭教练露营的"后寮"在左边一点。）

撑渡船的艄公跟他的船一样老迈不堪，天生一副让人过眼就忘的模样。渡船拢岸，丢下两分钱就走，谁认识谁呀？仿佛一件天生跟船钉在一起的木桩子……

上岸以后往右边上坡，几个人一路小心绕着仙人掌和龙舌兰走。陈宝国问尤贤："你这么爱讲话，刚才也不跟老头子搭几句？"

"你是死人哪？不爱说话的老头你惹得起呀？"尤贤说。

周经松说："呵！你也有怕的？"

尤贤说："我怕？我做什么怕？要是我会泅水，早就跟他说话了。……林振成，你是安溪人，你说是不是？"

"不是！"林振成说，"他是'哑伯'，又聋又哑。在安溪谁

---

1 花生糖。

都认得。"

"你们看！是吧？说话也要看人嘛！跟哑巴怎么能畅心交谈呢？是不是？"尤贤开始宣讲，"我个人觉得，一个哑巴，最好的职业就是在青山绿水之间撑渡船了。终日默然与山水作会心之交流。唉！'范蠡驾扁舟一叶，偕西子逝波震泽；婵娟摘秋菊盈把，随屈平骚赋辰阳。'听听听，张序子，你算是读过几篇古文的人，凭良心讲，这两句够不够感动安溪一县人？够不够你在河边徘徊三天？哑伯的境界可真到此为止了！应该刻块碑立在那里。"

周经松说："记得范蠡带西施坐船是在太湖，你那个震泽是个什么地方？"

"去去去去！你懂个屁！"尤贤骂周经松。

"诗这个东西我不太懂，只是喜欢。"序子说，"你上句末尾的那个'泽'字是'陌'韵，跟下句末尾的'阳'字的'阳'韵有点犯冲……"

"好，好，我早就晓得，你看不出我是故意的吗？'诗无达诂'你懂不懂？你去查李白、杜甫、苏东坡，大诗人根本就顾不上这些琐碎……"尤贤说。

"那你把范蠡、屈原、西施、婵娟拉到安溪来，跟哑伯有个屁关系？"容汉祥大笑。

"你再笑！再笑！看'令白'[1]不把你推下山去！"尤贤要生气了。

"林振成！怎么还不到金山寨？"陈宝国说，"我脚都累断了。"

"快了！快了！前头两座山坳，不长树的山尖底下那座山就

1 你爹。

是。"林振成说。

尤贤问序子："这几天看你的精神有点萎靡不振?"

"是的,家里来信,让我好难过。"序子说。

"啊!我还以为你是留级弄的。我认为进学校读书,留不留级根本算不得一回事。你想嘛!学校这东西根本就不是个什么东西。大不了是个培养小孩子正常长大的地方。那区区几本教科书有什么值得费神的?学校跟社会不一样的地方就是它干净。先生都是精挑细选的精华,世界上哪里有专挑社会渣滓到学校当先生的?除了修养学问,他们还有好多精彩的人品让我们去接近,这是一。二、图书馆好。图书馆是一个手摸得着的自由世界。南洋那边好多熟人都讲我是在集美混日子,'令白'就是混日子,长大成人之后'令白'还要到世界上去混日子。可惜打仗了,集美是个好地方,原来是想在集美盖个房子,一辈子住在那里的。那个地方,那地方的人,那地方的习气我都喜欢……咦?我只顾讲话,你讲你家里来信难过,什么事?……"尤贤问。

"个人的事,给你讲也没用!"序子说,"好复杂,好沉重!"

"要你回去吧?"林振成问。

"要能回去就好了!"序子说。

"哈!我知道了!家里写信要你回去'撮摩'吧?"尤贤跳起来说。

序子没想到这个混蛋刚才好不容易说了一番人话,忽然又邪起来,恨不得一脚把他踢下山去。

"你不要生气,你听我慢慢讲。昨天在图书馆看到一本书,介绍一个中国出名的文人。家里父母写信要他回去,给他讨一房老婆。

他没有反对，也没有抵抗。住了一段时候重新一个人回到大城市，写文章说他那个老婆是封建家庭强迫婚姻的结果，不认账了，不要那个老婆了。你可以骂把你养大的爹妈是封建主义的一对老混蛋，真正受罪的是那个年轻可怜老婆，一辈子那么不明不白地被不负责任地甩掉。还觉得自己很委屈，四处写文章诉苦喊冤，好像那个可怜的老婆哪些地方害了他一辈子！对付这类人我觉得最好的办法是请个江湖侠客半夜把他的'蓝搅'割了，让他一辈子当太监。真是万分之可恨……

"序子，听说你家里来信，我就想多了，你不要气，我没有一点想糟蹋你的意思，我只是气那本书。口水就沾到你身上了。唉！金山寨还没有到，怎么这么远啦！休息，吃点心。"

他妈的好像个司令。他总是找这种机会下命令，好像休息、喝水、吃饭这类事情是他发明的，大家都在听他的话。

"这类男人到处都有，不管出不出名，一律都是混蛋。尤其那些北洋军阀，老婆一百多，还要派一个连长管住。"周经松说。

林振成说："那也不一定。我们安溪以前有个土司令，一个字也认不得，连口令都不会叫。把'立正'叫作'卡同令白哇夺去'！"[1]

"'稍息'叫作'卡同令白抡出来'！[2]

"'向右看齐'叫作'陶合令白哇过去'！[3]

"他就只有一个普普通通的小脚老婆，走到哪里带到哪里，疼

---

[1] 脚替老子缩回去！
[2] 脚替老子伸出来！
[3] 头替老子歪过去！

爱得了不得。"

（《毛泽东选集》曾提起过这人，好像是姓詹。最近认真翻查了一两个钟头，都不得要领。是有关地方武装势力方面的文章提到的。）

喝完水，吃了点心继续上路，翻过两座小坡，快到金山寨脚底下的时候，忽然一条蛇横在路上。序子拿起长竹扫帚猛力刷了几刷，那蛇就逃走了。

序子说："拿棍子没有用，它就怕扫帚。我晓得一路会出这些东西。这蛇我家乡叫'响蛇'，脑壳三角形，咬你一口，走七步就死。也叫'七步蛇'。尾巴有个壳壳弄出响声，告诉你'我要咬人了，滚开！'它特别喜欢拦在路上，天不怕，地不怕。这家伙在我家乡很值钱，泡酒喝。卖到广东取胆，做蛇羹汤。"

尤贤怕得脚痒痒的，搔完左脚搔右脚，"我们南洋，这类蛇一万种也不止，整条鹿都吞得下，有时候也吃人。"

"那是。"序子说，"你们那里有大蟒。我们的大蟒没有你们的大。"

金山寨到了。一棵树也不长，都是赭褐色的碎石。

再往上爬不到两百米左右，发现东西了。

大家欢呼："金子！"

东一块，西一块。小的手指娘小，大的巴掌大，黄灿灿子，四方形结晶。序子不太相信自己的眼睛，照自己的知识审定，这是一座"裸矿"，也就是说用不着挖坑道开采，随手捡来就是。怎么没有人注意呢？那么亮晶晶、活鲜鲜摆在手上的东西，满山都是。正如家乡一句老话："捡到宝贝不是宝，沉香当作烂柴烧。"

青天白日之下，没有人说话，只顾自己捡大坨的往挂包里装，弄得人人挂包胀鼓鼓的还舍不得歇手。

序子搞不清问题了。

要真是满满这一口袋金子的话，什么麻烦都解决了。婆、爸爸、妈妈、弟弟，所有的亲戚六眷都不愁了。安溪县的人怎么会舍不得走这么十几里路丢掉发财的机会呢？

怪！"世人皆醉我独醒乎？"世界真有这大好事？

序子当然也挑大坨的捡。他问尤贤："你真信这是金子吗？"

"我也这么想。全安溪县的人都傻，就我们这几个人聪明？放着一山的金子不捡？十九世纪美国加利福尼亚、科罗拉多淘金潮的时候，那些为了一点点金沙子，钩心斗角，谋财害命，都白热闹了？

"在印尼家里我是见过金子的。好像，好像比眼前这些东西重好多。我也不太懂，金子是不是四方结晶体的？"尤贤说。

"那我们先捡一点再说，要是真金子，回头再多捡不迟。"陈宝国把满满一挂包"金子"倒回地上，只留下几坨好看的。

别人也学他的样子。

序子无所谓，捡了就捡了。心里一直扑里隆通："金子呀金子，你千万不要不是金子！我这辈子就靠你了！"

回到学校，序子计划明天图书馆一开门就去查书。唉！图书馆星期一休息。

好不容易熬到星期二。商务印书馆的万有文库没有可查之处，好不容易在杂书类找到一本"秀水丛书"《矿物识别》。我的天，查到了，世上所有矿物都有用，唯独所捡之物最没有用，是个烂杂种矿，其名曰"黄铁矿"。上头是这样写的："……属等轴晶系，

东一块，西一块。小的手指娘小，大的巴掌大，黄灿灿子，四方形结晶。

序子不太相信自己的眼睛……

浅黄色，结晶多为六面、八面或十二面体，含极少量之镍、砷、钴、金……硬度六，此矿在矿物中最为普通。因含硫过半故不适于作提炼之用，技术繁复，得不偿失……"

根据序子几个人所捡之黄铁矿来看，其中也有很大不同。它们的结晶是长四面体而不是六面、八面、十二面体，不是金子是肯定的了。

序子惴惴地拿了一坨给汪养仁先生看，汪先生瞟了一眼说："黄铁矿。你们上金山寨了吧！"

序子扑腾一跳。其实根本用不着跳，没有人捡到金子的！

又查了一下黄金。

金，天然多呈单质体而存在。质柔软，延展性特强，一公分重之金可延展至四千公尺。（可惊可叹！）不受酸、碱、氧腐蚀，仅溶解于王水和氰化钾溶液中。比重为十九点三。

比重这个问题很怪。除了铂二十一点四五，钨十九点六之外，没有比金子重的了。水银也重，不过也只是十三点六。

序子不甘心，丢一颗进大厨房煮粥的大灶里。砰的一声，差点没把序子吓死。粥锅子没炸漏，大师傅就骂灶里烧的柴火见了鬼。幸好！幸好！

林振成在膳厅一角拆他的大永动机。

"怎么？不发明了？"

见是张序子，马上靠墙坐在地上，摊开双手喘气。

"我一点不想鼓励你'失败是成功之母'这类的话，其实它是郑成功之最没有出息的爹郑芝龙！耽误了好多事。你早就应该放手，劝你你不听。"序子说。

"现在我不是放手了吗？"林振成说。

"拆下的这些齿轮发条螺丝你看多可惜……"序子说。

"不要紧，我装得回去的。"林振成说，"我问你，前些时候，你跟我讲的那些什么木刻怎么一回事？"

序子甩了甩手自己走了，"我也不太清楚。吃过晚饭有空再说。"

吃完晚饭，林振成在照壁背后追到张序子，还是讲那个木刻的事，遇到迎面走来的同班女同学徐秀桂。序子跟徐秀桂一辈子顶多只讲过三次话。这次反而她先开了口："唉！唉！张序子——"又看了看林振成，"你们两个只要稍微用点功就及格了嘛！你看你们，好可惜！"

说完就过去了。

"这'鬼炸莫浪'[1]！"林振成指着徐秀桂背影。

序子抓回林振成的手，"她是个老实人，好意嘛！咦？你也留级了？"

"蓝搅！"林振成毫不在乎。

见到朱成淦先生，他迎面就说："怎么你两个都留级了？张序子呀！张序子，美术分数九十九也救不了你的命，你看，你看你们两个。坐坐坐！坐下再说。"

朱先生好像因为两个人留了级很贺喜的样子，"你们还上金山寨捡金子？"

序子跳起来，"哪个讲的？"

——

1 这鬼婆娘！

"都晓得了！都晓得了！"朱先生还在笑。

"我们星期天去远足，捡了一点黄铁矿。"序子说。

"若非黄铁矿，岂不是金子了？"朱先生大笑。

朱先生面前，两个人不敢生气，他爱怎么笑就让他怎么笑。先生嘛！能忍就忍住点。序子想起一个故事。

古时候有个读书人名叫张百忍，给自己大门口悬了块匾："百忍堂"。乐善好施，名誉很好。

有一天自己办喜事"撮摩"，摆了十几桌酒，开席时候来了个讨饭的要口喜酒喝。管门的不让，两个人大吵大闹，动手动脚。张百忍连忙请进。进了门要坐上席，张百忍就请他坐上席。讨饭的手脚放诞，吃喝不顾周围。没吃完的猪脚鸡爪随便扔给桌子底下的猫狗吃。摸狗摸猫，肮脏之极。

酒筵之后闹新房他也要参加。公然坐在新郎新娘床上，要新娘奉茶。大家看了有气，碍于情面不好出声。

最后忽然大唱喜歌，舞之蹈之地出门去了。

后来才发现，他所摸过的东西，酒杯呀！筷子、饭碗、菜盘呀！猫呀！狗呀！坐过的新郎新娘的床呀！都变成金子做的了。只有那个看门的没有变成金的。好险！好险！

好多人都希望在大街上再碰到那个讨饭的，请他到屋里坐坐喝杯茶，吃回饭。可惜没有。

这故事跟忍耐和金子都有关系，大家不可不放在心上。

朱先生问序子，金华那边有没有信来？

"信刚寄没几天，怕没有这么快回。"序子答。

"是的，信刚寄没几天，怕没有这么快回。"朱先生说。

林振成对朱先生说："我从今天起决定不做发明家了，跟张序子做那个木刻什么家算了！"

朱先生说："我不太清楚你的意思。"

"他呀！"序子说，"这两个多月都在做永动机，费了好多力气……"

"喔！"朱先生说，"你又不是很喜欢美术的人，清都不清楚，怎么做木刻家？"

"我打算现在开始清楚。"林振成说，"前几天张序子拉我做，那时候我还不太清楚……"

"不光是清不清楚的问题。木刻是一门艺术，你糊里糊涂，底下怎么做？"朱先生说，"你还不如再找点别的事情做好。"

"我原先是想拉他一起学木刻的。我没有钱，他有钱，他如果买了木刻刀、书，我可以借他的书看，借他的刀用；还想他帮我交入会费。他不肯，我就没有办法了。"序子说。

林振成急着说："那你不早讲！"

序子说："我讲你能听吗？你那时候忙得像只狗公追狗娘，还听得进我的话？"

林振成气得要发作了。

"行，行，行！"朱先生说，"写信，写信，张序子你帮帮他怎么写，寄钱买刀买书和入会。底下怎样到时候再说。慢慢子培养自己的爱好也是可以的。慢慢来，不要急——唉，林振成你这个人，真弄不清楚……"

"朱先生，买完了那些东西，底下怎么办？"林振成问。

出了门，序子骂林振成："看你走得那么慢，是不是'卡冲'[1]太重。"

"嘿！噻令亮！你走在我后头，你的'卡冲'才重咧！起码八十斤！"

回到教室，就两个人，点了根蜡烛，写起信来。

这次，比序子自己写的那封信短了十分之九。

名字，寄上的钱数，买刀一套，书一本，加上入会费、收件地点。

"咦？"林振成问，"怎么一套？你呢？"

"我已经讲好向他们赊账了。"序子说。

"万一不赊呢？"林振成问。

"到时候借你的用。"序子说。

"借什么？加上你的！"林振成说。

"我没钱还你！可不是存心。"序子说。

"下辈子还！"林振成说。

……

"你先讲木刻这类东西到底是个什么东西？"林振成说。

"我眼前还不清楚是个什么东西。总之是一门美术。这是可以鉴之于天地的！"序子说，"大概是这样，先画个画稿子，蒙在一块木板上，用买来的那些刀子把这些画刻出来。滚上油墨，一张张印出来。"序子说。

"印出来干什么？"林振成问。

"一幅画呀！"序子说。

---

1 屁股。

"一幅画做什么?"林振成问。

"你的作品呀!"序子越回答越惊讶, "你个死卵!"

"哈!我根本就不会画!"林振成说。

"怕什么?所以要学嘛!像你做永动机那样耐烦,一定就会了。"序子说, "第一步,你要学会喜欢。"

"唉!喜欢这种事,我想,有很多种:一种是原来不喜欢,经人那么一讲,通了,就喜欢了;一种是天生就喜欢,要他不喜欢都不行,打他、骂他、刀子架在'蓝搅'上也死定喜欢;一种是原来不喜欢,赏一点钱,喜欢了;一种是一帮人,大家都喜欢,一个人不喜欢不行,跟着喜欢了;一种是,他爹喜欢,他是孝子,就喜欢了;一种是一家老小十几口人靠他吃饭,把不喜欢当作喜欢;一种人为了纪念死翘的朋友,把朋友的喜欢当纪念品,改行喜欢;一种人,为了时兴而喜欢;一种人怕'炸摩'[1], '炸摩'喜欢他也喜欢;一种人当官的喜欢,他也喜欢;一种是好奇喜欢,弄来弄去变成不喜欢;一种是原来以为喜欢这一个,后来明白喜欢的是另一个;一种是一辈子喜欢的东西,断气的时候才明白错了;一种是一辈子只喜欢自己,恨世界上所有的东西……"林振成说。

"你讲这么多,自己算哪一种?"序子问他。

"我呀!当然是第一种。"林振成说, "你呢?"

"你还没有讲到我那一种!"序子说, "你自己也未必是第一种!我告诉你,我爸爸是个师范毕业生,学的是音乐、美术专科。他什么都没有教过我,只陶冶我一点点音乐和美术一抹要紧的影子,

---

1 老婆。

让我一辈子不明白这些东西又喜欢这些东西。前几天我在图书馆借了一薄本子美国文学家爱默生的文选，提到阿拉伯人写他们英雄的话：

在冬季里，
他是阳光；
而在仲夏，
他是阴凉。

"我对你讲，这有点点像我打算对你介绍的'美术'。'美术'在我们过的日子里、我们心里，就是阳光和阴凉。你抓不到，摸不着，只能有时候感觉得到。要是你是个专门的美术家，你就是做这种阳光和阴凉的人。你不要怕不懂。我不懂也不怕。

"爱默生又说：'一棵无花果树只要看着另一棵树，就结果子了。'

"这就像你莫名其妙一下子懂得美术一样。你迟早会的。所有的人都会和你一样。"

过年了，学校有游艺会，还要演话剧。

好久没见到黄炯森先生了，他是管血花剧团的。他一定非常忙，很少到文庙前头来。剧团里头混得最热闹的，男有吴玉液、林有条、杨振来、郑海寿、郑少发，女的叫不出名字，年纪不小，像是高师的几个人。认识的只有赵敏蓉一人，她是个热闹场合中时时见得到的人。

节目有：

《一群小瘪三》，杨振来演台湾浪人，容汉祥、周经松和张序子演上海小瘪三。

《赵阎王》，洪深编剧，林有条演赵阎王。林有条是高师的，块头不小，走路双手摆得很大，眼睛鼓鼓的，笑起来板着脸孔只发声音："嗬、嗬、嗬、嗬。"有点阴险味道。（《赵阎王》的剧情忘了，对不住。）

《回春之曲》，三幕剧，田汉编剧，吴玉液演爸爸，赵敏蓉演女儿梅娘，林有条演她的男朋友高维汉。

那个歌好听：

> 哥哥你别忘了我呀！
> 我是你亲爱的梅娘，
> 你曾坐在我们家的窗上，
> 嚼着那鲜红的槟榔，
> 我曾轻弹着吉他，
> 伴你慢声儿歌唱，
> 当我们在遥远的南洋。
> ……
> 但是，但是，你已经不认得我了，
> 你的可怜的梅娘。

剧情是一个华侨爱国青年高维汉参加抗日战争受到脑震荡的重伤，多年的女朋友梅娘赶回国来照顾他。高维汉昏昏沉沉地听她唱歌，后来病就好了。

南洋回来的学生跟着歌声打拍子，很受感动，好像自己就是高维汉。

《一群小瘪三》，独幕剧。杨振来个子又高又大，百分之九十的黑人血统，话讲得洋里洋腔，怎么能演日本鬼的狗腿子台湾浪人呢？结果还是演了。最后让三个小瘪三容汉祥、周经松和张序子骗到大垃圾箱里头关起来。张序子忘记讲普通话的规矩，一时兴起骂了关在大垃圾箱里的杨振来一句闽南话：

"努考伯咯！"[1] 翻译成普通话的意思是"你可倒大霉了"。

引得满场大笑。

最后是《放下你的鞭子！》。

《放下你的鞭子！》原来是街头剧，应该到街上去演的。

剧情是：一户东北逃难出来的卖艺人家在街头演出，饥寒交迫的女儿不小心失了手，爸爸拿起鞭子便抽，看热闹的几个路见不平的观众（是演员扮的）要揍那个爸爸，爸爸便诉说日本鬼子侵占东北，让人民流离失所的苦楚。于是大家哭成一团，高喊"打倒日本帝国主义"收场。

有的观众真以为是东北逃出来的一家苦难同胞，演出收到很好的宣传效果。

一旦放在舞台上演出，假"观众"还要从台下爬到台上去打抱不平，弄得大家觉得有点不好看。

序子哪里是演东西的料？从来就有上场昏的毛病，大概自小没

1　你哭你的爹了！

有受过上台训练的缘故，平常日子摆龙门阵还算有点来头，一到上台就头尾俱麻，哼不成声。演出《一群小瘪三》，容汉祥旁边提一句，序子讲一句。容汉祥等于一个人演两个角色。听说外国人从小有朗读的训练，这是很要紧的安排，免得长大之后像序子一样上不得台盘，没有出息。

"参内"这个地方离安溪城大约十五里，在东边方向，沿兰溪左岸往上走，翻过一座好走的山就到了。

序子一辈子头回长见识，世界上有这么人情味的村子。像上天给这些好人特意安排下来的这块长满粮食和果木的大盆地。全村的人都姓叶，树叶的叶。周围山上，平地，河边，鱼塘周围长满高高低低的花木果树，不姓叶姓什么？

男女老少都有教养，和读不读书关系好像不大。当然，参内有好多读书人，东南西北几座小学校，大清早就听得到读书唱歌声。集美里头参内人就不少。

人和人见到，都轻声让路问好，没有汽车公路，大家练就一身挑背东西的本领，身材十分矫健强壮。用一句俗话形容他们，"眉飞色舞"最是恰当。尤其是青年男女们日常那种潇洒神派！

参内所有的房屋远看近看都很古老浑厚，好像近两三百年没盖过什么新房子，用北京研究文物老行家的说法，"包浆很足"是够得上的。

村子中间有一座"叶家祠堂"，建构宏阔，装得下一村人，要紧事情都在那里商量解决。

祠堂左边有一栋少人上去的藏书楼，听说有很多古版书。

参内人喜欢热闹，动不动就请客，逢年过节，招来许多客人，像目下大会堂演出重要节目那么拥挤。

到这里做客是有讲究的。你必定要怀着一样的仁爱诚恳之心对待他们。要不然就会让自己的祖宗在天之灵羞耻伤心。

集美两位先生，叶书衷、叶书德就是参内人。

序子先是跟着高师、高中的参内同学糊里糊涂到那里做客，后来清清楚楚和三两个同伴就自己去了。熟到家家都叫得出他的名字。第一，序子是外省人，跟现在见到洋人一样，他们很是好感好奇；第二，序子会画点东西。只要哪家预备了颜料，画张观音和灶神是顺手的事。还会画袖口领口和其他绣料花样，还会把刚跟吴先生学会的剪影在这里抖搂一番，都有人捡宝似的拉着他和喽啰们回家吃饭。

人家"撮摩"办喜事，小方桌子一路摆过去见弯就拐四五十米，客人面对面坐成一字长龙。汤汤水水，鸡鸭鱼肉横行霸道，中间一定有盘超大型"查霉算"，堆如山高。面对面的熟朋友让炒米线挡住，吃到半截时才发现："哦？你也来了！"

（"查霉算"本来想写五百字专稿，它的好吃和炒制技巧其实五百字也讲不完，又怕口水滴在稿子上，所以省略了。）

这种场合不巧会老远看到二叔坐在正席上。他眼睛尖，头脑灵，不会见不到序子。这状况有点怀古意味，与当年孙瞎子大满酒筵间见到爷爷的相互情绪反应有点类似。不过序子未免能承认自己弱势——"天地宽阔，智广才多，嗝！嗝！嗝！"（祢衡语）

不过，参内最让人醉迷、最让人终身难忘的是过年。他们那么地融洽一致，烘烘笼笼像一窝蜂子，筹备过年像打扮一个天堂。满人家『撮摩』办喜事，小方桌子一路摆过去见弯就拐四五十米，客人面对面坐成一字长龙。汤汤水水，鸡鸭鱼肉横行霸道，中间一定有盘超大型『查霉算』，堆如山高。面对面的熟朋友让炒米线挡住，吃到半截时才发现：『哦？你也来了！』

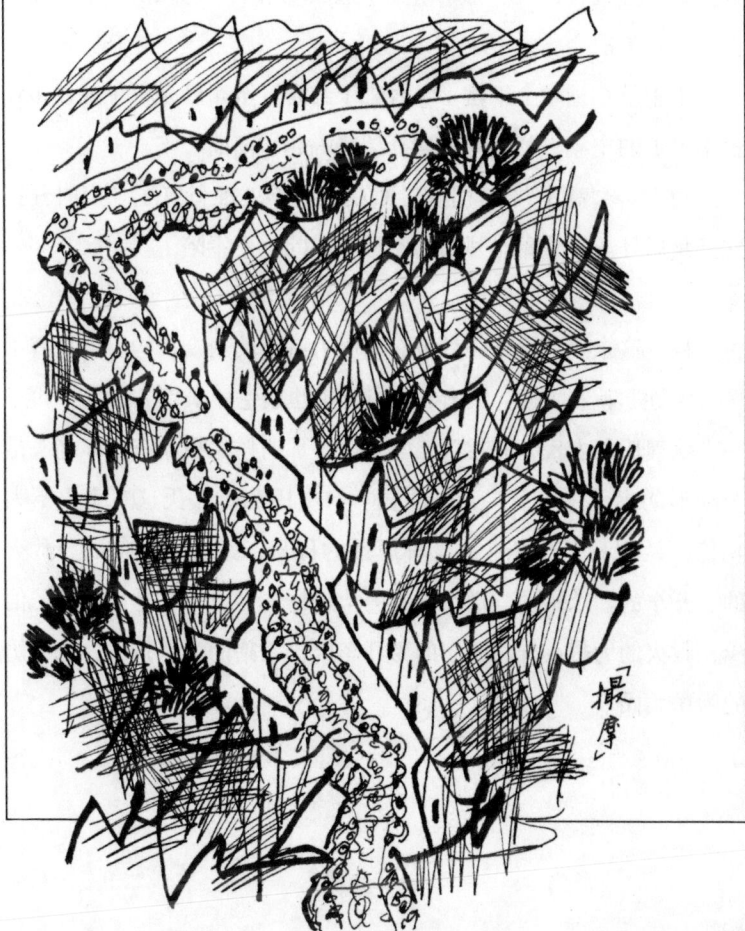

「撮摩」

333

世界最好的声音，最好闻的香气，最好看的颜色，最好吃的味道，最好感的拉手，最好看的笑脸，最亮的光，最强的力，都拉到参内来了，大家亲在一起。

祠堂是中心。百多幅列祖列宗的画像卷轴慎重地从仓库端出来，按辈分次序虔诚地挂在祠堂四壁。

年初一天没亮，号角齐鸣，爆竹锣鼓喧天，华灯明烛，香烟缭绕。族长带着一帮地主绅士行跪拜典礼之后，举行正式的全村行政大会，财务报告，大、中学学生录选成绩名单……几次上茶润嗓子，报告人宣告散会。

中午就在祠堂上下摆了一百二十桌席。散席已是下午三点多钟，舍不得走的中年人利用余热摆开架势唱起"南曲"来。

晚上看"高甲"[1]。祠堂对面戏台上早就准备好了。定时开锣。这又是另外一番景象。写书的不是唱戏的，不奉陪了。

祠堂这东西的确是一种极有说服力有趣的聚众机构。自从有了"百家姓"就有了它。没有百家姓之前也有它，黄帝、蚩尤；再早一点伏羲氏神农氏，有巢氏，燧人氏，那时候大概没有。本老头是个隐形的虚无主义者，对神农氏、有巢氏和燧人氏这三个人不太相信。认为只是个职业、工种属性的称号，跟今天送信的、救火的、开车的、杀猪的、送牛奶的完全一样。你可以称送信的为送信氏，救火的为救火氏，开车的为开车氏，杀猪的为杀猪氏，送牛奶的为送奶氏。

---

1 戏。

爱称不称！反正这些人算不上老祖宗。当然进不了祠堂。

中国人有两个毛病。一个是喜欢吹自己祖宗来历很"古"；一个是喜欢吹自己的东西天下第一。为什么喜欢"第一"？因为他不知道世界到底有多大。为什么好"古"？因为他不知道世界到底有多古。中国人讲"古"，端不出真家伙。"盘古"开天地说服不了人。印度公元前三千七百年已有文字，普遍使用了铜器。公元前三千五百年，埃及的雕刻已经十分成熟，用了太阳历和铜器，皇家贵族佩戴的珍贵首饰硬度达九。

牛皮吹多了就不思上进，连自己也相信起来。自尊心失掉现实基础，狂妄自大，疑神疑鬼。对外缺乏御侮能力只好对内自我掠杀，陷进日渐衰落残忍地步。

美国立国才两百年多一点，历史短之又短，可算不"古"之极。自我欣赏虽则有之，倒少见他们吹过什么大牛皮。

不小心话又扯远了，还是回到祠堂方面来。

本老头家乡也有祠堂，都是"大姓"。所谓"大姓"就是人多的姓，尤其是里头出了几个大官再加上人多的姓，那是非常不得了的！所以有时候也发恶挑拨，这姓和那姓打架，霸占田地财产，强夺良家妇女甚至代替法院凭自己好恶随意决定百姓生死性命。有很大封建成分在里头，这又变成很要不得的可恨东西了。

不过在闽南一带，一个村子一个姓是平常事。它的地名干脆就用"吴厝""蔡厝"……旅行赶路的人十里二十里地走着，远远看到一片瓦顶，就会手指着说："呃！那是'邓厝'咯！""呃！那是'林厝'咯！"

闽南是个温暖的文化礼仪之邦，泉州古时候就非常有名，是座海外通商大码头，名叫"刺桐"。当年的路牌就是用汉文、阿拉伯文（有没有英文、西班牙文我不清楚）刻在石头上竖在街头巷尾的。

城里开元寺有两座十五里外就看得到的大石塔。塔身每一片巨石上都刻镂着精微雕刻。泉州人爱称其"东西塔"。塔是宋朝年代建造的，建成之后剩下的泥土没地方安放，就把它铺成一条又宽又平的五里长街，所有繁华景象在长街之上一览无余。

这是个有趣的秘密，老人们逐渐消逝，长辈们有没有跟年轻人讲过塔的故事呢？听过的可当耳边风，没听过的请耐心听一个有感恩之情的外乡老人说说这件事。

本老头大着胆子说，"东西塔"在全世界算得上是数一数二的雄美大石塔，宝贵之极。

盖塔之前为了打基础，挖了几万土方，弄成两口二三十米深的大坑，从坑底一层层用花岗岩垒到地面。

精确的塔身从地面开始。

工程没搭脚手架，只将周围的土方夯成宽阔的、平坦的斜坡大圆圈，雕刻好的石料用推车运上去装砌。塔身越砌越高，平坦的运石斜坡圆周越大，原来挖出的上万土方不够了，向南安县山那边要求帮助。

工程一天一天地进展。远远望去，最后两座临近完成的大石塔让两座大山埋在土堆里头。

推开两座大山，露出高插云际的东西塔，运走的泥土变成从北到南五里长的涂山街。

闽南人自古喜欢为乡邦做些大事情。造塔修庙，建造联结海湾

工程一天一天地进展。远远望去，最后两座临近完成的大石塔让两座大山埋在土堆里头。

推开两座大山，露出高插云际的东西塔，运走的泥土变成从北到南五里长的涂山街。

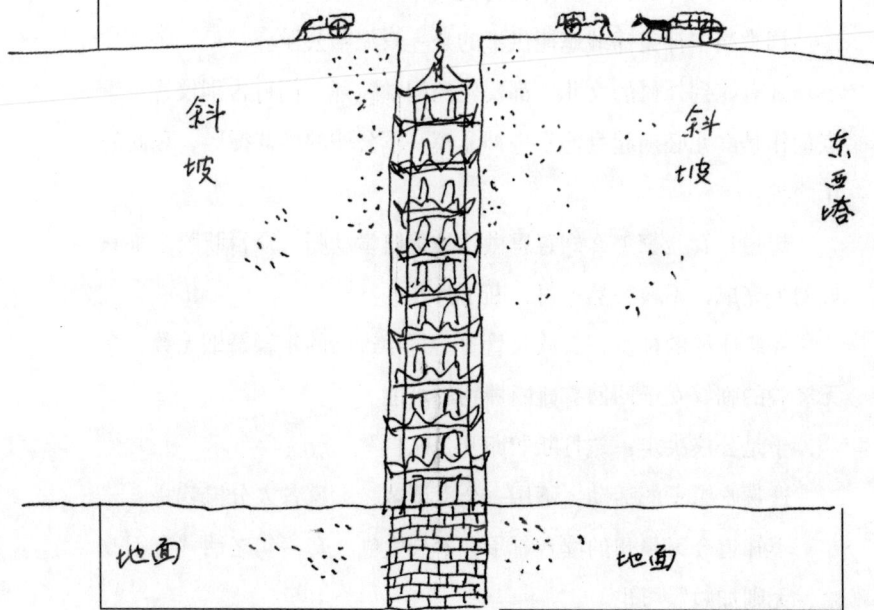

斜坡

斜坡

东西塔

地面

地面

两岸伟大的洛阳桥……有深厚文化底蕴。随街今古书店，大清早可看到爱娇的老太婆买香花插在发髻上。尤其是泉州人，工作余暇一齐坐下来"呷袋"聊天，知识广博，文化深厚，出语滑稽突梯，相互间开着恰到好处的玩笑，斟酌自古相传的各色谚语，品味当今风云人物的善言雅行。

比如提到某商会会长的夫人妇女会长某某女士，则雅称为："新府口的尿缸！"

从标准钟南行约三十步左拐至一小广场，有废弃的大小门面若干，其地面墙根埋一直径六尺左右之陶缸，众人逛街尿急可于此处解决之。故谚底为"众人拉"。

如相约吃馆子。一人建议："今天讲定'打断驴卵'啊！"

泉州西门外（？）有个大村镇叫作"×厝"。

祠堂当中神龛锦缎遮掩供奉的是一只泥塑公驴。

凡有嫁到外村的女儿，都要先到祠堂跪拜，例行告别仪式。重点动作是女儿必须起身伸手进神龛摸一下公驴的"蓝搅"，冀盼旺丁之福。

想想！女儿家怎么好意思做这种荒唐举动呢？众目睽睽之下只好匆忙完成，不料突然一碰，断了！

一座庄严的祠堂，有族长管着，每年进出的年轻婚姻无数，毫无经验的临嫁女子回回有碰断器物的可能。

于是公议决定："打断驴卵开公账！"

这顿吃馆子的活动，不用一个人请客，大家各人分摊就是。

不知道今天泉州的读者看了会不会生气？套一句老话"有则改之，无则加勉"可也。

一座庄严的祠堂，有族长管着，每年进出的年轻婚姻无数，毫无经验的临嫁女子回回有碰断器物的可能。

打断驴卵开公账

泉州古时候有位玩笑先贤"蔡六舍"，坊间出过他许多笑痛肚皮的书，不知年轻诸君读过没有？

　　这种开发智慧、有益身心的书是应该再版又再版的。

尤贤对序子说：

"今早上我抓到一只绿臭虫。"

"乱讲！"序子说。

"骗你是你儿子！"尤贤说。

序子伸手，"拿来我看！"

"早捏死了！"尤贤说。

"哼！你这种人！"序子掉头就走。

碰到周经松，尤贤对他说："我告诉他今早晨抓到只绿臭虫，他不信！"

"他不信我信。你家里什么都有，金臭虫，银臭虫，七彩臭虫……"周经松说。

序子跟周经松走到池塘边。

"你讲讲，什么缘故他总爱东拉西扯？"周经松问。

"萧条，无聊，想亲近人。"序子说。

"心想亲近人，嘴巴子又把人赶跑！"周经松说。

"所以哟！有时候你只看见他一个人坐在床上，对小镜子挤脸上的粉刺，绷起嘴巴拔胡子。他根本没长什么胡子，手指头满脸搜索，摸到一点点就死命拔，真拔到一根的时候，又痛得跳起来。手上长疥疮，脚趾缝香港脚，像是身上挂满玲珑玩具，一天到晚忙个不停。"序子说。

"要是他跟人能够平平和和相处，聊聊天，是很有意思的。"
周经松说。

"他不太会过日子，又不甘心日子没变化到处找麻烦。书读得
那么好都用不上。"序子说。

上午不见尤贤上课，下午体育课，他从校门外回来了。

表情十分隆重。弯着腰，两手紧紧抓住裤裆中间，像是逮住一
只飞进去的麻雀，慢慢地、轻轻地走碎步。愁锁双眉，面色苍白……

问他出了什么事，他皱眉摇头。

好奇人随他回大成殿宿舍。躺下，一声不吭，静若处子。

序子和陈宝国、容汉祥几个人轮流给他送三顿饭。大小便不喜
欢别人照顾，一定独来独往。

好不容易熬过一星期多一点，人们才知道他去医院割了包皮。

要不是他自己说出来，序子还不知道世界上有割包皮这回事，
便连忙去查《辞海》。

"'割礼'，宗教名词。谓割去阳物之前皮。在原始野蛮民族
颇通行。而犹太教、回教则定为一种礼节。徒众受教时皆行之。"

序子十分生气，似乎是有点对好朋友的关心：

"你他麻个皮！你没事找事！你什么好玩不玩去玩割包皮？你
又不是犹太人，又不信回教，这有什么好玩？要是医生手重一点，
你就变司马迁了！他妈你怎么想的你？……"

尤贤头一次没有回嘴。

序子坐在床沿边对他皱着眉头笑。

序子发现自己这种笑法原来是有名称的，叫作"苦笑"。序子

弯着腰，两手紧紧抓住裤裆中间，像是逮住一只飞进去的麻雀，慢慢地、轻轻地走碎步。愁锁双眉，面色苍白……

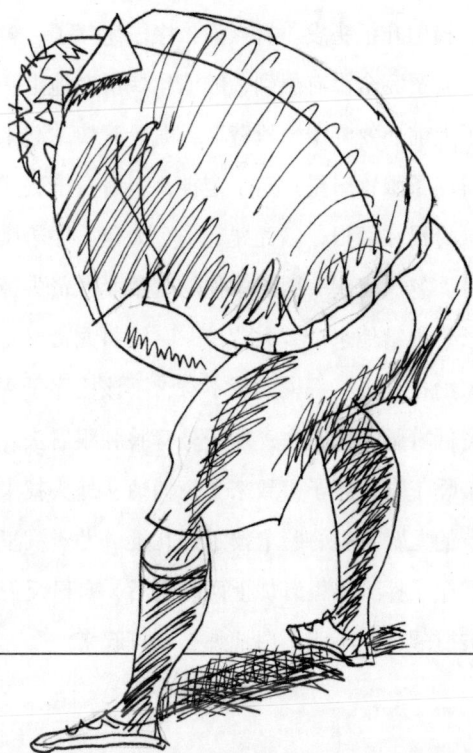

逮住裤裆间的麻雀.

343

从来没有这么笑过。这种笑法就像蜜糖里头挤了一些柠檬汁在里头。汪先生前几堂课拿了一颗两头尖尖的绿色水果给大家看，名叫柠檬，橘科，说可能是哪个华侨带回国偶然把籽籽落在土里长出来的野种，切了几片让大家尝，酸到脚后跟去了。这种酸法可以做醋的爹或是爷爷。

人和人的事情其实还真是有点怪。

尤贤自从割了包皮之后，大家对他产生一种特别的好奇心。好像在人生阶段上升了一级或降了一级，也很注意他的音容笑貌出现什么变化，饭量？谈吐？嗓音？（传说太监变女嗓子。）

有天吃完午饭从膳厅出来，序子走前，尤贤走后，忽然伸手拔掉序子后脑勺几根头发。有点痛，序子生气了，侧身给他一个"操裆挎"，尤贤完全没有想到，顺墙角摔滑在地上。大家叫好。

序子上前还要弄个"抢背"，尤贤赶快站起来给序子腮帮一巴掌，打得序子眼冒星星。定了定神，斜着身子去搓他膝盖，又让尤贤抱住腰身扔在墙根，脑壳碰起一个大包。序子爬起来，装起要扑他的下身，忽然飞起一腿踢中他的腮帮。尤贤失掉了方向，左右转圈。序子想再给他来个"大背挎"，没料尤贤又是两拳打在序子脸上。大家给拉开了，都说尤贤不对，不该拔序子头发。

尤贤低着脑壳回宿舍；序子鼻青脸肿跟后头。

中午睡午觉，序子兴致来了，悄悄从外头找来一根柴火棍，把进入梦乡的尤贤身上、脸上搂了好几棍。尤贤糊里糊涂挨了打，爬起来又把序子摔到墙根，加上两脚之后，自己反而号啕起来。所有同学都被搅醒，"不明不白地怎么又打起来？"

有人报到训育处。两个人站在王先生面前。

"自己说吧！怎么一回事？"

尤贤嗯唔了几声，序子不说话。

"看看！打成这个样子！尤贤你明明晓得自己比张序子大好几岁，他没惹你，你拔他头发做什么？你咧！（指张序子）你，嗯！嗯！你也打架是非常之不对的！你这么远来集美读书，不用功，还留级，还打架，是非常之不对的，非常之不对的……不对的。两个到医院敷药消毒去吧！下次再打，就不原谅了！"

回到宿舍，同学都晓得这两个人去过训育处……

序子爬回自己上层床，尤贤依然在下铺。序子一躺下就睡着了。尤贤一直睁着眼，哪怕是半夜三更序子上头翻身，尤贤都会猛然坐起来……

一天早晨，尤贤跟在序子后头悄悄地说："张序子，张序子，我烦死了，不打了，算你赢好不好？我几晚都睡不宁，'努松细哇老白！贺唔？'[1]"

序子斜眼看他一下，点点头，收了这个不孝儿。

尤贤后来对别人说："张序子'香力妙浪，冇躲力港！'[2]"

过年。

高中和四十八组、四十七组几个同学邀序子晚上去看"高甲"。吃完晚饭出门不要紧，有道理讲，看王先生、李先生、吴先生……回来是半夜，要翻墙，"怎么样？去不去？"

<hr />

1　你算是我爹，好不好？
2　乡下苗人，没道理讲！

序子说："去再讲。"

就是在县政府左首边那块小十字街，搭个草台。

"高甲"看不惯，大吼大叫，锣鼓喧哗之至，动作也大。又说是来源很古。本地人很入迷，那是当然，是他们土里长的，自小看大，和我们外地人感觉不一样。就好比硬让安溪人听朱雀的"辰河高腔"，一定也勉强。前些日子在参内，听人吹"南管"唱"南曲"——"啊嗬！嗬！嗬！啊，啊，嗬……"十几个人，唱吹融成一团。序子一动不动，怕得罪人。其实多听几回，稍许熟悉几节调调，跟着哼起来，会听出讲究的。要时间，再加点好心好意。

序子小时候听爸爸按风琴，奏出一连串和弦，乡里人就笑，"齐都不齐，乱七八糟"。

"辰河高腔"锣鼓、唢呐齐鸣，乡里人听惯了，就认为当然。

这次看夜戏，最让人感动的是吃热油锅边的新鲜炸油条，喝甜油麦茶。灯火辉煌，热气奔腾，眼、耳、鼻、口完全沦陷其中。

光吃新鲜油条，喝油麦茶而没有"高甲戏"；或光有"高甲戏"而没有新鲜油条和油麦茶，这情景都会惨淡……要有就都有，才显出饱满。

说是说看"高甲"，倒不如说去参加一场快乐仗火。既不在吃，也不在戏，更无关乎升华和沉淀，是一种近乎"常"的东西……

看戏不要钱，吃东西要钱；序子满肚子胀，不晓得谁出的钱。

十点多了，序子随高中几个同学回到校门口，公然轻轻叫门。校警问："上哪里去了？"

"看戏。"

"东北边锣鼓响，就认准你们去看戏！"

"那你还问？"

"不问还算校警？校长知道，我还会挨棒棒……"

沿着墙根偷偷各回各的宿舍。

另外两三个胆小的从文庙背后穿过老龙眼树下，翻老百姓墙头回到宿舍。第二天他们告诉序子差点吓死。

"过龙眼树底下，黑咕隆咚，鼻子碰到一双上吊人的脚……"

……

序子在图书馆借三本尺多长的书，十斤重怕也不止。叫作《泉州东西塔之建造》，日本人印的。每层塔，每块石头上的雕刻都不放过，实在是了不起的学问功夫。

二婶说："这是珍本画册，只让在馆内看，不准借出。你借这么三大本画册，也没地方放。到那边桌子上看吧！啊！今天年三十，你来家过除夕……你看得懂日本文吗？你想晓得什么？"

"……我认中国字的那一半……我看的是雕刻，弄清楚宋朝人当时盖这塔是怎么想的。"序子说。

"你花时间做这些没有用的事情做什么？"二婶说，"你看你这学期都……"

"我不晓得有没有用。这三本东西放在架子上好久没有人理。日本人下这么大的功夫，中国人为什么不下这么大功夫？那边还有两大本《洛阳桥》，我都想看看……抢不动的东西小日本鬼崽崽也那么费神……"

"那你搬过去看吧！看完等下送回来，记得今晚吃饭的事……"二婶说。

天没黑，序子上楼吓了一跳，原来许玛琳、李扬镳先生也在。

鼻子碰到一双上吊的脚

另外两三个胆小的从文庙背后穿过老龙眼树下，翻老百姓墙头回到宿舍。第二天他们告诉序子差点吓死。

「过龙眼树底下，黑咕隆咚，鼻子碰到一双上吊人的脚……」

许玛琳先生先开口："Well, look, who is coming up."。

（嗬！看谁上来了！）

序子向许玛琳先生、李扬镳先生鞠躬，顺带向二叔鞠躬。（平常，二叔是用不着鞠躬的。）

"How could you, with a bloody nose and swollen face for the coming year？"

（过年了，怎么鼻青脸肿？）又是许玛琳先生说。

"Playing around with my classmates."

（跟同学闹着玩。）序子说。

许先生问二叔："听！你怎么说我学生的英文不好？"

"是哪个同学？"二叔问。

"一个好朋友。"序子答。

"好朋友还打架？"二叔说。

"不算打架，一种交手活动。"序子说。

李先生跟着说："对，对，他们的确是好朋友。两个人时常结伴到我家里的。"

"有仇才叫打架。他读过很多书，功课特别好，动作粗了一点……"序子说。

许先生开心了，望望大家：

"Well, to deal with, to fight, or to start a feud, They are not the same. Xuzi, right？"。

（"喔！打架，交手活动，有仇，这不一样的。序子，对吗？"）

序子答："Yes, sir."。

（"是的，先生。"）

『我不晓得有没有用。这三本东西放在架子上好久没有人理。日本人下这么大的功夫，中国人为什么不下这么大功夫？那边还有两大本《洛阳桥》，我都想看看……抢不动的东西小日本鬼崽崽也那么费神……』

李扬镳先生说："他比你大很多啊！你怎么打得赢他？"

"动手不论大小。嘿嘿！他忘了我是朱雀人……我们这一盘没有输赢。"序子说。

"以后不要打了！"二叔说。

"嗯！我记得。"序子说。

吃饭开始。二叔坐北，许先生坐东，李先生坐西，序子跟二婶坐南。

序子照料倒酒。眼睛尖，哪个杯子浅了连忙补上。

许先生问，序子怎么会斟酒。

二叔说："他爷爷是位大酒人，世上少见。奇怪的是序子他爸爸这一房滴酒不沾。"于是长长地介绍爷爷在北京的生活。

大家都觉得有趣。

菜不少，有一砂锅狗肉据说是二叔亲自做的。序子一筷子进口看出陈皮、花椒的学问很大。

喝的是荔枝酒，序子来回地给李扬镳先生添杯。也想过，与其来来回回，不如把酒瓶放在他面前最好。其实是不可以的，显得待客礼貌不太周正，绝对不可以的。如果是再熟一点，熟到好像亲兄弟，那又是完全可以的了。人的日子就是这么混账，不可理论。

（听延安三八式老干部朋友说，那时候大家都很年轻，好不容易弄到一瓶酒，一点下酒花生，窑洞里围起来猜拳，输的喝，赢的也抢着喝。可爱！！！）

序子自己不会喝酒，连吃了糯米甜酒酿也脸红。他喜欢看喝酒的快乐场合。酒客喝恶酒的时候，会被熏醉。养的鸡、猫、狗也会被熏醉；连屋洞里的老鼠也醉；听说老鼠长期闻到酒和鸦片烟也会上瘾，只要人一燃鸦片烟灯，它就会从洞口钻出来大口大口吸气。

许先生喝酒文雅，两眼看人，微笑，举杯，轻轻抿一小口，再轻轻放回杯子。

李先生喝得温暖，不停地跟自己干杯。墙脚空酒瓶多起来，鼻子开始发出涓涓歌吟，双眼迷蒙居然还能微微晃腿，举箸夹菜。

对这场合，二叔婶一点不感生疏，常使眼色给序子适时斟酒。

二叔婶两人有时也互相举杯。阿姨来回上下端菜。坐席人虽然不多，看样子一下难以散场。

"庆嵩没来，真是辜负这钵狗肉。"许先生说。

"宋先生娘早不病，晚不病……"李先生忽然说话，在座的都惊服他灵魂的灿然。

序子想："怎么，也请了宋先生？"

请的先生，两个都是序子的对头。英文，许先生只给十二分；历史，原来序子自己根本可以写一本书的，考卷上弄乱年份，颠倒顺序，只记故事，宋先生给了四十五分。国文当然九十分；笑都犯不上笑，李先生和序子都安怡之极。

所谓"对头"，只是分数的"对头"，跟喜不喜欢是两回事。序子心里就是铁打地喜欢许玛琳先生、李扬镳先生、宋庆嵩先生、汪养仁先生、吴廷标先生和朱成淦先生。这是心里头的神圣，一辈子供奉的灵牌神位。

二叔为什么请他们三位先生吃饭呢？想买好他们？下次多给点分数？不像；要像，早就给了。

背后，他们一定谈过序子好多事，正反面如煎锅贴，里外透熟。聚在一起喝喝酒，默会在序子这个"怪物"身上取得的共同快乐认识而已。

"你说你怪不怪？连许其骏先生的劳作课你都过不了关。劳作不也是美术性质的吗？"二叔有一回见到序子这么感叹。

"劳作我少耐烦。"序子说。

序子对留级没什么情感处理。

林振成也不在乎。他爹妈只晓得儿子在学校读书，没有其他知识。

只有一个女同学，哭肿了眼睛出不来宿舍。（几十年后我到厦门，一百多位同班同学请吃饭，她跟徐秀桂坐我两旁，说起往事，我说："咦！那年你不是也留级吧？"后来徐秀桂教训我不该这么说："她都做外婆了，让她当众难为情。"我想想也是，没做过外婆不知道做外婆的难处。）

酒还要喝很久很久。趁这时候再讲点别的——

二叔这个人以前在北京大学毕业。那时候不叫北京大学而叫京师大学堂，学农，跟序子的四姨同班同学。八爷爷是北京商业大学（或学院）毕业的高才生（八爷爷就是小叔叔的爸爸），被陈嘉庚校主请到集美主持商业学校，娶了同安的蔡家好女子，不幸双双去世。二叔北大毕业之后，大概因为这个关系也到集美教书。在北京，适逢"五四运动"，跳过"赵家楼"的墙，留下一张头扎绷带的大照片。很是感动众人。

二叔书柜有好多书，更多的是话剧方面的书。德国的莱因哈特，英国的、瑞典的、法国的、美国的理论，厚厚的一本一本。没有序子后来才晓得的"斯坦尼斯拉夫斯基"。

从安徽宁国回集美之后，原来做农林学校校长，"七七"搬安溪没教过一堂课。做秘书长还是董事长,看样子是帮陈村牧先生管大事情的。每天坐在办公室,不苟言笑。

他毛笔书法有功夫,少露。

除看书,喝"铁观音",不见他有别的嗜好。平生喜爱戏剧,连"血花剧团"都不去。人背后称赞他英俊漂亮。两撇八字胡和油黑的头发,声音洪亮,很显得威严。

序子留级,他没有正式表示过意见。序子不是不明白二叔不是没有看法。可能在考虑序子这个"另类"在教育界是否是一种新发现的"特异细胞"?或一种莫可奈何的"黄铁矿"?

二婶单纯,只觉得序子正课不上,天天往图书馆跑不是个事情。二叔说:"图书馆都不让上,叫他上哪里去?"

就在这当口,序子编出第二本《国际人物漫画册》。把画报、杂志上的国际人物照片用自来水笔画成漫画,厚厚的两个本子。希特勒、戈林、希姆莱、里宾特罗甫、戈培尔、张伯伦、丘吉尔、艾登、斯大林、加里宁、弗罗希罗夫、米高扬、莫洛托夫、达拉地、贝当、戴高乐、罗斯福、赫尔、裕仁、土肥原、近卫、广田、东条、松井、墨索里尼、齐亚诺……蒋介石、林森、宋子文、宋美龄、张学良、汪精卫、孙科、孔祥熙、戴季陶、吴铁城……分门别类,逐天增加。光希特勒就五十多。(可惜这两本册子在德化瓷厂让人借走不还。)

尤贤说:"这两本东西要是让上海出版家看到,一定会跪下求你出版。到时候我若有空,会给你写篇序的。不要笑!有什么好笑?碰到正经事你总是嬉皮笑脸……"

……

酒总算喝完了,散席了,李先生、许先生下楼不要人扶。阿姨开后边小门让客人出去。序子自己回宿舍睡觉。

一般喝酒吃席都比较生动活泼。唯独二叔搞不出这种名堂。菜肴可口，酒也不错，可惜话少了一点。

在座的都是能人，原本应该掀起一点气氛的。这怪不得二叔，他少有应酬习惯，原有的幽默天分对不上齿轮。客人一走，好不容易吸口大气……

新鲜幽默不耐储存。幽默的组成是丰富的人生学识，高俯的优雅，冷隽瞬间的判断力和宽宏细致的怜悯心。一阵过耳的清风，一种醒脑的馨芳，一点会心的微笑，一指心灵的弦拨。

它不是讽刺，它不流血，当然更不是笑话。

一般人听得懂笑话，不一定能感悟幽默。

可惜，可惜。二叔要不是管学校的事，一定做得出让人佩服的大成绩。比如写书当文学家，当哲学家或当个什么、什么"文明官"。埋没了，可惜！他原可以活得深一点，现在浅，还没淹到脚背。

……

金华的信来了。厚厚一种纸的信封，让人接到这类信都感觉到是大人对大人派头。打开信封，一共是两张纸，写得满满的，后头还盖了个大圆红图章。

序子同学，你诚恳的长信收到，我们看了都很感动。你从遥远的山乡远离亲人万里迢迢去到福建，又能到一个全国知名的集美中学进学，都觉得你很幸福。为你高兴。

现在抗战开始，全国人民都动员起来跟日本侵略者做殊死的决斗。木刻艺术就是动员人民参加抗战最强大的文化宣传武

金华的信来了。厚厚一种纸的信封，让人接到这类信都感觉到是大人对大人派头。打开信封，一共是两张纸，写得满满的，后头还盖了个大圆红图章。

看……这么老成？

356

器。知道你真诚地想参加木刻艺术的学习，足见你是个热血奋发的青年。掌握任何一种武器都有个学习过程，从生疏到运用自如，如军人使用攻打敌人的枪炮一般。世上无难事，只怕有心人。对你来说，我们都认为，你的学习一定会取得成绩，会一天比一天进步。你还年轻，世上有成就的人，科学家、文学家、艺术家和伟大的思想家、革命家，都是从年轻的抱负开始的。相信你也会这样。

我们祖国有千千万万青年都默默地和你一样在做这种努力，在要求进步。所以，你不是孤立的。经过木刻艺术的学习活动，你将有机会认识更多的年轻同好，相互交流切磋艺事。亦将会出现很多木刻艺术上的新问题有待克服。这是木刻艺术的正常现象，不可灰心，因而取得更大进步。

本会同仁一起研究了你的现实困难和向学态度，决定破例免费寄赠你野夫先生著作的《怎样学习木刻》书一本，木刻刀一套，并免收你全部入会费，承认你是正式会员。

希望你经常来信，我们很愿意知道你木刻的学习进展。

祝你进步！

（大图章一个，年月日）

序子举起这封信。

"看！这是什么？"序子自己问自己。

陈宝国问是什么。

序子交给他看，陈宝国看不懂。

"不就是一封信吗？"

序子抢回信，往前就走。一路上遇见好多人，都不放在眼里。回到宿舍，坐在床上打开信又看，原来里头还夹着一张包裹单。幸好！幸好！差点掉在地上。

包裹单上写得清清楚楚，木刻刀一盒，书一本。

这是一张纸，东西在哪里？怎么把这张纸变成东西？捏着这张纸不晓得如何办。

几个人看序子坐在铺位高头发傻，问出了什么事。序子把包裹单交他们看。

"哎！上邮政局取就是了嘤！"

"我没取过。"序子说。

尤贤进来听到这件事，抢过信来，"下来！下来！怕什么？我带你去！"

几个人就上了街。

"看你走路那副样子，像个'蓝揽会'的会员。"尤贤说，"取回包裹，你该请吃'阿呀卖'¹！"

"哇冇镭²！"序子说，"那我不去了！"回头就走。

"好好好！哇欠！哇欠！³算是替你做满月酒。"尤贤说。

到邮局门口，序子把包裹单交给尤贤，他个子高。几个人站在后头。

栏杆里头的人说："学生证。"然后又问："你姓尤，包裹名

1 蛎黄粥。
2 我没钱。
3 我请！我请！

字姓张……你想冒领是不是？"

"喔！喔！"尤贤转身要了张序子学生证交上。

接过包裹和学生证，尤贤对柜台栏杆里的老头说：

"玛干德莱诺，果乐斯莱台乌，何可岂博怀里夫，道宝通香齐革八农当腊，妇值满，明石岁夫倍，批爪几！拜拜！"

老头瞪眼看着他们。

周经松在路上问尤贤刚才对老头说的哪国话。

"什么都不是！让他想去！"尤贤说。

尤贤真请五六个人吃了"阿呀卖"。

回到宿舍，大家围起来看木刻刀和书。

木刻刀装在一个扁木头盒子里，共六把，平口刀、三角刀、小圆刀、中圆刀、大圆刀、斜口刀。

至于怎么做，那要看书上怎么说了。

林振成赶回来问："我的呢？"

"这是专寄给我的，你的怕要过几天才收得到。"序子把信交给他看。

吃过晚饭，序子和林振成两人去看朱成淦先生，拿出信、书和木刻刀。

朱先生看完信，说东南木刻协会的人真有良心。又看刀。他也第一次见，一样地新奇，端详刀口的钢火。主要的兴趣在书上。从第一页翻起，根本不理会他们两个了。

两个人站在旁边，什么都不是。就床坐好，林振成开始咬指甲，被序子拨掉。又轻轻哼歌："脚尖着地，轻轻呼吸，手捏着武器，掩藏着身体，在黑暗的深巷，在高耸的屋脊……"

序子点他一脚，龇牙摇头。安静几分钟。今晚上怕就是这样下去了。序子使个眼色，两人踮脚走出房门。

路上，林振成说："看样子，这本书回不来了！"

"不会的。"序子说。

"他以为你孝敬他了。"林振成说。

"不会的。"序子说。

第二天下午，朱先生找序子到屋里。

"昨晚上我看了个通宵。"从抽屉里取出块纸包着的木板子，半本书大，"上午我到刻字铺买的，叫梨木，不便宜，算送给你开始学习的纪念品。这本书你拿回去仔细看。我看出的要点是，刻什么东西先要纸上打好稿子，然后反面誊写到板子上去。和刻图章的道理一样。要紧的是你准备刻什么，比如，刻风景、花鸟、街上过日子的人、英勇的抗敌战士、残暴的日本帝国主义……把想法在草稿子上画出来，想了又改，改了又想。多放几天。对着稿子，仔细地用软铅笔描到板子上，再仔细地看了又看，想了又想，决心下定，才用毛笔仔细在板上'定稿'，再慢慢一刀一刀刻出来。

"其他的前前后后许多杂事你自己翻书就明白了。"

尤贤说："我觉得这事情想想都玄，不简单，不过非常有意思，值得当作正经事做。……唉！更影响你读书了——我也不知道怎么办。你自己这方面、那方面多注意点就好……"

序子从此以后有两方面的问题引起同学们的侧目而视。一是宿舍东北两个角落摆满了序子的木刻材料、印刷油墨工具，连好奇的人都不敢近身，因为脏，但不是不卫生。二是留级，原来的同班开始换宿舍，他跟林振成不用动，等着新班的同学到来。

第一幅作品终于发表在《血花日报》上了，题目借用半句古话"卖浆之流"。刻的是一个每天早晨给有钱学生送豆浆的街上人，全身挂满豆浆瓶。这的确是一个奇景。大家都熟悉他，所以无人不笑。

好笑不等于"好"。脑壳太少，瓶子太多。脸没地方放，只露出个头顶和额头。这是打稿子的时候已经觉得马虎的部分。朱先生却说："好就好在这里！不过你要是再加点明暗，味道还会更足一点。你平常是不是不太注意这方面的问题？大场面，小场面，你眼睛都要注意明暗问题，起码看三个部分，亮的，暗的，不明不暗的三个调子，画起来就更顺手。我以前读书的时候，先生教的是五调子，你先抓三个就行了。试试看。"

"我不是太会画。"序子说，"你讲得容易，做起来难。"

"熟了就不难。做美术有好多需要养成的'美术习惯'，包括手艺、脑子和眼睛……你将来进美术学校，讲的还是这些问题。刻木刻有个好，一边刻一边学，可以在里头成熟长大。"朱先生说到这里，见序子左手贴了纱布，"刀子弄的吧？"

序子笑了。

"上战场挂头彩，难免。"朱先生说。

序子把《卖浆之流》拓印了十张之后，请木匠师傅把它刨平，刻第二张《我们的菜园》。

星期六，先生带全校学生种菜。池塘半圈墙根种满芥蓝和菜花。这两样东西朱雀是没见过的。

序子用线条画出来的铅笔稿子还可以，转写到木板上刻来之后就不明所以了。看的人以为是地面摆着一颗颗桃子。你不能一个

卖酱水之流

脑壳太少，瓶子太多。脸没地方放，只露出个头顶和额头。这是打稿子的时候已经觉得马虎的部分。朱先生却说：「好就好在这里！不过你要是再加点明暗，味道还会更足一点……」

个对人介绍："我刻的是菜花和芥蓝，不是桃子。"就算人信了也没用。画是眼睛看的，不是眼睛听的。唉！唉！……

画好一张画，最先看出毛病的是自己，拿给别人看的时候，就希望别人看不到这个毛病。偏生别人第一眼就挑出这个毛病。于是分辩，解释，替明明是毛病的地方作无谓挣扎。人，最讨厌的地方就在这里，替自己的毛病申冤，犯得着吗，你？

所以第二张没有向《血花日报》投稿。

朱先生见到也说"倦慵之作"，说"心思松"。（这七个字一辈子也没忘记。）

林振成收到包裹单了。两个不告诉其他人自己取了回来。

"那你要自己去刻字铺买板子了。"序子说，"你先看这本书吧！"

"你把你这套拿走。"林振成说，"还有这本书。"

"书我已经有了，我们可以送给朱先生。"序子说。

于是就送给朱先生。

序子打开林振成送的木刻刀，怎么小圆刀的头断了呢？难过得连肠子也断了。赶紧拿到大厨房磨刀石上去磨。序子懂得先把断了的部分竖着磨平磨细，开起口来才见锋刃。问题是磨菜刀的磨石太粗，没希望达到这种结果，想到街上理发店磨剃刀的细磨石。

"师傅，能不能借借你的磨剃刀的磨石？"

"做什么？"师傅问，已经满脸敌意。

"磨我的这把小圆刀子。"序子举起小圆刀让他看。

"你见鬼去吧！这么细的石头，经你一磨，还不出条深沟？你胆子不小！"师傅说，"还不滚？"

"我的头都是请你理的，我又没有抢你的石头，犯不上生这么大气。是吧，师傅？"序子说。

师傅歪过头来看了一下序子，"嗯！"转身在洗头盆底下捡起一块用剩的小石片递给序子，"哪！走吧！"

"多谢！"

序子回到井水边，马上磨刀。不行。这石头太软，只有最后细加工时好用。丧气之至。

序子见到林振成，告诉他小圆刀的事。林振成摊开两手说："我有什么办法？"

"我只告诉你有这么一件事。书，你看了没有？"序子问。

"看了！"林振成说。

"怎么样？"序子问。

"什么怎么样？"林振成也问。

"你刻不刻木刻？花这么多钱买木刻刀？买书？"序子说。

"我画都不会画，怎么刻这个木刻？"林振成说完这话，气得序子弯腰打了个转。忽然有了主意，"你可以画个永动机稿子，刻出来。"

"刻出来做什么？"林振成问。

"看啦！林振成发明永动机之纪念啦！"序子说。

林振成脑子活了，"唔，我看可以，可以试试看，不过工程很大，时间怕少不了。"

"你想你弄永动机费了多少时间，这你还怕？"序子兴奋起来，"找一张纸，先画个稿子。"

"多大？"

"不能太小，也不能太大，要不然你哪里找板子？"序子说。

"什么板子？"

"刻图章的梨木板子。"序子说。

"梨木板子呀！嗯，我家梨树倒是不少，梨木板子就不太清楚，要回家问木匠师傅。"

"树不行，要干木头。"序子着急了。

"哪天回家看看再说……要不然你跟我再转去一趟？星期天？就星期天。"正如俗话所说："皇帝老爷不急，太监急。"

"噢，噢，噢，紧拽！"[1]

老木匠带他们两个人到处走。指指某两块床板，"哪！"指指侧门上某块木板，"哪！"指指厨房一块案板，"哪！"然后到木工棚，指着斜靠的几块板子，"哪！哪！哪！……"

这好像算不得一回事了。

朱先生刻字铺买的那块小板子，是前辈子修行得来的。

根本用不着打那些大木头板子的主意，老木匠顺手拉过来一口破箱子拆了，全是梨木板子。锯几锯，刨几刨，磨磨砂纸，又光又干，大大小小总共十六块。老木匠动作快得让序子想做场梦都来不及。俗话说，运气来了，你挡都挡不住，想不要也不行；跑得再远也把你拽回来，容不得选择。你看，一人背上一捆，像抢了银行的强盗面露狞笑……

林振成还不太明白序子开心的深度。他的艺术胚芽离襁褓阶段

---

1 有，有，有，很多！

毛估估起码还有好几公里。

林振成的妈给两人各煮了一碗米线，吃完就走。

林振成爸仍然不在家。这位已经没有兵的土团长，比正式中央军当团长的不晓得要享福多少倍！不操心，不打仗，不担心军饷口粮……深深享受有钱有势又有闲的田园之乐。

回到学校，序子成了林振成学习木刻基本训练的先生，从估量板子大小决定底稿尺寸都做了很严格的规定。

林振成原先的发明创造欲望一下子倾注到刻一幅永动机的亡魂上来，那种难见的感情是不用形容的。

序子紧紧卡住林振成工作进度的质量关。林振成看在永动机面上认真接受教诲。序子满意地露出"一日为师，终生为父"的慈祥笑容。

因为要求学生的严格，相应也提高了自己的认识。在刀法、铲底子方面，序子自己也讲究起来。

像前时做永动机一样，林振成苏醒了，忘命地干，手上挨了好几刀，眼看这幅东西一天一天接近完成。

序子也没有荒废自己的田园。他要刻一幅日本鬼崽走进绝路、末日来临的作品。题目定下，好多碍手碍脑的问题迎面扑来。

上图书馆，耐心听时事报告，满腔热血唱抗战歌曲都救不了命，简直到了绝望之极的地步。一天黄昏时候，在环城马路遇见劳作课许其骏先生，敬了个礼，许先生过去了。序子回头一看，夕阳之下许先生矮小的背影，走在曲里拐弯的路上，背后一道疏落的影子……

"你说句公道话，这算不算运气好？"序子举起拳头，"我的天，怎么来得这么巧？"

一天黄昏时候，在环城马路遇见劳作课许其骏先生，敬了个礼，许先生过去了。序子回头一看，夕阳之下许先生矮小的背影，走在曲里拐弯的路上，背后一道疏落的影子……

下场

一回到教室，自习时间没完，草稿就出来了。

地上满是尖刺，一个黑背影陷在泥巴里，背着枪，远处海平线是落日。

另外一张草稿，五根索子把日本鬼悬在空中绷起来。

两张稿子都拿给朱先生去看。他觉得第二张稿子讲不明道理，只解恨，不好。第一张好。

第一张好就第一张吧！题目呢？

"有了稿子，取个题目简单！"朱先生说。

说简单又不简单，题目好久没有想出来。

"唉！叫作《侵略者的下场》吧！"朱先生说。

序子应了一声好，回宿舍刻木刻去了。

过了几天，朱先生看到拓印出来的《侵略者的下场》木刻，比序子自己还要高兴，还叫同院子的教什么的先生们来看，都说好，以为是画报上剪下来的。

你可以投稿《血花日报》。

过几天，《血花日报》真的登了出来。

有人甚至说，序子是抄袭画报上的，他那副"含志"相怎么刻得出这张木刻？序子听到这诽谤话居然没恼。

二叔大概也看到《血花日报》。遇到序子说："题目太长，哪个给你取的？"序子没有说朱先生，随机应变，"那么改成《日本鬼的下场》吧！"

"'下场'二字就可以了！"二叔说完，转身走了。

朱先生的高兴还没中断，他又劝告序子投稿到永安的《大众木刻》试试。"我帮你写信！"

过了两个礼拜，《大众木刻》真的回信来了：

序子先生，大作收到，甚好，颇适刊载。本刊因制版条件限制，所有作品均系原版上机印刷，故请将原版寄下，用后定当按原址邮寄奉还。

唯一事希请注意，木刻板厚度应为三分三厘三（即标准铅字高度），过厚、过薄之木刻板均不适上印刷机。

顺致敬礼!

《大众木刻》图章、年、月、日于永安

大问题跟着来了。

谁想到过三分三厘三？解决了三分三厘三，还有这么大一笔包裹邮费。

天保佑我这位朱先生，拿着木刻板去恳求（可能还哀号）学校的王木匠。王木匠不单标准了板子，还添做了一个包裹盒。

八角多钱的寄费，我的天，朱先生都出了。

（这有点像拉菲尔的爹从佛罗伦萨到佩鲁贾找佩鲁其诺帮儿子拜老师的苦心。）

这阵候要等两个月之后才见眉目，按下不表。

"我呢？"林振成端起那幅刻好的"永动机"木刻板问序子。

序子先说："不错，不错！"再认真看这块板子，毛孔都竖起来了。那么细！黑是黑，白是白，点是点，线是线，交混错纵，复杂得不得了，眼睛都花了。

"你个狗日的真上劲！弄得那么讲究！你真神人也！走！找朱

先生！"

朱先生也睁大眼睛，张大了嘴巴，好久才出了口气，"你呀！你，林振成！"

林振成问："我什么？"

"赶快拓出来，登《血花日报》。"朱先生说。

没想到《血花日报》全体同仁都说"莫名其妙"，不登！

朱先生去吵："这是木刻艺术，你们看，这里，这里，黑白关系，线条的处理，动静的对比……"

"什么什么呀？我这里是《血花日报》，你这个，你这个跟抗战一点关系都没有，一团子鬼画符！"编辑说。

"抗战？抗战就不要艺术了？你胸怀要宽广一点嘛！一个初中学生，刻出这样的成绩，了不起得很！我们《血花日报》登过古诗、新诗、散文，为什么不可以登张艺术点的新木刻作品呢？可惜了！唉！真可惜！"朱先生坐在一张椅子上，弯起腰，手撑着下巴。

另一个编辑产生了同情心，"我看，登一张新东西让大家开开眼界也很有意思。我看，就登一次吧！叫什么题目呢？"

"《永动机，幻灭的感想》。"序子说。

"什么？什么？"原来反对的编辑说，"这题目好呢，这幅画的意思我也懂了……最好，有人把作者的前因后果写出来，就更有意思。朱先生，你写怎么样？"朱先生没有开口。

"我写吧！"序子说。

于是，新出的《血花日报》刊登了林振成的《永动机，幻灭的感想》，两本教科书那么大的面积，经过张序子的介绍，很引起全校师生的注意。甚至有不少先生向林振成要一张作品收藏。林振成热得像一坨刚拉出的狗屎。

有人问林振成创作这幅画的动机，他说："什么鸡呀狗的，都是张序子惹的。"

先生对先生称赞这幅木刻："有哲学感！"

林振成等张序子为他出第二张的主意，像逼尿那么急。

"相思树和兰溪。"序子说。

"什么，什么呀？"林振成问。

序子带林振成到河边，"哪！这边相思树，那边兰溪，兰溪河上有大石头，再过去是后坡，分三层画出来。还有太阳，画不画太阳由你。"

"那怎么画？"林振成问。

"你要我帮你画吗？"留他在树下，序子走了。

这幅木刻刻出来，又登了《血花日报》。

林振成又等。

序子说："你到图书馆翻翻杂志画报呀！你去过没有？"

"少。"林振成答。

"你看你，不看书怎么行？我又不是书！"序子说。

"书是书，木刻是木刻，你不帮哪个帮？"林振成说。

"刻木刻的人都是自己想的，一辈子靠别人想怎么行？不看书就不会想，你要养成看课外书的习惯才好！"序子说。

"眼前也来不及。"林振成说。

"什么时候开始，什么时候都来得及！"序子不忍心看着那副老实的样子，"好吧！你画一幅《我的田地，我的家》吧！不要再问我怎么画了，自己回家在田埂上远远看一看。"

不久，这幅木刻又上了《血花日报》。

大家都觉得林振成算得上一个艺术材料。

序子也觉得林振成做事很诚恳认真，有时候想到什么题目，告诉他，他都能用特别的方式做出来。比如说，有一次对他说："天。"

"天？空空的事情，嗯！有云，有雨；有时候半边晴半边雨，还有雁，人字形……嗯，我刻一张试试。"

于是，他变成《血花日报》的明星。

他就是不会画人。要是会画人，他自己也找得到题目了。

有一次他告诉序子："看书的作用不大。我看了五本书了，刻木刻都不见动静。"

"书不是药。感冒吃神曲茶，屙肚子吃止泻药。书是人一辈子的药。不当场见效的。"序子说。

"或者是这样，让人会'想'。"林振成说。

"一本本让人看了开心。"序子说，"不过最近看你的木刻，很有些变化。"

"这点我明白了，做那些'蓝揽'永动机白费好多力气！"林振成说。

两个人除了亲近朱成淦先生之外，还去探望吴廷标先生。跟吴先生同住一间房的有新来的音乐先生曾雨音。曾先生文静优雅，嗓音好，讲话像唱歌。

吴先生正在为曾先生用黄泥巴做半身像，还没做完已经很像了。序子看得很用心，像查字典一样，一个字一个字地盯住看。这可真是了不起的事。

吴先生一边做一边说："林振成，你那张《永动机》刻得不错，送我一张吧！"

林振成看了序子一眼说："好！"

曾先生坐着不动，"喔！《永动机》是你刻的呀！不错，不错，你做过永动机？"

序子抢着说："劝都劝不住，现在改恶从善了。"

"有的事情没做过就不知道错。"曾先生说，"也未必就是错。"

吴先生问："你两个人都留级了？怎么一起都留级了？"

"我不喜欢这种读书的办法。不管你喜不喜欢都要喜欢。耽误我好多正经时间。"序子说。

"正经时间？"曾先生有兴趣了，"你的正经时间是——"

"哪，哪，图书馆那么多书可惜放着少有人看，要去读那几本一点也没意思的课文。比方讲，英文，你学它做什么？代数，你学它做什么？外头的世界你一点都不晓得。日本人打到鼻子跟前来了，你还英文、代数、公民……"序子说。

吴先生说："你这派头有点像上大学。"

"我没想过会上大学。大学如果还是那样子，上它干什么？一星期还要夹着好多'精神讲话''周会''蒋委员长'，你说烦不烦？"

"你有想过长大做什么？"

"现在想没有用的！"序子说，"什么事情都不懂还想长大？要想，随便想想也可以。比如写本像《儒林外史》一样有意思的书；刻木刻的功夫越刻越好。屋里有好多书。让我屋里的婆、爸爸、妈妈、弟弟们都平平安安回到朱雀城去，像以前一样过好日子……"

吴先生笑起来，"这么多事，你怎么办得到？"

"所以哕！所以哕！你不是要我想吗？"序子说。

曾先生问："你爸爸妈妈做什么事的？"

"办教育的，男小学校长，女小学校长。师范学校毕业，都是音乐美术专科。抗战，弄得他们到处谋事，还带到四个弟弟，日子很不好过。"序子说。

"这就难怪你也喜欢美术了。音乐呢，你？"曾先生说。

"音乐这东西我只用耳朵，用脑就烦。像英文、代数一样。五线谱？五线谱多可怕。哪个听音乐都要去懂五线谱？犯得着吗？好好一场音乐，总不能让五线谱搅了。我喜欢和弦，像热油、热锅和五味炒出的菜，火烧、锅铲功融在一起。音乐，我的'耳功'还可以。太深了，不像我爸爸在音乐上简直像个'醉人'。唉！可惜了，穷辣厉了。现在到处走，养自己都养不起。"

引起一阵沉默。

"音乐总不能专弄给懂五线谱的内行听的吧？"序子说。

"那是。"曾先生说，"老百姓懂戏，戏也是音乐。终有一天，新音乐的内行也会越来越多。"

序子说："曾先生，你这种看法，简直像个音乐孙中山！"

曾先生，见没见他总觉得在他身边，一种善灵魂的依附。他长得单薄却健康清爽。

（一件心痛的回忆。八十年代初我到厦门，打听到曾先生厦门大学的地址。联系上了，他老人家约我第二天上家里吃饭。一位在彼校教书的中央美院老学生领路，到门口按电铃，开门的老女士却说先生出远门了，这不可能！不可能已是现实。

过了多少年，另一位熟人告诉我，曾先生那天一直坐在家中等我，一步门没出。

这是一个伤感终身的缘分。那位老学生带错了路，敲错了门。恰好那位出远门的陌生先生也姓曾。

曾先生给序子留下的纪念品是：永远立体的影子。）

"血花剧团"下乡演出，不晓得什么理由序子也跟去了，参加了歌咏队。曾先生自己作曲的《团歌》至今一字不忘："我们是青年演剧队员。我们用戏剧从事宣传。舞台是我们的堡垒，街道是我们的营盘。台上台下打成一片，演员、群众一齐抗战，打倒日本强盗，收复大好河山。努力吧！青年的演剧队员！前进吧！青年的演剧队员。"

（这首歌词不晓得是谁作的。冼星海先生也谱过曲，没有曾先生的好听。）

还有一首冼星海先生用闽南话作的歌也是曾先生教的：

"霍调卡薄翁最 Geiang，Tui 岂轰将兔 Geiang 央，懒来啊嚼迈帕 piang，懒来迈央嚼迈克可顶 diang（入声），立笨懒系穷精懒来妥 dui，dua 该凯来 biang miang 告 dui，三炸慢 diong 饱 dua 该拱先系，埃蒙笨连系懒来。（合着脚步往前进，挺起胸膛别惊慌。我们要活就要打、拼，我们要赢就要刻苦镇定。日本如果强占我们土地，大家起来拼命到底。三十万同胞大家共生死，厦门本来是咱的！）"

还有一首《迎春曲》好听，词不知谁作，也是冼星海先生作曲。

"阳光遍处融融，春花满地鲜红。三月阳春，温不了我们心胸。炮声震耳隆隆，敌机四处逞凶，碧血沙场，躺下了抗日弟兄。八百万方里，三千万民众，已沦亡了八个寒冬。冬雪消融，春日又重逢。关山如画犹在棘园中。"

（看书的读者会不会厌烦我在前头写的三段歌词？讲老实话，我有点自我陶醉。一个稍微有点年纪的人，往往不经意地对人说些自己有意思而别人一点也不觉得有意思的话、一些事。比如，从皮夹子里掏出自己亲生儿子或孙子的相片或手机上的录像，按住你的肩膀让你动弹不得地看五分钟。

实际上，做客人的一点兴趣也没有，烦！只想赶快摆脱这困境。眼前，当然还要假仁假义顺着甚至开创性地来两句：

"……看他的眉梢，这么长，真是少见……看这屁股，这么胖！"

一个人一辈子要唱好多歌。不同的历史阶段所唱的歌牵连着一个场景、一串人、一串事、一串情感、一张脸孔。有的脸孔抚慰你，温暖你；有的脸孔一想到，心就从口里跳出来。

那三首歌，一是因为那段经历，二是曾先生，三是周围年轻的面孔。我老了，也不知当年唱歌的各位老成什么样子了？

"歌"，是不老的，只怕忘记。世上好多好歌都因此失落了。

老头子、老太婆们碰到一起，多年不见，难免先想起好多歌，尤其是校歌。）

蔡金火在环城马路合欢树底下指着那棵又高又大的红棉树吹牛。

"红棉树除了木棉的名字之外，还有个名字叫作'英雄树'。拉丁文 Ceiba Pentandra Gaertn，懂吗？懂吗？这种树在我们南洋，你们的广东、福建都见得到。这树有个特点，不喜欢别一棵红棉树长得比它高。你高，我就长得比你更高，压倒你。所以旁边的红棉树都长不活。

"你们看河对岸的那棵红棉树正跟我们身边这棵遥相斗劲。

"哲学上，叫作'非贴身矛盾'。

"几何学上，'线的两端是点''线是无宽度的长度'，两点的空距离叫作'遥'，红棉树与红棉树之'遥感'还有待研究。

"音乐上叫作'对位'。只有红棉与红棉在近距或远距间具此特性。对位法只使用于完全三和弦的原位与第一转位（六和弦）。六四和弦、增加三和弦、减三和弦的原位严禁使用。这充分证明了红棉在自然科学隶属于'忌诟性'植物问题，此研究与含羞草'羞愧性'、猪笼草'虐杀性'类似。

"像人类千奇百怪的行为和命运一样，探险，吃饺子，作诗，杀戮，生杂种孩子，接吻，喝沙士汽水；植物也做着完全一样的事情，只是方式、对象不同。比如它吃磷、铁、钾、氮……你吃不了。但你身体里头有这些东西。人跳舞、求爱，植物也迎风就舞，求爱的时候，公然展露出生殖器（你人就不敢）。人称它作'花'，买来向女朋友讨好，其实是拿花的生殖器送女朋友。"

"斥！斥！斥！不要再听他瞎扯！"尤贤推他走，他不肯走，"这是'令白'的哲学思想，叫作'自然发酵哲学大典'，'令白'刚才讲的是序论……"

尤贤卡住他脖子，"你走不走？"

"这不是走不走的问题，是你如何对待真理的问题，你卡我的喉咙等于卡伽利略的喉咙……我要回击了，回击了！"他在尤贤裤裆当中来了一下，撒腿跑了。

尤贤第二次当众弯腰，像抓住一只又钻进裤裆里的麻雀一声不出。

陈宝国对尤贤说："开始他讲的那些东西怕还是有点道理的。我以前听老人家也说过红棉树的脾气……"

"就你们这种人信！凡是吹牛皮过瘾的人都是这一套，开始让你听一点'懂'的，然后哲学、美学一大套，你看，他不是心虚地跑了吗？"尤贤还弯着腰。

序子在走廊碰见兴冲冲的蔡金火，"你刚才瞎吹一通干什么？"

"逗他们玩。原来我是去找你的。"金火说。

"找我做什么？"序子问。

"你那张《下场》木刻不错！"金火说。

"算了！算了！你真的找我做什么？"序子问。

"真的是看了那张木刻。"金火亮出诚实的眼睛，"听说你留级了。我告诉你，有了这张木刻，留五次级也不怕！"

"唉！哪里这么讲？"序子说。

"你成熟了。你是属于成熟这一边的。尤贤那个狗蛋也成熟，不过有点烂；我也烂，烂果子可以做酒。我们这种人都比较孤立。孤立的成熟，在落后群体眼中显得突出的幼稚。这时刻是个紧要关头，千万不要懈怠，要打起精神。"金火说。

"星期六，王瑞璧先生检查内务，走到我床位，翻我床底下报纸包的东西，'嗬'的一声，吓得像个僵尸，站着一动不动。"序子说。

"什么东西？"金火问。

"死人头骨。"序子说。

金火开心蹦起来，"你哪里捡的，还有没有？"

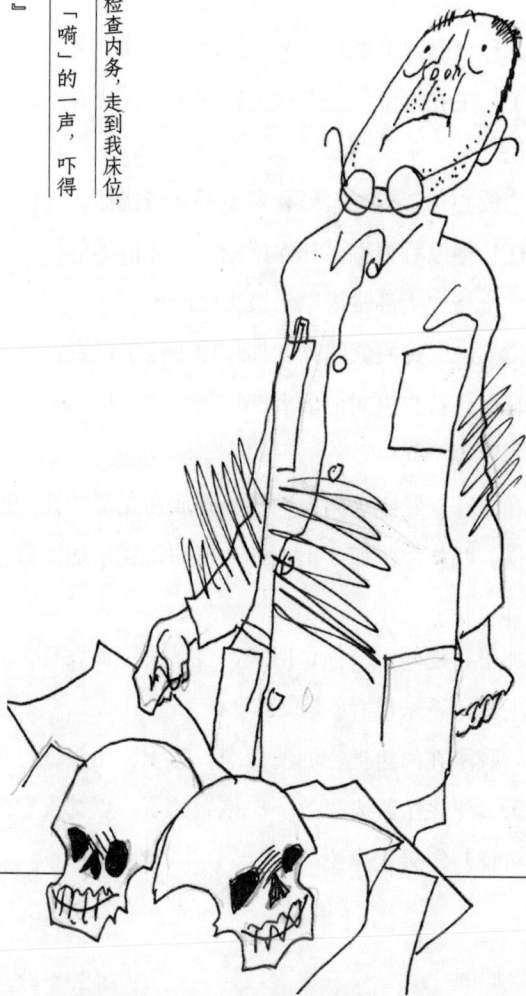

「星期六，王瑞璧先生检查内务，走到我床位，翻我床底下报纸包的东西，「嗬」的一声，吓得像个僵尸，站着一动不动。」

头骨

"后垇坟山上好多坛子，要多少有多少！"序子说。

金火像点燃的火把，"你怎么想到捡人的头骨？做什么用？"

"是朱成淦先生的主意。他有本讲人体构造的书，告诉我，一个美术家研究了人的骨头和肌肉才能真正懂得画人。'科学馆有架人体骨骼模型簸家当宝一样地挂着，不让人看。所以我捡了两个回来。送给朱先生，朱先生说'放在你那里比较好'。你要不要？要，我就送你一个。"

"嗯，嗯，你自己留着吧！"金火说。

"留不长了！王先生说：'送回去！下次再让我看见，就记你过。'"序子说。

金火说："放心！王瑞璧起码有半年不会骚扰你。这样的胆子还敢当训育主任！他以后难得再翻你床底了，你信不信？"

怎么搞的？全校先生都晓得序子捡头骨的事。

到图书馆借书，二婶娘就问："你，你手洗了没有？"

序子晚上自习，蔡金火叫他出来。

"什么事？"序子问。

"头骨还在不在？"金火问，"借给我放在尤贤的枕头边……"

"有也不借，吓坏尤贤那要出人命大事的；我早送回后垇坛子里了。"序子说。

到吴先生那里，他问："你拿回来，自己写生了没有？前、后、左、右、上、下都记下来没有？"

序子说："我刚在河边把它们洗干净，晾干，用报纸包了放在床底下不到两天，王先生就来了……应该做的事一点都没有做……"

"可惜，可惜！"吴先生说。

"可惜，可惜！"序子也说。

曾先生跷着二郎腿，斜瞧着张序子，微微笑，"下一步，你还准备做什么？"

春天来了，新学年开始，上的是老课，书和先生都是原来的。紫耒小叔叔从同安来上学，成为同班。太外祖母已经去世，夏榴找到好人家，嫁了。感怀了一番。班上换了新同学，等着熟悉。想到四十九组同学们不辞而别，怅然好几回，觉得不太习惯。

还算好，有林振成和一个女同学加几个熟面孔陪着，没有特别的孤独之感，更称不上自己是"孤家寡人"。

四十九组也少了好几个人，听说回南洋去了。四十八组的南洋学生陈庆祥、林有声、陈耕国、刘观祥没有走。

吴先生的弟弟吴镜尘、同安人洪仲献，一起留级的女同学，林振成和张序子，小叔叔紫耒，几个人年纪差不多，都坐在第一排。最后排新来了几个大块头乡下人，嗓门粗豪，念高中都有余。听说都是有钱人家子弟，只为"逃壮丁"才上学的。他们读书很用功，不管动物、植物、物理、代数，都是一个字一个字啃；尤其英文，blackboard，他们就在字顶上用红铅笔注了中国字："不来客簸"。序子不屑之至，而他们回回小考都是八九十分。

序子有次路过龙眼树底下到兰溪边写生，遇见个高十四组同学林绿竹。他是湖头人，跟写《榕村语录》和《榕村续语录》的康熙大官、大文人李光地一个村子。林绿竹普普通通，不蠢也不显得聪明，只让序子觉得可亲而已。就像李光地在《榕村续语录》卷九，《本朝人物》开篇第一句说的："生平见一好人，喜欢至不能寐，即一技之长亦然。与我何与？生性如此。……"

在高十四组，林绿竹长得不算高，所以课桌也在第一排。他的字一看就知道没有临过帖，碰到"口"字就打个圈，这让序子很喜欢，以后写字就照他的字法写。（好几十年！）

林绿竹不像个有钱人家子弟，衣着、饮食、神形都不讲究，也不吊儿郎当。不见交朋结友，总是写字读书。他也不吹"我们湖头出了个李光地"。

序子送他一幅《下场》木刻，又给他剪了好几张"影"，他都一张一张夹在个大本子里。

对林绿竹讲过一次家里的婆、爸、妈、弟弟们的详细往事，难过之外很少哭过，林绿竹对序子说："这么远出来，要忍住啊！要经得起忍。"

除了朱雀，天塌下来序子都不在乎。

有一次，林绿竹和序子在沙滩散步问序子："看样子你读过不少课外书，懂不懂什么叫'唯心'和'唯物'？"

序子说："什么呀？你说什么呀？"

"好！不谈它！"

序子还问："什么呀？不谈什么呀？"

（林绿竹有时整个学期不见面。有时来，有时不来。一直到几十年后的一九六二年的七千人大会时，他到中央美院北宿舍来看我。他已经是福建省的一个什么大官了。还是老样子的朴素。我说到当年离开学校之后的流浪生活，闽南人对外方人的温暖，走到哪里都有人大方细心照顾……第一次见他哈哈大笑，他说："闽南民情对外方人固然有慷慨关顾的传统，那几年我是不停一路帮你打招呼的。

今天讲开了，你真应该多谢我一声才是……"他早已改了名字，提起林绿竹，不一定很多人知道了。听说他现在活得自在，那就好了。山山海海，向他作逍遥的祝福吧！

王建诗一首写在下面：

"新开望山处，今朝减病眠。应移千里道，犹自数峰偏。故欲遮春巷，还来绕暮天。老夫行步弱，免到寺门前。"

做学弟的也九十了，走不动了。要不然坐飞机去看看他，两个人坐在一起谈谈多好！）

蔡金火还要找序子，"你说，送不送我《下场》？一张纸这么小气！"

"哎！不是不送。印一张麻烦，摊开油墨滚子，再拓再磨，还要洗手，哎！你这么急做什么？"序子问他。

"寄回南洋，让大家看看，一个'筋那浪'刻出的东西。我们华侨把抗日看得很重。我想把这张东西寄给他们的《华侨日报》登出来。"金火说。

"那是不行的！我不会把板子送给他们的！"序子说。

金火笑起来，"'努紧妥'[1]，那边只要一张稿子，可以照相制电版，弄完还会寄转来。"

序子马上开张印画。

金火拿起这张《下场》看了又看，"画是画，想是想，你还真会想。你妈生你真不简单——你怎么画出来的？"

1　你很土。

"用刀子。"序子说。

"什么刀子？让我看看！"金火看了各种刀子很不以为然，"你怎么把刀子弄成这副样子？磨都不会磨？这边厚，这边薄，缺口也不管。"

序子摊开手，"我有什么办法，好不容易从剃头铺讨来一小条磨刀石，软得像泥巴……"

金火想了想，"你跟我到乐器室去，我给你周治周治。"

到了乐器室，打开抽屉，东拨西翻，找出一块毛玻璃片样的小东西，"这是修理乐器的小油石。刀子粗磨以后再拿这小油石细磨。硬得很，专门对付高碳钢这类东西。"

序子接过手来说声"谢谢"，金火一把抢回去，"哈！怎么谢谢？公家的东西。借你用用，天大的人情了。你别看这东西小，贵得很。快用快还，再借不难。"

世界就这么好！居然有一种叫作油石的东西，长大有钱，先买一块油石再说。

序子自从借来油石，连林振成的刀子都磨了。从此刻出的东西，要多爽朗有多爽朗。林振成说："贵不怕，先买块再说。"

"听说外国来的，上海都未必有。"

双喜临门。序子一辈子没碰过这种运气。

《大众木刻》第八页——

这是谁呀？谁的《下场》印在上面了？谁的名字印在下面哪？

一共寄来两本。先放一本在箱子里，一本公开。

这一公开，序子想，陈嘉庚老校主会不会选我当校长？从来没有当过校长，没有经验，不会主持纪念周怎么办？……让尤贤这狗日的当秘书长，他见过大场面，面皮厚，能信口开河……

汇票。上写国币三元五角。也就是说，"见舅如见娘"，不到一个钟头，邮局一去，出来就是活生生的三元五角现钱捏在手上。

人在江湖，钱财的事疏忽不得。一路上得弄几个保镖护驾，保平安。尤贤不行，蔡金火不行，他们两个天生就有贼性。还是容汉祥、陈宝国、周经松靠得住。没想到他们升了班摆架子，说："没有空！"只剩下老忠臣林振成一个了，他建议把新同班洪仲献、吴镜尘带上。一路上序子循循告诫："上邮局取稿费是很普通正常的事，跟贴邮票寄信一样，用不着担心害怕，又不是去医院开刀打针，是不是？"

到了邮局门口，序子从胸荷包取出信封紧捏手中，回头对三个人叮嘱："不管我在里头取不取得到钱，你们听到什么响动，无论如何都要等我，不要跑。记住了！……"

邮局柜台高，一排花木栏杆，老家伙的动作实在太过讲究。手指头蘸一点口水翻一下，又蘸一点口水翻第二下，好不容易弄出道理，晃头，端起小眼睛从老花眼镜上头向序子瞄准。

"图章、学生证！"

这副神气序子好像在哪个医院见到过。长痔疮的老头在候诊室来回踱步神气，引而不发，心事重重。好不容易还回图章和学生证，老头手指开始数钱。三块五角钱数了三次，嘴角挂着口水，颤巍巍把钱交给序子。

序子捏钱在手，定了定神，走出门来。

林振成问："没事吧？"

"这会有什么事？"序子回答。

三个人跟着序子进了粥铺。

三块五，六角粥钱，还剩三五减六等于二九，还朱成淦先生八角寄费，还剩二块一。

朱先生不要还八角，序子一定要还八角。

序子对朱先生说："我有钱了，这八角钱是你的，不是我的。"

朱先生只好说："好、好、好！"

《大众木刻》登了好多大块木刻，朱鸣冈的，荒烟的，耳氏的，徐甫堡的，宋秉恒主编自己的……既然序子的木刻也在其中，那就是说，那就是说——

"道可遇而不可传，非真不可传也。遇，则可传；不遇，则不可传矣！何谓遇？以吾之有迎彼之有是谓遇。遇，则不相拒，而不遇则不相受，不相受而求相传是煮石以求其为粥也。（《四库未收书·颜子·诚斋·挈经室外集》卷三）"

于是，买擦脸油凡士林一盒，袜子一双。英文、代数、物理、公民，不及格。修鞋一次。毛巾一条。体育不及格。铅球，丙组冠军。掉门牙一颗。"莎波德"[1]。龙眼树下友谊摔跤，赢尤贤一次，钟尚志一次，郑大星一次，零输。救火队绷布下跃，不参加。

留级，学分低劣，《大众木刻》作品发表，杂沓混传，过着并不寂寞的日子。

陈宝国、黄柏龄、洪伯坚打篮球。序子和洪仲献几个人打乒乓球。水产航海的那个陈光明发一种非常飘浮的球技让序子学过来了。

训育主任王瑞璧先生升中学校长，孙焕新先生当训育主任。一

---

1 带橡皮筋的白紧身三角裤，健身用。

段时候过去，序子觉得孙焕新先生人不错，而高中学生却不以为然。从此序子觉得初中和高中人，年龄差不几岁，看问题真有点不同。序子思想大开，嗳！真的！训育主任的确把初中生当小孩，把高中、水产航海、商科、高师普师……当"成年人"。弄上台示众的都是初中生，"成年人"一次都没上过。那些"成年人"常在龙眼树下抽烟，给女同学写信（蔡金火告诉尤贤，序子亲耳听到），扒墙看女宿舍……都没有抓上台过。

尤贤和蔡金火虽是初中，早有高中头脑，书看得多，包括中外，又是南洋侨生，算是老江湖；序子心中有数。两个人说序子不苟言笑，那是错判。

高十五有个小白胖子李尚大，是个大力士，拉六条"先道"，很让人佩服。听说考过"航空"，眼睛太小没录取。没录取好，要录取就见不到这个人了。也是湖头人，跟林绿竹不同，家里有钱。他爹以前当过旅长，死了。他妈屋里头挂了几百个特大葫芦，黄梅天一过，让长工搬到几亩地大的石头坪坝，解开拦腰红麻线，打开两半，原来都是钞票。他妈怕钞票发霉，晾出来晒。周围派十几个乡兵手执驳壳枪，顶火放哨。都是尤贤亲口说的。尤贤是个"通天晓"，无所不知。这事情信一半也了不起。

没见林绿竹和他来往，怕是穷，傲气，"穷巷不干人"的意思吧？

李尚大爱笑，一笑眼睛就看不见了。怕人胳肢，挨哪里都不行。和高中人、初中人都合得来。跟尤贤一样，爱请客。论请客所不同的：尤贤虽恶，主动性强；李尚大脾气好，要催，要提醒，有时还要加点压力才请——一拥上前按住他，胳肢他一身肥肉——爬起来一边喘气一边掏钱，买杠糖花生、瓜子。一边笑。

逢这类事，序子不好意思参与，旁边看着好玩，东西买回来，围上去吃就是。

长一点的假期，李尚大就带十个八个同学回湖头，尤贤去过，序子想去不让，说年纪太小走不动远路。

尤贤回来就称赞尚大妈好。一个人主厨招待大家，番薯粥、酱瓜、酱菜，一两回肉。大家吃什么李尚大吃什么，不搞偏食。

序子问："看见葫芦吗？"

"注意了，没看见。钱是一定有的。像庙那么大的厅堂、走廊，晒钞票的石头坪坝……一个'老炸摩'[1]管那么大家业，亲眼看见你才信！"

天气热的时候，晚上自习课之后，大家光了膀子，只穿短裤或"莎波德"，在大成殿前石台上练功。

李尚大问序子："听说你以前学过武？"

"不全，零零碎碎。"序子说。

"哪！除了'蓝搅'之外，你可以随便打踢！"李尚大鼓起全身筋肉准备，大家叫好。

序子不打不踢，只想插胯摔他一跤。不行！反身在腰间一脚，也不行。跳上身右膀子夹他颈脖子，还是不行。

"你知不知道问题在哪里？"李尚大问。

"当然知道，你筋肉太足，力气太大。"序子说。

"当然，你年纪小，这不用说。动不了我的原因是你没有劲，没有速度。一棒子打不死人，小小子弹打得死人是劲和速度。'质

1　老太太。

量乘加速度等于力的平方'，你学过的嘛！"

序子弯起手腕用劲，鼓出个乒乓球；李尚大手腕鼓起的是个垒球。

序子后来"先道"拉到三根水平。双手提起平台两边的小石狮栏杆柱子，都算李尚大的功劳。

尤贤说，李尚大读遍厦门所有名校最后才混到集美来，是个"老学客"。

有天午睡时间，李尚大轻轻对序子说："不要问，带上木刻刀。"

到了厕所背后草坪，见一个人手上抱着只汤碗大乌龟，另外还有三两个人。

李尚大叫序子把乌龟背上红漆写的"孙"字用木刻刀刻个深沟。

序子不干。乌龟壳太硬，刻坏刀。

"刻不坏的。刻坏了买两套赔你！"李尚大说。

乌龟壳上大大一个"孙"字，好费力。幸好乌龟一动不动，不喊不叫，刻完之后，他们用红油漆重新填满"孙"字。一个人慢吞吞走出来探水，确认周围没人，做了个手势让抱乌龟的出来把乌龟投进池塘里。

乌龟有个特点，早晚和下雨之前爱浮出水面活动。

早饭晚饭前等集合进饭厅的学生们忽然发现池塘有只背上刻了"孙"字的乌龟在水面招摇，不免欢呼起来。互相猜测其中含义，大叫"乌龟孙"。

乌龟它老人家自得其乐地遨游池上，无辜背负着一个反动口号而不自觉。

孙焕新先生听到这消息，明白这是有人在用心伤害。

校长王瑞璧先生带来工友和校警壮势，四周巡环，眼看"乌龟孙"浮游自在，顿脚指手叫"抓"。

那么大的池塘，那么深的水。

一个工人拿了根竹竿来，往乌龟方向一打。

乌龟沉下不见了。

"你怎么用竹竿打呢？你看，不见了是不是？"王校长骂那热心工人。

"见不见不都是一样！"工人说。

王瑞璧校长生气走了。

"爱你爱不完，除非池塘水淘干……"这是朱雀城的民歌，没想却报应在这里。

（两三年前，李尚大的小儿子来看我，讲到乌龟的事。我说，七十多年，那乌龟该有簸箕大了，像树上刻字，龟背上的字也会跟着长大的。

他再来北京的时候告诉我，回安溪文庙，请人淘干过池塘，没找到大乌龟。

我想哈！哈！哈！"此龟者，宁其死为留骨而贵乎？宁其生而曳尾于途中乎？"大乌龟哪里去了？大概找庄子聊天去了！）

天气热，一个星期天，七八个人围着尚大要他出钱请客，讨好话讲了不少，不干！弄来弄去拥他到床上。不知怎么搞的序子也被卷进去了，脑壳被压在他大腿上，喘不过气来，喊都喊不出，就咬了他一口。这一口下去鲜血直流，序子脸上、尚大腿上都是血，喷泉一样。大家慌了，见序子满脸是血连忙抢救，擦干一看，什么事也没有。再看尚大，动不得了，搀他上医务室抢救，缝了五六针。

「爱你爱不完，除非池塘水淘干……」这是朱雀城的民歌，没想却报应在这里。

刻个"孙"字

过两天不见好，肿起来，又去消毒，打针。走路蹩蹩之至。大家说序子牙毒，序子好笑，他们没见识当年给左唯一那一口，那才叫"咬"咧！（几十年后在印尼雅加达李尚大家做客，约来老同学，讲到我咬尚大腿上那一口，要他挽起裤子让大家看，他捂着右腿不干！）

接着又出了大事。

学校一位至今不记名姓的先生，刚来几天，晚上出去看戏，摸了坐在旁边公安局长太太的屁股，给公安局的人打得满脸青肿……这还了得？

这不可能！

集美请先生严格得不得了。对先生学识、道德的要求很严。摸脸都不行，还摸屁股？摸屁股干什么？

全校空气肃穆，先生们走路疾疾风，公安局长太太算什么？集美的先生你怎么敢打？

"摸"同"打"不一样，何况根本没"摸"！

尤贤和蔡金火这些大点的人特别兴奋，好像过年准备放炮仗一样，来回打听消息。

序子、陈宝国、周经松像是蹲在窝里的小鸟，嗷嗷待哺，等大鸟尤贤和蔡金火衔食回来喂他们。

学校跟县政府的纠缠正在悄悄进行。另一战场上已经接火。

李尚大带着高中一帮人来到公安局，局长见势头不对，带人躲了。眼空无物之际，大伙顺势把公安局砸了个稀巴烂。出门正撞上个前来上班的倒霉公安局股长，尚大用抬米的竹杠当胸给了两下。胜利班师回朝。

正如拿破仑说过："战局瞬息万变，赢的正在输，输的正在赢。"

撑勿长大屁股？

全校空气肃穆，先生们走

路疾风，公安局长太太算什么？

集美的先生你怎么敢打？

处于优势的学校谈判代表因为李尚大这一出手，忽然变成输家，完全是想不到的。

证据确凿，物证是公安局满目疮痍，人证是公安局股长断了肋骨三根。

怎么办？

讲这个"怎么办"也是世上少有。

正式开除李尚大。全校举行欢送会。

李尚大走了。那位先生悄然隐退。世界照老样子运行。抗日战争继续开打。序子不停地留级。眼看老同学们逐渐远扬。

四季交替，凡有留级同学，序子按序奉陪。这事也够创意的了。

星期天序子起得早，赶到水井洗脸漱口，右脚忽然"裘卡滚"[1]。几个人扶他坐在石条上，盥洗家伙散在地。一个不熟的高中同学找来松节油帮他揉脚。

尤贤说："冇'蓝搅'用！运动受伤才用松节油。"手指头点序子脑顶，"这孩子缺钙！"

"王八蛋！"序子骂他。

"你怎么骂也是缺钙！问问大家！"尤贤说。

序子一拐一拐回到宿舍，把脸盆放回床底下。刚在床沿上坐好，尤贤这狗蛋来到面前，交给他一个大瓶子，"哪！这叫'钙片糖'，每早嚼一颗。我们南洋海边人天天吃鱼，你们山里乡下人没鱼吃；心啦，肺啦，关节啦……你，咦呀呀！你看你上下两排牙，那哪叫牙呀！都是乱咬东西和缺钙造成的——这点你根本不要和我辩论，等到老了，咳声嗽都会断掉起码三根肋骨，毛病百出。你好自为之……"

说完走了。

药，满满一瓶，摇都摇不响，红红绿绿巴着英文字，等有空查字典再说。

---

1 滚读阴平，脚抽筋。

窗外不少脚步声。

序子赶紧把瓶子放在枕头底下到门口看个究竟。

那么多女生往前头走？男的呢？啊！走光了。到前头去了。照平常道理，女生办一件事都比较从容，明明急也装着不急。序子晓得自己是让那瓶狗日"钙片糖"耽误了，只好混在她们当中向一个方向跑。

"张序子，你夹在我们当中做什么？"一个高中打篮球的女生问。这人就只差长胡子，要不然完全像个男的。问不问其实不算什么，她不过要在女伴当中露一手，想告诉大家她四通八达，力透纸背，无所不知。

"我从宿舍出来碰见你们的！"序子心里明白，猪八戒掉进盘丝洞了。不要辩解，不要挣扎，不要反抗；出言温顺，吐纳平实，以免这女恶人产生新的动作。

"你晓不晓得前头出了什么事？"她问。

"嗯，不晓得。"序子答。

"嗯？"她说。

"嗯！"序子心里想笑。莫泊桑的《戴家楼》也有一帮女人出门。街边杂货铺和闲人见到一个特殊的女人队伍从街上穿过发出恍然大悟的那句话："喔！修道院搬家！"

虽然那句话跟眼前队伍的性质完全不同，而意趣走向却颇为近似，都为着去谋求新的好奇和快乐。

原来热闹中心在传达室右首边救火队隔壁音乐室外头。夹着序子的女生队伍从漫长路程赶到的时候，大会已经结束，所有散伙的人都面带平安笑容……怎么这么快就完了？

主讲人蔡金火还站在木箱子上舍不得下来。序子走到跟前，他又重复一遍："……我早上起来到音乐室一看，大号丢在地上碰扁了喇叭，吓得我半死，赶紧开锁，法国圆号不见了，再一抬头，靠街的那个高窗子眼掉了好多石灰块，叫来门房那几个人，大家干瞪眼。就在这时候，校对门右首边吴思义隔壁谢家有人吹号。几个人过去连人带号都抓了过来。哎呀！

"哎呀！你偷就偷吧！吹什么呢？他说，不是他吹，是儿子吹。他儿子不懂事。

"前后破案不到二十五分钟……警察局把人带走了。

"这算什么星期天呢？

"有前车可鉴吗？有。偷喇叭不要吹，偷锣不要敲，偷香水不要喷。哲学角度上讲，可偷'普遍性'，别偷'特殊性'。切切！"

爸爸来信：

> 序儿如面。桃源、芷江二信想已收到。
>
> 我已自芷江返沅陵，有信可寄你三表叔"芸庐"处转。你三表叔已解甲返沅陵闲居，正如古诗上所说"志士凄凉闲处老"，一身弹痕，总算得个落脚处。嘉善一役，我们整整一师的湘西子弟，牺牲在国防前线，生还不足百余人。真是气壮山河、义薄云天。剩下一城城的孤儿寡妇，树不发芽鸡不叫，悲伤至全城没有哭声。你顾伯及伯娘已返乾城居住。你孙姑婆亦住"芸庐"，大表叔、表婶随侍在侧。
>
> 你婆由倪家孃孃照看，相濡以沫，撤卖窗棂门槛桌椅度日。

令我肝肠寸断。

你妈带四、五、六弟入难童教养院，二弟进你戴伯伯的"江防队"混日子，冀得苟活之安。

听你妈说已把九孃发神经病的不幸消息告诉你了。这事缘由很早，并非最近开始发生。你小时九孃疼你爱你，事情起末你应该清清楚楚，应该紧扣于心，永不忘记。世上有如此好人、如此人力难以挽回的不幸……天理真是不公。

你应记得当年于古椿书屋大家常提起北京"卖文"的二表叔。何谓"卖文"？就是如今众人所熟悉之"文学家"。你二表叔自小出门远游，放迹资、沅、澧水之间，随军旅父执辈中闲谈听来学问方向，为人本分，好容止，忍苦耐怨，强记忆，敏辨识，勤本务。十八岁晋京，文章风采为在京文学前辈惊讶赞赏。一个小学未毕业之四年级学生如此行迹，令人费解。此区区数年之事耳。不久即入北京大学执教。

你爷爷青年时期即带其大妹（即后来之孙家姑婆、表叔们之妈）远游南北，广州、上海、北京、奉天诸地，广开见识，体验人生。回湘西后于文星街老屋开一照相馆，交由尚未出嫁之你之姑婆主持打点。百年后，朱雀年轻人当不复知道此文明新事原发端于你爷爷与姑婆也。

你二表叔亦想步你爷爷后尘，把九孃接到北京居住，时或携赴杭州、上海游览以广耳目，濡染高层文化，认识外边世界。你九孃样子长得好，又有传统文化根底，所以很引起北京大学学生与教授们仰慕，愿意和她亲近。你九孃脾气冷峻，虽有交谈却少以颜色。

时光倏忽，岁月如流，眼看九孃一天天长大成熟，没想到的是哥哥身边来了个较她更为亲近的女子。这女子容貌温婉，出身名门，且是个大学生。

婚礼的热闹，众人的艳美，新婚后的生活，拉开了你二表叔与九孃一天比一天远的距离。

没料此时卢沟桥七七抗战忽然爆发。北京大学及其他大学纷纷内迁，九孃亦随哥嫂去到昆明。

昆明抗战时期热火朝天，二表叔教课上下奔忙，二表婶娘认真主持家务，九孃眼看三件大事都跟自己无关，故人及足堪回忆的黄金生活渐行渐远——

"平今！平今！尔将焉适？"

当大家发现你九孃精神不正常时已经迟了。你三表叔万分痛苦，亲赴昆明把九孃接回沅陵"芸庐"。多次延请高明医生诊治无效，病情日甚一日。雇了个强壮苗阿娅照顾也管不住，稍有疏忽，就跑到闹热街上，笑怒失态，乱演动作，引来众人围观取乐。

一日你妈去"芸庐"看你九孃，见她坐在椅子上披头散发，认不得人。你妈伤心抱她大哭："天啦天！你坍了吧！把我妹糟蹋成这样子！"

她坐在旁边笑。

一天夜晚，大家都在睡觉，她破窗而走，从此不再回来。

哪里去了？

她沿着沅水左岸往上走，又疲又乏，来到名叫"乌宿"的河边，河滩上搁着只破船。从此，你九孃跟那艘破船上的男人永远住在一起了。还生个儿子……

　　事情到此结束。你有空多想想曾经疼过你的苦命九孃可矣，算是对她长远的纪念……

　　我身体尚可，唯胃疼扰人。听你三表叔说，最近有望在青浪滩谋一绞滩站站长职务，若如此则吾家命运得苟延耳。

　　祝进步。

父字

月　日

　　序子坐在龙眼树底下看信，右手抓住龙眼树，手指甲差点抠出血来。心里怦怦跳。站起身来，走到篮球边上正想上坡，遇到尤贤。

"你哭了！"

"没有！"

"看你脸上泪痕未干！"

"我没哭！"

"你扯谎！"

"扯谎不是我的专长！"

"那你坐在树底下做什么？"

"看信。"

"哪！哪！哪！看信哭了吧！"

"哎呀！你不懂！哭解决不了问题的。"

"那你讲讲这封信。"

"不讲！"

"讲不讲？"

她沿着沅水左岸往上走，又疲又乏，来到名叫『乌宿』的河边，河滩上搁着只破船。从此，你九孃跟那艘破船上的男人永远住在一起了。还生个儿子……

"不讲！——这样吧，趁现在没有人，我们两个摔三跤好不好？"

"不摔！"

序子自己上坡去了，觉得好笑。尤贤的确是个怪物，像《圣经》里那句话："你到何时才转眼不看我？"[1]什么时候烦，出事，他就站在面前，是用鼻子嗅还是真正"如影随形"的天才？

这狗杂种和蔡金火有一点共同长处，不管你留级到哪个年月，他们的心思一直和你一起。

悲伤很误时间，有人因此送掉半辈子光阴；把悲伤当成诗，那会好过点。悲伤跟快乐一样，有时很荒谬。

就在这时候，警报响了。警报是一种手摇大喇叭，竖在县政府专门搭的高木架子上，防空演习时听过的。这次没打招呼就响，怕是日本飞机真的来了。"喔、喔——"

跟着哪哪儿的警钟大敲，司号长郑长禄趁热闹也吹出一阵凄厉的号音："嘀、嘀、嘀、嘀、嘀、嘀……"

只见人群从文庙往外直冲龙眼树底下跑。

序子刚上坡走到环城马路，不想让人流再卷下去，近身选一棵大银合欢树底下躲着朝天上看。

果然来了。两架飞机绕着县城打圈，开机关枪"咯、咯、咯、咯"。投弹。吭当一声。

"没有必要怕。日本不炸文庙的！"尤贤说。

"咦？你怎么在这里？"序子奇怪。

---

1 《约伯记》七·十九。

果然来了。两架飞机绕着县城打圈，开机关枪「咯、咯、咯、咯」。投弹。咣当一声。

炸之两个坑，妈做男女厕所

“不要说话！”蔡金火说。

“飞机自己那么响，听不见底下说话的——见鬼！怎么是你们两个？”

“要死一齐死，哈！哈！哈！”蔡金火笑。

老远树底下有人骂蔡金火：“弩考白呀！求向米？”[1]

骂人的人，其实自己在怕。怕，实在堪怕。你想嘛：天上丢炸弹像庙里抽签，抽到谁是谁。你躲，你往哪里躲？

飞机从序子脑壳上绕过去，咣当又来一颗。没有画报杂志所说的“俯冲”二字，犯不上瞄准。

意思意思！

晓得你没有高射机关枪。狗日的把人欺侮到家了。

炸弹不丢了，圈也不绕了，飞走了。

所有人从泥巴坑里、草丛里、树底下站起来，拍拍身上灰尘，惶惶然、茫茫然，表情平等，不论尊卑，不分年岁，相互龇了龇牙，大意是：“看！我没死！”

没有死，好！醒过来了。

“嗯哼！传传话！大家原地休息！暂时不要回去！等我们开会做了决定再说。”校长找先生开会去了。

三个人仍然蹲在合欢树下。

序子问：“炸死多少人？塌了多少房子？一点都不晓得……”

蔡金火说：“安溪太小，日本鬼舍不得丢大炸弹，一颗顶多五十公斤，人顶多死十个八个，房屋三间两间。让我想想——他们

1　骂你爹呀！笑什么？

404

为什么要来炸安溪？集美学校是一，安溪出铁观音茶是二，还有什么？你们看还有什么？日本鬼有个习惯，他们不炸文化只抢文化；文庙是孔夫子庙，纵然晓得集美搬在文庙，想来想去还是不炸为好！所以只扫机关枪。你想嘛！目标最大的就是文庙。要炸早炸了。"

"两架飞机来丢两颗小炸弹目的何在？"序子问。

"吓人。"蔡金火说。

"那么远为了吓人？"序子说。

蔡金火开心了，"哈！你这种人哪里知道，吓人是一种非常好玩的娱乐。尤其是拿人命开玩笑的吓人。就两架飞机来讲，星期天，没有事，挂两颗小炸弹出外散散步，不就来了吗？一、油是公家的；二、炸弹是公家的。蒋委员长又没有什么飞机，来去平安。

"过日子，晚上讲鬼故事不也是吓人吗？厉害一点的，弄颗人头骨放在人的枕头上，不也是吓人吗？……"

听到这里，序子咳了一声嗽。

老远有人嚷："炸了县政府背后操场，两个坑。什么损失都没有。全县无一死伤……刚才县政府来了电话……"

"你看，你看，你看，怎么样，我说得准不准？"蔡金火吹牛。

尤贤说："你刚才讲死十个八个，坍房三两间。"

"我讲'顶多'，少呢？少到没有……要是五百公斤炸弹，翻天覆地，一片火海，几百人血肉模糊……"蔡金火说。

（半年后，集美开运动会借用县政府操场。炸出的那两个坑大小位置最是合适，一间盖男厕所，一间盖女厕所。多事的人在男厕墙上写了"请炸东京，勿投大阪！"八个大字。上完厕所出来的人，一脸胜利的微笑。）

这天以后，学校决定在野外上课。马路下头沿河一带都是龙眼树，就蹲着好多班。再往上，再往下还有。学生开心，先生就苦了，走好远才找到自己的学生。龙眼树周围都是细松沙土，调皮学生用手挖了一圈浅坑，上头搭着细树枝树叶，再盖上沙土复原成没事模样，等先生出笑话。这要看下一堂课先生是谁。恶先生他们不敢；慈祥先生他们不忍；专挑身体好、懂得幽默的先生才弄。这样的先生如点状元，难找得很。就序子脑子，不记得哪个先生上过当。

眼看一个多月过去了，都回原教室上课。朱成淦先生又是不声不响地走了。序子到他门口才见到空空如也。怎么不打声招呼？稍微、稍微那么提一下都行嘛！留个地址，以后好写信，好找；都没有。只晓得他是莆田县人，那么大个县。问过吴廷标先生，他也说不知道。先生都不知道，学生怎么知道呢？

悄悄地走是什么意思？一定心中有气，愤懑中怀，顾不上告诉序子。要不然你可以不告诉别人而一定不会不告诉序子的。"我们是骨肉师生啊！"

给开除、给解聘了？他一天到晚画画，上课，冷水洗澡，打篮球；自得其乐间或有之，若提到晚上出校门去看"高甲戏"，吃刚出油锅的油条，坐在警察局长老婆旁边看戏这类事，那是绝对不会发生的！"我可以拿我是朱雀人做担保！甚至切下两根手指头！"

这样一直说下去，是自己辞职就没意思了。他是集美毕业，这样地爱集美，这样地关心我们这帮狗蛋。他不会忍心走的。起码说，不打招呼，不近人情。

世界上一旦发生静悄悄的不近人情的事情，一定有个让人好奇的原委。

近人情的事就用不着静悄悄。比如高中同学李尚大帮学校踏平了警察局，打坏了股长，学校就公开地在布告牌上开除李尚大；又公开地为他开欢送会；公开地照了一张李尚大坐在中间的欢送照片，写明了年月日以留永久纪念。那位先生呢？没人提起。

朱先生走不多久，来了位黄羲先生。

黄羲先生个子黑瘦，中等身材，头发多，穿长袍；来头不小，抗战前在杭州美专教过书。哈！走了个莆田朱先生，来了个仙游黄先生，都算兴化人。讲话舌头比较特别。那是他们地方特点。

黄先生面前，没人心存跟他开玩笑的幻想。先生作风端简，轻言好听，不笑，是个国画家。山水、花卉、人物都来得的国画家。

他一点一点教给你国画的要点。渲和染，画和描，顿和挫，干和湿，提和拉……讲了就做到你看懂为止。他在教你，他是先生，不可误会他是朋友。就好像不可把亲爹当大哥一样。

先生就是先生，他具备好多条件才来做无愧于学生的先生；他要你学生就是学生。不可像柳子厚写的那匹不知天高地厚的贵州驴子，对老虎居然狎昵起来。

最早的郭应麟先生，后来的朱成淦先生、吴廷标先生，现在的黄羲先生，如果他们是奶娘的话，奶的味道个个不一样。

黄先生画画，右手缝起码夹三支笔，把不同浓淡或不同颜色的毛笔交替使用。序子已经学会了，只是用不得法，不自如，不习惯。

还有一种对付古建筑的画法，叫作"界画"。是尺子和两根毛笔配合进行的。整齐精密到了极点，序子也学会了，只是难得用过，真要用的时候可能还要战战兢兢先在纸上练好多回。

画人的长胡子，嘴唇和下巴上先染一层从浓到淡的底子，再以

"须眉笔"一根根勾出来。不是从头到尾地勾，是找胡子的夹缝慢慢添加，有虚有实，显得生动活泼。

黄先生也带序子到河滩鹅卵石中找赭石原料。找到了在碗底加胶水磨出来，用来画人脸色。可惜赭石难找，很容易和长久泡在河里的小红砖头混淆。真赭石重，砖轻。最好的办法是到深山野林河沟去找，那里没去过红砖。当然，犯不上特地为了找赭石去深山野林，只是到了深山野林千万莫错过在野河沟捡赭石的机会。这东西实在好用，颜色多种多样，比工厂出品的赭石颜料不知好到哪里去了。

到学期结束之前，高初中学生联合开了个中国画展，后台是黄羲先生。沿着大成殿东、西、南墙悬挂。（北墙是临时科学馆。）序子参展了一张画。

黄先生事先问序子准备参加什么画，信口答了一句："画个苦屈原吧！"这回答出乎黄先生意外。第二天清早黄先生交序子一张四尺宣纸淡墨勾出的稿子，"你小心加上色彩笔墨吧，题字落款到时候再说。"

看样子黄羲先生一晚没睡。

序子像描红格子练大字的分寸，加上黄先生讲过的要点。

一个侧面的楚国读书人，仰头，伸着颈根，皱着眉头，眯着眼睛，胡须、散发往后飘，衣袖、长袍也往后飘。脚底下不少芦苇也顺风往后倒。

两天，画完了。黄先生看过，这里、那里、上边、下边加动了不少笔。

"就这样吧！你从这里往下写："'泽畔有人吟不得，秋波渺渺失离骚'。

泽畔青人吟不得，
秋波湘湘米离骚。

一个侧面的楚国读书人，仰头，伸着颈根，皱着眉头，眯着眼睛，胡须、散发往后飘，衣袖、长袍也往后飘。脚底下不少芦苇也顺风往后倒。

"这边写你的名字，加'戏笔于安溪'，写小一点。

"咦？你这是什么体？"

序子放下笔说："我早年写过颜，不喜欢；喜欢蔡，可惜是个奸臣。后来定在《醴泉铭》《张黑女》《等慈寺》上，只会慢，不会快。学过赵，越写越油。又两三天《石门铭》，郑板桥，又两三天《爨龙颜》《爨宝子》，后来喜欢林绿竹……"

"林绿竹是哪朝人？"黄先生问。

"高十四组的。"序子答。

"嗬！你学他做什么？"黄先生说。

"所以嘛！……"序子说，"像你讲的。"

黄先生莫奈何，"写吧！写吧！写完我好盖章。"

"我没有章。"序子大讶。

"给你刻好了，盖完磨掉。石头我还有用。"黄先生说，取出三个小图章，一刻"序子"，一刻"张"，另一个椭圆形篆字章，"水月山人"。

黄先生说："我在地摊上买的，刻得不错，闲章无所谓，盖图章单数为宜，用上吧！"

高师几个同学帮黄先生牵绳子挂画，钉钉子。

画很多。山山水水，抗日救国，虫鱼花草……

序子站在自己画前，走是不会走的。这时候到别处去，想都不用想。哪里找得出眼前这么更好的地方？

粗俗不懂画的人瞟一眼就过去了。这是可以原谅的。牛哪里能上梯子？

认得序子的人，看看画，又看看序子，瞪大眼睛，"你？"昂头走了。

一个戴八千度酒瓶底眼镜的高中同学沈延奎（多少年后，序子还会在另一个地方见到他），在画前认真地闻了一分钟，又走到序子面前对胸脯闻了一分钟，"你讲吧！凭什么你知道屈原留那么长的胡子？什么节气刮这么大风，衣袂都刮起来了？他为什么忧思百结？我告诉你，你不要和别人讲，你是个天才！你留一百次级也不怕！你记住我这些话，是我讲的，不是别个讲的……"走了几步又回头说："记住，我叫沈延奎！"

万万想不到的是二叔、许玛琳、李扬镰先生来了。序子想逃已来不及。三个人并没有理序子。序子赶紧躲在石柱子后头。

三个人认真看序子的画，摇头又点头，进几步又退几步。嗡里嗡咙，讲话像个探子。回头找序子，看到序子之后又不跟他讲话。走了。序子心怦怦跳，轻轻骂了一句："你三个狗日的老杂种！"

序子仍然不想走，觉得这张画其实根本就不是自己画的；黄羲先生打稿自己沿样画出来而已。自己只不过对黄先生讲了一句"画个苦屈原"。对着这张画，深深懂得黄先生对"苦屈原"如何一步一步发挥出来的道理。黄先生平常讲的那个"艺匠手腕"明明白白摊在眼前。序子想哭，眼泪一滴一滴往肚子里头流。"先生哪先生！你这样画了，底下我怎么办？"

……

"嗬！嗬！嗬！嗬！画家啊！自我欣赏啊，流连不舍啊！"还是这个尤贤狗蛋，屁股后头跟着蔡金火，像《木偶奇遇记》里老跟着皮诺曹的福尔（狐狸）和吉第（猫）。

序子一声不出。

"怎么样，画家？呷唔呷'阿呀卖'？哇欠！[1]"尤贤说。

三个人上街。两人走前，序子走后。

"你看，又留级了。我认为你根本就不是读初中的动物。去告诉你二叔，重庆考美专去算了。"尤贤说。

蔡金火说："不可能！美专是大学，他初中读成这副样子……"

"嚏令亮！你怎么就那么没有出息？要是学校允许，让我帮你考一半都好蛮！那么简单的事……真是自己埋没自己人才……"尤贤说。

"讲老实话，不停地留级，让你二叔也实在太没有面子。……当然，一个人读书也不是为了某某人的面子……"蔡金火讲到这里回头一看，张序子不见了。

时光就那么一天天过去。忽然一闪，又出事了。

黄羲先生打了徐决衡先生。很厉害，徐先生满脸青肿。

江浙那边来的，秀发长衫、文雅和气、自得其乐的徐决衡先生，他怎么会惹怒黄羲先生到如此地步？

论脾气和外貌，两人都不是打架材料；看不出黄羲先生出手居然南少林一派，劈、兜、抢、顶兼顾，开张全面，落点讲究。学生们暗暗景仰不止。

这事变发生在好几天前，序子吃过晚饭去看黄先生。

被当作知己的序子得到黄先生亲口喷薄而出的第一手材料："这种人，你说他坏也坏不到哪里去，无聊而已！一大清早他就

---

1 吃不吃蛎黄粥？我请！

说我起床声音太响，嘲笑我的布袜子落后时代。木洗脸盆，洗脸巾，木梳子，枕头，床单……无一不在鄙薄之列。我走路步伐不潇洒，我喝水如醉酒刘伶。我咳一声嗽是'其音也哀'，我看书是'其窘也迟'，我晚间赤膊擦身，他就坐在床边晃腿念白居易，'既壮而肤革不丰盈，未老而齿发早衰白……'又念孟子，'西子蒙不洁，则人皆掩鼻而过之；虽有恶人，斋戒沐浴，则可以祀上帝。'这次画展，他说：'绘事乃六艺之末，贱人之技也。'

"你说他厌烦不厌烦？这人本性是好的，书也读得让人喜欢，两人生活一屋，原可以多探讨点学问，他不然，眼睛嘴巴天生小气，不懂与人融洽之道。不自觉有好多欠检点的习惯，喝茶咕噜噜嗽口再咽下去，放声打嗝，随处放屁，睡眠大鼾至天明，我深知世无完人之理，都能谅解。相处近三个月，从早到晚，每有接触，总像苍蝇蚊子周身缭绕，实在忍耐不住，给他几拳。事后想来，也欠考虑。其实我可以设法摆脱他，换个住处……"

过几天见到序子说："学校批评了我。这事情批评一下也可以，我说我欠妥，对不起。接着又说，我还是辞职好，就辞职了。他们客气，挽留我，我谢谢了。我明天就走了，回仙游。你好好照顾自己，小心地长大。或许我们有再见面的一天。我会记住你，难得，难得。"

第二天不知道黄先生几时走的。半边身子看了一下，房子里剩徐先生一个人坐在床上，头上还包着纱布。心中颇为同情，你看，单身了吧？黄先生打了你仍然说你好，可见你还是有点好。我也觉得你这个人其实也不错。人和人太近了，日子一久就产生排斥性。你的排斥性未免强了点。以后再以后，你会不会想黄先生？他的恶还是他的善？……

"进来坐，张序子，进来坐！"

"谢谢，徐先生，我路过，那边同学等我。"

学校召开集美三民主义青年团成立大会。乐队参加，很是庄严肃穆。一串该做的仪式做完，司仪大叫，请干事长训话。

原来干事长是二叔。

序子在队伍里想笑，两撇黑胡子居然还"青年"。挺起胸脯走到台前，慢慢左看看，右看看，声腔亮堂，说出一番话来。这话每星期一周会的时候谁想听都听得到，以为二叔是看不起这种话的，起码会觉得装模作样不好意思。党呀！国呀！蒋委员长呀！没想到眼前会由他嘴巴里讲出来。

把底下一排排听训话的学生当木脑壳伢伢，自己是另一个木脑壳伢伢站在台上，嘴巴一张一张。（那种队列形式像今天发掘出来的兵马俑。）

序子不晓得有没有听清楚，拿不准。从今以后，要从学生里头挑选最好的学生参加三民主义青年团，或者是凡是想参加三民主义青年团的学生都欢迎参加三民主义青年团？或者是明里讲欢迎暗中还是要挑？

菜市场买菜，挑一挑是讲得过去的。人有什么好挑？虽然长得各有美丑，都是娘老子养的。凭什么你有权力精挑细拣？凭什么你可以挑我，而我不可以挑你？（我挑你干吗？）将来哪一天他们挑选成功以后，是不是另外开伙食？是不是每个月都发新袜子？每天早上领一瓶豆浆？谁晓不晓得还有什么好处请提出来？

二叔在台上讲二叔的，序子在台下想序子的。

想完，讲完，散会。当场看不出发生什么事，几天之后，初中不少人左臂上挂了个红箍箍，朝外部分印个青天白日。戴箍箍的人走路姿势变了，目不斜视，像是打过什么针。其实纵然打了针也犯不上走路不看人。不看了！打过针了。

蔡金火手臂上没有红箍箍，尤贤也没有，两个人看序子，当然没有。当然就是当然。序子手臂上假若也戴上红箍箍，那还要红箍箍干什么？一点意义也没有了。

蔡金火分析，戴不上红箍箍大概有以下几类：吊儿郎当、"路鳗"之类；留级老前辈之类；"异党嫌疑"之类。蔡金火自己和尤贤属第一类；张序子属第二类；第三类眼前还看不出是哪一个。王寄生、林有声、陈耕国要不走便属这一类。其实你二叔这个干事长，最放心的就是我们三个这类人。最不放心的就是王寄生、林有声、陈耕国那类人。不放心归不放心，三个人到延安去了。《艾丽思漫游奇境记》有一段描写的事："猫在墙头上笑，猫走了，笑还在。"王寄生、林有声、陈耕国是猫。猫走了，笑还留着。这个"笑"在哪里呢？所以办个三民主义青年团来找、来对付这个不知道躲在哪里的"笑"。我们三个这类人好管，那个看不见的"笑"不好管。

"什么叫作'异党嫌疑'？"序子问。

"埋伏在这里的共产党。"尤贤说。

"共产党？我爸爸、妈妈以前就是。"序子说。

"呀！真的？"蔡金火跳起来。

"现在不是了！"序子说。

尤贤说："你看你那个样，哪里有一点点共产党遗迹？"

序子笑起来，"那'嫌疑'呢？"

《艾丽思漫游奇境记》有一段描写的事：「猫在墙头上笑，猫走了，笑还在。」

猫走了，笑还在。

416

"'嫌疑'都不够!你以为'嫌疑'好当的?"尤贤扁着嘴说,"人家共产党什么,瞿秋白,周恩来……都是外国留过学的,学问十足了得!"

"我在图书馆借过一本书,希特勒一九二四年写的《我的奋斗》。他也恨共产党。第七章就专讲如何对付共产党。里头特别提到'党旗'的设计:'我党的党旗是在红地之中有一个白圈,圈中再画上一个黑色的卐字。……不久,维持秩序的军队,也制成了同样的臂带——红地,白圈,中有黑卐字……'看样子搞名堂的都会弄个箍箍套在手臂上(臂带、箍箍、臂章),方便打架时候认人。我们家乡以前土匪打土匪,头上都扎了白布、红布。希特勒设计的那块臂章,看起来比三民主义青年团的臂章好看。还有希特勒发明的那个右手斜举敬礼,一声口令,几万人呼啦一下,真狗日的威风。"

"变态!神经病!德国、日本都是一类,把所有老百姓都变成打仗机器,不用脑子,只扣扳机……"尤贤说。

"我小时候对日本印象非常好。"蔡金火说,"七岁时候阿爸带我到京都谈椰子生意。他每早出门留我一个人在'野间屋'旅馆里。老板娘和下女都小心照顾我。日本人讲礼貌,邻里见面都躬身问好。除了看戏以外,其他一切都很和平快乐。我就怕看日本戏,一脸粉的人木呆呆出来进去。又说学问很大,把我尿都吓出来了。不论贫富,文化修养水平,家家墙上都挂字画,园里种兰竹,池塘养着锦鲤。没想到这个海外仙山、世外桃源的国家翻脸就不认人,变成伙杀人狗强盗!有时候我都不相信这个国家原来就是当年我认识的那个国家!你们不去不知道,住得越久越不相信。"

(这里先说一件事。一九八一年,北京华侨饭店党委书记佘振忠老兄告诉我，他认识蔡金火。蔡金火从集美毕业后回南洋，参加马来西亚共产党领导的地下抗日斗争，一九四三年牺牲于马来西亚的亚罗士打。

叙文至此，他还活在我们中间。）

冬天来了，寒假留校学生不多，集中在三个宿舍生活。序子跟尤贤、蔡金火住西宿舍，即校长办公室右首之大宿舍，寥寥落落。高中和水产学生杂沓其间。

序子忽然发现有人把三民主义青年团臂章拆开在擦皮鞋。

蔡金火问他："你怎么可以拿这个东西擦皮鞋？"

他说："质料上等，宽窄合适，不用它还有比它更好用的？"

"你哪里弄来的？"蔡金火问。

"隔壁就是三青团的仓库，一箱一箱，请爬入窗内随便取用可也。"那同学说。

蔡金火晚上真取来三条，送尤贤一条，自己一条，序子不要。

"你胆子那么小，怕什么？用完丢进厕所，要用再拿嘛！"蔡金火教他。

序子夹着嗓子说："我胆子怎么小？我没皮鞋！"

学生现在分成两派，一派是"三民主义"的，一派是"不三民主义"的。序子就想，原来好好的一帮人，一下子弄成两派。自自然然的读书日子加了一课人工仇恨。何苦来？有人愿搞三民主义，可以嘛！读完书，有了学问，毕业之后到外头堂堂皇皇去搞不更好吗？眼前这么一来，放不下戴臂箍箍的光荣，眼睛就免不了希望捕捉到一个"嫌疑"立功，读书的事就耽误了。

若果真有"异党嫌疑"，"不三民主义"的人多的是，正好可以掩护。哈，哈，哈！你手臂上挂的那个标志，老远就看见你来了，咳一声嗽，"异党嫌疑"就躲起来了。你还抓个屁？惹不起你，可以躲你，还可以玩你。而玩法又多种多样。看你红着眼睛奔来跑去还自以为在尽忠报国。一个读书所在，空气弄得这么邪？

> 春天来了，
> 白云在天上飘，
> 小鸟在枝头叫，
> 羊儿在草原吃草，
> 船儿在水上逍遥。
> 要是世界永远如此天真烂漫多好？

吃中饭排队进膳堂不久，高中水产那头开始有人发出嘁里嘁咙之声。

高中的军事教官周景颐站起来看，"什么事？什么事？"

声音更大。

"不准吵！吵什么？"周教官站起来叫。

声音更大。

"叫你们不要吵还吵！哪、哪，现在命令你们，五分钟把饭吃完到操场集合！"周教官放着嗓子嚷起来。

一阵漫长的"喝"声。

"呀？呀？"周教官拿出哨子大吹。

"你们！想怎么哪？我从来没有看过你们这、这、这，嗯、嗯、这、这、这……三分钟，三分钟，到操场集合！"

全场大笑。这是故意的，明明是故意的。

"操场集合！操场集合！"周景颐吹哨子。

这下坏了，周景颐完全没有想到，膳厅一大半人把碗砸了——

砰砰破破！砰砰破破！那么多碗碟，那么清脆的响声。大豪华行动万岁！

序子看傻了，心里雀跃，如此之破天荒局面。

二叔出现在饭厅台阶上，面目庄严。庄严有屁用？

膳厅鸦雀无声。为什么鸦雀无声？都等着下个节目开始。谁也不在乎二叔。

没有下个节目了！

"自由解散！"孙焕新先生举双手招呼大家。

到了操场，序子找到尤贤和蔡金火，"你们砸碗了吗？"

两个人都微笑摇头。

"什么事要砸碗？"

"听说是饭菜一天比一天坏，不能下咽。"尤贤说。

序子迟疑地问："天天差不多，蛮好的嘛！我怎么没感觉不能下咽？"

蔡金火拉着序子轻轻关照："这时候少讲这类话。懂吗？"笑起来，"我们这类人最老实，又不砸碗，又没笑，是不是？"

学校追查出三种人。一种人不懂什么事，顾着吃饭，听到响动才看热闹。想再吃饭，吃不成了。一种人说，看到别人砸，自己也跟着砸，好开心。一种人说那天有事，没有到膳堂吃饭，什么事都不晓得。

礼拜一早上开纪念周的时候王校长讲话提到这件事："……奉劝同学不要受少数人欺骗愚弄。伙食方面学校一定会研究改善。大家要继续安心读书……"

一个戴红箍箍臂章的同学害了重感冒，鼻子一呼一呼的，用手巾捂着走路，蔡金火上前问好："你鼻子怎么啦？"

那同学摇摇头，不堪之至。

"哎呀哎呀！这可不行。要晓得你鼻子今天不是'家吉'[1]的，是党国的鼻子，怎么可以这么不小心呢？要想办法赶紧把鼻子修好才行！办大事仅仅靠耳朵和眼睛是不够的。要不，我陪你上医院看看？不用？不用那好，你自己多加保重——我上厕所大便，听隔壁两个人谈话，提到你也参加砸饭碗了。怎么回事？"

伤风同学跳起来，"我，我哪里会砸碗？刚才紧急集合，干事长训话，还布置分配我们进行秘密调查……你讲那两个人是谁？"

"喔！喔！是呀！是呀！我擦完屁股追出来，想问个究竟，两个人不见了。喔，喔，喔！经你这一讲我全明白了，你这种品学兼优的人怎么会砸碗呢？砸自己祖先牌位也不会砸碗是不是？我了解你，别个不了解你我不管，我了解你！"

讲这番话，狗日的蔡金火一点不笑，向序子使了个眼色，一齐走了。

教英文的许玛琳先生已跟尤贤那个班升上去了；陈大弼先生也跟洪仲献那班升上去了。现在来了个杨先生。

序子第一眼就觉得他是个搞体育的。腰杆笔直，皮肤黢黑，目

1 自己。

光锐利，筋肉结实，手脚灵活。果然不错，他真就是个体育专家。杨先生教英文，灵魂深处割不开体育那份深情。甚至有时候忘记上的是英文课，忽然插了一长段当年带领厦门代表队参加全国运动会的盛况，跟东北运动员刘长春、广东足球国脚李惠堂、美人鱼杨秀琼是老朋友，吃饭聊天。做过全国足球裁判，奖章、小旗上百，一直带在身边……讲得那么纯真，听得那么陶醉，直到下课大家才醒过来。杨先生用英文说声："Sorry! Sorry!"。

序子认为杨先生肉体上是英文先生，精神上仍然是体育先生。他"身在曹营心在汉"，他"心存汉社稷，牧羊北海边"。

他从来不笑。讲自己辉煌体育历史也不笑。世上有种人开心是不笑的。有种人开心，自己不笑引别人笑；有种人笑是因为别人哭了……

序子对杨先生讲的故事反应木然，对他鼻子骨拱两下才到鼻子尖和突出的长下巴百看不厌，比朱元璋还朱元璋。

杨先生每天把自己收拾得干干净净，容光灿然。不吸烟，不饮酒，不沾茶只喝白开水。英文是美国腔，起调高昂，大概是做过领队和足球裁判的缘故，庄重，把威严的体育精神带进课堂。

许先生像一个家长跟孩子过日子。早晨的阳光、面包、牛奶……

陈大弼先生像神父，慈祥温和地在教堂引领众徒礼拜……

三位先生施教方式各一，都有虔诚的精神感召。

许先生和陈先生的形象不上画，画得再像，人说不像也就不像。所以序子英文课本空白上头不大画许、陈两位先生；至于杨先生，稍许动两笔，样子就出来了，同学就会笑起来，"是他。"

序子并不认为杨先生长得不合式。世界上根本就没有不合式的长相，都是上苍高雅即兴的作品，他老人家故意把人做得各种各样，以便世界过日子生动活泼。序子自小就认为世俗流行的美和丑标准很怪，朱雀城哪个婆娘"白"，哪个婆娘腰杆细，就"咭、咭"称好，忘记了人还有好多好多重要东西没看到。比如吴二姐，是苗族人，长得不高，凸脑门，皮暗暗子，头发蓬蓬子，话少，嗓子像山涧里远远的流水，低着头，看你一眼。没有人说过她美，序子就一直没忘记她，觉得她和美有点关系。（后来长大在城里见过许多婆娘，一身火，就拿来和吴二姐比，都比下去了。）

于是上英文课，序子不停地画杨先生。

杨先生读一句，大家跟一句：

"A piece of chalk"的"chalk"[1]时，

"Yangtze River"[2]的"Yangtze"时，

"Water buffalo"[3]的"buffalo"时，

尤其是读到"Mount Omei"[4]的"Mount"时，序子兴奋得了不得。杨先生那副下嘴唇出现一片奇景，闪电似的往前一撮——

序子的惊喜反应让杨先生发现了，过来一看，抓起课本一甩在地，又捡起拿到讲台上，大声对序子说："出去！"

杨先生看到课本上几十个自己的头像心里那么在乎，很出序子意外。要是许玛琳先生事先给他打个招呼说下一任的英文先生脾气

---

1 粉笔。
2 扬子江。
3 水牛。
4 峨眉山。

尤其是读到『Mount Omei』

的『Mount』时，序子兴奋得了不得。

杨先生那副下嘴唇出现一片奇景，

闪电似的往前一撮——

Mount Omei!

不好就好了。

第二天杨先生没事似的把书还给序子。序子不再在英文课上画画了。怎么能画呢？杨先生总是斜眼看着他，画个香蕉，画个苹果，也以为是画他。何况在杨先生课堂上，根本不可画画。

有天走廊上遇到许玛琳先生，许先生举起一根手指头晃了一下，微笑走了。好家伙！许先生也晓得了？许先生要是真晓得了，许先生呀许先生！"天下英雄唯使君与操耳！"

序子晓得这下拐了，杨先生是个凡事在乎的人。一个人有没有幽默感决定一生走向，何况他对自己的长相缺乏信心到这种田地。后果如此之不堪，情愿和尤贤打一百架也不敢再画一次杨先生。

以后序子遇到别的先生，都那么一笑。笑一次，序子心底沉一次。没想到画画能惹这么大的恨？下一学期早点留级吧！远远离开杨先生。

序子晚上做梦。自己是婴儿睡在摇篮里，周围粉红粉蓝的软被窝，摇摇篮的是越来越近的、微笑的杨先生。

梦的"开方"是死对头难忘的笑容。

星期六水产航海对高十三篮球比赛，全校的大事。杨先生是裁判。序子夹在人群中，杨先生每五秒钟看他一眼，无论他躲在哪里。

看完上半场，序子走了，碰见"狐狸"和"猫"，他们都听到画像的事。

"笑！笑！我一点也不觉得好笑！"序子说。

"一件事情失掉平衡就是笑料。"尤贤说，"全校都晓得了。杨先生走到哪里，个个都看他的下巴。"

"这有点残忍！"蔡金火说。

"他自己弄的。"尤贤说，"小事变大事。听说还要求学校开除你，不开除你他就辞职。你看，他也不辞职，你也没有被开除。做裁判他可以罚人下场，可以给红牌。这不是篮球场、足球场，这是集美啊！来，来，来！"尤贤指着地面，"你画个大下巴我欣赏欣赏。不画？你是胆子小还是惜墨如金？"

序子骂他："'嘡令亮'！都什么时候了？幸灾乐祸！"骂完要走。

蔡金火叫住序子，"唔，唔，人生第一大要点，要活得有信心。古人云：'福兮祸所伏，祸兮福所倚。'看！这是什么？"裤子里头掏出一沓报纸，"《华侨日报》！《下场》，作者'张序子'。擦掉眼屎看清楚！"

序子全身一阵麻，抢过报纸。

这下子，世界又是另一面目了。

学校不晓得是见了鬼还是忘了魂，怎么做出这么一个歪七八扭的决定？把序子留级的这一班二年级和底下的一年级下学期和新招来的一年级上学期这班儿童们全送到对河后埭的一座小山上的一套原来是小学的院子里来。这无异于徽宗发送五国城，无异于季子遣戍宁古塔，令人突兀孑立，四顾空茫。叹库书之遥路兮，如失哺之遗婴；失尤蔡之友乐兮，嗟人世之无常。悲兮！痛兮！无过于此。

更让序子腿软的消息，分校负责人是杨先生。

古人云，爹妈由不得儿女选择，他没有提到，先生也是由不得学生选择。

序子卷好铺盖，收拾金银细软、奇珍异宝于箱内，找到林绿竹向他告别。这家伙听完了序子一番话，说了一句"摔离！摔离！"[1]拍拍序子肩膀，"礼拜天还可以过河回来嘛！"话虽这么淡，序子心里还真有点易水之别的意思。（不料此别竟是三十多年。）

又去看了吴先生和曾先生。曾先生说："我们还会常常见面，你们在哪里都要唱歌，我怎么能不来后埯？"吴先生说："到哪里都不要忘记画画，画了得意画，星期天拿给我看！"

尤贤、蔡金火帮序子提行李过河，上山，送到后埯分校宿舍床位边。放下行李，序子又送他们出来。下山时候，见对面小山上满是坟堆和骨头罐罐。

"两个人头骨就是那边捡的，后来送回原位了。"序子说。

"哈！现在要捡方便多了！"尤贤说。

蔡金火看了序子一眼。序子明白是什么意思。

杨先生召集大家训话，讲了为什么要从城里搬过来的意思。那意思的意思就是，一、新招考来的同学多，住宿和课室不够，得到县政府的帮助，借这套校舍给集美，很是感谢。二、先生们城里来回到这里上课，很是辛苦，做学生的要存感谢之心。三、敌机很可能还要再来轰炸，不可不防，所以也有疏散人口以保安全的意义。这地方用水很不方便，工人每天从山下挑水几十担，学生要多多体谅，节约用水。伙食方面因为初办，设备不全，水平不如城里，慢慢就会好起来，望同学大家明白这点道理。

跟杨先生一起来的还有童子军教练陈伶先生。

英文还是杨先生教。序子故意把课本在课桌上摊得开开子，双

---

1 小心！小心！

手垂于桌下，表示自己清白无瑕，没有异动。

杨先生眼前肩挑重任，要管的杂事太多，头绪很烦，序子希望他多看一眼的机会都没有，顿生出一番同情之心。原以为"仇人相见，分外眼红"的被动局面竟然没有发生……

在文庙，序子睡在床上还想过，遇上这种毫无反抗挣扎余地场合，王伯会怎么对付？幺舅会怎么对付？田三爷会怎么对付？隆庆会怎么对付？到了后坳，遇到意外，你怎么对付？你张序子就死了瘫了？你都十四岁了！你还怕？

刚到后坳分校，宿舍的几扇门窗，大门、门栅、围墙，厨房设施，水缸，竹杠扁担，上下坡几条路，土松土紧，都认真过一遍。"入睡侧左而卧，右手护左肩。"

幸好，幸好，杨先生眼神没变化。没变化不等于以后不变化……

日子就一天过一天。

天气热了。后门下坡正对面有棵大"硼求"[1]，笔直耸天，起码五十米。看了它，心胸为之一展。一群群八哥大小、彩翅、黄嘴的白鸟在树上飞来飞去，叫声："嘉芮！嘉芮！"

所以它名字叫"嘉芮"。

可能是来吃虫的。"求"上有一种三寸多长的大肥虫，擒住它，头尾用小刀一划，蹦出段粗粉条，醋里一佘，手指撂出条三尺长的钓鱼丝来。所以人叫它"蚕筋虫"。说是这么说，这种蚕筋脆弱，根本谈不上钓鱼，比丝线差多了。

晚上，天气好，坐在校门口可以看到对山坟堆上的鬼火，蓝蓝

---

1 枫树。

的，紫紫的，冉冉来去。天气不好，刮风下雨就看不到。朱雀城文昌阁小学背后山上重重叠叠古坟新坟鬼火，比这里多得多。城里人见识广，懒得看它。世界上好多事都如此，习惯了的东西懒得管。

同宿舍有个乡下同学叫廖永生，天生油光脑壳，自己生惭愧心。山上蚊子多，大家挂帐子他一人不挂；在挨床的白墙上画了只牛后腿。夜间吃人的蚊子都聚拢在牛腿里，不吃他。同学们见怪不怪，认为既然是乡下来的，自自然带来些土办法也算不得什么事。序子平日就很注意这些古怪，认为不合道理。可能因为家里穷没有帐子，怕同学看不起，编个理由解困。从小蚊子咬惯了，也算得是经熬的人。同学里头，其实没有看不起他的人。也就由他。

序子背囊里还有两块木刻板。后坬这环境不合适刻木刻，兴趣来时只好画点风景写生。讨厌的是颜料时常出问题。弄了这么久，才明白颜料性质各有不一样之处。不能把广告色、水彩色混在一起用。广告色脾气犟，一落笔于纸就不动了，再怎么牵也牵不动。水彩脾气好，和了水很听话，怎么弄都行，缺点是铺在纸上难得均匀。所以两种材料运用很费脑筋，要干了一层再画二层，"等"这个学问费许多时间才摸出道理。

有几个人叫序子去兰溪游泳。序子正为颜料苦恼，不太想去，"你们先走吧！我等下再来。"

经人一邀拨，心就乱了。坐在桌子边等纸干，把广告色盖盖旋紧摆进抽屉，又把水彩颜料放进盒子，毛笔甩干，倒了洗笔水。回宿舍打开箱子取出游泳裤塞进挂包，一个人往坡下走。

前头文章已经提过，为了防止敌军武装侵略，阻止其机械化部队进攻，原来的汽车公路上相隔几步距离就挖个横坑，很起到一些

山上蚊子多，大家挂帐子他一人不挂，在挨床的白墙上画了只牛后腿。夜间吃人的蚊子都聚拢在牛腿里，不吃他。

窦永元画牛腿

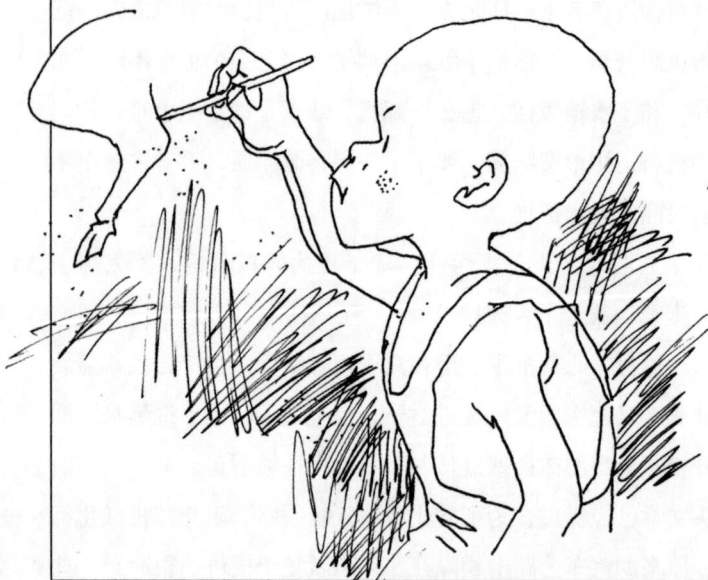

430

抗敌作用。所以乡人都小小心心沿着坑边走。序子刚走到河岸高处，只见七八个同学往回跑，三四个同学沿河追赶，大声叫喊："柯金田没有了！柯金田没有了！"

叫过路撑船的救。撑船人指指天，指指水，懒洋洋撑走了。

柯金田就这样没有了。一排人傻坐岸边石头上。一会儿陈伶先生来了，又一会儿杨先生来了。

"不要动，记下每个人名字！"杨先生叫陈教练做这件事，记完了，叫大家回分校。

杨先生没下水，一身湿淋淋子。

杨先生这三两天后埭、城里来回跑。听到柯金田父母在城里向学校要人。

布告牌上，九个人都记了过，有的大，有的小。序子名字排在最后。

序子想："我？我？我？我当然是在最后，我，我？我还没有换游泳裤啊！——唉，行！我想得通，记这个过算是给柯金田烧一炷香吧！不枉同学一场……"

柯金田，南安溪尾人，读书用功，举止文雅，爱微笑，牙齿很白。外号叫"瓜真甜"，闽南话读起来就是柯金田。

杨先生很久没见面，后来听说走了。序子觉得杨先生走得冤枉，也不太公道。分校很快解散。大家又搬回老文庙。

这学期林振成没留级，上去了，让序子很不习惯。要是他还在班上，记过打不脱排在前三名。

首先碰到的是"狐狸"和"猫"，"张序子呀！张序子。什么热闹事都有你一份！"

碰见林振成，样子很萧条。

"什么事？什么事？这副样子？"序子问。

"我不想读书了。没有意思！"他说。

"什么、什么意思不意思？"序子问

"我不清楚到底来集美做什么。"林振成说，"我想考中央军校。你看报了吗？我们暑假期间中央军校在永春招考。"

"好呀！好呀！周教官就是中央军校毕业的，有前途！"序子说，"毕业以后请到集美来当教官，挨人砸碗！"序子歪着脑壳看他，"你、你目光怎么这么远大？"

"我有我的理想，你管不着！"林振成说。

序子愁了，"考军校？想点别的吧！我告诉你，我想一百样事都不会想到考军校。等于你，好好一座钟拆了做永动机，糟蹋东西！我帮你可惜。"

"你犯不上挖苦我！"林振成说。

"我是鼓励你不走绝路。当兵就要打仗，不是生就是死。运气好从死里爬出来，还要年份足，还要找到好靠山才混得出脸面。你看那个周教官，碗一砸他就完了。干他什么事呢？运气不好顶上了。好不容易混得个名校教官一下子化为乌有。我那二叔比他聪明，闹热完了之后慢慢上场，门口一站，鸦雀无声，威风都是他的——放下你的木刻去考军校，真好笑……"序子说。

"你到后埯去了，我刻个'蓝搅'！"林振成说。

"你又不是无母之儿。你还等我喂奶？"序子火了。

林振成想了一想，"唉！你走了，没有伴。弄木刻要有个人谈谈讲讲。"

全校师生到清水寺旅行。

以为三五里，原来几十里上坡路。到了一大堆破庙面前，说是到了。

序子累得一点都不累了。东看看，西看看。原来这座古庙竖在大山洼里，坐南朝北，周围清幽，面前从远到近一大片山峰在脚底下。庙里没有和尚也没有尼姑，空空如也。

先生打招呼，不要进庙，要坍！

要坍？明知要坍，来此作甚？

序子一个人偷偷荡进去。菩萨好好地各坐各位，地板确实呷呷响，还掉粉。东边佛堂大部分书架佛经散在地楼板上，有的让雨溶了。轻轻托起一本，笺条上写着"孔雀明王经"五个字，不敢翻，一动就烂。闭气放回原处，没有书香，只有霉气，可惜！可惜！

这庙的确危险，多站五个人就有问题。多加四个人呢？多站三个人呢？多加两个人呢？

意思是，来几个人想法子把这些经卷运走。里头可能有好东西。序子把这个想法报告王校长，没想到他大怒："你进去啦？"

……

听说清水寺有几棵百年茶树是做铁观音的好材料。只见左首山片子上杂树丛长着几棵不三不四的东西。论老也够了，便攀上去看看。学问不行，分不清好成什么样子。这倒不打紧，忽然发现树叶上待着几个小虫。这东西一辈子没有见过。

粉红的，淡绿夹淡黄的，纯绿带黄点点的，各有各的鲜嫩颜色，长相跟"打屁虫"一个样子，厚实一点就是。不太动，也不放屁，没见带刺的设备，也没有想飞的意思。嘴巴吐些黄水，屁股拉

粉红的，淡绿夹淡黄的，纯绿带黄点点的，各有各的鲜嫩颜色，长相跟『打屁虫』一个样子，厚实一点就是。不太动，也不放屁，没见带刺的设备，也没有想飞的意思。

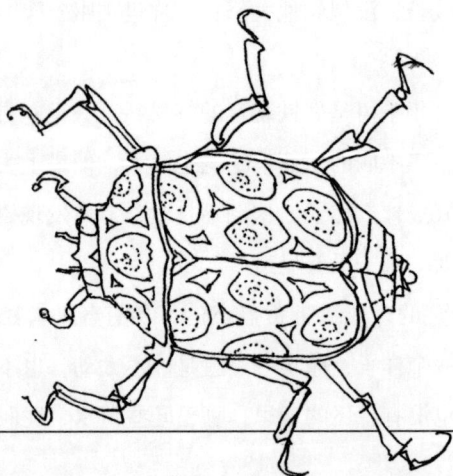

「蚾」

点东西，这是昆虫学家常见的现象。抓了几只用纸包好，以便带回去研究研究。

底下没什么好说的了。吃包子，喝水，回家一路上想着纸包里的东西。

第二天马上到图书馆查动物学大辞典。从六百九十四页起到六百九十七页止，系列着一种叫作"蚨"的虫类，外形大致相同，所有都是暗黑或带点秽赭，暗绿，这就根本不是那个意思了。要是在厦门就送到厦门大学生物系去，或许能搞得出个缘由来。看样子，那些教授或许都没见过。

大清早，把它们放回矮树丛，也只是一番心意，海拔和生活环境差别，它们未必活得下去。为了科学研究，对不起了。

都看得出来，序子根本不可能是块科学家的料。不可能！数学、物理、化学分数等于零，还有英文，更不用谈拉丁文了。只是听说水产航海和农科在学拉丁文。学这个、学那个一辈子就定死了。没有转弯余地，改行等于一贫如洗。序子不希望落得如此下场。虽然动植物考试的分数不高，心里头就是喜欢；不是为了做科学家的喜欢，是做一个人的喜欢。等于喜欢这个"全世界"。在学校读书就是学一些如何喜欢"全世界"的本领。序子还没有著书立说把这点主旨说出来，万一当作"异党嫌疑"怎么办？

柯金田同学的死给学校惹来很大麻烦，人命关天，讲公道话，杨先生有什么办法呢？他这么忙，管理学生等于手上捧着几百只活螃蟹，真难以照顾。责任在身，眼前就只好委屈杨先生了。学校算是缓过来了，正如菲尔汀写的那本《汤姆·琼斯》厚书形容欧瓦西先生的四十多岁妹妹碧姬新婚不久做了寡妇之后的情绪进展："她的表情也从凄惨改为悲哀，由悲哀改为难过，由难过改为严肃，直到有一天她又获准恢复以往的安详。"

这不是上级领导的决定。是社会历史规律从来就那么运转。学校不是靠悲哀过日子的殡仪馆。

喘完一口大气之后必要协调气氛。于是学校在环城马路底下老龙眼树群之外的鹅卵石河滩上搞了场烛光晚会。周围点燃几十盏纸灯笼，再加上东、南、西、北四座煤油打汽灯。铜乐队一吹，除几百学生之外，又引来几百不明就里看热闹的观众，场面还真是感人。

主持人吴玉液同学宣布唱校歌："闽海之滨有我集美乡……"

接着是王校长演讲，满脸笑容的确来之不易。当家之难处处见到心血。

接着是大口琴演奏。演奏之前，指挥陈光明神乎其神地介绍德国贝多芬、舒曼，法国柏辽兹，挪威葛利格，近代奥地利的李哈尔。除几位先生和少数学生之外，没有人听懂他讲些什么，耐着性子等他。看形势，不过足瘾是不会下来的。接下来就是口琴队一段又一段不停地吹，直到吹完为止。本地观众并不讨厌这个节目，以前从未听过，吹，总比不吹好。

接着是大厨房三个大师傅的杂耍。采买员阿发表演"火棒"。三根熊熊燃烧的柴火棍在两手左右前后飞舞，的确看不出他有这手本事，大家叫好拍手。

下一场是井边打水的阿兀和赵金锁表演"飞碗"。两人隔丈多远，转手互抛饭碗。一手接，一手甩，来回倒腾。这功夫也不算容易，可惜十个饭碗失手破了六个，碗片碎了一地。总务主任赶快叫停。"鄙！鄙！"大家喝起倒彩来。两个人很快缩回队伍里。

再下一场是包树棠先生即兴赋诗。身形矮胖，罩着件灰黑长袍，一口小细嗓门加上江浙腔，几乎见不到人听不到声音，何况又是文言。自己倒是十分入戏。大家好不容易等他弄完，没料同是江浙人的图书馆徐先生也有诗作要念，幸好主持人吴玉液眼明手快好言劝住了。

本地观众的文化耐性开始松动，有人想走，这局面后来让十几个穿花裙将要出场的女学生稳住了，才转回身来。

吴玉液宣布，下一个节目是歌舞《旗正飘飘，马正萧萧》，曾雨音先生指挥，萧玉梅同学领唱，高初中女生联合舞蹈表演，集美管弦乐队伴奏，好！现在开始。

这场面就大了，世界像翻了个身。曾先生是魔法师，手一举就来个炸雷，所有吹的、拉的、敲的、捶的都跟他手势跑。一层浪跟着一层浪。萧玉梅在狂涛中喊救命，跳舞的女学生都是救命恩人，穿着红裙绿裙在波浪里翻前滚后地四处找她、救她的命……

序子一心一意在揣摩老乡眼前艺术感受……"一定的，他们心里一定有这个场面——当然，也可以有另外的场面，夫妻打架，摔盆砸碗，婆娘喊救命，狗叫，娃娃哭，饭焦了，灶坍了，房子着了……"

序子心里好笑。

歌舞完了，松一口气，唉，总算结束了。于是大家鼓掌喊好！

第五场是京剧。县政府两个科员和高师的郑海寿演唱《坐楼杀惜》。郑海寿唱宋江，一个科员唱阎婆惜，另一科员拉二胡。宋江杀阎婆惜怎么唱到这里来了？和今晚上的性质完全不是一回事情。几百人里头挑不出十个懂京戏的。所以唱归唱，观众讲话的开始讲话。郑海寿懂京戏序子早就知道。唱阎婆惜的科员嗓子那么好，字正腔圆，却出乎序子意料之外。二胡板眼十足。真是种久别的声音，

"宋——公明，坐至在，乌——龙噢院……"天涯海角一相逢，让序子忽然感觉自己好孤独……

唱完之后只有几下零落掌声。当然就是这样，你还真希望掌声雷动？

底下两个不太熟的高十四组学生弹夏威夷吉他，前奏像是《渔光曲》，他们同组的女同学杜思久是个全校出名的文雅美人，没想到这么安静的人还会唱歌！嗓子那么甜，两道长长的眉毛跟着摇动，好极了，又好看又好听，算是今晚上最难得的新发现。长得漂亮已经不容易了，有的女人唱歌堪听不堪看，大家眼睛只好望别处，光听歌——

"洛阳桥的杨小真，白云塔畔叹人生，城市之夜里新女性，香雪海归来没处存。野草闲花无人敬，凄人的事情真堪怜。小玩意儿，摩登女，一剪梅花各自分……"

这不是《渔光曲》的词。怎么一回事？序子问尤贤，他摇头只顾听……

散会之后问蔡金火，他说："……一九三五年阮玲玉自杀，事情闹得很大，上万人参加追悼会和送葬，当时某个文人给她编的歌词，每一句都是她主演的电影名字，很别致，放在《渔光曲》调子里，上海全市街头巷尾男女老少都唱，同情和惋惜。我们南洋也很流行……"

"怪不得！我当时就想这词前言不搭后语又觉得味道十足，像宋词，像《花非花》，分量重得很。和杜思久这个人，跟今天晚上的河滩夜景都有关系，今晚上最好的节目应该算杜思久和'洛阳桥'……"

"你他妈小小年纪谈什么杜思久？你配吗？杜思久这个人是你想的吗？听阿燕（女宿舍工人）说，杜思久一天要收七封、八封信，见信就烧，看都不看。"蔡金火说。

"那，那你写过没有？"序子问。

"写是写过，其实呀！我觉得她起码应该看一看。"蔡金火说。

"一看，不就中计了！我以为她不看是对的。"序子说，"天天让人打搅，烦不烦？我，我好像觉得你是不是有点不要脸？"

"你懂个屁！"蔡金火起火了。

林振成找序子，还是谈考中央军校的事。

"你不要再搞了。你还要我讲什么？那是个粪坑，我不能见屎不救。跳下去，一辈子爬不出来。你不懂！我家乡当兵的没一个有好下场！"序子说。

"我怎么不懂？我爸就是个团长。"林振成说。

"土团长和中央军不一样！"序子不耐烦跟他瞎扯，走了。

到下午，林振成又找序子，"马上放假了，你到底跟不跟我上永春？起码到永春玩一趟也好，我也不一定一考就中。"

序子心里晃荡一下，"到时候再说。"

林振成拿来一双卡车轮胎底凉鞋给序子，算是定钱。

"要是我有事，不去永春，这鞋要不要还？"序子问。

"出手了还还？"林振成说。

序子看这鞋，快一寸厚的卡车胎底，前后四围精实耳襻，像一对活鲜鲜的黑背犀牛。这不是仅仅花钱就买得到的东西。穿了街上一走，不骄傲也难，假装不骄傲也难。前十年，后十年，换过耳襻再十年，一辈子无须为鞋发愁了。

序子穿着这双鞋去看吴先生和曾先生。

"嗬！"吴先生说，"这么好一双鞋！"

序子笑着说："我晓得先生会这么说。"

"唔！长高起码一寸。"曾先生说。

"鞋底刚好一寸！"序子说。

"怪不得！怪不得！"两位先生一齐开心。

"哪里弄来这对鞋？"吴先生问。

"林振成有两双，这对小，送我了。"序子说。

"这鞋很贵的，怎么送你？"吴先生问。

"大概他爸是做鞋的吧。"序子说。

吴先生笑起来，"弩乱子港！伊劳白东 tiun diun，逗戏揣喂？[1]"吴先生一激动，就露出闽南话。

"喔！喔！我忘了，他爸是团长，不做鞋。"序子说。

"那你信口乱说！"吴先生说。

"是，是，是，我以为你们先生都是前朝人，就随便讲。"

"哈！'前朝人'。"曾先生笑问吴先生，"哈！张序子讲我们是'前朝人'，你是不是'前朝人'？"

张序子很认真地睁大眼睛，"'前朝人'都是很有学问，不理小事的。真的！我不骗你。"

"那你二叔算不算'前朝人'？"吴先生问。

"当然，他更'前'，比你们'前'多了。"序子说，"他不

1　你乱讲！他爸爸是团长，几时做鞋？

'前'，怎么会去当那种三民主义青年团干事长？"

曾先生苦着脸问："张序子，你看，我们两个人不想做'前朝人'，有没有办法？"

张序子笑起来，"返老还童呗！多看点新书呗！我也没有太多办法好想。"

曾先生给他倒了杯冷开水，他一口气喝了。

"你这几天做什么了？"

"我能做什么呢？天天在图书馆。"序子答。

吴先生问他："不画画了？"序子说："画画养成习惯就好了。我画画让上课耽误太多。点点滴滴画得不像东西。我没胆子拿来请先生看。其实我应该拿来先生你看。我好几天才明白水彩色和广告色不可以混在一起画，要是我问先生一下不就明白了？费了我一个多月时间。我们做学生各有各的毛病。有人早就立志做伟人。孙中山先生小孩时就立志救中国，我呢，从来没有想过。做科学家啦！数学家啦！英文家啦！长大留学啦！我只是想画画，可惜怎么画我还不会。我为我这点'开始'愁死人！这一下把我难住了。我就像不懂运动会'起跑'的规矩一样，信号枪没响往前就冲……很不是那点意思！"

"烛光会你参加了？"曾先生问，"怎么样？"

"大家心里为之一展。"序子说，"开心。看的人开心，表演的人开心，学校开心，好玩。"

"仅仅开心？"吴先生问。

"是，本地人从来没见铜管乐器，新鲜，吹得响更新鲜。环境特别，男男女女……"

"你自己呢？"吴先生问。

"和他们一样。唔！更开心一点吧！"序子说。

"你觉得哪个表演最好？"曾先生问。

"高中的那个杜思久最好！"序子答。

"唔？"曾先生问。

序子卡着指头说："温柔，漂亮，嗓子切题，那首'洛阳桥'词像宋元东西，配《渔光曲》正好！连不懂的本地人都懂，都感动。世界变得静悄悄的……"

曾先生长长嘘了一口气，"唉！你呀！真怪。"

放暑假了。学校的人像水池一样，越漏越浅，人走得差不多了。

序子决定和林振成永春走一趟。

不晓得什么道理，走的前一天序子信步朝后院走来。院子空空的，黄炯森先生早就不见影子。没有娘的李西鼎跟他爹"赖呀"住在那里。仍然满地石灰，潮。

序子没有找二叔婶，只远远坐在台阶上往那座楼看。不只看一下，而是大半个钟头。一只手顶着下巴，说看也不算看，说想也不算想……醒过来，起身回前头去了。

第二天一早和林振成出发。林振成认得路，十几里经过溪头，再二十多里到南安诗山。穿这双重凉鞋把脚上打起四个泡，换了双平常帆布鞋。诗山在一个坡上，右首边有个根本算不上公园的公园，拐着两排房子，一排叫图书馆，一个只长芦苇的荷花池，绕了一圈不见一个人，意思不大。出了公园再往上走，有一排小人家，买了两个面包吃了，喝了两碗茶，又是二十多里，到了永春，天还没黑。

永春县很长。城分两头，像个铁哑铃。中间大部分树林，也有疏落的房屋连着。这一长条叫作五里街。

一家小小铁匠铺，五十多六十岁的老铁匠算是林振成的熟人，住下了。铁匠以前是林振成爸的部下。老长官的少爷带同学来就要招待。三顿白薯稀饭在炉子上煮，晚上两张草席铺在门外屋檐底下睡。放屁不擦屁股那么简单。从头到尾根本没什么寒暖问候，状如路人又信任可靠。天底下的铁匠怎么就一个样子？

第二天上午，林振成拿准考证去报到，第三天考数、理、化。回来林振成脸上发愁，"要是国文不行，我就完了！"

"有我嘛！你怕什么？"

看了入场证上的照片，两个人都笑了。

一个长脸，一个圆脸；一个小眼睛，一个肿眼泡。

"等人多的时候混进去。"序子说。

第四天，序子无灾无难写了篇憩畅的作文袒胸而出。考卷题目是：《论破釜沉舟精神与抗战的关系》。

林振成坐在对门面铺头发差点等白了。见序子出来，"怎么样？怎么样？难吗？"

"可惜没有留底。这文章拿去考大学都可以！"序子说。

"要是口试怎么办？"林振成如热锅上之蚂蚁。

"听好！'破釜沉舟'的故事大意是楚怀王想打秦国，项羽和刘邦都上前请战。秦国当时正在欺侮赵国，赵国求救，楚怀王派项羽领军出征，克服好多麻烦，带兵渡过漳河，把军用锅砸了，渡船凿沉，表示背水一战的大决心。三天打了九个胜仗，也救了赵国。抗日救国也要有'破釜沉舟'的决心……懂吗？"序子正说到这里，林振成满脸愁容——

"说这么多，我怎么记？"

第五天，林振成一进门不到半点钟就笑着出来，"只问考中央军校的决心。"平安过关，大吉大利。

两个人回到安溪，谁也没告诉，也不见人问。

暑假做什么呢？就那么几个人，几桌饭，号长照老样子吹号。紫焘小叔叔回同安舅舅家。图书馆每天上午开馆。序子开始读莎士比亚、屠格涅夫、达尔文和他的徒弟莱伊尔、高尔基、绥拉夫莫维支⋯⋯

莎士比亚应该是个男的。肯定是个男的，有胡子。脖子上又围了个非常讲究的纱绸女项圈，头发卷到肩膀，不男不女。书上写他自己就是给皇上演戏的戏子。戏子写戏像李玉跟他爸爸一样，不算太奇怪。他写了三十八个戏，这就十分之不容易。要想办法找来看看。序子不明白的是，莎士比亚怎么懂得文言文？夹里八达，读起来吞吞吐吐不顺口？还有个姓王的法国人叫王尔德，写了本薄薄的文章《朵连格莱的画像》，前头打了四行跟文章一点关系都没有的虚点：

"⋯⋯

"⋯⋯

"⋯⋯

"⋯⋯"

莫名其妙。

问蔡金火和尤贤，他两个也是个"屁矇"，不懂。

钓过鱼，不耐烦，空去空回。耐烦的如林振成、陈贻模也钓不着。

下象棋，从来没赢过。心里只想吃别人的子，总是中计上当。

下棋这东西作不得准。有人天天认真翻棋谱，何必呢？又进不了学问。想到爸爸当年讲的一个故事。

军阀张宗昌和儿子下棋。

头一盘赢了，就骂儿子："死没用，棋下成这个样子！"

第二盘输了，骂儿子："死没用，就会下棋！"

下棋的人死爱面子，计较得很。

一个棋王回家，他老婆问他胜负，他说："第一盘他没输，第二盘我没赢，第三盘我要和他不肯。"

下棋算不得什么快乐，一种提心吊胆的行径而已。输了，几天不好过，茶饭无味，悔恨那颗关键棋子不该那么下。

序子有时候到门口找那几个十九路军老兵聊天。

司号长郑长禄话少，其余的四个人，秦顺福、赵友生、盛喜和刘敬洲都话多，就怕没有人听。尤贤出钱带点好茶叶、花生、瓜子更是高兴。

开学时期他们是不敢和人摆龙门阵的，放假不怕。

校警室还算宽敞，两张课桌子横在两个窗口，小窗对外，大窗横向校门，以便接近外来客人。五张床，墙上挂号的那张床是司号长郑长禄的，其余四张床顺墙摆。四个人枕头底下藏着盒子炮。

房子当中有张矮饭桌，五张矮凳子。一根竹质旱烟杆搁在一口小钵子上，不晓得公用还是私用。一把夸张的大嘴茶壶，周围散着几个不同爹妈的老茶杯。一架放杂物的小柜子挨进门右首墙边，里头放茶叶罐、大蒜头、辣椒干、饭碗筷子调羹诸物。显眼的是里门高头一口大圆钟，永远扣准郑长禄上衣口袋里的大挂表时辰，分秒不差。

各人公服整齐地挂在墙钉子上。

房子虽不怎么光明，人走进来还是觉得肃穆，清洁爽朗，空气流通。

"整齐、清洁、严肃、活泼"八个大字分别用红绿纸剪成方块请人写了贴在墙上。问他们："来一个'活泼'看看？"他们就笑，"俺又不是'老莱子娱亲'，活啥泼咧？"

每次序子带蔡金火、尤贤进屋，五个人都开心。司号长郑长禄年纪大，张力小一点，坐久了就垫高枕头，半靠在床上听。

他们有个习惯，谈话中从不提"共产党"。虽然这一辈子活到今天跟共产党有点关系。

"你们晓不晓得？我们中国不久前曾经有个名字叫作'中华共和国人民革命政府'？"

"真的？"尤贤问。

"你们晓不晓得？国旗是上面一半红，下面一半蓝，中间一颗五角黄星？"

"这他妈见鬼了，我一点都不知道！"蔡金火说。

"你们晓不晓得共和国首都设在哪里？"

三个人摇头。

"福州。"

"啊！"三个人蹦起来，"你乱扯的吧？"

"你问他们。"都点头，"这还能乱扯？就是四五年前身边的事！蒋介石、顾祝同三十万人马南北夹击，十九路军撤退漳州泉州，蒋介石猛围猛追，最后十九路军兵败垓下，疟瘴夹击，全军瓦

"中华人民革命政府"颁布的国旗

『你们晓不晓得？我们中国不久前曾经有个名字叫作「中华共和国人民革命政府」？……国旗是上面一半红，下面一半蓝，中间一颗五角黄星？』

447

解。长官远走香港！兵丁四散，剩下我们这几个宝贝疙瘩来为教育界做贡献当看门。就这么一回事。一九三三年十一月到一九三四年一月二十一，完了！打个嗝都没这么快！"

"怎么我们一点都不晓得？"蔡金火瞪着两只眼睛。

"你们？那时候还是牛奶豆浆咧！"

……

"仗是怎么打的？"序子问。

"打仗就是打仗，敌人对敌人，炮火连天，冷枪对热炮，肠子肚子，叫爹叫妈，蓝天白骨，碧血黄沙，死人还有什么讲究？全世界古今一样。爬起来，摸摸全身没挂彩，自己捡回自己……"

郑长禄听烦了，"哎！讲点别的吧！"

好！讲别的就讲别的。

于是倒茶，吃瓜子、花生。

"壳丢在地上不要紧，等下我们扫！"

"蒋介石装备齐整，还有军用犬，满战场到处嗅，走近了，给它一枪，拖回来大家吃了一顿好的。"

"什么时候的事？怎么我不晓得？"郑长禄闭着眼睛问。

"你个号兵！火线吹号，晓得个屁！"

"打福州鼓山那回，我一枪把那个屙屎的屁眼崩了。"

"吹！那么巧！"

"不是巧！是老子枪法准。"

"难信！再准也没那么巧！——多少米？"

"六十米挂点零。"

郑长禄笑了，"六十米！那么大一面屁股，打着就不易了。"

"是打到屁眼！"

"你什么眼睛，六十米能看到人家屁眼？"

"后来打扫战场的人告诉我的。"

"哪！那还不是巧？不告诉你，你还不晓得打中屁眼。"

"说巧，我还真碰到一份巧。泉州浮桥那一仗，四连三排炸得只剩三个人。一个五十岁伙房，一个传令兵，一个我。对河老蒋那边火力实在厉害，一门野山炮把我们打哑了。我们这边只有架没底盘座的'六〇'。老伙房过来一看，手遮住眼睛又一看，叫我们两个把炮筒抱起来顶住墙根，炮口搁在堆树杈上，垫了个行军包在炮筒上。他一跨骑上炮筒，高看，低看，招手叫我们递颗炮弹给他，往里一放，出去了！

"对河那边一声大爆炸，又是几声连环大爆炸，出现一片火海。

"三个人奇怪，一颗六〇炮怎能这么厉害？

"上头发下战况。六〇炮弹打进老蒋野山炮炮膛里，引起大爆炸。周围十几箱山炮弹跟着炸开了，没有活一个人，血肉模糊都看不到。

"原来老伙房二十多的时候是玩六〇炮的。赏了个三等军功，两条白金龙香烟。"

「老伙房过来一看，手遮住眼睛又一看，叫我们两个把炮筒抱起来顶住墙根，炮口搁在堆树杈上，垫了个行军包在炮筒上。他一跨骑上炮筒，高看，低看，招手叫我们递颗炮弹给他，往里一放，出去了！」

450

几个学生走了，留下一地的瓜子花生壳、包糖纸皮……赵友生说："你看还剩这么多东西没带走，哪！这一大包荷叶……"

郑长禄说："哎！南洋大少爷，不在乎这些东西的。"

盛喜说："讲的那些古，他们未必信！"

"生死边上好多奇景巧事，平常人未必见过。火线下来，洗刷干净，和凡人一样；留下的伤痕，以为是长疱长疮弄的。"秦顺福说。

刘敬洲嘘了一口长气，"街上好多人见断手断脚的伤兵就讨厌，讲他们赖皮、耍横、流氓……这下场怎么能脾气好？都是为大家不做亡国奴啊！公家没妥当打发，流落异乡，比讨饭还惨……"

"所以讲，是命。我们几个算是命好，不缺手缺腿，得人收留。讲老实话，我这个人信命，有时又不信命。平常日子礼义廉耻，努力做个正经好军人；号到时候一响，往前冲锋，什么都顾不上了。想起连里那个殷义成冲在我前头，一颗炮弹炸开了肚子，横在地上捡起自己那堆肠子往肚子里塞。'老弟呀！老弟，算了！'我接着往前跑，钢盔上打个洞，毫发无损。只要稍微冲前半步，我就是他，他就是我了。

"所以我现在过日子，除看钟吹号以外，都不计较。计较什么？战场上不死，说不定上街买根葱蒜，楼上掉块窗框子给砸死了，走路不小心绊着块小砖头摔死了，吃饭喝汤噎死了——有这种事吗？

世界上就有这种事。"

三个人离开门房一路往回走。

"听到吗？"尤贤说，"这帮老兵，六十米打中敌人屁股眼，一炮把敌人炮膛炸了。两个多钟听他们瞎吹！"

"嗳！人家没请，是你自己去的。你命好，家里有钱，读好多书，了不起。你上过战场听过炮响吗？天上哪方上帝派你下凡来指手画脚的？以前你不是招人北上抗日的吗？怎么不上了呀？"

尤贤不喜欢听这类话："我是讲这帮老兵无聊。"

"人家无聊是真材实料，命拼出来的。你的无聊才是吹的！就凭你这张嘴巴皮，无聊还不够格！"蔡金火真出火了。

"你'噻令老摩'[1]再讲一遍！"尤贤揪住蔡金火领子。

序子架住尤贤拐子，右脚钩住他左脚。

尤贤说："你两个打一个，是不是？"

"哈哈！看看你背后是什么？"序子努努嘴。

差三寸就到池塘，尤贤松了手。

序子说："我一点也不想打你。蔡金火也没有惹你，劝你你又'考白'[2]，还要动手。老实讲，今天我还真想和你来一盘！来不来？"

……

三个人还是一齐走。

背后哗啦一声，序子回头，一个女同学大堆东西（书呀，纸包

---

1 骂娘粗话。
2 哭爹。

呀，饭盒呀）打落地上，序子转身跑去帮她。

捡完东西一抬头，是唱歌的杜思久。

"哎呀！多谢你，你是张序子。你常常在图书馆，我见过你，谢谢！"谢完了走了。

"耶！凭什么你跑过去讨好？"蔡金火说。

"什么呀？什么呀？"序子问。

"你抢在我前头做什么？还跟她有说有笑。"

"什么呀？什么呀？"序子又问。

"那份事应该由我来做！"蔡金火沮丧之极。

"你早不过去？"尤贤说。

"来得及，我还不赶？"蔡金火拉起序子，"你老实讲，你跟她谈了什么，是不是谈我？"

"什么、什么呀？她说：'谢谢，谢谢。'又说图书馆见过我……"序子沉住气问蔡金火，"是不是你以为我在挑拨你们结发夫妻关系？"

自此后，蔡金火每天下午守在图书馆大桌子那边，不看杂志不看报，只为了等杜思久，把宝贵的暑假白白浪费了。序子见了便去劝他："这叫作'守株待兔'，犯不着。"

那边看报的叫："别说话！"

序子盯住说话的那边，是高十三的陈育中。趁出门之便，狠狠踩他一脚。陈育中嚷起来，办公的徐先生走过来看究竟，序子告诉他："他绊了我一跤！"

图书馆出来，碰见杜思久正要出门，见到序子，不讲了，拉序子坐在阶沿："听曾先生说，你讲过我？"

自此后，蔡金火每天下午守在图书馆大桌子那边，不看杂志不看报，只为了等杜思久，把宝贵的暑假白白浪费了。

蔡金火守株待兔

"你嗓音一出口有个三和弦，怪！——我要是你，今天不进图书馆……"序子说。

"为什么？"杜思久问。

序子起身走了。

学校开运动会，在县政府后面操场举行。

没想到这操场还真不小。你想吧！能掷标枪、掷铁饼、跑一百米；马拉松大圈跑道里包括了单双杠、撑杆、跳远、铅球……腾空了还能比赛足球。

可惜张光道先生走了，要不然他会提倡拳击的。拳击这东西对序子说来还是比较生分的东西，论起道理来其实和打架是一码子事，其讲究之处不过区别于戴不戴软皮手套而已。至于流点鼻血、肿了眼泡只能算凡夫俗子的禁忌，锻炼意志总要见点红才好。

更值得提倡的自然是"摔跤"。序子相信学校当局想都没想过把它列入体育课目。这是很遗憾可惜的地方。

世人只晓得讲卫生，保持身体健康，至多是强壮筋骨的锻炼，不太懂得经得起人生折磨煎熬的重要。这是人生体力、智力、耐力间刹那变化的大学问，和身上哪处长不长肉的关系不大，也不是上几堂体育课就解决得了。

打球、赛跑可以协调人体的节奏美感，坐、卧、起、行都显得风度翩翩。可惜这跟经不经得起意志的折腾是两回事。你懂吗？你好好想一想。世界上有一种人，行动既无节奏，长相也欠风度，忽然，他什么什么地方吸引了你，你发现他的另一种说不出名堂的"体育素质"……

在军队里也可以找到类似的训练培养方式，唯一不同之处在于性质上的区别。一是绝对服从，一是个人意志。

日本飞机赠送的那两座厕所这下子得到充分利用了，简直是车水马龙热闹非凡。远远望去，森穆之极的大榕树之下两座逗人怜爱的精致点缀。

历史上自从出现运动会以来，开场白的讲话都是一样。主讲人情绪的兴奋和内容的言不由衷，都像一母所生。有的人一辈子能活下来就是靠废话滋润的。你也不要去好心劝他，叫他省一点心神，他一直以为讲的这些话是为你好。

也不想想，那么大的操场，那么干的天气，那么小的嗓门，这个讲了那个讲，党政军领导轮流喷薄一番之后才开始第一个节目，集体操。

集体操这东西最是麻木不仁缺乏感情的活动。跟着音乐拍子，左边走三步，打个转，右边走三步，又打个转，拍两下手，往前走三步，往后退三步……自己根本看不见自己在干什么。台上的领导人嘻嘻哈哈看不看也由他，旁边看热闹的泡在扬起的灰尘里。

第二个节目是各校、各班组列队接受检阅。乐队在前开道，队伍到台口要举手敬礼，台上领导举手答礼，算是过足了瘾，咧开大嘴露出大板牙。

底下就是各类项目的比赛开始。

序子所参加的项目都是丙组，成色很差。跳远、赛跑、铅球，只铅球得了个第一。为什么得第一？大概是练拳的缘故。不记得丙组铅球得过什么奖，原应该得个什么奖的，比如一个奖牌，一面小三角奖旗，一个小奖杯，没有。要有是会记得的。大概丙组不发奖。只能这么想，问是不好问的。

（几十年后看奥运电视，赛跑冠军纪录是十秒几。序子清清楚楚记得自己的赛跑纪录也是十秒几。朋友说不可能。后来明白是一百米和五十米的误会。）

序子觉得运动会有几段事情值得记下来。

特别难以忘记的是杨振来，前头很多笔墨都写过他。他根本说不上算中国人，其实的确算中国人。一个人算不算哪国人要自己说了算，他就从来没说过自己是外国人；虽然他的长相——头发、皮肤、嘴唇、高矮、牙齿、腔调和中国人毫无共同之处。他为人那么好，再有人说他不是中国人就委屈他了。

杨振来是五大项第一。眼前抗战时期，要不然上全运会，世界就长见识了。

他掷标枪（"掷"还是"投"，待考）和任何人都不一样。你看他动作表演之后就会觉得他这种搞法前途未可限量。

平常掷标枪的动作是，右手斜握着稍微向上的标枪稳步前跑，到一定时候歪着肩膀慢步把标枪甩出去。

杨振来不。杨振来是一起步就平握着标枪上下打圆圈。先是一步一个圈，越走越快变成一步三个圈或四个圈风风火火地乘势甩出去。这个乘势和不乘势你稍微想想就明白哪样好。

几十年后至今没见第二个人这么扔法，可见杨振来掷标枪的技巧失传了。可惜可惜！

见他的架势，大家都生怕标枪掷到墙外的街上去，伤了人怎么得了？

杨振来是一起步就平握着标枪上下打圆圈。

先是一步一个圈，越走越快变成一步三个圈或四个圈风风火火地乘势甩出去。这个乘势和不乘势你稍微想想就明白哪样好。

杨振来掷标枪

458

接下来讲陈光明。陈光明是马拉松万米第一。

并不是争来个第一让人佩服。

平常看万米第一的人跑到终点，都像个生完孩子胎盘下不来的产婆，几个人架着搀着，马上断气的样子。

本来跑万米没什么看头的。陈光明不然。

他双臂夹在腰间，不握拳，轻松的食指和中指像不停敲着小鼓上下晃动，根本看不出是在跑万米的意思，从头到尾十公里路就这么吊儿郎当混完了。

大家欣赏的就是这点倦慵风度。

他乒乓球也打得很神。发球有很多意想不到的怪招，球发到你那头就会像只蜜蜂在你鼻子跟前乱晃，让你一边认输一边好笑。

当然，他还是学校乐队的领班。

（听说他毕业后在轮船上当二副、大副、船长，越做越大，欧亚海上来来去去。）

还有个四十八组的陈焕瑞，个子不高，相貌文雅，性情温和的人。一百米、千二百米、跳远都让他拿了第一。也是个印尼华侨子弟。

序子对于这种不露声色的选手，特别地佩服。

运动方面，蔡金火、尤贤和序子都没有可以称赞自己的地方。称赞别人其实也算一种美德，一种自信，一种多谢世界的方式。

现在他们三个人坐在主席台左首临时搭成的看台架子座位上。

接下来要说的是一件原本可以不说的事情。

不说而又说是觉得说出来也没有什么大不了。

几次提到大榕树底下两间日本炸弹奠基而成的可爱男女厕所。运动期间旁边分别搭了个童子军露营的大帐篷，以作男女运动员换衣服之用。没想到第二天下午两点钟左右，女帐篷这边垮了，很多换衣服的女运动员被压在里头，帐篷太大，埋在底下的女同学在挣扎拱动。

道理很明白，帆布帐篷不比砖瓦泥石，压不死人的，顶多弄得形象狼狈、灰头灰脑而已。当然这也不好，压在底下的究竟是女学生。女学生和男学生不一样，很多小事情都会提到脸面原则高度来看。男同学碰到垮帐篷会觉得好玩趣乐之至。女的则不然，非但不好玩，还会认为这是一辈子的大耻辱。五十年后有人提起还会脸红。

所谓运动会的看台架子，根本谈不上可以坐人。所以自从运动会开始以来就没有坐过人。总务处原先搭这个架子是以为可以坐人的。只是大家看了不敢坐才空在那里。三个人坐在那里是可以的。要是坐满了，非死人不可。

女帐篷垮坍，三个人从头到尾看得清清楚楚，还听见司令台上的王校长捏着个喇叭筒大喊大叫："所有围观的同学离开帐篷，没有什么好看的！三青团团员要成为表率带领大家离开……离开！听到吗？不要围观！嗯！嗯！……年纪大点的……嗯！五十五岁以上的员工和帐篷外的女同学赶紧上前挽救……赖呀！筱家！可家，你们都赶紧上去……把帐篷撑起来……"

帐篷外的女同学找了几大块布料围成一圈布障，让被救出的女同学调整穿着。

"各项比赛继续进行，不要围观！注意道德风纪，警员注意！赶快疏散闲人！"王校长继续喊叫，孙训育主任拿着望远镜在认真研究形势。

满脸皱纹的蔡金火，笑得眼缝都找不着了，"好呀！好呀！

「所有围观的同学离开帐篷，没有什么好看的！三青团团员要成为表率带领大家离开……离开！听到吗？不要围观！嗯！嗯！……年纪大点的……嗯！五十五岁以上的员工和帐篷外的女同学赶紧上前挽救……赖呀！簸家！可家！你们都赶紧上去……把帐篷撑起来……」

461

五十五岁以上，五十四、五十三都靠不住！有没有七十岁、六十岁的？"

"你个王八蛋！幸灾乐祸！不这样，你叫他怎么办？"尤贤骂他。

"我没有说他不对呀！我称赞他有急才！"蔡金火说，"男同学的确不可以进帐篷抢救女同学的！不过，哈！哈！哈！五十五岁？他怎么一下子想到五十五岁？……五十四岁零十一个月的让不让上？"

"我想，以后先生们想起这件事也会好笑。"序子说，"一慌，来不及修辞做文章了。"

童子军教练陈伶先生三十多岁，他顾不上什么年龄不年龄，带领几个年轻校工，冲过去几下子撑起帐篷，人都救出来了。

看起来王校长的确是块当校长的料，陈伶先生的确是块办事情的料。各有各的长处，世界是少不了他们的。

狗日的汪精卫跑了，当汉奸去了！

这真是让人想不到！抗了几年的战，国民党里头居然还有那么大的官当汉奸！蒋介石应该认真查一查，看看里头是不是还有人想当！

汪精卫呀汪精卫！论长相，论作诗，论年轻时候的侠气，怎么讲也轮不到是你当汉奸嘞！

比如说，一个人存心想当坏人，你可以去偷东西、到婊子坊做龟公，或者囤积居奇发国难财当奸商，甚至于克扣军饷做贪污犯，这都比当汉奸好嘞！汉奸是随随便便玩得的？祖宗三代都泡在粪坑里，永世不得翻身……个狗日的，你是怎么想的？

（糟糕之至，报纸后来说，汪精卫果然带走好几个人，还有个沅陵人叫作周佛海的。他不跟着当汉奸，我还不知道他原是个国民党历史大角色的。）

《血花日报》登出汪精卫汉奸人马的名单和《大公报》透露汪精卫向近卫出卖中国的投降书。学校没有开大会声讨。这是对的。虽然惊天动地的大事，嚷多了，反而显得抬举，这是犯不上的。

屁不管多大，究竟是屁。

课，仍然上得一般般。序子大部分时间都花在图书馆。那里有未来的世界、现在的世界和往日的世界，一融在里头，什么都不在乎了。最纯粹的选择权力在自己，你看多好！

序子有时偷偷一瞥坐于出借图书办公桌子那头的二婶，二婶恰好也看序子一眼。"坏了！"序子顿时有点犯禁感觉，也不怎么自卑。图书馆是大家都来得的，且了解二婶早已明白序子是旷课成癖的学生，不过她老人家并不彻底清楚了解序子缘由，连序子自己也不明白所为何事。

人时常投身在蒙昧的真理里头。

读书行为在某个历史时期常身处生死边沿。这是序子懂事以后的常识，深知秦始皇有时并不姓秦。

安溪忽然来了个"闽浙监察使"陈肇英。听说官做大的人喜欢在有名的学校做学术演讲，如果不请他就会生气。

于是他就到集美来了。

没想到他是这么个矮胖子，幸好文庙有这么座石台，要不然大家就看不见了。

穿一套长袍马褂，戴近视眼镜，顶着礼帽，暗黑皮肤，体重三百斤左右，两个随从恭恭敬敬扶到台口，开始演讲。

"啊，哪，乌，乌，截四种莫右啦！唏莱咪寿，索多果立，哀可尼耶，京几哀乃可司……"

……

（按照记录，一共两千行，从略。）

没有一个人听懂他的话。传说他是江浙人，包先生、徐先生是江浙人也不懂，这就难了。

幸好他不在乎别个懂不懂，过完瘾就走了。

从此，和他有关系的逸事倒是慢慢从外头传了过来。

他的办公处在福州，福州有很多温泉，他天天去泡温泉，好比上班一样。

讲究的池子很大，有五个人侍候他。两人抓左右手，两人抓左右脚，一个管澡巾、刷子、肥皂。一声口令放他进水里，唰、唰、唰；一声口令提他起来，唰、唰、唰。动作看起来十分好玩，实际上庄肃之至，不准笑，不准心里头把他看作一只猪或别的什么。日子一长，心里真的有天天对付猪的感觉，没有职业的快乐，忧忧愁愁，回家老婆见了害怕，以为他犯了法。

陈肇英在国民革命当中某方面有过建树，所以国民革命成功之后在福州可以随便洗温泉，没有说不通的地方。

洗温泉有整整一套过程，包括按摩、吃点心和睡觉。他睡觉之前有读书的习惯，要年轻女招待照拂茶水，打扇子，换眼镜拿拖鞋。有一段时期，他命令全市称呼女招待作"侍读"，以示对她们的尊重。社会上很多人不习惯，后来也没怎么流行。

讲究的池子很大，有五个人侍候他。

两人抓左右手，两人抓左右脚，一个管澡巾、刷子、肥皂。一声口令放他进水里，唰、唰、唰；一声口令提他起来，唰、唰、唰。

陈肇美洗温泉

陈肇英的零碎传说到此就差不多了。

"其实我觉得传这些东西很无聊！"蔡金火说。

"那你又传？"尤贤说。

"无聊是无聊！我看还是有点历史价值，多少多少年后的子孙怎么样都料不到世界上会有这种人物。其实那就不算无聊了，我还真喜欢听。

"《官场现形记》《廿年目睹之怪现状》《儒林外史》都没见过这类新物种。要是生物界出现新物种，达尔文老早就嚷起来了。可惜没有人写一本《社会新物种》，陈肇英这类人物就可以编进去。"

尤贤说："世界上写小说文章早就在做这种事情。中国、外国满地都是……"尤贤问序子："你是不是以为自己在发明一种新学问？"

序子想了一想，"真的，你这话是对的。"

"你想嘛！巴尔扎克、曹雪芹、鲁迅、果戈理、高尔基都在搞你所谓的'社会新物种'，写不同的典型。"

"点心？"序子问。

蔡金火和尤贤让序子看他们外头带回来的藏书，壳子非常漂亮，有的公然印着光屁股女人。英文的，法文的。

"这都是外国文学名著，可惜你看不懂。你一天到晚看那些破古文，咬文嚼字，浪费人生。唉！你英文稍微用点功嘛！心里头就增大一半世界，你看你！咭！咭！咭！"蔡金火说。

"那没什么！我等以后有人翻译出来再看！"序子说。

"哈！那味道就差远了！要是碰上个中外文都差的翻译家，你就等于趴在地上吃母猪奶。"尤贤说。

学英文这辈子是来不及了，尤贤和蔡金火早两年讲这话可能还有救。当然，他们的话是对的，序子也不认为自己错。试问，何后悔之有？各人经营自己的学问……

经蔡金火、尤贤这么一点，序子在图书馆几个冷架子上居然发现一大块被错过的天地，正是他两个家伙讲的新文学书，中国外国都有。以前瞟过这些稀奇古怪名字的书脊，从不把它们当正经东西看待。

稍微翻了几翻，文字其实都看得下去，除了洋名字难记之外。（一个人犯得着起这么长的名字吗？洋人就是洋人！）

既然决定看这批书，序子摸准二婶不上班的时候，狠狠地一摞摞地借。徐先生是个很懂事通达的人，或许他心中有数，晓得序子的难处。

慢慢地序子对这些洋书品出些另外的味道来了，觉得写书的人不只写得好，讲得也巧，甚至是想弄出些人生大名堂、大题目来。他不太像孔圣人一句话一个教训，孟子也有这个毛病。不过他的《离娄》第六十一的"齐人"章，就很有作文章的巧劲，不像个古人："齐人有一妻一妾，而处室者；其良人出，则必餍酒肉而后反……良人者，所仰望而终身也。今若此！"这个"今若此！"让人魂魄俱碎，情景灿然。

洋书里也有诗，也有不是诗而暂时看不懂的。

大部分都懂。时间一长，接触一多，还能发现里头不少坑坑坎坎。比如一本俄国名叫普希金又名普式庚的作者写了一本《上尉的女儿》，架子上另外一本《甲必丹的女儿》和它其实是一本书。又一本也是俄国人高尔基写的《苦命人巴威》跟另一本也是高尔基写的《没用人的一生》，其实也是同一本书。习惯了不太碍事，心里明白就行。比如俄国大文学家"杜斯道"你猜是哪个？原来就是那个写《安娜·卡列尼娜》和《战争与和平》满脸胡子、长得像达尔文的托尔斯泰。

也慢慢品出些翻译好坏的味道来。

还是那个高尔基写的一本《人间》，回忆他小时候的零碎事，讲到街上那些闲婆娘扯淡时候，"我最欢喜看人打相打！"

这正是翻译高明之处。他本人一定是江浙人，要不然语言上就扣不得这么准，这么生动。

仍然是一个俄国人叫作"果戈理"的，他写了篇《狂人日记》，中国的鲁迅兴之所至也写了一个《狂人日记》，世界上有个俄国狂人已经够了，还要多一个中国狂人做什么？

不过鲁迅翻译果戈理的一本厚书《死魂灵》是非常有味道的，文章讲究，讲话也轻松活泼，细腻入神得不得了。

乞乞科夫进餐厅，互相谦让客气，也不过是先后跨过门槛一步而已，讲的那几句精彩的屁话，就像鼻子闻到那么传神的臭。

刚生了一窝小狗，主人提起一只的颈花皮让客人看。奉承的人连忙称赞它的鼻子、眼睛、耳朵、爪子，就差没说这只小狗长大会当大总统……

还有个俄国人柴霍甫，又名契诃夫，原名契洪杰，从小就是个写文章的高手。他写文章自己不笑别人笑，甚至脸上不笑心里笑。这本事是很难学到手的。

以前提到过那个写《朵连格莱的画像》在文章前头打四行点点的法国人王尔德，还写了个《莎乐美》，看起来此女比起我们宋朝的潘金莲还要更加来得！她把她曾经那么喜欢的男人约翰的脑壳放在盘子里端在手上紧紧"打啵"不松口。这就不仅仅是爱情问题，还要合式的胆子。你看这婆娘要多狠有多狠！想当年序子在朱雀读书放学经过赤塘坪跟同学玩人脑壳的时候，也从没有过跟人脑壳"打啵"的打算。当然这中间不存在爱情和胆子问题，要紧的是人应该讲卫生。

没想到，洋人也和我们中国文人一样会动脑筋，有本事让看书的人神魂飘扬，心惊肉跳。

"我善于长话短说。在大理石上刻人脸，无非是把不是人脸的部分剔除罢了！"[1]

"宠婢做管家，钥匙不响手拨拉。"[2]

头一段是洋人说写文章的诀窍；第二段是古人说事，身份、脾性、动作，只用了十二字，你看精不精彩？

序子好长好长时间泡在里头了。

讲没有事没有事，事就来了。

妈有信来，连弟弟们都有信来，说爸爸去清浪滩去得冤，不该去的，去了就打不脱了，走不脱了。讲是讲当站长，一点站长的派头都没有。你想吧！就一条奔腾澎湃的河，就一个人，一个绞盘，一条竹缆纤索子。两个工人，有船就来，没船就不见影子。来船收点钱，不来船干瞪眼。

1　契诃夫语。见朱逸森译《契诃夫全集》前言。
2　杨升庵引俗谚。

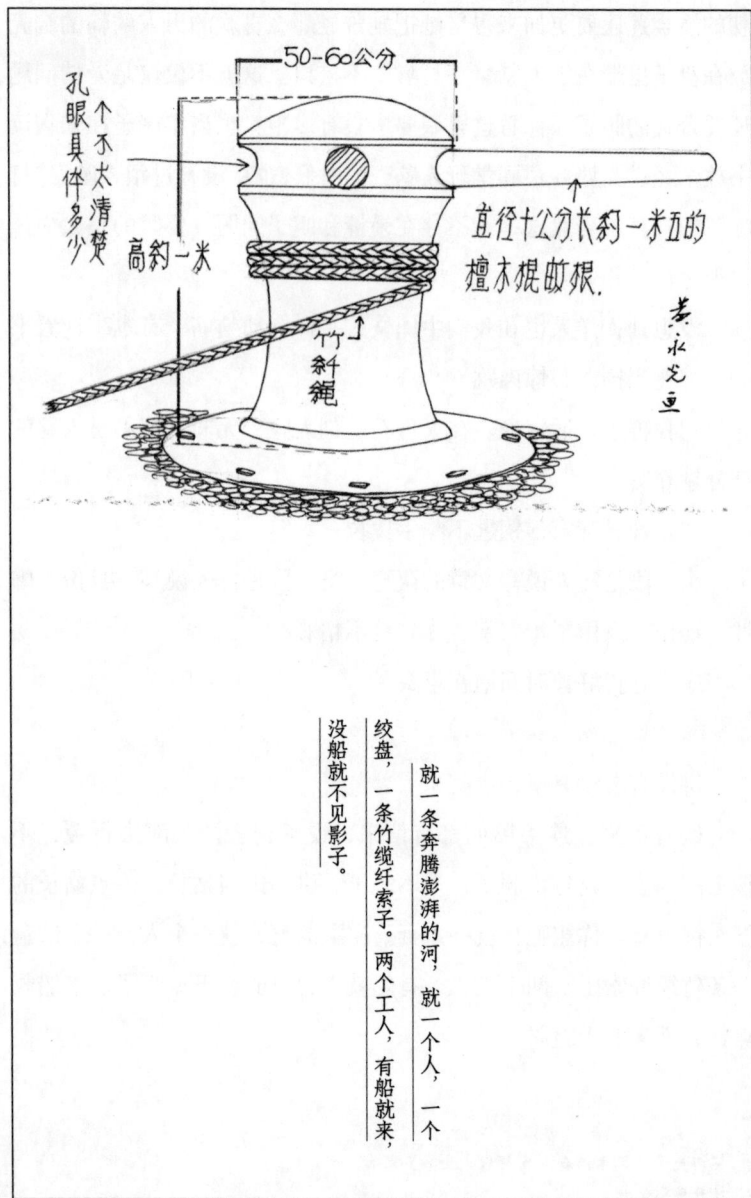

50-60公分

孔眼具体多少个不太清楚

高约一米

竹纤绳

直径十公分长约一米五的檀木棍的狼.

黄永玉画

就一条奔腾澎湃的河，就一个人，一个绞盘，一条竹缆纤索子。两个工人，有船就来，没船就不见影子。

清浪滩是条那么险的滩,一点人情都不讲。上滩下滩货船,说翻就翻,运气好的捡得回一条命爬上岸,命拐的连人带货都没有了。

岸边住着十几户人家,不喜欢"清浪滩绞滩站"。它一来,拉纤的生意就抢走了,没有饭吃了,不久就偷偷把"绞滩站"那条缆索子砍了。

没有人说讨厌爸爸在"绞滩站"当站长,只讨厌那座"绞滩站"和那条竹缆索子。没有了竹缆纤索子,岸上几家人家又可怜起他来,也不见他几时从上头领过薪水,一个人过日子,锅灶碗盘很少听见响动。

工人都散了。

世界上什么软硬功夫都可以练出来,唯独"挺饿"练不出。世界上有的是陪饭、陪酒的知心好友,没有"陪饿"的朋友。二十多里的疾浪险滩、悬崖陡壁,大江东去,爸爸早早晚晚看着它,听着它,画不是画,音乐不是音乐,没想到一辈子沦落在轰天价响的寂寞里。

沅陵下行五十多里,妈妈有时候带弟弟们到清浪滩看爸爸,住几天又回沅陵。饿着肚子的站长夫人和少爷们来来回回弄什么进肚子的?真是很费想象力。有时候把子光留在清浪滩陪爸爸。其实,陪不陪也很费解。用加法来说,一个老寂寞加一个小寂寞,等于两个 AB 寂寞而已。

聊天,子光眼前还不够资格;警卫,站长公馆没有任何东西能值得小偷发生兴趣,除了胖娃娃子光本人。可惜那时候还不太流行拐卖儿童;何况弄走子光难度很大。脾气毛躁是一,脑子精明是二,身体强壮是三。"儿童"名分已过期,"壮丁"名分还不够。所以卖不出什么价钱,何况见货之后根本没人敢买。

清浪滩是条那么险的滩，一点人情都不讲。上滩下滩货船，说翻就翻，运气好的捡得回一条命爬上岸，命拐的连人带货都没有了。

清浪滩

天下一道鬼门关，人才能点金使船走底朝天。

472

不过爸爸喜欢，起码有个听讲话的人在身边。

子光懂水性，赶山、打雀儿、抓鱼、做饭都来得几下，后来居然能泅进漩涡里头捞捡翻船沉下去的东西，吃的、用的都勉强见出点颜色。

身边的孩子他最强。子厚弱，子谦病，子福小，只有他一个人撑得住场面，让人心宽。

序子一个人的时候也想。爸爸根本不是个百无聊赖的人，他一身本事，怎么会一下子缩到清浪滩动弹不得？

现在是什么时候了？抗战热火朝天，信上说眼前不管输赢的大军都往湘西跑，挤得像赶场，不客气地讲，就是"兵荒马乱"四个字。街上找间门面，开个画店，卖爸爸拿手的通草画或者普通小写意花鸟，趁热打铁，给那些有眼光的过路军官、发财商人、跑单帮的货车老板、本地办喜事人家开个眼界。混熟了，打出点名气，说不定真能弄出个名堂，解决全家饭碗问题，心情会开张得多。比清浪滩强万倍。

反过来一想也未必。开一家小店，经得起几张嘴巴吃吗？眼前吃的是救济粮，显不出分寸深浅；自己挑起担子走一步看一步，可就不是玩笑话了！万一这边想不到的地方出了问题，那头救济粮又断了线，怎么得了？眼前还不晓得颜料纸张价钱，哪里买？向哪家借这笔本钱？

讲到底还不晓得爸爸愿不愿意出来，他脸嫩，撕不开面子，百分之九十九不会。他不愿意还谈哪样？

序子想，如果他自己去跟爸开这个店，爸的贵画挂在墙上，他在铺面上帮人剪影，每张五角钱，剪不像不要钱，趁闹热一天剪十个二十个算不得一回事。大生意在墙上，小生意在剪刀上，一天十块钱，春夏秋冬都不愁了。

这也只是想想的事。眼前妈在救济院，弟弟们当难童，爸在清浪滩当站长……这才是铁打的事实。

序子留级留到这份程度，只剩下蔡金火和尤贤可以交谈。可也未必。还有一起打乒乓球的洪仲献，讲家乡典故的叶国美，什么事都有兴趣旁听的刘己巳，和那个身材比所有同班高出一个头的钟尚志。钟尚志这个人常常让人笑话他是躲壮丁才来集美读书的，他能忍住不生气。他嘴巴很大，笑出来的嗓子的确是个成年人。和这些考试分数都比自己高的同学来往比较简单，用不着花太多的精神，天天做些原始的切磋即可。最让序子心跳的是跟女同学下课时偶然地交谈。她们都是心存好意，替序子作无奈的可惜：

"你要是不留级多好！"

"我们可以一起毕业。"

……

这其中有洪金匋和黄兰香。

洪金匋是莆田人，很温和秀气。她是结婚以后才来上学的，丈夫在县政府里做事。黄兰香是安溪湖头人，脾气不好，长得漂亮，好多同学用各种方式打扰她，很烦。两道黑眉毛总是皱在一排，警告天下可爱的男同学不要走近来。

她们对序子的关心是真的。序子对这种好意不惭愧，也承受得了。让这种逐渐远去的温暖刻在心上吧！

以后离开学校序子还时常和洪金匋写信，不是诉苦，只为了新生活的惶惑。那位女监舍陈淑元先生（她是高中化学先生）开始以为是在写情书，后来知道不是，就让这些信继续写下去不再查问。洪金訇给序子打气，虽然她不太明白序子离校以后在做些什么，序子只是每做好一些事，刻好一张木刻，就往洪金訇那边寄。

她是序子胸中第一棵带着阳光的、高高的白杨树。每个少年一生都有无数这样温暖的白杨树伴他们长大。

有人欺侮钟尚志。

论打，认真起来，未必有人打得过他。他刚从乡下进城，见人怕。

他什么得罪人的地方都没有，只是爱吃饭。

见了饭，忘记了周围的人。在乡下吃一顿饭没见过这么多菜，还有汤。白饭尽吃。别人一碗没完他已经三碗下去了，还要添。四碗、五碗。菜呢，一筷子等于别人三筷子来回。呼喝有声，全身抖动，快乐之极……

旁边的人讨厌了。放在行动上就是扛他的筷子。开始他还不留意，以为碰巧。后来发觉是故意找他麻烦。他完全不晓得错在哪里。看到几个人怒目相向，不知如何是好。

旁边一个名叫刘连枝的用饭喷他，"一辈子没吃过饭！"

序子说话了："喂！喂！不要这样嘛！他刚来嘛！有话慢慢告诉他嘛！"

刘连枝瞪住序子，"伊係令劳白？"[1]

序子笑了，"要是他是我爸爸，你喷他满脸饭，今天你就麻烦

1　他是你爸爸？

论打，认真起来，未必有人打得过他。他刚从乡下进城，见人怕。他什么得罪人的地方都没有，只是爱吃饭。

育人坎俪锣尚志

476

了！我是好意劝你，人对人不要那么狠！"转身又对一桌子的人说："听见没有？"

吃完饭来到操场，序子对钟尚志说："你什么错都没有。大家一桌吃饭，想想旁边还有别个，文雅一点就是。"

"喔！"钟尚志以后就改了。

回头序子把这事告诉尤贤和金火，金火捶胸顿足说："嗳！可惜、可惜！那么好的机会怎么不打一架呢？呀！呀！呀！"

"他没有回嘴嘛！"序子说。

好多好多日子以后，那个刘连枝仍然忘不了找机会弄钟尚志，他把校歌中的两句"山明兮水秀，胜地冠南疆"，改成："山明兮水秀，尚志咁蓝揽"[1]。

每到星期一朝会唱校歌的时候，钟尚志一排左右两边三两个人就用闽南话含含糊糊唱出那段歌来。序子初听起来也觉得滑稽好笑，后来一想这事情太恶，就不笑了。可怜那个钟尚志受不了。每回唱到"山明兮水秀"的时候，他就左右顾盼，急着等到下一句的出现。听完了也无可奈何。

散会后，刘连枝就会笑着蹦着问钟尚志，听到校歌那两句没有。

钟尚志迷茫的脸，让序子常常想起，这世界的不公道太细致了。

读课外书多丝毫不值得骄傲，脸上看不着痕迹的，只有留级证据确凿。尤贤和金火从来不愁功课，所以有资格说东说西，算是一种派头。三人居然成为知交，真是奇怪。

最好笑的是这时候序子居然得了个"自由作文奖"。就好像给

---

[1] 尚志咬鸡巴。

阵亡将士家里送喜报，颠倒了喜怒哀乐。奖品是一本让人题句的线装纪念册。上台领奖，王校长笑眯眯用手指头点点序子脑门，加这点花头含义十分有讲究……两边的先生跟着笑。阴险！

得奖的八个人，初中三个，高中五个。文章贴在《血花日报》那边墙上让大家看。论抗战建国关系、抗战形势、抗战意义，读书关系居多，序子的题目是：《纪金山寨上之金》。

散会之后序子把纪念册卖给刘己巳，"二块五！"

"合作社才卖二块，你多要五角？"

"要不要随你。上头有奖字，还盖了校章！"序子说。

"得奖的名字是你，不是我！"刘己巳说。

"挖掉我的名字，补上你的名字。"序子说。

高中那边有时也出奇景。

午睡时候，几个人静悄悄围着一个仰天熟睡的胖子，旁边摆着一大碗面，一碗水。

一个人负责慢慢地、耐心地用筷子夹起一根面，在清水碗里一氽，轻轻送进胖子嘴唇边。

嗖的一声，面吸进了胖子嘴里。

就这样一根一根喂完一大碗面见到碗底，各人分散装着做自己的事。

胖子吃完一肚子面，猛然坐起，左右看看，打个大嗝，醒了。站起来，又打嗝；套上木拖板到厕所去，又打嗝。拍拍肚子，又打嗝……

时间没有死，只不过像人的呼吸、心跳一样，人不注意而已。

打
嗝

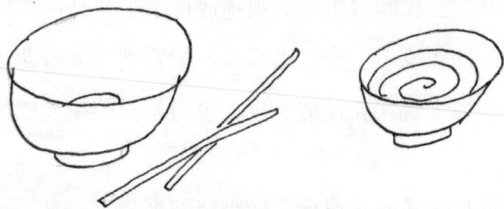

午睡时候，几个人静悄悄围着一个仰天熟睡的胖子，旁边摆着一大碗面，一碗水。

一个人负责慢慢地、耐心地用筷子夹起一根面，在清水碗里一氽，轻轻送进胖子嘴唇边。

嗖的一声，面吸进了胖子嘴里。

每天吹号，起床，吃早饭；上课，吹号，吃午饭；上课，吹号，吃晚饭，自习，吹号，睡觉。星期天，蹬竹床抓臭虫，生疥的生疥，打摆子的打摆子……一天天就这样过去了。

小考、中考，眼看大考就到，同学个个都严阵以待。

序子身处洪流之中，也明白自己毫无解数。人家坐在教室用功是真，他坐在教室只是形似，一种鸿鹄将至的境界，连图书馆那些可贵的“茶饭”都不思了。他似乎是在完成一种温柔的反叛，像卡夫卡说的：“……就我所知，我不具备生活要求于我的那些品质，我所具有的只是普通的人性弱点……”[1]

谈不上自惭形秽或自我欣赏。身处大子宫似的社会动荡之中，遑论学习和创造。

大考前夕，学校睁只眼闭只眼地放任学生“开夜车”。膳厅灯盏蜡烛处处，恍如夜市。序子睡不着，学着别人夹着课本和笔记簿逛到膳厅来，想挨着光亮排遣长夜。再巧不过的是，蜡烛的主人是刘连枝。

刘连枝见是序子坐在对面，便将竖起来的讲义夹子把光挡了。

序子起身移到左边坐下，刘连枝也将讲义夹移到左边把光挡住，看起来双方都是故意的了。

论道理是序子打扰了刘连枝，两个人一来一往进行无言的战斗。

序子兴起的根据是前嫌老账。

刘连枝是名正言顺受到侵略的奋起抵抗。

序子顺手抓起讲义夹子扔得老远，两个人动起手来。

1　《卡夫卡》，第三部，二〇七页。

刘连枝没受过搏击的基本训练只顾埋头打序子的肚子，序子抓住他脑壳抬起右膝盖狠狠磕了他下巴一记（其实这一下已经足够了），再从裤袋里取出童子军刀，用刀柄在他头顶上来了三下。

"这一下是钟尚志的！

"这一下是改校歌的！

"这一下是今天晚上的！"

刘连枝满头是血，撑在地上。

有人报来了陈伶教练，序子杀横了眼。陈伶对峙好久才擒住序子，缴了童子军刀。

第二天叫到训育处，问序子打人理由。

"……"

"为什么不讲话？"主任问。

"我早就打算来他一下！"序子说。

校务处贴了告示："……姑念该生身隔战区，回乡困难，作记大过两次，小过两次，留校察看……"

按规矩，三次小过等于一次大过，九次小过等于三次大过。三次大过一定开除。"姑念"为八次小过，留一个小过候补。

蔡金火、尤贤找到序子。尤贤说："这下真的完了！你该把事情前后对学校讲清楚。"

蔡金火说："动手之前先告诉我一声多好！可惜可惜！"

"最难堪的是你叔叔！"尤贤说，"你怕不怕？"

"他已经通知我下午见面了。"序子说。

见到二叔。

「这一下是钟尚志的！」

「这一下是改校歌的！」

「这一下是今天晚上的！」

刘连枝满头是血，撑在地上。

两个人动起手来

"……"二叔。

"……"序子。

"……下学期你还会留级。"二叔说。

"……"序子。

"离开这个学校吧！"二叔说。

序子点头。

"换个环境，到德化师范去！走的时候带我的信亲手交给邹校长。"

序子说："好！"

当然"好"，能说"不好"吗？不就跟部队接到命令调防一样吗？

序子走到河边龙眼树底下靠着，坐下来，自己和自己讨论一番。

离开集美可惜，是一种与疏朗宏阔的文化气派的远离和永别。不再了。"可惜"跟"舍得"不一样。大丈夫经常发生"舍得"而非"可惜"的情绪，有点佛家所谓的"舍受"意思。

眼前序子的处境接近宋朝那个婊子婆娘严蕊《卜算子》词的情调："……去也终须去，住也如何住？若得山花插满头，莫问奴归处。"

序子觉得三年留级没什么了不起。

许玛琳、李扬镳、宋庆嵩、汪养仁、朱成淦、吴廷标、黄羲、曾雨音、陈村牧……各位先生，包括严格之极的二叔，给予序子课本和分数以外的人格影响和指引。以后，一辈子用的就是它了。

尤贤和蔡金火听到序子要走的消息，咽咽哭了。钟尚志放声大哭。找到温恬老实的紫焘小叔叔，他都不太相信世界上会发生这种事，背转身去难过起来。几几乎全校都晓得这个新闻。高十三组有个叫不出名字的王八蛋同学说："怎么？留级大王要迁都了！"不算是恶意，开开玩笑而已。

吴廷标先生说："唉！那就走吧！一个人了，要多小心啊！"给序子剪了张影，贴在纪念册上。

曾雨音先生说："少用拳头，多讲理！"

许玛琳先生写了句英文："Tomorrow never comes！" [1]。

这是我们之间的老账。许先生要我背英文，背不出，许先生就宽容地说："那明天一定要背出来啊！"明天还是背不出，永远的明天、明天……

王校长写的是："唯铁与血，可挽危局。"说的是抗战精神！大概不会赞美我拿刀子打架吧？

包树棠先生写："杳冥冥兮羌昼晦，东风飘兮神灵雨！"

知道是屈原的《山鬼》，不知道所指何方。

徐决衡先生写："绘事后素"。

懂得是画画修养问题。

有的老先生写的是："大刀向鬼子们头上砍去！"

让人不知如何是好。

同学们就抄些歌在上面，一人一首，几乎满满一本，这就好多了。

找林绿竹。

"这里看样子不是你待的地方。走就走，把木刻刻好，文章写好，会有用的！"起身抱了抱序子。

1　明天永远不会来！

二叔给了六块钱，请挑夫挑行李到永春，从永春再坐汽车到德化，剩下的钱省着用。师范学校一切免费，吃饭不要钱，以后还会寄零钱来。

头一天走的是跟林振成考中央军校的老路，溪头、诗山、永春，一大一小箱子，累是累，路上跟挑夫有说有笑。到永春，汽车站旁边找个小客栈住下，送走挑夫，在汽车站买了票，听明白第二天清早六点开车。

车子右首有个长长的大铁罐，装满小木头块。一个助手转着旁边的摇把，燃了里头的小木块，汽车利用这点热气开动起来。大家的行李捆在车顶上的网里。既然是个烧小木头块的汽车，当然比不上燃汽油的快，尤其是上坡时候那种困难，一哼一步的，尽管这么讲，也算个汽车速度。二十个人坐在里头，摇摇晃晃上山，半天到了德化。

同车有三个人是进德化师范的，一齐照顾着行李箱子。好在汽车站离学校不到半里，叫来一部黄包车拉行李，很快就到了学校。

学校由一圈花墙围着，大片运动场，左首一排二层砖楼。序子到楼上校长办公室交了二叔的信。邹校长好像早就在等这封信，叫人带序子去办入学手续。

邹校长两只小三角眼分得太开，让孤零零的大鼻子悬在当中，薄嘴唇带龅牙，头发秃在脑后没剩多少，故意留得长长的显得茂盛兴旺。这长相实在太不应该当校长了。难看的校长是学生的不幸。

序子的住处在对河城边野田间一座小祠堂里。进中门，东南西北屋里可住四五十人。屋子黑，陌生，没有想象力。东屋小间还住着个补鞋匠，面目清秀，派来监视学生的。这些学生有什么好监视的？一个鞋匠懂什么监视技术？懂了还做鞋匠？大材小用，莫名其妙！

校本部只有教室，与饭堂合用的礼堂。

报架在楼上走廊，没有图书馆。没有图书馆，没有图书馆……看看邹校长的脸相早就晓得没有图书馆。

军事教官，中校衔，黄埔绿呢质制服。领章、腰皮带、长筒皮鞋，一应俱全。人长得英武，浓眉毛，高鼻梁，身材一米七八左右。威风，嗓门清亮。整片大操场都是他的天下。从早到晚，上操、跑步、排队进餐厅，都由他管。

吃饭不要钱。一天三餐。早晚餐星期一、三、五、星期天黄豆稀饭；二、四、六红豆稀饭。中午玉米干饭。菜，芥菜，笋；汤，黄豆芽汤。变化如左脚换右脚，右脚换左脚。三年后毕业，分发到各乡小学教书，没有别的指望。

集合排队，完全军事化。两目平视，直脖挺胸，双脚人字形立定。稍有疏忽，不是一拳就是一脚，挨完不准动弹，养成听话习惯。命运跟入伍壮丁一样，迟早送上不同战场。

先生们像刚毕业的学生，都十分年轻。和学生吃同一的饭，同一作息时间，待遇比学生好不了多少。

课本和集美差不多，只没有英文。"天啦天！这时候我情愿有英文！"序子想。

"寂寞呀！寂寞呀！沙漠上似的寂寞呀！"俄国诗人爱罗先珂这么叫。认识了另一班的同学苏国重，是个庄重温和的读书人。序子多少天才找到说话的机会，"这好像是个兵营。"

苏国重笑了，后来两个人交换书看。

音乐先生教了两首歌。

"九一八，血痕尚未干。东三省，山河尚未还。海可枯，石可

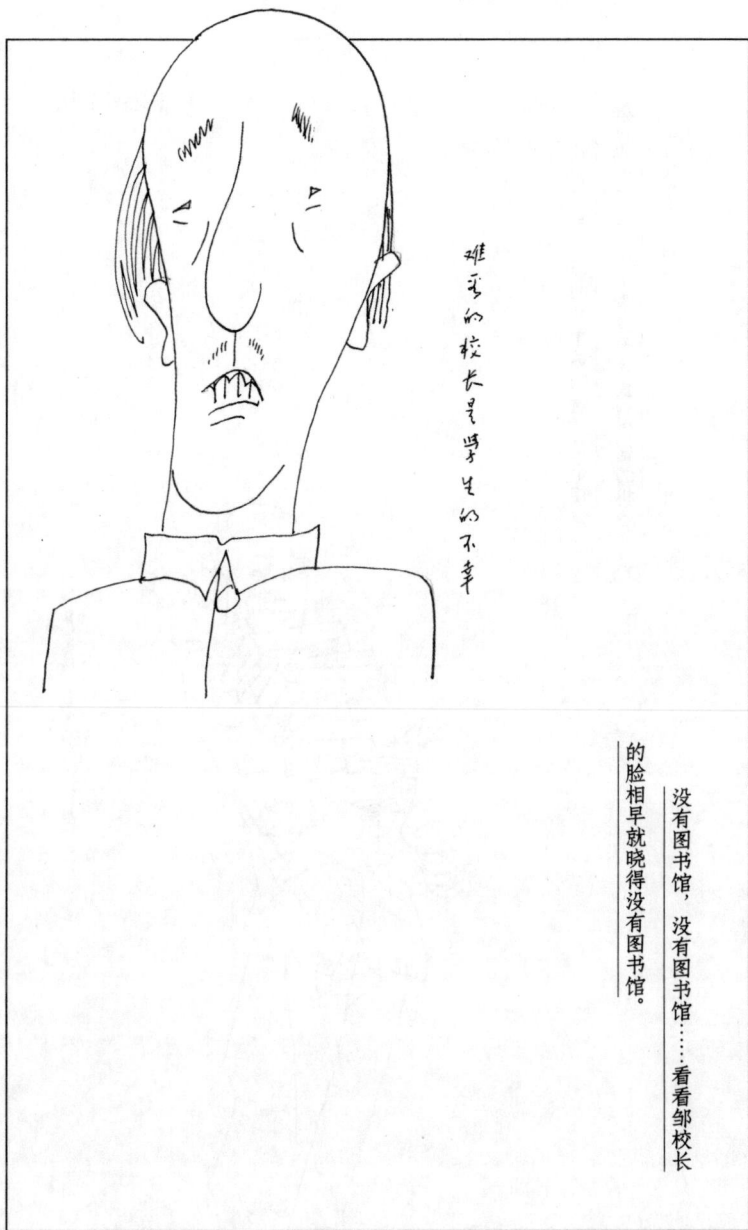

难看的校长是学生的不幸

没有图书馆，没有图书馆……看看邹校长的脸相早就晓得没有图书馆。

认识了另一班的同学苏国重，是个庄重温和的读书人。序子多少天才找到说话的机会，

『这好像是个兵营。』

认识苏国重

烂，国耻一日未雪，国民责任未完。"

"一天啦，又一天，孩儿，冻得真可怜。人说当兵好赚钱，回来不够做衣穿！一天啦，又一天……"

调子都很伤感。就用口教，没有风琴，没有伴唱乐器，先生和两首歌久久不易忘记。

医务处那个刘医生，福州人，是个骚胡子，勾引女学生。（也不叫勾引，那女学生自己愿意的。也是个骚婆娘。）都给撵走了。熟都不熟就大快人心！

军事教官对序子也好，听说他是外方人，问了好多话，也讲了自己给序子听。他大概孤独，心里东西没有搁处。

公民教员上课下课都喜欢说"蒋总裁"。一年一年、一天一天地论，屁大的事情都记得住。喜欢吐口水，讲三句吐一把口水，好像讲刚才的话脏了口。他自豪是浙江奉化溪口蒋总裁的同乡，问他见过蒋总裁吗？他说："没有。"心情沉重起来……

校门口右首边小街上有几家小菜馆，都是四五十岁外省人开的，生意不太好。他们不清楚师范学校学生都是乡里人，吃不起菜馆的。（可能集美老警察认识他们。）

外头常常好多狗进操场来玩，十只、二十只怕也不止。校长见了生气，叫学生赶。学生懒洋洋地来去，狗们以为是逗它们玩，不当回事……

住的那座祠堂外头有口井，星期天，序子从里头钓了两只鳗鱼上来，大家烧来吃了，佩服得了不得。奇怪井里头怎么有东西？序子怎么晓得？

每天清早从祠堂出来，绕半条街，过大桥算是城外，沿几间小客栈，一个汽车站，走着走着进入校门。天天如此。这种学校不需要用脑子，更谈不上动感情。

星期天不过桥，城内就这么一条街，十分钟就走完了。赶墟的时候热闹，大汽车放开喇叭叫。两部汽车对面一停，司机伸出手臂指着对方鼻子骂娘。万一后头还跟着车，谁都不让谁，那今天什么生意都做不成了。

德化历史上宋元至今以瓷器著名世界，街上很少瓷器店。道理容易明白，生意做大做远，哪个还在乎门口卖个盆盘碗碟？

要看真家伙不是没有。往前走到街头再走，过了间左首带栅栏的大祠堂再走，过右首难童教养院再走，再走，快走到没路的地方上右斜坡，哪！一整条瓷器艺术大街，两边巴掌大到真人大的佛祖、观音、达摩、骑马不骑马的关云长、喝酒和不喝酒的李太白、苏东坡……任你看，要看多久看多久；要买，帮你装箱帮你运。会动的马嚼口链子，美女的玲珑耳环……

更认真的客人可以再走十里八里去看窑场，看宋元遗址……

就那么简洁坦然，不吹不擂，不带鼓舞地让你慢慢自由欣赏。

回到大街上，来往疏通了，你可以闻到带麻点的兰花香的蘑菇摆在街边篮子里；几根直径一市尺、一米九二高的嫩笋斜靠在墙边，你会以为是树，是柱子……

德化城就是那么平平常常向着你。一条不大不小的清悠悠的河水，慢慢穿过一座桥洞东去。这座城在高高的山上，不在平地。

德化城就是那么平平常常向着你。一条不大不小的清悠悠的河水，慢慢穿过一座桥洞东去。这座城在高高的山上，不在平地。

这座城在高山上，不在平伏

蔡金火、尤贤的回信来了。两个人的信装在一个信封里。先是
蔡金火的信：

序子学弟：

　　你的来信收到。你的来信收到之后，我就急忙给你回信，
以免你担心我没有收到你的来信，以为你的来信让邮政局混账
中途失落而产生惶惑之悬念，或是以为我收到你的来信之后麻
木不仁根本不当一回事，看完你的来信随手扔进字纸篓，是个
忘情薄义之人。NO！NO！NO！否！否！否！看了你的
来信，所写你在贵校身受寥落孤寂之苦，不禁泪如雨下，满枕
湿透，终夜不得成眠。

　　你要我把世界古往今来著名文学家及其著作开一详细名单
给你，我觉得这不是实际的事。一、我知道的有限。二、很多
新书我最多也只是风闻，这些虚无缥缈的东西，没什么用，还
不如在你自己身边找一些尽量找得到的书，一本算一本认真读
下去好。有的外国书不一定可靠。比如我读过一本一个出名的
力学家描写蚂蚁搬大毛毛虫的活动的文章，用的是纯物理学的
片面角度，认为它们在不同方向各使各的力气，认为蚂蚁完全
不用脑子，力气用在相反的部位，抵消了搬运的正确方向，说

它们没有头脑。这是瞎说八道的论点，是错误的。蜜蜂和蚂蚁才不像物理学家那么傻！它们的群居生活有好多至今科学家还没有弄清楚的神秘力量。它们国家行政层次分工非常严密，一旦真正发现集体行动哪方面出了问题，马上就会派出联络兵头前去纠正错误，以便统一在一个正确行动中来。它们和大雁、蜜蜂一样天生具有敏锐方向感和群体精神，蚂蚁从来没有出现过失败的搬运工程。

我平生最恨引经据典的权威人士不负责任地信口开河，害死了好多忠心耿耿的善男信女。

你信中好像遗憾贵校没有英文。我的天！你怎么挂念起英文来了？

你走了之后，我和尤贤也少接触，你好像我们的一座桥，没有桥了。现在他仅仅成为我生活中一只讨厌的小船，有时划过来说几句话，都是关于你的，东一句西一句不成章篇。有时哀求我，请我吃炒米线和"阿呀卖"，我都是勉强的同情心才答应的。这个学校就只剩下我和他两个人了。

看样子过一段时候我也该走了。可能回南洋去。家父家母年纪大了，我有时也会想念他们。那些店，我不回去就没人管了。这一辈子我不知道还有没有机会见到你。

唉！你说怪不怪？我、你、尤贤我们这完全扯不到一起的三个人，也算不上什么生死之交，居然心里都烙上了彼此印疤……祝你平安，有空写写信。

蔡金火

月　日

你好像我们的一座桥，没有桥了。

现在他仅仅成为我生活中一只讨厌的小船，有时划过来说几句话，都是关于你的，东一句西一句不成章篇。

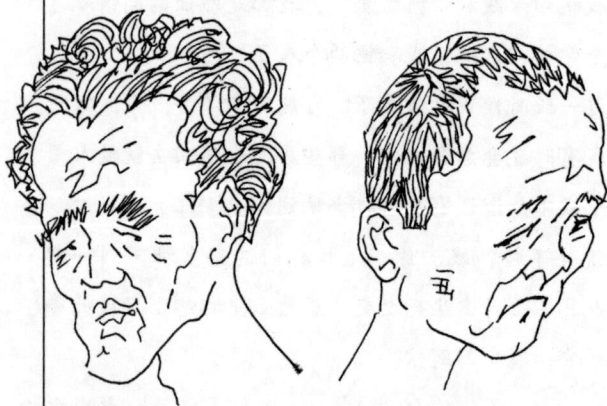

494

底下是尤贤的信。

序子：

　　你信不信蔡金火信上所云想你想得"泪如雨下，满枕湿透"？你看他开头这大段狗屁不通的话，其水平完全和他以前对你讲的"母猪奶"一样。你根本不值得信他。

　　信纸上几处字迹让水迹濡染了，是有意做出让你感动的手脚，你只要稍微用舌头舔舔，看看咸不咸就明白是不是真眼泪——不要舔！可能是他的口涎。

　　我这里足堪来往的只剩下他，而我又相当讨厌他。他的眼睛，他的眉毛，他的嗓门，我无一不讨厌。世界就那么怪，如果世界真有末日到来那天，我又相信只有他这个讨厌的人不会背弃我们。我心里就一直那么斜着眼看他。

　　你讲校舍左边山上新坟旧坟垒垒，那么山底下那口所谓的清泠甘泉之井就不值得你那么称道了。而且我忠告你丢掉诗意，少饮为佳，望深思。

　　集美是什么学校？眼前你那个学校算什么学校？这怎么可比？你用集美读书的态度对付眼下的环境，自我不堪当然难免，我倒真为你未来的漫长日子担心，如何是好？

　　你那个校长、那个教官、那片操场，一天那三顿饭、没完没了的芥菜和笋，唉！唉！……祝好！

尤贤

月　日

洪金匐也有信来。

……你根本不是个蠢人，你那么不在乎读书留级，我一点
不明白你预备做什么。要是是我，就愁死了。你不会的！对吗？

序子见苏国重他们在操场那头挖地。

"你在做什么？"

苏国重说在挖跳远的沙坑。

"我也来！"序子脱了上衣抓起把铁镐认真帮忙，"这地怎么
这么硬？怕原是火山岩吧？"

"没听说这里有过火山。"苏国重说。

……

"张序子，你怎么在这里？"

抬头一看是邹校长。

"嗯！我在这里。"序子说。

"我问你，你怎么在这里？"

"下午周六自由活动。"序子说。

"你不要挖，跟我来！"邹校长前头走，序子后头跟。

"你的作文零分。"邹校长说。

"不会的！"序子说。

"哼！不会？凭什么不会？这篇文章我寄给你叔叔看了。"邹
校长抬头往前走。

"我作文从来不零分！"序子问，"我二叔他怎么说？"

"他说你是故意的，给零分十分正确。"邹校长说。

"我'故意'什么？"序子问。

"晚上周会你就明白！"邹校长快步走了。

膳厅那头蒋委员长蒋总裁相片挂在当中，两边国旗党旗，再两边是"革命尚未成功，同志仍须努力"孙总理遗训。底下摆了座小讲台，先生八字形两排分坐讲台两侧。学生三四百人按班级站立饭桌周围。两盏要死不活的打汽灯呼呼响着照亮灯底下一圈人。

司仪"全体肃立、唱党歌、唱校歌"搞完，"校长训话"。

一星期啰里啰唆学校乌七八糟废事废话讲完，放声叫四班的张序子站到前排来，纳入正题。

"现在，我要念一篇四班同学张序子的作文给大家听。作文题目是国文课刘礼正先生出的《读书救国论》，大家听听张序子同学是怎么作这篇文章的。我现在开始念这篇文章。

"读书救国"这说法很好听，做起来难！

光是读书而不提救国就比较容易，只要做个老老实实的学生，认真学习，时间一天一天，一年一年很快地过去，三年以后拿文凭毕业，再想办法参加救国行动，岂不是很顺当的事吗？

至于和救国连在一起，就非常之困难。又要读书，又要救国，书也读不好，国也救不成，远水救不了近火，两方都耽误了。

好好一个国家为什么要"救"？因为国家穷、弱，受日本鬼侵略欺侮，不"救"就要亡国，所以才提出一个"救"字。

"救"这个字做起来非常难。都是实际的事，一句空话都不能讲。

一个人掉在水里头，就需要勇敢会水的人跳下去把他救起来。光站在岸上看热闹喊救命是没有用的。

　　现在讲的不是救一个人而是救自己贴身之大祖国。

　　事情动静那么大，前线炮火连天，战场上每时每刻要死好多人；光靠全国大街小巷保甲长四处拉壮丁是远远不够补充的；何况其中还有不明抗战大义、远扬逃跑的胆小之人。可见作一篇文章易，喊一声口号易，实际参与投身救国则难如爬上峭壁。

　　面对《读书救国论》这个作文题目，我忽然想出一个由难变易、从虚到实马上可行的办法。

　　我建议全校师生员工以团、营、连、排、班建制，组成一个坚强的抗战队伍。政府发给充分的枪支弹药和其他装备，委派邹校长为上校团长——领章为二杠三星；邱教官为中校团参谋长——二杠二星。各位先生为营、连、排长，分别按资历发给二杠、一杠及不同星数。非教学人员如庶务、财务、秘书则分别委以参谋、副官按原职务工作性质随团工作。厨房员工除换领军服之外，工作性质不改，照常运行。女性教师、学生担任军医、护士各项重要救命工作。

　　这建议最好马上上报中央蒋委员长蒋总裁，麻烦他下命令推广到全国教育界励行之。这个建议不单可以无限地补充兵源，且明显增加了军队之文化素质，还能节约大量教育经费和数目巨大的粮食消耗。行动开始，实际已经救国了。

"大家听到张序子同学这篇作文有什么感想？"

"我觉我这篇作文……这篇作文……"张序子说。

"没有问你！"邹校长转身过去，"大家说说！"

　　老远有迟疑的声音："挺好玩！有味道！"

　　"谁说这话，站出来！"邹校长问。没人搭腔，灯太暗，老远看不到人。

　　邹校长转身对坐在两旁的先生们打招呼："是不是都说说？"

　　先生们低头微笑，晃晃耳朵。

　　"那么是不是请四班国文课刘礼正先生亲自谈谈？"邹校长说。

　　近视眼刘礼正先生站起来，原来他早准备好一个稿子。

　　刘先生的嗓子像小公鸡叫，由于鼻子、眼睛都不太爽利，一叫，吓了大家一跳。

　　"张序子同学的作文很荒唐，很差，很不正派的，不正派的，嗯哼！乱，嗯，前言不对后语——使之主祭而、而百神享之，是天受之——啊，啊，不是，这是我另一个稿子；哪！哪！这里，这里接下去——使之主事而事治，百姓安之——还不是，我？我？喔！这里，这里。张序子同学为文思绪紊乱，信笔走马——勾引异端，张扬邪说，巧绳墨以为规矩，托狡言谎架俗趣，扬尘掀波，莫此为甚，着记零分以作惩戒；嗡哄！嗡哄！……"

　　站在前排的张序子不太为眼前困扰所苦，他只是可怜这个身染残疾的刘先生那份难以担当的责任。看样子刘先生表达的愤慨不像是自发的。为什么会这样呢？邹校长、刘先生和各位！发现了什么？异党分子？流氓？还是自己闲来无事的恐怖？你们原来办师范的"模子"是什么？希望以后能抠出什么"坯子"来？

　　这个晚会实质效果不太够伤害性，只是某种模糊的目的没有实现。而且找错了个冤枉的靶子。

二叔告诉邹校长这篇文章是"故意"。序子为这点说法一直快乐。不知道上天用云彩还是风、太阳还是雨……提醒序子："儿呀儿! 你有点长大了!"

第二天清早集合之前,操场上遇见苏国重,走过来抓起序子双手往后仰,嘴里念着"读书救国论、读书救国论",不停地打圈,笑。周围还有几个他的熟人跟着笑。轻轻告诉序子,小心! 你让他们失了面子,产生了"面子恨",很麻烦的。

"面子恨"是什么东西?

"面子恨"是一种病。

隔壁新买了个上头印五彩牡丹花的热水瓶,你家没有,你家只有烧开水的瓦罐。同样都是喝开水泡茶,你心里就不舒服,怕人见到失面子,产生了"面子恨"。这不要紧,有朝一日发财你可以买两个、三个上头印七彩带牡丹花、带梅兰芳相片的热水瓶。这事情死不了人,是个小小"面子"问题,非常容易解决。

秦桧整岳飞,整死了,秦桧心里快活,不生"面子恨"。如果整不死,光天化日,众目睽睽之下岳飞活得好好的,大家明白公理都在岳飞这边。试问秦桧大宰相日子能好过吗? 既没有面子,又说不出口。政治火线性命关天,事情就大了。

整人原是冤枉人的行为,整错了人应该认错说对不住,道歉赔罪才对;他不。你不死,你活着,他反而认为是你在伤害他。"这次整不倒你,还有下次!"这才是地道的"面子恨"的真身。

张序子既不是热水瓶也不是岳飞。

他现在最盼望邹校长、刘先生这类人把一个叫作张序子的学生连同他的作文都忘到九霄云外,让他过两天安静日子。

张序子呀张序子！你以为你想要什么就来什么吗？你以为你是铜脚道人的徒弟小叫花子柳迟[1]吗？

> 他向我如熊埋伏，
>
> 如狮子在隐秘处。
>
> 他使我转离正路，
>
> 将我撕碎，使我凄凉。
>
> 他张弓将我当作箭靶子。
>
> 他把箭袋中的箭射入我的肺腑。
>
> 我成了众民的笑话，
>
> 他们终日以我为歌曲。
>
> 他用苦楚充满我，使我饱用茵陈。[2]

你是明知山有虎，偏向虎山行。

这下子你可倒大霉，有你好看的了！

每天三次大操场集合整队进食堂。你说烦不烦？让你烦，让你累，磨你的性子，驯你的脾气。

二三五教室是大队进食堂的必经之路。序子躲在这里，当窗可看到操场全局活动，队伍经过门口一闪即可插队混进食堂。

这天天气非常之好（好到非出事不可），草地一片绿，所有人

---

1 平江不肖生著《江湖奇侠传》第一回。
2 《圣经·旧约》，耶利米哀歌八七页。茵陈，菊科，艾属，味苦极。

泡在晨雾和新鲜空气中。

不晓得为什么，邱教官脸色不行，叫口令也像骂娘。检查队伍服装风纪的时候，脾气上来了，没说两句话，给排头那个同学当胸就是两拳。

教官想不到的是那个同学马上反击，冲上前双手扣住他的脖子一下子按在地上，按武松打虎的架势打将起来。教官好不容易挣扎爬起逃命，那同学红了眼睛急起直追。教官进屋直奔二三五教室躲藏，又被那同学拽在地上一顿穷揍。这时来了几个校工拉住学生。

邱教官完全威风扫地，爬起来直哼哼喘气，满头满脸雪泥鸿爪，青紫丘坟。横眼看见张序子傻在旁边，"喔嗬，你也在？好！你等着！"

序子想："你等着！谁等谁呀？你挨打挨糊涂了！怎么恨起我来？跟我有什么关系？"

问题就在这里，和我没有关系？怎么教官挨打你张序子会在旁边？

哪几拳是那个同学打的？哪几拳是张序子打的？挨那么多拳，鬼才分得清楚。

你说你张序子早就在这里了。试问，你是在这里做什么？

反正这事情麻烦了。

所有学生都顾不上吃饭，面露喜色。没有人知道张序子夹在里面出了事，都聚在饭厅和走廊之间交头接耳。

序子找到苏国重，告诉刚发生的事。

苏国重说："你刚出事不几天，又碰到这个麻烦。你没有参加动手打教官很容易讲清楚；要你做证人是一定的了。你是个从头到

邱教官完全威风扫地，爬起来直哼直喘气，满头满脸雪泥鸿爪，青紫丘坟。横眼看见张序子傻在旁边，『喔唷，你也在？好！你等着！』

尾一览无余的大证人。"

"噻令亮！立笨浪卖赖球饺哇揣罕干！令白唔揣！[1] 我亲眼见到是教官先打那个同学的！"

"这没有用！先打后打没关系，要紧的是学生打教官。你不证明就一起倒霉！"苏国重说。

张序子叹了一口气笑了，"……这学校像阎王殿和粪坑，可怜这帮同学。我走了算了！"

"慢！等我想一想……"苏国重说。

"没什么好想，我回祠堂取行李！"序子说。

"那个补鞋匠盯着，唔！这样，我陪你一起去。"苏国重说。

回到祠堂，苏国重跟补鞋匠聊天，序子不要被窝这些大家伙，只把木刻刀、书、随身衣服、牙刷洗脸巾捆成一个包袱背着出门。补鞋匠问上哪儿。

"学校有事。"序子说。

（几十年来，序子一直挂念那些从朱雀带出来的无辜的被窝和箱子。是王伯决定的，他心里问过王伯。）

"我认识一家人，你先在那里住几天，不要出门，我会时时来看你。"苏国重把序子带到大街后面另外街上一座小矮屋里，是个帮人画调羹碗碟"釉上彩"的小人家。有爸爸、妈妈和一群七八九岁儿女，还有隔壁人家的儿女，都聚在一起画瓷器。序子学着画了几天。

苏国重匆匆忙忙走来说："不行，学校让警察局在找你。换个

1　操他妈！日本人没来就叫我当汉奸，老子不做！

地方。"

一个名刘鲜林的人第二天带序子往永春方面走，到三十里外"蓬壶"汽车站附近栈房弄张床位住下来，平日在汽车站帮人搬点小货物行李混日子。

刘鲜林说："马上放寒假，过几天苏国重就来，带你们回南安、洪濑、园内过年。"（"园内"是个地名，苏国重的老家。）

蓬壶汽车站没有个"站"的样子，只有汽车到来才有点"站气"。序子黄昏时陪几个老头喝茶。他们讲究。壶不洗不说，连杯子里那层酱色茶垢都舍不得刮掉，是茶的"元气"，这就不好说什么了。序子每喝一杯进喉，脚后跟就发一次麻，说不清茶味是从哪里来的，柴火？茶叶？水？茶壶？杯子？没洗过的脏手？里外衣服气味？

他们第一天就把序子当"熟人"，当"成年人"，不分彼此讲话。从从容容，温温暖暖，没出激情，眼睛不看人，管自己轻轻发声，管他谁是谁和谁。

这边街只有十几家房子。修车补胎的，小饭店，加油的，汽水香烟，卖木头块块的，草药兼卖十灵丹、济众水的。其实这里不算蓬壶。真蓬壶在茅房过去那边两里多远树丛里，要过一个土坳才到。远看看不出，煮饭冒烟才看得出。

蓬壶属永春县，讲话舌头有点顶，跟安溪、同安、厦门话稍微隔了几寸。认真听问题不大。德化就不一样，他们自己人跟自己人说话若不照顾你，那就完全听不懂。朱雀城也是这样，晓得你是外头人便和你打西南官话。

序子在老头堆里喝茶，老头子讲话用喉腔轻轻沟通，混在温暖的低音里，天地玄黄、宇宙洪荒很是舒服，懂不懂就不要紧了。这世界安静不错，混得下去。

晚上，天很蓝，星星真多，照得亮人脸。

苏国重果然来了，带来几个人，除刘鲜林还有傅升、周见文、傅斗、蔡良，年纪和序子差不多，不晓得哪里冒出来的。还带来怪消息，令人一惊一怕。

打教官的同学名叫郝成选，当天由邱教官带兵押送进壮丁队，到地邱教官还补了一顿棍子。郝成选亲舅是省法院副院长，听说自己外甥受苦不答应要追事，邹校长马上派人从壮丁队把郝成选迎回来。这下子要打邱教官的就不止一个人了，弄得学生很是热闹。

邱教官当夜就逃回永安，补了个辞职信来，算暂时了了这段因缘。

"那我呢？"序子问。

"你还你？"苏国重说。

两个人都笑了。

七个人将就住了一晚，第二天清早赶路，一边走一边咬糕。过永春五里街吃中饭，走诗山，下洪濑，右转弯奔园内，到家已经很晚。老房子一间挨一间，拐来拐去都在树林和鱼塘边和田坎上走。进屋点亮了两三盏煤油灯，原来是前后两进客房，床已铺好。这时候进来苏伯伯和伯母、叔父叔母，大哥大嫂、弟弟、大姐二妹和妹妹，人缝里又钻出好多娃娃。端来面盆和脚盆，几个人洗完脸脚，上右首边一排房子里吃饭。懵里懵懂，连累带饿，顾不上周围动静。

回到客房，原来傅升、傅斗和周见文明天清早赶回泉州，大家讲了几句话便吹灯睡觉。

清早送三个人到路口回来，序子觉得园内这块地少见地平，怪不得这么多树，这么多田地和鱼塘。村里的路都铺了石板，走着走着就有一道石拱门，爬满"阿教藤"（朱雀叫作"凉粉籽"）。好不好讲给苏国重听这东西热天可以做"凉粉"？或许他早就知道还是不讲好。不讲忍不住又讲了："这东西夏天可以做凉粉。"

"嗯！这里人没空，顾不上。吃了不一定好，屙肚。"

"你看！还是不讲好。"序子想。

回到苏家，原来是个好多房屋的大家庭。没有围墙。序子们住的是东屋。北边一大溜瓦房，楼上楼下，厨房、敬祖先的堂屋、睡房、粮仓……都在那边。

牛、猪、羊、鸡、鸭、鹅在西边棚屋圈着。

院坝过去一二十步是口鱼塘。

早饭，让序子这伙人单吃。白薯粥、咸笋、咸芥菜、咸萝卜丝、酱瓜、咸鱼、喔践[1]。

"他们要做工夫，早吃了。"伯母说。很难想象，这么一大家人天没亮就吃饭。几时把这些早饭做好的？几时起床做饭的？多少个人一齐做这件事？做完早饭还有午饭、晚饭，几时让你们休息？"好了，好了，过年我们还要忙了！"伯母说。

其实上工的人还没走，把工具家伙放在门外都进来看客人。

苏国重轻轻告诉序子："他们来看你。"

来这么多人！

最开心的是苏伯父，因为序子是他儿子的同学，"哪！伊系'屙蓝浪'，小小年纪走那么远的路来我们福建读书。"

1　芋头做的腐乳。

于是伯娘、阿婶里就有人叹息："那么小小年纪心肠真硬，亏他爹妈舍得！"

"你几时离开你'屙蓝'的？"

序子低头大口吃粥，用闽南话回答："炸立嘿！"

"哇！哇！哇！伊埃笑港问格蛮难歪！¹"

又有人称赞序子脑壳长得好，手指头长得好，手指干干净净，吃饭规规矩矩，皮也白……

真新鲜！就像在对付刚从街上买回只小狗——

"哎呀你看，你看它的小嘴、小舌头，它的小尾巴，它才断奶吧？喂它什么好？它会自己吃饭吗？……"

田地里，再忙几天就收拾完了。要过年了。

粮草、粮草；粮是粮，草是草。人吃粮，牲口吃草。收了粮，剩下的草搭架子盖棚堆起来。有的绑在树上，每棵腰身都粗了，棵棵都像十月怀胎。

国重和序子、鲜林、蔡良在客房坐不住，便起身到洪濑去。走到洪濑路口，国重指着一间中药铺说："那是我们家的。没人料理，缺好多药，抓药的人来都抓不齐，只好对不住了，荒在那里……"

"喔！"序子出声，其他两个人也跟着"哦"了一声。

往下坡走，到了洪濑大街。

说大也真不小。满街红红绿绿，都是人，看样子非过年不可了。热闹成这个样子……

你可不知道，闽南人对待过年是如何之认真。不想笑的人也在

---

1 他懂得讲我们闽南话！

508

笑。荷包里、口袋里、裤裆里都是胀鼓鼓的钞票。钞票很不安心地总想往外跑。

序子说："小偷这下子可发财了。"

"没有小偷！只有赌徒。哪家出了小偷，抓到不用打，'看'也'看'死他！"

"你怎么晓得哪个是赌徒？"序子问。

"上吊没死的那副样子。"苏国重说。

"多吗？"序子问。

"少，我还说？我们闽南就是'赌灾'最害人，尤其过年时候，好好一家，妻子儿女都跟着完了！"苏国重说，"很多都是好人……"

序子不太明白，洪濑这一带有的是鱼塘，街上大部分店铺却卖海产；鱼、虾、蟹、生牡蛎、蚌、螺……海边石头上跳来跳去、前头两只脚的"弹涂鱼"放在几口大浅木桶里，铁丝笼扣着。既然有卖就一定有人买，这东西有什么好吃的？

南安洪濑隔海有一段路，运这批海货好费神。

序子问要不要给家里买些门神、年画、红纸帘、窗花。

"嘿！不可！不可！这东西家里人自己会来买，各人有各人的路数，爹买爹的，妈买妈的，哥嫂买哥嫂的，姐妹买姐妹的，'筋那浪'买'筋那浪'的。'买'，是一种过年'盖涎'权利，一年难得一次的快乐。"苏国重说。

有家小书店兼卖文具纸张。年轻老板和国重熟，书架上居然还卖高尔基和鲁迅的书。门口两张矮长板凳，十几个人坐着看书。

国重买了大卷竹帘纸，大红纸，墨汁，还买了一盒水彩颜料。

"我原来也画几笔的，几年前家里那盒怕也干了。回去我们写对子、画画。"

"我不行的!"序子说,"你不要真以为我会画,我不行的!"

国重对他闪了一笑。在菜馆各人吃了一盘"查霉算"。

回到园内国重楼上书房里,来了好几个本村青年。国重抬了抬手,"本村的朋友!"

国重把买来的东西放在书房柜头顶上,顺手从柜子里头翻出一本《大众木刻》给大家看。

"里头登的一张画是他画的。"指着序子说。

大家傻了。面前站着的原来是个伟人。

序子的脸一下子皱得像苦瓜,这张木刻前前后后拖出一大串愁人的东西,时光把以前那点快乐弄馊了。

几个人认真看《大众木刻》中序子那幅《下场》。未必都看得懂。懂不懂也无关事。小小年纪做的东西能上书就了不起。现在跟序子亲近,多了一层说不清楚的意思。

苏国重一家几十口人就他一个上学。从小就有读书人的派头。这是全家都认可的。这楼上书房,写字台,笔墨纸砚俱全,书柜好多书。人外出上学或访友,姐姐妹妹每天为他拂尘打扫,保持窗明几净,和人在的时候一样。

眼前要过年了,他要写好多春联。房屋多,每间门上都要有贴的,大大小小起码写三天。

写春联这件事只有他一个人会。会写,还要会想;年年不一样,很费神的。

来了这么多看热闹的,更增长苏国重的兴致,加上有序子这类客人在旁边,便说:"有你帮忙,我肩膀轻了一半。"

写春联只有他一个人会

这楼上书房，写字台，笔墨纸砚俱全，书柜好多书。人外出上学或访友，姐姐妹妹每天为他拂尘打扫，保持窗明几净，和人在的时候一样。

眼前要过年了，他要写好多春联。房屋多，每间门上都要有贴的，大大小小起码写三天。

"我不会写！我从来没有写过，我绝对不会写……"序子一副像要挨手板的样子，"我想，我可以帮你裁纸、折纸。"

"你会？"苏国重问。

"五言、七言的我都会。六格留五；八格留七。我小时候学过。"序子说，"或许过两天等你写完春联，我画张观音、财神爷、灶王爷试试。"

苏国重睁大眼睛，"咦！你说你这个人怪不怪？"

周围看热闹的也喝号起来。

国重果然费了三天时间才写完春联。亏得他，大大小小几十对，所有大门小门，连土地爷、灶王菩萨尊前都想到了，包括牛羊栏和猪圈，还写了好多张大大小小"福"字……哥哥嫂嫂打了糨糊，按照交代好的，四方各处都张贴妥当。也费了整天时间。两口子满脸笑容地回来报信，要国重去验收，看有没有贴错贴反的。

国重和序子众人真的去绕了一圈，告诉序子："我对子背后都写了上下，他们认得的。"

底下轮到序子表演了。

序子把朱雀城当年从侯哑子那里捡来的本事，凭狗记性一点一点从喉咙里抠出来。

旁边看客一口气都不敢出。

先是淡墨勾脸和手脚，中墨勾衣饰，再加上浓浓颜料，于是一张张观音、财神、灶王就画出来了。

原先很少往书房走动的妇女也都来赶热闹。看一眼画，又看一眼序子，像吃口饭，又夹一筷子菜。甚至大胆地问：

"你会画福禄寿喜吗？"

"你会画招财进宝吗？"

序子想笑又不敢笑。

"你会画喜鹊噪梅吗？"

"你会画麒麟送子吗？"

序子心想老子是朱雀来的。天啦天！你们把我当神仙下凡啦？

国重叫起来："你们走走走，累死他是不是？"

她们笑着走了。

这时候，进来一位老头子，六十多岁，样子古旧，随意平和，长得一副要求大家跟他平等的相貌，满脸棕色皱纹。

"听到热闹就过来看看。"嗓子呷呷的。

国重起立介绍序子："漾景先生（杨勤？羊紧？样泾……直到今天仍不清楚），我私塾老师。这是张序子，我师范同学，湖南人，祖上也是教书的。"

漾景先生喔喔地叫着，坐进靠椅，又说："好嘞！好嘞！努歪嘅？ [1] 埋派！埋派！ [2] 嗬，嗬！嗬！"

漾景先生也姓苏，人背后只叫他漾景，连姓都不带，当面才称他先生。

一下子仿佛想到什么事，走到桌子跟前看了一下画，又转身坐回去，"唔喝！唔喝！ [3] 捉！捉！ [4]"吼出一口痰，又吞回去，"哼！哼！

---

1 你画的？
2 不坏！不坏！
3 不好！不好！
4 俗！俗！

努歪俚地米姜揣向米？¹"

序子也用闽南话回答他："阿紧、阿假交哇歪，格拧格米姜，桂巴拧格呷系，混混赫赫，冒向米捉买捉！²"

老头子认真听序子讲，脑壳向前，像是用鼻子闻什么东西，"嗯，嗯嗯，努筋那浪港达贺！埋派！嗯！唷蛋播捣力！瓦昏赫努筋那浪逃罗阿里晴错，埋派，埋派！——努港努细朵罗来嘅？³"

"屙蓝！"序子回答。

"喔喔！努架洪来问贺见踏踩揣向米？⁴"老头说。

"瓦重濑唔昏赫蚵疼踏踩！⁵"序子说。

"哇！努争葱门，哇溙炸鬼黑腥盏痒蚵疼踏踩唔贺！⁶"老头说，"喔！派色！派色！瓦唔沾养册爪右啰！瓦幼哇朵凯啰！⁷"

（闽南话有很多可爱的双音，表现力非常传神有味，可惜方块字写不出，显得勉强，虽然翻译并不困难，为免得读者乏味，以后少用为好。）

老头子下楼之后，大家松了口气。

他不恶，也不赖，喜欢讲点自己才懂的话。轻飘飘地来，不留一点声音。所以有时候吓人一跳。

---

1 你画这些东西做什么？
2 阿婶、阿姐叫我画，过年的东西，几百年的格式，欢欢喜喜，没什么俗不俗！
3 你小孩子讲的话，不错！有一点道理，我欢喜你小孩子头脑这么清楚，不错！不错！——你讲你是哪里来的？
4 你这么远来我们福建读书做什么？
5 我从来不喜欢学堂读书！
6 你真聪明，我七十多岁才晓得学堂读书不好！
7 不好意思！不好意思！我不知道坐这么久了，我要转回去了！

苏国重对序子说："这老人家可还是个有意思的老人家。在我们园内，他算个不愁吃喝的员外，也最有学问。你知不知道泉州明朝出了个大思想家李卓吾李贽？"

序子说不知道。

"一个人到闽南来，不知道李卓吾可就算白来闽南一趟。他当过二十多年的官，替老百姓讲公道话，替妇女争人生权利，写过很多书。这个漾景先生就是研究李卓吾的专家。他收藏好多古代名家和李卓吾的初刻原版书。泉州那边的学问家都是他的好朋友，要看他的收藏，他就说没有。他也写过李卓吾的文章，写了藏进柜子不拿出来刻版出书，也说没有。

"这些古版本书都是他壮年时期在福州、建瓯、泉州一带出名书铺收集来的。人问你怎么有办法弄来这么多好版本，他就说，一要有钱，二要有眼光，三要腿快……"

"真看不出！"序子赞叹，"这么一讲就有个问题了，书不给人看，自己的文章不出版，漾景先生要这么多学问有什么用？"

"你还该问他，一个人不把钱当钱，那些钱还算钱吗？"国重说。

序子说："这么一来，他算不算个守财奴？"

"他从来不是个守财奴，几十亩地，泉州一点房产租给人做生意。两口子省吃俭用，哪里用钱他就捐，顶多算个守书奴，或者是守才奴。泉州有些老人家骂过他小气。他听到了就好笑。"

"他什么地方小气？"序子问。

"有的。对自己小气。一年三百六十五天，只有两套衣服，一套棉的，一套单的。抠到你想不到的程度。不过他对自己很讲究庄重，不占别人一点便宜；再便是书，不喜欢别人对他的书生好奇心。"

国重说。

"这就是了。我的书从来不小气，书是给人看的，哪个要借请随便！"序子说，"对于书，他算得是小气。"

国重笑了，"你那些书算个什么书？"

"喔？"序子得了半个明白。

序子让国重找来几张包东西的旧牛皮纸，抹平了开始为大家剪影，这简直带来比放鞭炮还响的快乐。不相信凭一把剪刀剪出活生生的某某人的脸来。剪哪个像哪个。这"筋那浪"的手真是巧到头了。

除了老伯母一个人莫名其妙地不好意思之外，所有人都剪遍了。伯父还剪了两张，一张戴眼镜的，一张不戴的。

用墨汁染黑了，贴在一张整齐的白纸上，谁见谁笑，再也找不到第二个这么像的了。男女小孩子有的不听话，被按在椅子上大哭大叫，也有因此而剪不成的，便被诅咒说："看你长大后悔不后悔？"

也剪了一张漾景先生，老人家亲自染了墨汁，贴在张好白纸上，认真地端了回去。第二天清早又端回来让大家看，上头题了首七言绝句，感动到了不得，说要请人带到泉州去配个镜框，悬挂在书房墙上。

写春联，画画，剪影，弄得过年之前真有个轰隆的阵势。

杀猪宰羊，都由男人动手，炖鸡烹鹅全归妇女操劳。场上厨房打成一片，男女老少一齐过年。弄得差不多的时候，除夕清早，七八个男人卷起裤腿下池塘"提"鱼。特别说这个"提"字是因为鱼塘的鱼不用捉，只要把前几天挂了绳子、沉在塘底的大竹筒提上岸就行。每根竹筒里钻着一条鱼；竹筒多大，里头的鱼就有多大。一筒一条，绝不马虎。闽南的竹子有的比汤碗还粗。

鱼塘的鱼不用捉，只要把前几天挂了绳子、沉在塘底的大竹筒提上岸就行。每根竹筒里钻着一条鱼；竹筒多大，里头的鱼就有多大。

一根竹筒装双鱼

为什么一根竹筒乖乖装进一条鱼？提前两天竹筒里放进鱼饵而已。鱼在竹筒，能进不能出，这是人类比鱼类聪明的缘故。

序子到洪濑，见到街上净是海鲜摊子，苏家不买海鲜，原来如此。

除夕晚上这顿年夜饭可是隆重之极。三大张桌子，外带一张小桌子。男归男，女归女，小孩男女不分，由苏家三妹领着。每桌十二人，漾景先生辈分大，坐首席，序子有幸敬陪末座于第一席，挨国重坐着。刘鲜林、蔡良在第三桌。

伯母和大嫂在厨房掌舵，二姐和叔婶都不在席上，忙于厨房和堂屋之间端盘子来回奔走。

序子不会喝酒，比较有空，只顾吃满桌的好东西。其他人无论辈分都忙着举杯，讲客气话，敬完这个又敬那个。难得喝到好酒，前来混酒的酒鬼总是找个破理由到处对人说："我自罚三杯！我自罚三杯！"

序子不喝酒，脸也熏红了，甚至觉得有点醉。

吃完年夜饭快到半夜，老人家还分红包。结婚的不管老嫩都分红包给没结过婚的。伯伯、伯母、阿叔、阿婶、大哥、大嫂都给。漾景先生的红包只给熟人。序子一共收了三块多，很发了一点小财。

第二天年初一，鸡叫了好久，全村人睡大觉不起床。村子各条路上静悄悄，连狗儿见到生人也都只马马虎虎哼两声。这安静真宁馨，仿佛听得见整个村子在轻轻打呼。

冬天了，不见树木凋谢，该怎么绿还是怎么绿。这就是闽南啊！

雾把每道小路都润湿了。早上的太阳小心地透过树叶树干，照到瓦上、二楼的窗户上。

全村醒来已经靠中午了。家家房顶烟囱开始冒烟。掀门杠、开窗，灶下扯风箱的声音像是约好了齐响起来。

原来开门外出拜年都要在初三以后，小孩子才不管那一套咧！一家放炮，家家放炮，马上就热闹了。

园内人规模小，舞不成狮子，要到洪濑去看。也看高甲戏，看祠堂挂满的祖宗"写影"。大街小巷人塞得满满的，到处是琉璃彩灯，嘈杂声音跟锣鼓丝弦混在灯里，人都闹昏了。

其实，过年处处差不多，辛苦了一年三百六十五天，年底放松一下，认一认自己，认一认陪你一起辛苦的老婆、你的儿子女儿，你周围的朋友和讨厌的人……

漾景有一天找序子到他屋里去。

去了，屋子不小，黑打黑上了楼，进书房。叫序子坐在一张靠背椅上。一屋书味。

老师母提起大茶壶上楼来，放在大书桌上，不说一句话就下楼了。序子起立行礼都来不及。

"努免睬伊，伊係阮摩！[1]"漾景先生说。

"她老人家是师母！"序子说。

"我没收你做徒弟，她怎么是你师母？"漾景先生说。

"老人家都该尊敬。"序子觉得对方有点荒唐。

（可惜那时候序子没读过李卓吾有关论女权的书，要不然就"将"漾景先生的"军"了。）

"今天不是请你来祭孔。我们是朋友，平等聊天。"漾景先生说，"你读过什么书？"

---

1 你不用睬她，她是我老婆！

"算不得读书。我中学留级太多。"序子说，"三年时间都放在图书馆读杂书上。"

"你看！你看！这不就对了嘛！——你在湖南呢？"漾景先生问。

"我爷爷在北京做事，脑筋比较时新，他是主张做好功课之后应该多读杂书的。我的姑公点过翰林，和熊希龄同科。他也是一样的主张。我学校有很多好先生，给我们讲"四书五经"、文选和《古文观止》。教法都比较新，让我们很得益。家父家母都是办教育的，他们所学都是音乐美术，和读书方面关系不大。"序子回答。

"那你在图书馆看杂书，晓不晓得我们闽南出过什么大文人？"漾景先生问。

"晓得一点，李卓吾先生我以前不晓得，是听国重讲的。在安溪，我自己从图书馆翻出了康熙的李光地写的《榕村语录》和《续语录》，才晓得他不单当过宰相，还是个聪明大文人……"序子话没说完，漾景马上挥刀断水，"李光地什么东西？他的人格、成就、贡献怎么能跟卓吾先生比……"漾景先生动感情了。

"我想，我读的那两本李光地的文章好像也都不错，我记得住他论诗文的一些话：'……但诗落笔便要不朽，不为诗经，亦为诗史，这个见解存在胸中，亦是病。'你看，很超脱的。还有好多句子我都背得出来。只要有机会，以后我会找李卓吾先生的文章来认真拜读的。我听到你讲的话很重要，不会忘记。"

"既然这样想，那我今天就让你看看李卓吾先生的鸿文巨作。"漾景先生走近大书柜，开锁，打开柜门，上下满满一柜子透着书香的、排列整齐的一函又一函线装书。

「既然这样想，那我今天就让你看看李卓吾先生的鸿文巨作。」漾景先生走近大书柜，开锁，打开柜门，上下满满一柜子透着书香的、排列整齐的一函又一函线装书。

別进来，就那底遷的事

521

"别过来，就那么远地看！哪！看见吗？那是《藏书》六十八卷、《续藏书》二十七卷、《史纲评要》、《焚书》六卷、《续焚书》五卷、《初潭集》十二卷、《庄子解》二卷、《墨子批卷》二卷……《芥子园刊》、《批判忠义水浒传》一百卷、《批评〈幽闺记〉》二卷、《世说新语补》二十卷、《四书评》、《西厢记》、《浣纱记》……哪！手指骨都酸了，腰也弯不下去了，下一层就不讲了，这是我卖房子、卖地换来的，好不容易找得那么全，都是明清原刻本，好多心血汗水……"

"我是不是可以拿一本稍微翻一翻？"序子要往前走，漾景老头双手拦住了。

"筋那浪！你不要不知足，你问问，世界上我让哪个人这么看过？让你看，是你，是我，是书的缘分。没有第二回了，没有了——"他转身关柜子门，上锁，转过身来，"没有了……"

其实你想想，序子有哪样好翻的呢？有意愿吗？看得懂吗？只是打算亲手摸一摸几百年前的书本，以后对朋友吹牛："我摸过明版书。"

序子向漾景先生抒了一下版本之情。

在安溪读书的时候，学校领我们上清水寺远足。曾经看到庙里坍塌的禅房地面都是雨水泡烂的古佛经，提都提不起来。很可能有明朝版本。真痛心可惜。

漾景先生高举右臂，手指下戳着说："岂止明版，甚至还有宋元版！哇可！哇可！（实译是'我苦！我苦！'顺译是'我倒霉呀！我倒霉呀！'）天理难容！迟早有报应！"

序子看到漾景先生那么动容便说："先生不要难过，求天老爷保佑你长命百岁，以后几十年你还会找到更多好版本好书。日本兵打败了，天下太平了，你有的是时间。到那时候我会抽空陪你到全国各地访书……"

"哈！搅肆努撮摩星监，独系呕泳？贝哇。[1]"漾景先生说。

"我带老婆孩子来一齐陪你！"序子说。

老头听了呵呵笑，悲壮情绪转移了。坐在椅子上掐着指头算，十年，二十年，三十年……说："当真啊！那时候我等你啊！"

过了元宵节，序子对国重说："我该走了。"

国重睁大眼睛，"你走到哪里去？是不是可以慢点想这些事？我们一起到泉州那边走走，我认识不少人，傅升、傅斗和周见文在那里，蔡良家也在洛阳桥……"

"你不回德化上学了？"序子问。

"回德化也不一定上学，以后再讲。我们先下泉州吧！"国重说。

说走就走，决定后天动身。

漾景先生听说几个人要走，上午来一回，下午来一回，晚上又来一回。

动身早上，四个人吃完早饭，序子向伯父、伯母、阿叔、阿婶、大哥、大嫂鞠躬多谢。上路的时候，漾景先生交给序子一个信封说："半路再打开。"序子向漾景先生鞠躬告别。

在路上，国重说："序子！你这个人太文雅，礼数这么多，社

1　到时你讨老婆生孩子，什么时候有空陪我？

会上你怎么混？"

序子笑了起来，"你只看到我一半。另外一半我没拿出来。"

这时候，序子想到漾景先生送的那个信封，打开一看，里头五块钱，一张纸上写道："浪游之资。"国重感叹起来："你看，这老头心里多少层次！"

南安洪濑往泉州，都是斜着红土往下走。到了丰州才显得慢慢平下来。跟着风也就大了。大到什么程度呢？要扒在地面，抓住石板缝的草头才走得动。人人这么走，一点也不好笑。

丰州这一带路边都是非常讲究的破败古庙。一路上的高树都像古山水画里那么婀娜。脚下的石板路和一节节扭来扭去的旱地石桥，让人弄不明白当初设计人的脑壳究竟所为何事。人走在迷茫幽雅的历史上面像只虫。这些荒凉的建筑和走路的人，到底谁把谁忘记了？

放眼一看，天边一抹灰蓝色影子顶上有两个浅尖尖，那就是泉州城和它的东西塔。离行人脚板站立之处还有十二里。

不用问路，怎么走都能到泉州。

南安洪濑往泉州，都是斜着红土往下走。到了丰州才显得慢慢平下来。跟着风也就大了。大到什么程度呢？要扒在地面，抓住石板缝的草头才走得动。

要扒在地面，抓住石板缝的草头

525

傅升、傅斗的爹原来是做海运生意的。

傅升大傅斗一岁，读完初中就到处游逛，要不是打仗，早游到上海外国去了。国重笑他两人像古代的"虎符"，合在一起才起作用；平时不说话，一说话就一起说。也是喜欢看书的人，所以常找国重来往。

五个人都被带到浮桥一所大房子里。这房子一头靠街，远远的那一头贴海河。敞开的楼门就是码头。海船一到，众人便往大屋里装东西，大米、豆子、盐、椰子、棕毛、油料、鱼干、鱿鱼干……不进鲜货。

人来得像潮水，潮水一退，人影子都不剩。

盖这屋子用的是菲律宾硬木料，筋实粗犷，以便货物上下进出经得起碰撞。年深月久，显得"包浆"十足，让人起坐往来感觉到安全厚重。

这地方不见妇女。打点伙食的是两位大师傅。

升、斗的爸爸不是天天见得到。跟大伙一齐进来一齐出去。和众人的长相也差不多，粗壮高大之外，多了副沉重嗓门。

升、斗把带来的五个朋友介绍给他爸爸时，他晃了一眼说："啊！坐啊！吃饭啊！"说完忙自己的去了。

他照管几条楼房高的大海帆，跳板、舱底上下来去，不太像内陆老板的慢派头。

灶房里一天二十四小时灶火不断，茶叶开水现成，要喝茶自己泡。五个人被安排在一间大房间里，被枕俱全，升、斗在房里加了两张床，一点不显得挤。

"放心住下去，欢喜住多久住多久，一百年也没有人管！"升、斗说，"这里跟和尚庙一样，挂单的游方和尚又跟我们船上招水手一样，都只看个'大概'。"

"骗子呢？"刘鲜林问。

"骗不骗，也只是个'大概'。真骗子在这里留不住的。"升、斗说，"骗子最不愿做的就是'大概'，他要有变化，这里没有变化，太简单，太单调……他插不进手。"

国重对序子说："再过个把月，贸易风来了，你会看到满帆大船海上回来，哪！那光，那颜色，那声音，那气派！……夏天，我带几十本小说来这里看，铺张凉席睡觉，穿堂风让我忘记了世界。那时候来的懒人就多了，各睡各的。更多人在这里下棋、喝茶、唱南曲……像个消夏胜地……不弄行船的，像我们这类人在这里过日子，很容易消融斗志。太懒散，太舒服了……"

序子心想，恐怕也的确是了！

吃饭，大钵子菜和汤，不是这个鱼就是那个鱼。肉是海里的，菜也是海里的，当然也有地上种的菜。厨房大师傅总是炒不好地上种的菜，他们之间比较陌生。人跟人也不太打招呼，吃完就散。

老板说过，这里只准喝茶，不准喝酒；要喝酒到酒馆、菜馆去！

第二天国重领大家游开元寺，参观东、西塔。晚上看开元寺的戏班演"西天佛经"戏文。

根本没想到从浮桥到开元寺这么远。五里长的涂山街，中山路到"精神堡垒"标准钟再左拐，出城门再走里多路才到。中山路是条比较现代化的宽马路，左拐弯之后这条路很有古意，古到让人联想起唐朝和宋朝。那时候泉州叫作"刺桐"，听说石雕路牌上不单有中文，还有阿拉伯文，可以想见当年泉州城是个什么规模。

开元寺庙门十分堂皇。两旁分列两间售卖"秋水神釉"茶的店铺也很有派头。这两家门面讲究卖神釉的铺子跟开元寺好像应该有点什么关系才对，论道理又不对：菩萨和对付凡人肚子里消化系统的茶料买卖再好的说法也连不起来。不懂！

大殿的菩萨法相庄严，听说也是古时的高手所做。这几个人从小没受过正规膜拜教育，手势和心底都只好各行各的礼。转到东、西塔下，才真正被震慑住了。那么高，怎么才五层呢？原以为起码应该十几层，要不然十几里外能看得到它的影子？大块大块花岗岩上雕刻着和佛教有关系的纹样，堆砌成这么巨型的宝塔，真是难想。一千多年毫发未损，巍然屹立，塔风阵阵，由不得人膝盖发软，两眼翻白，只想磕头。

怪不得一个人常常走神，把自己剖成两爿。这些超级大家伙底下，自己显得是只小蚂蚁；反过来一想，这些大家伙不就是我们人自己做的吗？于是乎自己又变成比大家伙还大的大家伙。

好笑的是我们算是人的人，对自己造出来的大家伙反复敬仰磕头。

木匠师傅雕出菩萨来他磕不磕头？可能一辈子忙，顾不上。或者菩萨雕成之后，当着迎菩萨的善男信女、和尚尼姑、香纸蜡烛之

转到东、西塔下，才真正被震慑住了。那么高，怎么才五层呢？原以为起码应该十几层，要不然十几里外能看得到它的影子？大块大块花岗岩上雕刻着和佛教有关系的纹样，堆砌成这么巨型的宝塔，真是难想。一千多年毫发未损，巍然屹立，塔风阵阵，由不得人膝盖发软，两眼翻白，只想磕头。

开元寺的东西塔。

下磕三个响头讨大家高兴也说不定。这都只是对饭碗的诚意，当不得真。

这类事情也不要想得太多。听说外国老百姓对菩萨磕不磕头问题还经常死人，甚至打仗，凶火得很。他们庙里的和尚比我们的恶，尤其是大和尚老头，连皇帝爷也让他几分。所以那里的老百姓过日子，水比我们深、火比我们热；要挨庙里的和尚跟皇帝爷两个方面管压。我们好，压管我们的只有一个蒋委员长……

国重见序子一个人在塔底下发呆，便叫他："好啦！好啦！到时候吃中饭了！"

几个人跟国重出开元寺往北街走，来到一间很有看头的饭馆。

矮棚子，宽；几十张小饭桌，矮凳。那边还有一排排竹躺椅让人喝茶休息。

国重叫了几盘炒米线，又叫了一大盘"蚵阿煎"[1]。

"你一定没吃过'蚵阿煎'，蚵，学名叫作'牡蛎'，一对不等形的壳，左壳紧贴在海边岩石上……"国重说。

"我在安溪吃过'蚵呀卖'[2]，没吃过'蚵阿煎'。"序子说，"我吃得少，懂得不少，吃完'蚵呀卖'之后马上到图书馆查辞典，一查一大堆材料，属软体动物，瓣鳃类，无管类，单柱类，牡蛎科。原来是世界有名之好吃东西。人爱吃，海里动物也喜欢吃它。幸好它产卵多，每只生一次卵能有二百万，不至于绝种。现在人吃到的大多是人工养殖的，味道好，也更卫生。"

1　干炒鲜蚵。
2　蚵粥。

升、斗说："你累不累？吃一样东西查一回书！"

"跪向米？[1]我又不是夏目漱石写的《我是猫》里那位老师那么顽固：'他像本性恶劣的牡蛎一样，一直黏在书房里……'[2]

"我读书从不黏壳，也根本没有书房。"

话是这么说，牡蛎壳黏性强的知识是从这两句话上来的。

吃完炒米线，接着蚵阿煎。

序子从来没有吃过这种"感觉"——

一嘴海！

国重说："做蚵阿煎讲究太多，平底大锅，火、油、番薯粉、面粉，再才是'蚵阿'，大、小螃蟹，乌鱼蛋，鲨鱼汤，芫荽，姜，蒜，鸡蛋，虎蒂，蚝油……听说好坏功夫还有传代的。这里算不了什么。过几天晚上上涂山街去，让你看那个阵势派头……"

午餐完毕，站起来，没想到大家同时打了个嗝，笑起来。国重嘘了一下，指了指那两长排睡午觉的老茶客。大家蹑步走到那头没人角落叫来了茶，各人占张竹躺椅轻轻讲起来。升、斗两人上厕所小便，让序子想起字的词义："你们闽南讲屙尿叫'放尿'，屙屎叫'放屎'？虽然都是动词，'放'字未免疏散了，现成的'屙'字为什么不用？放屎放尿，让人听起来好笑……"

国重说："闽南自古留下不少唐音、宋音，跟以前恐怕有点关系。比方坐海船到外洋卖茶叶，叫茶就叫作'夂'（阳平），英文叫作'TEA'，这用的是唐宋闽南话的底子；西北丝绸之路和东北

1　累什么？

2　《我是猫》十七章第一行。

罗刹国那边叫茶作'CHAI'，用的是中原话的底子……"

蔡良说："上海、苏州那边叫放屎放尿作'撒乌''撒湿'，'撒'字同'放'字，其实也差不多。"

"我听老人家说，苏杭一带也受唐宋古语影响。"序子说。

"嗯！"国重说。

"嗯！"序子说。

大家学问有限，话都接不下去。

"不过，你们闽南究竟还是出过很多大名人，比方像漾景先生研究的泉州李卓吾先生，当然还有你们漾景先生不太看得起的安溪康熙的李光地先生……"序子说。

"那就不止这两位了。光是仙游县在宋朝时候就出过两个大人物，一好一坏。好的是苏、黄、米、蔡的蔡襄；坏的是苏、黄、米、蔡的大奸臣蔡京。两蔡的书法都了不得，大家就把蔡京的蔡撤掉，稳扎蔡襄的书法位子。"升、斗两兄弟说。

"实实在在，书法在苏、黄、米、蔡之间来看，我倒是认为米芾和蔡京的字最有看头。人家说蔡襄字好，我也犯不上去研讨。蔡京到底是个十足奸臣，他的字跟今天汪精卫当年的诗一样，容易让人生腻烦心。"序子说。

"人格和文化在历史上时常出这种麻烦，比如元朝赵子昂，明朝那个谁、谁？哦，董其昌……"国重说。

"读书人不该糟蹋自己的！"刘鲜林的嗓子像喊口号，所以挨骂了。

"令滴贵筋拉！爪达箱考白揣相米？ [1]"几位憩睡在躺椅上的老头让吵扰了。

　　苏国重是个稳重的人，说了声："派色！派色！ [2]"连忙算了账，把几个人悄悄带到门外。

　　"唔款赫了？ [3]"刘鲜林问。

　　"款哇格蓝搅！款！款！ [4]"苏国重也烦了。一会又缓过气来说："重炸 [5]。"

　　"安里，凯朵罗？ [6]"升、斗问。

　　苏国重笑起来："哇朵唔沿样凯朵罗罗！ [7]"

　　唉！想想看，做一个领导多难？

　　"去中山公园吧！"苏国重说。于是大家回头往标准钟走。

　　"一个人朝天躺下，头朝北，我就晓得脚那边是南，左边是东，右边是西。"蔡良边走边说。

　　"那就是说，你起码要晓得哪头是北。"周见文说，"这算不上辨别方向的本事。"

　　"哎呀！太阳哪边升、哪边降不就明白了！"刘鲜林说。

　　"这也要分春夏秋冬、中国外国。书上讲有的地方，太阳在天上也不是正当中走的——其实，有个指南针，什么方向都清楚了。"

1　你们这帮鬼小孩，这么大声哭爹做什么？
2　不好意思！不好意思！
3　不看戏了？
4　看我的鸡巴！看！看！
5　还早。
6　这样，去哪里？
7　我都不晓得去哪里了！

序子说。

"是，是，指南针。不过到时候迷了路，哪里找指南针？我觉得这类事情非常要紧，最好是国民政府或是蒋委员长下个命令，一个人呱呱坠地，公家就应该发一个指南针当作政府的奖励纪念品，随身带着，一辈子就不迷路了，也免得急用的时候找不到——嗯，讲到底，指南针还真是我国古时候的大发明，至今全世界无处不用……人要多聪明有多聪明！"蔡良说。

序子说："指南针是人发现地磁和磁铁的关系做出来的。更要紧的是'发现'。世界好多好东西摆在眼前蠢人看不见，有心人才看得见；比如牛顿发现'万有引力'，富兰克林发现'电'，瓦特发现'热动力'。'发现家'是妈，'发明家'是儿子，没有妈就生不出儿子。可惜发现地磁和磁铁关系的人没有名字……只说是战国时候……"

公园楼门很厚，左右有门，可以住人。两边门口有几家算命摊子。序子在朱雀的时候，认识一位大桥头算命的，向他学过"生肖歌"，至今还背得出：

子鼠、丑牛、寅虎、卯兔、辰龙、巳蛇、午马、未羊、申猴、酉鸡、戌狗、亥猪。

一共三组，每组四个动物，三口气背熟，像九九诀一样，一辈子受用。

几个人进了公园。这地方其实算不得什么公园，不太有公园的样子。上上下下几个斜坡，错落一些杂树之外只有十几棵雄莽的榕树挺在那里。该有的没有，不该有的不少；随意偃卧的石头条，忽然不讲礼的几段台阶……

到夏天，或许那榕树群底下的绿荫会引来领受庇护的人群；眼前还不到时候，让它们荒在那里。

七个人选了堆石头坐处继续聊天。

苏国重指着进门之后变成左首的那一长堵白墙说："那是文庙，有个'平民中学'，我以前在那里读过。你们不要小看我的这所学校！我们的校长叶非英，大家背后叫他'圣人'，也有人称他'耶稣'；那时候好多好多著名的文化人因为他的缘故到泉州和他来来往往，巴金啦！郭安仁[1]啦！陆蠡[2]啦！吴朗西啦！我们当时都不晓得他们那么重要，他们当时也那么年轻，哪哪哪！就那块地方……"苏国重指着那块文庙外墙说。

（"……我的心还在你们那里，我愿把我的心放在你们的脚下，给你们做一个柔软的脚垫，不要使你们的脚太费力……"[3]）

那时候有作为的年轻人都像老百姓一样好，朋友对朋友那么认真，千山万水走近来——心贴心地温暖一下又分开了。巴金就到过泉州三次。想到这些事情变成历史，就让人感动，让人肠断，有时让人想做只毒狼。

两个七八岁女孩提着篮子走过来看他们，偏着头笑。

"篮子里是什么？"周见文问。

"铁钉螺。"女孩子回答。

买了三角钱的放在石头板上大家吃起来。赚铁钉螺的钱不容易，

1　屠格涅夫《贵族之家》《前夜》的译者。
2　拉玛丁《葛莱齐拉》和屠格涅夫《罗亭》《烟》的译者。
3　《巴金全集》十三卷。

从海边捡回来，剪掉每颗螺尖尖，细细淘洗干净海沙，这才由妈妈倒进锅子，放了点油、盐、大蒜、姜丝、五香八角，好不容易交给孩子去大街小巷高声叫卖。人说卖来的钱是她们自己的，也是，也不一定是。要是家里困苦，孩子不会有这种想法的。

吃完铁钉螺一路走回开元寺，又说口干，便到和尚膳房讨水喝，和尚指了指那边大井，水也是跟安溪文庙的那口大井一样辘轳摇上来的。几个人借碗舀着喝，不算凉，夏天才凉。这井像是当年盖塔用剩的脑子想出来的。好讲究，好气派。井面四周绕着雕花的石头微微有些起伏，可能是预防提水绊跤。

锣鼓响了，声音比较怪，电灯算不得亮，戏就在大殿前浅台子上表演。右边是奏乐的，有好多乐器序子没见过。人越来越多，都站着看，好像在遵守一种站着看的规矩，不见埋怨。

泉州有"高甲戏""梨园戏""傀儡戏"，今晚伴奏的音乐跟哪种戏都不近。

头一出戏的人全是穿亮色长袍，各种花脸，咬句匆忙，尾音拉长上扬，搞了好久。也就是说让看戏的等了好久才完。第二出戏是紧身花衣人上场，一脸金、银、五彩粉，敞着嗓子嗷嗷对叫，转着圈也让人看了烦。第三出好，说是演戏，实是摔跤。一对一对的扎靠人轮流上场表演，乐器也上劲按着拍子鼓吹。真是序子一生难得看到的好东西。表演不到七八场就结束，有点可惜。

人散了，七个人往回走。序子说除摔跤外都没看头。其他人附和。只有国重说，他也不懂，也不习惯，听老人家讲这类东西很古，寺里一代一代把这些人养起来，就为了保存这些东西。

"要是你早就这么提，我会认真看一看的。"序子说。

傅升说："认真看你也不懂！"

"懂不懂不要紧，认真和不认真可不相同！"序子说，"唉！错过了！你看！"

周见文纳闷，"这些东西怎么由寺庙和尚保存？"

"历代高僧、寺庙，经常做这类事情。"傅斗说，"好多读书能人后来都成高僧。"

半夜了，整条涂山街显得宽阔。几个人故意在街当中走，自己听自己脚步啪啦啪啦响应着回声。

叫开了门，国重说："明天洛阳桥！"几个人无话说，有的喝水，有的上厕所，脸都不洗，倒在床上呼呼睡着了。

泉州到洛阳桥顶多四十里，不算远，从浮桥走完中山路这条长街，到标准钟（又叫精神堡垒，调皮人叫它"神经堡垒"。上头的大钟走得很随意，误差大到半个钟头）。往南拐出南门这五六里路倒让人心烦。这叫作"长路烦短路"。路不怕长，只怕没意思。大清早，整街店铺闭着门，宿睡未醒，睡相难看，情景单调，很容易诱发远行人怒气。

出南门，大弯向东拐，可观东西一路生发。没有风，太阳暖和。右首边还没见到海，但感到海在。左首是不停的老榕树和松柏。斜山丘上望，一派没完没了的古坟。

序子年龄不大，这类坟堆可见过不少。朱雀的、安溪的，像展延数里规模的坟岭子，还是第一次。他想到《孟子·离娄》篇里那个讨小老婆的齐人。如果上这儿找饭吃，顺便带点回家，大小老婆就不至于伤心成那样子了。

再往前走，右边渔人房顶越来越多，一幢幢让人开心地压着一颗颗大石头。明白用来对付那些想象不到的大风。瓦厚，房架子筋实。别地方少见，也难想。

路不宽，高高低低，真是所谓的曲折蜿蜒。

闽南最有生气的是人，把这片世界弄得这么洒泼。多少多少年前就是如此这般活到而今的。男的挑担行走如飞，女的也是挑担行走如走。没有人会忘记，挑脚妇女斗篷边沿缝的那圈飘摇的花布和她们均匀的身材，大城市摩登仕女魂梦牵系的苗条。来这里挑担子吧！

给有钱有势的人抬轿。听蔡良说，尿急了能够边抬边屙。这要点点本事的。

再走不多远，左首路边边上有座长胡子的老头子坐像，说是宋朝高手的作品。傅升、傅斗说是孔夫子，蔡良大声说是太上老君。不管孔子或是太上老君，这么露天放着日晒雨淋实在可惜。

雕刻的神貌实在高明之至，笑眯眯地对着来往过路行人。序子心里也不晓得如何是好，这么大，为什么选这个地点安放？是不是雕刻家见到坡上这坨石头，兴致奋起就地刻出来的？或是以前原本有座遮挡风雨的小庙后来荒坍了？

再见，孔夫子或太上老君！

再走一段路，一坨巨大无比的圆石头，一分为二，半边横与路齐，让人方便来往踩踏，一半斜在坡上，上刻"试剑"两个大字。

这想得好！

当然不会有侠客这里经过宝剑一挥把这石头破成两半的。这么一题，把精神掀起来了。于是就拥出一批亲身参与的文人雅士证人，

再走一段路，一坨巨大无比的圆石头，一分为二，半边横与路齐，让人方便来往踩踏，一半斜在坡上，上刻『试剑』两个大字。

这想得好！

当然不会有侠客这里经过宝剑一挥把这石头破成两半的。这么一题，把精神掀起来了。

请问泉州朋友们，
这坡试剑石头
还在吗？
上头的
书法是
巨石
体的，
有没有人
现在还
记得住？
永玉叩首

一出行侠仗义加上些爱情故事。实物俱在，证据确实，可惜没人把故事接下去。

底下没什么好讲，七个人来到洛阳桥这头。

洛阳桥是宋朝大官蔡襄主建的，桥宽多少，长多少，这类材料书上有的是，犯不上多讲，查书就是。序子亲身弄得目瞪口呆是另一码事。

盖桥用的每条长方石头直径齐序子肩膀，五张床那么长，三里多直达彼岸的桥用的全是花岗岩。想过吗？一千多年前，没有起重机，没有洋灰钢筋，没有钻探机，没有探测仪器，这桥是怎么盖起来的？要知道这不是小河，是海。

所以说，这桥，是艺术品，不叫工程。纯人力手工，纯头脑智慧。

第一步，如何在海底打基础？很简单，不太大的石头装在船上沿方位扔进海底堆成一条海底长堤。第二步，顺方位插下几百根竖直的石条做桥柱。再扔下同样不太大的石头稳固桥柱。过不多久，牡蛎在海底石头上大量繁殖起来，里里外外粘在一起，把每个空隙填得结结实实，比水泥钢筋浇注牢靠多多。水泥钢筋海水里泡久了会腐蚀老化；牡蛎是活物，新陈代谢，日子越长规模越大，把洛阳桥咬得紧紧的。桥底下有牡蛎照顾保养，人只管照料桥面就是。一千多年就这么过去了。

桥底下，露出水面的桥基乱石上除长满牡蛎之外，还见到数不清的"弹涂鱼"，海边人见"弹涂鱼"如城里人见麻雀，从来没动过要去欣赏的感情。虽然它们如此这般地活泼可爱。

弹涂鱼这小活物不让你仔细欣赏。序子几次走近它们，一下子全跳进海里。洪濑街上，鱼行用浅盆装着卖它，全都扣着铁网罩，

洛陽桥

盖桥用的每条长方石头直径齐序子肩膀，五张床那么长，三里多直达彼岸的桥用的全是花岗岩。想过吗？一千多年前，没有起重机，没有洋灰钢筋，没有钻探机，没有探测仪器，这桥是怎么盖起来的？要知道这不是小河，是海。

所以说，这桥，是艺术品，不叫工程。

纯人力手工，纯头脑智慧。

以免它们爬出盆外。这样一来，也耽误了看的人。

它是有意思的鱼，是好奇的鱼，成群成队爬上礁石来观看世界。孟子讲的"缘木求鱼"反话其实是办得到的。弹涂鱼既能爬上石头，何尝不可以上树？

（《辞海》和动物辞典把弹涂鱼别词为"鰕"，而"鰕"又作为"鲨"解，莫名其妙……）

蔡良做向导，一路讲过桥去。

序子心里想着能上岸的弹涂鱼，弄几只养在玻璃缸里，一定有意思。

这时候每个人都张开了心胸，是一种汤而汪之的暖风吹的。

"哪！哪！贸易风今年来得早啊！"升、斗二兄弟说。

序子明白，能缓缓吹起衣袂的温暖新风叫贸易风。又想起追悼阮玲玉的那首歌的开头："洛阳桥的杨小真"。洛阳桥和杨小真有关系吗？有机会得查一查。很可能是无干的两部戏连在一句歌里……不过走在洛阳桥上，荡着温暖的风，轻轻哼着这首歌，倒是觉得越无关越好——洛阳桥那头的洛阳小镇，发生什么事了？谁和谁呀？杨小真有份吗？啊？……

七个不大不小的娃娃在桥上凭栏远望。天，风，云，海，凭心事各感各的动。

苏国重朗吟起来："独自莫凭栏，无限江山……"

刘鲜林说："七个人了，还独自？"

"所以嘛，莫嘛！七个人嘛！"苏国重说。

几只海鸥也停在栏杆柱子来凑热闹，晓得这几个娃娃不会伤害它。

它是有意思的鱼，是好奇的鱼，成群成队爬上礁石来观看世界。孟子讲的「缘木求鱼」反话其实是办得到的。弹涂鱼既能爬上石头，何尝不可以上树？

弹涂鱼

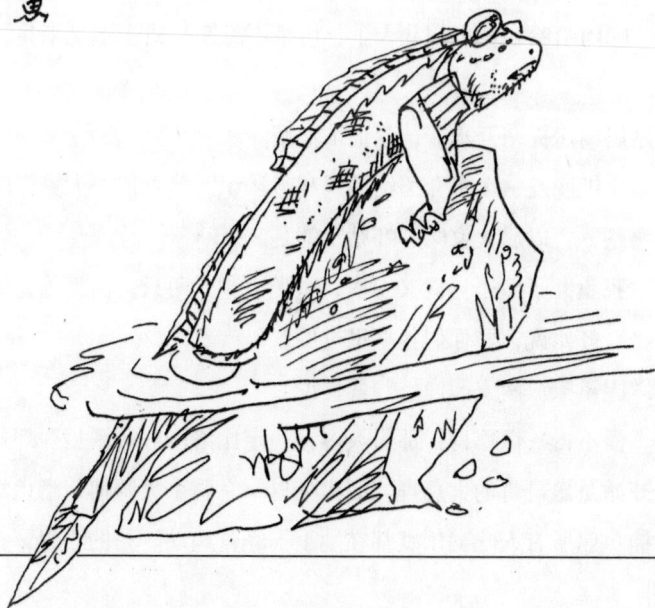

好风景被看久了，就会催人走。

剩下的小半段桥路是跟着一队女挑手走的。七个傻蛋的脚步像追赶一群蝴蝶，气急败坏，很没个样子。

好不容易来到洛阳镇。

蔡良家的铺子泰昌顺，卖咸鱼和鱼干的。在最热闹的街上，三间大门面。序子想到朱雀铺子挂着的那条大鱼干，说不定就是蔡良家卖出来的。唉！看！这个世界多小！

蔡良是个独子，妈死了，招呼店面的那位女胖子是他姑妈。爸是个黑胡子，正坐在柜台上；两个人见儿子带进几个杂人，就像久旱逢甘雨那么开怀，店都不要了，把这群"流寇"吼进了后院。店面上几个伙计也跟着转身咧开嘴巴笑。

后院很大，石板铺成。左右栽着黄皮果树、龙眼树。进到屋里，散着的几张短椅子，茶桌、茶具正等着他们。

"呵呵哈哈！等你们几天了，讲来不见来！讲来不见来！"蔡伯说。

姑妈厨房提来开水壶，蔡伯忙泡茶。

蔡良把朋友一个个介绍给姑妈和爹认识。特别讲，大家都叫姑妈"虾姑"，以后大家叫"虾姑"就是。

"我鱼丸子做了一次又一次，番鸭也刣了两只，白天等，做梦也等。"虾姑说，"你们年哪里过的？"

"国重家。南安园内。"蔡良说。

"怪不得！怪不得！那边人多，一定比洛阳好玩了！"虾姑说。

虾姑是她哥哥的大总理。厨房一男一女两个大师傅，晒鱼场跟三条捕鱼船所有人吃喝用度都在她手下经营调动。花的心思，费的

招呼店面的那位女胖子是他姑妈。爸是个黑胡子，正坐在柜台上；两个人见儿子带进几个杂人，就像久旱逢甘雨那么开怀，店都不要了，把这群『流寇』吼进了后院。店面上几个伙计也跟着转身咧开嘴巴笑。

蔡良们姑妈和爸

545

力气，要不她是个身体强壮的快乐人，老早垮了。

蔡良的爸是大总统，管三样事，账本、算盘、酒桌子。酒桌是他的外交部。他天生不喝酒，客人一到，虾姑就站在后首，来多少喝多少，镇哑了三山五岳好汉。两兄妹嗓门大，哈哈一笑酒杯都震。所以进门客人，无有不印象深刻，泡透快乐回家的。

每年腊月三十，泰昌顺号所有水陆人马九十多人全集中到后院来，酒喝到天亮，十张桌子的人全瘫在周围。按职务大小怀底全揣着压岁钱。酒醒之后各自转回岗位。虾姑指挥伙计收拾检点场面之后也转回楼上自己房间，瘫在床上直到年初二。一年一回，为兄的不以为过。

七个人的睡处在楼下大房间内，房后是晒鱼广场，听得到堤下的海潮来回。"江声浩荡在屋后奔腾"[1]，真有这点意思。

吃了规模宏大的晚餐，满肚鱼鳖虾蟹，序子听得见这些活物在肚子里游来游去，睡不着。

大家也睡不着。

周见文对蔡良说："你那个虾姑真有意思！"

蔡良说："要是没有我姑，我也不会活到今天。我妈是难产死的。我等于是我姑的亲生儿。她那时还没有嫁人。我姑父是同安人，姓洪，结婚不满三个月就跟人过番到柔佛去了，十六年一点音信没有直到今天。幸亏她性格好，快乐，坦荡，别看只念过小学，头脑精明得像个算盘，看过的书，读过的报，一行一段记得清清楚楚。她

---

1 《约翰·克利斯朵夫》——开篇。

管账，不记在纸上，晚上结账一笔一笔报给我爸听。

"鱼的事情，除了没上过船之外，剖鱼、晒鱼、腌咸鱼，装船、装车，什么都打头做。

"有时候捡到一张好纸也写大字。她学的是颜字，写一笔笑一笑，哈、哈、哈！我们家的笑在镇上是很出名的。

"所以我过日子很小心，一点病、一点伤都不敢有，有了，她会死。我这辈子在为她活着。"

刘鲜林说："我们惠安妇女最有骨气，命都踩在自己脚底下。男人开山打石头，姐妹也开山打石头。男人挑担抬轿，姐妹也挑担抬轿。用不着政府提倡男女平等，惠安妇女自古以来就是平等的主人。最会顾家，最会生儿养女，最有勇气，最真诚对待爱情。过番的男人忘情负义，从此断了音讯，等呀，等呀！一年、三年、十年直到白发苍苍还是等。也有同样不幸遭遇的年轻姐妹珍惜爱情天真想不开，一齐结绳投海、投池自戕，惠安这类事在中国是很出名的。所以我说，天下这类男人最该枪毙！千刀万剐！"

"你们女孩子到外头升学最用功。我同班同学前三名都是惠安女孩子。"傅斗说。

"那也是凑巧。你简直越听越神了，要不然清朝民国怎么不见惠安出个女状元、女博士？"刘鲜林说。

"我这是讨你好编出来的，你怎么一点不领情？"傅斗问。

"一听就晓得是你编的。你是个连谎话都编不圆的傻蛋！"刘鲜林说，"刚才在店上听说鱼市场地上摆了只刚网上的大鱼，你们猜有多大？"

"顶多一张床那么大。"傅升说。

鲜林摇头。

"双人床？"

鲜林摇头。

"再大就不好猜了。"傅斗说。

"早点醒，明天一起床就去看。"刘鲜林说。

第二天天没亮，大家就在路上了。

"我告诉你刘鲜林！要是那只鱼只有三斤重，你就完了！"周见文说。

走到鱼市场，见到那只大魟[1]鱼，全都傻了。

---

1 读红，不读江。

（哪，哪！请原谅我先说点事。

我听见有人说，这本书人名太多，不好记。

是的，请原谅，人名是多。听我说，不用记，晃过去就是。

我写以前那些事，不提名字不行。不提，事情就出不来。有些人或许在书里只闪一下；有些人几十年后可能还要露一两次脸。这是时代和历史的原因，不是文学原因。

"云为诗留，山随画活"，我这辈子随波逐流的经历供奉于台端眼皮底下，劳神之处正是我的初衷。

至于算不算故事，我就不敢说了。

故事有大有小，有繁有简。最会摆故事的莎士比亚前辈给后人留下三十七部典范。几十年前广东一位文学界老玩游朋友称其为讲故事很难跨越的三十七座桥段子。试问：

我吃饱饭没事去跨越这些桥干吗？）

好！言归正传。

几个人见到鱼摊在地上都哑了。

不光是这几个人哑，所有进鱼市场看热闹的人全哑。足见这类事情发生在惠安境内的洛阳桥地方也并不多见。几个市场伙计各拿着硬扫帚和水管在鱼身上走来走去，冲刷收拾沾在鱼身上的海藻杂秽，让它在众人眼中更显光鲜夺目，忙得像在山坡上剗草。

刘鲜林问斗、升两兄弟："你们长这么大，见过吗？"

斗、升两兄弟摇头。

蔡良也摇头。周见文"嗬、嗬"直叫。

"其实，没有什么大惊小怪的。我以前看过书上只写过最大一两米。既然摆在面前这么大的东西，就证明我们比那些鱼类学家更有眼福——那根尖尾巴怕也不止十几二十斤。"序子很认真地端详，"可惜我手边没有书，分不清楚它到底是鳒、是鳐，还是魟？大概应该是魟，我只晓得它们常常贴在海底过日子……哪哪！尾巴不远那个尖东西是毒刺……"

蔡良说："我们店里经常卖这种鱼干和咸鱼，多数尺把宽，大也大不过一张小方桌面。"

"你爸爸听到这个消息吗？"刘鲜林问。

"我们都听到，他能不听到？——"蔡良话没说完，他爸爸和虾姑带着几个人走进市场，呵呵哈哈地绕大鱼笑了一圈，对一个跟在旁边的高个子说了一句："荷哇啰！[1]"两个人拍了拍肩膀，走了。

"什么意思？"周见文问。

蔡良说："我爸买下了。"

"价钱都没讲……"序子诧异。

"鱼行买卖，话一多，鱼就臭了。"国重说到这里，只见拥过三四十人，扛长刀短刀、背大箩小箩，没想到领班头目竟是虾姑，围着油布围裙，脚上套着木屐，大声地布置动作，指手画脚像在骂人。

---

1 给我了！

进鱼市场看热闹的人全哑。足见这类事情发生在惠安境内的洛阳桥地方也并不多见。

几个市场伙计各拿着硬扫帚和水管在鱼身上走来走去，冲刷收拾沾在鱼身上的海藻杂秽，让它在众人眼中更显光鲜夺目，忙得像在山坡上剔草。

刘鲜林问斗、升两兄弟：『你们长这么大，见过吗？』

斗、升两兄弟摇头。

蔡良也摇头。周见文『嗬、嗬』直叫。

兄弟们望见大红鱼，全看傻了。

一眼见到蔡良他们，电闪一笑旋又工作。

切割的阵势像开采露天煤矿，人像蚂蚁来回，一箩箩鱼块往外拖，门口装上板子车拉回泰昌顺渔场。

剖鱼肚像红色决堤，肝肠心肺排浪而至，血腥暖流迎面扑来，容不得你拒绝。说时迟，那时快，每个人吸得满胸满肺，够你一辈子受用。

七个人逃到市场门口，站定喘气。

"早晓得应该先出来。"刘鲜林说。

"这没有什么嘛，惯了就好，腥总比臭好得多！"蔡良说，"看你们那副样子，一辈子没吃过鱼！"

"我们和你怎能一样？"刘鲜林说。

"那堆血淋淋的东西有什么用？"周见文还想呕。

"海里的任何东西，找不出没有用的。"国重说。

序子陶醉在另一件东西上，"那根大尾巴，留下来做纪念多好？"

"有什么好？你扛着这根大尾巴到哪里去？家里供在哪里？探亲访友怎么进屋？云游四方还要请个挑夫？好笑！"傅斗、傅升说。

"所谓纪念品，最是让人负担。你想嘛！最有意义的纪念品莫过于家庭和友人跟同学的纪念品了，除此之外其他不过是一种不正常的怪异嗜好。你想嘛，听说有人搜集脚踏车皮座子，有人搜集火柴盒，外国还有人搜集抽水马桶圈……饭吃饱了没事干，真、真！"国重说。

"有钱人搜集钞票算不算？"周见文问。

……

"回去吧！"

切割的阵势像开采露天煤矿，人像蚂蚁来回，一箩鱼块往外拖，门口装上板子车拉回泰昌顺渔场。

剖鱼肚像红色决堤，肝肠心肺排浪而至，血腥暖流迎面扑来，容不得你拒绝。

序子陶醉在另一件东西上，『那根大尾巴，留下来做纪念多好？』

『有什么好？你扛着这根大尾巴到哪里去？家里供在哪里？探亲访友怎么进屋？云游四方还要请个挑夫？好笑！』傅斗、傅升说。

留下来做纪念多好！

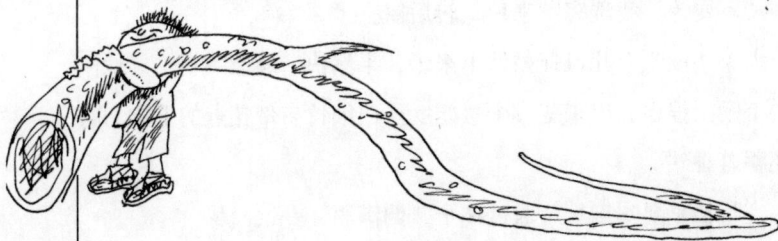

553

一伙人跟国重回到泰昌顺后院。

"咦？蔡良没跟来？"见文说。

"大概虾姑那边去了，你听，晒鱼场这么忙。"国重说。

"他，帮什么忙？"鲜林说。

"帮多少忙是一回事，该不该去是一回事。"国重说，"他不能总是陪我们玩。"

"是呀！是呀！"序子坐在楼梯拐角窗门底下看晒鱼场那些人在忙，想到虾姑和蔡良一定也在里头，"我感觉好像应该走了。他们一家才三口，那么多事，那么多人要管，我们夹在里头……让他们不专心……"

"吃晚饭时候我来讲吧！"国重说。

刘鲜林说："我怎么一点也看不出拖累他们？"

"你这是屁话！"周见文说。

吃晚饭。一桌菜，还有酒。

大家坐定，就缺虾姑，叫过了，大家等着。

虾姑到了。一座大黑影，一股腥风，一阵笑。

"不要等，我洗完就来！"转后屋去了。

大家还没吃上几口虾姑就出来了，果然快，焕然一新，好像刚进去个梁山强盗，出来变成个贵妃女。白细竹布带花点的上衣，甚至还飘着香气。

"哈！是要喝点！"取过杯子，倒满酒，一饮而尽。

她哥轻轻问了点什么，她说："……缺三十口坛子，良子刚才打了电话，叫他们连夜运来。看样子还要两天忙！……"

"蔡伯、虾姑，我想，我们明早起就回泉州了，打搅这么多天，看到店里这么忙，真不好意思！真是多谢，我代表大家……"

虾姑嘴巴正含了满口菜，瞪大眼睛，停住了，"嗯？努港向米？[1]"

苏国重接到说："我们几个人，明天……"

"不行！"虾姑叫起来，"回泉州？谁讲的？你们不看我这几天忙吗？两天，只要两天，我忙完就带你们出海'踢逃'[2]。回泉州？不行！……不讲了！喝酒！吃饭！切！回泉州？嘿！回泉州！不行！"

于是大家继续吃饭。

蔡伯看着他的妹，杯子也放下了。

国重对序子使个眼色，序子懂了，"虾姑，学堂要开学，我们心里措急。其实离开学还有一段时间。看你这么忙，怕你累，才想到早点走。哪个不想跟你多住几天，跟你出海？一辈子难碰一次。我们等你，好不好？多留几天就多留几天，你看呢？"

"看什么？好好吃饭！"虾姑听了序子的话，又倒了两杯酒送进嘴里。

吃完饭，七个人回到屋里。

渔场已经开灯，听得到虾姑喊东喊西。

序子坐在窗口想事：

要是没有虾姑，这世界会怎样？蔡伯会怎样？蔡良会怎样？这个鱼行会怎样？反过来讲，虾姑也离不开渔场。她能到大城里头去

1　嗯？你说什么？
2　玩。

555

吗？她怎么过日子？她能当妇女会长吗？她穿旗袍是什么样子？穿高跟鞋能走路吗？

她进城能做什么呢？满脑粗发，两道黑眉毛后头那双黑眼睛，翘鼻子，翘嘴巴，宽肩膀，粗脖子。对了，她可以去演电影。去演《渔光曲》，她演了《渔光曲》王人美就没饭吃了。她不用化妆，船上一站就是她。可惜，可惜，她进不得城，她会怕。不怕大风大浪一定怕拍电影。那是一定的。

这类人进大城混，除了演电影，其他都不可能了。演电影只要天分、样子、自信，像阮玲玉那样。她虾姑行不行呢？第一眼还行，细谈就不行了。这方面的事她什么都不懂，何况她从来没有这种打算。硬来，她说不定晃起渔刀把你剖了，踩平电影棚。

我这是给她估量出路的幻想。

说到底，她根本就无须考虑鱼行渔场、淡货、咸货、自己的哥哥、唯一的蔡良之外还有别的乐土。

店面伙计背后编她故事。有人问她骂过"粗口"没有？她叫那人过来，温柔地告诉他："干你老母！我什么时候骂过粗口？"

我希望这是真事！

这派头不是学来的。诗曰：

> 要多少人，
> 流多少年——
> 爱的眼泪，
> 恨的眼泪，
> 积成那么深

虾姑到了。一座大黑影，一股腥风，一阵笑。

『不要等，我洗完就来！』转后屋去了。

大家还没吃上几口虾姑就出来了，果然快，焕然一新，好像刚进去个梁山强盗，出来变成个贵妃女。白细竹布带花点的上衣，甚至还飘着香气。

要是没有虾姑，这世界会怎样？反过来讲，虾姑也离不开渔场。她能到大城里头去吗？她进城能做什么呢？

对了，她可以去演电影。去演《渔光曲》，她演了《渔光曲》王人美就没饭吃了。

她不用化妆，船上一站就是她。

地演"渔光曲"，王人美就没有饭吃了。

那么咸的
恨海？
驾船的是虾姑，
在波浪上，迎着一身太阳。

大清早，六个人在晒鱼场码头等。虾姑交代，有木屐[1]带木屐，没木屐的光脚，不要穿鞋。

坐着无聊就听海看云。

再久一点，话就来了——

"你们讲，虾姑为什么不嫁人？"

"伤透心，嫁一回够了。"

"嫁人？那人往哪里放？"

"做她男人要有胆。"

"虾姑这人，你们讲，算不算漂亮？"

"比漂亮还多点东西。"

"她不是胖，是壮；没长一两一钱废肉。好看，十分美丽。我相信，连胆子小的人都敢这么讲！"

"十分美丽，十分美丽，俗！你妈这年月还用这种形容词？"

"恰当地方用这么一两回并不坏。"

"小学三年级！"

"用得好，大学八年级！"

"女人年纪大了一伤心就萎，她不萎。"

---

1 闽南话叫木屐为"查 Kiar"很难写。

"哈，哈，哈！老远就听到你们在骂我。来！再骂一回让我听听！"

三个伙计背了两麻袋东西、两大木桶清水，放进船肚子里。虾姑扛了两根大桨，一口抄网，两大袋杂物；蔡良背一只炭炉子、一口鼎罐、木炭、饭碗、水瓢、锅铲……放进迒船舱里。

"来，前头坐三个，后头四个，良子掌舵。"虾姑坐中间，桨柱上挂了桨，"说吧！"虾姑划起来，迒船离岸，"刚才骂我什么？"

沙子是传声音的。虾姑早就听到大家说她好，得意。也不是故意要大家重说一次好，只是想把快乐情绪再盘旋几圈。

"骂完洛阳桥所有人也轮不到骂你。背后讲你的好，不好意思当面再说一遍。"虾姑回头看了一下，讲话的是序子，就不再往这方面追了。

天气开始有暖和的意思。早晨的海，气足，鼻子刺得痒痒的，太阳升起来一尺多高像盏大灯。虾姑这只迒船直往天海上下两盏灯前头冲，一条条破开的波浪像群彩色大鱼跟着，又活泼，又蠢，简直有点愚忠。

"哪！礁石，看到吗？会越来越多，准备好捡螺蛳。"虾姑招呼大家。第一座礁石有两张双人床大，长满滑溜青苔，上不去。虾姑让船绕了一圈，捡到螺蛳往船里扔。

"捡大的，小的不要！"

像攻克一座又一座城堡，那么多螺蛳，眼看船底放不下脚了，有人叫："它们要跑！"

虾姑说："它们慢，跑不了十个八个。"

来到一座可以上岸的岛。绕过层层岩石，居然还有块平地。系

"哪！礁石，看到吗？会越来越多，准备好捡螺蛳。"虾姑招呼大家。第一座礁石有两张双人床大，长满滑溜溜青苔，上不去。虾姑让船绕了一圈，捡到螺蛳往船里扔。

"捡大的，小的不要！"

像攻克一座又一座城堡，那么多螺蛳，眼看船底放不下脚了，有人叫："它们要跑！"

虾姑说："它们慢，跑不了十个八个。"

560

妥当了船，一齐上到平坡上来。

虾姑说："燃火炉子，先烧水泡茶，把大家肚子润足了。"

苏国重马上动手做这件事。

"一年中间，这块地每年埋进海里两回，端午一回，中秋一回，过船都特别小心。"虾姑说。

喝完茶，吃完几包"泉茂饼"。

"好！找三坨石头架灶，鼎罐架在火上，提两桶海水上来煮螺蛳。"虾姑说。蔡良是内行，几下工夫就弄成了。

大家又去搬螺蛳，抬一麻口袋上来。

序子说："用海水煮螺蛳？咸死人！进得口？"

虾姑不理他，笑了一笑，"这么多螺蛳，要煮好久。大家散到下面看看，见什么抓什么，有的是东西！"

虾姑这时候像个放羊的，坐在石头上，让羊到处吃草。

马上听到周围嚷起来："嗬、嗬、嗬！"

"嗬什么？"

"抓到东西！"

"什么东西？"

"叫不出名字！"

虾姑明白，这些城里小孩一定以为自己捡到了宝。

这是海，天天出新东西。天天出新东西就不会有人大惊小怪。

海和山不一样，虾姑也未必清楚，她海边长大，没进过山，没有比较。

海比山大方。从来没有"赶海"空手回来的人。

山不一样，它时常让猎人彷徨。

山诱使人去庙寺里当和尚尼姑，培养一种离人越远越好的怪脾气。

海，让人开心。天，云，太阳，波浪，船，风，鼓吹你到远远的陌生世界去找新朋友，开垦新地方。

海能把一个乖张孤僻的老头变成有人味的老头。你让他在海边的岩石上坐好，拿出个干净的大海螺壳凑到他耳根，让他谛听天上玄音；你拿个闪发七彩荧光的九窍大"混沌"壳让他看了眼睛发亮；你把捡来的几十个长、扁、圆、方、奇形怪状的螺蛳壳排在他面前说："这些东西送给你！"

他"喔！喔"发声，腿脚动弹起来，从裤袋里掏出一块肮脏小手绢把贝壳包起来："我，我，我……"

回到家里，召集儿孙看他的收获。分送给大家。吹一个快乐牛皮："下、下次，我、我再捡、捡给你、你们。"

几时见过爷爷这么"亲民"？

……

七个人都上来了，除了蔡良，都像换了个人。赤着膊，脱下的衣服包着东西，摊开地上，有的不动，有的还在爬。说来不信，红、黄、蓝、白、黑五色俱全。

这些东西，虾姑就内行了，"哪！这几条都是退潮留在洼里头的。它们顾着玩，来不及'哇朵岂'[1]啰！原来你们是抓不到它的，看它的两只眼睛都长在左边，它们都贴在海底住，我们渔网才捞得到。"

1 转回家去。

"它有名字吗？"鲜林问。

"鲟！"虾姑说。

"什么？"鲜林问。

"鲟！"虾姑说。

"鲟，这名字像放枪。"鲜林说，"它算是小鱼吧？"

"嗯！普通市场上卖的，一两斤左右，它们还小。"虾姑说。

"这螃蟹长得奇形怪状。"序子说。

"从小在洞里，长大出不来了。洞什么样子，它挤成什么样子。"虾姑说，"你要掰开石头它才出得来，就像做点心扣模子一样，没什么吃头的。吃，也可以。"

"是的是的，这十几只我都是掰开石头抓到的。"序子说。

虾姑又拨弄那四只怪东西，"这叫作'箱鲀'，除了尾巴、翅和小嘴，所有都包在一个三角硬盒子里。煮熟了对着它嘴巴吸两口，就算是吃完了，好味道。只是不像普通鱼那么经吃。还有种全身是刺的，也是这种吃法。有人不吃它，用细绳子穿在背鳍上，晒干了挂起来好玩。这几只叫'海马'，你们看它的脑袋长得简直跟马一样，晒干了中药铺收它做补药。也有城里人把它们镀了金卖给有钱婆娘挂在胸脯上当作好看东西摆架势。这倒犯不着管他们。海马自己有个特别的地方，母海马追着公海马，强迫把蛋塞进公海马肚子里，让公海马孵小海马。时候一到，公海马像开炮一样一个个把小海马从肚子里弹出来。你们讲好不好笑？"

国重听了特别感动，"世界上的人，做妈最辛苦，煮饭、洗衣还要生小孩、喂小孩，男人吊儿郎当什么事都不管，吃喝玩乐，还四处摆架子。其实上苍也真是不公道。我如果是上苍，就让世界上的男人像公海马一样，挑起孵蛋生孩子的担子来，让天下做母亲的不再那么辛苦。"

"这原本就是上苍安排的，你怎么改？"序子说。

周见文皱着眉毛想了一会，"是不是请政府写个报告给蒋委员长，让他管管这件事？比如下命令给科学院的科学家们赶快做些这方面的研究？"

"蒋委员长自己就是男人，他哪有空去孵蛋生孩子？他才不干咧！"傅升、傅斗抢着说。

刘鲜林慢吞吞地做了结论，"眼前也只好将就了。想归想，做归做，'殆天数，非人力'。没有办法，唉！唉！"

虾姑手指头拨了拨地上这堆捡获，"哈，哪里弄来这一大堆汤料？这么多鱿鱼仔、墨鱼仔、章鱼仔、蚌壳、虾、螃蟹仔、杂鱼仔，晚饭做汤下面再好没有。这几十个小鲨仔、'招潮'、寄居蟹一点用也没有，占地方，等下张序子你给我放回海里去。"看一看手上的表，"哎呀！都两点多了。好！取碗！拿剪刀吃螺蛳！螺蛳倒在两个脸盆里。鼎罐再新鲜海水煮第二锅！"

鲜林过去把火弄旺，特别添了五截大炭。

第二批螺蛳倒进鼎罐，虾姑过去又抓几把作料扔进去，盖上盖。

大家围着螺蛳吃将起来。虾姑自己提起一缸酒，倒了满满一杯，指着螺蛳说："中饭饱不饱就靠它了！"

咕咕先把一杯喝了。

序子没用过这么粗的剪子，晓得它是专门用来对付螺蛳尖尖的，十分轻快顺手。两把剪子八个人传个不停。

没想到海水煮出来的螺蛳真的一点不咸。莫名其妙！煮饭？煮

海滩，鲎和招潮

「哈，哪里弄来这一大堆汤料？这么多鱿鱼仔、墨鱼仔、章鱼仔、蚌壳、虾、螃蟹仔、杂鱼仔，晚饭做汤下面再好没有。这几十个小鲎仔、「招潮」、寄居蟹一点用也没有，占地方，等下张序子你给我放回海里去。」

鱼？煮面？当然不行。到底怎么回事？

这螺蛳里头有大蒜、葱、姜、辣椒粉、五香八角衬底，剪掉尖尖，对着螺蛳口一吸，连汤带肉卷进口里。吃这类东西难顾仪容。

吃海螺跟田螺不一样。田螺小，有味而无量，让人忙不迭地在美味中徘徊彷徨，弄得神形俱乏。海螺则不然，它给人以充分的饱满，铜琶铁琶唱大江东去。各人嘴巴忙着吐螺蛳壳，忘我贪妄到了极致，不在乎嘴角两边挂下的汤水。

虾姑如元帅坐帐，雍容庄严。喝一口酒，微笑环视周围少年。吮一个螺蛳，壳朝后一扔，看一眼天，再喝一口酒。

序子非常非常喜欢虾姑的这种气派，这辈子绝不会有第二次见这种人了。他削尖脑壳往"文选"、唐诗宋词里钻也找不到这种影子……

这座孤岛，海涛轻轻拍岸，望不尽的云海之间那一条朦胧水平线，令人披襟岸帻的天风，初夏和暖的阳光……

虾姑这时候想什么？她端坐天底下之孤岛上带一群孩子而独酌……

序子悄悄碰一碰国重。

"不搅扰她！"国重闭眼只动口形。

吃完第一鼎罐螺蛳又提来第二罐，没人觉得饱。

好长一阵子螺蛳吃完满地壳。虾姑猛然醒过来。

差不多了，接下来收拾碗盏，洗刷鼎罐。

国重仍然守着小火炉子烧他那壶开水准备泡茶。

虾姑站起来拿了一坨姜，皮都不削，提起鼎罐放在火膛上，趁热在罐子里头猛擦，擦到空手为止。倒半碗香油，撒半把盐，几头

海螺缘

没想到海水煮出来的螺蛳真的一点不咸。煮饭？煮鱼？煮面？当然不行。到底怎么回事？

这螺蛳里头有大蒜、葱、姜、辣椒粉、五香八角衬底，剪掉尖尖，对着螺蛳口一吸，连汤带肉卷进口里。吃这类东西难顾仪容。

吃海螺跟田螺不一样。田螺小，有味而无量，让人忙不迭地在美味中徘徊彷徨，弄得神形俱乏。海螺则不然，它给人以充分的饱满，铜琵铁琶唱大江东去。各人嘴巴忙着吐螺蛳壳，忘我贪妄到了极致，不在乎嘴角两边挂下的汤水。

不剥皮的大蒜，投下扯碎的大把绿葱，一抓红辣椒粉。

"火！火！"虾姑大声一叫，鲜林连忙加了几根干柴。

锅铲来回搅动，冒起火烟，虾姑打了个大喷嚏，把那一盆杂牌海货闭起眼睛倒进鼎罐。登时炮火喧天，虾姑像个女战神，一心一意拿着锅铲玩弄这盘仗火，满身油光，头发跟着飞舞起来。接着倒进两盆清水，战场沉寂下来。两手在围裙上擦了又擦。对着鼎罐，"哈哈哈，这罐'蓝搅'¹汤，我做得真恶！"

转身，"茶呢？"

国重送上，她接杯坐在石头上。

"收火，慢慢熬，晚上好下面！……眼前，嗯，还有一个把两个钟头，大家弄点什么好玩的？"

"唱歌！"

"我最不爱唱歌，我不唱，也不欢喜别个唱。唱歌比'考白'²还难听！算了，算了！"虾姑说。

"来一段'南音'？'高甲'？苏国重最拿手。"

虾姑还来不及反对，苏国重就死命说不唱。不唱就不唱，也没有人一定要他唱。

"摔跤吧！"序子说完看了看周围。

"摔跤？"虾姑没想到这么小个子的人有这种提倡，"你讲你要摔跤？"

蔡良马上说："他就是打架摔跤差点让学校开除的！"

---

1 粗话。
2 哭爹。

虾姑站起来拿了一坨姜，皮都不削，提起鼎罐放在火膛上，趁热在罐子里头猛擦，擦到空手为止。倒半碗香油，撒半把盐，几头不剥皮的大蒜，投下扯碎的大把绿葱，一抓红辣椒粉。

「火！火！」虾姑大声一叫，鲜林连忙加了几根干柴。

锅铲来回搅动，冒起火烟，虾姑打了个大喷嚏，把那一盆杂牌海货闭起眼睛倒进鼎罐。登时炮火喧天，虾姑像个女战神，一心一意拿着锅铲玩弄这盆仗火，满身油光，头发跟着飞舞起来。接着倒进两盆清水，战场沉寂下来。两手在围裙上擦了又擦。对着鼎罐，「哈哈哈，这罐『蓝搅』汤，我做得真恶！」

这罐盘搅汤，我做的真恶！

"那好,那好!"虾姑开心地站起来,像一朵大大的向日葵,"你准备和哪个摔?"

"只有两个人我不摔,一个你,一个苏国重。"序子说。

"什么道理?哈哈哈!"虾姑好奇怪。

"你,摔不过你;国重是我大哥,我不摔。其他随便!一个个来也可以,两个来也可以!"

没想到虾姑这么开心,"咦!真想不到——阿良子上!"

蔡良一走到跟前,被序子抱腰一别右腿就倒了。

"呀!呀!我还没看清,你怎么倒得这么快?——你,你姓周,周什么?"虾姑说。

"周见文。"周见文说。

"周见文你上!"虾姑叫起来。

两个人打了个圈,序子抓住周见文右手转身一背,翻在地上。

底下是刘鲜林,鲜林个子大,要来擒序子。序子用脚穿裆钩住他右脚轻轻一推,倒了。鲜林很快爬起扑序子,被序子右脚扫了左腿又倒了,鲜林还要扑,大家喝住。鲜林醒过来才笑,乖乖选了个石头坐着。

轮到傅斗、傅升。两个人互相看了一下,做了个迎的架势。序子扑到他俩中间,左右手反夹着两人颈根,往后一个朝天倒,两人跟着一个筋斗也躺在地上,好久才爬起来。

虾姑哈哈笑,大喊大叫,海都震了,抱起序子在地上蹾了好几下,"'哇可!哇可!'[1]你真英武!你真英武!你怎么这么英武?"

---

1 惊叹词。

序子喘着气说："这、这是表演，不是真打。真打就不那么简单，会流血断骨，就不好玩了！"

"你拜过师父？小小年纪真了不起！学过'帕琼陶'[1]？"

"嗯！小时候学过。"序子回答，"没什么了不起。学过跟没学过当然不一样，算不得什么本事。"序子不太好意思。

这时候鼎罐沸了，热气直冲着鼎盖跳。

"好！下面。我这个面是一碗一碗地下。下一碗吃一碗，轮着来。我先给序子下一碗。" 虾姑认真放进去一小把面，筷子来回搅动，一阵子工夫，夹起面在大碗里，再加上满满两瓢汤。

第二碗给蔡良，第三碗给国重……最后一碗是虾姑自己，"吃完再加！"

"你们自己讲讲，这面的味道怎么样？"虾姑问。

"回到中国，一辈子不想吃面了。"

"你是汤面祖宗，简直是'汤显祖'！"

"虾姑，你街上开家面铺，我当你伙计。"

"我也当！"

"哎呀！我舌头吃掉了！"

"哎呀！我肠子也融了！"

大家吃得紧张，来不及笑！

虾姑这人怪，吃几大口面，又喝几大口酒。身边三个酒瓶都空了。

八个人肚子饱了，鼎罐空了。虾姑举起她的面碗，"你们留在

---

1 拳术。

洛阳桥给我当崽，我一辈子给你们做这种面！"

她放开喉咙号啕起来。

蔡良过去坐在虾姑旁边，抓住她的手。

虾姑喝了那三瓶酒，根本算不得什么醉，神志清楚，稍微激越了一点而已。她指点大家捡拾东西，灭了火根，还说："别打理螺蛳壳，鱼鸟、海鸥会收拾它。过几天就不见了！"

上了趸船，倒掉桶里剩下的清水，顺手刷干净鼎罐。各就各位，正式划起桨来。

划上几桨，夜就暗了。没有星星，更谈不上月亮，天海一片黑。

大家晓得船在走，虾姑在划船，清楚欸乃的桨声。

"这一走，你们都长大了。再来洛阳桥也不齐整了。各人在做各人的事，真要再来洛阳也就只能是单独来了。好久呢？一年？三年？八年？十年？……"

有人说："我们会给你写信。"

"——不要写信，不要写信！我不懂回信的。不回信又心里难过。不要写信！想我就行。你们想我我晓得。"

黑暗中讲话不用眼睛，胆子都比较大。

"望你日子越过越好！"有人对虾姑说。

"唉！怎么叫好？好是这样，不好也是这样，天天一样，年年一样！日子不是过日子，是等日子，是等老。我这辈子活得很粗。"

"蔡良，明知亮处是洛阳，你把舵转来转去做什么？"序子问。

"顺潮流。"蔡良说。

"顺潮流？喔！"三个字的真意思原来在这里。多年不明白。

苏国重轻轻吟着杜甫两句诗"即从巴峡穿巫峡，便下襄阳向洛阳……"，有人叫"别唱"。

"这时候波浪上有点'哼哼'还是好！"虾姑说。

苏国重不出声了。

"你们几个人，离开洛阳到哪里去？"虾姑问。

国重说："回到泉州，大概我们就分手了吧！"

"张序子，你是'屙蓝浪'[1]，小小年纪四围走怎么办？"虾姑问。

刘鲜林说："他有他的理想。"

序子说："不是理想，是没有去处。"

"那你不走算了，跟蔡良我们一起过日子！"虾姑说。

"那不是我真正的'去处'。"序子说。

远处有光，洛阳近了。虚光变成条条倒影，岸上有几盏火把接应，虾姑像母鸭带着一群小鸭上岸，"东西不管，让伙计捡拾。"

第二天大家还没走。

虾姑一早起来就在渔场那边忙，声音好响。

国重告诉大家说："我们明天走吧！"

走归走，心里都有点离开家的难过。蔡良一声不响，他晓得自己这个简单的家庭其实非常复杂。虽然眼前什么事也插不上手，心里明白爸爸、阿姑老了之后所有运转的东西都是他来接手。他怎么管得了？他要耐烦像腌咸鱼一样留在这里让盐水慢慢浸润，不能再有别的打算，"你们在哪里都让我知道一下，有空就来我这里住几天……"

"那是……"大家都这么想。

---

1 湖南人。

"有钱子弟真堪怜。"序子想。

吃完中饭没有事上街逛逛。街上人确实多，像序子这帮闲人却少。海边城市的街总是清朗，铺头店面像一幅幅画作展在面前，让人看了赏心悦目。卖船上用具的规模很大，也长学问。你根本连做梦都不会梦到，一根麻绳会有脚肚子那么粗，像大蟒蛇一堆堆盘在地上。椅子那么大的滑轮。张牙舞爪、随时要扑过来的大铁锚。更凶恶到极点的帐钩大的钓鱼钩，蒙了红绢绸的大小灯笼，鼓起玻璃眼睛的铁架子灯盏，织网捕捞的线，铺天盖地地摆在那里。这些东西只有和海生死搏斗的船上渔民才用得上，普通人家，这些庞然大物摆在哪里都不是地方。

海上排场比陆地排场要有意思得多。人也如此。走在街上，一眼扫过去，渔民之外，都显得侏儒。祖传根苗，加上后天的营生，阔肩膀，粗脖子，浓眉毛，深眼睛，棕皮肤，厚手脚，忠厚严峻的仪态。除了海，没有任何环境养得出这种格调。遇见他们，由不得停步多看几眼，生出尊敬心。

序子忽然想起了当年山那边的隆庆。除了山，也是没任何环境养得出那种派头的。

慢慢走过香纸蜡烛店、瓷器店、菜馆，街对面远远看到有家铺子名叫"艺术车轮"。想不出那是卖什么的，便过去看看。

门面森穆，三面墙上挂满直横不一的讲究镜框，装着各类人士形象、国内外彩色风景画片。中间柱子上，一架"美最时"挂钟正嘀嗒嘀嗒响。

左后边有张西式大写字台，摆着三角放大镜和几卷图画纸、笔筒和笔。右边一张矮圆茶桌，两三个人正坐在靠椅上说话，有茶。

慢慢走过香纸蜡烛店、瓷器店、菜馆，街对面远远看到有家铺子名叫「艺术车轮」。想不出那是卖什么的，便过去看看。

门面森穆，三面墙上挂满直横不一的讲究镜框，装着各类人士形象，国内外彩色风景画片。中间柱子上，一架「美最时」挂钟正嘀嗒嘀嗒响。

左后边有张西式大写字台，摆着三角放大镜和几卷图画纸、笔筒和笔。右边一张矮圆茶桌，两三个人正坐在靠椅上说话，有茶。

主人的派头比较足，长得秀气，后梳的长头发，黑框眼镜，薄白帆布西装，黄尖头的白皮鞋。跷起二郎腿仰头抽香烟。他那套行头旧了，很可能是抗战前厦门买的。回头看见序子几个人挡着店面：

"喂！喂！喂！筋那浪[1]！……"举手向空甩动，像呵斥讨饭的，懒得说话。七个人走开了。

"这狗杂种好侮慢，像是个美术家。要不要我去来他一下？"序子问。

"唔！不行不行！绝对不行！序子吓！我告诉你吓！想也不准想！这是蔡良的地方！出了事，你要他爹担当？"苏国重说。

走没几步，蔡良说："我们看电影吧？"

"哪里有电影？"

"就在那边没几远。"过了拐角地方几步。

"还要买票？"

"有不买票看电影的？"

"多少？"

"一角。"

序子忙着掏钱买了票。

这哪能叫电影院？走进来满地橘子皮、甘蔗皮、瓜子壳，人踩在上头软软的。凳也不像个凳，乱七八糟横放竖摆。七个人赶紧占了两张长凳坐好。人声嘈杂，叫爹叫娘，哇里哇啦……

一块大布绷在台上，旁边站着一个拿细竹竿的人。

电影一开，忽然鸦雀无声。

1 小孩。

是外国电影，没有声音，靠旁边那个人大声嚷着讲解。电影开始闪动，出现好多外国字。

"哪！哪！上头说明，这是美国[1]滑稽大王卓别林一九二四年以前出品的片子，一九二四年以前，嗯！嗯！那就是民国十三年以前，民国十三年，那个民国十三年，现在是几部连在一起放映的短片，片子不算长，连在一起就长了……"

话没讲完，大家看到卓别林出场，就笑开了。

讲解员用竹竿一样样指给大家看，"……这叫着'雨中即景'，马路上坐人的是老版汽车。女人牵在手上有高有矮的是西洋狗，喂牛奶，价钱很贵……"

"……这叫作'要命的拳头'……"

"这……'笑的空气'……"

其实上头所演的好笑事情根本用不着这个人在台上啰唆。

"下来下来，我们自己看，不要在上头搅！下来！"

那个说明员下台之后，全场笑得更厉害。不管懂不懂外国字，大家都笑出眼泪。

连电影院自己也笑出了眼泪，让看电影的老老少少一边笑一边躲。（下雨了，屋漏了！）

过日子里头的好笑事情中外一样，所以人人都看得懂。

电影放完，两个钟头过去了。出门的多数人还没笑完，按着肚子，走不好路。才一角钱，值得值得！

序子对同伴说："我就是一九二四年生的，电影里头那个人以

---

1 实为英国。

是外国电影，没有声音，靠旁边那个人大声嚷着讲解。电影开始闪动，出现好多外国字。

话没讲完，大家看到卓别林出场，就笑开了。

其实上头所演的好笑事情根本用不着这个人在台上啰唆。

『下来下来，我们自己看，不要在上头搅！下来！』

那个说明员下台之后，全场笑得更厉害。不管懂不懂外国字，大家都笑出眼泪。

连电影院自己也笑出了眼泪，让看电影的老老少少一边笑一边躲。（下雨了，屋漏了！）

过日子里头的好笑事情中外一样，所以人人都看得。

卓别林的电影

578

前我好像哪里见过……"（当然见过，四舅那年在西门坡放的电影里头就有他。）

傅升说："这家伙把事情弄得好笑有个特点。他专门作弄大恶人和有钱人。大恶人和有钱人倒大霉了，才是大家开心的理由。同样事情放在穷人身上，大家看不出有什么值得好笑的地方。这家伙其实是帮穷人出气！"

傅斗说："看这种戏很放心，不会死人。恶人和好人都不会死。挨到边边上又缓回气来。让人不走绝路。动不动就死人，有什么好笑？"

"你们说说，这个卓别林是不是有点像我们中国的济颠和尚？"刘鲜林问。

"济颠和尚法力无边，劫富济贫，工程比卓别林大。也不好笑。看《济公传》我只是开心。开心不等于大笑，笑得弯腰，笑得肚子痛的这种笑……"周见文说。

雨停了，天晴了，街面很亮。人踮起脚走路，怕不小心踩着水洼。蔡良问大家："呷唔呷戈杯？[1]"

进了间小咖啡铺坐下。

端咖啡进来的中年人顾着跟外头熟人说话。来回四趟，七杯咖啡送到桌面，那张嘴巴一直不停对着外头那个熟人，把在座的七个顾客视若无物。

国重发现序子在笑，"你笑什么？"

"你看他那副懒洋洋态度！"序子轻轻地说。

1　喝不喝咖啡？

"态度？你要他什么态度？方糖、牛奶少了？咖啡味道不正？你不就是来喝咖啡的吗？他把你当熟人、街坊街里，跟家里人一样。他让你安安静静喝咖啡，不打扰你，你还要这个那个？"国重也轻轻地说。

序子看看那坐在门口抽水烟筒的老板，又看看国重，会心地点了点头。

多么祥和、信任培养出的融洽之气，稍一疏忽就错过了，细腻而珍贵。这条街一下子变得让人难忘。

大家商量明天要走的事。

蔡良说："也没什么好客气的。我姑这个人难遇到你们这帮家伙。不要以为她一天到晚火里火气，其实她心里好凄凉好孤单。她不是不明白你们哪能不走，你们的世界她跟不上，进不去——放心，你们走了之后过几天她会缓过来的。"

鲜林说："可能是我们一来，让她想起自己的年轻时代。"

苏国重说："人生就是这样。有时幸福眏一眼就过去了。缘分像泥鳅，很滑手。我想起个故事。外国某地有对年轻男女相爱，男的向女的求婚，女的害羞不好意思当面回答。'那么，我写封信给你，你回我一封信，写个"可"字就行。'男的说。

"女的心想：'你信一到，我马上回信。'

"男的回家马上写信投进街上邮筒。

"没想到这封信在邮筒里边卡在半中腰，始终没有掉到底下去。直到第一次世界大战和第二次世界大战结束换新邮筒的时候，这封信才寄到那位女子手上。

"六十年过去了。

"老太太打开这封信好不容易想起有过这么一回事，'喔！信呀信！你可真走得慢啊！'"

"这故事残忍！"周见文说。

傅升、傅斗说："我们中国的邮筒更靠不住，教人没有胆子写信！"

序子说："这就是国重讲的缘分。你怪不了这个那个。我也有个外国故事。男的和女的好得不得了，有天男的要出差三个月，女的哭哭啼啼舍不得。男的告诉女的：'我每天写封信给你。'"

"三个月一共写了九十封信，邮局送信的一连送了九十天，一天一封。后来，那个女的嫁给邮局送信的了。"

"噻令亮！邮政局长听见了，枪毙你们！"周见文说。

序子笑起来，"我们讲的是外国邮政局，那时中国哪里有人谈恋爱？"

"恋爱这东西让人好苦。"刘鲜林说，"所以我有时候就想，人不如变作一粒灰尘，细细地飘在空中，没有什么打搅。比如爱情啰！痛苦啰！欢乐啰！都没有。自由自在。"

"那也不见得。"国重说，"地球在宇宙就是一粒灰尘。你刘鲜林就在这颗灰尘上过日子。躲不掉的。"

"虾姑的丈夫好薄幸！我长大以后想办法到南洋去找找这狗日的，替虾姑报仇！"傅斗说完，傅升说："嗯！"

苏国重说："虾姑的苦，仅仅是惠安女子其中之一苦，不太有代表性；她没叫苦，不自杀跳海，哼都不哼一声，算是个特别人物。百年来你数得清我们惠安女孩子让不幸婚姻吞嚼的数目？你帮虾姑报仇，杀了那个男人，另外那数不清女孩冤魂们的深仇大恨你帮得了忙吗？

"我看，只有一个办法，活的，死的，社会，历史，都要读书。老的，小的，男的，女的都要读书。读了书，有了头脑，就不会糊里糊涂去'死'。虾姑也不会糊里糊涂为那个狗男人守活寡……"

"你是不是想讲，读了书，大家对恋爱、婚姻有了新看法，也就有勇气？"序子问。

"是！"

"年轻人有新看法，爹妈不看书怎么办？爹妈才是旧力量的代表。"序子咬牙切齿地说。

周见文问："张序子，你爹妈这么可恶？"

"不！我是讲别人爹妈！"序子说，"我爹妈穷得要死，没有空可恶。"

回到家里，正要开晚饭。七个人回房洗脸洗手坐回饭桌上来。各人面前都放了酒杯，满桌菜。

蔡伯笑眯眯举杯，"明天大家真要走了，喝一杯！"

除了序子不会喝酒，大家都举起杯子来。

虾姑叫序子倒一点酒在杯子里，不会喝酒也要举杯，意思意思。

蔡伯说："我是个打鱼做生意的，不会讲话，你们来了，这么多天都没有空坐下来跟你们喝杯茶，真是对不起。来，多喝杯酒，多吃点菜……"

接着是你一句、我一句把话说开了。

讲到跟虾姑出海捡螺蛳的经过。

蔡伯就说："她会，我不会。她小时就会出海，跟男孩子玩在一起，很调皮。我小时候弱，体质没有她好，记性也没有她好，父母都喜欢她。讲过，我应该是女的，她应该是男的，生错了……"

虾姑有点得意，"哪！喝酒。阿兄你不知道——"指着序子，"个子长得小小的，他会'帕琼陶'，跟过师父。在岛上把他们五个人都摔倒了，就这么一下一个，一下一个。我眼睛都来不及看……"

蔡伯仰身看着序子，"你这个'屙蓝浪'了不起！"

"不！不！不是这样。蔡伯，我只是学了点皮毛，玩玩还可以，来真的不行！对付这几个老兄比较简单。像大人打小孩，欺侮他们没有基础。这不算本事……"

蔡伯指着虾姑问序子："你摔过她？"

"没有，没有！我不敢！"序子笑得厉害，"要是虾姑有好师父教，打好基础，那可是天下无敌的奇女侠。"

大家嚷着说对！对！对！

虾姑也笑起来，喝一口酒说："我们拜你做师父，教我们渔场七八十人武艺，怎么样？我们开个武馆，你做掌门人。"

大家趁兴叫好！

又讲到街上那家"艺术车轮"。

"他呀！"蔡伯说，"怪不得你们生气。他姓裴，自己取了个怪名字叫裴卡索。他爹前清是个秀才，有田有地，抽鸦片把家败了一大半，死了。这儿子在厦门学过美术，回洛阳一身一脸美术架子。街上开了家画像馆，讲是讲给人家画祖宗像，其实画得一点也不像，人要退订钱又不退，还骂人家不懂艺术。得罪的人多了，名誉不好，没有人再上门了。每天跟几个老闲人聚在店上，贪他的开水和茶叶，讨他的好，耐烦听他吹牛。骂洛阳没有一个好人，自己又还住在洛阳，怎么办呢？所以日子过不好……"

说东说西，眼看饭吃饱了，有要散的意思。

虾姑起身告诉六个人："明天一路上的茶水、点心都预备好了，各人带各人的。我明天大清早要接船，不送你们了！阿良仔代表我们！"

各人向蔡伯多谢款待，蔡伯挂着一嘴黑胡子笑，"没有说的！没有说的！有空多来！"

自古人生会少离多。来到桥上，回身看看好一片洛阳，想哭想笑都找不出理由⋯⋯

序子从口袋里取出个本子，把洛阳桥画了。天上的云霞最是重要，能烘托出桥的气派。回泉州刻出来。

大鱼，那条大街，咖啡店懒洋洋的老板，画像馆的裴卡索先生，那座岛，那个划船黑不隆咚的夜，蔡伯，云端上微笑的虾姑⋯⋯都在这座桥里头⋯⋯

"生路慢，熟路快。"果不其然很快回到泉州傅斗、傅升浮桥店里，心情一下子摊松下来。

第二天清早几个人开会，讨论下一步怎么走。

苏国重、刘鲜林、周见文回德化；傅升、傅斗不动，张序子刻完洛阳桥的木刻要去同安、马巷、洪厝找同学洪仲献，再到安海找同学蔡元明。

"以后呢？"国重问他。

"以后？时间还长，眼前不想以后。"序子说。

"我到德化傅斗、傅升会晓得。不要断了消息。"苏国重说，序子点头。

第二天，三个人走了。还剩下三个人。

序子一个人刻洛阳桥，傅斗、傅升陪了一阵子觉得意思不大，办自己的事情去了。店里来往的人觉得新鲜，也凑近来看过，不得要领，也散了。序子得到安静，一刀一刀地铲，一刀一刀地刻，弄了三天，拓印出来，觉得不合原来的要求，没有想要的那种气派，泄气了。对着这张失望的东西傻看。手软了，背也驼了。对不起洛阳各界父老和伟大的洛阳桥，有负众望，愧对那段宝贵光阴，愧对同甘共苦的袍泽，难补我云天之恨也矣乎哉……

"蛮好嘛！像得不得了，不信你问问大家！有这么严重吗？你又没泄露国防机密，又没强奸良家妇女，犯不上这么痛不欲生！"傅斗、傅升说。

张序子对于一个艺术家刻了一张失败的、不理想的作品该不该用这种强烈表情对待自己也开始有点怀疑。为什么不好？毛病出在哪个问题上？还要不要重刻第二张？

于是就不难过了。来日方长，三天得个教训，算不得重大损失。

眼前没有这么好的木刻板了，等缓过气再请合适老木匠刨平板子走下一步。归根结底是底稿没画好；没画好是由于没想好；也不是完全不想，是想了这里忘了那里，少了通盘计划。比如讲：你希望洛阳桥伟大，你怎么才能让它伟大？光靠这张写生稿远远不够，你要在上头加别的东西。比如夸张透视：云天的透视，桥的透视……显出桥的气派。还要有风。风？怎么画风？桥上硬飘着的小旗子嘛！树尖嘛！云势嘛！嗻令亮！怎么原先没想到？蠢到何种地步？加这些东西像豆腐点卤，不能光靠手艺，还要脑筋……"夫想者，豆腐点卤之谓也。"光用"手"不行，等于只有豆浆没有卤。唉！你想好了手艺跟不上也是枉然。这又有手艺之困难之问题。泰山取尘，东海受勺，轻易之举。这是能者之行，初为艺如我辈者，蝼蚁爬泰，陶猪探海，得畅心之快者，几希！所以又要在这方面大下苦功了。

序子神魂颠倒地想了半天，自我虐待、自我陶醉之后，轻松了，豁然了，出外走走。

且说张序子放步于涂山街之际，阳光灿烂，晃人耳目。卖"胃特灵"的药坊门口雨廊下，发现街对面正锣鼓喧天，堵了半街人。连忙过去看个究竟。原来是"师管区"搞的荣军活动。

临时搭的一座台子中央有个二十岁左右的人胸脯上挂着大红绸子绣球正在沙着喉咙介绍自己："我叫庄尔昌，眼前烽火连天，国家多难之际，我宣誓报效祖国，签名投军！"转身在一块挂着的红布上，高举毛笔，哗、哗、哗写上自己的名字。回过头来又说："我希望台下有为的热血青年，踊跃上台报名，大家齐上战场英勇杀敌，共赴国难……"

台下有认识他的，"这个庄尔昌不容易，好好一间广告店，全城大小商号、电影院，哪间铺子都离不开他，生意兴隆得很。还有年轻的老婆、两岁的儿子，居然发狠都不要了！……"

"那底下，怎么办？"

"那还什么怎么办？穿军装，受训，发步枪子弹，上前线，进战壕，开枪，跟小日本拼刺刀……就这么办！"

"平时看不出丝毫气宇恢宏那方面的苗头啊！"

"谁叫你天生是个凡人啊！"

"接下去，你看还有多少人上台？"

"你，上不上？"

忽然听得身后一个小孩叫"张序子"，转身一看，是个肮脏王。

"你是其谁？叫我名字？"

"我是李西鼎，集美赖呀的儿子。"

想起来了，老婆跑了留下儿子的校工赖呀。

"西鼎，西鼎！一天到晚跟在你爹屁股后头的李西鼎是吧？你长大了！你爹呢？"

"我爹死了，学校把我送到开元寺难童教养院读书。"李西鼎说。

"你怎么满头满脸新伤旧疤？你几岁了？"

"我八岁了。伤是同学打的。我身上还有好多。"

"做什么他们打你？"

"他们讲我长得讨人厌。"

"你长得一点也不讨人厌，就是不洗脸、不洗澡。你先要把自己洗干净，剪手指甲，讲卫生，别个才愿意和你接近。"

"真是这样？"

"你试试看！"

"那我跟你一起过日子好不好？"

"不行，不行，我现在还在别人家寄食，养不活你。不过你今天可以跟我回去洗个澡，混一顿饭。

"你要晓得，你眼前的日子比我稳得多。有书读，有饭吃，有床睡。我自己眼前还养不活自己。你比我运气。懂吗？"

西鼎点点头。

两个人回到浮桥，吓了傅斗、傅升一跳，"嗨！哪里挖出尊包大人？"

序子讲明了原委，两兄弟生出同情之心，叫人拿水喉管、刷子和肥皂把李西鼎冲洗干净了，带到剃头铺剪短了头发。提回来一看，居然变成个踩火轮的哪吒仙童。

吃完饭，把李西鼎送到南门口，"他们问你今天碰到谁，你说'碰到我哥'。问你：'你哥做什么的？'你说：'不知道！大概是个大流氓吧！'明白吗？记住这么讲。你有时候可以到这里来。不可常来，要顾到面子，懂吗？"

"懂！"李西鼎回去这段路要走六七里，八岁大的孩子。

序子回到浮桥，心里有点难过，"我和李西鼎都是集美出来的啊……"

天气暖和起来，甚至有点热。

码头不上货的时候，这帮人就跟躺在大庙里头的失业闲汉一样，酥软在徐徐穿堂风中。也有醒着喝茶、下棋的，动作和嗓子都细作轻言，不惊动安宁的大局。有时为一颗棋子争斗起来，也只能面露凶恶，伸爪龇牙，相互轻作哈气以申愤懑而已。老规矩，不知何人所订，也没有何人破坏。

有天晚上九点多钟，十几个人围着两壶茶，话讲得正浓的时候，忽然几声枪响，不久就听到有人大喊："老虎过河！老虎过河！"又说："不是一只，是三只。"

一下子，后街几个人的脚步声跑过去了。

序子问："老虎？你们泉州会有老虎？"

有人就说："老虎有什么奇怪？南安永春那边时常过来。"

喔！那就是说，闽南这地方还真有老虎了。序子原来以为只有家乡朱雀深山大泽那边才出真老虎的。

叫人拿水喉管、刷子和肥皂把李西鼎冲洗干净了，带到剃头铺剪短了头发。提回来一看，居然变成个踩火轮的哪吒仙童。

老虎过河

有天晚上九点多钟，十几个人围着两壶茶，话讲得正浓的时候，忽然几声枪响，不久就听到有人大喊：「老虎过河！老虎过河！」又说：「不是一只，是三只。」

一下子，后街几个人的脚步声跑过去了。

既然说有，那就是真有了。

第二天清早序子上街头街尾打了个转，没有人提起这件事。到几个喝茶的人堆里，也不见提老虎的事。枪声是亲耳听到的……没有下文了。

当天晚上原班人马仍在廊子里喝茶，讲到昨晚上老虎的事：

"哎呀！讲、讲、讲过！讲过有，不就有嘛！又不是讲没有。"

序子看这人皱着眉头，懒洋洋搭话的神态，很是欣赏。他为人之互不信任而显得厌烦，他洋溢在那个美的信任里，不希望被人打搅。

序子笑起来。什么人算是闽南人？他就是个代表。

以后，没人再提到那晚上的老虎。

（多少年？二十年、三十年、四十年、五十年、六十年以后某一个场合，我遇到一位老泉州客，讲起当年浮桥晚上三只老虎过河的事，他说："有，有，有！绝对有，保安队打死了，我亲眼看见！上交了。有，有，有！"）

你看！……

序子要在闽南这些信任人的生活中长大。

序子没情绪也不够气力再刻洛阳桥。

他泉州四处走。

看过几次美术展览。宣传抗战的漫画展，木刻展，国画展。认识了安海刻木刻的史习敏，泉州的国画家、金石家张人希，国画家李硕卿……他们都不太提起认识朱成淦、黄羲、吴廷标先生，更谈不上知道郭应麟先生。不过和他们在一起，跟来跟去，也算是熟人。

又一起喝茶吃饭，报馆的记者也认识不少。张人希原来就是报馆的编辑，那就更好了。他是个很可亲的人，不晓得为什么他特别愿意和序子来往。

序子认识别人，别人不一定认识序子，这是当然的事。没缘没由地人家要认识你做什么？有机会跟在后头就是一种快乐和意义。日子显得光明起来。

序子并不想吹牛，又忍不住要把那张发表在《大众木刻》上的作品给张人希看，探寻自己够不够得上做他的朋友。没想得到的反应比序子希望的大得多。

"没想到！哈哈！没想到！……你现在还刻不刻？"

"刻是刻，失败的多。总刻不好！"序子说。

"刻！刻！要多刻！不怕失败！你说说，我能帮你点什么忙？"张人希很着急。

"眼前，我在努力地对付自己。没有你能帮得上忙的地方。"序子说。

张人希带他到一间名叫"关山阁"的小茶楼上，叫他慢慢喝茶，"我去去就来！"

不到半点钟，张人希带了两个年纪差不多的人上楼，介绍了。一个叫庄启，一个叫黄怡君，都是写文章的朋友，和气之极。

没想到序子是湖南人而又能讲闽南话。

四个人讲了好多趣话，很是快乐，又叫来四碗"扁食"[1]大家吃了分手。张人希说有空到报馆找他。

---

1 馄饨。

序子信步往回走，不料看到街边那家画广告的店铺里，半个月前踊跃上台、身上挂红绸子大花、高叫"烽火连天、国家多难"的庄尔昌仍然在里头画广告，嘴角斜着一支烟，从从容容，仿佛什么事情都没有发生过。

不是跟队伍走了吗？怎么回来了？会不会他们家出了双胞胎？会不会检查身体哪个部位不合格被打发回来？……

序子一路带着这个问题回到浮桥。

"皇天在上，庄尔昌千万不要去做朱雀城春天打野鸡用的'迷子'，真这么做可就伤天害理了。"

（所谓"迷子"是一种养熟专门勾引公野鸡上当的母野鸡。猎人带在身边，躲在树丛底下一放，空中拍几下翅膀又落回原地。公野鸡就会飞到人这边来挨火枪——记得以前好像说过"迷子"的事，如果有，那就对不起。）

时间还早，序子买张票看电影。

名字叫《妾身嫁何人？》，原来说的是清朝四大奇案之一——张汶祥刺马新贻。故事早就晓得，人演出来是另种味道，把事情活活嵌在人心里去，让你产生亲眼所见的感想；让你感觉到眼睛看的比耳朵听的更加靠得住；让弄电影的这些人跟你原先早晓得的故事跑，听话的走狗一样；让你觉得你早就高明过他。

张汶祥、窦一虎、马新贻三个拜把兄弟原来长得一样漂亮，后来三张漂亮脸孔各奔各的前程。马新贻留了八字胡，变作两江总督。窦一虎几年的山大王留了连边胡，只有张汶祥仍然一副白净脸。身份地位一变，事情就来了。

好看！越来越紧张。上集完了！电灯亮了，要看下集请买票重新入场。休息半点钟。

这麻个皮算什么？买票的时候早打声招呼多买张票，一口气看完就是，要多费两趟手脚？

只好跟众人一起走出电影院，重新挤那个窗口。

相信全世界卖票窗口内外的人从来是互不欣赏、互相憎恶、难以谅解的两种人类。序子有幸买到第二场的票。

这影院很有点派头，规模不小，门口大柱子和进门后的玄关很用心思。里头有开大会的容量和演戏跳舞的空间。电灯架和灯泡虽然残缺不全，地板、椅子的脸面、腿脚都还健在。坚信它能熬到消灭日寇、抗战胜利那天，一点不用怀疑。

可惜它周围太过荒芜。左右住人的巷子相距很远。荒草颓垣夹着几棵不太应景的榕树，大白天甚难引起情人的游兴。倒算得是野狗和找不到厕所的人最佳去处。

世人愿意进入这座迟暮的建筑是为给自己精神上找一个暂时憩息之所。

第二次进入剧场坐定，电影开始。

嗬！嗬！嗬！听得到后头楼上放映室的机器在响。大布幕上三个拜把兄弟坐在花厅饮酒作乐，马新贻笑眯眯向两位兄弟和弟媳妇举杯。演到这里——大布幕上头烧起来了。看着上头往下头燃，火势来得好快。人们四散奔逃。大门太小，左右两边太平门打不开，看样子要死人。起码两三百人要葬身火中。叫救命的，喊爷喊妈的。序子被夹在当中，想办法往上冒，在人肩膀上爬。眼看太平门关着出不去还要往那边挤。序子像在人海里挣扎游泳，千万不能淹死，爬、爬……居然逆着人流，爬到台口坐下喘气，恶心想呕。

大布幕烧了大半就熄了，是房顶上电线走火。

太平门给救火人劈开了，人群四散奔逃，抬出三四个死人，老小都有。

其实不用慌的，火没有燃起来。人心乱了，乱上加乱，顾不上用脑子想……

谁造的太平门往里开的？

救火队看序子坐在台口。

"你怎么坐在台口？"

"嗳！我就坐在台口。"

"你怎么一个人坐在台口？"

"我在人肩膀上爬过来的。不爬过来我也给踩死了。"

回到浮桥，傅斗、傅升问序子知不知道电影院失火。

"我就在里头……"

"啊！你在里头！你讲！你讲！怎么一回事？"

"我惨了！我差一点点被踩死了，我今天一点不想讲！"

"我的意思是你先把洛阳桥刻出来再到别个地方去。这么动荡，时间都浪费在脚头上了。"张人希说。

傅升、傅斗也说："你可以安心住在浮桥做你喜欢的事，喜欢走就走，回来就回来。"

序子笑笑，把行李存在傅家，一根棍子挑了一个换洗衣服和写生用品小包袱，安海找蔡元明、同安马巷找洪仲献去了。

这一条路不短。官桥、内坑、庵前，拐了几回冤枉道，黄昏才找到蔡元明当街的西饼铺子，又转到家里。

序子被夹在当中，想办法往上冒，在人肩膀上爬。眼看太平门关着出不去还要往那边挤。序子像在人海里挣扎游泳，千万不能淹死。爬、爬……居然逆着人流，爬到台口坐下喘气，恶心想呕。

大布幕烧了大半就熄了，是房顶上电线走火。

蔡元明爸爸像个文人，短络腮胡，十分和气。序子跟元明住前院右首一间单房。他们一家人住在后院。后院什么样子序子从来不知。

元明的姐姐雪雪原是序子同班，升上去了；序子留级才跟她弟弟蔡元明同班成为好朋友。序子来安海找的是蔡元明，他姐头一眼看到序子只说了一句："你来了！"笑一笑。以后一两次碰面只点头，没有再笑。

安海沿海的树带丛是两里长的街，结实的商店，清洁齐整，生意安详平和，令人心旷神怡。

西饼铺靠海岸这边。铺子中间是座烤炉，伙计们忙着一下子推火盘进出，一下子推饼食进出。序子看得入神，懂得烤面包西饼的道理。

记得一本书上讲，契诃夫对高尔基说："生面团送进烤炉时候，炉子是不红的。"

序子觉得契诃夫眼睛、头脑好细。

西饼从烤炉拉出来之后，伙计们就叫序子趁热吃，序子看看元明，元明抬抬手说："我不大吃，你快试试！"

序子一口气来了三个。这辈子没碰过刚出炉的如此妙物。

蔡元明有时带序子从三楼爬上屋顶。

这房子是法国式的，厚厚的大红瓦砖十分结实，有一块原本可以揭开的大瓦，人从这里来到屋顶。屋顶比一般的屋顶平坦，只是斜一点而不是陡斜。两个人卧在屋顶对着海和满天星。

"好吗？"蔡元明问。

"好！"序子说。

"我只有对海才觉得它一直是'好'！有时我一个人躺在这里，睡到天亮，露水湿了一身。有时带吉他上来。我弹得不好，我轻轻地弹。"

"狂风暴雨时候你上来过吗？"序子问。

蔡元明笑了，"那我不敢，想都没有想过。"

"不敢的东西可以试试！"序子坐起来。

"哈！把你吹了！你不晓得那种风是什么风！"元明说。

……

有一晚他两个带吉他上来。

序子觉得这吉他真是好看，什么手工才做得出。

"我从来没摸过吉他。"序子说。

"我可以教你初步。深一点我不会。六根弦，从细的算起是3、7、5、2、6‧、3‧，和弦我是自己瞎配的，135、246、7‧24。"元明说。

"我只是喜欢乐器，会不会是无所谓的。弄得得心应手真难。"序子接过吉他，指头在指板上试了一下，摇摇头还给元明，"真不容易！"

"《丁香山》你会吗？我弹你唱！"

"记不熟，试试看一齐来吧！"

两个人开始了：

"记得我呀，小时住在丁香山里，老想回到那里去，玩一玩，玩一玩，丁香山。记得一天早上起来寒风飞雪，不一会儿罩住一座高山，多好玩，多好玩，丁香山。我真要回到那小山，赶快，赶快，赶快上丁香山，在山里住，在山里玩，不出来。去呀！去呀！再回到丁香山啦！"

"我们到底还是记得的！唉！不容易！弹吉他伴奏，起码可以混在难听的嗓子里骗人耳朵，还可以自我陶醉。"元明说。

"首先是自我陶醉！"序子说，"唱这个歌，很容易让我想家……你晓不晓得丁香山在哪里？"

"听说在美国。这是南北战争时期军队流行的歌。……你在泉州做什么？"元明问。

"什么也没做。本来刻了张洛阳桥的木刻，刻得不好，想再刻，没有心思，不刻了。"

"刻了也没有用。"

"是的。"

"你认识另外的人吗？"

"刚认识几个报馆的。"

"你该找个事做。"

"你想，我能做什么？"

"你能够画画。"

"你看你，又说回来了。画画和刻木刻像酒一样，只能醉人，当不得饭。没有用的。"

"我要是像你这样，会慌死！"元明说。

"你是本分人，是受不了！"序子安慰他。

"你愿不愿意到一个叫作钩湾的地方去？"

"那是个什么地方？"

"没有好远，海边一个小弯弯，像口塘，潮退的时候能捡好多怪物，潮来的时候能钓到大鱼……"

"我们到底还是记得的！唉！不容易！弹吉他伴奏，起码可以混在难听的嗓子里骗人耳朵，还可以自我陶醉。"元明说。

"首先是自我陶醉！"序子说，"唱这个歌，很容易让我想家……你晓不晓得丁香山在哪里？"

"你去过？"

"好多年前我跟我家管门老旺去过。"

"那回你们弄到好多东西了？"

"没有。"

"没有，那你又讲有好多怪物？"

"老旺这么讲。"

"他把他的幻想告诉你，你再告诉我。"

两个人就笑起来。回到家里，在院子玩足球。这足球年纪很大，灰黑色的，好久没打气，带子和扣眼都融在一起了。踢来踢去，进出的家人没欣赏他们一眼，他姐姐也没出来看他们一眼。他姐不出来，序子一点也不觉得奇怪。

闽南殷实的家庭都喜欢把儿女从小就许配人家。两家被许配的孩子心里就自己默认是那家的人了，就安静起来，含蓄起来，为自己未来的某某心里头操持一点什么什么，责任一点什么什么。好笑！朱雀也有类似行动，那边和这边不同之处是，动乱大，变化无常，哪家败了，哪家穷了、垮了，以后就不算数了。双方也没人会来追账找麻烦。大家都为过日子奔忙，心思不在这个上头。闽南生活安定，对这些事很认真神圣。

那个老足球掉到阴沟里去了，阴沟是斜的，钩不出来。可能哪天下大雨，老足球从此就"奔流到海不复还"了。

序子对元明说："真对不起！好可惜。"

"嗳！你不来，我哪里想到踢它？"

"它到底还是个足球啊！"序子说。

序子告别了蔡元明全家，多谢伯伯、伯母，雪雪也走出来跟大家站在一起，招手微笑，"张序子，你走了吓！"

序子也说："谢谢你，雪雪！"

走在路上，序子心想，这几天很可能吓了这一家大小老实人。全家吃三餐饭的时候，对这个突如其来的怪客起码有一个月好讲。

向同安、马巷、洪厝进发。

（最近从老校友处打听洪仲献可能在洪厝。是不是洪厝还有待研究。最近从地图上看，洪厝离海还有一段路程。仲献家的窗外就可以见到海，这是一个问题。七十年前的事，也不晓得怎么能说清这个问题。）

到路上问一位老人家，他说："你去马巷，问同安做什么？走烧厝、刘宅、内厝，过去就是马巷了。"

"我不是去马巷。我以为马巷归同安管，所以先去同安，才到得了马巷……"

"好笑！那你到底要去哪里？"

"找同学洪仲献，是我集美中学同学，他在马巷还要过去的洪厝。是一个海边……"

"喔！你讲洪厝就是洪厝。往左首边走，到新店你再问。"老人家扬扬手，走了。

序子肩膀上扛着个小包袱，在起伏的硬红沙坡上一步一步一坡一坡地走。一棵树都没有，四顾无人，这时候大雨来了，跟着是一道一道闪电和响雷。常识讲，人在高坡上很容易挨雷打。没有办法，顾不上了，一身湿个精透。一个人孤单单地走在这个荒漠无边的红砂岩坡上，奇怪的是，心里头怎么还会觉得美？雨水没头没脑从头顶往下灌，怎么还会觉得好笑？一个人哼着歌？

一路往前走，下雨又出太阳，全身衣服晒干得可以点火。不管洪不洪厝，反正找到洪仲献和他的家了。（洪仲献的家属看到拙作，请告诉我贵处到底什么名字？）

　　仲献早就没有爸爸了，是妈妈把他养大的。他妈是那样地温和，看到序子说："你来看我仲献来啦！快放下包袱，仲献呀！你带你同学到后院冲澡再说吧！"

　　序子有点惭愧，向伯母行礼和自我介绍都来不及。

　　冲完澡，顺手把换下的衣服洗了，晾在小澡房外面小天井里。

　　"收到你的信，我妈和我天天等你来。"仲献说。

　　房子不大。刚才进门是小厅，有方桌和椅子，靠墙一张供奉祖先的神龛。左边伯母的房，右边仲献的房。仲献房内跟窗横一张床，很大，两头有摆书和零碎东西的木架子，亮堂堂的。床上铺着草席子，叠着枕头和被子。伯母在屋后厨房说："你们先到外边玩玩，吃饭叫你！"

　　"啊，好！"仲献带序子出门。

　　原来是一长排当海的红砖平房。仲献的房子是第一家，屋后还有第二排。一共是两排。屋前都栽着比房子稍微高点的绿树，树身粗壮，长着厚厚的蜡片叶子。（我七十年来梦回这地方五六次。）序子懂得，金合欢、银合欢、凤凰花经不起迎面的海风，要这种树才行。这种树叫什么名字？有一个土名，仲献说起过，序子忘记了。到晚上，海鸟回到这些树上睡觉，所以每棵树底下都有一圈白。仲献说，鸟粪对这些树有益，算是海鸟交的房钱。

　　（多少年后在广东远远的一个海岛上又见到这种树，土话称它为"何满子"。当然不是张祜诗上的"一声何满子，双泪落君前"

序子肩膀上扛着个小包袱，在起伏的硬红沙坡上一步一步一坡一坡地走。一棵树都没有，四顾无人，这时候大雨来了，跟着是一道一道闪电和响雷。常识讲，人在高坡上很容易挨雷打。没有办法，顾不上了，一身湿个精透。一个人孤单单地走在这个荒漠无边的红砂岩坡上，奇怪的是，心里头怎么还会觉得美？雨水没头没脑从头顶往下灌，怎么还会觉得好笑？一个人哼着歌？

人立真坡上很容易挨雷打

604

的那个"何满子"。这个"何满子"跟那个"何满子"一点关系都搭不上。）

也没问这种树开不开花，冉冉的一种幽香，"惠风伫芳于阳林"那种感觉。不晓得是眼睛看到的还是鼻子闻到的，很好！

透过树林前边就是海滩。平坦坦子，亮亮子，远远地没边没际，形容词叫这个作"茫茫"。

"好是好，要是涨潮怎么办？"

"不会的，潮涨不到这里来。"

"刮大风大浪呢？"

"历史上没有这类记录，要不然我们老祖宗不会把房子往这边盖。"

"你们太平安了！"

"平安是平安，这里没有打鱼的，好鱼都不往我们街市这边送。"

"没来过你这里的人，听到你这番话，都难信。"

伯母站在门口叫吃饭。两个人往回走。

说是说没有菜，其实很多菜，都是序子喜欢的。

咸鱼蒸肉饼，韭菜炒肉丝，咖喱鸡，满满一大碗鲜蛏汤，白米饭。

坐好了静静地吃饭。

伯母夹一筷子肉饼给序子，又夹一筷子肉饼给仲献，看看这个，又看看那个。就这么两母子外带序子三个人。

吃完饭，序子跟着仲献一起来回收拾碗筷，擦桌子，扫地。伯母洗完碗筷，熄了灶房的火，回到小厅坐了，问序子："听说你是湖南人，好远到集美读书？"

"是。"

"你爹妈呢?"

"还在湖南。"

"怎么舍得让你走?"

"穷,家里兄弟五个,养不活。"

"你叔是个善人!带你出来。"

"是。"

"怎么你又不读集美呢?"

"我,是的。"

仲献连忙说:"他喜欢画画作文!他见识广,到过长沙、汉口、杭州、上海……"

"你仲献才了不起,个个学期考第一,品行好,先生都看重他。"

伯母听了说:"仲献从小没有爸爸,不考第一怎么办?……你好,一个人走那么远来看他。你两个好朋友,不容易。"

伯母取来一双新"查kiar"给序子。序子和仲献两个人到厨房冲了脚,点了盏美孚灯放在窗台上,各靠在枕头上聊天。

"你这里没有蚊子。"

"嗯!"

"一只蚊子都没有,还没有跳蚤。有臭虫没有?"

"你不提,我把它们都忘记了。"

"在德化,蚊子、臭虫、虱子、跳蚤好多。"

"那是因为有山,河里淡水容易出这些东西。我们这里也不见臭虫。有时候我衣服里带回来一两个,周围小孩子都嚷着看,还闻,还笑……"

"用古话说，你这个家乡叫作'福地'。"

"光只是没有这些东西，算不得'福地'。"

"也是。"

"你怎么有这些书？"

"我爸爸留下的。"

"这些书都古，很有价值，你要认真看。"

"我没翻过，我的世界和他不一样。"

"世界很大，包括这些书。"

序子先睡着，仲献吹灭灯也睡了。

第二天起床，漱洗完毕，早餐是粥、油炸花生、喔践[1]、咸鱼、酱瓜。

两个人往外走，直到海滩。海水像躲在一两里外微笑。太阳太亮，沙滩上紫红的影子跟在两个人背后，满海滩都是爬着的小东西。

"小鲎仔"走得慢，"招潮"走得快。

这海滩好像没有寄居蟹。当然，没有旅馆就不来客人。

这么辽阔广大的沙滩全让"小鲎仔"和"招潮"占据了。人一走近，"招潮"就连忙钻进洞里；"小鲎仔"就没有办法快，壳子拱得这么高，把眼睛也挡住了，后头又拖了根长尾巴，再急的事也只好慢慢走，心情像老百姓躲日本飞机……

市场上卖的鲎起码有小脸盆那么大，序子眼下的鲎仔只有小酒杯大，千千万万。哪来的那么多？

仲献说：鲎生蛋在沙滩上，自己孵化，还要自己慢慢爬到遥

1　芋头腐乳。

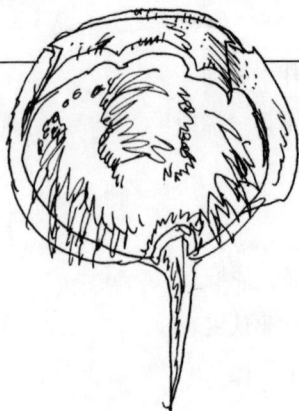

鲎和招潮

这么辽阔广大的沙滩全让「小鲎仔」和「招潮」占据了。人一走近，「招潮」就连忙钻进洞里；「小鲎仔」就没有办法快，壳子拱得这么高，把眼睛也挡住了，后头又拖了根长尾巴，再急的事也只好慢慢走，心情像老百姓躲日本飞机……

海滩，鲎和招潮

远的海里去。所以每只母鲨要生千千万万的蛋，才能适应天灾人祸。鲨长的样子很难形容，简单地说，就像美国兵戴的钢盔在地上爬，所不同的是背后伸出只带刺的硬尾巴。

这东西既不像龟也不像螃蟹，大壳子底下的肉也不多，母鲨生蛋满布在壳底，紧紧地挤成一团。蛋像西餐放在面包上的红鱼子那么大小，煮熟了硬硬的，不怎么让人爱吃。可海边的人还是吃它，说有大补。

海里好多东西都长得特别古怪，不近人情，讲给人听人都不信。除非你带上真东西亮在他面前。

序子时常生发这种念头，比方上次在洛阳桥见到的那只鱼二十多斤重大尾巴，眼前脚底下右钳大、左钳小、遍身鲜红的"招潮"，像钢盔壳的小鲨鱼，要是带回到朱雀城去送给父老乡亲，可以想象会招来多少欢喜！

如果洪仲献也按照我的想法捡几个"招潮"和"小鲨"走回去送给附近的乡亲，人不笑他神经病才怪！

有个故事：

爱斯基摩人旅游回来，人问他在地球那边看到了什么。他说，到处都插着上头非常大、下头非常细的绿色东西——他指的是树。

唉！道理都是物以稀为贵。